夜光怪人

横溝正史少年小説コレクション3

横溝正史

日下三蔵 編

Yako Kaijin
Yokomizo Seishi

柏書房

目次

横溝正史少年小説コレクション3

夜光怪人

挿画

『幽霊鉄仮面』　伊藤幾久造
『夜光怪人』　澤田重隆
『怪盗どくろ指紋』　深尾徹哉
『深夜の魔術師』　川瀬成一郎
『深夜の魔術師』（未完作品）　阿部和助（441P、448P）
伊勢田邦彦（456P）

幽霊鉄仮面

新カチカチ山の巻

謎の新聞広告

世の中にはときどき、何《な》んとも説明の出来ないような、不思議な事件がおこるものである。それはちょうど何十年に一《いっ》ぺん、あるいは何百年に一ぺんめぐり来《きた》って、地球古代の民《たみ》を恐怖のどん底にたたきこんだあの彗星《すいせい》のように、現代でもどうかすると、ふつうの人の想像も及ばぬような、へんてこな犯罪事件がひょいと突発して、われわれをおびやかすことがある。

わたくしが、これからお話ししようとする、この奇怪な鉄仮面の大犯罪というのが、ちょうどそれだった。

いったい、あの無気味な鉄仮面が、はじめて世の中に顔を出したのは、いつ頃《ごろ》のことであったろうか。わたくしがいまためしにその頃かいたノートを調べてみるに、それは、丁度《ちょうど》、昭和×年うららかな春の頃にあたっている。

諸君も御記憶のとおり、昭和×年といえば、世間がなんとなくざわざわとして、人間がみな一種の狂気に取りつかれているような時代であったが、あの気狂《きちが》いじみた新聞広告が、連続的に都下の新聞紙上にあらわれて、東京市民をおどろかしたのは、ちょうどそういう時代であった。

わたくしは今でもその切抜《きりぬき》を持っているが、これは実になんとも得体《えたい》の知れぬほど不思議な広告なのだ。いまためしに、それらの広告の中で、一番最初に現われた奴《やつ》を、諸君のお眼《め》にかけることにしよう。

それは、日本第一の発行部数をほこる、新日報社《しんにっぽうしゃ》の四月一日付朝刊の広告に、あらわれたものであった。大きさはちょうど、新聞一頁《ページ》の四分の一ぐらい。しかも、その図案というのが変《かわ》っている。そこには非常なへたくそな筆で、カチカチ山の絵が画《か》いてあるのである。つまり泥舟《どろぶね》にのった狸《たぬき》が兎《うさぎ》の一撃をくらって、ブクブクと海底にしずんでいる場面なのだ。

ところが不思議なことには、その狸の体だが、ほかの部分にはまえにもいったように、大変へたくそな筆で画いてあるのに、その顔だけが、誰《だれ》でも知っている、ある有名な人物の写真になっている。そして、それと同じように、櫂《かい》をふりあげた兎の顔というのが、これはまたなんということだ、奇妙な鉄の仮面をかむった怪人物の顔になっているのだ。

これだけでもすでに十分の怪奇さを持っている。ところがそこにはこの絵をもっと怪奇に意味づけるような、歌だか詩だか得体のしれぬ次《つ》ぎのような文句が書き添えてあるのだった。

狸のお舟は泥の舟
　ブクブク海に沈んだ
唐沢雷太《からさわらいた》は古狸
　いまにお海に沈むだろ

一体これはどういう意味なのだ。この広告における文句はただそれだけで、その他には一行の説明もない。しかし、この歌が決して気のへんな人のつくり歌でない証拠には、前にいった狸の顔にはめてある有名な人物というのが、実に歌の文句にあるのと同様、唐沢雷太氏の写真なのである。

ここで一寸《ちょっと》、唐沢雷太氏のひととなりを説明しておく必要があるようだ。

日本の宝石王——といえば、おそらく誰一人知らぬ者はあるまい。それが唐沢雷太氏なのである。いやしい身から身を起《おこ》して、立志伝《りっしでん》そのものである。大宝石商会の主《あるじ》となった氏の一生は、さながら立志伝そのものである。年はすでに五十をこしているのであろう、苦労な一生を過《す》ごして来た人にありがちなするどい面影《おもかげ》は、いまだその顔形のどこかにのこっているが、ちかごろではすっかり白髪《しらが》のおじいさんになりきって、もっぱら社会事業や、慈善事業に力瘤《ちからこぶ》をいれている。——と、そういう人物なのである。

その唐沢雷太氏が槍玉《やりだま》にあげられたのだから、世間のさわぎは一通りや二通りではない。よるとさわると、そのうわさで持ちきり。ある人はこの広告を、何がためにする宣伝だろうという。しかしまた他の人の説によると、この広告には単なる宣伝とは思えないほどの無気味さがあるという。ひょっとすると、これは、おそろしい犯罪の予告ではあるまいか。『今にお海に沈むだろ』——という歌の文句は、遠からず唐沢雷太氏を海底にしずめてころしてしまうぞという、おそろしい警告ではあるまいか。

こうして、世間のさわぎがしだいに大きくなっていくにしたがって、警察でも放ってはおけない。広告主の身元にたいして厳重な捜査の手をのばす一方、唐沢氏の身辺の警戒をおこたらなかったが、その最中に突如《とつじょ》として、一つの殺人事件がおこったのだ。そして、そこから非常なうらみがあふれているこの鉄仮面物語の幕は切って落《おと》されるのである。

飛来する短剣

さきほこる東京の桜が、無情の雨にチラホラと散っていこうとする四月十五日の夕まぐれ、あかあかと電気のついた新日報社の幹部室へ、あたふたとかけこんで来た一人の青年があった。青年の名は折井《おりい》律太《りった》といって、新日報社でも腕利《うでき》きといわれた少壮記者である。

折井は幹部室へかけこんで来ると、いきなりそこにいた編集長の女秘書に声をかけた。

「桑野《くわの》さん、編集長はどこにいますか」

「あらまあ、折井さん、どうなすったの。ひどくせき込んでいらっしゃるじゃないの」

ガランとした幹部室の一《ひと》すみで、机に向《むか》って書類の整理をしていた女秘書桑野妙子《たえこ》は、相手のようすにびっくりしたような眼《め》をあげた。

「そんなことどうでもいいのです。編集長はどこにいるかって聞いているんですよ」

「編集長は、会議室よ」

「会議中か、仕方がないなあ。それじゃ三津木《みつぎ》さんはいないかしら」

「三津木俊助《しゅんすけ》さん、あの方も会議室」

「おやおや、仕方がないなあ」

折井青年はガッカリとしたように、

「君、すまないが、ちょっと会議室へいって見てくれないかねえ。大至急折井が話すことがありますからって」

「だめよ、会議中は絶対に誰《だれ》もちかづいてはならないという規則なんですもの」

「君、そんなこといわないで、お願いだ。大事件なんだ。一刻をあらそう大事件——そうだ、ぐずぐずしていると人命にかかわる重大事件なんだぜ」

「まあ、大げさね、でも無理よ、あなただって社の規則はよく御存じじゃありませんか」

妙子はもう相手になろうともせずに、せっせと机の上にちらかっている書類の整理にとりかかる。折井はチェッと舌をならすと、わしづかみにした帽子を椅子《いす》の中にたたきつけ、いらいらと部屋の中をあるきまわっている。妙子はしばらく書類の整理に没頭していたが、ふとまゆをひそめて、顔をあげると、

「折井さん、あなたもう少し静かに出来ないの。わたし今仕事中よ。そばでそんなにいらいらしていられちゃ仕事に手がつかないわよ」

「へん……だ」

折井はわざとにくにくしげに、

「お気のどくさま、これが静かにしていられるかってんだ。畜生《ちくしょう》！」

「いったい、どういう御用《ごよう》なのよ。人命にかかわる問題だなんて、随分《ずいぶん》大げさな方ね」

「本当なんだよ。桑野さん、ぐずぐずしていると、今にも一人の人間が殺されるかもしれないんだ。ああ、おそろしい！」

折井はどしんと音を立てて、安楽椅子《あんらくいす》にこしをおとしたが、すぐまたはっと立上《たちあが》る。

そのようすがただ事ではない。折井という青年は少しそそっかしいところはあるが、決して出《で》たらめをいうような男じゃない。それに新日報社で一番とまでいわれる腕利き記者三津木俊助が、弟のように可愛《かわい》がっている部下のことだし、妙子もようやく真剣な顔附《かおつき》になった。

「まあ、少し落着《おちつ》いたらどう、一《いっ》たい、その事件というのはどんなことなの」

「どんなことって？　そうだ、君なら話してもかまわない。三津木さんも始終、君のことはほめている。十分信頼の出来る人だって」

「あら」

妙子は少し頬《ほお》をあからめたが、じきさりげなく、

「そんなこと、どうでもいいけれど、その事件というのは何？」

「実はね」

と、折井は急に声をおとして、

「君もしっているだろう。あの鉄仮面の事件さ」

「まあ！」

妙子は思わずいきをのんで、

「あの鉄仮面がどうかしたの」

「あいつの正体をつかんだんだよ。いや、あの不思議な新聞広告の主《ぬし》を発見したんだ」

「まあ！」

妙子はそれを聞くと、思わず手に持った書類をバラリと床のうえに落したが、すぐにあわててそれをひろいながら、

「それ、ほんとうのこと？」

「ほんとうだとも。警察が必死となって捜索してもわからぬ、あのへんてこな、カチカチ山の新聞広告、あの広告を出した本人をつきとめたんだ。ああ！おそろしい、実におそろしい」

折井は思わずガチガチと歯をならしながら、

「桑野さん、こいつは何《な》んともいえぬほど恐ろしい事件だぜ。前代未聞《ぜんだいみもん》の大陰謀《だいいんぼう》だ。ぐずぐずしていると今に一人の男——いや一人ぐらいじゃない。二人も三人も、あるいはもっと沢山《たくさん》の人間が殺されてしまう。僕は今日、その秘密をつきとめてきたんだ」

「一体、その広告主というのは誰なの」

「それはいえない。いかに桑野さんでもこればかりはいえない。いや、君のためを思えばこそいえないのだ。なぜって、この秘密を知るということは、即《すなわ》ち死を意味するからだ」

「まあ！」

妙子は美しい眼を思わずまるくして、

「それじゃ、あなたはどうなの」

「それなんだ、桑野さん、だから僕はこんなにおそれているんだ。ああ、おそろしい、桑野さん、僕は誰かに尾行されているんだよ。そいつは折《おり》があったら、この僕を殺そうとたくらんでいるんだ」

あまりの事に妙子は思わず相手の顔を見直した。折井はまるでおこりでも患《わずら》っているようにふるえているのだ。歯をガチガチとならして、土色の額《ひたい》にはあぶらあせがいっぱいうかんでいる。

「まあ、あなたふるえていらっしゃるのね」

「うん、ふるえている。僕はこわいんだ。君、笑うなら笑ってもかまわない。だけどね、僕がでたらめをいっているとは思わないでくれよ。――時に会議ってなんだね」

「それがね、やっぱり鉄仮面事件らしいの。世間のさわぎがあまり大きいので、うちの社でも、この秘密を解決しようというのでしょう。今に、三津木さんの、すばらしい活躍が見られるわよ。やがて矢田《やだ》貝《がい》博士もいらっしゃることになっているの」

「ふうん、矢田貝博士もね」

折井はなんとなく落着かぬようすでいったが、急にむっくりと体をおこすと、

「ねえ、桑野君、お願いだから会議室へ、僕の言葉を通じてくれないか。しかられたら、僕が責任をおう」

「そうね」

妙子もようやく相手の熱心にうごかされたらしく、

「それじゃ、ちょっと、いってみましょう。どうせしかられるのは分《わか》っているけれど。あなた、しばらく、ここにまっていてちょうだいね」


美しい妙子がすらりとした身を起《おこ》して、部屋を出ていくと幹部室は急に静かになった。

ガランとした広い部屋の中には電灯ばかりが、やけに明るくて、窓の外にはようやく夜の闇《やみ》がこくなっていた。折井はしばらく不安そうに、この部屋の中を歩きまわっていたが、そのうちにふと瞳《ひとみ》をすえて、ドキリと立止《たちど》まる。どこかで口笛を吹く音が聞《きこ》えたからである。

口笛は窓の外から聞えるのである。新聞街の騒音にまじって、ヒューヒュンと聞えて来る口笛の音が、折井の不安をかき立てる。

彼はそっと窓の側《そば》へよって、ガラス戸を開くと下の往来をすかして見た。幹部室は三階になっているからである。折から夜の闇につつまれたアスファルトの上には、ひっきりなしに自動車が流れている。別にあやしい人影も見えない。折井はようやく安心して、その往来から眼をはなすと、ふと、通りの向《むこ》うを見た。

道路一つ隔《へだ》てたその向うには、目下《もっか》建築中の保険会社の鉄骨が黒々と暗い空にそびえている。その鉄骨の中途に赤いカンテラの灯《ひ》がゆらゆらとゆらめい

て見えた。

「おや！」

と首をかしげた折井が、何気《なにげ》なく窓から体を乗りだした時である。突如《とつじょ》ブーンと風を切る音が聞えたかと思うと、ふいに、

「わっ！」

と、悲鳴をあげて窓からうしろにとびのいたのは折井だ。彼はよろよろと二三歩よろめくようにうしろに退《の》いたが、すぐまた、窓際に掛《かか》っているカーテンをひっつかんだ。しかしそれもつかの間で、カーテンをつかんだ腕が、蛇《へび》のようにはげしくのたうったかと思うと、やがてガックリと床のうえに膝《ひざ》をついた。

見ると、これはどうしたというのだ、折井の胸には、ぐさりと短刀が一本ささっていて、そこから真《まっ》赤《か》な血がドクドクとふきだしているではないか。

折井はしばらく、すすりなくような息を吐きながら、床のうえをのたうちまわっていたが、やがて力がつきたのであろうか。床のうえに体を丸くしたまま、カックリと動かなくなってしまった。

幹部室の中は静かである。電灯ばかりがやけにあかるい。ふと外を見れば、その時、保険会社の鉄骨から、スルスルと伝いおりて来た怪人が、今しも、闇にまぎれていずこともなく立ちさっていくところだった。

床の血文字

それから二三分後のこと。急ぎ足で幹部室へ入って来た三津木俊助は、ドアの側《そば》で立止《たちどま》ると、おやとばかりにうしろを振返《ふりかえ》った。

「桑野君、折井はどこにいるのだね」

「あら」と、その背後《うしろ》からのぞきこんだ妙子は、

「どうなすったのでしょう。ここに待っていらっしゃる筈《はず》になっていたんですが」

「どうしたのだ、折井君の姿が見えないのか」

そういって、これまた不審そうにのぞきこんだのは鮫島《さめじま》編集長。

「ええ、いないのですよ。奴《やっこ》さん、便所へでもいったのかな」

と、いくらか不安そうに部屋の中へ足をふみ入れた三津木俊助は、ふいにドキリとして立止った。大

きなデスクの向《むこ》うから、ニューッと二本の足が突き出しているのだ。

「あっ！」と、さけんだ俊助、あわててそばへよると、

「折井だ！」と、床にひざまずいて、折井の体を抱きおこす。それと見るより、鮫島編集長と女秘書の妙子も、さっと顔色をうしなってかけよった。

「どうしたのだ、怪我《けが》をしたのかね」

「怪我どころか、ごらんなさい、これを。——」

ぐさりとむねに突刺《つきさ》さった短刀を見ると、妙子は真蒼《まっさお》になってふるえあがる。血が真赤に床の上をそめて、折井の体はすでにつめたくなりかかっていた。

「まあ、死、死んでいらっしゃるのね」

「死んでいます。畜生《ちくしょう》ッ！」

俊助はきっと唇《くちびる》をかんで立上《たちあが》ると、すぐにドアをひらいて、廊下へととびだした。廊下の端《はし》には受付があって、ボーイが一人ひかえている。

「君、君」と、俊助によばれて、ボーイはすぐにかけつけて来た。

「君、今ここを誰《だれ》か通らなかったかね」

「いいえ」と、ボーイは、不審そうに、「桑野さんがこの部屋を出ていかれてから、誰もこの廊下を通った者はありません」

「それは確かかね、君、居眠《いねむ》りをしていたんじゃないかね」

「そんな事はありません。僕は眼《め》を皿のようにして、あそこにひかえていましたよ」

と、ボーイは、いささか不服らしい。

「もう、いい、君はあっちへいっていたまえ」

ボーイを退けた三津木俊助は、ふたたび死体の側へ帰って来ると、むねにささっている短剣の柄《つか》をしらべていたが、急に立上って窓を見た。

「桑野さん、君が部屋をでていく時には、この窓はこういう風にあいていたかね」

「はあ、——あの、いえ、確かしまっていました」

「三津木君、この窓がどうかしたのかね。まさかこの窓から曲者《くせもの》がしのびこんだというわけでもあるまいね」

「いや、曲者はしのびこまなかったけれど、短剣はここから飛びこんできたのです。ごらんなさい、編集長、これは普通の短剣じゃありませんぜ。柄がアルミニュームで出来ています。いわゆるアルミニュ

ーム短剣という奴《やつ》で、特種《とくしゅ》の銃の中に弾丸《たま》代《が》りにこめてぶっ放すのです。こいつだと普通の銃とちがって、音がしませんからね」

俊助はきっと窓の外を見ると、

「犯人はおそらく、あの保険会社の鉄骨の途中にしのんでいて、そこからぶっ放《ぱな》したに違いありませんよ。編集長、誰か人をやってあの建築場をしらべさせて下さいませんか。もっとも、犯人はすでに逃亡しているでしょうがね」

たちまち建築場へ、新聞社の連中が派遣《はけん》された。そしてこの結果によると、たしかに今しがたこの建築場の鉄骨から、あわただしくおりて来た人物があるということがわかった。そいつは縁《ふち》の広い帽子を眉深《まぶか》にかぶり、黒いマントをきていたが、そのマントの下に、ステッキのようなものを抱いていた、ということまで分《わか》った。

「そいつが犯人です。おそらくそのステッキというのが銃だったのでしょう」

俊助は、いまさらのように歯ぎしりして口惜《くや》しがったがおいつかない。彼は、折井の側《そば》にひざまずくと、涙ぐんだ眼でじっとその顔をながめていたが、やがて決然としてつぶやいた。

「折井、おまえの敵《かたき》は必ずおれがうってやるぞ」

三津木俊助がこの兇悪無残《きょうあくむざん》な犯人に対して、もうぜんと挑戦するに至ったのは、実にこのしゅんかんだったのだ。ああ、しかし、それはなんというおそろしい争闘だったろうか。彼の行手《ゆくて》には、その時すでに、いくたの危険がまちかまえていることが、予想されたのである。

それはさておき、思いがけない折井の最期《さいご》に、社内がごった返すようなさわぎを演じている折柄《おりから》、ひょっこりとこの幹部室へ入って来た異様な人物があった。

「鮫島さん、今したできくと、社内でなにか大事件がおこったそうで」

その声にふりかえった鮫島編集長、相手の顔を見るとまんめんに喜色《きしょく》をうかべて、

「おお、これは矢田貝博士、いいところへ来て下さった。今大変な事がおこったところで」

「いや、その事なら今階下《した》できいてきましたわい。どれどれ、死体はどこにありますかな」

眠そうな眼をショボショボさせながらあたりをみ

まわす、その人物のすがたを見ると、誰しも思わずふきだしたくなるようなかっこうをしているのだ。年齢《とし》はいくつぐらいか見当《けんとう》もつかない。顔はカサカサにひからびて、鼻の下とあごにながい山羊《やぎ》ひげをはやしていた。ひどい近眼と見えて、度のつよそうな眼鏡《めがね》をかけ、こしは弓のようにまがっているのだ。それがふるいフロックコートに山高帽《やまたかぼう》をいただいているところは、とんと田舎《いなか》の村長といったかっこうだ。

だが、この人こそ日本で数えるほどの法医学者、今非常に名が知られている素人《しろうと》探偵、矢田貝修三《しゅうぞう》博士その人なのだ。矢田貝博士はちょっとした事件で新日報社をたすけたことがあるが、それ以来、犯罪事件といえば、いつも新日報社のために、はたらいている一種の顧問のようなもので、これまで三津木俊助と共力して難事件を解決したことも一度や二度でない。

博士は折井のそばにひざまずくと、

「ほほう」と、めずらしそうに短刀の柄をながめていたが、

「これは大変だ。わしは前に一度これと同じ短刀を見たことがある。これは飛来《ひらい》の短剣といっての、銃にこめてうつのですわい」

「その事なら、すでに三津木君も気がついたところですが」

「ほほう、三津木君がね」と、矢田貝博士は眼をしょぼしょぼさせながら、俊助の顔を見ると、

「さすがは三津木君じゃ、いや、お若いのに、なかなかよく気がつく。じゃが、おやこれはなんだ」

博士の眼が急にギロリと光ったので、俊助も思わずのぞきこむ。

「三津木君、君はこれに気がつかなかったかね。床の上になにやら血で書いてある。おや、これはテッカメンという字じゃないか？」

はっとした俊助が、のぞいてみれば、いかさま褐《かっ》色《しょく》のリノリュームの上に、のたくるような、血文字で、

テッカメン　トハ　ヒガシ――

と、書いて、そこでポツンと切れているのだ。思うに折井は、死の間際に、鉄仮面の秘密を一言、書きのこそうとしたにちがいない。しかし、そこまで書いて来て、ふいに力つきてたおれてしまったのだ

ろう。

「ヒガシとはなんだろう。人の名前だろうかの、それとも方角のことかな」

「いや、この文章で見ると、おそらく人の名にちがいありませんよ。鉄仮面は東なにがしという人間にちがいありませんよ」

俊助がそういったときである。

さっきから、不安そうに無言のまま、この場の様子をながめていた妙子が、どうしたのかふいによろよろとうしろへよろめいた。だが床の血文字に気をとられている一同は、すこしもそれに気がつかない。それにしても、妙子は何をあのように驚いたのだろう。彼女はなにか、鉄仮面の秘密と関係があるのだろうか。

幽霊の手紙

さるにてもおそるべきは鉄仮面よ。

ほんとうのたたかいはいまだ開始されていないのだ。それにもかかわらず、彼はすでに先手を打って、一人の人間をたおした。しかもその手段の巧妙さ、おそろしさ！　これだけを見ても、彼がいかにすばらしい腕を持っているかがわかるのだ。そしてそれと同時に、あの奇怪な広告が、たんなるいたずらや、宣伝ではなくて、なにかしらおそろしい意味を持っていることもさっしられる。

がぜん、この事件は世間を非常にびっくりさせたが、中でも一番おどろきおそれたのはいうまでもなく、宝石王唐沢雷太氏である。

唐沢氏は折井殺人事件の真相をきき つたえると同時に、三田《みた》にある広荘な邸内《ていない》のおくふかくとじこもって、ぜったいに誰《だれ》にもあおうとしない。一週間ほどの間に、あのおざいさんらしい唐沢氏の面影《おもかげ》はすっかりやつれはてて、唇《くちびる》はいつもおそろしい予感のためにわなわなとふるえている。眼《め》はおちくぼみ、頰《ほお》はこけ、ちょっとした物音にでもよくとびあがった。こういう様子から見ると、唐沢氏はなにかしら鉄仮面なる人物から、うらみをうけるようなおぼえがあったのにちがいない。

それはさておき、自邸のおくふかく、厳重に錠《じょう》をおろした寝室の中にとじこもった唐沢氏は、片時もピストルを、そばから離そうとはしなかった。そして、ドアの外にはいつも、執事の恩田《おんだ》という男が、これまた、厳重に武装したまま、主人の身を、まもっているのである。これではいかに、神出鬼没《しんしゅつきぼつ》の怪人とはいえ、なかなか唐沢氏の身辺に近よれそうもなかった。

ところが。——

ある日のことである。れいによって寝室にとじこもったまま朝飯をすました唐沢氏が、なにげなく手紙に眼をとおしていたが、ふいに、

「わっ！」と、さけぶと、手にしていた手紙を、床のうえにおとしてしまった。その声におどろいた恩田が、あわててドアをひらいてみると、唐沢氏は、ベッドのうえに気をうしなってたおれている。おどろいた恩田がかけよってみると、床のうえにおちている手紙には、真赤《まっか》な文字で、

あと五日

と、ただそれだけだが、そこにはあの凶々《まがまが》しい鉄仮面があざ笑うようにかいてあるではないか。

幸い唐沢氏はすぐ気がついたが、恩田がこの由《よし》を警察へ報告しようというのを、なぜかムキになってこばむのだ。ところが、翌朝のことである。又《また》もや唐沢氏の身辺にみょうなことがおこった。厳重に塀《へい》をめぐらされた庭内を、唐沢氏が久しぶりで散歩していると、ふいにどこからともなく、一本の矢がとんで来て、ぐさりとそばの木につきささったのだ。

唐沢氏はそれを見ると、真蒼《まっさお》になってガタガタとふるえ出した。見ると矢の根元に一枚の紙片がまきつけてある。手に取って見るまでもなく、又しても脅迫《きょうはく》の手紙にきまっているのだ。しかし、こわいもののみたさとは、こういうことをいうのだろう。怖々《こわごわ》手に取ってみると、

あと二日

そして又もやあの鉄仮面の烙印《しるし》なのだ。

唐沢氏はしばらく、飛び出すような眼でじっとその紙片を眺《なが》めていたが、急にガチガチと歯を鳴らすと、よろめくように寝室に帰って来て、その紙片に火をつけると、そのままベッドの中にもぐりこんでしまった。唐沢氏はあくまで独《ひと》りこの見えざる敵と闘うつもりらしい。

ところがその翌日になって、さすが剛毅《ごうき》の唐沢氏も、ついに考えをかえなければならぬような事態が突発したのだ。

朝眼をさますと、唐沢氏はいつも一番風呂《いちばんぶろ》へとびこむことになっているのだが、その日も、例によって、豪華な風呂おけにひたりながら、なにげなく向《む》こうの鏡を見ると、何ということだ、その鏡の上には石鹸《せっけん》のなぐり書きで、

今夜十二時

と、書いてあるではないか。

唐沢氏はしばらく馬鹿みたいな顔をして、ぽかんとその鏡を眺めていたが、急に何ものかあやしいものにおそわれたように、風呂から飛び出すと、大急ぎで電話室へとびこみ、新日報社へ電話をかけて、三津木俊助を呼び出した。

「三津木君ですか。こちらは唐沢です。ええそう、唐沢雷太——君の名声はかねてからうけたまわっている。そして今度は鉄仮面相手に奮闘していられることも新聞の上で承知している。その鉄仮面事件について、是非《ぜひ》とも、君にお願いしたいことがあるのだが、すぐ自分の家まで来てもらえないだろうか。ああ、それから、あの有名な矢田貝博士、あの人にも是非一《いっ》しょに来ていただきたいのだが——ええそう、わしは今、非常な危険にさらされているのだ。ぜひとも君たちの援助を願いたいと思っているのだが。——実は警察の方へあまり知らせたくないので。——では何分《なにぶん》お願いします」

唐沢氏はそこで電話を切ると、いくらかほっとしたように額《ひたい》の汗をぬぐった。

意外なるスパイ

それから一時間ほど後のことである。

唐沢邸の奥まった一室では、三人の男が額をあつめてひそひそと密談にふけっていた。三人とはいうまでもない、唐沢氏と三津木俊助、それから今一人は矢田貝修三博士。

「そうすると、最初の脅迫状《きょうはくじょう》は手紙で、二度目のは矢文《やぶみ》で来たが、三度目のは浴槽《よくそう》の鏡にかいてあったというのですな」

そういったのは、矢田貝修三博士である。例によって度の強い近眼鏡《きんがんきょう》の奥で、眠そうな眼《め》をショボショボとさせている。

「そうなんです。だからわしはこわくてこわくて——あいつはとうとう、塀《へい》を乗り越えてこの邸《やしき》のな

かまでしのんでおったのじゃ」

唐沢氏はそういいながら、ネットリと額にうかんだ汗を手の甲でぬぐうのである。

「三津木君、あんたはこれをどう思う」

「そうですね。まさか、鉄仮面自身がこの厳重な塀を乗りこえてしのびこもうとは思いませんから、これは邸内に共謀《きょうぼう》している奴《やつ》があるのじゃありませんか」

「そう、さすがは三津木君じゃ、よくそこに気がついた。わしはそれにちがいないと思う」

と、矢田貝博士は唐沢氏をふりかえって、

「唐沢さん、その点について心あたりはありませんか」

「なんといわれる、するとこの邸に鉄仮面の手下がいるといわれるのかな、めっそうもない」

「いや、一《いち》がいにそうはもうせませんぞ。どんな善良な人間でも、慾《よく》には目がくらむものじゃて。ところでお邸の召使《めしつか》いというのは何人いますか」

「何人といって、そう、執事《しつじ》の恩田をはじめとして、ほかに書生《しょせい》が二人、女中が三人、そのほかに、御子《みこ》柴進《しばすすむ》という少年が一人いる。これはわしの遠縁《とおえん》にあたる者で」

「なるほど、ところでその恩田という執事は、さっきわれわれを出迎えたあの男ですな」

矢田貝博士はなぜかニヤリとして、

「一つ、あの男をここへ呼んで下さらんか」

「なんですって、あの恩田がどうかしたというのですか」

「まあ、なんでもよろしい。今に分《わか》りますて」

唐沢氏が激しいびっくりしたような顔つきを見せて、おどろいた様子をあらわすのを、矢田貝博士はとぼけたような顔をして、ジロリと尻目《しりめ》にかけながら、平然としている。唐沢氏はやむなくかたわらのベルを押したが、それにおうじて現れたのは問題の恩田である。

「旦那《だんな》様、なにか御用《ごよう》でございますか」

「ふむ、こちらにおられる矢田貝先生が、何かおまえにお話があるそうだ」

それを聞くと恩田はギクリとしたように顔色をかえる。そのようすをじっと見ていた博士、

「恩田君、わざわざ来て貰《もら》って御苦労だった。実はちょっと、君にたずねたいことがあっての」

「はあ、私にお答え出来ますことなら、なんなりと」

「いや、有難《ありがと》う。それじゃ失礼してたずねるが、君はここでどのくらい月給を貰っているのだね」

「なんでございますって」

「いやさ、君はいったいどれくらい収入があるかというのさ。のう、恩田君、君はまさか唐沢さんから、千円以上も月給をもらっているわけじゃあるまいの。ところが、どうだろう、君は先月と今月二回にわたって、銀行へ千円ずつ貯金したの。あの金は、いったいどこからでた金じゃな」

恩田の顔がさっと真蒼《まっさお》になった。しばらく彼は追いつめられた獣《けだもの》のような顔をして、じっと矢田貝博士の顔を見つめていたが、急にくるりと身をひるがえすと、一《いっ》さんに、ドアの方へ逃げていく。それを見るより三津木俊助、いきなりその背後からおどりかかると、腰投《こしなげ》一番、みごとにきまって、恩田の体はもんどり打って床に横たわった。

唐沢氏は真蒼になって、ブルブルふるえている。まだはっきりと前後の事情は分らないけれども、なにかしら、彼の思いもよらぬことが、恩田をめぐっておこなわれていたことはたしかなのだ。

「あの、恩田が――恩田が――」と、唐沢氏はゼイゼイとのどを鳴らした。

「そうですよ、唐沢さん、つい慾《よく》に眼がくれて鉄仮面のやつに買収されおったのですわい。御苦労、御苦労、三津木君、そいつはそのままにして、どこかへ、厳重に監禁しておいてくれたまえ、いずれ後でゆっくり取調《とりしら》べよう」

俊助が恩田の体を高手小手《たかてこて》にしばりあげて、へやの外へひきずりだすと、矢田貝博士は、くるりと唐沢氏のほうへむきなおって、

「どうです、わかりましたかな。浴場の鏡のうえへ、あんないたずら書《がき》をしたのも、みんな恩田のしわざですわい。さあ、これで一人はかたづいた。しかしの、なかなかこれで、安心はなりませんぞ。あんたがあれほど信頼している恩田を、まんまと買収するくらいの鉄仮面じゃ、ほかにどのようなカラクリがあろうも知れぬ」

「それじゃ、あなたはあいつが今夜ほんとうにやってくるとお思いになるのですか」

唐沢氏の眼には恐怖の色がいっぱいうかんでいる。

「ふむ、まあ、その覚悟でまっていましょう。やってくればしめたものじゃ。三津木君と、わしとで捕《つかま》えてみせる。しかしの、俺《わし》にはそれよりももっと恐ろしいことが起《おこ》りそうな気がしてならぬ。一《いっ》たい、鉄仮面とは何者じゃろう。唐沢さん、あんたはそれを御存知なのでしょうな。一つ、それをわしに打明《うちあけ》けてくださるわけにはまいるまいか」

唐沢氏は無言のまま、じっと考え込んでいたが、額にはジリジリと脂汗《あぶらあせ》がにじみだしてくる、にぎりしめた手がモルヒネ中毒患者のように、ブルブルとふるえているのだ。

しばらくして唐沢は、ようやく口を切って話し始めた。

「博士、それればかりはどうか聞かんで下さい。これは恐ろしい秘密なのです。わしがこの事件を警察へ報告しようとせんのも、つまりその、秘密を知られたくないからです。ああ、恐ろしい、鉄仮面。——ああ、鉄仮面の秘密！」

唐沢氏は歯をくいしばり、拳固《げんこ》をかためて、両のこめかみをゴツンゴツンとたたきながら、今さらのようにに、ふかいふかい恐怖の溜息《ためいき》をはきだすのだ。

妖怪時計

さて、いよいよその夜のことである。

恩田の事件があって以来、ますます深い恐怖にとらわれた唐沢氏は、寝室へ閉じこもったまま、一歩も外へ出ようとはしない。窓という窓、ドアというドアは、ことごとく内部《うち》から錠《じょう》を下《お》されて、しかも、そのドアのまえには、矢田貝博士と、三津木俊助の二人が、眼を皿のようにして張番《はりばん》をしているのだ。

時刻は刻々と過ぎていって、まもなく、邸内《ていない》のどこやらで十一時を打つ音が聞《きこ》えた。

「先生、あいつはほんとうにやってくるのでしょうか」

眠けざましに、今しも、女中がいれてきた熱いコーヒーをすすりながら、そういったのは、三津木俊助だ。

「さあ、なんともわからぬ。しかし、折井君をやっつけた手際《てぎわ》といい、恩田を買収したあのあざやかなやり口といい、わしにはどうも、ほんとうに今夜、恐ろしいことが、起りそうな気がしてならぬのじゃて」

　矢田貝博士はそういいながら、われにもなく、ブルブルと体をふるわすのだ。部屋の中では、唐沢氏もやはり同じ思いと見えて、ゴトゴトと床のうえを歩きまわる足音がする。

「唐沢氏もやっぱり眠れぬと見えますね」

「そりゃむりもない。どんな豪胆《ごうたん》な男だって、見えぬ敵と闘うというのはいやなものじゃからなあ」

　時刻はしだいにすぎていく。やがて十一時半が鳴り、まもなく、十二時近くになった。と、この時である。ふと、かすかな口笛の音《ね》が、俊助の耳をうった。

「おや、あれはなんでしょう」

「なんじゃな」

「ほら、あの口笛の音です。先生には聞えませんか」

「口笛の音？」

　矢田貝博士はじっと耳を立てていたが、

「なるほど、口笛の音が聞えるな。どうやら庭の方らしい。三津木君、恩田の奴《やつ》は大丈夫かな」

「はい、あいつは厳重に書生《しょせい》に監視させてありますが、一寸《ちょっと》見て来ましょうか」

「うむ、そうしてくれたまえ。それから、ついでに庭の方を見て来たらどうじゃな」

「承知しました。では後のところはたのみます」

　俊助は用心ぶかくピストルを身がまえながら、恩田を檻禁《かんきん》してある別室の方に行って見たが、別になんの異状もない。恩田は猿轡《さるぐつわ》をかまされ、高手小手《たかてこて》にいましめられたまま、ゴロリと床のうえに投げだされているのである。そのそばにはがんじょうな書生が一人、緊張した面持《おもも》ちでひかえている。

「君、君、別にかわったことはないかね」

「はあ、なにもかわったことはありませんが」

「そう、それじゃ、なお一《いっ》そうの注意をしてくれたまえ」

　俊助はその部屋のまえを通って庭へでた。さすが宝石王といわれる唐沢氏の庭だけあって、これが東京市内かと思われるほどの広大さ。俊助はあたりに気をくばりながら、ソロソロとその庭をはっていく。空は春の薄曇《うすぐも》り、青々とおいしげった大木が暗い空を背景にして、くっきりとそびえているのも無気味なのだ。

ルルルルルル、ルルルルルル！

ふたたび、ひくい口笛の音がきこえて来た。

俊助はハッとして樹立《こだち》の根元に体をよせたが、と見れば、十間《けん》ほどかなたの草むらに、猫《ねこ》のように体を丸くして、モクモクと動いている人影がみえる。

さてこそ曲者《くせもの》！　俊助は思わず手にしていたピストルをにぎりしめた。相手はどうやら、そんな事とは気がつかぬらしい。あいかわらずじっと草むらに身をふせたまま、俊助とは反対の方角をうかがっている。俊助は足音をしのばせながら、ジリジリと、その方へ近寄っていく。相手はまだ気がつかぬ。これさいわいとばかりに、木蔭《こかげ》からおどりだした三津木俊助、いきなり、相手の背後からおどりかかったが、そのとたん、あっという叫びが思わず俊助の唇《くちびる》をついてでたのだ。

曲者は大の男と思いきや、いがいにもまだ十四五歳の少年ではないか。

「なんだ、君は、進君じゃないか」

おりからの月明《つきあか》りにすかして見て、俊助はドキリとしてさけんだ。いかさま、この少年こそ唐沢氏の遠縁《とおえん》にあたるという、御子柴進少年なのである。

「君はいったい、今頃《いまごろ》何をしているのだね。さっき口笛を吹いたのは君かい」

「違いますよ、三津木先生」

進少年は組みふせられた俊助の膝《ひざ》の下から、憤然《ふんぜん》としておきあがると、

「僕はいま、あやしいやつが庭をうろついているのを見かけたので、ひそかに様子をうかがっていたのです。チェッ！　あなたが余計なまねをするものだからあやしいやつは逃げてしまったじゃありませんか」

「そうか、そいつは失敬《しっけい》した。して、その曲者はどんな風をしていたね」

「わかりません。もう少しよく見てやろうと思っているところへ、あなたが飛びついてきたものだから、チェッ！」

進少年はなおもふんがいしながら、膝のどろをはらいながら立上《たちあが》ったが、その途端、

「あっ、三津木先生！　あれはなんです」と、叫んだ。

と、見れば、あかあかと電気に照らされた唐沢氏の寝室の窓には、今しも奇怪な影がうつっているで

はないか。ダブダブの二重《にじゅう》まわしに、つばの広い帽子をかぶった大入道《おおにゅうどう》の影なのだ。そいつがなにやら、ふとい棒のようなものをふりあげて、さっと打ちおろしたかと思うと、そのとたんに、部屋の中の電気がふっと消えてしまったのである。――

「大変です。三津木先生、だれか叔父《おじ》さんの部屋にしのびこんだ者があります」

「よし、進君、君も一《いっ》しょに来たまえ」

俊助と進少年の二人は、夢中になって家の中へかけこんだが、唐沢氏の寝室の中では、はたしてどのようなことが起ったのだろうか。

それをお話しするためには、時計の針を約二分ほど前にもどさなければならない。

唐沢氏は少しまえに思いきってベッドの中へ入ったが、どうしても眠る気にはなれない。ドアの外には矢田貝博士と三津木俊助が張番《はりばん》をしていると分《わか》っているが、それでもまだ安心できないのだ。

唐沢氏は枕下《まくらもと》においたピストルを、まさぐりながら、油断なく部屋の中を見まわしている。寝室の中には、高さ一丈《じょう》、幅二三尺《しゃく》もあるような大時計が置いてあったが、唐沢氏はさっきから、わき目もふらずその時計の盤面に眼《め》を注《そそ》いでいた。

時計の針《はり》は今や十二時二分まえを示している。大きな振子《ふりこ》が、ガラス扉《ど》のむこうで、ユラユラとゆれているのが見えた。時刻は、秒一秒とすぎて、やがて二本の針が十二時のところで一緒になったかと思うと、やがてボーンボーンとゆるやかな時の音が聞えはじめた。

十二時――鉄仮面の予告した時間なのだ。

と、その時である。

唐沢氏はなんともいえぬほど、おそろしいものをそこに発見したのである。今までユラユラとガラス扉のむこうに、ゆらめいていた振子が、いつのまにやら、まっくろな鉄の仮面にかわっているではないか。

唐沢氏は思わずのどをつかまれたように、ベッドから体をのりだした。救いをもとめようにも舌がもつれて声が出ないのだ。枕下においてあるピストルを探ったが、指がふるえてうまくつかめない。

鉄仮面は、しばらく時計の中からあざ笑うようにその様子をながめていたが、やがて、十二時をうちおわると同時に、時計のガラス扉がバネ仕掛けのよ

KIKUZŌ.

うにパッと外に開いたのである。

その中から鉄の仮面をかぶった男が、ゆうゆうとして寝室の中へはいって来た。

ダブダブの二重まわしにふちの広いソフト帽、それから手にはふといステッキを持っている。

「助けてくれ！」と、叫ぼうとしたが、その声は唐沢氏の唇《くち》をもれる前に、恐怖のためにのどの奥で強《こわ》張《ば》ってしまった。

鉄仮面はククククとあざ笑うような声をのどの奥で鳴らしながら、ジリジリとベッドの方へ近づいて来る。まっくろな仮面の奥から、二つの眼がらんらんと輝いて、ピンと上を向いた三ヶ月型のおおきな口の気味悪さ。

やがて、鉄仮面は唐沢氏の体のうえにのしかかると、さっとばかりにステッキをふりあげた。——と、同時に室内の電灯がさっと消えて、その暗闇《くらやみ》の底から、

「ヒ——ッ！」と、いうような、物凄《ものすご》い叫声《さけびごえ》が聞えたのである。俊助と進少年が庭からかけこんできたのは、ちょうどそのしゅん間《かん》だった。

乱舞する大装飾灯《シャンデリヤ》の巻

妖鬼の兇笑《きょうしょう》

「ヒーッ！」と、やみをつんざく悲鳴にまじって、ドタリと何かを倒すような物音。——万事はそれでおしまいだった。争闘は一《いっ》しゅんにしておわったらしい。何事がおこったのか、後はただ真暗《まっくら》のやみ夜《よ》のように暗い静けさ。

俊助と進少年の二人が息せき切ってかけつけてきたのは、実にそのしゅん間なのである。

「唐沢さん！　唐沢さん！」

「叔父《おじ》さん！　叔父さん！」

二人は夢中になって、ドアに体をぶっつけたが、内部《なか》からピンと錠《じょう》を下ろしたドアは、ビクともしない。

「畜生《ちくしょう》！　唐沢さん、どうかしましたか、唐沢さん！」

「叔父さん、叔父さん、僕です、進です！」

必死となってよべどさけべど、部屋の中からうんともすんとも返事はない。しいんと無気味にさえかえった静けさの中に、大時計の音のみ、コツコツとひびいてくるのも、この際、なんともいえぬほどの恐ろしさだ。

俊助はゾーッとしたように身をすくめると、ふとドアをたたく手をやめて、

「それにしても、矢田貝博士はどこへいったのだろう。もしや――」

と、思い出したように廊下を見まわしたが、そのとたん、俊助は思わずぎょっと息をのみこんだのだ。見よ、廊下の片隅にある長椅子《ながいす》の向《むこ》うから、ニョッキリと二本の脚《あし》がのぞいているではないか。しかも、そのズボンの縞柄《しまがら》に、俊助はたしかに見覚えがあった。

「あっ！　矢田貝博士だ！」と、さけんだ俊助、あわててそばへかけよると、

「先生！」と、ばかりに、ぐいと体をだき起《おこ》す。博士は眼《め》を閉じ、歯を喰いしばって、ぐったりとしていたが、死んでいるのではなかった。荒々しい、苦しそうな呼吸が、旋風《せんぷう》のように長い山羊《やぎ》ひげをふるわしているのである、見るとごましお頭からぶくぶくと血が吹き出していて、それが長い毛のはじにたまって固まりかけている。ぼんやりしているところを、ふいにうしろから襲撃されたものにちがいない。

「先生、しっかりして下さい。先生。――あ、進君、すまないが、水を――水を――」

進はすぐに、身を翻《ひるが》えして、廊下のはしに消えたが、間もなく、水瓶《みずびん》と、コップとタオルを持ってきた。

「ありがとう。君はこのタオルで傷口を冷やしてあげてくれたまえ。先生、矢田貝先生、しっかりして下さい」

食いしばった歯を割って、コップの水を注《そそ》ぎこむと、博士はようやく薄眼《うすめ》をひらいた。

「ああ、三津木君――あいつは――あいつは――」

「あいつって誰《だれ》です。先生、しっかりして下さい」

「あいつだ！　あいつだ！　畜生！」

博士はよろよろと起きあがったが、すぐまた、力がぬけたようにドシンと傍《そば》の椅子に腰を落すと、長い山羊ひげをふるわせながら、

「畜生ッ――恩田だ、恩田だ、恩田のやつがふいに

うしろから——」

「え、それじゃ、恩田のやつが逃げたのですか」と、俊助はきっと立上《たちあが》ると進の方をふりかえって、

「進君、ちょっと書生《しょせい》部屋を見てきてくれたまえ、ひょっとすると書生のやつも——」

と、みなまで聞かずに進少年、タタタタタと廊下を走っていったが、すぐに引返《ひっかえ》してくると、

「先生、大変です。書生のやつめ、何か薬を嗅《か》がされたと見えて、ぐったりとのびたまま、いくら起しても起きません。恩田は縄を切って逃げたらしいです」

ああ、恩田が逃げた。あいつが逃げたとすると、いよいよただ事とは思えない。

「先生！」と、俊助がまっさおになって何かいいかけるのを、ふいにしっと制した矢田貝博士、急にキッと顔をあげると、

「あ、あれはなんだ！　あの声は——」

博士の言葉にドキリとした俊助と進少年、これまたきっとドアの方をふりかえる。

ああ、その時、なんともえたいの知れぬ気味の悪い声が、ゆらゆらと、渦《うず》まくように、のたうちまわるように、あるいは高く、あるいはひくく、時にはすすりなくような尾をひきながら、寝室の中から聞《きこ》えてきたではないか。

笑い声なのである。人を見下げる様《よう》なひくいふくみ笑い、陰々《いんいん》とした忍び笑い、骨を刺すようなあざけり笑い、——それがしだいしだいにたかまってきたかと思うと、やがて邸中《やしきじゅう》をゆるがすような、気味の悪い爆笑となってきた。後にも先にも、俊助はこんな恐ろしい笑い声を聞いたことがない。

「あっ！」と、さすが物に動ぜぬ三津木俊助も、一しゅん間《かん》、まっさおになったが、

「畜生ッ！」と、歯がみをすると、猛烈にドアに体をぶっつけていったのである。

秘密の地下道

「先生、手を貸して下さい。曲者《くせもの》はまだこの部屋の中にいます、早く！　早く！」

「よし！」と、矢田貝博士もよろよろと立上ったが、そのとたん、部屋の中の笑い声はバッタリとやんだ。しかし二人は、そんなことには一切おかまいなし、

ドシン、ドシンと夢中になってドアに体をぶっつける。

「三津木君、これじゃ駄目《だめ》だ。何か獲物《えもの》はないか、獲物は――」

言下《げんか》に進少年、廊下をバタバタかけだしていったかと思うと、やがてひっ提《さ》げてきたのはストーヴの中をかきまわす鉄の火かき棒。

「よし！」と、こいつを受取《うけと》った俊助、腕も折れよとばかりに、必死となって乱打する。さしも頑強《がんきょう》なドアも、この猛撃にあってはひとたまりもない。やがてメリメリと音を立てて、あついドアに裂目《さけめ》ができた。

「しめた！」と、ばかりにそのすき間から腕を突込《つっこ》んだ三津木俊助、中をさぐると幸い手に触ったのは、内側からさしこんだ鍵《かぎ》である。

ガチリ！

そいつをまわしたとたん、ドアがさっと開いたかと思うと、三人の体はなだれをうって部屋の中に躍りこんだ。

「電気。――電気――」

博士の声に勝手知った進少年が、カチリと壁ぎわのスイッチをひねったしゅん間、三人はぼうぜんとして部屋の入口に立ちすくんでしまったのである。

ああ、なんということだ。部屋のなかはもぬけのから、唐沢氏はいうまでもない、たった今、あの気味の悪い笑い声を立てていた怪人の姿すら見えないのだ。

「や、や、これはどうだ」と、あぜんとした三津木俊助、すばやく部屋の中を見まわしたが、どこにも人の隠れる場所はない。ドアというドア、窓という窓は、皆内側から厳重にしまりがしてあって、蟻《あり》のはい出るすき間もないのだ。それにもかかわらず、怪人の姿はいうもおろか、唐沢氏の姿さえ見えないではないか。

「セ、先生、これは一体どうしたというのでしょう」

「フーム」と、入口にたたずんだ矢田貝博士、例の度の強い眼鏡《めがね》の奥で、ショボショボと眼《め》をまたたきながら、思わず太いうなり声をあげると、

「三津木君、よういならぬ事件だ。こいつは実に大仕掛けな事件だぜ。この部屋のなかには、きっと人知れぬ秘密の通路があるにちがいない、進君、君は

いままでそんな事を聞いたことはないかの」

「いいえ、先生」

「よし、それじゃ我々の手でその通路をさがさねばならぬ。三津木君、大至急だ。大急ぎでその辺をさがしてくれたまえ。ぐずぐずしていると唐沢氏の生命《いのち》が危い、早く、早く！」

そこで三人は大急ぎで部屋の中をさがしまわった。床の絨緞《じゅうたん》をはぐって見た。壁をコツコツとたたいてみた。さらに寝台に登って、天井《てんじょう》もさぐって見た。三人とも必死なのだ。しかし、どこにもあやしいと思われる箇所はない。五分ほどたつと三人ともガッカリしたような顔を見合《みあわ》せる。

「先生、どこにも変な箇所はありませんね」

「いや、そんなはずはない。どこかに見落《みおと》しがあるのじゃ。どこかに、我々の気づかぬ箇所があるのだ。あッ」と、ふいに博士はあの大時計を見て、

「三津木君、君の時計は今何時だね」

「僕の時計ですか。僕の時計はいま十二時十五分すぎです」と、いいかけて、俊助はドキリとしたように眉《まゆ》をひそめると、「先生、これは不思議です。この大時計は今十二時十分を指していますね。ところが僕がさっき、この大時計が十二時を打つのを庭で聞いたのですが、その時何気なく僕の時計と合《あわ》して見たところが、キッチリと合っていました。それがわずかの間に五分遅れるなんて、これはいったいどうしたことでしょう」

「誰《だれ》かが、この時計にさわったのだね。そうだ、秘密のカラクリはこの時計にある」

矢田貝博士はつかつかとその時計のそばによって、とみこうみしていたが、ふと俊助の方をふりかえると、

「三津木君、君がさっき唐沢氏の悲鳴を聞いたのは何時ごろだったかね」

「そう、あれは十二時を打った直後でした」

「よし！」と、きっと眼を光らした矢田貝博士、眼がきらきらと光ったかと思うと、曲《まが》っていた腰さえ急にシャンとして、

「三津木君、すまないが、この時計の針《はり》をもう一度十二時のところにやってくれたまえ」

「十二時に――？　どうするのですか、先生」

「まあ、いい、なんでもいいからやってくれたまえ」

俊助は不思議そうにのびあがって、時計の針をクルクルとまわす。一時、二時、三時、四時、五時――時間は素晴らしい勢いですぎていくと、やがて、ふたたび針は十二時のところで重なった。

ボーン、ボーン、ボーン。

ゆるやかな音が十二時を打ちはじめる。二人はそれを聞くと、手に汗を握って時計をじっとみつめている。やがてボーンと十二の最後の音が、ゆるやかなひびきを残してきえていった。――と、そのとたん、ふいにギリギリと妙な音がしたかと思うと、すばらしいいきおいで下のガラス扉がパッとひらいたのだ。

あっとさけんで俊助は、思わずうしろへとびのいたが、次のしゅん間、いきなりガラス扉のなかにおどりこむと、ゆるやかに動いている振子《ふりこ》を押しのけて、しばらく時計の中を探っていたが、ふと手にさわったのは小さいボタンだ。

「あ、先生、妙なものがありますよ」と、しばらくそれをまさぐっている間に、何気《なにげ》なくぐいとおせばこはそもいかに、ふいに大時計の背後が、スルスルと床の中に吸いこまれていったではないか。いやいや、時計の背部ばかりではない。ちょうどその裏側にあたっている壁さえも、スルスルと下へくい込んで、そこにポッカリと、人が出入《でいり》をするだけの穴があいたのである。

「これだ!」と、俊助は他の二人を振りかえって、

「先生、これが抜道《ぬけみち》です。鉄仮面のやつ、ここから唐沢氏をひっさらっていったのですよ」

袋の鼠

「よし、それじゃわしが入って見よう」と、矢田貝博士はそれと見るより、真先《まっさき》にその穴の中へ入っていこうとする。なにを思ったのか三津木俊助、

「先生、しばらく待って下さい。穴の中にはどんな仕掛けがしてあるかわかりませんよ。どうでしょう、僕と進君が取りあえず探検してきますから、先生はここで見張りをしていてくれませんか。どういうはずみに悪党どもが、こちらの方へ逃げてくるかも知れませんからね」

「なるほど、それもそうじゃ、ではわしはここで番をしていてやろう。君たちいってきたまえ」

「進君、それじゃ君もゆこう。君、怖《こわ》いことはないだろうな」

「大丈夫《だいじょうぶ》ですよ、先生、叔父《おじ》の敵《かたき》です。僕、どんなことでもやりますよ」

にっこりとほほえみをうかべた御子柴進、早くもみずから進んで穴の中へもぐりこもうとする。

「ふむ、君はなかなか勇敢な少年だね。よし来給《きたま》え。先生、それじゃ後は願いますよ」と、三津木俊助、片手に懐中電灯、片手にピストルを持ってキッと身がまえると、一《いっ》しゅんの猶予《ゆうよ》もくれず、真暗《まっくら》な通路の中におどりこむ。

恐らく、壁と壁のあいだをくりぬいた通路なのであろう。一人の人間がようやく通れるくらいのせまい道なのだ。歩く度《たび》にザラザラと壁土がこぼれて、窒息《ちっそく》しそうな暗闇《くらやみ》がのしかかるように二人の上におおいかぶさってくる。

「進君、気をつけたまえ。どこに悪者がかくれているかも知れないからね」

「はい、大丈夫です」

壁を伝ってものの五間《けん》もいくと、そこに危《あぶな》っかしい階段がある。凸凹《でこぼこ》と石をきざんだような階段なのだ。

「階段だぜ、気をつけたまえ」

うしろへ注意しながら、俊助はその階段をおりていく。一段、二段、三段――階段は都合十八段あった。それを降り切ると、今度は又《また》せまいトンネルだ。

「ふふむ、ずい分《ぶん》大仕掛けなことをやりやがったものだな。いったい、いつの間にこんな工事をしたのだろう」

進はもくもくとして、俊助のあとから歩いていたが、ふと思いだしたように、

「あ、そうです。去年の秋、叔父さんは三ヶ月程《ほど》、家をあけて旅行していたことがありますが、その間、あの恩田のやつが、一切の采配をふるっていたのです。この工事はきっと、その間にやったにちがいありませんよ」

それからまた、二人は無言のまま進んでいく。トンネルは次第に広くなってきた。ところどころ土がくずれて、水の吹きだしている箇所が見える。ふいに俊助は何を見つけたのか、あっといって立止《たちどま》った。

「ど、どうかしましたか」

「見たまえ」と、俊助は身をかがめると何やら拾い

あげて、それを掌にのせると、進の方にさしだした。

「君、このボタンに見覚えはないかね」

「ああ、これはたしか、叔父のパジャマについていたボタンですよ」

「ふむ、すると、いよいよ唐沢さんはここから連れだされたのにちがいないね」

「セ、先生、叔父はまだ生きているでしょうか。それとも――」

「しっ、進君、そんなことを考えちゃいけないのだ。とにかく、ゆけるところまでいって見よう」

二人は又もや、闇の中を進んでいく。地下道はいよいよ狭くなって、しまいにははっていくより他に仕様《しよう》がなくなった。空気はいよいよ重苦しく、ひょっとすると、このままおしつぶされてしまうのではないかという気さえする。一間、二間――四つんばいになった二人は、まっくらな中をもぐらのように進んでいく。ふいに先に立った俊助が、おやというように首をかしげた。

「先生どうかしましたか」

「進君、君には聞《きこ》えないかね、あのさらさらという風の音が……」

「ああ、聞えます。それにさっきからくらべると、だいぶ呼吸《いき》が楽になりましたね」

「ふむ、して見ると、いよいよ地下道の終《おわ》りへきたのかな、とにかく、急いでいって見よう」

これに力を得た二人が、まっしぐらに闇の中を進んでいくと、ふいにバッタリ俊助は、冷《つめた》い土の壁に鼻をぶっつけた。

「おや」と、俊助がひるんだ刹那《せつな》、進少年がいきなり、

「あ、先生あんなところに星が見えます」と、さけんだ。

なるほどあおげば、まっくらな中に、キラキラと星が美しくまたたいているのが見える。

「進君、これはなんだ、どこかの古井戸《ふるいど》の底にちがいないぜ。どこかその辺に、梯子《はしご》のようなものがかかってやしないかね」

進はのびあがって手探りに、その辺をさぐっていたが、やがて、

「あ、ありました、ありました」と、いう声に、俊助がさっと懐中電灯を照らしてみると、なるほど上のほうから縄梯子《なわばしご》が一《ひと》すじダラリとたれているのだ。

「しめた！　進君、僕が先にのぼって見るから、君もきたかったら後からきたまえ」

　俊助はそういうと、早《はや》、猿《ましら》のようにその縄梯子を伝っていく。進もちゅうちょなくその後からついていった。

　ああ、この時彼等《ら》は、もう少ししんちょうにあたりのようすを見るべきだった。何故《なぜ》ならば、ようやくこの縄梯子を登りきった俊助が、何気《なにげ》なく井戸の中から顔をだしたとたん、なにやらまっくろなものが、フワリと頭のうえから落ちてきたのだ。

「あっ、しまっ……」と、いいかけたが、その言葉は途中で消えてしまった。と思うと、俊助の体は黒い袋につつまれたまま、スルスルと宙に引きあげられたのだ。

「しめしめ、うまくいったぞ」

　暗闇の中で、二つ三つの影がチラチラと動いたと思うと、闇の中から声がする。聞き覚えのある恩田の声だ。

「畜生《ちくしょう》ッ！」と、歯がみをしたが追いつかぬ。手早く誰《だれ》かが袋の口をゆわいたから、俊助は今や全《まった》く袋の鼠《ねずみ》、ピストルを取直《とりなお》そうとしたが、袋をかぶせられたはずみに落したと見えて、どこにも見当《みあた》らないのだ。

「おい、もう一人あとからくるぜ。誰だい。あの老《おい》ぼれ探偵じゃないかね」

「いや」と、別の声が、「どうやら小僧っ子のようだ」

「小僧っ子？　畜生、進の奴《やつ》だな、あいつにゃ用はねえ。かまわねえから縄梯子をたたき切ってしまいねえ」

「よし、きた」と、一人の男が縄梯子にむかって、さっと刃物をおろしたからたまらない。中途まで登っていた進は、

「あっ！」と、ひとこえ、たまげるような声を残して、真逆様《まっさかさま》に、井戸の庭へと顚落《てんらく》していったのである。

　それから二時間ほど後のこと。

深夜の両国橋《りょうごくばし》のうえに、一台の自動車がとまったかと思うと、中から降りてきたのは、恩田をはじめ三人の荒くれ男。

「いいかい、大丈夫かい。誰もいやしねえだろうな」

「大丈夫、この真夜中だ。誰が見ているものか。早いとこやってしまいねえ」

「よし」と、さけんで、がんじょうな男が、自動車の中からズルズルと引きずりだしたのは、人間の形をした二つの袋、恩田はニヤリ笑いながら、

「おい、唐沢の爺《じい》さんに三津木俊助、よく聞きねえよ。唐沢雷太は古狸《ふるだぬき》、今にお海に沈むだろうというのはこのことさ、ほーら、南無阿弥陀仏《なむあみだぶつ》」と、さけんだかと思うと、あな無残《むざん》、一つまた一つ、二つの袋がくるくると宙におどって、やがて橋から真暗《まっくら》な河の中へ。

ブクブクブク、ブクブクブク。——

河の中から小さい泡《あわ》が、浮きあがってきたかと思うと、あとはまたもとの静けさ。

美しきスパイ

その翌日、東京市民は、世にも恐ろしいニュースを新聞紙上に発見した。袋詰めになった唐沢雷太氏の死骸《しがい》が、佃島附近《つくだじまふきん》に浮きあがったというのである。ああ、鉄仮面のあの無気味な予告は、はたしてうそではなかった。唐沢氏は歌の文句にあったとおり、まるで泥舟《どろぶね》に乗った狸《たぬき》のように、ブクブクと海底に沈められたのである。しかも生きながら。……

この報道は東京市民を戦慄《せんりつ》させるに十分であった。なんというつめたさ、なんという残酷《ざんこく》さ、たとえ鉄仮面のがわにどのような正しい理由があるにせよ、その手段のあまりの惨忍《ざんにん》さに、人々がなんともいえない敵意とにくしみをかんじたのも、まったくむりではなかったのである。

おまけに、鉄仮面は早《はや》すでに、二人までも、つみのない者を殺害しているのだ。折井律太に三津木俊助。——

ああ、三津木俊助もついにあの鉄仮面の毒手《どくしゅ》には手むかうことも出来なかったのであろうか。警察ならびに新日報社では、おそらく俊助も唐沢氏とともに、生きながら水葬礼《すいそうれい》にされたのであろうと、必死となって隅田川《すみだがわ》の上下を捜索したのであったが、不思議や、彼の死体はどこからも発見されなかった。

しかし、たとえ死骸が発見されなかったにもせよ、あの厳重な袋づめのまま、水中に投じられたのだから、万に一つも生きている見込みはあるまい。

こうして人々が敏腕の新聞記者の死を悲しみ、ざんこくな鉄仮面を憎んでいる時、とつじょとしてふたたびあの奇怪な新聞広告があらわれたのである。鉄仮面の予告なのだ。傍若無人《ぼうじゃくぶじん》な鉄仮面の犯罪広告なのだ。しかも、このたびの犠《ぎ》牲者《せいしゃ》は、花のような妙齢の美人。

ある朝、人々は次《つ》ぎのような奇怪な広告を見たのである。

欲張《よくば》り婆《ばばあ》は欲張って
　お化《ば》けの葛籠《つづら》を背《し》負《ょ》い込んだ
親の因果《いんが》が子に酬《むく》い
　香椎文代《かしいふみよ》のいじらしさ

例によってそういう文句の下には、お化けのつづらをひらいた欲張り婆さんが、びっくりして腰をぬかしている場面が、まことに下手《へた》くそな筆でかいてあった。しかもその婆さんの顔が、あの有名なレビュウ女優、香椎文代の写真になっていることも、また、つづらのなかから、ニョロニョロと首をだしているロクロ首が、鉄仮面をかぶっていることも、ほとんどカチカチ山の場合と同様であった。

さあ、世間の騒ぎといったらお話にならない。それもそのはず、香椎文代といえば、今満都《まんと》の人気をひとりでしょいこんでいるほどの大した人気者、その人気者が、相手もあろうに鉄仮面にみこまれたのだ。あの幽霊のような鉄仮面に。――

こういう騒ぎのまっさいちゅうに、新日報社の三階の会議室では、今日もまたひそひそと密談がつづけられている。

「いや、どうしても我々は、この兇悪無残《きょうあくむざん》な、鉄仮面とたたかわねばなりません。たとえ会社がつぶれても、あいつをたおさなければ私は承知しません」

顔を赤くし、きっぱりとそういいながら、ずらりとい並ぶ幹部連中の顔を見渡したのは、いわずと知れた鮫島編集長。

「考えても見て下さい。我々はすでに、二人までもよい社員をあいつのために犠牲にしている。その弔《とむら》い合戦です。鉄仮面をたおすか、この新日報社が敗《やぶ》れるか、我々は最後まで闘いぬきましょう」

そういった時には、感情のゆたかな鮫島編集長の眼《め》には、キラリと涙さえ光っていた。部下を思うその真情には、誰《だれ》も打たれずにはいなかった。さっきまで、この無意味で危険な争いを止《や》めさせようとして反対していた他の幹部も、これには一言もなかった。

こうして一座がひっそりとして声なく、しいんと静まりかえった時、ふと末座《まつざ》から低い声をかけたものがある。

「いや、鮫島編集長の御決心をうけたまわって、俺《わし》もつくづく感服しましたわい。いや、とうぜんそうあるべきでございましょう。社の面目《めんぼく》にかけても、また新聞社の務めとしても、そうなければならぬはずですわい」

その声に一座の人々が、はっとしてふりかえれば、いつの間に入ってきたのやら、あの矢田貝博士が、例によって度の強い近眼鏡《きんがんきょう》の奥から、眩《まぶ》しそうな眼をショボショボとさせているのである。

「ああ、先生よくいらして下さいました。お待ちしていたところです。どうぞこちらへ」

「はい、はい」と、矢田貝博士は、すすめられるままに、鮫島編集長のまえの椅子《いす》にどっかと腰を下ろすと、

「したが鮫島さん、あなたはこの鉄仮面を捕えるについて、何か御工夫がおありかな」

「いや、それがないので、弱っています、何しろ向《む》うは、幽霊みたいな、捕えどころのないやつですから」

「そこじゃて」

と、矢田貝博士は急に体をまえへ乗出《のりだ》すと、

「俺《わし》はもう、こんな口だしをする資格がないかも知れません。なんしろ唐沢氏の場合には、あのように失敗したんですからな」

「いや、先生、決してそのような御謙遜《ごけんそん》には及びません。お考えがあったら、ぜひ、おっしゃって下さい」

「そうかの。そういわれればいうが、これはこちらも一つスパイを使ったらよかろうと思う」

「スパイというと？」

「そう、この前もお話ししたように、唐沢氏の場合には、あらかじめ恩田というやつを執事《しつじ》として住みこませていたぐらい用意周到な鉄仮面のことじゃ。今度じゃとて、必ず香椎文代の周囲に、スパイが必ずつきまとっている。そこで、こちらでも一つその

裏をかいて、誰かを文代の周囲に住み込ませておくのですな」

「なるほど、しかしそれがそううまくいくでしょうか」

「いかぬこともなかろう。そのスパイになる人物しだいじゃ。ところでちょうど幸い、今日新聞の三行広告に、このような広告がでているのを、あなたは御存知《ごぞんじ》かの」

そういいながら、矢田貝博士の取りだした新聞を見れば、そこには次《つ》ぎのような三行広告がのっているのだ。

> 女秘書入用　能筆にして教養あり感じよき婦人を求む。報酬《ほうしゅう》相当、委細《いさい》面談、四《よつ》谷番衆町《やばんしゅうちょう》　香椎文代

「ほほう」と、鮫島編集長は思わず眼をみはった。

「これはおあつらえむきですね」

「そう、しかし、問題はその女秘書になる人物じゃが、あなたに誰か心当《こころあた》りがありますか」

鮫島編集長はしばらくだまって考えていたが、やがて決然として顔をあげると、何を思ったのか、いきなりジリジリとベルをならす。と、そのベルに応じてあらわれたのは、あの美人の女秘書、桑野妙子である。

「なにか御用《ごよう》でございますか」

「桑野君、ちょっとこの新聞を見てくれ給《たま》え」

妙子は指さされた三行広告のうえに、すばやく眼を走らせたが、すぐ不審そうな眼をあげる。

「桑野君、用事というのは、ほかでもない。君に一つ、香椎文代のところに、住み込んでもらいたいのだが」

「え？」妙子はさっとまっさおになった。「あの私が……」

「そうじゃ。理由は、もうすまでもあるまい。香椎文代は鉄仮面にのろわれている女だ。そしてその鉄仮面は、君の尊敬していた三津木俊助君の敵《かたき》だ。どうだ、むずかしい役目だが、この大役をやってくれる気はないか」

妙子はしばらく無言のまま考えていた。顔色がまっさおになって、両のこめかみからタラタラと汗が流れた。だがふいに思いあまったように、妙子はわ

っとその場に泣きふすと、

「やります、やります！　あたしきっとこの大役をやってみせます、三津木先生のために――」

と、決然としていい放《はな》ったのである。

劇場の大コウモリ

それからちょうど、一週間ほどのちのこと。ここは香椎文代が出演して、満都《まんと》の人気を集めているレビューの殿堂、東都《とうと》劇場の楽屋である。

「妙子さん、あたしもうこわくて、こわくて……」

三面鏡にむかって、今しも美しい女王の扮装《ふんそう》をおわったばかりの香椎文代は、くるりと椅子《いす》をまわすと、涙ぐんだ眼で、ちかごろ雇《やと》ったばかりの女秘書桑野妙子にうったえるようにそういった。

「お嬢さま、大丈夫《だいじょうぶ》でございますよ。そのためにこうして、劇場の周囲には、大勢の警官や刑事がはりこんでいて下さるんですもの」

「だめよ、妙子さん、警官なんてにんぎょうも同じことよ。だってあなた唐沢さんの事件を御存知でしょう。あの時だって、厳重な警戒をしていたのに、結局何もならなかったというじゃありませんか。ああ、妙子さん、あたしこわい。ねえ、あたしのたよりにするのは、ほんとうにあなた一人よ、あなた、どうぞ、いつまでもあたしのそばを離れないでね」

「お嬢さま、どうして今日にかぎってそんなことをおっしゃいますの。ええええ、あたしあなたの方がいやだとおっしゃっても、決しておそばをはなれないつもりでございますわ」

「ありがとうよ、妙子さん」と、文代はうっすらと涙のうかんだ眼で妙子を見ながら、

「あたしね、なんだかあなたが他人のように思えないのよ。最初お眼にかかった時から、あたし、あなたがやさしいお姉さまのような気がしてならないの」

「まあ、もったいない、お嬢さま」

「いいえ、ほんとうなのよ。妙子さん、まあ聞いてちょうだいな。あたしこのような生活《くらし》をしていると、さぞはなやかな、楽しいことだろうとお思いになるでしょう。でも大違いよ。あたしには親もなければ兄弟もない、それこそさびしいひとりぽっち。妙子さん、あなたあたしのお姉さまになって下さらな

い」

　妙子は今年二十一、そして文代は二つ下の十九、どちらがどっちともいえない程《ほど》、美しい少女だった。さすがに妙子は年かさでもあり、新聞社というようなところに勤めているだけあって、年齢《とし》にあわずしっかりしたところがあるのに反して、文代はまだほんの子供っぽい、いかにもあどけない美しさだった。

　しかしよくよく見ていると、この二人にはどこか共通したところがあった。美しい顔形のどこかにあるさびしさ——それは二人の境遇からきているのかも知れない。なぜなら妙子も文代と同じく、この世の中でたった一人の孤児であったから。

「お嬢様、お姉さまになるなんてもったいない。でも、あたしもうどんなことがあってもあなたのそばははなれませんわ。あたしきっときっとお嬢さまの体をおまもりいたしますわ」

　文代に雇われるようになってから、妙子はこの年若いレビュー界の人気者を、お嬢さまとよんでいるのである。

「お嬢さま、でもあたし不思議でなりませんわ。あなたのようなお優しい人を、なんの怨《うら》みで鉄仮面はつけねらっているのでしょうね」

「妙子さん」と、文代はさびしげに眼《め》をふせて、「あたしにはその理由がちゃんと分《わか》っているのよ。あなたもあの広告に、親の因果《いんが》が子に酬《むく》い、とあったのを御存知でしょう。あたし、亡くなった父の悪《あく》業《ごう》のむくいを受けておりますのよ」

「まあ！」

「あたしの父は香椎弁造《べんぞう》といって、かなり有名な検事だったんですって。そして生きている中、この間殺された唐沢雷太さんとはとても仲好《なかよ》しだったといいますから、何かきっと二人で、あの鉄仮面に怨まれるようなことをしたのに違いありませんわ。あたしその報《むく》いを受けておりますのよ」

「まあ、だって、それは何もあなたの知ったことじゃないじゃありませんか」

「ええ、でも、相手にすればよっぽど口惜《くや》しい事があったにちがいありませんわ。父はずいぶんきびしいいじのわるい人だったといいますから。——でもね、自分の娘にまで祟《たた》るような、どんな恐ろしいことをしたのかと思うと、あたしもうこわくてこわくて……」

文代はそこまでいうと、よよとばかり泣きふすのだ。妙子はなんといって慰《なぐさ》めていいか分らない。かわいそうに、何も知らぬこの美しい少女が、いかに父のむくいとはいえ、こんな苦しみを味《あじ》わねばならぬのかと思うと、妙子は腸《はらわた》を千切《ちぎ》られるような同情をかんずるのだ。

文代はしばらくあってふと顔をあげると、

「まあ、あたしとしたことが、こんなつまらないお話をして、ごめんなさいね。あら、あれ開幕のベルじゃないかしら」

文代は急いで涙をふくと、その上に軽く白粉《おしろい》をたたきつけながら、

「ねえ、こんなおそろしい思いをしながら、やっぱりお客様のまえで、笑って踊らねばならないなんて、ずいぶんいやな職業ね」と、そういいながらも、文代は、さびしい微笑をうかべて、大急ぎで楽屋をでていった。

後に残った妙子は、しばらく物思わしげな顔をしてじっと考えこんでいる。やがて文代が舞台にあらわれたのだろう、割れるような拍手《はくしゅ》の音が、どっとなだれをうつようにここまで聞《きこ》えてくる。妙子はそれを聞くと、ふと立上《たちあが》って、楽屋からでたが、そのとたん、彼女はぎょっとして、そこに立ちすくんだ。

「まあ、そこにいるのは誰《だれ》？」

「へへへ、あっしですよ、お嬢さん」

そういいながら、薄暗い道具裏から、ひょっこりと顔をあげたのは、つい近頃《ちかごろ》、この劇場へ雇われてきたばかりの、仙公《せんこう》という薄野呂《うすのろ》の道具方《かた》である。まだ若い男だが、顔中にぶしょうひげをはやした熊《くま》のような男、おまけに左の額《ひたい》からあごへかけて、恐ろしい傷痕《きずあと》があるのが、なんともいえぬほど物凄《ものすご》いのだ。

妙子は思わずぶるぶると身ぶるいをしながら、

「あなた、一体、こんなところで、何をしているのよ。ここは、あなたなんかのくる場所じゃないでしょう」

妙子はふと、この男、鉄仮面のまわし者じゃないかしらと考えて、急に恐ろしくなってきた。

「なあに、その、ちょっと用事がございまして、お嬢さんは相変《あいかわ》らずお美しいですな。へへへ」

「まあ、いやだ、あっちへいってちょうだい。二度

とことんなとこでまごまごしていると、支配人に、もうしつけますよ」と、妙子が声をふるわしていった時しもあれ、何事が起《おこ》ったのか、観客席から、ワーッというさけび声。

「あら！」

「なんだ、あれは！」

きっとふりかえった仙公のようすには、今迄《まで》のうすのろらしいところは一つもない。妙子はいよいよあやしいと思ったが、それよりも気になるのはあの観客席のさわぎ方。わっと総立ちになるような物音、劇場をゆるがすようなさけび声、悲鳴、さけびいかる声。——

「ああ、鉄仮面だ！　鉄仮面だ！」

「助けてえ！」と、いう声も聞える。

はっと色を失った妙子が、仙公とともにほとんどひととびの速さで、舞台の袖口《そでぐち》までできて見れば、ああ、これはなんとしたことだ。

観客席の上にブラ下《さが》った、花のような大シャンデリヤが、恰《あたか》も嵐にあった小舟のように、ユサユサと大きくゆれて、飛び散る切子《きりこ》硝子《ガラス》の瓔珞《ようらく》、花の珠玉があられととんで、しかもその大シャンデリヤのうえに、コウモリのようにハタハタと羽根をひるがえしながら吸着《すいつ》いているのは、ひと眼で知れるあの気味悪い鉄仮面——鉄仮面なのである。

舞台を見ると、まっさおになった香椎文代が、あたかも蛇《へび》にみ入られた蛙《かえる》のように、力なく、ぼうぜんとして突立《つった》っている。

舞台のうえのこの花の女王と、大シャンデリヤのうえの鉄仮面と更《さら》に舞台わきに突立《つった》った妙子と仙公と——ごった返すような劇場の中に、この四人が相《あい》対すること一《いっ》しゅん、突如《とつじょ》、鉄仮面のくちびるから、世にも奇怪な笑い声がもれてきた。すすりなくような、あなどるような、あざけり笑うような、なんともいえない恐ろしい、恐ろしい笑い声、唐沢氏の、寝室から聞えてきたと同じあの笑い声が……。

奇々怪々傷男出現の巻

呪いの白羽の矢

なんともいえぬほど、気味の悪い笑い声なのである。ヒューヒューと笛を吹くような甲高《かんだか》い笑い声にまじって、おりおりゲラゲラと腹をゆすぶるような、太い笑い声が天井《てんじょう》から降ってきた。

人々は一《いっ》しゅんかん、ハッとして身動きもしないでシーンと息をのんで、大シャンデリヤにブラ下《さが》っているこの奇怪な人間蝙蝠《こうもり》の行動をうち見守っているのだ。

――と、この時である。鉄仮面はふと、気味悪い笑い声をおさめると、二重《にじゅう》まわしの袖《そで》の下から取りだしたのは、奇妙な一挺の弓と、一本の白羽《しらは》の矢、宮守《やもり》のように大シャンデリヤに吸いついたまま弓に矢をつがえると、こいつをきりきりと引き絞ったから、驚いたのは観客である。

「わっ!」と、声をあげてふたたび観客席の中で大きくなだれをうち返した。

鉄仮面はしかし、そういう騒ぎには目もくれず、引きしぼったねらいの的《まと》は、まさしく舞台のうえの香椎文代をさしている。二三度その矢先が宙にフラフラと浮動したかと思うと、やがてピタリと動かなくなった。ねらいは定《さだま》った。弓絃《ゆんづる》が満月のようにきりりと引きしぼられた。やがて、ビューンとかすかな音を立てながら、白羽の矢は白い直線をつくって、ななめにさっと空《くう》をきって舞台のほうへ飛んできた。

……

と、真に間髪《かんはつ》を入れぬそのしゅん間《かん》である。今まで舞台の袖に立ちすくんでいた桑野妙子が、あっとさけぶと、鞠《まり》のように舞台へとびだして、いきなり文代の体をかかえると、二人とも転げるように舞台にからだをふせた。あの恐ろしい白羽の矢が、文代の頰《ほお》をかすめて、うしろにあるこしらえものの立木に、ぐさっと突き立ったのは実にそのしゅん間だった。ねらいははずれたのである。

「お嬢さま、この間に早く、早く」

「あ、妙子さん!」

夢中になって妙子のからだにすがりついた文代の

顔は、土のようにまっさおだ。あまりの恐ろしさに、体中の力がツーッとぬけてしまって、起き直ることもできないのである。

「お嬢さま、しっかり遊ばせ、ぐずぐずしている場合じゃありませんわ」

「ありがとうよ、妙子さん」と、文代は涙ぐみながら、

「でも、あたしもうだめよ」

「だめ？　まあ、そんなことございますものか。あれ、また二本目の矢をつがえておりますわ」

「だって、だって、妙子さん、あたしもうだめなのよ。だめだわ。あいつにのろい殺されるんだわ。あたしより、あなた危《あぶな》いから早く逃げてちょうだい」

「いいえ、あたしなんか、どうでもいいのよ。そんな弱気で、あなた、どうなさいますの、あ、あれぇッ！」

さけび声もろとも、文代の体をおしころがして、妙子ががばとそのうえに身をふせたその一刹那《せつな》、二本目の矢がピューッと風をきってとんできた。しかし、その二本目もねらいははずれたのだ。すぐ傍《そば》の床に突立《つきた》って、ブルンブルンと矢羽根をふるわせているその気味悪さ。

なにを思ったのか、妙子はふいにすっくと立上《たちあが》った。見ればあのシャンデリヤのうえでは、鉄仮面が、更《さら》に三本目の矢をとりだしている。しかも、ことの奇怪さに気をのまれた満場の観衆は、だれ一人、舞台のうえの少女たちを救おうとはしないのだ。

妙子はツツーと、床をはうように、舞台からもとの袖のところに引きかえしてきた、そこにはカーテンを開閉するための太い綱がまきつけてある。妙子はやにわにその綱に手をかけたが、結び目をとくのさえ気がせかれる。とっさの機転、かねてより護身用にとたずさえていた懐中の短剣をギラリと引《ひき》ぬくと、はっしと、綱のうえに振りおろしたからたまらない。たちきられた綱が、くるくると宙に躍るよと見れば、重い緞帳《どんちょう》が左右から、さっと風をまいて、舞台の正面におちてきた。

三本目の矢は、はっしとばかりに、この緞帳のうえに突立ったのである。

夢から覚めたように、どっとばかりに観客席から起《おこ》るどよめき。

鉄仮面は仕損じたりとばかりに、歯をかみならし、

KAKUZŌ

カーテンの上をにらんでいたが、やがてさっと弓を投げすてると、二重まわしの袖をハタハタとひるがえしつつ、スルスルスル、猿《ましら》のような身軽さで、シャンデリヤの支柱を登っていくのだ。その重みにたえかねて、大きなシャンデリヤがユサユサと左右にゆれると、花の瓔珞《ようらく》がカチカチと音を立ててふれ合い、切子《きりこ》ガラスの珠玉が、霰《あられ》のように、千《ち》切《ぎ》れてとんだ。

「ああ、逃げる、逃げるぞ」

「天井だ、天井だ」

　相手が逃げると見てにわかに勇気をとりもどした観客が、口々にわめきながら見てあれば、鉄仮面はシャンデリヤの支柱をのぼりきって、唐草《からくさ》模様をえがいた天井を下から見あげる。

　と、見れば、いつの間にくり抜いてあったのか、天井の花模様が、ポカリ外れて、そこに方《ほう》二尺《しゃく》ばかりの穴があいたのだ。

「あっ」と、今さらのように仰天《ぎょうてん》した観客たち。

「あ、天井裏だ、天井裏へにげる」

「屋根裏だ。いや、屋上へにげるのだ」

　と、口々にどなっているのを尻目《しりめ》にかけて、ゆうゆうと、その孔《あな》の中へもぐり込むと、なんという面《つら》憎さであろう、鉄仮面は帽子をとって、大袈裟《おおげさ》なおじぎをすると、そのまま天井裏の闇《やみ》にぬりつぶされてしまったのである。

岩上の幽霊

　相手のすがたが見えなくなると、急に強くなるのが弥次馬《やじうま》の特徴なのである。

「あっちへにげた、あっちへにげた」

「いや、屋上だ。屋上からにげるのだ」

　と、ばかりに、いままで鳴りをしずめていた観客が、にわかに活気づいて右往左往《うおうさおう》しているところへ、ようやく報《し》らせによって警官の一行がかけ着けてきた。

「鉄仮面はどこだ。鉄仮面はどこへ行った」

「鉄仮面は天井裏です」

　それっとばかりに警官の一行と、弥次馬の一団が、ひとかたまりになって、せまい劇場の階段をのぼっていく時分、こちらは妙子である。

　気を失うようにぐったりとしている文代の体をい

だいて、やっともとの楽屋へかえってきたところへ、バラバラと大勢の座員がおびえたような眼《め》をしてかけつけてきた。

「まあ、よかったわね。文代さん、一時はあたしどうなることかと思って、ずいぶん気をもんだわ」

いろとりどりの扮装《ふんそう》をした踊子たちは、文代の無事な姿を見るとはや涙声なのだ。

「ありがとう。みなさんにも御心配をかけてすみませんね」

「あら、そんなことなんでもないわ。ねえ皆さん、それよりもあなた、どこにもお怪我《けが》はなくって」

「ええ、お蔭《かげ》さまで。それもこれもみんな妙子さんのお蔭よ」と、文代はあたりを見まわして、

「あら、妙子さんといえば、どこへいらっしゃったのかしら」

「ああ、あの秘書のかた？　あの方ならあたしたちにあなたのことを頼んでおいて、すぐまたここから出ていかれたわ。でも大丈夫《だいじょうぶ》よ、なにも心配なさることはないのよ。あたしたちがこれだけ大勢ついているんですもの、いかに鉄仮面だってなんにも出来やしないわよ。ねえ、皆さん」

「ええ、そうよ、そうよ、鉄仮面のやつが出て来たら、あたしこの爪《つめ》でひっかいてやるわよ」

なにしろレビュー劇場のことだから、そのにぎやかさと来たらお話にならない。

こういうさわぎをあとにして、ふたたび楽屋から舞台裏にさまよいでた妙子は、あちらのすみ、こちらの物影と気を配りながら、薄暗い大道具のあいだをひそやかに歩いていた。

鉄仮面はまだつかまらないと見える。天井をふみ抜くような荒々しい足音とともに、

「あっちだ、あっちだ！」

「いや、こっちにはいないぞ。どこかそのへんに隠れてやしないか」

などという声が、つつ抜けに聞《きこ》えてくる。

それに引きかえて、この舞台裏のしずけさ。張りぼての岩だの松だの、藪畳《やぶだたみ》だの、そういう大道具をおきならべた広い舞台裏は、がらんとして人気《ひとけ》もなく、高い天井からブラ下った裸電気が、無気味にも、あたりに不思議な陰影をなげかけている。

妙子はしのび足で、そういう淋《さび》しい大道具のあいだを歩いていたが、するとその時、コトリというか

すかな物音。

はっとしてすばやく物かげに身をひそめた妙子が、あたりの様子に気を配っていると、その時、舞台のうえにある簀《す》の子《こ》から、一本の綱をたよりにするすると、舞台裏へおりてきた者がある。

あの奇怪な道具方《かた》の仙公なのだ。

仙公はそんなところに妙子がかくれていようとは、夢にも気がつかない。ひょいと身軽にとびおりると、そのままじっと床のうえにうずくまってあたりの様子をうかがっている。その様子がただ事とは思えない。

さっきから、この男をあやしいとにらんでいた妙子は、ここにいたっていよいよこのままではすまされなくなった。そっと懐中の短刀に手をかけると、そのままジリジリと、相手の背後に近づいていく。

仙公はまだ気がつかない。

相変《あいかわ》らず蜘蛛《くも》のように、薄暗い床に身をふせたまま、じっとむこうのほうをにらんでいる。何を見ているのだろうと、妙子が、その視線をたどっていくと、むこうにあるのは、張りぼての大きな岩なのだ。

「ちょいと、あなた、こんなところで何をしているのよ」

仙公はその声にぎょっとしたように顔をあげると、

「あ、妙子さん」と、いったが、すぐ気がついたように、

「お嬢さん、ほらむこうの岩のうえに妙な物が……」

「妙なもの？　妙なものっていったい何？」

「ほら、ごらんなさい。なんだか変なものがフラフラ動いていますぜ」

妙子は半信半疑《はんしんはんぎ》で指された方を見やったが、ふいにさっと色を失ったのだ。いかさま、薄暗い舞台裏の、こしらえものの岩の中途に、何やら得体《えたい》の知れぬしろものが、幽霊のようにフラフラと宙に浮いているではないか。

「あ、鉄仮面！」と、妙子は思わず仙公に武者振《むしゃぶ》りついた。

そうなのだ。岩の小蔭《こかげ》から半身のぞかせて、じっとこちらを見ているのは、たしかにあの鉄仮面。

――半月型の唇《くちびる》が、あざ笑うように、ニュッとまくれあがって、つめたい鋼鉄のお面がぎらぎらと闇《やみ》のなかに光っている気味悪さ。

一瞬、二瞬。――

妙子と仙公の二人はじっと相手の様子をうかがっている。鉄仮面の方でも動かない。息詰まるようなにらみあいなのだ。

だが、ふいに仙公がおやというように首をかしげた。

「どうも変ですね。お嬢さん、鉄仮面のやつ、いやにフラフラしているじゃありませんか」

「そうね」

と、妙子が首をかしげた時、何と思ったのかふいに仙公がつかつかと岩の側《そば》へかけよると、いきなり鉄仮面に抱きついたから、おどろいたのは妙子だ。

あっという間もない。仙公のやつ、鉄仮面の体をだきすくめると、まるで気狂《きちがい》のように、ゲラゲラと笑い出した。

「まあ、いったいどうしたの」

「大笑いだ。お嬢さん、ちょっとこっちへきて御覧《ごらん》なさい。まんまと一《いっ》ぱいくわしやがった」

「鉄仮面じゃなかったの」

「鉄仮面は鉄仮面でも、唯《ただ》の脱殻《ぬけがら》でさあ、ほら、お面と二重《にじゅう》まわしをブラ下げてまんまと一ぱい喰《く》わしやがったのですよ」

妙子は急に、体中の力が抜けるような気がした。がっかりしたように、仙公の側へよってみると、なるほど、彼の手にあるのは、しわくちゃになった二重まわしと、あの奇怪なお面がただひとつ。

「畜生《ちくしょう》、この調子で見ると、鉄仮面の奴《やつ》はとうの昔にずらかっちまったにちがいありませんぜ」

「面をぬいで逃げたのね」

「そうですよ。こんな面をかぶってちゃ、すぐつかまっちまいますからね。おや、これはなんだ」

仙公がふと妙な声をあげたので、何気《なにげ》なく妙子が見ると、二重まわしの胸にいちまいの紙片がピンで止めてあるではないか。手早くピンを外《はず》して読んでみると、

今日はみごと俺《おれ》の敗北だ。だがこのままではおかないぞ、もう一人の犠牲者《ぎせいしゃ》を先にやっつけてから、いずれゆっくり香椎文代の料理に取りかかる。桑野妙子よ、覚えていろよ。今夜のお礼はきっとするぞ。
鉄　仮　面

「あっ」と、妙子はその恐ろしい脅迫状《きょうはくじょう》を読むと、

思わず真蒼《まっさお》になった。

「お嬢さんのことが書いてありますね。お嬢さん気をつけなきゃいけませんぜ。あいつににらまれたら、どんなことになるか知れたものじゃありませんぜ」

「ええ」と、妙子の返事は消えも入りそう。

「それにしても、もう一人の犠牲者とは誰《だれ》のことだろう。いったい、鉄仮面のやつは何人殺《や》っつけたら腹の虫がおさまるのかな」

道具方の仙公が思わず小首をかしげた時である。どやどやと入乱《いりみだ》れた足音とともに、警官の一行が屋根裏からおりてくる様子だ。

それを見るより道具方の仙公、二三歩タタタと岩からかけおりると、

「お嬢さん」と、ふりかえって、

「今夜はこれで失礼、おまえさんも、気をつけなさいよ。御縁《ごえん》があったらいずれまた、お目にかかりましょう」

「ああ、ちょっと待って!」と、おいすがる妙子の頭から、すっぽりと例の二重まわしをおっかぶせると、このままさっと身をひるがえして、舞台裏の闇のなかをはやいずこともなく。――


不思議なこの道具方の仙公、いったい、彼は何者であろう。

それはさておき、しらせによって、矢田貝博士がかけつけて来たのは、それから間もなくのことだったが、時すでにおそし、鉄仮面の姿はもはやどこにも発見されなかったのである。

美女と怪人

東都劇場でこういう大騒動があってから四五日後のことである。
話かわって、本所《ほんじょ》は小名木川《おなぎがわ》のかたほとり、小名木川が隅田川に流れこもうとするその三角地帯のうえに、不思議な一軒の洋館がたっている。もとはさる造船会社の技師長が住んでいたのだが、その技師長が転任になって地方へ引越《ひっこ》していったあと、ながらく空家《あきや》になっていたのを、ちかごろあたらしく移って来た人があると見えて、時折、コンクリートの塀《へい》のなかへ出入《でいり》をする人間の姿が見える。
表《おもて》にかかった表札を見ると、
東座蓉堂《ひがしざようどう》

と、ただそれだけ。

東座蓉堂とは妙な名前だが、読者諸君はこの名前を見て何か思いあたるところがありはしないか。

この物語の一番さいしょの場面で、思いがけなくとんで来た短剣のために生命《いのち》をおとした、新日報社の折井記者が、死の間際に血文字で床のうえに書きのこしたのは、たしかに、
テッカメン　トハ　ヒガシ
という文字ではなかったか。

して見ると、この東座蓉堂なる人物こそ、あのおそろしい殺人鬼、鉄仮面、そのひとではないだろうか。

これはさておき、近所では誰《だれ》一人、この東座蓉堂という人を知っている者はない。旅行家だとかいう前ぶれで、折々《おりおり》姿を消すかと思えば、又《また》どこかから帰って来る。色の浅黒い、眼《め》つきの鋭い、やせぎすで背の高い、いかにも非常にはげしい感じのする人物であるということだけが分《わか》っている。

この謎《なぞ》のような人物のもとへ、ある日人眼《ひとめ》を忍ぶように、訪ねてきたひとりの女がある。黒っぽい洋装に、黒い紗《しゃ》の面覆《ヴェール》をかぶっているので、どこの何者とも判断がつかなかったが、玄関のベルをおすと、取次《とりつ》ぎに現れた黒んぼに向って、

「お父さまいらして？」と、こ声《ごえ》でたずねた。

不思議なことには、この洋館には主人の蓉堂をのぞいては、アリと呼ばれるこの黒ん坊の従者よりほかには誰一人いないのだ。

「ハイ、オイデニナリマス」と、そう返事をする。

かねてから、この婦人をしっていたのであろう。うやうやしく一礼すると、さきに立って、そばの応接室へ案内した。

「そう、それじゃね。あたしちょっとお眼にかかりたいのだけど、そういってくださらない」

「ハイ」

黒ん坊がでていったあとで、ゆっくりと、ヴェールを取ったところを見れば、おどろくなかれ、女秘書の桑野妙子ではないか。

妙子は椅子《いす》に腰をおろしもやらず、物思わしげに部屋のなかを見まわしていたが、その時、コツコツと、軽い足音が聞《きこ》えて来たかと思うと、やがてこの部屋《や》へ入ってきたのは、これが余人《よじん》でもない、この家の主《あるじ》、東座蓉堂なのだ。

「妙子」と、蓉堂は妙子の顔を見ると、きびしい声でいった。

「何しに来た」

「お父様、お願いにあがりましたの」

「お願い？　どんなことだね」

「お父様、お願いですから、文代さんだけは助けてあげて下さいまし」

「なんだと？」と、ふいに蓉堂の眼がきらりと光ったかと思うと、唇《くちびる》がニューとまくれて、まるで狼《おおかみ》を思わせるような鋭い二本の牙《きば》が現れる。だが、蓉堂はすぐさりげない顔色になると、

「なんのことだね。お前のいうことはちっともわしには分《わか》らんが」

「いいえ、いいえ、おかくしになってもだめですわ。あたしちゃんと知っています。今世間を騒がせている鉄仮面とは、ほかでもない、お父様、あなた……」

「馬鹿、何をいう！」と、さけんだかと思うと、東座蓉堂、いきなり、妙子のそばに飛んでいって、鋼鉄のような腕で、妙子の口をふさいだ。

「馬鹿なことをいうものじゃない。こんな事をひとに聞かれたらどうするのだ」

「お父様」と、ふいに妙子はハラハラと涙をこぼすと、

「あなたは、まあ、なんという恐ろしい人でしょう。あたしはあなたの御命令によって、新日報社へ女秘書として住み込みました。そして社の事情を非常に細かくお父様に御報告申しあげました。その時にはなんのために、そんなことをするのか、自分でもわけが分らなかったのですけれど、今こそ、はっきり分りましたわ。あなたが鉄仮面なのです。そして、今度のようなおそろしい計画をやりとげるために、あたしを新聞社へスパイとして住み込ませたのです」

妙子はそういうと、よよとばかりに椅子のなかへ泣きふした。

蓉堂は苦い顔をして、無言のまま妙子のようすをうち見守っている。妙子がお父様とよぶからには二人は親娘《おやこ》でなければならぬはずだが、この二人はちっとも似ていない。似ていないばかりか、妙子がこれほど歎《なげ》き苦しんでいるのを見ても、蓉堂の顔には、少しも父親らしい慈愛のあたたかさは見られないのだ。

「妙子」

しばらくしてから蓉堂はきびしい声でいった。その調子には氷のようなつめたさがあった。

「もし、このわしが鉄仮面だとしたら、お前いったいどうするつもりだ。お前、わしを警察へ突出《つきだ》すつもりかえ」

「いいえ、お父様」と、妙子は涙にぬれた顔をあげると、はげしく首をふりながら、

「まさか。あたしにはそんな真似《まね》はできませんわ」

「そうだろうな、きっとそうに違いあるまいな」と、蓉堂はニヤリとわらいながら、

「かりにも親子と名のついた間柄《あいだがら》だ。妙子、おまえは五歳の時からわしに育てられた恩を忘れるようなことはあるまいな」

「お父様、いまさらそんなことを……」

「よし、それならいい、それなら何もいうことはない。さあ、涙をふいてさっさとお帰り」

「だってお父様、あたしにはもうこれ以上、こんなおそろしい役目はつとまりませんわ」

「妙子、お前はいまなんといった。五歳の時に、孤児になって、路頭で飢死《うえじ》にしようというところをこのわしに拾われた恩は終世忘れぬといったではないか。その恩を忘れないなら、わしのいうことを聞いておとなしくお帰り。矢田貝博士は相変らずお前を信用しているのだろうな」

「はい」

「それは、好都合だ。わしが鉄仮面であろうとあるまいと、一番おそろしい敵はあの矢田貝博士だ。あいつの情報はいつもくわしく報《し》らせてくれなきゃならんよ」

「だってお父様、あのかわいそうな文代さんを……」

「ああ、文代か、お前あの娘のことがそんなに気になるか。よしよし、それでは安心のいくように、いってやろう。あの娘の身の上にはここしばらく間違いはあるまいよ」

「お父様、それはほんとうですか」

「妙子」と、蓉堂は、ふいに妙子の肩に手をかけると、じっと相手の眼の中をのぞき込みながら、

「鉄仮面はな、その昔、他人から世にも恐ろしい裏切りを受けたのだ。そのくるしみ、その悲惨《ひさん》な生活、それはとても、お前なんかの想像できるものではない。鉄仮面は今、その復讐《ふくしゅう》をしているのだ。敵は三

人あった。宝石王の唐沢雷太と、文代の父の香椎弁造、それからもう一人の男だ。復讐は最後までやりとげねばならぬ。そうだ、だれがなんといおうとも」

蓉堂はきっと歯をくいしばり、噛《か》みつきそうな眼で妙子の顔を眺《なが》めていたが、急にぐったりとしたように椅子に腰をおとすと、

「ははははは、わしとしたことがつまらない、まるで自分が鉄仮面ででもあるかのように、はははは、妙子、もうお帰り。そしてわしの方から呼ぶまで、この家の敷居《しきい》をまたぐのじゃないよ」

「はい」と、妙子はしょんぼりと肩をすくめた。それから、何かしら強いしめしをあたえられたように、このがらんとしたさびしい応接間をでていったのである。

妙子が出ていくと、蓉堂はすぐむっくりと顔をあげてベルを鳴らした。ベルにおうじて姿をあらわしたのは例の黒ん坊の従者アリだ。

「アリ、用意はできているだろうな」

「ハイ」

「春雷丸《しゅんらいまる》は今日の午後三時、横浜入港の予定だったな」

「ハイ」

「そして、牧野《まきの》慎蔵《しんぞう》はたしかにその春雷丸で帰朝《きちょう》するんだったな」

「ハイ」

「間違いあるまいな」

「マチガイハゴザイマセン」

「ふうむ」と、蓉堂はマントルピースのうえの置時計をながめ、

「いま、ちょうど一時だ。それじゃぼつぼつ出発することにしよう」

むっくりと椅子から立上ったが、急に思い出したように、

「時にアリ、例の電信はたしかに打っておいたろうな」

「ハイ、打ッテオキマシタ。警視庁名義デ、春雷丸一等船客、牧野慎蔵アテニ——」

「よろしい。それじゃ思い切ってすぐ決行しよう」

そういった蓉堂の顔には、これが人間の表情かと思われるほどの、はげしいにくしみとのろいのいろがあらわれていたのである。

新帰朝者《しんきちょうしゃ》

春雷丸の一等船客、牧野慎蔵氏はさきほど受取《うけと》った無線電信の文面を、さっきから不思議そうに、何度となく読み返していた。そこには凡《およ》そ、次《つ》ぎのような意味のことが書かれているのであった。

横浜上陸ハ危険、本牧《ホンモク》沖マデ汽艇《ランチ》ニテ迎エニ行ク、ソレニテ下船上陸セヨ、委細面談

警視庁

「ねえ、船長、君はいったいどう思うね。こんな電信が警視庁からまいこんで来たんだがね」

入港準備に急《いそ》がしい春雷丸の甲板《かんぱん》で、船長をつかまえた牧野慎蔵氏は、いきなりそう相手の意見をきただしていた。

「ははあ」と、船長もすばやく、電信の面《おもて》に眼《め》をさらすと、

「妙ですな。この文面によると、何者かがあなたの御上陸を待って、危害を加えようとしているように思えますね」

「ふん、そんなことかも知れないな」

牧野氏は日やけのした、健康そうな顔をしかめると、太い眉《まゆ》をピクリと動かした。年の頃《ころ》からいえば、この間殺された唐沢雷太氏と、いくらも違わないらしいが、見たところ、いかにもがっちりした面魂《つらだましい》は、ちょっとやそっとの危険にはびくともしないような太々《ふてぶて》しさをしめしている。

それもその筈《はず》、牧野慎蔵氏といえば政府の特別任務を受けて長らく海外にあって数々の冒険をやってきた人物なのだ。大《たい》ていのことにはおどろかないほどの強い人格が、いつの間にやら出来あがっているのである。

「ふん、大方《おおかた》そんなことだろう」

牧野氏は苦々しげに葉巻《はまき》のさきをくい切りながら、青く晴れ渡った海のうえをながめた。

なつかしい故国の土は、今やさわやかな青葉若葉に包まれて、すぐ目の前に見えている。何年振りかでふむ故国の土。——牧野氏のような冒険家にとっても、久しぶりに見るこの郷土の景色は、いい知れぬなつかしさをもって胸にせまって来るのだが、し

かし、今やその故国へさえ帰って来るのはむずかしいらしい。

牧野氏はちょっとゆううつそうに眉《まゆ》をしかめたが、すぐあきらめたように、大きく肩をゆすると、口にくわえていた葉巻を海の中に投げすてた。

「船長、それじゃランチが来たらしらせてくれたまえ。本牧はもうすぐだね」

「そう、もうすぐです。本牧沖では検疫《けんえき》をうけねばなりませんから、しばらく停船します。下船されるなら、その間にいくらも暇《ひま》がありますよ」

「そう、それじゃよろしく頼む。どれ、その間にちょっと荷物をまとめておこう」

牧野氏は気軽にそういうと、軽快な歩調で甲板から船室のほうへおりていった。

牧野氏のような職業にあるものは、味方も多かったが敵も多かった。だからいつ何時《なんどき》、どんなことがおこっても、おどろかないだけの、修練は出来ていると見える。そしてまた、仕事の性質上、警視庁からこういう電信を受取《うけと》ることも少しも不自然ではなかった。そこに牧野氏の油断があった。

むりもない、昔の己《おの》が盟友、唐沢雷太氏のむごたらしい気の毒な死については、彼はまだ少しも知らなかったのだから。

怪しき道具方

やがて春雷丸は、洋々たる晩春の波をけたてて東京湾へ入って来た。

日はうららかに晴れわたって、鷗《かもめ》の群《むれ》がマストの上に胡麻《ごま》をまいたように舞い狂っている。船の中はしだいにせわしくなって来た。それは楽しい上陸をまえにひかえて、船客のみが知る、あわただしいうれしさだった。

やがて、本牧のはるか沖合《おきあい》で船はとまる。検疫官を乗せたランチが、白い波をけたてて近づいて来る。荷揚船《にあげせん》が巨鯨《きょげい》にたかるいるかのように、わらわらと周囲に群がって来る。

こういうあわただしい最中に、水上署《すいじょうしょ》の旗を立てた一艘《そう》のランチが、春雷丸の船腹に横づけになった。と、見るとすぐに、警部の服装をした男が、慣れた歩調で、タラップをのぼって来ると、船長に面会を求める。

「はあ、牧野さんですか。牧野さんなら船室にいられる筈《はず》ですが」と、船長がこう答えているところへ、軽快なゴルフ服を着た牧野氏が、青年のように元気な歩調で甲板へあがって来た。

「ああ警視庁の方ですな」と、牧野氏は警部の姿を見ると、すぐ鷹揚《おうよう》にそばへ近づいて来た。

「はあ、そうです。牧野さんですな。先程《さきほど》打っておいた電信を御覧《ごらん》下すったことと思いますが」

「拝見しました。しかし、あれは、いったいどういう意味なんです。わしの身に危険がせまっているなんて、それはどういうわけなんですか」と、牧野氏はいくらか、うさん臭《くさ》そうな眼をして、ジロジロと警部の顔を見ている。警部の官服《かんぷく》には間違いない。背の高い色の浅黒いりっぱな男だ。しかし、大きな黒眼鏡《くろめがね》をかけたところが、なんとなく牧野氏の気にくわぬのである。

「お話ししましょう。しかし、これは他に聞《き》えることをはばかることですから」

船長はこれを聞くと、すぐ側《そば》をはなれた。

「それでは御《ご》ゆっくり、なに、まだ検疫には相当暇がかかりますよ。下船される時はそうおっしゃって下さい」

船長の後姿《うしろすがた》を見送っておいて、警部は牧野氏の方へふりかえった。

「牧野さん、あなたは唐沢雷太氏を御存じでしょうな」

「ふむ、知っています。というより、昔知っていたといい直した方が正しいかな。で、あの男がどうかしましたかな」

「唐沢氏は殺害されました」

「え？」

「そして、犯人は鉄仮面と自分でいっている男です」

「えーッ！」

それを聞いたせつな、牧野氏の面上からは、いままでのふてぶてしい表情は跡かたもなくなった。一しゅんかん、牧野氏はよろよろと甲板のうえでよろめくと、思わず手すりに身をささえて、

「そ、それは本当ですか」

「本当ですとも、しかも、鉄仮面は唐沢氏を殺害した後、故香椎弁造氏の遺族をもねらっています。香椎弁造――この人もたしかあなたと非常に親しい間

がらでしたな」

「ああ！」

牧野氏はふいに両手をあげて、そらをつかむようなまねをした。だが、すぐ気がついたように警部のほうへふりかえると、かみつきそうな顔になって、

「それで――それで、鉄仮面のやつが、このおれをどうしようというのです」

「鉄仮面は」と、警部は一語一語句切りながら、ゆっくりといった。

「あなたが上陸するのをまって、危害を加えようとしているらしいのです。それで、私がこうして途中まで、お迎えにあがったのです」

牧野氏はふいに、シーンとだまりこんだ。手すりにもたれたまま海のうえを見ると、鷗の群立《むれた》つ中に水上署の旗を立てた一艘のランチがぶかぶかとうかんでいる。そのすぐ側には、小さなモーター・ボートが浮いていて、その中に、頰《ほお》に大きな傷痕《きずあと》のある男と、十四五歳の少年が、なにかしら面白そうに話しているのが見えた。

牧野氏は何気《なにげ》なくそのようすを見ていたが、急に思い切ったように警部の方をふりむくと、

「よろしい。それではすぐまいりましょう」

「おいでになりますか」

「行きます」

牧野氏は一旦《いったん》船室へ引返《ひきかえ》したが、すぐまた手ぶらで上って来た。

「荷物はボーイにとどけさせることにしました。いいでしょうな」

「結構です」

二人はちょっと船長に挨拶《あいさつ》して、すぐスタスタとタラップをおりていった。やがて二人があの水上署の旗のひるがえっているランチに飛び移るとランチはすぐ白い波をけたてて春雷丸のそばからはなれていった。

この時、牧野氏が非常に妙におもったのは、このランチを運転している男だった。

だが、今きいた鉄仮面のことで胸がいっぱいになっている牧野氏は、あまりふかくそのことを考えて見ようともしなかった。警部はだまってランチの舳《へさき》に突立《つった》っている。もし、その時、牧野氏が警部の顔を、ちょっとでも見たら、そこに、世にも奇妙な、惨忍《ざんにん》な、微笑がうかんでいることに気がついただろ

う。

ランチはしだいに陸に近くなっていった。

――と、その時、牧野氏はふとふりかえって、あとから、ぶかぶかとやってくる一艘のモーター・ボートに眼《め》を止めた。その中には、さっき見た、頬に大きな傷痕のある男と、十四五ぐらいの元気そうな少年が乗っているのだ。もし、この時、桑野妙子がその場にいてこの二人づれを見たら、どんなに驚いたことだろう。なぜといって、その二人とは誰《だれ》あろう、まぎれもなく、道具方《かた》の仙公と、そして御子柴進少年。

「先生、先生」と、進少年は押し殺したような声《ごえ》でいった。

「すると、あの鉄仮面だとおっしゃるのですか」

「しっ！」と、仙公はハンドルを握ったまま、

「まだよく分《わか》らない。だが、とにかく後をつけて見よう」

ああ、なんということだ。道具方の仙公をつかまえて、進少年は先生と呼ぶ。いったいこの奇怪な男は何者だろう。

二艘の船は糸を引いたように、静かに陸地へ近づいていく。その上には、鷗がいっぱいむれとんでいる。

恐怖の金庫部屋の巻

恐ろしき古傷

東京湾の波をけたてて、すべるように、走っていく二艘《そう》の船。まえなるランチに乗っているのは、黒眼鏡《くろめがね》の怪警部に黒ん坊の従者アリ、それから新帰朝者《しんきちょうしゃ》の牧野慎蔵氏。この怪汽艇のあとから、ひそかに後よりついて行くモーター・ボートの中には、頰《ほお》に大きな傷痕《きずあと》のある道具方《かた》の仙公と、御子柴進少年の二人が、背中を丸くして乗っているのだ。

しばらく二艘の船は、糸でつながれたように、穏《おだ》かな海のうえを走っていたが、そのうちにふと、丸いガラス窓から外を覗《のぞ》いた怪警部、ドキリとしたように眉《まゆ》を動かすと、

「あ、しまった」

やせぎすの鋭い頰がさっと紫《むらさき》いろになる。

「え？　ど、どうかしたのですか」

警部の声に、思わず腰を浮かしたのはゴルフ服の牧野慎蔵。

「ごらんなさい。後をつけてくるやつがある」

「なに、あとをつけて来るやつが……」

牧野氏もあたふたと立って、丸窓から外をのぞいてみた。

「あ、あのモーター・ボートは、さっき春雷丸の側《そば》に浮かんでいたやつですよ」

「そうです。畜生《ちくしょう》、後をつけて来やがったのだ」

「鉄仮面の一味の者でしょうか」

そういった牧野氏の眼《め》のなかには、恐怖の色が、いっぱいうかんでいる。さすが物に動ぜぬ牧野氏も、鉄仮面だけは、よほどこわいらしい。しかも、そのこわい鉄仮面は、今彼のすぐ側に立っているのに。

——

怪警部はそれを聞くと、ニヤリと気味悪い微笑をうかべながら、

「ナニ、大丈夫《だいじょうぶ》ですよ。御心配なさることはありません。牧野さん、ちょっと手を貸していただきましょうか」

「手を貸す？　どうすればいいのです」

「手を出して見て下さい」

「こうですか」と、牧野氏は何気《なにげ》なく右手をまえに出した。

「いや、両方とも出して下さい」

「どうするんですか、いったい。こうすればいいのですか」

牧野氏が不安そうに、警部の眼鏡の中をのぞきこみながら、おずおずと、両手を前にさしだした時である。

突如《とつじょ》！

警部がのどのおくで、奇妙な笑い声をあげたかと思うと、ガチャリ！　牧野氏の両手にはめられたのは頑丈《がんじょう》な鋼鉄の手錠《てじょう》だ。

「あ、な、なにをするんだ！」

叫ぶ牧野氏のあごへ、ふいにとんできたのは、さざえのような警部の拳《こぶし》。

「あっ！」

両手に手錠をはめられて、体の自由をうしなった、牧野慎蔵、思いがけないこの襲撃に、何条《なんじょう》あってたまろう。思わずよろよろと、せまい船室の一隅に、しりもちついた。そのうえへいきなりおどりかかった怪警部。

「キ、君は気でも狂ったのか。いったい、おれをどうしようというのだ」

怒ってものすごい顔をして、全身の力をふりしぼって起き上ろうとする牧野氏の体を、しっかと膝《ひざ》でおさえつけ、

「なに、なんでもありませんよ。しばらくこうして、静かにしていただきたいと思いましてね。はははは！」

何ともいえない皮肉な声で笑い、荒狂《あれくる》う牧野氏の口へ、ぐるぐるぐる、手早く猿轡《さるぐつわ》をはめてしまったのだ。

「牧野さん、いやさ、牧野慎蔵！」

ふいに警部の声音《こわね》がガラリとかわった。牧野氏はビクリとしたように相手の顔を見る。

「おまえさんにもにあわない。ずいぶんヘマをやったもんだね。後から追ってくるのが、鉄仮面じゃねえ。鉄仮面は、ちゃんと貴様《きさま》のそばにおひかえになるよ」

牧野氏はふいによろよろとうしろへたじろいだ。大きく見開かれた両眼は、まるで幽霊をでも見るように、わなわなとふるえて、ひたいには急に蚯蚓《みみず》の

ような血管がふくれあがった。

怪警部はせせら笑って、その顔を見すえながら、

「牧野君、ずいぶん久しぶりだったなあ。貴様がおれの顔を見忘れるのもむりはねえ。しかしなあ牧野、貴様、おれの顔を見忘れても、この腕の傷にゃ覚えがあろうな」

怪警部はぐいと左の袖口《そでぐち》をまくりあげた。と、そこに現れたのは、まるで猛獣にでもかみきられたような、恐ろしい傷あとなのだ。

牧野氏はそれを見ると、ふいに、悲鳴ににたうめき声をあげると、いきなり手捉のはまった両腕をあげて、しゃ二《に》む二《に》、相手に打ってかかろうとする。

「何をしやがる」と、ひらりと体をかわした怪警部、いきなり足をあげて体のかまえの備わらぬ、牧野氏の弱腰をどんとけったからたまらない。牧野氏がもんどり打ってのけぞるところへ、おどりかかった怪警部、そのまま牧野氏の体をぐるぐるとしばりあげてしまった。

「はははは、貴様でもやっぱり覚えていると見えるな。そうだろうよ、忘れようたって忘れられまい。二十年まえのこの古傷、牧野、おりゃ墓場からよみがえってきたのよ」

警部はふいにキリキリと奥歯をならした。その面《おもて》には、これが人間の表情かと疑われるばかりの、深いうらみと、憎しみのいろが、いっぱい浮かんでいるのだ。牧野氏は恐怖の雷《らい》にうたれたように、真蒼《まっさお》になってしまった。

「なあ、牧野、貴様はその後、あの満洲《まんしゅう》奥地の出来事を、一度だって思い出したことがあるかい。いやいや、恐ろしくて思い出せまい。しかしなあ牧野、おれや一日だってあの日のことを忘れたことはねえ。おれは貴様たちを信用していた。信用して何もかもうちあけたのだ。ところがどうだ、貴様たち、貴様と唐沢雷太と香椎弁造の三人は、そのおれを裏切って、だまし討《う》ちにしてしまったのだ。牧野、貴様はよもや、あの日の出来事を忘れやすまいな」

牧野氏の体がふいにチリチリと戦慄《せんりつ》する。

「はははは！　ふるえているな、ふるえているところを見ると、やっぱり覚えていると見える。牧野、おれは執念《しゅうねん》の鬼になった。執念の鬼になって、貴様をとり殺すのだ。しかし、唯《ただ》じゃ殺さねえ、さんざん貴様をくるしめて、そうだ、おれが満洲の奥地で

なめさされた、あのくるしみを貴様にも味わわせて、それからゆっくり貴様の生命をもらうことにしよう。それに牧野、おれは、貴様からきかねばならぬこともあるのだ。わかっているだろうな、あの時、貴様たちに奪われた、あのすばらしい財宝のありかを、貴様の口から聞かねばならぬ。それを聞くまで、貴様の生命は、この東座蓉堂があずかっておくから、まあ、そう思っていてもらいたい」

いったかと思うと怪警部、いや、鉄仮面の東座蓉堂は、ぐさりとひと突き突通《つきとお》すような眼差《まなざ》しで、牧野氏の顔をにらみすえたのである。

生命《いのち》の標的

「おや」と、進少年がふいに叫んだ。

「どうしたのでしょう。急に沖へではじめたじゃありませんか」

「ふむ、少し妙だね」と、答えたのは道具方《かた》の仙公。

「ひょっとすると、こちらの追跡に気がついたのかも知れないね」

いいも終《おわ》らぬうちに、むこうのランチでパッと白い煙があがったかと思うと、ズブリ、ボートのすぐそばに、何やらおちてさっとしろい水煙をあげた。

「あっ、あぶない！」と、仙公はハンドルをにぎったまま、はっとして首をふせると、

「飛道具《とびどうぐ》だ。畜生《ちくしょう》ッ！　気がつきやがった。進君、気をつけたまえ、頭をあげちゃだめだぞ」

「あっ！」

又《また》もや、白い煙がパッと見えたかと思うと、一発の弾丸《たま》が、プスリ、モーター・ボートの艫《とも》に命中した。

「先生」

「――う、動いちゃいけない。じっとしていたまえ。動くとかえって、ねらわれるぞ。畜生ッ、畜生ッ、にがすものか」

見ると、向《むこ》うのランチの舳《へさき》に、うずくまって、じっとこちらをねらっているのは、黒ん坊のアリだ。真白《まっしろ》な歯を出してわらいながら、ねらいを定めて又もや一発。

白い波頭がさっとボートの艫にあがったかと思うと、モーター・ボートがふいにぐらりと横に大きくゆれた。

えている。

「先生、大丈夫《だいじょうぶ》ですか」と、さすがに進の声はふる

「大丈夫、あたるもんか、畜生ッ」と、仙公が歯ぎしりをしながらさけんだ。

見ると怪汽船は気の狂った猛牛のように、大きな図体を左右にゆすぶりながら、次第次第に、淋《さび》しい港外へと出ていくのだ。それを追っていくモーター・ボートも、喘息病《ぜんそくや》みのように、すさまじいうなり声をあげていた。

折々《おりおり》、まえなるランチから、白い煙がパッパッとあがると、その度《たび》に、弾丸《たま》がボートの周囲に落下する。

「畜生ッ、おどろくもんか。どこまでもつけていってやるぞ」

仙公がバリバリと歯をかみ鳴らす音がする。

滝のようなしぶきが二艘《そう》の船の周囲に渦巻《うずま》いて、陽《ひ》がくるくると空におどっている。二艘の船は間もなく港を出外《では》ずれて、広い外洋へとすべり出した。波のうねりがしだいに大きくなって、落下するしぶきはいよいよ猛烈になって来る。

それでも、仙公は、この追跡は断念しようとはしない。どこまでも、どこまでも相手を追いつめていくつもりなのだ。

おそろしい追跡、生命《いのち》がけの競走だ。

ふいに、まえなるランチが、スピードを落《お》とした。波間においでおいでをするように、大きな体をゆすぶっている。これを見た道具方の仙公、急にいきおいを得たように、ダダダダダとすさまじい機関の音をさせながら側《そば》へちかよっていったが、この時である。

ランチの舳にうずくまっていた黒ん坊のアリが、あざわらうような声をあげて、鉄砲をとりなおしたかと思うと、慎重にねらいを定めて、ズドンと放《はな》った一発。

「あっ、しまった！」と、仙公がさけんだ。

と、そのとたん、ボートが二三度ぐぐぐと大きくゆれたかと思うと、ごうぜんたる音響。

銀色のきらめきがさっと高い水煙をあげて、ボートは木っ葉微塵《こっぱみじん》となってあたりに散らばった。

弾丸《たま》が貯油タンクに命中したのだ。

これを見るより怪汽艇は、しすましたりとばかりに舵《かじ》を転じて、ダダダダダ、水を切りながら引き返

して来る。

　波間にはモーター・ボートの破片が一面に散《ちら》ばって、その中にガソリンがあおい焔《ほのお》をあげてもえている。

「アリ、首尾《しゅび》はどうだ」

　ピタリ、怪汽艇をとめた東座蓉堂、静かに舵輪《だりん》をはなして、舳の方へやってくる。

「タイテイ、大丈夫ト思イマス、アノ爆発デスカラネ」と、黒ん坊のアリは無表情な顔でいった。

「いや、そうではない。おれのあとをつけてくるぐらいのやつだ。どういうはずみで助かっていないものでもない。もう少し様子を見ていよう」

　蓉堂の言葉も終《おわ》らぬうちに、ふいにポッカリとランチのそばに浮きあがった頭がある。進少年だ。

「アッ！」と、アリはそれを見るとあわてて、鉄砲をとりなおしたが、蓉堂はそれをおさえながら、

「まあ、待て、あいつはどうやら子供のようだ。もう一人いた筈《はず》だがなあ。ああ、そこへ浮きあがったぞ」

　なるほど、その時、散らばった木片《きぎれ》のあいだから、ひょっこりと頭をもたげたのは道具方の仙公。——だが、その仙公の顔を一目みたしゅんかん、蓉堂は思わず、

「あっ」と、とさけんで舷《ふなべり》をつかんだのだ。

　奇怪とも奇怪、仙公の面《おもて》からは、あのおそろしい傷痕《きずあと》は拭《ぬぐ》われたようになくなって、そのあとから現れた生地《きじ》の顔。——それはまぎれもなく、新日報社の花形記者、三津木俊助ではないか。

「あ、キ、貴様《きさま》は三津木俊助！」

　さすがの蓉堂もぼうぜんとする。

　むりもない。かつて鉄仮面のために生きながら水《すい》葬礼《そうれい》にされた三津木俊助——その俊助が生きていて、道具方の仙公に化《ば》けていたのだ。頬《ほお》の傷痕は、おそらく絵具で画《か》いた、こさえものだったのだろう。その絵具が海水にとけて、はからずも正体を暴露《ばくろ》した三津木俊助。

「大将、ウチ殺シテシマイマショウ」

　黒ん坊のアリがふたたび鉄砲をとりあげた。その銃口から一間《けん》と離れないところに、俊助と進少年の二人が必死となって泳ぎまわっている。のがれようとてのがれるすべはない。

　アリはじっとねらいを定める。おそろしい生命の

まとだ。一《いっ》しゅん――二しゅん。……ああ、俊助と少年の生命は、今やまったく風前の灯火《ともしび》。

だが、その時、蓉堂がいきなり、

「待て！」と、さけんで、アリの腕をおさえたのである。

裏切る妙子

横浜港外の波のあいだで、黒ん坊のアリに銃口をむけられた俊助と進少年は、はたしてその後どうなったか。

「待て！」と、アリを制した鉄仮面の東座蓉堂は、それから彼等《ら》をどう始末したか。……

だが、それらのことをお話しするまえに、私はあらためて、二三日後のことを、お話ししなければならない。

あのできごとから二日ほど後のこと、東京市民はまたもや恐怖のどんぞこにたたきこまれた。

鉄仮面の怪広告。……あの奇妙なお伽噺《とぎばなし》の広告が、またもや帝都の各新聞紙の広告面に現れたのである。

今度は猿蟹《さるかに》合戦だった。

慾《よく》ばり猿が、ひき臼《うす》におしつぶされている場面で、例によってそのひき臼には、鉄仮面がかぶせてあり、そしておしつぶされた猿の顔というのが、なんと牧野慎蔵氏の写真になっているではないか。

しかもそこにはつぎのような例のふざけた歌が書いてあった。

慾ばり猿はひき臼に
　押しつぶされて死にました
牧野慎蔵もそのうちに
　ペシャンコになって死ぬだろう

又《また》もや鉄仮面の犯罪予告。

ふたたび、三度《みたび》も警察を馬鹿にするようなこの怪広告に、東京市民はもう生きた心地はない。唐沢雷太氏を殺害したやり口のすばらしさといい、また、たとい失敗したとはいえ、東都劇場に香椎文代を襲撃したあの大胆さといい、人々はもう、鉄仮面のおそろしさを知りすぎる程《ほど》知っていた。

かれの予告はけっして、気まぐれでもなければコケおどしでもない。一旦《いったん》予告したからには、あらゆ

る困難にたえても決行せねばやまぬ。あのおそろしい鉄仮面。

警察でも、むろん躍起《やっき》となって、この広告の出所を捜索する一方、槍玉《やりだま》にあがった、牧野慎蔵なる人物をもさがしはじめたが、そのうち意外にも、牧野氏はすでに横浜港外から、あやしい偽《にせ》警部によってつれさられたことが判明した。

なんということだ。鉄仮面は今度は、あらかじめの犠牲者《ぎせいしゃ》を誘拐《ゆうかい》しておいて、さて堂々とあの怪広告を出したのである。

ひょっとすると、牧野氏はすでに、あの怪広告にあるとおり、ペシャンコになって殺されているのではなかろうか。

ところが、この広告が新聞に出た、その夜のことである。おなじみの新日報社にまっさおになってかけ込んで来た婦人がある。ほかならぬ桑野妙子だ。

妙子は息もたえだえに、編集長の室《へや》へかけこむと、

「あ、編集長、た、大変です、大変です。三津木さんが……三津木さんが……」と、いいつつ、バッタリそばにある椅子《いす》のうえへ倒れたから、おどろいたのは鮫島編集長だ。

ちょうど、その時、鮫島編集長は、又してもあの鉄仮面の怪広告におどろいて、例の矢田貝博士を招いて重大会議中だったのだが、そこへこの騒ぎなので、びっくりして博士と二人でかいほうをしてやるとさいわい、妙子はすぐ気がついた。

妙子は気がつくと、いきなり鮫島編集長にすがりついて、

「大変です、編集長、三津木さんが、三津木さんが……」と、又もや、同じようなことを、繰返《くりかえ》している。

「桑野君、どうしたというのだ。まあ、少し気を落《お》着《つ》けたまえ。三津木君が殺されたことは、君も、もう十分知っているはずじゃないか」

編集長がたしなめるようにいうと、妙子は夢中になって首をふりながら、

「いいえ、いいえ、三津木さんはまだ、生きていらっしゃいます。あたし、たった今、三津木さんのお姿を見て来たのですわ。ああ、おそろしい、あたしどうしよう、あたし、どうしよう」と、まるで気も狂わんばかりの様子。この言葉におどろいたのは鮫島編集長、いやいや、編集長よりも、矢田貝博士の

おどろきはもっとひどかった。博士はまるで、おどりかかるようないきおいで、妙子に武者《むしゃ》ぶりつくと、

「妙子……さん、これ桑野さん、それはほんとうかえ。三津木君の姿を見て来たなんて、君、それは本当のことかえ」

博士の言葉の調子があまりはげしかったので、妙子はびっくりしたように、博士の顔をみなおしたが、どうしたのか急にブルルと身をふるわせると、

「ええ、ええ、ほんとうですわ。ああ、編集長、三津木さんを助けてあげて下さい。三津木さんを助けてあげて」と、又もや、編集長の胸にすがりついてさめざめと泣き出す。

「桑野君、君にもにあわない。いったいどうしたのだ。さあ、落着いてよく話して見たまえ。ここには、こうして矢田貝博士もいらっしゃるし、もし君のいうとおり、三津木君がほんとうに生きているとすれば、どんなことをしても救い出さねばならん。一体、三津木君はどこにいるというのだ」

「三津木さんは……三津木さんは、鉄仮面の隠れ家《かくが》にとらえられています」

「なに？　鉄仮面の隠れ家？」と、矢田貝博士は、急に膝《ひざ》を乗出《のりだ》して、

「桑野さん、君はまたどうして鉄仮面の隠れ家など知っているのだね」

「先生、それは今申上《もうしあ》げるわけにはまいりませんの。ある事情から……ええ、いうにいえない、あるおそろしい事情から、あたし、鉄仮面の隠れ家を知っていますの。いずれその事は、また後にお話しもうしあげますわ。今はその時期ではないのです。でも、でも、あたしの言葉を、お疑いにならないで、あたし、今、鉄仮面の隠れ家から、逃げ出してきたばかりですわ。そして、そして、三津木さんと、もう一人の方、……多分、あの牧野慎蔵さんなんでしょうけれど、その方ともう一人、進という少年が、とらわれの身になっているのを、たしかにこの眼《め》で見て来たのですわ」

ああ、妙子はひょっとすると、小名木川のかたほとりにある、あの東座蓉堂の隠れ家へしのびこんで、そこではからずも、とらわれの身となっている俊助や進少年の姿を見て来たのではなかろうか。

そうなのだ。しかし、あから様《さま》にそれとはいえぬ身の秘密、彼女はただ、その隠れ家だけをうちあけ

て、俊助や進少年を救い出そうとしているのだ。ああ、もし、東座蓉堂がこんなことを知ったら、彼女はどんなおそろしい目にあうだろう。

鮫島編集長は、急にきっと眼を輝かせると、

「よし、分《わか》った。いずれくわしい事情はあとで聞こう。それよりは今ただちにやらねばならぬ事は、とらわれている人たちを救い出す事だ。矢田貝博士、警察へ報《し》らせた方がいいでしょうな」

「むろん、そうしなければなりません。だが、桑野さんや、その鉄仮面の隠れ家というのは、いったいどこにあるのだね」

「はい、隅田川のかたほとり、小名木川のすぐ側《そば》ですの。東座蓉堂という家がそれですわ」

「よし」と、編集長はすぐ電話の受話器を取上《とりあ》げたが、この時、矢田貝博士はなんと思ったのか、ふいにスッと椅子から立上《たちあが》ると、

「こいつは大変だ。何しろ大事件だ。編集長、それじゃ君はすぐ警官と一緒に、隠れ家をおそいたまえ。わしはちょっと考えるところがあるから、一足先《さ》きに失敬《しっけい》するが、その隠れ家で、いずれ後ほど会おう」と、そういいすてると、矢田貝博士、妙子の方へ、ジロリ鋭い一瞥《いちべつ》をくれて、そのまま、あたふたと新聞社から出ていってしまった。例の長い山羊《やぎ》ひげをしごきながら。……

大金鉱

新日報社で以上のような出来事があってから、間もなくのことである。

こちらは、小名木川のかたほとりにある東座蓉堂の隠れ家。

妙子が自分を裏切ったことを、知ってか知らずか、今しも外からかえって来た蓉堂は、家の中へはいって来ると、例の黒ん坊の従者をつかまえて、いきなりこう訊《たず》ねかけた。

「どうだ。お客様がたは静かにしているか」

「ハイ、奥ノ二人ハ、タイヘン静カデアリマスガ、金庫部屋ノオ客様ハ、一日中、アバレ通シデ困リマス」

「よしよし、今のうちにたんとあばれておくがいい、そのうちに、暴れようたって暴れるわけに行かなくなるからね」と、蓉堂はそういうと、ニヤリと、薄

気味の悪い微笑をもらす。笑うと上唇《うわくちびる》がピンとまくれあがって、ニューッと覗《のぞ》く、二本の犬歯《けんし》の物凄《ものすご》さ。今にも、相手を取ってくおうとする、野獣のような残忍《ざんにん》な表情だった。

「時に、あの後、妙子はやって来なかったか」

「ハイ、オ嬢サマハソノ後オ見エニナリマセン」

「そう」と、蓉堂は、うたがわしげな眼《まな》ざしで、黒ん坊の顔を見たが、すぐ気をかえたように、

「よしよし、それではひとつ、お客様を見まってやろうかな」

そういいすてると、静かに居間《いま》を出て、廊下づたいにおくの方へ行く。アリもその後についていった。ひろい屋敷の中は、薄暗く、しんと静まりかえっていて、その中に長い廊下がいく曲《まが》り、くねくねと続いているのだ。

蓉堂は猫《ねこ》のように音のしない歩き方で、その廊下をつたっていくと、やがてふと、とある部屋のまえに立ちどまった。

「アリ、その窓をひらいてみろ」

言下《げんか》にアリが、壁の上方についている小窓を開く。蓉堂は、薄気味のわるい微笑をもらしながら、その小窓からそっと中をのぞいた。

窓もなにもないまっくらな部屋なのだ。その部屋の中に、猛獣のように鎖《くさり》でつながれているのは、三津木俊助と進少年、二人ともすでに覚悟をきめていると見えて、蓉堂の顔を見てもおどろきもしなかった。

「よしよし、おとなしくしているな。いい子だ、いい子だ、今にその苦痛をなくしてやるからな」

蓉堂はあざ笑うような声をあげて、たからかに笑うと、ピシャリと小窓をしめ、

「アリ、この方は大丈夫《だいじょうぶ》らしい。では、金庫部屋のほうへいって見よう」と、いいながら、二三歩いきかけたが、なにをおもったのか、ふいにあっと、ひくいさけび声をあげて立ちどまった、

「ド、ドーシマシタカ」

「アリ、これを見ろ」と、いいながら蓉堂が、廊下から拾いあげたのは、一本のヘヤー・ピン。蓉堂はするどい眼ざしで、じっとそのピンの頭についている真珠《しんじゅ》の飾りを見ていたが、

「アリ、このピンはどうしたのだ」

「ハイ、ソ、ソレハ……」

「これはたしかに、妙子のピンじゃないか。このピンが落ちているからには、妙子がここへやって来たのにちがいない。おまえ気がつかなかったか」

「ハイ、旦那《ダンナ》様」と、アリはまっさおになった。その時、蓉堂の面《おもて》にはげしい怒りのいろが現れたからである。

「よしよし、おまえの知ったことではなさそうだ。しかし、これはよういならぬことだぞ。妙子が人知れずここへしのんで来たとすると。――」

蓉堂はきっと唇をかみしめ、

「あん畜生《ちくしょう》、もしもへんなまねをしてみろ、ただではおかぬからな」

そういって、はげしく拳《こぶし》をふりまわしたが、すぐさま顔色をやわらげると、

「ナーニ、どうせたいしたことではない。あいつがなにをしようと、こちらにはそれだけの覚悟があるからな」と、蓉堂は口のうちでつぶやきながら、急に足を早めて、廊下の角《かど》をまがった。

と、そこには世の中にも不思議な部屋が彼等《ら》の面前に現れたのだ。それはまるで監房《かんぼう》のように、ふとい鉄格子《てつごうし》のはまった一室、そしてその鉄格子にすがりついて、まるでゴリラのようにわめきさけんでいるのは、ほかならぬ牧野慎蔵。

「おお、東座蓉堂！」

牧野氏は鉄格子の中から、蓉堂の姿を見つけると、かみつきそうな声でさけんだ。

「貴様《きさま》は――貴様はいったい、どうしようというのだ」

「はははは、牧野君、どうだね、気分は。少しはおれの言葉をきいてみる気になったかね」

「畜生！　卑怯者《ひきょうもの》！　鬼！　大悪人！　貴様は、貴様は――」

「牧野君、少し言葉をつつしんだらよかろう。鬼といい、悪人というのはみんな貴様のことだ。貴様と、唐沢雷太と、香椎弁造のことだ。牧野、その昔、おれがどのような苦しみを味《あじわ》ったか、貴様に分《わか》るまい」と、蓉堂の面《おもて》にふいにさっと、獣のような表情があらわれた。

「貴様のためにだまされて、満洲奥地の、あの地下の洞《どう》くつに、とじこめられたこの東座蓉堂、そして、そして、おれが発見したあの大金鉱のありかをしめす地図までも、貴様に奪われてしまったこのおれの

みじめさ！　牧野」と、ふいに、蓉堂の眼《め》が、烈々《れつれつ》と光った。

「貴様、あの大金鉱のありかを、まさか知らぬとはいうまいな」

「知らぬ、知らぬ、貴様は夢を見ているのだ。いや気が狂っているのだ。大金鉱など、誰《だれ》がそのようなことを知るものか」

「いいや、知らぬとはいわせぬ。おれは瀕死《ひんし》の満洲人から、その金鉱のありかをしめす地図をゆずられたのだ。それを貴様たちにうばわれて、そして、その上、死ぬような目に――いやいや、死よりも数百倍もおそろしい目にあわされたのだ。しかも、貴様たちはその地図のおかげで大金鉱を手に入れた。そしてひそかに不正の金でぜいたくな生活をしているのだ。牧野、その地図を返せ、地図を返せば、貴様の生命《いのち》はたすけてやる」

ああ、奇怪。鉄仮面の過去には、このようなすばらしい大秘密があったのだ。彼が執念《しゅうねん》ぶかく牧野氏一味をねらうのは、たんなる復讐《ふくしゅう》のためではなかった。そこには、前代未聞《せんだいみもん》の、大金鉱の秘密があったのだ。

「いいや、おれは知らぬ、おれは何も知らぬ。知っているとすれば、唐沢か、香椎だ。おれはただ、毎年彼等の手から、分前《わけまえ》をうけとっていただけなのだ」

「よしよし、貴様はあくまでも、強情をはるつもりだな。貴様にはまだくるしみが足りぬと見える。牧野、この部屋はただの部屋とはわけがちがうぞ。金庫部屋といってな、おれが工夫した世にもおそろしい部屋なのだ。いま、そのおそろしさを貴様に見せてやろう」と、いいながら、蓉堂が壁のうえにある小さいボタンをおした。と、見よ、そこには世にもおそろしいことがおこったのである。

滑る天井

蓉堂がボタンをおすと共に、ジリジリ、ジリジリ、頑丈《がんじょう》な鉄の天井《てんじょう》が、四方の壁を伝わって、静かにすべってくるではないか。

鉄格子のほか、三方を、あつい鉄壁でかこまれたおそろしい金庫部屋、その金庫部屋の天井が、一寸《すん》、二寸、壁をつたわっておりてくる恐ろしさ。さすがの牧野氏も、そのとたん、髪の毛がさかだつばかりの恐怖にうたれた。

「あはははは、どうだ、牧野、少しは貴様《きさま》にも、おそろしいということが分《わか》ったかい。あの天井はな、今にだんだんと下へおりてくる。一尺《しゃく》、二尺、三尺――そらそら、今に貴様の頭のうえまでおりてくるぞ。いやいや、放《ほう》っておけば床のうえまでおりてくるのだ。そして貴様の、体はひき臼《うす》におしつぶされた猿蟹《さるかに》合戦の猿のように、ペシャンコになってしまうのだ」

ああ、なんというおそろしさ、なんという残酷《ざんこく》さ、蓉堂の言葉のごとく、おそろしい天井は、刻一刻と落下してくる。牧野氏は今や、気狂《きちが》いのような恐怖にとらえられた。彼はまるで、金網のなかに閉じこめられた鼠《ねずみ》のように、くるくると、部屋のなかを逃げまわった。子供のように泣きさけびながら、あてどもなく部屋の中をかけずりまわった。

そのうちにも、あのおそろしい死の天井は、刻一刻とさがって来る。牧野氏の頭髪は、恐怖のために急にまっしろになった。

「助けてくれ、助けてくれ。おねがいだ、東座、たすけてくれ」

「よし、たすけろとあれば助けぬでもない。だが、牧野、そのかわり金鉱のありかをいうか」

「いう――いう、ああ、この天井をとめてくれ。おそろしい、おそろしい」

天井はすでに牧野氏の肩あたりまでおりている。床にひざまずいた牧野氏は、両手でそれをさしあげながら、涙を流して哀願《あいがん》する。意地も恥もわすれはてたように、顔中、涙だらけにしてあわれみをこうのだ。

天井は又《また》、五寸おりた。さらに一尺。――

「よし、それじゃいえ、金鉱のありかは？」

「おれは知らぬ。ほんとうにおれは金鉱のありかを知らないのだ。しかし、しかし、地図のありかを知っている」

「その地図はどこにある」

「香椎が焼きすててしまった」

「貴様、この場におよんで、まだうそをいう気か」

「まあ、待て、待ってくれ。おれのいうのはこれからだ。地図は香椎が焼きすててしまったが、そのかわり、それと同じものを、あいつは自分の娘の肌に、刺青《いれずみ》をしておいたそうだ」

「なんだと？　娘の肌に？」

「そうだ。娘の肌に地図の刺青をしておいたのだぞうな。おれはたしかに、その話を、唐沢雷太からきいたことがある」

ああ、何と恐ろしい事だろう。そして不思議な事だろう。

大金鉱の秘密というさえ、すでに意外なのに、その秘密が、人間の肌に、刺青でのこされているとは、なんという不思議な話だろう。

しかし、これらの不思議ないきさつは、間もなく、諸君のまえに、次第に、あきらかになっていくはずなのだ。

さすがの東座蓉堂も、これを聞くと、ちょっとの間、気をのまれた様子だったが、やっと正気にかえると、

「分《わか》った、そうか。そしてその娘というのは、香椎文代のことだな」

「そうだろう、くわしいことはおれも知らぬが、文代という娘があるなら、きっとその娘のことにちがいない。東座、さあ、おれの知っていることは全部はなしたから、この天井をとめてくれ。ああ、ク、苦しい」

天井はすでに、腹の高さぐらいまで下《さが》っている。牧野氏は、その下に、腹ばいながら、あえぎあえぎ、哀願するのだ。

だが、その時、ふいに、蓉堂のうしろからあわただしい足音が聞《きこ》えて来た。

ぎょっとして、振返《ふりかえ》ってみると、こはいかに、あの密室に閉じこめられているはずの、三津木俊助と進少年、それからいつの間にやって来たのか、妙子までその中にまじって、ドヤドヤとかけつけて来たではないか。

「あっ、妙子！」

「お父様。許して、許して――」

「貴様、――貴様はとうとう、このおれを裏切ったのだな」

「だって、だって、あまりおそろしいことをなさるのですもの。あ、三津木さん、そのボタンをおして、天井をとめて」

「よし」と、俊助がボタンをおして天井をとめている間に、蓉堂はふいにひらりと身をひるがえしてか

たわらのせまい一室へとびこんだ。

それと見るより、俊助と妙子、それから進少年も、一団となって、その後から、その一室にとび込むと、

「おい、蓉堂、いやさ、鉄仮面！　貴様、この場におよんで、にげようとしても、それは駄目《だめ》だぞ。この屋敷の周囲には、十重《とえ》二十重《はたえ》と警官が取りまいている。ほらほら、貴様にはあの足音が聞えないのか」

「お父様、もうあきらめて、おとなしく、捕えられてちょうだい。そしてもう、こんなおそろしいこと、なさろうなんて気をおこさないでね。ああ、ほらほら、警官の足音がだんだん近づいて来るわ」

妙子の言葉どおり、入乱《いりみだ》れた足音が、ドヤドヤと廊下の向《むこ》うから近づいて来る。

ああ、さすがの鉄仮面も絶体絶命、彼は今や全《まった》く袋の中の鼠《ねずみ》となったのだ。

だが、その時、せまい部屋の、中央に立っていた蓉堂が、ふいに、からからと大きな笑い声をあげると、

「おい、俊助、妙子、貴様たち、このおれがムザムザ警官の手に捕えられると思っているのかい。おい、これを見ろ、このボタンをこうおせば——」

いいつつ、蓉堂が傍のボタンを押すや否《いな》や、ああ、これは一体なんということだ。奇々怪々、言語に絶するような不思議なことが、その一室に起《おこ》ったのだ。

空中大活劇の巻

蒼穹《そうきゅう》異変

蓉堂の逃げ込んだ一室というのは、たいへん妙な部屋だった。

まるで危険な実験室かなにかのように、ほかの建物から隔離されていて、これを外部から見ると、ガスタンクのような円《まる》い筒型の屋根が、空高くそびえているのである。ちょうど両国の国技館のように、球のような丸い型の天井《てんじょう》が、隅田河畔《かはん》の空高くそびえているところは、たしかに一つの立派なすぐれた建物だったが、今、この天井に世にも奇妙なことがおこったのだ。

ギリギリギリ。大地をゆるがすような物音があたりの空気をつんざいたかと思うと、突如《とつじょ》、バクリと球状の天蓋《てんがい》が真二《まっぷた》つにわれたのだ。

「あっ」

邸《やしき》の周囲を、十重二十重《とえはたえ》ととりまいていた警官たちが、これを見て、おもわず、息をのんだときである。そこには、更《さら》に不可思議なことが持上《もちあが》った。真二つに割れた天蓋の下から、なにやら変に大きな、円味《まるみ》をもった物が、まるで入道雲《にゅうどうぐも》のようにむくむくと湧《わ》きだして来たではないか！

「なんだ、あれは！」

「家がつぶれるのではないか！」

なんともいえないへんな感じなのだ。

まるで巨大な海坊主《うみぼうず》のようなものが、フワリフワリと、天蓋の下からせり出して来る。真昼のお化《ばけ》だ。まるで何とも云《い》えない気持の悪い不可思議な異変なのだ。警官たちが、われを忘れて思わず手に汗をにぎったときである。

ギリギリギリ、ギリギリギリ。

すばらしいものおとが大地をゆるがしたかと思うと、巨大な海坊主が天蓋をはなれて、やがてそこに、ポッカリと浮きあがったのは一個の軽気球！

「わあッ」と、すさまじい喚声《かんせい》が隅田川の両岸からおこる。警戒にあたった警官も、道行く人々も、思いがけない悪魔のカラクリに、思わず眼《め》をみはってうしろへたじろいだ。

そのおどろきをしり眼にかけて、今や軽気球は空高く、ユラリユラリとのぼっていくではないか。しかも、その軽気球にのっているのは、鉄仮面をはじめとして、三津木俊助、桑野妙子、御子柴進少年の四人なのだ。

ああ、なんということだ。鉄仮面が逃げこんだあの密室というのは、かねてから彼が用意をしておいた軽気球部屋だったのだ。鉄仮面が、ボタンをおすと同時に、彼等《ら》のまわりをすっぽりと包んだのは、軽金属からできている不思議な網の籠《かご》。――と思う間もなく、床ごと、ゆらりゆらりと浮きあがって、俊助たちがハッと気付いたときには、すでにおそし、彼等のからだは白雲にのって、空高くはこび去られるところだった。

「うわッ！　軽気球だ、軽気球だ！」

「鉄仮面が、軽気球にのって逃げるのだ」

隅田川のほとりは大変な騒ぎ。道行く人も、車も、みんな足をとめて、あんぐりと口を開《ひら》いて空をあおいでいる。川を上下する舟も、思わず櫓《ろ》をあやつる手を忘れて、このすばらしい悪魔の逃避術に見とれてしまった。

その中を右往左往《うおうさおう》する警官の群《むれ》。騒ぎはそれからそれへと伝わって、たちまち東京中にひろがったからたまらない。新聞社の写真班が自動車にのってかけつけて来る。飛行場へは電話がとぶ。たちまち隅田川の両岸は、おびただしい弥次馬《やじうま》でうまってしまった。その中を軽気球は、おりからの北のそよ風にのって、ゆうゆうと海のほうへ吹き流されていくのであった。

空中の悪魔

「や、や、これは！」と、さすがの俊助も、思わず籠《かご》のなかでよろめいた。外を見れば、あたりはただひろびろとした一面の大空、下を見おろせば、帯のような隅田の流れ、国技館も、丸ビルも、まるで蟻《あり》塚《づか》のように小さく見える。俊助は唇《くちびる》までまっさおになってしまった。

「貴様《きさま》は――貴様は」と、いったが、あまりズバ抜けた悪魔の智恵《ちえ》に、あとの言葉もつづかない。ただもう肩でいきをするばかり。その側《そば》には、妙子と進少年が、これまた、まっさおになったままだきあってふるえている。

「はははははは、おどろいたか三津木俊助。飛んで火に入る夏の虫とは、まったく貴様のことだな。貴様のほうに探偵の智恵があれば、おれのほうには悪魔の用意がある。どうだ、たまげたろう。はははははは」と、ゆらめく籠のなかに仁王立《におうだ》ちになった鉄仮面の東座蓉堂、まるで悪魔のように、ものすごい声をあげて笑ったが、その眼《め》をふと、かたわらにふるえている妙子のほうに向けると、

「妙子！　おまえはよくもこのおれを裏切ったな」

と、いかにも憎々しげにいう、その声をきくと、妙子は蛇《へび》にみ入《い》られたように、肩をすぼめてブルブルふるえあがった。

「だって、だって、お父様」

「いいや、おれはもう、お前のいいわけなんか聞きたくもない。幼い時からそだてあげたおれの恩も忘れて、おまえはこの父を探偵にうったのだ。妙子、その酬《むく》いがどんなものであるか、おまえにはよく分《わか》っているだろうな」

「お父様、ゆるして、ゆるして」

「ゆるせ、ふふん」と、蓉堂は、例の狼のような犬歯を出してあざ笑うと、

「おまえもよっぽど虫のいい女だね。おれをこんな危険な破目《はめ》におとし入れながら、ゆるせとはよくいえたものだ。いいや、ゆるすことはできん。こうなればおまえも敵のかたわれだ。香椎弁造の娘の文代と一《いっ》しょに、おまえにもおそろしい刑罪を加《く》わえてやるのだ」

文代ときくと、妙子はいよいよまっさおになった。

「あれ、お父様、かんにんして下さい。あたしはどんな罰でも受けます。お父様を裏切った、悪い娘ですもの。どのようなおそろしい刑罰でも受けます。でも、でも、あの罪のない文代さんだけは、どうかかんにんして下さい」

「ふふん」と、蓉堂はひややかに笑いながら、

「妙子、おまえ文代のことがそんなに気になるのかい」

「はい、気になります。あんなにやさしい、きだてのよいお嬢さんを、お父さんはなんだってそんなにおいじめになりますの。あたし、あの方がおかわいそうで、なんだか、なんだか、他人のような気がしないのですわ」

いったかと思うと、妙子はわっとばかりに籠のふちに顔をふせてむせび泣くのだ。

　こういう父娘《おやこ》の押問答《おしもんどう》を、かたわらで聞いていた三津木俊助、無言のまま、いそがしく頭のなかで考えている。蓉堂のやつ、なおも執念《しゅうねん》ぶかく、文代の生命《いのち》をねらっている。して見ると、彼にはぶじに、この軽気球を脱出する成算があるにちがいない。して見れば、自分だって、彼といっしょにぬけだす機会がないとも限らないのだ。しかし、この悪党奴《め》、いったい、どのようにしてこの大空から逃げ出すつもりだろうか。下を見れば、軽気球はすでに東京からはるか南に流されたと見えて、ここはいずこか海と陸との境目《さかいめ》を、ただあてもなく、ユラリユラリと流れていく。さすがの俊助も、それを見ると、思わず絶望のうめきごえをあげた。東座蓉堂は、妙子との押問答のあいだにも、ひそかに眼《め》のはしからこういう様子をうかがっていたのであろう。ふいにワハハハと、腹をかかえて笑うと、

「おい三津木俊助、貴様はいったい、この俺《おれ》がどうして軽気球からのがれさるかとあやしんでいるだろうが、どっこい、心配御無用、おれにはおれで、ちゃんと、成算があるんだからな」

「それは結構だ。だがな東座蓉堂、貴様に逃げ出すチャンスがあるなら、我々にだってそのチャンスがないわけじゃあるまい。死なばもろ共《とも》というが、おれは貴様のような悪党と一《いっ》しょに死ぬのはいやだから、きっとこの軽気球を抜出《ぬけだ》して見せる」

「わはははは、いい加減なことをいってるぜ、貴様、おれのするまねをしようと思っているのだろうが、どっこい、そうはさせぬ」と、いったかと思うと、東座蓉堂、ポケットから取り出したのは、一挺《ちょう》のピストル。それをピタリと俊助の鼻先につきつけたのだ。

死の離れ業

ああ、鉄仮面はここで、三津木俊助を射殺しようとするのだろうか。さすがの俊助も、思わずさっと土色になる。自分が、ここで殺されるのはいとわない。しかし、自分が死んでしまったら、妙子や御子柴進少年はどうなるのだ。それから執念ぶかくつけまわされている、あのかれんな香椎文代のいのちは

いったいどうなるのだ。それを思うと、さすがの俊助の顔にも、べっとりと、汗がうかんで来る。恐怖をしらぬこの豪胆《ごうたん》な新聞記者も、思わずガチガチと歯を鳴らすのだ。

「はははははは、おどろいたな三津木俊助、今度こそさすがの貴様にも、のがれる術《すべ》のないことがハッキリとわかったと見えるな。いや、貴様はまったくすばらしい男だ。いつか袋づめにして、水葬礼《すいそうれい》にしてやったはずだのに、いつの間にやら、その袋をやぶって生きかえって来たばかりか、化《ば》けも化けたり道具方《かた》の仙公とは、まったくこのおれもかぶとをぬいだよ。敵ながらもあっぱれなもんだ。しかしなあ、三津木俊助、ものには程《ほど》というものがある。おれはもう貴様に邪魔立てされるのにあきあきしたんだ。だから、ここでドンとぶっ放《ぱな》して、あっさり貴様の生命《いのち》をもらおうかと思っているんだ。大空の犯罪か、わっはははは、三津木君、こいつはすばらしい特《とく》種《だね》になるぜ」と、鉄仮面はまるで勝ちほこって、面白そうに無気味な声をあげてうち笑う。俊助は拳《こぶし》を握りしめたが、どうすることもできない。動けば、相手の手にしているピストルが火蓋《ひぶた》を切るだろう。

相対峙《あいたいじ》すること一《いっ》しゅん、二しゅん。——と、この時である。さっきから恐怖のために打ちひしがれたように、籠《かご》のそこにひれ伏していた御子柴進少年のからだが、ジリジリ、ジリジリと鉄仮面の足もとにむかってすすんで行く。

それと気がついた妙子と俊助、思わずあっといきをのみこんだが、そのとたん、進少年のからだがいなごのようにパッととびあがった。ピストルをにぎった鉄仮面の腕にとびついたのだ。

「あっ」と、ふいをくった鉄仮面、思わずドドドドドと二三歩うしろへたじろぐそのすきに、俊助の体が、まりのように相手にむかっておどりかかっていった。

「畜生《ちくしょう》！」と歯ぎしりをする鉄仮面。それに武者《むしゃ》ぶりついた進少年と俊助のからだが、三つどもえとなって、籠の中にころげる。そのひょうしに軽気球がぐらりと傾いて、今にも外へ投げだされそうになった妙子は、

「あれ！」と、さけぶと、夢中になって籠のふちにすがりついた。

しかし、こちらはそれどころではない。

「先生、先生、ピストルを、早く、早く」

鉄仮面に組みしかれた進少年が、あえぎあえぎさけぶのだ。

「よし」と、さけんだ三津木俊助、鉄仮面の右腕に武者ぶりついてピストルを奪おうとする。そうはさせじと、あらそう蓉堂、一《いっ》ちょうのピストルをめぐって、三人の手と手と手が、からみあってものすごい争闘《そうとう》を演じている。そのうちに、どうしたひょうしか、ピストルの銃口《つつぐち》が、真正面に俊助の鼻先へ来た。と、そのとたん。

「畜生ッ！」と、さけんだかと思うと、蓉堂の指が引金を引いたからたまらない。

ズドン！　と一発。弾丸《たま》がとび出したかと思うとさにあらず。

シューッ！　というような物音とともに、何やらあまずっぱいようなにおいが、いきなり俊助の鼻をついた。

「あっ！」と、さけんだ俊助が、思わず顔をそ向《む》けようとしたが、すでにおそし。ツーンと異常なにおいが鼻から頭へ抜けて、くらくらとしたかと思うと、俊助のからだはどうとその場にころがってしまった。

催眠《さいみん》ピストルなのだ。

ピストルの中からとび出したのは、弾丸《たま》のかわりにエーテルなのだ。そのエーテルの甘ずっぱいにおいが、俊助の脳髄《のうずい》をこんこんと眠らせてしまったのである。

「ははははは、もろいやつだ」と、籠のそこからやおらおきあがった鉄仮面の東座蓉堂、小気味よげに、俊助のからだを足でけっていたが、ふとあたりを見ると、進少年の姿が見えない。

「おや、あの小僧はどうした」

妙子は恐怖のあまり動きも出来ず、大きく眼《め》をみはったまま返事もしない。

まさか、軽気球から飛び出したわけでもあるまいと、蓉堂がきょろきょろとあたりを見まわすと、こはそもいかに、いつの間にやら進少年、するすると綱を伝《つた》って、上なる気球の表面にしがみついているではないか。

危《あぶな》い、危い！

一歩身をあやまれば、下はこれ、ただひろびろとした大空の一隅《いちぐう》。そのなかに浮きあがった気球の表面に、まるで一匹の蜘蛛《くも》ででもあるかのように、進

少年はピッタリとすいついているのだ。

これにはさすがの鉄仮面もおどろいた。

「小僧、そんなところでなにをしているのだ。危い、落ちるぞ。早くこちらへ下りて来い」

「いやだ」と、進少年は、気球をつつむ網の中に身をたくしたまま、あざけるような笑い声をうえから落《おと》す。

「おまえが、もし三津木先生を殺すようなことがあれば、僕はこの気球に穴をあけてやる」と、いったかと思うと、進少年が、ポケットの中から取りだしたのは、一《いっ》ちょうの海軍ナイフ。それを開くといまにも気球に突っ立てそうにしたから、おどろいたのは鉄仮面だ。

もし、気球に穴をあけられたら、それこそなにもかもおしまいなのだ。浮揚力をうしなった軽気球は、つぶてのように落下していくのにちがいない。

「馬鹿、なにをするのだ。そんなことをすればおまえの生命《いのち》もないのだぞ」

「覚悟のうえだ。どうせ死ぬなら、僕は悪人を道づれにしてやるのだ。それとも、我々を安全なところに下《おろ》してくれるか」

ああ、なんという大胆さ。かよわい少年の身でありながら、今度はぎゃくに鉄仮面を脅迫《きょうはく》しようというのだ。

「わははは」と、鉄仮面はそれをきくと、腹をかかえて笑いながら、

「おい、小僧、貴様はそれじゃ軽気球というものをよく知らないと見えるな。軽気球というやつは、飛行機などとちがって、自由に操縦することができるものじゃないぜ。とびだしたが最後、お先まっくら、どこへとんで行くか知れたものじゃないのだ」

それを聞くと、さすがの進もまっさおになった。

「それじゃ、おまえはどうして逃げるのだ」

「おれか、おれは、こうして逃出《にげだ》すさ」と、いったかと思うと、鉄仮面は、かたわらにあった大きな鞄《かばん》をひらいて、中から取り出したのはパラシュート！

「あっ！」と、さすがの進も、それを見るとまっさおになる。鉄仮面はゆうゆうとそのパラシュートを背に負うと、

「おい、小僧、貴様、気球に穴をあけるなり、どうなり勝手にしろ。どうせこの気球は空の墓場なんだ。さあ、妙子、おまえだけは一《いっ》しょにつれていってや

る」と、いったかと思うと、東座蓉堂、いやがる妙子の体を横抱きにしたまま、ひらり、身をおどらせてとんだ。

ああ、気球から空中におどりだしたのである。と、見れば、小石の様《よう》に二人のからだは青い大空を落下していったが、やがて、菌《きのこ》のようなパラシュートがパッと開いたかと思うと、ユラリユラリと空中をぶらりぶらりと歩いてでもいるように、はるかな白雲のなかに姿を消していく。

そのあとには、こんこんと、眠りつづけている俊助と、かよわい進少年の二人を乗せた軽気球が、フワフワと風のまにまに流されていくのだ。

その中に一点の墨《すみ》をおいたような軽気球、いったい、軽気球はどこまで流れていくのだろう。

文代危《あやう》し

鉄仮面はこうして、妙子をだいたまま、パラシュートによって軽気球からのがれていった。

さてそれから二三日後のことである。文京区小《こ》日向台町《ひなただいまち》にある、矢田貝修三博士の邸宅《ていたく》の周囲は、なんとなくものものしい警戒ぶりであった。矢田貝博士は数年以前より、小石川に住んでいるのである。その邸宅はたいしてひろいのではなかったが、和洋《わよう》折衷《せっちゅう》の、いかにも学者のすまいらしい、落着《おちつ》いた感《かん》じの邸宅だった。独身者《ひとりもの》の博士は、そこで一人の下僕《ぼく》と共に、淋《さび》しい日を送っているのだが、一昨日から、この邸宅の中にめずらしい客があった。

ほかでもない、香椎文代なのだ。文代がいったい、どうしてこの屋敷に住んでいるのか、それは大体次《つ》ぎのような次第なのだ。

隅田川畔にある、東座蓉堂の邸宅が、妙子の密告によって、警官に包囲された日、人々はそこで意外な人物を発見した。横浜港外から連れさられた、あの新帰朝者《しんきちょうしゃ》の牧野慎蔵氏。

牧野氏は、おそろしい金庫部屋のなかで、危《あやう》くペシャンコにされるところだったが、俊助のおかげでかろうじて生命《いのち》をとりとめたところを、かけつけてきた警官の手によって救い出されたのだ。

その牧野氏は、恐しさと苦しみのために、ほとんど気が狂った様《よう》になって、警官の質問にたいしても、はかばかしく答えることさえ出来なかったが、ただひとこと、香椎文代のいのちが危《あやう》いということだけを、きれぎれにもうし立てた。

そうでなくても、いぜんああいう劇場の一大事件があったこと故《ゆえ》、警察では内々文代の身のまわりにたいして警戒をおこたらなかったが、こまったことには、文代は孤児である。誰《だれ》一人、親身になって保護してやろうという者がないのだ。

まさか警官が、いつもそばについているわけにもいかないし、ほとほと困っているところへ、みずからその保護者の役を買って出たのが矢田貝修三博士。

博士は文代を引きとっておいて、鉄仮面をひき寄せるつもりだといっていた。警察でも矢田貝博士なら、こんな好都合なことはないし、そこで文代によくよくそのわけをいいふくめると、彼女を博士の邸宅に住《すま》わせることにして、その邸宅の周囲には、たえず私服の刑事や警官たちがはり番《ばん》をしているのだ。ところが今朝のことである。

突然、その矢田貝博士のところへ、一通の手紙がまいこんで来た。

今夜参上、香椎文代嬢をちょうだいいたすべく候間《そうろう》、何卒《なにとぞ》よろしくお願いもうし上候《あげ》。
矢田貝修三様
鉄仮面

その手紙にはこんなことが書いてある。ああ、何《な》んという大胆な振舞いだろう。鉄仮面は、又《また》もや犯罪の予告をして来たのだ。

普通ならば、こんなことに驚く矢田貝博士じゃなかったが、しかし、今まで度々《たびたび》、鉄仮面のために苦しめられてきた矢田貝博士、これを見るより、ただちに警視庁へ電話をかける。電話によって急いでかけつけて来たのは、警視庁きっての敏腕家といわれる等々《とど》力《ろき》警部。

等々力警部というのは、この物語に顔を出すのは初めてだが、かねて三津木俊助とは親交もあり、なかなかのやり手という評判がある。

「畜生《ちくしょう》、すると鉄仮面のやつ、まんまとあの軽気球から逃《の》がれ出したと見えますね」

「どうもそうらしい。そうそう、軽気球といえば、三津木君や、進少年のその後の消息はわかりませんか」

「それがどうも、よくわからないのですよ。なんでもあの軽気球は、遠州灘附近《えんしゅうなだふきん》で、海上に墜落《ついらく》したらしいんですが、そのまえに、パラシュートによってのがれ去った者があるらしいんです。あの辺の漁師でそれを見た者があるんですがね。しかしそいつが鉄仮面だったか、または三津木俊助君だったかは今のところ全《まった》く不明なんですよ」

「いや、それはおそらく、鉄仮面のやつにちがいありませんよ。こうして脅迫状《きょうはくじょう》をよこしたところを見ればね」

「そう、とにかく、こういう手紙がきた以上、一おう邸内《ていない》を厳重に警戒しなければなりません」

そこで、等々力警部と矢田貝博士は、一《いっ》しょに、邸内を見てまわったが、べつに変《かわ》ったこともないらしい。

「この分なら、まず大丈夫《だいじょうぶ》でしょう。なあに、鉄仮面のやつが近づいたらたちどころに捕えてしまうばかりです。ところで、この脅迫状のことを文代は知っていますか」

「いや、あれにはまだなにも知らせてありませんのでね。よけいなことをいって、心配させるのもかわいそうだと思いましてな」

「そうですね、その方がよろしいでしょう。なあに、そのかわり我々が十分注意していればよろしいんですからね。今夜は一つ、寝ずの番をしようじゃありませんか」

そこで、等々力警部は張りこんでいる部下の刑事連中に、手配りを命ずると、みずからは、文代の寝室のまえにどっかと陣どって、矢田貝博士とともに徹夜の番の用意なのだ。

文代にはなんとなくこのようすが異様に見えたのだろう。

「あら、先生、今夜はどうかしたのでございますか」と、不安そうに、博士の顔をあおぎ見る。文代は矢田貝博士のことを先生と呼んでいるのだ。

「いや、文代さん、なにも心配することはありやせん。さあさ、お休み、それからね、今夜はこのドアを開《あ》け放しにして寝るんだよ」

「まあ、どうしてでございましょう。ああ、きっとなにかあるんですわね。先生、鉄仮面が——やって来るんでしょう」

「馬鹿な、そんなことが、あるものか。さあさ、心配することはないから、これを飲んで、ぐっすりお寝《やす》み」と、いつも寝るまえに飲むことにしている牛乳を、コップについでやると、文代は、それでも、すなおにそれを飲みほした。

「先生、それではお寝みなさい」と、文代はかくしきれぬ不安に、面《おもて》をくもらせながら、ベッドの中にもぐり込んだが、と思う間もなく、スヤスヤとやすらかな寝息がもれて来たのである。

「ああ、たあいもないものだな。薬がよく利《き》いたらしい」と、博士が独語《ひとりごと》をもらすのを聞いた等々力警部、びっくりしたように、

「何んですって。薬ですって？」と、きき返《か》えす。

「ああ、そうだよ。つまらない事に胸を痛めて、眠られぬようじゃかわいそうだからな、牛乳の中へすこし眠り薬をいれておいてやったのですわい」

毛布を肩のところまで着た文代は、むこう向きになったまま、静かに、規則正しい呼吸をつづけていた。

「成程《なるほど》、これで娘さんの方は心配がいらなくなったわけですが、それで鉄仮面のやつはほんとうにやって来るつもりかな」

「むろん、やってくるにちがいない。わしはね、いつかも三津木君と一《いっ》しょに、こういう風にして、唐沢氏の見張りをしていたことがある。ところがどうだろう、まんまと鉄仮面のやつに出し抜かれてしまったのですわい。それを思うと、わしは不安でたまらない。今夜もひょっとすると……」

「馬鹿な、そんなことがあるもんですか。聞けば唐沢氏の時には、寝室のドアがぴったりとしめてあったというじゃありませんか。今夜はこうして、ドアも開け放しで、万事見通しなんですから、万が一にも間違いなど起《おこ》りようがありませんよ」

「そうでしょうかな。しかし、わしにはやっぱり安心がならない。鉄仮面――あいつは悪魔だ、まるで、幽霊のように、どんな場所へも自由に出入《でいり》ができるのだ。ああ、早く夜が明ければいい、はやく夜が明ければいい」と、矢田貝博士は、少し大袈裟《おおげさ》とも思われるほど、不安に、顔をひきつらせて、部屋のまえの廊下を行きつ、もどりつしていたが、ああ、あとから考えれば、博士の不安はまさにあたっていたのだ。鉄仮面は又しても、世にも不可思議な魔術を演じたのである。

窓に浮く仮面

十時が過ぎ、十一時が鳴り、やがて十二時になった。博士と等々力警部の不安は、次第次第にこくなって来る。鉄仮面ははたして、予告どおりあらわれるだろうか。邸内《ていない》はしーんとしずまり返って、どこやらでホーホーと梟《ふくろう》の鳴く声が聞《きこ》えた。張番《はりばん》につかせた刑事たちは、みんなそれぞれの部署についているのであろう。咳《せき》一つ立てない。文代は相変らず向《む》うむきになったまま、寝ている。薬がよほどよく利《き》いているのであろう。身動き一つしないのだ。どこかで一時の鳴る音がきこえた。

――と、この時である。庭にむかった寝室の窓のほとりで、ふいに、コトリとかすかな音がしたので、今迄《まで》、きらきらと眼《め》を光らせていた博士と警部の二人は、ハッとしてその方へふりかえった。

と、こはいかに。窓ガラスに額《ひたい》をくっつけるようにして、室内をのぞいている顔、そはまさしく、あの世にも奇怪な鉄仮面ではないか。

「あっ！」と、博士はぎょっとして、拳《こぶし》もくだけよとばかりに等々力警部の手くびをにぎりしめる。

「来た！」と、警部もハッとばかりに廊下に体をふせる。

鉄仮面は例の表情のない顔で、じっと室内をうかがっていたが、やがてふらふらと幽霊のように、その窓際をはなれる。例によって、ソロリと長い二重《にじゅう》まわしを着ているのが見えるのだ。やがて、その体はスルスルと、吸い込まれるように、庭の闇《やみ》のなかへ消えていった。

「しまった！　彼奴《あいつ》、われわれがここで張番をしているのに気がつきやがったのです。先生、あなたはここにいて下さい。私はちょっと庭の方のようすを見て来ます」

「いいかね、そんなことをして」

「大丈夫《だいじょうぶ》です。先生は、絶対にここからはなれないようにして下さい。すぐ帰って来ます」

警部は廊下をはうようにして、庭の方へ出ていった。あまりひろからぬ庭の木影《こかげ》には、さっきから一人の刑事がうずくまっているのだ。警部はそろそろとその刑事の方へはい寄ると、

「おい、どうしたのだ。さっきのやつはどこへ行っ

たのだ」

「なんですって。さっきのやつとはなんのことですか」

刑事はきょとんとして、警部の顔を見直すのだ。

「鉄仮面だ。たった今、鉄仮面のやつが、あの窓のそばへうかがいよったじゃないか」

「馬鹿な、そんな、馬鹿なことはありませんよ。私はさっきからここにいて、あの塀《へい》の方をじっと見守っているのですが、誰《だれ》一人、あそこをのりこえて来た者はありませんよ」

「いや、たしかに鉄仮面のやつが忍びこんだに違いない。おれは現に、あいつが窓の外からのぞいているところを見たんだ」と、警部がいらだったようすで、部下を詰問《きつもん》している時である。ふいにバタバタとあわただしい足音と共に、塀をのりこえて来た警官がある。警官は庭へとびこむと、すぐ警部の姿をみとめて、

「ああ、警部。大変です。鉄仮面が――鉄仮面が――」

「なに、鉄仮面？　鉄仮面がどこにいるというのだ」

「あの屋根の上です。ほら、ほら、屋根をつたって向うへ逃げます」

その声にぎょっとした等々力警部、屋根の上をあおいでみれば、こはいかに、今しもつめたい月光の中に、くっきりと浮きあがったのは、まぎれもないあの鉄仮面の姿ではないか。

蝙蝠《こうもり》のようにヒラヒラと、袖《そで》をひるがえして、猿《さる》のようなすばやさで、屋根伝いにむこうの方へ逃げてゆく。しかも、その両手には、たしかに人間とおぼしい白い体をしっかと抱いている。

もし、等々力警部がたった今、ベッドの中に寝ていた文代の姿を見て来たのでなかったら、彼はおそらく、鉄仮面が文代を誘拐《ゆうかい》して逃げるところに違いないと思ったことだろう。

「しまった、屋根の上とは気がつかなかった。おい、あいつを逃がすな。あいつの後をおいかけろ」

警部の声に、たちまち刑事連中がバラバラとその後をおってゆく。鉄仮面の姿はすぐ見えなくなった。と思うと、まもなく、裏の方から、けたたましいエンジンの音がきこえて来る。

「しまった、乗物の用意があるぞ。逃がすな」

警部も一《いっ》しょに、その後を追っていきたかったが、しかし、気になるのは文代の寝室である。さっき、

警部が出て来るときには、文代はたしかに、ベッドのうえに寝ていたけれど、なにかしら、ふいに胸騒《むなさわ》ぎが警部の胸にこみあげて来たのだ。

そこで、鉄仮面のほうは部下の者に一任して、自分はそそくさと、もとの廊下へかえって見ると、矢田貝博士がいても立ってもいられないような、不安な面持《おもも》ちで、たたずんでいる。

「どうしたのです。あの騒ぎはなにごとです」

「いや、鉄仮面の奴《やつ》が現れたのです。畜生《ちくしょう》、屋根のほうからやって来たんですよ」

「屋根から？」と、博士はふいとおびえたような眼のいろをすると、

「それで、どうしましたか。捕《つか》えましたか」

「いや、部下の者に、今追跡させていますが、なんだか胸さわぎがしてたまらなかったものだから、一おう、こちらの様子を見に来たんですよ。文代さんの方は大丈夫でしょうな」

「そりゃ、こちらは大丈夫。文代はあの通り、さっきからじっと眠っていますよ」

「なるほど」と、警部はほっとしたように額《ひたい》の汗をぬぐいながら、

「ああ、驚かせやがった。鉄仮面のやつ、なんだか人間の体みたいなものをだいているものですからね。ひょっとしたら。文代さんが、やられたのじゃないかと、ドキリとしたんですが、これでやっと安心した」

「なんだって？」と、博士はぎょっとしたように、

「鉄仮面が、人間のようなものを抱いていたんですって」

「そうですよ。ちょうど文代さんぐらいのね、寝間《ねま》着《き》を着たかっこうをしたものを、重そうに抱いていましたぜ。はははは、しかし、そんなことは、かまわんじゃありませんか。文代さんさえ、大丈夫なら」

「いや、そうじゃない」と、博士は急にのどがつまったように、あの長い山羊《やぎ》ひげをふるわせると、いかにも不安そうに眼をショボつかせながら、

「鉄仮面はぜったい失敗せん男じゃ。あいつが人間みたいな者をだいていたとすると、もしや――」

「もしや？　どうしたとおっしゃるのですか」

「もしや、――もしや、文代を誘拐していったのじゃあるまいか」

「なんですって！」と、警部はびっくりしたように、博士の顔を見直したが急にプッとふきだすと、

「先生、先生は今夜よっぽどどうかしていますね。文代さんは現に、ああして、あそこで、スヤスヤと眠っているじゃありませんか」

「そうじゃ、それにちがいない。わしはひょっとすると、あまり鉄仮面のやつを買いかぶりすぎているのかも知れない。しかし、しかし」と、口ごもりながら、矢田貝博士は神経質らしい手つきで、度の強い眼鏡《めがね》の玉をふいている。蠟《ろう》をひいたように、脂気《あぶらけ》のない、その額には、ベットリと、汗が浮かんでいた。

「しかし？　しかしどうしたとおっしゃるのですか」

「しかし、ああ、やっぱりわしの思いちがいかな。ああ、おそろしい。等々力君、君すまないが、ちょっと、文代の顔を見て来てくれないか。なに、ほんの気やすめだ。万が一にもそんな事はあろうとは思えないが、君、ちょっと、ちょっと、文代の顔を見て来てくれたまえ」

博士の言葉を聞いているうちに、警部の胸にも、なにかしら、えたいのしれぬ不安がもやもやとわきおこって来た。彼は思いきったように、つかつかとベッドの側《そば》へあゆみよった。

「文代さん、文代さん、ちょっとおきて見て下さい。文代さん」と、いいつつ、毛布のはしに手をかけた等々力警部が、そっとそれをまくりあげたとたん、

「あっ！」と、叫んで、警部はうしろへたじろいだ。ああ、何《な》んということだ、文代の体はいつの間にやら、人間の大きさと同じ人形と変《かわ》っていたではないか。

二人鉄仮面の巻

仮面を取れば

さすがの矢田貝博士も、長い山羊《やぎ》ひげをふるわせながら、ぼうぜんとして立ちすくんでしまった。いったい、どうしてこのような奇蹟《きせき》がおこったのだ。

矢田貝博士と等々力警部の二人のうち、少くとも博士の方は、一刻も文代の体から眼《め》をはなさなんだはずである。それにもかかわらず、文代の体はいつのまにやら蠟人形《ろうにんぎょう》にかわっている。ああ、すばらしい悪魔の妖術《ようじゅつ》よ！　こんな事が、はたして、あってよいものだろうか。

ふいに等々力警部が、ドシンと音をたててかたわらの椅子《いす》に腰をおとした。しばらく警部は気がぬけたように、つめたい蠟人形の横顔をながめていたが、やがて猛然と立上《たちあが》ると、

「畜生《ちくしょう》！　それじゃやっぱり、さっき鉄仮面のやつがだいていったのが、文代さんだったのだ」と、さけんだかと思うと、いきなり部屋の外へおどり出そうとする。部下に命じて鉄仮面のあとを追跡させるためである。

だが、その必要はなかったのだ。なぜならば、警部が部下の刑事をよび入れて、ガミガミと命令を下しているところへ、ふいに一人の刑事が血相《けっそう》かえてかけつけてきたのだ。

「警部、よろこんで下さい。鉄仮面を捕《とら》えました」

「なに？　鉄仮面を捕えたと？」と、同時にさけんだのは、等々力警部と矢田貝博士。ことに、博士は、度の強い近眼鏡《きんがんきょう》の奥で、いまにも眼玉《めだま》がとび出しそうな顔をする。

「ええ、捕えましたよ。オートバイで、江戸川《えどがわ》公園の中へとび込んで、まごまごしているところを、大滝の側で捕えたんです。こちらへつれて来ましょうか」

「よし、つれて来たまえ」

刑事が直《す》ぐに引きずり込んで来たのは、まぎれもなく妖魔《ようま》鉄仮面。ああ、さしもの大悪魔も、ついに警官の手にとらえられたのだ。等々力警部は昂奮《こうふん》のために、思わず胸をおどらせる。むりもない。警視

庁にとっては恨《うら》みかさなる大悪人、鉄仮面。

「おい、鉄仮面！　貴様《きさま》、文代さんをどこへやった」

鉄仮面は無言である。あのつめたい鉄の仮面が、ギラギラとぶきみな底光《そこびかり》をたたえて、三日月型に割れたくちびるが、さながら警部を馬鹿にするように笑っている。

警部はいらいらとしたように、そばの刑事をふりかえると、

「君、こいつを捕えた時、文代さんの姿を側《そば》に見かけなかったかい」と、きいた。

「ええ、文代さん？　ああ、すると、あのオートバイのまえにのっけていたのが、やっぱり文代さんでしたか」

「そうだ、そうだ。その文代さんは助かったろうね。無事に取戻《とりもど》して来てくれたろうね」

「ところが、それが妙なんですよ。公園のなかでこいつを捕えた時には、それらしい人はどこにも見えなかったんです」

「なに、見つからなかった？　そんな馬鹿なことがあるものか。どこか、公園の中にかくしてあるんだ。もう一度みんなでよく公園の中をしらべてみろ」

「はあ、それはもう十分手抜かりなく探してみたんですが——ああ、ひょっとすると！」と、刑事がふいにぎょっとしたような顔をしたので、警部も不安そうに、

「ひょっとすると——？　どうしたというのだ」

「いえ、これは私の想像ですが、鉄仮面のやつ、文代さんを殺して、大滝の中へなげこんだのじゃありますまいか。あいつをとらえた時には、ちょうど橋の上に立っていたんですから」

「なんだって？」と、矢田貝博士がふいにそばから口を出した。

「それはたいへんだ。それじゃ少しでも早く行かねばならん。あんた方、滝壺《たきつぼ》の中をさらって見て下され。鉄仮面のやつは、警部さんと、わしの二人で取《とり》調《しら》べて見る。のう、警部さん、そうした方がよろしくはないかな」

「むろん、そうです。じゃ君たち、大急ぎで滝壺の中をさがすんだ。わかったかね」

「ハイ、わかりました」と、刑事連中があたふたと出ていったあとには、鉄仮面を中心に矢田貝博士と等々力警部、しばらくは、お互いのようすを探って

いたが、やがて警部が、つかつかと鉄仮面のそばへよると、
「おい、鉄仮面、いやさ、東座蓉堂、貴様ももう年貢《ねんぐ》のおさめどきだ。どれ、一つ貴様の面《つら》を見てやろう」と、やにわに相手の仮面をはぎ取った。がそのとたん、警部と博士のくちびるからは、あっとばかりにさけび声がもれた。ああ、なんと、たった今まで東座蓉堂とばかり信じきっていたその鉄仮面は、意外とも意外、蓉堂の従者、黒ん坊のアリではないか。

又もや飛来の短剣

「違う、違う」と、矢田貝博士があわててさけんだ。「こいつは鉄仮面じゃない。鉄仮面はこんな黒ん坊じゃない。こいつは手下のアリだ」

アリはしばらく、無表情な顔でまじまじと二人の顔を眺《なが》めていたが、やがて鍋墨《なべずみ》をくっつけたような頰《ほお》をほころばしてにやにや笑うのだ。

「畜生《ちくしょう》！」と、警部は歯ぎしりをしながら、「まんまと一《いっ》ぱいくわしやがった。だが、このままじゃすまさないぞ。この黒ん坊をたたいて、かならず鉄仮面のありかを白状《はくじょう》させて見せる。おい、貴様、文代さんをどこへやった。いやさ、本物の鉄仮面はどこにいる」

警部が必死となってつめ寄るにもかかわらず、黒ん坊のアリは、どこ吹く風とばかりにすましている。さすがの警部も根負《こんま》けしたように、

「畜生！　とぼけていやがるな、それとも分《わか》らぬふうをしているのかな」

「いや、警部、ちょっとまって下さい」と、さっきからまじろぎもしないで、アリの横顔を眺めていた矢田貝博士は、そのとき、なにを思ったのか、そばの薬品簞笥《だんす》から瓶《びん》に入った薬液をとりだすと、それを綿《わた》にしませて、いきなりアリの頰《ほ》っぺたに押しつけた。——と、奇怪とも奇怪、薬でぬぐわれた部分だけ、皮膚がスーッと白くなっていったではないか。

「あっ！」と、アリも、それに気がつくと、今迄《まで》の無表情はどこへやら、血相《けっそう》かえてとびのくのを、そうはさせじと、鋼鉄のような手で、しっかりと相手の腕をつかんだ矢田貝博士。

「おい、恩田、しばらくぶりだったのう」

「えっ！」と、黒人アリはのけぞらんばかりにおどろいた。意外とも意外、たった今まで黒人だとばかり思っていたこの怪人物は、その実、われわれと同じ日本人だったのだ。

「先生、先生はこいつをごぞんじなのですか」

「知っていますとも、警部さん、こいつ黒人だなんて真赤《まっか》ないつわり、ほら、いつか唐沢氏の宅へ、スパイになって住みこんでいた、鉄仮面腹心の部下、恩田というのがこの男ですよ。それにしてもよく考えたものじゃありませんか。普通の変装じゃ、見破られる心配があるので、黒人とは化《ば》けも化けたり。これ恩田、こうなったらなにもかもおしまいだわえ。なあ、貴様、文代さんをどこへやった。それから鉄仮面はどこにいるのだ。それを正直に言ってくれれば、少しでもおまえの罪が軽くなるようにはからってやる。のう、恩田、何もかもすなおにいってしまいなさい」と、よく分《わか》るような博士の言葉。恩田はまじろぎもしないで、しばし博士の顔をうち眺めていたが、何を思ったのか、ふいにブルブルと身ぶるいをすると、そのまま首をうなだれて、だまりこんでしまうが、やがて、

「もう駄目《だめ》です。矢田貝博士、あなたには全部 申上《もうしあげ》ます」

「よし、いえ、鉄仮面はいまどこにいる」

「ハイ、その鉄仮面は……」と、いいかけた時である。

ふいに、矢田貝博士が、あっとさけんで、窓の側《そば》へとんでいった。

「誰《だれ》だ！」と、窓ガラスを開いて、外の闇《やみ》へむかってどなりつける。おどろいたのは等々力警部。

「ど、どうかしましたか」

「いま、誰やら、この窓からのぞいていたんですが、あっ、あぶない！」と、さけぶと同時に、博士はいきなり警部の体をかかえて、床のうえに押しころがした。

「ど、どうしたのです。博士、一《いっ》たいこれは――」と、ふいをくらってあおむけざまに引っくり返った等々力警部、憤然《ふんぜん》としておきあがると、博士にむかってくってかかる。

「警部、あんたは気がつきませんでしたか。今、何やら、キラリと光るものが、われわれの頭上に飛んで来たのを。――あ、あれはどうしたのじゃ」

博士の声にふとふりかえった等々力警部、ふいにゾーッと髪の毛がさかだつようなおそろしさをかんじた。

見よ、部屋の中央には恩田が、かっと眼《め》を見開き、両手を堅くにぎったままの姿勢で突立《つった》っているではないか。見れば、そののど笛のところに、銀色の短刀がざぐっと突立《つきた》ち、そこから泡のような血がぶくぶくと吹き出している。そしてなんともいえない気味わるい音が、シューシューとそこからもれるのだ。

恩田は立ったまま死んでいるのであった。ああ、いつか新日報社において、折井記者を殺したと同じあのアルミニュームの短刀が、みごとに恩田ののど笛をかき切ってしまったのであった。

幽霊城

ああ、なんという悪魔の巧妙さ。鉄仮面はまたしても、博士と警部の面前において、一番たいせつな証人を殺してしまったのだ。おそらく窓の外からようすをうかがっていて、いよいよ恩田が白状《はくじょう》しそうになったものだから、例の短剣を恩田ののど笛めがけてぶっぱなしたのであろう。

むろん、邸《やしき》のまわりは、たちまち厳重に捜索されたた。しかし、その時分までまごまごしているような鉄仮面ではない。彼は又《また》もや煙のように消えてしまったのだ。

こうしてふたたび鉄仮面は、勝利の凱歌《がいか》をあげた。おおぜいの人々の目の前で、文代を誘拐《ゆうかい》したばかりか、自分の身があやうくなりかけると、大切な部下をさえ、何の容赦《ようしゃ》もなく、殺してしまうその残忍《ざんにん》さ！　警部の必死の捜索にもかかわらず、文代のゆくえは分《わか》らない。むろん、その夜から翌朝へかけて、江戸川公園の大滝は、厳重にさらわれた。いつの間にやら、このうわさを聞き伝えたと見えて、夜あけ頃《ごろ》から公園の附近《ふきん》はいっぱいの人だかり。

「どうしたんです。河の中をさらっていったい何をさがしているんです」

「それがさ、なんでも鉄仮面のやつがまた人殺しをしてあの滝の中へ死体をぶち込んだんですとさ」

「ほほう、して殺されたのはだれですか」

「それが、かあいそうに、あのレビュースターの香椎文代だという話だぜ」

「そいつは――してその死体はもうでましたかね」

「それがまだでないから、ああして探しているんじゃありませんか」

「しめた。それじゃでるまでここで待っていよう。しかししまったな。こういうことなら、弁当でも持って来るんだったな」なんてたいへんなさわぎ。

そのうち滝壺《たきつぼ》の中をさらっていた人夫《にんぷ》の一人が、ふいになにやらさけんで、どろの中から拾いあげたものがある。大きな麻《あさ》の袋だ。どうやら人間の形をしている。それを見ると、弥次馬《やじうま》連中、わっとばかりにさわぎ出した。たちまち警官連中がバラバラと、その麻袋の側《そば》へよって口を開きにかかる。中から出て来たのははたして文代の死体か。

と、そこに妙なことが起《おこ》った。袋の口をひらいて中をこわごわのぞいていた警官の一人が、ゲラゲラ笑い出したかと思うと、いきなり、むんずと片手を突込《つっこ》んで、ズルズルと引きずり出したのは、なんということだ。これまた昨夜、文代のベッドに寝ていたと同じような、人間の大きさの蠟人形《ろうにんぎょう》ではないか。

して見ると、昨夜恩田がオートバイに積んで運びさったのは、文代ではなくて、この蠟人形だったのだろうか。もしそうだとすると、文代はいったい、いつ、どのようにして誘拐されたのだろう。何もかもが、なぞだらけだった。鉄仮面のすることは、こうしていつも、人の意表に出るのだ。もし、恩田が生きていれば、その間《かん》のようすもいくらか分明するだろうが、恩田を殺されてしまっては、どうする事も出来ない。こうして警視庁は又もや世間の人々から非難の矢面《やおもて》に立たされた。わけても等々力警部と、矢田貝博士の面目《めんぼく》は丸つぶれというわけである。

矢田貝博士のごときは、かえすがえすの失敗に、すっかり気をくさらせて、もうこれ以上、鉄仮面と闘うのはやめるとさえいい出したくらいだ。

ああ、三津木俊助、軽気球とともにいまだゆくえが分《わか》らず、いままた、矢田貝博士が手を引くとしたら、兇悪《きょうあく》鉄仮面とたたかう者ははたして何者ぞ。

さて、物語はここに一転する。

ここは湘南《しょうなん》のかたほとり、北原白秋《きたはらはくしゅう》氏の歌で名高い城《じょう》ヶ島《しま》にちかい、とある丘のうえに、一つの不思議な城がたっている。もし旅人がこの丘の麓《ふもと》を通りすぎて、ゆくりなくもこの城をあおいだとしたら、その人は自分が日本にいるのかどうかとうたがって見たことだろう。それ程《ほど》、この建物は一《いっ》ぷう変《かわ》っているのだ。蔦葛《つたかずら》おいしげれる高い望楼《ぼうろう》、道化師《どうけし》がかぶる三角帽のようにとがった、いくつかの尖塔《せんとう》、鐘楼《しょうろう》もあれば、銃眼《じゅうがん》のついた高い壁もあるという具合で、とんと中世紀風の南欧の古城さながらの姿であった。それもそのはず。この城をたてたのは、もと東京の有名な実業家で、その人はかつて、外国を漫遊して来た時に、イタリーのどこやらで、これと同じ城を見物して来て以来、その古めかしいおもむきが忘れられず、そっくりそれと同じ城を、この湘南の地に建てたのである。

ところが不幸にして、その人は、この城が出来上るとまもなく、財界の変動にあって、一文無《いちもんな》しに破産したあげく、発狂して城の塔で自殺してしまったものだから、それ以来、だれひとりこの奇妙な城に住もうという者はない。住む人のないこの城は、日ましに荒れはてるばかり、近頃《ちかごろ》では、このお城に主人の幽霊が出るといううわささえたって、人呼んでこれを幽霊城。

さしもに胆《きも》のふとい漁師でさえ、この城の附近には近寄らぬようにしているくらいである。

貝殻通信

さて、前にいった矢田貝博士邸《てい》の怪事件があってから一週間ほど後のことである。

この丘の麓の漁師村に、ただ一軒ある宿屋へ突然やってきた一人の旅人があった。宿帳《やどちょう》にしるした名前を見ると由利麟太郎《ゆりりんたろう》。職業は画家とあったが、不思議なのはその人の顔かたちである。そぎ取ったようなするどい顔。人を射《さ》す眼《め》、その顔を見ると、どうしても、四十五より上には見えないのに、奇怪なのはその髪の毛だ。まるで白雪《しらゆき》をいただいたような銀色の頭髪は、この人の年を判断するのに苦しませるのである。

由利麟太郎氏は、宿屋に荷物をとくと、すぐに散歩と称して、ブラリと外へ出かけた。画家というふれこみであるからには、附近の景色をさぐりに行くのに、なんの不思議もないが、しかし、なんとも不思議なのは、この人の鋭い目である。それは画家がスケッチする場所をさぐるというよりも、するどい猟犬が、獲物《えもの》を嗅《か》ぎつけようとする眼つきに似ている。

この人は丘をまわって、しだいに波打際《なみうちぎわ》へ出ていった。その波打際のすぐうしろには、切り立てたような断崖《だんがい》がそそり立っていて、その上に例の古城が、城ヶ島の灯台とむきあって、そびえているのである。

由利氏はその波打際に腰をおとすと、ポケットから一本の葉巻《はまき》を取り出して、ユックリと、それに火をつけた。

――と、そのとたん、何やら白い物がとんで来たかと思うと、カチリと由利氏の足下《あしもと》にはねかえった。由利麟太郎氏はぎょっとしたように、瞳《ひとみ》をすえたが、見ると、それは小さな貝殻《かいがら》なので、由利氏はちょっとふりかえって、うえを見た。崖《がけ》のうえには、例の古城がそびえ立っていたが、その古城の窓に何やらチラと白い物が動いたように見える。しかし、それはすぐ窓の中に消えてしまった。

由利氏はしばらくあたりを見まわしていたが、やがてつと身をかがめて、その貝殻を拾いあげた。ふつうのはまぐりなのだ。由利氏はしばらく、そのはまぐりをと見《み》こう見《み》していたが、やがてその割目《われめ》に爪《つめ》をあてると、カチリとはまぐりの殻を二つにひらく。――と、中から出て来たのは、はたして一枚の紙片、紙片のうえには、
タスケテ――タエコ
と、ただそれだけ。由利氏はそれを見ると、ぎょっとしたように眼をすぼめたが、その時、岩のむこうからサクサクと砂をふむ足音が聞《き》こえたので、あわててその貝殻をポケットにねじこんだ。

と、そのとたん、岩角をまわってすっと現れたのは一個の漁師、まっくろに日にやけ、身にはぼろぼろの着物をまとっている。漁師は由利氏の姿を見ると、ぎょっとしたように立ちすくんだが、急にギロリと眼をひからせると、

「おい、今ここへ、なにか落ちて来やしなかったかい」と、おびやかすような声なのだ。

「知らないね」と、由利氏はわざととぼけて、煙草《タバコ》の煙をはいている。

「畜生《ちくしょう》、今、お前なにかポケットへかくしたじゃねえか、それをこちらへわたせ」

「いやだ！」

「いや？　こん畜生！　いやだとぬかしゃ、腕づくでもうばって見せるぞ」と、漁師は憤然《ふんぜん》として、由

利氏の方におそいかかって来たが、何を思ったのか、あっと叫んであとずさりをすると、

「や、や、あなたは由利先生！」

名前をいわれて由利氏はぎょっとしたように、きっと身がまえをすると、

「そういう貴様《きさま》は何者だ」

「先生、僕です。三津木俊助です。先生、由利先生、よく帰って来て下さいました」と、そういったかと思うと、三津木俊助、いきなり相手の胸にすがりついて、おいおい男泣きに泣き出したのだ。

ああ、奇怪とも奇怪、このあやしき漁師ふうの男こそ、軽気球と共に、行方《ゆくえ》知れずになった三津木俊助だったのだ。しかしその俊助に先生とよばれる由利麟太郎とは、はたして何者だろう。

知る人ぞ知る。この由利先生こそは、かつて警視庁の捜査課長として、有名なそして大探偵といわれた人だった。その後ある深いわけがあって、捜査課長をやめ、外国へ旅行に行ったのである。

三津木俊助は由利先生が捜査課長時代から大へん世話になっていた。新聞記者と警察官と、職務こそちがっておれ、二人の仲は兄弟もおよばぬ親密さ、いつもきょう力《りょく》して、難事件を解決したものである。俊助はこんど、鉄仮面の事件が起《おこ》ってからも、しばしば、この由利先生を思い出したものだ。（由利先生さえいてくれたならなア）俊助は何度となくそう歎息《たんそく》したものだが、その由利先生が今や突然、事件の中へ登場したのだ。俊助ならずも、びっくりするのはむりもない。

「ああ、君か――」と、由利先生も、一時のおどろきからさめると、いかにも嬉《うれ》しげに、俊助の手をにぎりしめる。

「これは有難《ありがた》い。君が生きていてくれようとは、夢にも思わなかった。君は軽気球とともに、海中へ墜《つい》落《らく》して死んだことだとばかり思っていたよ」

「そうです。この附近の海上へおちて、危《あや》うく死ぬところだったのですが、進という少年の勇敢なはたらきによって、ようやく命をとりとめたのです。そして、この古城に関して、耳よりなうわさを聞いたものですから、わざと身分をかくして、古城の様子をさぐっていたのですよ。しかし、不思議ですなあ、先生はどうして、この古城へ眼をつけられたんですか」

「なあに、それは至って簡単なことさ。しかしそれはまだ話す時期ではない。それよりこんなところで立話《たちばなし》をしていて敵にあやしまれてはならん。今夜、十二時におれの宿へたずねて来たまえ」

「行きます、先生！　僕、嬉しいのです。先生が事件の解決に、お骨折り下されば、鉄仮面の一人や二人……」

「しっ、ばかな声を出すもんじゃない」

ああ、なんという意外なめぐりあい、なんという嬉しい運命のかわりかたであろう。俊助はほとんど足も地につかぬ心持《こころもち》で、一旦《いったん》由利先生に別れたが、さて約束の十二時に、指定された由利先生の宿をおとずれた三津木俊助は、先生の部屋へ入るやいなや、あっとばかりに立ちすくんでしまった。

なんということだ。そこにはあのうらみ重なる鉄仮面がごう然《ぜん》として突立《つった》っているではないか。

「おのれ」と、俊助が思わず拳《こぶし》をかためてつめ寄ると、ふいに妙なことがおこった。

「三津木君、三津木君、早合点《はやがてん》をしちゃ困る。おれだよ、由利麟太郎だよ」といいながら、仮面をとったところを見れば、こはそもいかに、まさしく由利先生。

「どうだ、三津木君、おれの計略は。——今夜こうして鉄仮面に化《ば》けて、敵の本拠をつこうというのだ。どうだ、君も一しょに行かないか」と、由利先生はそういうと、ぼうぜんとしている俊助を尻目《しりめ》にかけ、哄然《こうぜん》として打笑《うちわら》ったのである。たのもしきかな由利先生、登場するやはやくも奇策縦横《きさくじゅうおう》、鉄仮面にむかって、真正面から挑戦しようというのだ。

呪いの口笛

妙子はふと眼《め》をさました。どこやらでかすかに口笛を吹く音がする。るるるるる……森《しん》とした古城の中に、陰々《いんいん》としてひびきわたるその口笛の音の気味悪さ。いったい、誰《だれ》が今頃《いまごろ》口笛なんか吹いているのだろう。——そう思って、じっと聞耳《ききみみ》を立てていると、ふいに、

「キャーッ！　誰か——だれか来てえ」と、たまぎるような悲鳴が古城の壁にはじきかえって、きこえて来た。その声に妙子はぎょっとして、あなぐらのような一室の、ベッドのうえに起き直った。

（文代さんだ！　そうだ、たしかに今のは文代さんの声にちがいない。それじゃ、文代さんもやっぱり、この幽霊城に捕えられているのだろうか）

妙子はもう夢中だった。われを忘れて、思わず厚いドアに体をぶっつける。しかし、古びたりとはいえ、根《ね》が頑丈《がんじょう》な樫《かし》のドアなのだ。かよわい女の身で、どうしてこれを打破《うちやぶ》ることができよう。

「ああ、神様、どうぞどうぞ、このドアを開けて、そしてひとめでもいいから文代さんに会わせて」

この古城に閉じこめられてから、何もかもあきらめてしまった妙子だったが、この時ばかりは、今一度身の自由がほしかった。鉄仮面にいだかれて、軽気球を脱出してより、この古城にとじこめられるまで、彼女は女としていうにいわれぬおそろしい眼にあって来た。もうもう、こんなおそろしい眼にあうくらいなら、いっそ死んでしまった方が、どれくらいいましだか知れやしないと、いくどとなく自殺を決意した妙子だったが、そのつど、彼女を引きとめるのはあのいじらしい文代の面影《おもかげ》。

その文代の声が、ふたたび三度《みたび》、古城のやみをつらぬいた。

「たすけて、たすけてえ、あれ、おそろしい」と、息も絶《た》え絶《だ》えなるこの声音《こわね》。妙子はそれを聞くといよいよ夢中になった。必死となって、ドアをたたき、身をもだえ、じだんだをふんでいるうちに、ふいにスーッとドアが外から開いたかと思うと、いきなり、むんずと彼女の腕をつかんだ者がある。

鉄仮面なのだ。鉄仮面はつめたい鋼鉄の眼で、じっと妙子の顔を見ていたが、

「妙子、おまえ、そんなに文代に会いたいか。よしよし、それじゃ会わしてやる」と、いったかと思うと、いきなりぐいと妙子の肩をつかまえ、引きずるように長い廊下を歩いていく。くねくねとまがりくねった、まっくらな古城の廊下、あちこちに、物《もの》の怪《け》のような古びた石膏《せっこう》像や、甲冑《かっちゅう》武士の像が立っていて、それがまるで化物《ばけもの》のように、あやしげな息使いをしているのだ。

鉄仮面はそれ等《ら》の中を、無言のまま歩いていく。ところどころに丸い窓があって、そこから帯のような月の光がすべりこんでいる。鉄仮面はやがて、とあるドアのまえに立ちどまった。そして、ドアのうえについている丸い窓をひらくと、るるるる！　る

るるるるる！　と二三度低く口笛を吹き、やがてまた、妙子の方へふりかえって、

「妙子、ほら、この中をのぞいてみろ」と、いう。

妙子はこわごわのぞいてみると、部屋の中にうつぶせに倒れているのはまさしく香椎文代。気でも失っているのだろうか、床に顔をふせたまま、身動きもしない。ふと見れば、その文代のからだから一間《けん》とはなれないところに、なにやら異様にふとい、帯のような物が長々とよこたわっている。

「妙子、ほら見ていてごらん、いま、おれが口笛を吹くからな」と、鉄仮面はそういうと、またもや仮面の奥で、るるるるるる！　るるるるる！　と軽く口笛を吹き出した。と、そのとたん、なにやらシュッ！　シュッ！　と気味の悪いものおとが聞《きこ》えたかと思うと、ああ、なんという事だ。床のうえに横たわっていた、あのながい帯が、しずかにしずかに動きだしたではないか。

「あッ！」と、妙子は、思わずまっさおになった。全身の毛穴という毛穴から、熱湯のような汗がほとばしり出して来た。じつにおそろしいとも、物凄《ものすご》いとも、ちょっと口でいいあらわすことが出来ないほどの眼前の恐ろしさ。

帯のように見えたのは、一個の大きな錦蛇《にしきへび》。その錦蛇が、四斗樽《しとだる》ほどもあろうと思われる鎌首《かまくび》をもたげながら、チロチロと、舌をはいて、文代の方に、はいよっていく、そのおそろしさ。シュッ！　シュッ！　というあの異様な物音は、錦蛇が全身をくねらす度《たび》に、鱗《うろこ》がふれあって発する、世にも、気味のわるい音なのだ。

「あれ！」と、妙子が思わず絶叫すると同時に、今まで気をうしなっていた文代が、ふと息を吹きかえした。——と、ほとんど同時に、彼女は自分の眼前にせまっている怪物の眼を見たのだ。

「あれ！　ああ、たすけて、たすけて！」と、髪振りみだし、気も狂乱のようすで、部屋のなかを逃げまどう文代の姿、そのあとを、あのものすごい錦蛇は、相変《あいかわ》らずシュッ！　シュッ！　と無気味な音をたてながら、ながい体を波打たせておいかけるのだ。

——ああ、そのおそろしさ、ものすごさ。

「ははははは、妙子、見たかい、ほら、おまえも覚えているだろうな、いつか新聞に出た鉄仮面の広告を。

慾張《よくば》り婆《ばばあ》は慾張って
　お化《ば》けの葛籠《つづら》を背負《しょ》い込んだ
親の因果《いんが》が子に酬《むく》い
　　香椎文代のいじらしさ

と、いうあの歌を。ほらほら、あのおそろしい大錦蛇が、お化けの葛籠から出て来た化物《ばけもの》さ。今に文代は、あの怪物に巻かれて、骨も肉もバラバラにくだかれて死んでしまうわ。はははははは！」

鉄仮面はそういったかと思うと、ぶきみに古城の中に、ひびきわたるような声をあげて笑ったが、どうしたのか、その声はふーっと、たゆたうように闇《やみ》の中へ消えていった。なにやら、闇の廊下にうごめく気配をかんじたのだ。

「だれだ！」と鉄仮面はふいにぎょっとしたようにふりかえる。

「おれだよ」と、闇の中から声がした。

「おれ！　おれじゃわからん、誰《だれ》だ？　名を名乗れ。名を――」と、鉄仮面は片手にしっかと妙子の体をいだいたまま、しゃがれた声をあげて躍起《やっき》となる。

「名か、はははははは、名は鉄仮面」と、そういったかと思うと、とたんに、闇の廊下からぬっと顔をつき出したのは、ああ、よくもちがわぬ同じ鉄仮面。

「あっ！」と、さすがの第一の鉄仮面も、思わずよろよろとうしろへよろめいた。古城の一角で顔をつき合わせたこの二人鉄仮面。

百鬼夜行《ひゃっきやこう》の巻

塔上の戦慄

身の毛もよだつような、暗澹《あんたん》たる地獄の底で、今し、はからずも、顔と顔とをつき合《あわ》せた二人鉄仮面。西洋の言葉でいえば、それこそ二つの豆と豆のように、少しもちがわぬ、鉄仮面ふたりなのだ。さすが大胆不敵な第一の鉄仮面も、思わずうめき声とともに、よろよろと、うしろへよろめいたが、それもむりならぬ話。

「一体、キ、貴様《きさま》は何者だ!」と、第一の鉄仮面。

「おれか、おれは鉄仮面よ、そういう貴様こそ何者だ」と、第二の鉄仮面。

仮面にかくれた四つの眼《め》が、白刃《しらは》のように渡りあって、二人とも、すきあらば、今にもおどりかかからん身構え、必殺の意気組《いきぐ》みなのだ。

壁ひとえむこうの密室では、今しも文代が呼吸《いき》もたえだえに救いをもとめている。

シュッ! シュッ! と、世にも異様な物音をたてて、それを追いかける錦蛇《にしきへび》。

――と、その時である。密室のなかで、突如《とつじょ》ただならぬ物音がおこった。ドタドタと床のうえをのたうちまわる蛇の音、それにまじって、文代の悲鳴、いきもたえがてなるすすりなきの声。ああ、無残《むざん》、あのおそろしい錦蛇が、遂《つい》に文代のからだをとらえたのではなかろうか。

「あっ!」と、叫んでまっさおになったのは、それまで、廊下のかたすみにたたずんでいた妙子である。眼前ににらみあっている二人鉄仮面よりも、彼女にはこのほうがもっと気になるのだ。飛鳥《ひちょう》のごとく身をおどらせて、あの四角いのぞき窓にとびついた妙子が、ひとめ、なかの光景を見るや、

「あれ!」と、さけんで、そのまま廊下のはしに、くねくねと倒れてしまった。気をうしなったのである。一体、彼女はその密室のなかに、なにを発見したのだろう。

それはともかく、妙子のこの突然のそぶりに、あとから現れた鉄仮面は、ちょっと気をとられていた。つまりそれだけ、身がまえにすきができたわけであ

る。油断のない第一の鉄仮面が、何条《なんじょう》これを見遁《みのが》そう。ふいにさっと身をすくめたと見るや、頭突《ずつき》一番、いやという程《ほど》、相手の胸にぶつかっていったからたまらない。ふいをくらった第二の鉄仮面、思わずタタタタとあとじさりをすると、妙子の体の上をとんで、ドンと廊下の壁にぶつかった。と、見るやこの時すでに、第一の鉄仮面は、はや五六間《けん》かなたを一目散《いちもくさん》に走っている。

「待て！」と、さけんだ第二の鉄仮面が、体のかまえを直したとき、

　ズドン、ズドン、ズドン！　と、たてつづけに二、三発。幸い弾丸《たま》はことごとくねらいが外れて、うしろの破目板《はめいた》に穴をあけただけだが、その間、第一の鉄仮面は、さっと、廊下の角《かど》をまがって闇《やみ》のなかへ。

「おのれ！」逃がしてなるものかと、身を起《おこ》した第二の鉄仮面が――いわずと知れたこれは由利先生なのだが――いそいで後を追っかけると、今しも、第一の鉄仮面は、ながい廊下を疾風《しっぷう》のごとく走っていく。

　ズドン、ズドン！　ふたたび、三度《みたび》、ピストルの音が古城の闇をつらぬいて、廊下の左右にズラリと陳列してある鎧武者《よろいむしゃ》や、美人の石膏《せっこう》像が、今にもおどりだしそうなおそろしさ。

　その中を、二人鉄仮面の必死の鬼ごっこ。逃げるも追うも、寸分《すんぶん》ちがわぬ同じ顔かたちをしているのだから、まるでわけのわからない光景だ。

「チェッ！」と、ふいに、先なる第一の鉄仮面が立止まると、手にしていたピストルを、いやというほど床のうえに叩きつけた。弾丸《たま》がなくなったのだ。しかも、廊下はそこで行きどまりと来ている。

　こうなったらもう仕方がない。いよいよ、素手《すで》と素手との闘いなのだ。鉄仮面はしばし観念したように、あとからせまって来る由利先生の姿を眺《なが》めていたが、何をおもったのか、ふいにくるりと身をひるがえすと、窓から外へ、樋《とい》を伝ってするすると屋根の方へのぼっていく。

　こう書くと、なんでもない事のようだが、考えても見たまえ、そこは切り立てたような断崖《だんがい》のうえにそそり立っている古城の、しかも一番高い鐘楼《しょうろう》なのだ。もし、一歩、足をふみ外せば、身は高い断崖から、岩の多い波間に墜落《ついらく》して、骨も肉も粉々となってくだけてとぶだろう。

その塔の壁のうえを、今しも鉄仮面は宮守《やもり》のようにはいのぼっていく。それこそ、生命《いのち》がけでなければできない芸当なのだ。

一寸《すん》、二寸、とかげのように身をくねらせて、その壁のうえをはっていくうちに、鉄仮面の手は、ふと一条《ひとすじ》の綱にふれた。いや綱ではない。壁一面をおおうている葛《かずら》の蔓《つる》なのだ。

「しめた!」と、ばかりにこの蔓に手をかけた鉄仮面、試みに引っぱって見ると、ビクともしない。これ幸いとばかりに鉄仮面、この蔓にぶら下《さが》ると、猿《ましら》のごとくスルスルと塔のいただきへのぼっていく。道化師《どうけし》のかぶるトンガリ帽子のような塔の屋根、その尖端《せんたん》に突立《つきた》っている避雷針《ひらいしん》のそばまで、やっとたどりついた鉄仮面が、ふと見れば、今しも自分の登って来た蔓が、はげしくゆれている。誰《だれ》かがうしろから登って来るのだ。はっとした鉄仮面が下を見れば、今しも屋根の廂《ひさし》から、ニョッキリと顔を出しているのは、うたがうべくもない、第二の鉄仮面なのだ。

「わはははは、来やがったな、この生命知らずの贋物《にせもの》め! こうなったらもうこっちのものだ。どれ、あっさり引導《いんどう》を渡してやろうか」といいながらズラリと抜き放ったのは一《いっ》ちょうの短刀。こいつを蔓のうえにぴたりとあてると、

「そら、この蔓をきってしまえば、貴様の体は、高い崖から落ちて、木《こ》っぱみじんとくだけてしまう。わはははは、いいざまだ」

ああ、なんということだ。由利先生はあまり功を急ぎすぎたのではあるまいか。いかなる悪魔といえども、いつまでもこんな塔のうえに頑張っていられるはずはない。先生はむしろ相手が降参《こうさん》して、おりて来るのを待っている方がよかったのに、なまじ功をあせって、後を追って来たために、このような窮地《きゅうち》におちてしまったのだ。

「そら、こうすればどうする」

突如《とつじょ》、白刃一閃《はくじんいっせん》、闇夜《やみよ》にひらめくよと見れば、蔓はそこよりプツリときれた。

「うわーッ!」と、たまげるような悲鳴。やがてはるか下なる崖裾《がけすそ》の、波の音にまじって、ボシャッというような、鈍《にぶ》いものおとがきこえて来た。うす暗い空には、月も星もない。どこやらで夜鴉《よがらす》の声が二《ふた》声《こえ》、三声《みこえ》。

KIKUZŌ

笑う幽霊

くものように塔上に吸いついていた鉄仮面は、しばし、じっと利耳《ききみみ》を立てていたが、やがて、ほっとしたように、かるく肩をゆすると、今度は又《また》、別の蔓を伝ってスルスルと降りて来る。

やがて、鐘楼《しょうろう》の窓まで来ると、ポンと中へとびこんだ。

「ああ、ひどい目に会わせやがった。しかし、一体あいつは何者だろう。誰《だれ》にしろ、この古城に眼《め》をつけたからにゃ、こいつゆだんはならないぞ」と、口のうちでつぶやきつつ、窓から体を乗り出してみれば、くすぶったような銀色の波間に、ゆらりゆらり、ただようているのは、たしかに先程《さきほど》のにせ鉄仮面。

「ふふふふふ、ここから落ちた以上、とうていたすからぬのはわかっているが、だが、どうも気がかりじゃて」と、不安そうにつぶやきながら、それでもソワソワとした急ぎ足で、もとの廊下へと取って返す。見れば、さっきのところには、妙子が依然として、気をうしなって倒れているのだ。

「よしよし、いい子だ、まだここにいたな」と、いいながら、しかし鉄仮面は、妙子の側《そば》へ寄ろうともせず、そのまま、つつつとあゆみよったのはあの四角いのぞき穴だ。

部屋の中はどうしたのか、しいんと静まりかえっている。最早《もはや》、あのおそるべき錦蛇《にしきへび》のはいまわる音もきこえないし、文代の悲鳴もとだえている。さすがの鉄仮面も、ゾッとしたように身をすくめたが、それでもむりに勇気をふるうと、おそるおそるそののぞき穴から内部をのぞいてみた。が、そのとたん、「あっ!」と、さすが兇悪《きょうあく》な鉄仮面も、思わずうしろにとびのいたのだ。

見よ! ほの暗い部屋いっぱいに、あの大きな錦蛇がとぐろをまいているではないか。しかも、そのとぐろの中心に見えるのは、ああ、白い手、蠟《ろう》のようにつややかな脚《あし》。

さすがの鉄仮面も、それ以上、このものすごい光景を、見つめている事は出来なかったと見える。ピタリとのぞき穴のドアをしめると、思わず仮面の下で汗をふいた。

「ああ、かわいそうだが、これも仕方ないことだ。

親の因果《いんが》が子にむくうとは、まったく、このことだな」

いろいろやって来た彼の悪事のうちでも、これほど、おそろしくもまた冷血な犯罪はないだろう。しばらく彼は口のうちで、なにやらブツブツとつぶやいていたが、やがて思いきったように、妙子の体を抱きあげると、暗い廊下をとおって、奥まった一室へかえって来た。そこが彼の部屋なのだ。

部屋の中にはさまざまなめずらしい道具や置物がかざってある。壁には大きな水牛の角《つの》、南洋土人の使うような奇妙な吹矢《ふきや》、それから彼がしばしば使用する、あのアルミニューム短剣をぶっ放《ぱな》す銃、その他、悪魔の巣窟《そうくつ》にふさわしい、世にも奇怪な兇器《きょうき》がたくさんあった。

鉄仮面はこの部屋の中に妙子をだきこむと、どっかとそばの長椅子《ながいす》のうえに、その体を投げ出し、さて、自分は立てつづけに二三杯、ウイスキーをのんだ。すると、いくらか勇気がかいふくしたのだろう。しばらく、気狂《きちが》いじみた声をあげて、ゲラゲラと笑っていたが、そのうちに、ふと、彼はその笑い声をやめて、ふーっとばかりにあたりを見まわすのだ。

その時、どこやらで、かすかなすすりなきの声がきこえて来たからである。

妙子か——？　いや、妙子はぐっすりと眠っている。しかも、そのすすりなきはすぐ近くで聞《き》こえて来るのだ。鉄仮面はふいに、つかつかと部屋を横切って、片隅にたれている重いカーテンをさっとまくりあげた。——と、そのとたん、彼は世にも奇妙な叫《さけび》声《ごえ》をあげてうしろにとびのいたのである。

カーテンの蔭《かげ》には、大きなベッドがあった。そしてそのベッドのうえに、すやすやと眠っているのは、ああ、なんということだ。たった今、蛇に、巻きころされているところを、見て来たばかりの、あの文代ではないか。

「あっ！」と、鉄仮面は思わずカーテンにしがみついた。それから、念のために、ベッドの上に身をかがめて、文代の顔をもう一度見直そうとした。と、その時、ふいにカーテンの蔭から、やにわに、腕をのばして、むんずとばかりに、彼の腕をつかんだ者がある。氷のように冷《つめた》い手なのだ。

「ダ、だれだ！」と、その手を振りきってさっと一歩うしろへとびのいた鉄仮面、恐れたようにそうどなりつけると、その声におうじるかのように、ふらふらと、カーテンの蔭からはい出して来たのは、あ、なんということだ、またしても贋《にせ》鉄仮面！　しかも全身に血をあびて、つめたい鉄製の仮面のくちびるから、タラタラと血を流しているその気味わるさ。

さすがの鉄仮面も、思わず髪の毛がさかだつような気がした。

「イ、一体、キ、貴様《きさま》は何者だ！」と、さけんだが、相手は無言、まるで幽霊のようにふらふらと、こちらへ近よって来る。その気味わるさったらない。

「こん畜生《ちくしょう》！」と、鉄仮面はやにわにテーブルのひきだしからピストルを取り出し、ダン、ダン、ダン、二三発ぶっ放したが、相手は平然としている。かえって、

「ひひひひひ」と、ひくいふくみ笑いの気味わるさ。

「うぬ！」と、今度は、壁にかけてあったサーベルを取りあげると、柄《つか》をもとおれと、相手の体に突き刺したが、奇怪奇怪、サーベルは相手の体にふれたせつな、カチーンと音を立てて、三つに折れて床にとんだ。

蠢《うごめ》く鎧武者

鉄仮面はいよいよ、奇怪な恐怖のとりことなった。こいつは一体、人か魔か。彼が一歩退《さが》れば、相手はジリジリと一歩前進する。鉄仮面はしだいに部屋の入口の方へ追いつめられていく。やがて、ドアの側《そば》まで来たとき、鉄仮面はふいに、

「うわッ！」と、悲鳴をあげて、廊下へとび出した。まるで、逃げてゆく鼠《ねずみ》のようなかっこうだ。暗い廊下を盲滅法《めくらめっぽう》、めちゃくちゃにかけずりまわったが、やがていくらかつかれたのだろう、廊下のはじに飾ってある鎧武者《よろいむしゃ》のそばまで来ると、ほっとしたように、それによりかかって汗をふく。別にだれも追いかけて来るような模様はみえない。古城の中は例によって死のような静けさ。

「はてな、おれは夢でも見ているのじゃなかろうか。ばかばかしい、死人が生きかえるなんて、そんなばかなことがあるものか。今夜はよっぽどどうかしてるぞ。おい、鉄仮面、貴様も少しやきがまわったな。ははははは！」

ぞっとするような笑い声が、古城の壁にひびく。

その笑い声に、じっと耳をすましているうちに、鉄仮面はなにを思ったのか、ふいにハッとしてうしろへとびのいた。いままで、なんの気もなしに寄りかかっていたその鎧武者に、ほのかな温か味《あたたみ》をかんじたからなのだ。いやいや、温か味ばかりじゃない。ズキン、ズキンと、心臓の鼓動《こどう》ににた脈搏《みゃくはく》さえかんじられるのだ。（ばかな！　そんなことが、——これは単なるこしらえものの人間にちがいないじゃないか）だが、ああ、これはどうしたというのだ。そのこしらえものの鎧武者が、かすかに身動きをはじめたではないか。

「うわッ！」と、鉄仮面はまたもや、恐ろしさにふるえあがった。悲鳴をあげて、二三歩うしろへとびのいたせつな、それが、合図ででもあったかのように、うす暗い廊下の両側に、ズラリと並んでいた石膏像《せっこうぞう》や、鎧武者が、いっせいにワラワラと身動きをはじめたのである。

ああ、一《いっ》たい、この光景を、なんにたとえたらよいであろうか。

月あかりさえささぬ迷路のような廊下の周囲から、一つ、二つ、三つ、四つ、五つ、……十にあまる武者人形や、石膏像が、いっせいに、動きだしたのだから、その光景の気味わるさ。

さすがの鉄仮面も、髪の毛が白くなるような、おそろしさに打たれたのもむりはない。十にあまる石膏像や武者人形は、やがて、各々《めいめい》の台から降りて、ジリジリと鉄仮面のほうへ近よって来る。鉄仮面は、悪夢にうなされるような声をあげ、一歩退き、二歩うしろへよろめく。

それをとりまくような陣型で、奇怪な化物《ばけもの》たちは、もくもくとして前進する。日本風の鎧武者、西洋風の甲冑《かっちゅう》騎士、鎗《やり》を持ったアポロの像もいれば、羽根の生えたサンダルをはいているマキュリーの像もいる。体中に大きな蛇《へび》を巻きつけたラオコーンの像もいる。

鉄仮面は、今やまったく袋の鼠。一方の廊下の端から他の端へ、ジリジリと追いつめられた。彼の行手《ゆくて》はただ一つ。それはたった今、逃げ出して来たばかりの、あの部屋のドアがあるだけなのだ。

鉄仮面はついにそのドアのまえまで追いつめられて来た。

「はははは、まあ、こちらへ入りたまえ。逃げようたって、逃げられないことは、これでわかったろう。そう、きょろきょろせずに、中へお入り」と、部屋の中から声をかけたのは、いわずと知れたあの血まみれの偽《にせ》鉄仮面。

さすが、兇悪《きょうあく》な鉄仮面も、こうなったら絶体絶命、しばらく彼はぼう然《ぜん》として自分の周囲をながめていたが、窮鼠《きゅうそ》かえって猫《ねこ》をかむとはまったくこのことであろう。

「うぬ！　さては貴様が首領だな、一《いっ》たい、貴様は何者だ！」と、さけんだかと思うと、いきなり、相手に武者《むしゃ》ぶりつき、さっとばかりにその仮面をはぎとったが、そのとたん、

「ヤ！　ヤ！　これは――」と、ばかり、世にも異様なさけび声をあげて、うしろにとびのいたのである。仮面の下から現れたのは、度の強い近眼鏡《きんがんきょう》に、しょぼしょぼと生えた長い山羊《やぎ》ひげ、おなじみの矢田貝修三博士の顔なのだ。それにしても、この顔を見たときの鉄仮面のおどろきよう！　そのあまりの異常さには、なにか理由があるのではなかろうか。

恐ろしき正体

「はははは、諸君、御苦労御苦労。とんだお茶番《ちゃばん》でしたな。どうぞ、もうその奇妙な扮装《ふんそう》をおとりになって下さい」と、ズラリとドアのまえにいならんだ、例の百鬼夜行《ひゃっきやこう》の一《ひと》むれにそう声をかけたのは、言わずと知れた矢田貝博士の顔をした男。――しかし、奇妙なことには、その声音《こわね》は、どこか、いつもの矢田貝博士とちがっているところがあった。

それはともかく、博士の一言にうなずきあいながら、てんでに扮装をといたところを見れば、これすべて読者諸君のおなじみの人物。先《ま》ず第一に、あの鎧武者は三津木俊助、アポロの像は御子柴進少年、それからいつの間にやって来たのか、等々力警部もいれば、新日報社の編集長、鮫島氏までいようというわけ、その他はすべて、等々力警部がつれて来た、部下の刑事連中らしい。

これらの顔を間近に見た時、鉄仮面は一々、心中のおどろきをかくすことができぬように、おもわず深いうめき声をもらすのだ。

「ははははは、こうして諸君の扮装をといていただいたからには、どれ、我輩《わがはい》もひとつ、このやっかいな山羊ひげをとるとしようか」と、そういいながら、眼鏡《めがね》をはずし、山羊ひげをむしりとったところを見れば、意外意外、矢田貝博士と思いきや、これはさきほど、崖下《がけした》へ墜落《ついらく》したはずの由利先生ではないか。それにしても由利先生、なんだってまた、矢田貝博士の扮装なんかしていたのだろう。

それはさておき、由利先生の顔を見たときの、鉄仮面のおどろきようったらなかった。

「や、や、貴様は由利麟太郎だな」

「ふむ、おれは由利麟太郎にちがいないが、貴様はよくおれの顔を知っていたな」

鉄仮面はそれにも答えず、

「それじゃ、さっきからのいたずらは、みんな貴様のしわざだな」

「はははは、おい鉄仮面、貴様らしくもない。今《いま》頃《ごろ》やっと気がついたのかい。さっき貴様が塔のうえから、突落《つきおと》したと思っているのは、ありゃ身がわり人形だぞ。それからまた、蛇《へび》にまかれていたのは、ありゃいつか貴様が、小石川の矢田貝博士の邸宅《ていたく》から、文代さんを誘拐《ゆうかい》するとき、身がわりに使った蠟《ろう》人形《にんぎょう》さ。なあに、ちょっと、貴様のまねをしてみただけのことさ。まさか、自分のほったあなに、みずから落ちようとは、さすがの貴様も気がつかなかったと見えるな」

「参った。さすがは由利麟太郎だ。それにしても、貴様は、いつ外国からかえって来たのだ。おれは貴様がかえるまでに、万事片づけにかかったのだが、……まあいい、今日のところは、完全に我輩の敗北だ」

さすがは大悪党だけあって、わるびれたところは微《み》塵《じん》もない。まるで日常茶《さ》飯《はん》事《じ》を話すような口ぶりで、しゃあしゃあとして自分の敗《ま》けをみとめるのだ。

「ところで、由利麟太郎、貴様このおれをどうしようというのだね」

「なあに、ちょっと貴様の正体を見せてもらおうというのさ」

「よし、来た、おやすい御用《ごよう》だ」と、いうかと思うと鉄仮面、すばやく顔にかぶっていた仮面をかなぐりすてたが、その下から出て来た顔は、いうまでもなく東座蓉堂《ひがしざようどう》。

「どうだ、これでいいか」

「はははは、それが東座蓉堂の面《つら》だな。しかしなあ鉄仮面、おれのいうのはそれじゃない。その面のかげにかくれている、もう一つの仮面を見せてもらいたいのだ」

「なんだと？」

蓉堂は思わず眼《め》をいからせて、由利先生の顔をながめたが、とつぜん、大声をあげて笑うと、

「おやおや、すると貴様は何もかも見すかしたな。こいつは大笑いだ。はははは、さすがは由利麟太郎、そこまで知っているとは感心感心」といったかと思うと、何がおかしいのか、腹をかかえて笑いころげている鉄仮面を、見向きもしないで由利先生、かたわらにひかえている三津木俊助や等々力警部、それから鮫島編集長の方をふりむくと、

「さあ、諸君、今こそ、この男のもっとも巧妙な欺《ぎ》瞞《まん》の種明《たねあか》しをしてごらんに入れましょう。おい、鉄仮面、貴様に異存はなかろうな」

「いいとも、こうなったら、破れかぶれだ、みなさん、さぞおおどろきなさるぜ」と、いかにも面白そうにいいながら、くるりとむこうを向いてなにかやっていたが、みるみるうちにその体つきからして変《かわ》って来た。今までシャンとのびていた体が、弓のようにまがったかとおもうと、やがてよぼよぼとしたあしどりで、

「はははは、皆さん、おそろいじゃな、これは、これは珍らしい」

と、声まで打って変ったしわがれ声。なんとなくききおぼえのあるその声に、一同はっとして、眼を見はったとたん、くるりとこちらを振《ふり》かえったその顔は、ああ、なんということだ、今度こそ、間違いもなく矢田貝修三老博士ではないか。

悪魔の妖術

「あっ！」

そのせつな、天地がひっくり返ったような混乱が、その一室にわきおこった。俊助も御子柴進少年も、警部も編集長も、さながら、自分の眼を疑うように、この不思議な人物の顔をうちみまもっている。矢田貝博士が鉄仮面？　ああ、そんなばかなことが信じられるだろうか。しかし、しかし、今現に自分たち

の眼前に立っているのは、まぎれもない、矢田貝修三老博士その人なのだ。しかも、その人は一《いっ》しゅんかんまえまでは、たしかに東座蓉堂として自分たちのまえに立っていた！　なんというおそろしい秘密！　なんというすばらしい欺瞞！

「先生！」と、俊助は思わず声をあげた。

「そ、それじゃ、矢田貝博士が東座蓉堂？」

「そうだよ、三津木君、君にしてこの事実に気がつかなかったとは、実に遺憾千万《いかんせんばん》だね。なぜといって、矢田貝博士は最初から、ちゃんとその事を広告しているんだぜ」

「広告？」と、警部が思わず不思議そうに口を入れた。

「そうですとも、僕は日本へ帰って来て、こんどの事件を新聞で読んだ時、すぐさまそれと気がついたのです。つまり矢田貝修三博士と、東座蓉堂なる人物が同一人であることを。見たまえ、これを」と、いいながら、由利先生が鉛筆と紙を取出《とりだ》して、すらすらとその上に書いたのは

　１２３４５６７８
ヤダガヒシウザウ
　４３５７１６２８
ヒガシザヤウダウ

という二行のかたかなのなまえ。

「見たまえ、こういうふうに、二つの名前をかたかなに書きあらためればすぐわかる。つまり東座蓉堂という名は、矢田貝修三なる名の、仮名の置《お》き変《か》えからできている名前なんだ」

「あっ！」と、俊助は思わず呼吸《いき》をのみこんだ。

等々力警部と鮫島編集長は、あまりの意外さに、ぼうぜんとして、そこに立ちすくんでしまった。その中にあって、ただ一人、にやにやと笑っているのは、いまや、おそるべき仮面をはぎとられた鉄仮面、彼はすでに、のがれぬところと観念して、このように神妙にしているのだろうか。いやいや、悪魔の智《ち》恵《え》には、二重底もあれば三重底もある。鉄仮面はこういう話のうちにも、なにかしらまたすばらしい悪だくらみを考えているのではなかろうか。

それはさておき、由利先生、あまりの意外さに、ぼうぜんとして、立ちすくんでいる一同の顔を見まわしながら、

「僕はこの事実に気がつくと、すぐにもう一度、こ

の事件を、最初から考えなおしてみたんだ。すると、いままでとけなかった謎《なぞ》のすべてが、はっきりわかってくるじゃないか。矢田貝博士すなわち鉄仮面と考えて見れば、唐沢雷太氏殺害事件の場合も、香椎文代誘拐《ゆうかい》事件の謎も、さらにまた、恩田の殺害も、すべてこれ一目瞭然《いちもくりょうぜん》、恩田をころした飛来の短剣は、窓の外からとんで来たのじゃなく、実はそばにいた矢田貝博士が投げつけたものなんだ。こう気がついた僕は、それから以後、ひそかに、矢田貝博士の行動に注目しはじめた。すると、博士が最近になって、この古城を人知れず手に入れたことがわかって来たのだ。それ以後のことは、今更《いまさら》私の口から説明するまでもあるまいと思う」

ああ、なんという明察、なんというすばらしい推理だろう。他の人間が何ヶ月という間、つねに、矢田貝博士と行動をともにしながら、ついにみやぶることのできなかった秘密を、由利先生は新聞で読んだだけで、いっぺんにみやぶってしまったのだ。

さすがに、他の人間はいささかきまり悪そうである。

「ははははは、おい、由利麟太郎、貴様《きさま》の演説はもうそれでおしまいかい」

「ふむ、まあ、これぐらいにしておこう」

「そうか、よし、それでこのおれをいったいどうしようというのだ」

「お気の毒だが、これから用意の自動車で、東京の警視庁までいってもらおうというわけよ」

「おやおや」と、蓉堂はさもあわれっぽく、肩をすぼめながら、

「すると、いよいよ、鉄仮面、縛《ばく》につくというわけか。いやはやお気の毒みたいなことになったな」

「ふふふ、それもこれも罪のむくいだ、あきらめろ。さあ、用意がよければ、諸君、そろそろ、出発しようじゃないか」

「おい、ちょっと、待ってくれ」

「なにかまだ用事があるのかい」

「貴様も男だろう。まさか、こんななりで、おれをひっぱっていくほど、無慈悲な男じゃあるまい。着《き》更《が》えぐらいさせてくれてもよかろう」

「なるほど、これはおれが悪かった。よしそれじゃいそいで身支度《みじたく》をしたまえ」

「ありがたい。さすがは由利麟太郎だな。法にも情《なさけ》

ありというところか」と、無駄口《むだぐち》をたたきながら東座蓉堂、すばやく上衣《うわぎ》をぬぎかけたが、急に気がついたように、

「いけないよ、いけないよ、皆様の面前で、そんな、しつれいなまねは出来やしない。おい、由利麟太郎、ちょっと他の人に廊下へ出てもらってくれないか」

「なに？」と、由利先生はちょっと眉《まゆ》をしかめたが、別に相手に他意ありとは思えない。たとえ、相手になんらかのたくらみあるとしても、ドア一つへだてた廊下に、一同を待たせておくのに、なんの危険があろう。この部屋にあやしげな抜穴《ぬけあな》などないことは、あらかじめ、由利先生はちゃんと調べておいたのだ。

「諸君、この男がああいうから、ちょっと、廊下へでてやってくれたまえ」

「先生、大丈夫《だいじょうぶ》ですか」

「ナーニ、大丈夫とも、後にはおれがひかえている。変なまねをしたら、すぐ呼ぶから入って来てくれたまえ」

　先生の一言に、一同は安心してゾロゾロと廊下へ出ていった。ドアをピタリとしめると、由利先生、

「どうだ、これでいいだろう」

「いや、ありがとう、すると部屋の中には、おれと由利麟太郎の二人、それからここに気を失っている妙子と、向《むこ》うのベッドにいる文代の、四人だけということになったな。いや、結構結構」と、そういいながら、東座蓉堂、鏡のまえに立って、しばらく、身づくろいをしていたが、やがて、りっぱな紳士のいでたちとなって、にっとばかりにふりかえる。それを見るより由利先生が、

「よし、用意ができたな。用意ができたらさっそく出かけよう」

「出かける？　どこへ？」と、蓉堂は、わざと不思議そうに聞きかえす。

「どこへって、知れたこと、警視庁だ」

「おれア、いやだよ」と、ズバリ、鉄仮面はいい放つと、平然としてポケットから葉巻《はまき》を出して吸い出した。

「いや？」

「いやだね。警視庁なんてまっぴらだね。おれア虫が好《す》かんよ。ほかのところなら行ってもいいが」

「貴様」と、いいかけたが、由利先生、ふいにさっと恐怖のいろを顔いっぱいにうかべる。あまりにも

自信にみちた相手の態度――そこにはなにか、おそろしい魂胆《こんたん》があるのではないか。

「ははははは、おい、由利麟太郎、さすがの貴様もそろそろ心配になって来たな。おい、心配なら仲間を呼びな。廊下に待たせてある仲間を呼べばいいじゃないか」

「よし、いうにやおよぶ！」と、由利先生は言下《げんか》に、つかつかと部屋を横切ると、さっとばかりにドアをひらいたが、そのとたん、さすがの由利先生もあっとばかりそこに立ちすくんでしまったのだ。

「はははははは、どうだ、おい、由利麟太郎、貴様の仲間はそこにいるかい」

いないのだ。これは一《いっ》たいどうしたというのだ。天にのぼったのか、地に吸いこまれたのか、たった今、その廊下へ出ていった一同は、奇怪にも煙のように消えてしまっているのである。

人間地図の巻

二重消失（おや、おや、おや、何と不思議な）

「おい、どうだね、由利麟太郎君、貴様の仲間はそのへんにいるかね」

鉄仮面の嘲笑《ちょうしょう》が、さながら乱打する警鐘《けいしょう》のように、ガンガンと由利先生の耳にひびくのである。

いないのだ。由利先生はながい廊下のあとさきを、ズッと見まわし、

「三津木君、三津木君。等々力警部はいないか」と、呼んで見たが、こたえるのはしいんとした古城の壁にひびく、無気味なこだまばかり。俊助はおろか、等々力警部も鮫島編集長も、一《いっ》しゅんにして廊下のうえからかき消えてしまったのである。

ああ、すばらしいかな、悪魔の妖術《ようじゅつ》！　さすが豪《ごう》胆《たん》な由利先生も、しばしぼうぜんとしてその場に立ちすくんでしまった。

「うわははははは！　どうだい由利君、じつにすば

らしい大奇術、大魔術じゃないか。貴様の仲間はまるで煙みたいに消えてしまった。うんともすんともいわずに。ははははは、愉快、愉快、さあ、こうなりゃ貴様と俺《おれ》の二人きり、つまり一対一だ。さあ、これからゆっくり勝負をしようじゃないか」

鉄仮面の東座蓉堂、そういうと、ふいにきらりと眼《め》を光らせ、かたわらにあった青銅《せいどう》の置物を手にすると、阿修羅《あしゅら》のごとく、由利先生におどりかかって来たのである。

さて、このおさまりが、どうなったか。だが、ここで筆者は筆を少しもとへもどして、廊下の外に待っていた三津木俊助やその他の人々のうえについて語ろうと思うのである。

由利先生にうながされて、ひとまず廊下のそとへなだれ出た三津木俊助や等々力警部、さては鮫島編集長やその他おおぜいの刑事連中はどうなったのであろうか。

いや、実際のことをお話しすると、彼等《ら》はどうなりもしなかったのだ。由利先生の言葉に従って、ただ神妙《しんみょう》に廊下の外にひかえていただけの話なのである。

ところが、いつまでまっても、由利先生が、部屋のなかから出て来ない。三分とすぎ、五分とすぎた。しかも、部屋のなかからはなんの返事も聞《きこ》えない。鉄仮面が着更《きが》えをするにしても、あまり時間がながすぎる。廊下の外に待っていた連中の面《おもて》にも、しだいに不安のいろがこくなって来た。

「どうしたのでしょう。少し時間がながすぎやしませんか」

「おかしいね、ひとつ三津木君、ようすをきいて見たまえな」と、鮫島編集長の言葉に、

「承知しました」と、ドアの側《そば》に歩み寄った三津木俊助。

「先生、先生」と、呼んで見たが答えはない。

「先生、由利先生、用意はできましたか」と、声をはりあげたが、部屋の中はいぜんとしてしんとしずまりかえっている。一同の顔には、さっと不安の色がひろがっていく。

「三津木君、どきたまえ、僕がひとつ呼んで見よう」

俊助に代《かわ》った等々力警部、さざえのような拳固《げんこ》をかためて、ドンドンとドアを乱打しながら、

「先生、先生、由利先生、ここを開けて下さい。みんな待っていますよ。由利先生」と、大声でわめいたが、いぜんとして返事はないのだ。さあ、いよいよ唯事《ただごと》ではない。ひょっとすると、鉄仮面のやつが、由利先生を。――

「三津木君、こりゃたいへんだ、ぐずぐずしちゃいられない。おい、みんな手をかしてくれたまえ。このドアをやぶって見よう」と、警部の言葉と同時に、バラバラと、まえにおどり出た数名の刑事連中、やにわにドシン、ドシン、大きな体をドアにぶっつける。しかし古びたりといえども、もともと贅《ぜい》をこらした古城のドアは、なかなか、そんななまやさしいことで破れるものじゃない。

「おい、そこらに、なにか獲物《えもの》はないか」

「先生、これはどうでしょう」と、まえに歩み出たのは、アポロのふんそうをした、御子柴進少年。手にしていたアポロの錫杖《しゃくじょう》を差出《さしだ》すと、これはいいものがあったとばかり、三津木俊助、こいつを逆手《さかて》に、ドアのすき間へねじ込むと、

「諸君、手伝ってくれたまえ、この錫杖が折れるか、ドアのちょうつがいが外《はず》れるかだ」

ただちに、俊助のそばにむらがり寄った刑事一同、ワン、ツウ、スリーのかけごえもろとも、錫杖を逆に、うんとひねれば、バリバリバリ！　物凄《ものすご》いひびきとともに、パッと立ちあがる砂煙、さしも頑丈《がんじょう》なドアもがくんとばかりに大きな口をひらいたのだ。

「それひらいたぞ！」と、そういううちにも、心がせく、俊助はまっさきに立って、部屋のなかへおどりこんだが、そのとたん、

「や！　や！　こりゃどうじゃ」

俊助をはじめとして、一同の者は、思わず部屋の入口に棒立ちになってしまった。

部屋のなかはもぬけのから。由利先生はもうすにおよばず、鉄仮面も妙子も文代も、さながらかき消すごとく、その場から姿を消してしまっているのだ。ああ、なんという不思議なからくり。

由利先生の眼から見ると、俊助たちの姿が消えてしまったように見え、俊助たちの眼から見ると、はんたいに由利先生の方が消えてしまったのだ。

不思議なる二重消失、いったい、これはどうしたというのだろう。

絨緞の鍵裂《かぎざき》（や、こんなところに陥穽《おとしあな》があるぞ）

まるで狐《きつね》につままれたような気持ちとは、まったくこのことなのだ。

一同はしばらくぼうぜんとして眼を見かわしていたが、

「いったい、これはどうしたというのだ。鉄仮面のやつが、三人の者を連れさったのだろうか」

警部がうめくような声をあげた。

「あの短時間に、ばかな！　我々は針《はり》の落ちる音でも聞きのがすまいと、耳をすましていたじゃありませんか。それに由利先生が一言《いちごん》もあげないで、相手にやっつけられるなんて、そんな馬鹿な事があるもんですか」

「しかし、三津木君、現にここには誰《だれ》もいないのだから、これはやっぱり警部のおっしゃることがただしいようだ。この部屋にはどこか抜道《ぬけみち》があって、鉄仮面のやつ、そこから由利先生や、妙子さんや文代さんを連れさっていったに違いないぜ」

「そうだ。それにちがいない。とにかくみんなでその抜道というのを探して見よう」

そこで室内の大捜索がはじまった。等々力警部や鮫島編集長をはじめ、刑事連中はくものようにはいつくばって、壁から床の上をたたいて廻《まわ》った。しかし、どこにもそれらしい個所を発見することはできないのだ。

「おい、だれか天井《てんじょう》をしらべて見ろ」

刑事の一人が、ただちに椅子《いす》を積み重ねて、天井を調べて見たが、そこにも異常はないらしい。

「はてな。こんなはずじゃなかったがな」と、探しあぐねた等々力警部が、失望したようにつぶやきながら、身を起《おこ》して見ると、俊助はただ一人、安楽椅《あんらくい》子の腕木に腰をおろしたまま、ゆうゆうと煙草《タバコ》をくゆらしている。警部もさすがにいささかむっとして、

「おいおい、三津木君、のんきそうに、煙草をすっている場合じゃないぞ、君もひとつ手を貸して、抜道をさがして見たらどうだ」

「警部、僕がのんきそうに見えますか」

「見えるだんじゃない。我々は汗とほこりまみれになってはいつくばっているのに、君ひとりゆうゆうと煙草をすっているなんて、けしからんじゃない

か」

「なるほど、警部がそういうのもむりはないが、なかなかどうして、僕のあたまはいま急《いそ》がしく活躍しているんですぜ。警部、それから鮫島編集長も聞いて下さい。僕がいまなにを考えていたかを話しましょうか」と、三津木俊助は、やおら、安楽椅子から体を起《おこ》すと、靴の先で床をさしながら、

「僕はね、いま、この床にしいてある絨緞《じゅうたん》のやぶれているのがどうしてできたか考えていたところですよ」

　さあ、俊助が変なことをいい出した。見ればなるほど、俊助が靴の先で示したところには、絨緞が大きくやぶれている。しかもそれが非常にていねいに、かがってあるのだ。等々力警部と鮫島編集長は、思わず顔を見合《みあわ》せながら、それでもいくぶん言葉をやわらげ、

「三津木君、この絨緞の破れがどうしたというのだ」

「僕のいいたいのは、さっき我々が出ていく時には、ここにこんな、やぶれた個所なんかなかったという事です」

「しかし、それがいったいどうしたというんだね」

「まだお分《わか》りになりませんか、編集長、我々がさっき出ていった時には、こんなところがやぶれていなかった。ところで編集長、この破れ目をこういう風にていねいにかがるのには、いったい、どれくらい時間がかかると思いますか」

「三津木君！」と、ふいに編集長がさっと顔色をかえた。

「不思議でしょう。このあつい絨緞の破れ目を、こういうふうにていねいにかがるには、すくなくとも一時間はかかりますよ。ところが、我々が廊下に立っていた時間は、ほんの三分か五分です。その間に、三人の人間をどこかへかくし、おまけに絨緞を破り、それをこんな風に、ていねいにかがる。そんな事ができるでしょうか。不可能です。だんぜんできない相談です」

「しかし、しかし三津木君、さっきこんなに破れてなかったというのは確かかね」

「それは充分、僕を信用して下すっても結構です。それに」

　と、俊助は壁のうえの刀かけをしめしながら、

「さっき、鉄仮面のやつが、その刀を取りあげて、由利先生におどりかかっていったのを、諸君も御存じでしょう。その時、刀はあらかじめ、由利先生がしかけをしておいたので、先生の体にふれると同時に、三つに折れて床にとんだのですが、その折れた刀が、ちゃんと元通りにつながって、刀かけにおさまっているのは、これまた、いったいどうしたというのでしょう」

「……」

さすがの等々力警部も、鮫島編集長も、思わずさっとおどろきのいろを顔にうかべた。なるほど、これは不思議だ。絨緞の破れた事はいざ知らず、刀が三つに折れて床にとんだ事は、編集長も警部もよく知っている。それが今、ちゃんと元のまま壁の刀かけにのっかっているのだから、一同、思わず狐につままれたように、顔を見合せたのもむりではない。

「三津木君、三津木君、いったいこれはどうしたというのだ」

「いやいや、不思議なのはそればかりじゃありません。この安楽椅子には、ついさっきまで、妙子さんが寝かされていたのだから、どうせここには、人間のぬくもりが残っていなければならぬはずでしょう。さわってみたところが、今僕がこの部屋に入って来るなり、さわったところが、こいつ、百年も人が坐《すわ》ったことのないように、まるで氷みたいに冷えきっているのです」

「おいおい三津木君、そうじらさずにいってくれ、それでいったい、君の考えはどうだというのだ」

「僕の考えですか、しごく簡単ですよ。今、我々の立っているこの部屋は、さっきわれわれが出ていった部屋と同じ部屋ではないのです」

「な、なんだって」

「そうです。なるほど壁の色、絨緞の模様、椅子、テーブルの配置から、壁のうえの飾物まで、一切合《いっさいがっ》切《さい》さっきの部屋とおなじに見えますが、事実は全然ちがっていることを、今もうしあげた証拠のかずかずが示しているのです。すなわち、この古城には、この部屋と寸分《すんぶん》ちがわぬ部屋がもう一つあって、我々が廊下へ出ているすきに、二つの部屋が、何等《なんら》かの方法でおきかえられてしまったのです」

ああ、なんというすばらしい想像、何という思いがけない考えであろう。さすが怪奇になれた等々力警部も、あまり奇抜《きばつ》な俊助のことばに、ただぼうぜんとして立ちすくむのみ。

「しかし、三津木君、われわれは一《いっ》しゅんも、ドアから眼を離さなかったのだぜ。どういう方法でやったか知らんが、君がいうような事がおこったとしたら、少しは、我々の注意をひきそうなものじゃないか」

「ところが編集長、このドアをごらんなさい。このドアは二重になっているんですよ。つまり外側のは廊下そのものについており、部屋のドアは、そのうち側についています。だから我々が外からながめっこをしていたのは廊下のドアなんで、だから、内側の部屋のドアにどういう変化がおこりつつあったかまるで見ることは出来なかったのです」

俊助の言葉もまだおわらないうちに、ふいに御子柴進少年が部屋の一《いち》ぐうから頓狂《とんきょう》な声をあげた。

「あ、こんなところにおとしあながあるぞ」

その声にはっとしてふりかえった三津木俊助、見れば大きなソファをおしのけた進少年が、床の一部を押すと見るや、そこに突如《とつじょ》、バックリと大きなあながあいたのだ。

「あ！」と、側《そば》へ走り寄って、一《いっ》せいにその陥《おとし》あなの中をのぞきこんだ一同は、とつぜん、

「や、や、こりゃどうだ！」と、ばかり、棒立ちになってしまったのだ。

偉《い》なるかな進少年（まるで蜘蛛《くも》のように……）

さすがに物なれた彼等《ら》を、かくまでにおどろかせたというのは、いったい、どんなものであったろう。ああ、それこそは今まで人間の見たなかで、もっとも怪奇きわまる光景だったのだ。

いま彼等が立っている床下から、十数丈《じょう》にあまるふかい竪孔《たてあな》がほられてあって、しかもその竪孔の底には、奇妙な、天井《てんじょう》のない部屋が見えるではないか。

しかも、ああ、なんということだ。その部屋はいま彼等がいる部屋と全《まった》くおなじかっこうをしているのだ。同じ絨緞《じゅうたん》、同じ壁紙、そして同じ椅子《いす》テーブルだ。そしてその部屋こそ、さっき彼等が出ていった、あの鉄仮面の部屋であることは、安楽椅子《あんらくいす》の中にぐったりと倒れている妙子の姿からでも分《わか》るのである。いやいや、妙子ばかりではない、文代もいる。

鉄仮面もいる。そして由利先生も。――

　ああ、さっきいった三津木俊助の言葉は、やっぱりまちがってはいなかったのだ。この古城には、全く同じ恰好《かっこう》をした、二つの部屋があったのだ。そして――ああ、分った、分った。二つの部屋は、エレベーターのように連結されていて、一つの部屋が床下ふかく降りていくと、もう一つの部屋が、ちゃんとそのあとへ、かわりにやって来ていたのだ。なんというおそろしい仕掛け、悪魔のからくりとはまったくこのことであろう。これで、由利先生がドアをひらいた時、そこにだれもいなかったわけもわかる。由利先生がのぞいた廊下というのは、これまた俊助たちの立っていた廊下と、まったく同じかっこうをしていたが、実は、それは地底ふかくしつらえられた、まったく、別の廊下だったのだ。由利先生は自分でも気がつかぬうちに、エレベーターじかけの部屋に閉じこめられたまま、地底ふかくはこび去られていったのである。

　それはさておき、今しも、上の部屋からのぞいている俊助たちの眼下には、世にも恐ろしい光景が展開されている。豆粒ほどに見える鉄仮面が、やにわに青銅《せいどう》の置物を手にとりあげると、これまた豆粒ほどの由利先生におどりかかっていった。と、二つの体が、くみあったまま、まりのように床の上にころげる。あぶない、あぶない、由利先生の形勢がどうやら不利なのだ。

「先生！　由利先生！」と、俊助たちはやっきとなって叫んだが、どうすることもできない。二つの部屋のあいだには十数丈という空間がよこたわっているのだ。とび降りることはなんでもない。しかし、とび降りたが最後、いのちはないであろう。

　あっ、一《いっ》たん立ちあがった由利先生がふたたび床の上に倒れた。そのうえから鉄仮面がいなごのようにおどりかかっていく。息づまるような生と死との闘争だ。おそろしいのぞきからくりだ。

「ああ、このままにしておいたら、由利先生はやられてしまう。だれか、由利先生をたすける者はないのか」

「三津木先生、僕がやります」と、言下《げんか》に答えたのは御子柴進少年。

「えっ、君がやる。どうして君にそんなことが出来るのだ」

「なんでもありません。三津木先生、この床下をのぞいてごらんなさい。太い鉄のくさりが輪になってダラリと下の方へたれているではありませんか。あのくさりを伝わっておりていけば、下の部屋のすぐうえまで降りられます。僕はそいつをおりていって、鉄仮面の奴《やつ》をやっつけてやります」

進少年は眉《まゆ》をあげて決然といい放つのだ。なるほど、のぞき穴から首を突込《つっこ》んで床の裏がわを見ると、進少年のいうように、太い鉄のくさりが輪になって、ダラリと下へ垂れ下《さが》っている。デパートでエレベーターを見たことのある人は知っているだろう。重い箱を上下させるためについているあの鉄のベルトだ。進少年は、いまそれを伝わって、この十数丈の空間を降りていこうというのだ。

「進君、そ、そんな事ができるかい」

「できます。とにかく先生、僕にピストルをかして下さい」

「よし、進君、それじゃ君にまかせる。よろしくやってくれたまえ。由利先生の生命《いのち》は、かかって、君の掌中《しょうちゅう》にあるんだぜ」

「わかっています。なに、敗《ま》けるものか」

ああ、いさましきかな、進少年。俊助の手からピストルを受取《うけと》って、そいつをポケットにねじ込んだかと思うと、おとしあなのふちに手をかけ、くるり、尻《しり》あがりの逆の要領なのだ。床にブラ下《さが》ったかと見ると、二本の足でくさりをそばにかきよせる。

しめた、くさりのはしに足がかかった。と、思うとくるり、またもや、尺取虫《しゃくとりむし》のように身をそらせて、うまくくさりが手にかかった。こうなると後はもうしめたもの。するするする！　まるで猿《ましら》のようなすばやさなのだ。進少年はまっくらな竪孔をしたへしたへとおりていく。

この時、したなる部屋では、いましも由利先生と、鉄仮面のあいだに、必死の血闘《けっとう》がつづけられているのだ。由利先生が猛然として起きあがろうとする。足をあげて、どんとそれをけった鉄仮面、ふたたび手に取りあげたのは、青銅の置物、こいつをうんと頭上たかく差上《さしあ》げたから、あっとばかりに手に汗にぎったのは、上の部屋からみている連中である。

あぶない！　あぶない！　この青銅をまともにくらったら、どんな頑丈《がんじょう》な頭でも、真二《まっぷた》つに割れてしまうだろう。

「あっ！」と、俊助が思わず眼をおおうたときである。

ダン！　ダン！　まっくらな竪孔のとちゅうで、ふいに、あおじろい火花がパッと散った。くものように鉄鎖《てっさ》に吸いついた進少年が、やにわに火蓋《ひぶた》をきったのである。

海底の大猛闘（豆潜水艦の行方いずこ）

実に危機《きき》一髪《いっぱつ》！　進の放った弾丸《たま》は、見事、鉄仮面の片腕に命中したからたまらない。鉄仮面はよろよろとよろめいたかと思うと、頭上たかくさし上げた青銅の置物を、ドシンと床に取りおとした。

「しめた！」と、こおどりしたのは三津木俊助、やにわに、おとしあなのはしに、手をかけたから、おどろいたのは等々力警部に、鮫島編集長、

「三津木君、キ、君はいったいどうするのだ」

「どうもしやしません。僕もこのくさりを伝って降りていくんです」

「あぶない。よしたまえ」

「大丈夫《だいじょうぶ》、進君も僕もおなじ人間だ。彼にできて、僕にできぬという法はありませんよ」と、いいも終らず、さっき進少年が演じたと同じ方法でうまく鉄のくさりにすがりつくと、これまた、スルスルとやみの竪孔へとおりていく。

人生、これすべて意気だ。意気にかんじて発憤《はっぷん》すれば、自分でも信じられないほどの大事業をなしとげることができるのである。

いま、俊助のこの心意気を見れば、等々力警部も、どうして、だまって見ていることができよう。

「ようし、三津木君、おれもいくぞ」

「警部、君もいくか。よし、それじゃ、おれもいこう」と、いうわけで、鮫島編集長まで、そのあとに続いたから、ほかの刑事もだまっているわけにはいかない。われわれもとそのあとにつづいた。さしも太い鉄のくさりも、たちまち人間の鈴なりとなってしまった。

さて、こちらは鉄仮面の東座蓉堂、ふいの襲撃に、身危《あやう》しと感じたのか、由利先生のほうはそのまま、いきなり気を失っている妙子の体をだきおこすと、それを小楯《こだて》に、タ、タ、タタとドアから廊下の外へとび出した。そして、そのままにげ出すのかと思う

と、意外にも、ふたたび引返《ひきかえ》して来て、こんどは文代である。文代のからだをだきあげると、ふたたびそれを小楯にとり、たくみに進少年のねらいをよけながら、タ、タ、タ！　またもや廊下へおどり出して、バタンとドアをしめると、そのまま姿をくらましてしまった。

「畜生《ちくしょう》！」

今や、鎖《くさり》の一番下のはしまで降りていた進少年、まだその下には一丈《じょう》以上の空間があったが、思い切ってパッと飛んだ。

「先生、先生！　由利先生！」

はずみをくらって、まりのように二三度、ころころところげるのを、やっとおきなおった進少年、いきなり由利先生のそばへ寄ると、いそいでその体をだきおこす。

「あ、進君、ありがとう。それじゃいまのピストルは君だったのだね。ありがとう、ありがとう、君はおれにとっては真《しん》に生命《いのち》の恩人だ」

「先生、そんなことはどうでもいいのです。それより先生、どこもおけがはありませんか」

「ありがとう、いや、畜生、あいつめ、こっぴどく脾腹《ひばら》をけりやがった。あ、痛《いた》、タッ」

顔をしかめて立上《たちあが》る由利先生、進少年はかいがいしく、そのほこりをはらってやりながら、

「先生、大丈夫ですか」

「なあに大丈夫、これしきのことに――それより、進君、三津木俊助や等々力警部はどこへいった」

「大丈夫です。三津木先生も、等々力警部も、すぐここへやってくるでしょう」

その進少年の言葉もおわらぬうちに、ふいに彼等《ら》の頭上から、

「先生、われわれはここにいますよ。いますぐそこへまいります」と、聞き覚えのある俊助の声に、おどろいてうえをふりあおいだ由利先生。

「や、や、これは」と、胆《きも》をつぶしたのもむりではない。なにしろ蝿《はえ》とりリボンにすいついた蝿のように、ふとい鎖にいっぱい人がむらがっているのだ。

「はははは、とんだ曲芸です。ほらとびますよ」

と、声もろとも、三津木俊助、つづいて等々力警部に鮫島編集長、さらに刑事連中が次々にとびおりて来たから、さすがの由利先生もすっかり面くらってしまった。

「こりゃ、どうしたというのだ。この部屋にゃ天井《てんじょう》がなかったのか」と、ぼうぜんとしてつぶやく由利先生に、みなまでいわせず三津木俊助、

「先生、その話はいずれ後刻《ごこく》いたします。それより今は鉄仮面のゆくえです。あいつめ、文代さんや妙子さんを一《いっ》しょに連れていってしまいましたよ」

「畜生、それ、まだ遠くはゆくまい。諸君、いっしょに来てくれたまえ」

はっと我《わ》れにかえった由利先生、いきなりぱっと、ドアをけやぶると、廊下の外へおどり出した。俊助をはじめ一同がそのあとにつづいたことはいうまでもない。

くねくねとまがりくねった長い廊下。——しかし鉄仮面のゆくえを見失うような心配はなかったのだ。なぜなら、うず高く積んだ廊下のほこりに、はっきりと人を引《ひき》ずっていったあとが二《ふた》すじついているからである。

「こっちだ、こっちだ、畜生、あいつ妙子さんと文代さんとを、両手で引ずっていきやがったのだ」

その、二筋のみちをついていくと、こはいかに、突如《とつじょ》、廊下の端がポツンとたち切れて、そこに大きな穴があいているではないか。

「あ」と、さけんだ進少年が、一番に穴のはしによって外をのぞいてみれば、すぐ廊下のしたには、ひたひたと、あおぐろい波が打ちよせている。わかった、わかった、この廊下は岩窟《がんくつ》をうがってこしらえたもので、それはそのまま、断崖《だんがい》の裾《すそ》に大きな口をひらいているのだった。

その口の外側には、大小さまざまな奇岩が、さながら物の怪《もののけ》のようにそそり立っている。そしてその岩の周囲に、波が白い渦《うず》を巻いてたわむれているのが、折《おり》からの月明《つきあか》りにぼんやりと見えるのだ。

「や、や、先生、あれは!」と、その時、ふいに俊助がさけんで、由利先生の肩をつかんだ。その声に、一同が、ふと海面に眼《め》をやれば、そこに奇妙な船が一そううかんでいるのが見えた。船のうえには、円筒型の筒が立っていて、そのそばに、例の鉄仮面がごうぜんと突立《つった》っている。

「おい、由利麟太郎、まずきょうの勝負は五分五分《ごぶごぶ》というところだな。はははは、いや、文代と妙子は、このままおれがつれていくから、やっぱりおれの勝《かち》というところか」

傍若無人《ぼうじゃくぶじん》な高笑い。それから手をふって見せると、円筒のふたをひらいて、スッポリとその中へくぐり込む。と、たちまち、船はブクブクと海底ふかく姿を消してしまった。

ああ、豆潜水艦！　悪魔は豆潜水艦によって姿を消してしまったのである。

鱶と悪魔（人肌に画《えが》かれた謎の地図）

こちらはせま苦しい豆潜水艦の一室。その一室で、鉄仮面の東座蓉堂は、ほっとばかりに額《ひたい》の汗をぬぐった。いかに由利先生が名探偵であろうとも、よもや海底を潜水艦のなかまで追いかけて来る心配はないからだ。

しかも今、彼の眼前には、妙子と文代が正体もなく、ぐったりと床のうえにたおれているのだ。鉄仮面はしばし、文代のすがたを見守っていたが、やがてソワソワと両手をこすり合わせると、

「ふふふふふ、さっきはずいぶんおどろかされたわい。てっきり、錦蛇《にしきへび》にしめ殺されたと思った文代の奴《やつ》が、あの寝台のうえにスヤスヤとねむっていやがったのだからな。はははは、由利麟太郎のやつも味なことをやりやがる。いつの間にやら、文代の奴をたすけ出し、かわりに人形を蛇にだかせておきやがったのだな。それに気がつかなかったとは、おい鉄仮面、貴様《きさま》もよほどどうかしてるぜ」と、蓉堂は口の中でブツブツとつぶやきながら、そろりそろりと文代のほうへ近づいていった。まるで蛇が蛙《かえる》をねらうようなかっこうだ。

やがて、彼はパッと文代の体におどりかかると、相手が気をうしなっているのを幸いに、そろそろとその着物をぬがせはじめる。うすい着物はたちまち蓉堂の手によってはぎとられた。そしてその下からあらわれたのは、玉をもあざむく白い肌、それを見ると蓉堂は息をはずませ、くいいるようにその背中をしらべはじめたが、ふいに、

「ふうむ！」と、会心のうめき声をもらしたのである。

ああ、見よ！　玉をあざむく文代の肌に、ありありとほられているのは、奇怪な地図のいれずみではないか。

諸君はここで、つぎのようなことを思いだすであ

ろう。いつか、おそろしい金庫部屋へとじこめられた牧野慎蔵氏が恐怖のあまり、大金鉱のありかをしめす地図が、文代の体にいれずみされてあることを白状《はくじょう》したのを。鉄仮面が、いましらべているのは、その地図なのだ。ああ、なんという奇怪さ。なんというおそろしさ。ところもあろうに人間の肌に、地図をほっておこうとは。世にもおそろしい人肌地図！

蓉堂はしばし、くい入るようにこの人肌地図をながめていたが、ふいにおやと眉《まゆ》をしかめた。地図はかんじんのところでポツンと切れているのだ。

「はてな」と、首をかしげながら、もう一度いれずみの線をたどっていったが、何度しらべても同じこと。つまり地図はこれ一枚ではなんの役にも立たないのだ。ここにもう一枚、あるいは二枚の地図があって、それを文代の人肌地図にくらべてみないことには、かんじんかなめの、大金鉱のありかはわからないのである。

「畜生《ちくしょう》ッ、牧野の奴、おれをだましやがったな」と、地団駄《じだんだ》をふんで口惜《くや》しがっても追いつかない。鉄仮面がいかり狂って、物凄《ものすご》い顔をして突立《つった》ったときである。

「大将、およびになりましたかい？」と、ドアをあけて入って来たのは、防水服にスッポリと身を包み、くろい塵《ちり》よけ眼鏡《めがね》をかけた男である。どうやらこの豆潜水艦の操縦士らしい。鉄仮面はドキリとしたように、

「倉沢《くらさわ》か、だれも貴様なんか、よびやしねえ。向《むこ》うへいってろ」

ぶあいそうにいわれたが、倉沢という男は身動きもしない。にやにやとうすら笑いを浮べながら、その場に突立っているのだ。

「おい、倉沢、貴様、おれのいうことが聞《きこ》えねえのか。あっちへ行ってろといえば行ってろ」

「へへへへ、おい、東座蓉堂、それが、いつかおれがおしえてやった人肌地図だな」

「なんだと！」

「おい、蓉堂、いやさ、鉄仮面、貴様にゃこのおれがだれだか分《わか》らないのか」

「ナなにを！」

「ヘン、鉄仮面、いつかはとんだ目にあわせやがったな」と、いいながら眼鏡をとったその顔を見て、

「あ、牧野慎蔵！」と、さすがの鉄仮面も思わず髪がさかだつほどの恐怖に打たれた。

「そうよ、その牧野慎蔵さ。いつかは、あの金庫部屋で、あやうく生命《いのち》をとられるところだったが、この間からその返報《へんぽう》の機会を待ちうけていたのだ。おい、蓉堂！」

善か、悪か、意外なる人物、牧野慎蔵は、きっとピストルを身がまえると、鱶《ふか》のようにするどい顔で、「覚悟はいいか」と、さけんだ。

隻脚怪老爺《せっきゃくかいろうや》の巻

金山王

何が意外といって、これほど意外な出来事がまたとあろうか。

いつか鉄仮面のために、金庫部屋のなかで危《あや》うくころされそこなった牧野慎蔵――あの新帰朝者《しんきちょうしゃ》の牧野慎蔵氏が、ところもあろうに、この海底の豆潜水艦に、突如《とつじょ》、姿をあらわしたのだから、さすがの鉄仮面もぎょっとして、思わずまっさおになってしまったのもむりはない。

「おい、鉄仮面！」

まったく呼吸《いき》づまるような一《いっ》しゅんだった。殺そうと思えば、牧野慎蔵にはいつでも殺せるのだ。人のひとりや二人殺したところで、この大海の底のこと、だれに知られる心配もない。さればこそ、鉄仮面の東座蓉堂、いよいよまっさおになっていくのだ。

一しゅん！　二しゅん！　蓉堂の顔はしだいに、

はげしい苦悶《くもん》と恐怖にゆがんでいく。ひたいには玉のような汗がビッショリ。

牧野慎蔵は、それを見るとせせらわらうように、ヒクヒクとピストルをもてあそんでいたが、

「どうだ、蓉堂、少しはこわいかえ」

「こわい！」と、蓉堂ははき捨てるようにいう。

「はははは、こわいか。なるほどこわいらしい。貴様《きさま》のようなやつでも、こわいということを知っているから神妙《しんみょう》だて。それにしても、おい、蓉堂、いつかはひどい目にあわせやがったな」

鉄仮面のこわがっているのが、牧野氏にはおもしろくてたまらないのだ。かたわらの椅子《いす》にどっかと馬乗りになると、わざとピストルをブラブラ動かしながら、

「見ろ、おれのこの髪を、あの時のおそろしさで、いっぺんにこのとおり、真白《まっしろ》になってしまいやがった。なんといったっけな、そうそう、三津木俊助だ。あの男がやって来てくれなきゃ、おれはまるで煎餅《せんべい》みたいに、ペシャンコになってしまうところだったんだぜ。なあ、鉄仮面、わかってるかい」

「わかってる」

「それもだれのためだ。みんなお前のためだぜ。わかってるだろうな」

「わかってる」と、つぶやきながら、蓉堂は思わずほほの汗を、手の甲でぬぐった。

「よし、それが分《わか》ってるなら、おれがなんのために、この潜水艦のなかへしのびこんでいたかもわかってくれるだろうなあ。おりゃ、これでも、貴様のかくれがをさがすにゃ、ずいぶん骨をおったものよ。おい、東座、おれはな、一度うけたうらみは決して忘れねえ男よ」

「そうだ」と鉄仮面はうめくように、

「おれもそれをよく知っている。知っていればこそ、貴様がこんなにこわいのよ」

「はははは！」と、牧野慎蔵氏は突然、腹をかかえて爆笑すると、

「よくいった。さすがは鉄仮面だ。かねて覚悟はしていたと見えるな。だがなあ、鉄仮面、おりゃ、貴様みたいにざんこくな男じゃねえ。それに血を見るのは大きらいだ。人を苦しめながら殺すような事はしねえから、まあ安心しろ」

牧野慎蔵氏は立って、文代のそばへ近づくといいた

いたしいあの背のいれずみをのぞきこみながら、

「おれの欲しいなあ、この地図よ。この地図さえあれば、貴様なんかに用はねえのさ」

「牧野、貴様、その地図をどうするのだ」

「どうするって、知れたことよ。あの大金鉱をひとりじめにするまでさ。なあ、東座蓉堂、貴様もかわいそうな男だが、おれもそうとうかわいそうだぜ。あいわるい奴《やつ》は、唐沢雷太に香椎弁造のふたりだ。あいつら二人で大金鉱をよこどりしやがって、おれにゃほんの涙ほどの手当てしかくれやがらなかった。貴様が唐沢のやつを殺して、この地図を手に入れてくれたのは、おれにとっちゃもっけのさいわいだ。礼をいうぜ、おりゃいまこそ、この大金鉱の王様になるんだ。金山王《きんざんおう》だ、はははははは！」

牧野慎蔵はまるで、酔ったように、うちょうてんになって口から泡《あわ》をとばしている。ああ、彼もやはりただの慾《よく》ばり男にすぎなかったのだ。あわれな文代や妙子にとっては、またおそろしい敵が一人ふえたのだ。

「おい、牧野」と、鉄仮面がふいに、眼《め》をギロリと光らせながらさけんだ。

「なんだい、なにか用か」

「貴様がそういう気なら、一つ仲よくしようじゃないか」

「仲よく？」

「二人で一《いっ》しょに、あの金鉱をさがしにいくのだ。そしてもうけは山分けにするのよ」

「いやだ」と、牧野氏は言下《げんか》に、

「なんのために貴様の力をかりる必要があるのだ。貴様はおれにやぶれたのだぞ。そのお前になんのために力を借りるのだ。おい、鉄仮面、貴様にゃ用はねえ。とっととここから出ていってもらおう」

「ええ、出ていけ？」

「そうだ。今、潜水艦を水面にだしてやるから、貴様どこへでも勝手なところへ行ってもらいたい」

「ソ、そんなむりな」

「何が無理だ。おりゃいま、たった一発で、貴様を射殺《うちころ》すことだってできるんだぜ。だがなあ、さっきもいったとおり、おりゃ、血を見るのが大きらいだ。おなさけに、貴様をここからはなしてやろうというのさ」と、いったかと思うと、牧野慎蔵氏は壁のうえにあるボタンをおして、ジリジリとベルをならす。

と、潜水艦は水をきってにわかに上昇しはじめた。

ああ、いつの間にやら、牧野氏は、この豆潜水艦の乗組員をすっかり買収してしまったのだ。

やがて潜水艦はポッカリと水面にうきあがった。

「さあ、潜水艦をとめてやるから、ここからどこへでもいってもらいたい。待て、待て、そこに気絶しているのは、妙子という女だな。その女にゃ用はねえ。おれの必要なのは、いれずみのあるこの文代だけだ。おい、鉄仮面、妙子をつれて、どこへでも行きやがれ」

ああ、潜水艦の外は、ただまっくらな黒一色の大海原《おおうなばら》。大海は嵐があるのだろう、黒い波が底気味のわるいうねりをつくって、はるか数マイルのかなたに見える城ヶ島の灯台も、霧のためにぼんやりと見える。鉄仮面、いかに鬼神《きじん》のごとき魔力《のりき》あるとも、はたして、この海原を、乗切ることができるだろうか。

「行け！」と、牧野慎蔵の声がするどく夜のあらしをつんざいた。

「牧野慎蔵——あの地図は——」と、いいかけたが、その言葉のおわらぬうち、牧野がいやというほど突いたからたまらない。ドボーン！　もんどり打って鉄仮面が落ちていったあとから、

「ほら、妙子だ。この女も一《いっ》しょに地獄までつれていってやれ」

「あれッ」と、つめたい潮風に、しゅんかん息を吹きかえした妙子が、必死となって、ていこうするのを、情容赦《なさけようしゃ》もあらばこそ、足をすくって海中へ。

「あっ！」

くらい海のうえに、わらわらと白い泡が浮いて、波紋が次第に大きくなっていく頃《ころ》、豆潜水艦はふたたび海中にすがたを没してしまった。

おりから、どっと白い波頭が、海蛇《うみへび》のようなうねりを見せておし寄せてくる。


鱶だ！　鱶だ！

ぶくぶくぶく。——。一《いっ》たん海中ふかく沈んだ鉄仮面、しばらくして、ポッカリと水面にうかんだかと思うと、そこはさすがになれたもの、無闇《むやみ》にさわぎまわろうとはしない。気をしずめて、しばらくあたりを泳ぎまわっているうちに、ふと手にさわった

のは、天の助けの板片《いたぎれ》一枚。

「しめた！」

これさえあれば、岸におよぎつくのもさしたる不可能事ではない。

「ばかめ、牧野のやつ、このうらみは、いつか、かならず晴らしてやるぞ」と、つぶやきながら、静かに、水をかいている折《おり》から、突如《とつじょ》、だれやら、その足にすがりついたかと思うと、ぐぐぐぐぐ、魚が餌物《えもの》を引くように、鉄仮面の体は水中ふかくひきずり込まれた。

「あ！」と、口から、鼻から、潮水をいっぱいのみ込んだ鉄仮面、ふたたび水面にうかびあがると、

「お前は妙子だな」

「たすけて、たすけて」と、妙子はいま、自分が夢中になってすがりついている相手はだれであるやら、それさえ識別することは出来ないのだ。

「よし、たすけてやる。たすけてやる代《かわ》りに、おとなしくしてろよ。さわぎ立てるとかえって水をのむぞ」

こんな人間にも、やっぱり人の情《なさけ》というものがあるのだろうか。それとも別にかんがえるところがあったのか、ぐったりとした妙子の体をかたわきにかかえた鉄仮面、たよりにするのは板片《いたぎれ》一枚なのだ。あとは運を天にまかせるよりほかにしようがない。

さいわい、潮はおそろしいいきおいでぐんぐんと外海《そとうみ》から岸の方へ流れている。ほかに故障さえなければ、この潮にのって、岸にながれつくのも、大してこんなんとは思えない。

「妙子、しっかりしてろ、大丈夫《だいじょうぶ》だ」

「……」

妙子はふたたび気をうしなったのか、ぐったりと板片《いたぎれ》につかまったまま返事もしない。

くるり、くるり！　灯台の灯が霧のなかに明滅して、嵐の前ぶれを思わせるように、潮のうねりがしだいに高くなっていった。

と、このときであった。鉄仮面は、ふいにぎょっとしたように水の中で、身をちぢめた。

チクリ！　右の足首に、さすような痛さなのだ。

と、思うと、何やらものすごい力で、ぐいぐいと水中ふかく引きずり込まれる。

「あ」と、さけぶにもさけべない海の底、その鉄仮面の周囲を、ものすごく巨大な魚がさっとすさまじ

い渦《うず》をえがきながらまわっている。

「鱶《ふか》だ!」と、気がついたときには、すでにおそし、大きな鱶は、くるり身をひるがえすと、大きな口をひらいて、まっしぐらに、おそいかかって来る。夢中になって、その腹の下をくぐり抜けた鉄仮面、水中に身をもがきながら、ズラリ懐中から引き抜いたのは一本の短刀だ。

「来るなら、来い!」

こうなると、もう半分やけっぱちだ。たたかえるだけたたかわねばならぬ。

鱶は最初の一撃に失敗したと見るや、ゆうゆうと餌物の周囲をまわっていたが、ふたたびくるり、身をあおむけにすると、矢のようにおどりかかって来る。おそろしい争闘《そうとう》、海底の大猛闘なのだ。

「あ!」と、痛烈な痛さを、右の足首にかんじたのと、鉄仮面がぐさりするどい短刀を鱶の腹につき立てたのと、ほとんど同時だった。

さあッ! と、どすぐろい血が海の底をそめて、ピシリ! 尾が——鱶の尾の強い一撃が、鉄仮面の右腕をしびらせる。

「何くそッ」

何が何やら、もう一切夢中だった。突き立てた短刀を、さっとたてに引くと、そのとたん、鉄仮面の体はポカリと水面にうきあがった。勝ったのだ! 陸の悪魔は、海の魔王にうちかったのだ。

鉄仮面は一《いっ》しゅんワーッと気が遠くなっていった。

それから、およそ、どのくらいたったろうか。はげしい痛みに、鉄仮面がふと、息を吹き返したとき、誰《だれ》やらガヤガヤと耳許《みみもと》でどなる声が聞える。

「おい、ちょっと見な、この人は鱶にやられたのだぜ、ほら右の膝《ひざ》から下が食い切られているぜ」

「ふうむ、それにしてもよくたすかったもんだな。おおかた、こっちの娘さんとつれだろう」

鉄仮面は、うっすらと眼《め》を開いて見た。すると、自分の身はいま、小さな漁船のうえに寝かされているのだ。

(たすかったのだ!)と、そう気がついた刹那《せつな》、またしても右の足に熱い鉄でもあてられたようなひどい痛さ。

「あ!」鱶に足を食い切られたのだ。

「ううむ!」と、われにもなく、鉄仮面がふかい苦痛のうめき声をもらした時である。ふたたび耳許で漁師が大きな声をあげた。

「あれ、ちょっと見な、この娘さんの背には、なにやら妙なものがあるぜ」

「妙なものってなんだい、父《とっ》つぁん」

「刺青《いれずみ》だね。だがおかしいぞ。こりゃ地図みたいじゃないか」

その声に、鉄仮面がぎょっとして、半身起《おこ》したときである。自分のすぐ側《そば》に寝かされている妙子の――水にぬれて半裸体になっている妙子の背中には、ああ、なんということだ！　文代の背中にあったと同じような、地図のいれずみがあったではないか。

義足を注文する男

奇怪なる出来事。妙子と文代のからだに、それぞれにたようないれずみがあるというのは、いったいどういうわけであろうか。

さらにまた、牧野慎蔵氏につれさられた文代の運命は――？　それから、鱶に片足を食いきられた鉄仮面はどうなったか。それ等《ら》はしばらくおあずけにしておいて、話はここに一変する。


そして、あの事件から一月《ひとつき》ほど後のことである。神田須田町附近《かんだすだちょうふきん》にある難波《なんば》外科医院。いかにも見すぼらしい病院だったが、腕は案外たしかだというその病院へ、ある日たずねて来た老人があった。

「どこかおわるいですか」

「はあ、実は足をけがしましてな。それで義足をこさえていただきたいと思いますので」

老人は鉄縁《てつぶち》の眼鏡《めがね》の奥で、眼をショボショボさせながらいうのだ。

「ははあ、義足ですか。そりゃおやすい御用《ごよう》ですが、どれ、ひとつ、その足というのを拝見しましょうか」と、難波院長が椅子《いす》をすすめると、老人はズボンの片方をまくりあげて、ひざのあたりからむざんに切断された右足を出して見せた。

「ほほう。これは」

ようやく傷口がなおったばかりらしい、そのものすごい切口を見ると、さすが、物なれた医者も、思わず顔をしかめると、

「どうなすったのですか、この傷は」

「なあに、自動車にひかれましてな、ばかな話ですわい」

老人は事もなげにいい放ったが、さすがは職業柄である。難波医師はすぐに、この傷口が自動車事故などではなくて、なにかしら、猛獣の歯のようなものので、かみ切られたのであろうことに気がついた。しかし、相手がかくしておくことを、そうふかく追究するでもないと思ったので、

「承知しました。それで義足はゴムにしますか。それとも木にしますか」

「そうですな。どちらでも、具合のいいのにしてもらいたいですな。値段は、どのくらいかかってもかまいませんから」

「そうですか。ではゴムのにしましょう。少したかくつきますが、その代《かわ》り、よほど具合がいいですから」

「どうでしょう。義足をはめると、自由に歩行することができましょうかな」

「そうですね、すぐにというわけにはまいりませんが、練習をなされば、相当自由に動けますよ。では一つ、寸法をとらせていただきましょうか」

老人は足の寸法をとらせると、義足のできあがる日を聞いてたちさった。

「いや、いや、その日には間違いなくやって来ますから、そのかわり、ちゃんと足に合うようにこしらえといて下さいよ。足がわるいと、二度も三度もやって来るのは大儀《たいぎ》でしてな」と、老人はそういうと、自分の住所もつげずにたちさったが、はたして、約束の日には、又《また》不自由な足を引《ひき》ずって難波医院へやって来た。

「どうでしょう。出来てますかな」

「ああ、丁度《ちょうど》いい具合です。昨夜できて来たところでしてね、多分うまくあうだろうと思うのです」

「どれどれ」

難波医師が、かたわらの戸棚《とだな》から、取出《とりだ》したゴム細工の片足を見ると、老人は、いかにもめずらしそうに、

「なるほど、うまくできたものですな、見たところ、すこしも本物の足と変《かわ》りはない。どれ、それでは一つ、はめてもらいますかな」

「では、どうぞ、その手術台のうえに横になって下さい」

難波医師は手術台のうえに横になった老人の片足をまくりあげたが、その時ふと妙なことに気がつい

た。膝《ひざ》から下を切断されたその片足の肉附《にくづ》きというのが、到底《とうてい》老人とは思えないほど麗々《つやつや》として豊かなのである。

「おや」

「どうかしましたか」

「いえ、なんでもありません。どうです、痛みますか」

「ああ、少し」

「なに、すぐなれますよ、ひとつ歩いて御覧《ごらん》なさい」

老人はステッキにすがりながら、二三間《けん》、コトコトと部屋のなかを歩きまわったが、

「ああ、こいつは案外具合がよさそうですわい。有《あり》難《がと》う、有難う、おや、先生どうかしましたか」

「イ、いえ、ナ、何《な》んでもありません」

「でも、お顔の色がまっさおですよ。じゃ、とにかくお金をおいていきますよ」

老人はお金を払うと、逃げるように、外へとび出していったが、その後を見送っていた難波医師、何を思ったのか、これまた帽子をつかむと、いきなりそのあとから外へとび出していったのである。


この難波医師という人は、もとから非常にものずきな男であった。そして探偵小説や探偵事件などが特にすきだった。その難波医師がふと思い出したのは、一ヶ月ほどまえ世間をさわがした、とある新聞の記事。そこにはこんな事が書いてあったのだ。

「今朝神奈川県警察より驚くべき報告が達した。今朝、夜釣《よづ》りに出ていた三浦三崎《みうらみさき》の漁師二名は、沖合《おきあい》において今将《まさ》に溺死《できし》せんとする一人の壮漢《そうかん》と美人とを救いあげたが、奇怪にもその壮漢は、恩人なる二名の漁師を海中に投げこみいずこともなく立去《たちさ》った。ここに驚くべきは、その壮漢とは人相風体《ふうてい》よりして、どうやら近頃《ちかごろ》世間を騒がせている兇賊《きょうぞく》鉄仮面らしく、しかも彼は、鱶《ふか》にやられたと覚《おぼ》しく、右足を切断されていたそうである。――」

難波医師はふとこの記事を思い出したのだ。

(そうだ、鉄仮面なのだ、あの傷口といい、怪しい変装といい、――)

難波医師はそう気がつくと、ゾッとするほどの恐ろしさに打たれた。思わず相手が怪しむまでに、顔色をかえてしまったのである。

トランク美人

もしこれがふつうの人なら、早速《さっそく》この由《よし》を警察へ報告するところだが、根《ね》が探偵好きの難波医師のことて、そう気がつくと、誰《だれ》にも知らせず、自分で相手の正体をつきとめたくてしようがなくなったのだ。さてこそ、怪老人が出ていくと、自分もすぐそのあとから飛出《とびだ》していったのである。

さて、こちらはあの奇怪な片足の怪老人だ。うしろから難波医師がつけて来ると知るや知らずや、今はめて貰《もら》ったばかりの義足で、ピョイピョイと飛ぶように電車道を横切ると、折《おり》から通りかかった自動車を呼びとめてとびのった。難波医師も、むろん他の自動車で、そのあとを尾《つ》けていったことはいうまでもない。

自動車は神田から日本橋《にほんばし》へ出、それから隅田川をわたると、やがてやって来たのは本所《ほんじょ》の、見るからに暗い感じのあけぼののアパート、そのまえでピタリととまった。

怪老人はそこで自動車をおりると、スタスタと、アパートの階段を登っていったが、その時彼は、じろりとうしろを振返《ふりかえ》ると、つけて来た難波医師の自動車が、一町《ちょう》ほど向《むこ》うでとまるのを見て、にたりと気味の悪い微笑をもらしたのである。

ああ、この怪老人は、とっくの昔から、難波医師が尾行していることを知っていたのだ。知っていながら、医者をここまで引っ張って来たのである。危《あぶな》い、危い、難波医師にとって何か恐ろしいわなが待ちうけているのではなかろうか。

そうとは気附《きづ》かぬ難波医師、老人の姿が見えなくなるのを待ちかねて、つかつかとアパートの中へ入って来ると、

「ちょっとおたずねします。このアパートにたしか、足の不自由な、御老人が住んでいられる筈《はず》ですが、どの部屋でしょうか」と、受付で聞くと、

「ああ、篠原《しのはら》さんですな。篠原さんなら三階の十三号室ですよ」

「いや、どうも有難《ありがと》う」と、にやにやと笑いながら難波医師、危《あぶな》っかしい階段を登っていくと、十三号室というのはすぐわかった。

ドアの外に立ってじっと利耳《ききみみ》を立てて見たが、部

屋の中はしんと静まり返っている。

（ハテナ、今帰った筈だが、どうしたのだろう）

小首《こくび》を傾けている折から、ふいに、部屋の中から苦しげなうめき声がもれて来る。女の声なのだ。呼吸《いき》もたえだえの女のうなり声なのだ。はっとした難波医師。何気《なにげ》なくドアを押して見ると、意外にも、ドアはパッと開いた。

誰《だれ》もいない。部屋の中はもぬけの殻《から》である。おやと医師が小首をかしげた時、又《また》もやはげしい女のうめき声、——その声にふと床のうえを見た難波医師は、思わず飛びあがらんばかりに驚いた。

足もとにおいてある一番《ひとつがい》の大トランク、それが何《な》んと、まるで生物《いきもの》でもあるかのようにゆらゆらとゆれているのだ。しかも、あの呼吸《いき》も絶《た》え絶《だ》えなる女のうめき声は、たしかにこのトランクの中からもれて来るのである。

「わっ！」と、叫んだ難波医師、転げるようにして階段をかけおりると、いなごのように受付へととびこんだ。

さて、アパートからの電話によって、時を移さず警視庁から、係官がかけつけて来たことはいうまでもない。偶然というか、天のたすけといおうか、アパートから電話がかかった時には、ちょうど、警視庁に、由利先生と三津木俊助がい合《あわ》せたので、係官たちの中にはこの二人の姿もまじっていたのだ。警官たちは難波医師から、一通《ひととおり》の話を聞くと、すぐに三階の十三号室へ入《は》っていった。

「あっ！」と、彼等《ら》が驚いたのも無理はない。部屋の中ではあの大トランクが、いよいよはげしく、まるで揺籠《ゆりかご》のように、ゴトンゴトンとゆれているのだ。

「おい、誰かあのトランクを開けろ！」と、等々力警部の命令一下《いっか》、部下の刑事が直《ただ》ちに、トランクに躍りかかって、パッと蓋《ふた》をはねのけたが、そのとたん、さすがの由利先生も思わず、あっと呼吸《いき》をのみこんだのだ。あな無残《むざん》！　トランクの中にははだかの美人が、くい入るような荒縄に、しばりあげられ、呼吸もたえだえにのたうちまわっているのだ。俊助はひと目その顔を見ると、のけぞるばかりに驚いた。

「あっ、妙子さんだ！」

妙子はその声を聞いたしゅんかん、安心とはずかしさのために、思わずワーッと気が遠くなってしまった。その妙子の肌には、あのいたいたしいいれずみの地図がありありと。——

いざり車

こうして難波医師の働きによって、妙子は思いがけなくも、ふたたび由利先生や三津木俊助の手に救われたのだ。妙子があああして、トランクづめになっていたからには、もはやあの片足の怪老人が鉄仮面、東座蓉堂なることはいうまでもない。

それにしても彼はいったいどこへ行ったのか。妙子が発見されると同時に、アパートの中がくまなく捜索されたことはいうまでもない。しかし、その頃《ころ》には既《すで》に、怪老人の姿はどこにも発見されなかった。

こうして妙子ははしなくも警官たちの手によって救われたのだが、この事に対して、うたがわれずにはいられない人がただ一人ある。いうまでもなくそれは由利先生。

鉄仮面ほどの人間が、こうもたやすく、難波医師のような素人《しろうと》探偵に裏をかかれたということが、由利先生にとっては不思議でならないのだ。

これには何か深い考《かんがえ》がある。あいつがそうやすやすと妙子を人手に渡す男だろうか。敗《ま》けたと見せた、何かその裏には、又《また》もや悪い計画をめぐらせているのではなかろうか。——由利先生にはそんな気がしてならないのだが、果《はた》して、由利先生のその直覚はあたっていたのである。

それはさておき、こちらは救い出された桑野妙子。寄《よる》べなき身の彼女は、折角《せっかく》救い出されはしたものの、さて、身を寄せるところとてもない。それをかわいそうに思った由利先生は、警視庁と相談の上、とりあえず彼女を自宅に引きとって、静養させることになった。

打ちつづく恐ろしさとつかれと冒険は、あわれ今や、妙子の体をすっかり弱らせているのだ。由利先生の宅へ引きとられてからというもの、さてこそ、妙子はどっとばかりに、病《やま》いの床《とこ》にふしてしまった。

こうして一週間ほど後のこと。この由利先生の宅へ、ある日訪ねて来た思いがけない人物がある。いい忘れたが、由利先生の宅は麹町三番町の市《いち》ヶ谷《や》のお濠《ほり》を眼下に見下ろす土堤《どて》ぶちにあるのだ。この土堤ぶちを、今しもまっしぐらにはしらせて来た一台の自動車、突如《とつじょ》ハンドルを横に切ると、

「あ、危《あぶな》い！」とあわててブレーキをかけたはずみに、自動車はどしんと由利邸《てい》の塀《へい》へのりあげた。

「畜生《ちくしょう》っ、気をつけろ」と、運転手をどなりつけながら、客席から半身乗り出したのは、意外や、あの新帰朝者《しんきちょうしゃ》の牧野慎蔵氏である。

「旦那《だんな》、ごめんなすって。あわれな片輪でございます。お恵み下さいまし」

危《あやう》く自動車と衝突しそうになったのは、見るもあわれな、いざり車、乗っているのは髪ぼうぼうとのばした、きたならしい黒眼鏡《くろめがね》のいざり乞食《こじき》である。

「もうちょっとで、タイヤに引っかけるところだった。いご気をつけろ。チョッ」と、舌打ちした牧野慎蔵氏は、ポケットから五銭白銅《はくどう》を取り出すと、それをいざり車の中に投げこんでやったが、しかし、この時牧野氏が、もっと注意ぶかく、このいざり乞食の表情に、気をつけていたら、この老乞食が大きな黒眼鏡の奥で、にやりうす笑いをもらしたことに気がついたであろう。

ああ、奇怪なるこの老乞食、彼はいったい何者であろう。

それはさておき、自動車から降り立った牧野慎蔵氏は、そこが由利先生の邸宅《ていたく》であることに気がつくと、すぐにやりと微笑をもらして呼鈴《よびりん》を鳴らした。呼鈴に応じて現われたのは一人のボーイ。

「あ、生憎《あいにく》いま先生は御不在ですが」

牧野氏はそれを聞くと、たちまちこまったように、

「それは困りましたな。実は鉄仮面のことで大至急お話ししたいことがあるのですが」

「そうですか。それならしばらく、応接室でお待ち願えませんか。間もなく先生は、お帰りになりますから」

渡りに舟と欣《よろこ》んだ牧野慎蔵氏、しばらくぽつねんと一人応接室で待っていたが、何を思ったのか、ふいにあたりの様子をうかがうと、すらり廊下へすべり出て、やがて探しあてたのは妙子の部屋。

妙子は今もすやすやと深い眠りに落ちている。それを見ると牧野慎蔵、しすましたりとばかりに部屋の中へ忍びこむと、そっと妙子の寝間着《ねまき》のはしに手をかけた。

ああ、牧野慎蔵。彼は先日の新聞により、妙子の肌にも地図のいれずみがあることを知り、ひそかにそれをぬすみみするためにやって来たのだ。

無心の妙子はゴロリと寝返りを打つ。その肌のうえを、牧野氏の指が奇妙な昆虫のようにはいずりまわる。と、その時、ふいにうしろに当って、

「おやおや、それが初対面の人のする礼儀ですかね」と、とあざわらうような声。

はっとして振返《ふりかえ》った牧野氏の眼《め》には、由利先生の冷笑する姿がのしかかるようにうつった。

鉄仮面遁走《とんそう》の巻

妙子発狂

「いや、これはどうも」と、牧野慎蔵はへどもどしながら、

「実は新聞で、妙子さんの容態《ようだい》がひどくお悪いように読んだものですからね。それでちょっとお見舞いにあがったんです」

「なるほど」と、由利先生は浅黒い頰《ほお》に皮肉な微笑をきざみながら、

「それで、主人の留守中、泥棒みたいにこの部屋へしのびこんだというわけですか」

「いや、そういうわけではありません。そうおっしゃられると、なんともどうも、お言葉の返しようもありませんが、一刻も早く妙子さんの御容態をうかがいたかったからで。……あんたは御存知《ごぞんじ》かどうか知らんが、わしはずっとまえに、金庫部屋のなかで、危《あや》うく、殺されようとするところを、妙子さんのお蔭《かげ》

で助かったことがあるもんですからな」

口は重宝《ちょうほう》なものだ。牧野慎蔵はここで、由利先生の疑いを招いては一大事とばかり、必死となってまくし立てるのである。

由利先生は果《はた》してそれに、ごまかされたかどうかは疑問だが、それでもいくらかうちとけた様子で、

「まあ、まあ、話はゆっくりうかがいましょう。しかしここは病室、お客様のいらっしゃるところじゃありませんよ。向《むこ》うの応接室へいって、いろいろとお話をききましょうか」

「あ、そうですか。いや、まことに失礼しました」

ようやく心がとけたらしい由利先生の話しぶりに、牧野慎蔵はほっとしたように額《ひたい》の汗をぬぐいながら、あたふたと病室を出ると、もとの応接室へとって返したが、それを見ると由利先生、いきなり寝台のそばへかけよって、妙子の肩にそっと手をかけた。

と、今の今まで、すやすやと眠っているとばかり思われた妙子が、ふいにパッチリと眼を開《ひら》くと、

「先生」と、こごえでささやく。

「叱《し》ッ」と、それをおさえた由利先生、なにやら早口に妙子の耳にささやいていたが、相手がこくりこくりとうなずくのを見ると、

「いいですか。それじゃ頼みましたよ」と、こごえに念をおしておいて、やがて落着《おちつ》きはらった顔附《かおつ》きで応接室へとやってくる。

「いや、お待たせいたしました。なにしろ書生《しょせい》を使いに出したものですから、お茶も差上《さしあ》げられなくて、お気の毒です」

「いえ、どうぞおかまいなく。しかし、御家族は書生さんとお二人きりですか」

「いやもう一人婆《ばあ》やがいるんですが、これも今朝ほどからあいにく外出中なので、今のところ家の中には病人と私の二人きりですよ。はははははは」

ああ、由利先生はなんだってこんなことをいうのだろう。これはまるで、相手に乗ずるすきをあたえるようなものではないか。はたせるかな。それをきくと、牧野慎蔵の眼がギロリと気味悪く光ったが、すぐ、さりげない様子にたちもどった。

「いや、先生のような御職業のかたには、結句《けっく》そのほうがよいのかも知れませんな」と、取ってつけたようなお世辞《せじ》をいいながら、なんとなく、部屋のなかを見まわしていたが、その時ふと彼の眼についた

のは、デスクの端に投げ出してある太いこん棒だ。太さといい、長さといい、握りぐあいといい、いかにも手頃《てごろ》な武器、おまけに、さきに鉛《なまり》がつめてあるのまで、全《まった》くおあつらい向きにできている。牧野はそれを見ると、思わずにやりと微笑《わら》ったが、それと知ってか知らずか由利先生。

「それではひとつ、御用《ごよう》のおもむきを承《うけたまわ》りましょうか。しかし、これではあまり失礼だな。おおそうそう、この間ひとからもらったウイスキーがありましたっけ、あれでも差上げましょうか」

立上《たちあが》った由利先生、つかつかと部屋を横切ると、向《む》う向きになって、壁際にある西洋戸棚《とだな》を開いたが、その時である。やにわに、先ほどのこん棒を手にとった牧野慎蔵、それこそ蛇《へび》のようなすばやさで、スルスルスル、由利先生のうしろに忍びよったかと思うと、いきなりぐわんとばかり、鋭い一撃をくらわせたからたまらない。あっともいわずに由利先生は、まるで泥人形がくずれるように、へなへなとその場にくずれてしまったのだ。

「ふふふふふ」と、牧野慎蔵はそれを見るより、にやりと気味悪い微笑をもらしつつ、

「名探偵だなんて威張《いば》っていやがっても、ふいを打たれりゃもろいものさ」と、こん棒を投げ出して、両手をこすりつつ、しばらくきっと聴耳《ききみみ》を立てていたが、やがて応接室を忍び出ると、やってきたのは妙子の病室。と、見れば今しも妙子は、寝台のそばに立って、いつの間にやら外出の身支度《みじたく》をととのえているのだ。牧野は思わずぎょっとしたが、

「おや、妙子さん、どちらへ行くのですか」

「あたし、あたし、ここを出ていきますの。だって、ここは、あまり恐ろしいんですもの。この家は悪魔の巣ですわ。いいえ、いいえ、鉄仮面の棲家《すみか》です。ああ、あなた、あたしを助けて。あたしを文代さんに会わせて」

そういったかと思うと、南京玉《ナンキンだま》で編んだハンドバッグを無茶苦茶《むちゃくちゃ》にかきむしりながら、わっとばかりに泣きふすのだ。牧野は一《いっ》しゅんかん、あわれむようにそのようすを眺《なが》めていたが、やがてにやりと気味悪い笑いをもらした。

分《わか》った、分った。うちつづく恐ろしさのために、妙子はついに気がくるったのだ。いや、発狂しないまでも、一時的に気がくるったのだ。

「ふふふふ」と、牧野はいよいよ気味悪く笑いながら、

「それはまあ気の毒だ。お嬢さん、いや妙子さん、それじゃ私と一《いっ》しょにおいで。私があんたを救ってやるからな」

「まあ、あたしを救って下さるんですって。それじゃ、あたしをこの家からつれ出して下さるの」

「そうだ、そうだ。私と一しょにこの家を出ていくのだ。さあ、妙子さん」

と、牧野はむんずと妙子の手をつかむと、

「おとなしく私と一しょにくるんだよ」

書生の帰ってこぬ間《ま》にと、急《いそ》がしく表《おもて》へとび出した牧野は、待たせてあった自動車に、妙子の体をおしこむと、

「運転手君、さっきのところまでやってくれたまえ、ほら、羽田《はねだ》の飛行場のすぐ側《そば》だ」

「へいへい、承知しました」と、大きなすす色の眼鏡《めがね》をかけた運転手が、こ声《ごえ》でそう答えたが、その時、牧野慎蔵がもうすこし注意してみたら、この運転手のようすに、どこか妙なところがあるのに気がついたはずだった。

恐ろしき焼鏝

大森《おおもり》の海岸から羽田へ向《むか》うくねくねと曲《まが》りくねった砂地の迷路を、ガタガタと自動車は大きなずうたいをゆすぶりながら進んでいく。両側には一面に丈《たけ》の高い蘆《あし》が生《お》いしげって、ともすれば自動車の影も没するばかり。妙子は自動車が動揺するたびに、きゃっきゃっと子供のように喜んだり、そうかと思うと、急に悲しげに、メソメソと泣き出したり、しかもその間に南京玉で編んだハンドバッグをズダズダに引きさいていた。

「旦那《だんな》、旦那、ここを左へ行くんでしたっけね」

「右だよ。馬鹿野郎、君はさっき通った道を忘れちまったのかい」

「すんません。旦那、なにしろこの辺ときたら、八《や》幡《わた》のやぶ知らずみたいに、やけに道がくねくねしていやがるんでね」と、運転手はさもいまいましそうに舌打ちをしたが、それでも、二十分ほど後にやっと目指す建物まで自動車はたどりついたものだ。

　そこは羽田の飛行場からほど遠からぬ蘆と枯草に

おおわれた、砂地のなかの一軒家、いや、家というよりも、倉庫といった方がふさわしいような、荒れはてたバラック建《だて》なのだ。

「やあ、御苦労、御苦労、ここでいいよ」

「おっと、そうでしたっけ」

自動車を停《と》めると、牧野はにわかにおじけづいて尻《しり》ごみする妙子の手を引っぱってむりやりに倉庫のなかへ引きずりこんだ。

と、そのうしろ姿を見送った運転手、にたりと気味悪い微笑をもらすと、わざとブーブーと大きな音を立てながら、蘆のなかをかきわけて、ものの一町あまりも引き返したが、やがてピタリと自動車をとめると、よちよちと運転台から地上におりたが、見れば、ああ、この運転手は、片脚《かたあし》に義足をはめているのだ。

さて、こちらは倉庫の中。そんなこととは夢にも知らぬ牧野慎蔵が、妙子の手をとってぐいぐいと引きずりこんだのは、ガランとした薄暗い一室。

「ほら、お前の会いてえという文代は、そこにいらあ、ゆっくりお眼《め》にかかりねえ」

言葉つきも荒々しく、どんとうしろから突きとばされた妙子は、よろよろと部屋へふみこんだが、そのとたん、

「ああ、文代さん」

「妙子さん」

と、呼びかえしたいところだろうが、かわいそうにぐるぐるとしばられ、猿《さる》ぐつわをはめられた文代は声をだすことができないのだ。目に涙をいっぱいうかべて、身も世もあらず、すすりなきする。その哀《あわ》れさ、打ちつづく苦労に、面《おもて》はやつれ、落《お》ちくぼんだ両の目には、涙をためてよよとばかりに泣きふすのだ。

「文代さん、あいたかった。あいたかったわあ。あたし、どんなにあなたの身を案じていたことか、あたしたち、もう二度と離れないわね。このまま死んでも、決して離れないわね」と、夢中になってすがりつく妙子を、いじわるくうしろに引きはなした牧野慎蔵。

「一《いっ》しょに死にたけりゃ殺してもやろう。しかし、今はいけねえ。ちょいとお前たちの体に用事があるのだ。妙子さん、すまねえが、お前ちょいとその上衣《うわぎ》をとっておくれ」

「あれ」と、とおびえて泣きさけぶ妙子の体をむんずとだきしめ、無理にその上衣をはぎとり、肌着をぬがせれば、と、見れば、その肌にありありと残っているのは、あの奇妙ないれずみなのだ。文代の肌にあるいれずみと、たいへんよく似た地図のいれずみなのだ。

「ふふふふふ、あったぞ、あったぞ」と、牧野慎蔵は夢中になって、

「これだ、この地図だ。これと文代の肌にあるいれずみと、二枚合《あわ》せれば大金鉱のありかがわかるんだ。妙子さん、苦しかろうがしばらく辛抱《しんぼう》していておくれ」

「あれ、誰《だれ》かきてえ」と、妙子は夢中になってさけぶのだが、なにしろところは野中《のなか》の一軒家、縛《いまし》められた文代が身をもがいてあせるのだが、どうしようにも仕方がない。牧野慎蔵はみるみるうちに、妙子の体をしばりあげると、

「さあ、しばらくの辛抱だ。ちょっとの間しずかにしていておくれ。なに、ちょっと写真をとらせて貰《もら》やいいんだ。何しろお前たち生きた地図を満洲くんだりまで連れていくわけにはいかないからね」と、牧野は手早く、妙子の肌地図をカメラにおさめると、

「さあ、これですんだと。文代の奴《やつ》はさきに撮影してあるから、こいつを焼きつけりゃ、万事おしまい。だが、待てよ」と、牧野は急にぎろりと眼を光らせると、

「お前たちのいれずみを、このままにしておいて、ほかの奴に見られちゃ、何《な》んにもならねえ、こうっと――」と、牧野はあたりを見まわしていたが、ふと眼にうつったのは、かたわらに赤々と燃えあがっているストーブだ。ストーブの中には、火かき棒が真紅《まっか》に焼けて、ブスブスと白い煙をあげている。それに眼をやって、ニタリと微笑した牧野の顔は、悪鬼よりもいっそう物凄《ものすご》かった。

「はははははは、いいことがあらあ、この焼鏝《やきごて》でお前たちのそのいれずみを焼き消してしまうのだ。はははは、こいつはいい」

ああなんという恐ろしさ、なんというむごたらしさ。牧野はニタリニタリと笑いながら、真赤《まっか》に焼けた火かき棒を取りあげると、猫《ねこ》のように、足音忍ばせ、一歩一歩、妙子のそばにちかよってくる。ああ、その顔のすさまじさ。妙子はシーンと体中の血が凍

る思い、逃げようにもこのいましめ、救いを求めようにもこの一軒家。

「ああ、文代さん、文代さん」

「はははは、文代かえ、文代もいずれ後から、手術をしてやる。それよりまえに、妙子、おまえのそのいれずみから……」

　焼鏝の先が、いまにも妙子の肌にふれようとした。が、そのとたん、ズドン、と一発、銃声がとどろいたと見るや、

「あッ」と、叫んで、牧野は恐ろしい責《せめ》道具を取りおとしたが、そこへぬっと入って来たのは、あの隻《せっ》脚《きゃく》の運転手。

「おい、牧野、お前もいい加減《かげん》だなア」

「ダ、誰《だれ》だ、貴様《きさま》は誰だ！」

「フフフ、俺《おれ》だよ。東座蓉堂」と、怪運転手は眼鏡《めがね》をとると、

「牧野、貴様にゃわからねえのか。おりゃこの間からいざりに化《ば》けて、妙子の身辺に網を張っていたんだ。そうよ、いつか妙子のいれずみに引きずられて、お前が姿をあらわすだろうと、わざわざ妙子を警察の手にかえしてやったのも、みんなおれの計《はかりごと》さ。おい、牧野、今度こそ妙子と文代と二人そろえて、俺《おり》ゃもらっていくぜ」と、いうかと思うと鉄仮面の東座蓉堂、牧野の心臓めがけて、きっとねらいを定めたのである。牧野は恐怖のために、思わずへなへなと床のうえにへたばってしまった。

地上の虹

　さて、こういう出来事のあいだ、由利先生はどうしていただろう。牧野慎蔵がにせ気狂《きちが》いの妙子の手をひいて、そそくさと自動車で立去《たちさ》ったあと、不思議、不思議、何もしらずに眠っているはずの由利先生が、ムクムクと床のうえから起きあがった。

　由利先生は、ニヤリと笑いながら、床のうえに落ちている棍棒《こんぼう》を拾いあげると、ああ、何《な》んという怪力、あの太いこん棒をぐいとばかりに二つにへシ曲げたのである。

「はははは、さすがの悪党も、こいつがゴムでできているとは、気がつかなんだらしいな、いや、とんだお茶番《ちゃばん》だ」と、つぶやきながら、片手を離すと、一旦《いったん》へシ曲げられたこん棒が、ふたたびピンと原通《もとどお》

りになる。なあんだ、ゴムだったのか。それじゃ誰《だれ》だってヒン曲げることができるはずだ。

　由利先生はクックッと笑いながら、こん棒を投げ出すと、呼鈴《よびりん》を押した。すると誰もいないといった家の中から「ハイ」と返事をして、やがてドアの側《そば》に現れたのは、さっき牧野をみちびきいれたあのボーイである。

「進君、三津木俊助君に電話をかけておいてくれたかね」

　なんと、このボーイというのは、余人《よじん》ならぬ御子柴進少年なのだ。孤児、進少年はいまでは、由利先生の家で、書生《しょせい》としてこの大探偵に仕《つか》えているのだ。

「ハイ、さきほどおかけしておきました。間もなくお見えになるでしょう」

　その言葉も終《お》わらぬうちに、表《おもて》で自動車がとまる音がすると、せかせかとした急ぎ足で、飛びこんできたのはほかならぬ三津木俊助。

「先生、妙子さんが誘拐《ゆうかい》されたというのは、ほ、本当ですか」

「ああ、本当だよ」と、由利先生は平然としてわらっている。俊助は怒りながら、

「先生、いったい、なんということですか。先生がそばについていながら、妙子さんが誘拐されるなんて、セ、先生はこの失敗をいったいどうするつもりなんです」

「まあ、まあ、そうこうふんせずに静かにしていたまえ」

「静かにしろったって、これが静かにできますか。いったい、誰に誘拐されたのです」

「牧野慎蔵にだよ」

「畜生《ちくしょう》！　どうも変だと思った。彼奴《きゃつ》め、さっき新聞社へ電話をかけてきて、妙子さんの肌に妙ないれずみがあると新聞に出ていたが、あれは本当のことかって、しつこく聞いてやがったが、さては彼奴め、どういうわけか知らんが、あのいれずみをねらっているんだな」

「どうもそうらしい」と、由利先生は相変らず平然として、ニヤニヤ笑っているのである。さすがの俊助もあきれかえった面持《おもも》ちで、

「どうもそうらしいって、先生、先生は牧野の奴《やつ》が妙子さんを誘拐すると知っていて、だまって見のがしていたんですか」

「ああ、そうだよ、実はあいつにわざわざ誘拐してもらったんだ」

ここに至って、さすがの俊助もあいた口がふさがらなかったのも無理はない。

「先生、わざと誘拐してもらったなんて、そ、それはいったい、どういうわけなんです」

「三津木君、きたまえ」と、由利先生は急に、きっと帽子をつかんで立上《たちあが》ると、にわかに言葉を改め、

「進君、君も一《いっ》しょにきたまえ。これから牧野の後を追っていくのだ。三津木君、実はね、牧野の奴がいったい何をたくらんでいるのか、それから文代さんをどこへ隠しているのか、それを知りたかったものだから、妙子さんに頼んで、わざと誘拐されてもらったんだ。さあ、これから、あいつの後を追っていくんだ」

「しかし、しかし」と、あたふたと由利先生の後を追いながら、

「牧野がどこへ逃げたか、どうして分《わか》るのですか」

「それはね、三津木君」と、今しも玄関から外へ踏み出した由利先生、しばらく路上をあちこちと眺《なが》めていたが、ふいに眼《め》をすぼめると、

「あ、あれだ。三津木君、あれを見たまえ」

ステッキの先で差されたところを見ると、これはどうしたというのだ、白い街路のうえには、点々として南京玉《ナンキンだま》が、まるで地上の虹《にじ》でもあるかのように、青く、赤く、紫《むらさき》に、七色の光沢《こうたく》を放ちながら、バラまかれているのだ。

「これが妙子さんの目印なんだ。妙子さんはね、ハンドバッグをこわして、その南京玉を少しずつ、路上にまいていってくれたんだよ。こいつの後をつけていけばいいのだ」

俊助と進少年を従えて、いましも由利先生が、俊助の乗って来た自動車に乗りこもうとした時である。ふいに路《みち》ばたの塵箱《ちりばこ》のかげから、ふらふらと立ちあがってきた男がある。

「おや、彼奴どうしたんでしょう」と、俊助がステップに片足かけたまま、思わずそうつぶやいた時である。その男は酔払《よっぱら》いみたいな歩調《あしどり》で、ふらふらと道の真中までくると、

「ああ、乗っていってしまやがった。畜生、俺《おれ》の自動車を持っていってしまやがった」と、つぶやきながら、またもや頭をかかえて、どしんと、かたわら

の塀《へい》に倒れかかったのだ。見ると、運転手のような服装をした男である。

「君、君」と、俊助は側《そば》へよって、

「どうしたのです。喧嘩《けんか》でもしたんですか」と、不審そうに訊《たず》ねた。

「喧嘩じゃねえんです。旦那《だんな》、悪者が俺の自動車を持っていってしまやがったのです」

「悪者、いったい、どんな奴だ。はっきり言いたまえ」

「俺《おり》ゃここまで、あるお客人を送って来たんです。そうそう、たしか、その客人はこのお邸《やしき》へ入っていきました」と、由利先生の家を指さしながら、

「あっしゃその客の命令で、表でお待ちしていたんです。すると、すると――」と、運転手は苦しげに息をつきながら、

「その辺にいたいざり乞食が、いきなりあっしのそばへよってくると、煙草《タバコ》の火を貸してくれというんです。あっしゃ気味が悪かったが、なんの気もなく火を貸してやっていると、そいつがふいにぐわんとひどい力であっしの頭を殴《なぐ》りやがったんで。――ああ、痛い。まだ頭がズキズキしますさあ」

「そして、そのいざりはどうしたんだ」

「どうしたか知るもんですか。あっしゃそのまま気が遠くなっちまったもんですもの。しかし、今見ると、あっしの自動車がありませんから、きっとそいつが、乗り逃げしやがったに違いありません。ああ、帰ったら親方に叱《しか》られる。旦那、旦那、そいつどっちへ行ったか御存知《ごぞんじ》ありませんか」

「さあ、知らないね。しかし、そのいざりというのはいったいどんな奴だね」

「そいつ、ほんとうはいざりじゃねえんです。ただ、片足ないだけでさあ、片足ないかわりにゴムの義足をはめているんです」

「あ！」と、それを聞くと、自動車の中にいた由利先生は思わずまっさおになった。

「三津木君、三津木君、早く、自動車に乗りたまえ。早く、早く、鉄仮面の奴が、待ちぶせしていたのだ。知らなんだ。知らなんだ。鉄仮面の奴が、牧野と一《いっ》しょに、妙子さんもつれていってしまったのだ」と、由利先生は今更《いまさら》のごとく、髪をかきむしりながら、じだんだふんで、口惜《くや》しがったが追っつかない。やがて自動車は、あの地上の虹のあとを追って、まる

で疾風《しっぷう》にのった悪魔の如《ごと》く、ばく進《しん》をはじめたのである。

飛行場の大椿事《だいちんじ》

ちょうどその時分のことだ。

話かわって、こちらは羽田の飛行場。その日羽田では、ちかごろ完成したばかりの、最新式の大型旅客飛行機の試験飛行がおこなわれていたのである。

折《おり》からの微風をついて、東京湾の上空たかく、銀翼をかがやかせつつ、鮮《あざ》やかな、旋回を試みていた飛行機が、スルスルと地上におりてくると、やがてひらりと操縦台からとびおりたのは、この大切な試験飛行の重任を負うテスト・パイロットである。

「やあ、素晴らしいですな。実に見事です。機体といい、発動機といい、なんとも、中分《もうしぶん》ありませんね。僕もいままで、ずいぶん試験飛行を試みましたが、こんな快適なやつにぶつかったのは、はじめてです」

さっきから地上で、この試験飛行の結果いかにと見守っていた、製作会社や航空会社の重役連に取りかこまれたテスト・パイロットは、感激にほんのりと顔を紅潮《こうちょう》させていた。

「第一、この発動機だと、ガソリンの食い方が、従来の発動機の半分ぐらいですむだろうと思いますよ。今村《いまむら》君、ちょっと貯油タンクを調べて見て下さい」

今村とよばれた機関士は、ガソリン・メーターを調べていたが、

「こりゃどうだ、あれだけ飛んでいながら、まるでガソリンが減っていませんよ。これだけありゃ、まだ満洲であろうが、北支《ほくし》であろうが、自由に飛んでいけますさあ」

機関士がそんなことをどなりながら、飛行機からおり立った時である。群集の中から、じっとこちらを見つめている、二つの眼《め》に気がついて、彼はふいと、何かしら厭《いや》ァな気がしたと、後になって、彼はいうのである。

そいつは大きな黒眼鏡《くろめがね》をかけて、そして太い松葉《まつば》杖《づえ》をついていた。義足でもはめているのか、歩く時に妙にギチギチといやな音を立てるのである。見るとその足もとには大きな麻《あさ》の袋が二つ転がっているのだが、気のせいかしら、それが人間の形をしてい

るようで、機関士は思わず、ゾクリと背筋《せすじ》を冷《つめた》くしたことであった。

しかし、ほかの人々は誰《だれ》一人その男の様子に気がついた者はなかったのだ。たとい、気がついたとしても、やがて三十分ほど後に出発することになっている、旅客機を待っている客だろうと、そう大して気にもとめなかったのである。

やがて、テスト・パイロットを取り巻いた人々は、口々に、この素晴らしい成功を祝福しながら、はるか向《む》こうに見える、控え室のほうへ帰っていく。あとには今村機関士とあの黒眼鏡の男と、そして二つの麻袋だけがとりのこされた。と、この時である。ふいにあの黒眼鏡の男が、松葉杖をついて、よちよちと機関士のそばにちかづいて来た。

「もしもし」と、妙にあたりをはばかるような声なのだ。

ただ一人あとに残って、機体を点検していた今村機関士は、その声を聞くと、ふと頭をあげたが、今、自分の背後に立っている男の顔を見ると、ハッとしたように、なにかしら、身内が冷くなるのを感じた。

「何か御用《ごよう》ですか」

「あなたはおっしゃいましたね。この飛行機には、まだ満洲ぐらいなら平気でいけるガソリンがのこっていると」

「ええ、いいましたよ。お好みなら、満洲でも、台湾《たいわん》でも、どこへでも飛んでいけますよ」と、機関士はなんとなくいまいましげにつぶやいたが、それをきくと、義足の怪人、にやりと気味悪い微笑をもらしたが、急に驚いたように、

「おや、向うに見えるのは何でしょう」

「え、なんですか」

「ほら、あそこ、あの白い物」

「どれ？――どこです？」

機関士がふとつりこまれて向うを向いた時だ。やにわに松葉杖をふりあげたあの怪人が、満身の力を振りしぼって、そいつを機関士の頭上めがけて、打ちおろしたからたまらない。

「うわーッ」と、一声《ひとこえ》、鋭いさけび声をあげると、くらくらと地上に倒れてしまったのである。

「おや、あのさけび声はなんだ」

いまも控え室で、祝杯をあげていたテスト・パイロットは、その声をききつけると、ハッとしたよう

に杯《さかずき》をおいたが、その時ふいに、ブルンブルンとプロペラの廻転《かいてん》する音が聞えてきた。

「ああ」

思わず顔色をかえた一同が、我《わ》れがちに控え室から外へとび出すと、ああ、これはいったいどうしたというのだ。今試験飛行を終ったばかりの飛行機が、悪魔のように大地を滑走《かっそう》しはじめたかと思うと、やがてフワリと羽田の空高く浮かびあがっていたのである。

ああ、鉄仮面、東座蓉堂は飛行機を奪って、遠く満洲まで、高跳《たかと》びをしようというのだ。行先《ゆきさき》は、いうまでもなく、あの人肌地図に示された大金鉱。そして、あの二つの麻袋の中には、いうまでもなく、妙子と文代の人間地図がつめ込まれているのである。

羽田飛行場はたちまち上を下への大騒ぎとなったが、それにしても由利先生や三津木俊助、さては御子柴進少年はいったいどうしているのだろう。

話はかわってこちらは三人。ちょうどその時、彼等《ら》は地上にえがかれた七色の虹《にじ》のあとをたどりたどって、ようやく突きとめたのが、あの砂原の中の一軒家だ。

「三津木君、どうやらこの家らしいぜ」

「そうですね。ここで南京玉《ナンキンだま》がなくなっています」

思わずドキリとして、顔見合《みあわ》せた二人の顔を見較《みくら》べながら、

「先生、僕がひとつ様子を探ってまいりましょうか」

「ふむ、そうしてくれたまえ。しかし気をつけなきゃ危《あぶな》いぜ、向うはなかなか危険な連中だからね」

「なあに、大丈夫《だいじょうぶ》です」と、進少年は、犬のように草をかきわけて、家の周囲をぐるりとまわって歩いたが、やがて帰ってくると、

「先生、どうも変です。家の中には誰もいないらしいですよ」

「よし！」と、きっと唇《くちびる》を嚙《か》みしめた三津木俊助、いきなりつかつかとドアの側《そば》へ歩みよったが、意外、ドアには戸締《とじま》りがしてなかったと見えてなんなく開くのだ。

「先生、ひとつ中を調べて見ましょう。どうもなんだか変ですぜ。ひょっとすると――」と、俊助は思わず声をふるわせながら、

「既《すで》に遅すぎたのじゃありませんか」

「よし、入って見よう」

三人はつかつかと、奥の部屋へふみこんだが、そのとたん、あっと叫んで棒立《ぼうだち》になってしまったのだ。床のうえに一人の男が倒れている。見事に心臓を射抜かれて、まだ乾き切らぬ血がブスブスと吹き出している。その恐ろしさ。悪党の最後こそ、また哀《あわ》れであった。

「牧野だ」

「鉄仮面がやったのだね」と、由利先生は暗然としてその恐ろしい死体から顔をそむけたが、その時ふと床のうえに一冊の手帳が落ちているのに気がついて、それを拾いあげた由利先生、バラバラと二三頁《ページ》走り読みしていたが、ふいにはっと顔色をかえると、

「三津木君、こりゃ鉄仮面の日記だね。しかもいまから、かれこれ二十年も前の日記だ」と、由利先生がなおその続きを読もうとしたときだ。ふいに窓の側に立った御子柴進少年が空をあおぎながら、けたたましい声でよんだのだ。

「先生、先生、飛行機です」

「なんだ進君、羽田にちかいのだから飛行機はめずらしくもないじゃないか」

「だって、だって、先生、あれを御覧《ごらん》なさい」

進少年の声に思わず窓辺によって空をあおいだ由利先生と三津木俊助、そのとたん、あっとばかりにまっさおになった。屋根をかすめてすれすれにとぶ飛行機から、その時バラバラと降ってきたのは七色の雨、あの妙子が道しるべの南京玉なのだ。

ああ、妙子と文代を乗せた飛行機は空遠く、満洲さしてとんで行く。

虎狼巣窟《ころうそうくつ》の巻

鉄仮面民族

兇悪《きょうあく》の鉄仮面は、可憐《かれん》なる妙子、文代の二少女を抱いて、ついに満洲の奥地へとんだ。あくまでも鉄仮面と雌雄《しゆう》を決しようとする由利先生が、三津木俊助、御子柴進少年の二人とともに、その後を追ったことは今更《いまさら》ここにいうまでもあるまい。

あの広い広い満洲の奥地において、世にも悲惨《ひさん》なる死闘、血戦《けっせん》が演じられることになったのであるが、それを説くまえにわたくしは一応、由利先生があの羽田の隠《かく》れ家《が》において発見した、鉄仮面の日記なるものについて、ここにお話ししておかねばならない。この日記こそ復讐鬼《ふくしゅうき》、東座蓉堂が、過去において、いかなる辛惨《しんさん》を嘗《な》めたか、それを如実《にょじつ》に物語っているのである。

――某日、余《よ》は敦化《とんか》を去ること東方五十哩《マイル》、天宝山附近《てんぽうさんふきん》の密林地帯において、張某《ちょうなにがし》なる一満洲人を救助した。と、鉄仮面の日記はそういう風にはじまっているのである。

――当時、余は若かった。いや、余のみならず、余の三人の同志、唐沢雷太、香椎弁造、牧野慎蔵も皆若かった。我々は大望をいだいて、満洲奥地を放浪すること既《すで》に数年、東部国境の密林地帯に存在するという、大金鉱を夢見て、あてどなき放浪を続けていたのである。

――この恵まれざる数年の放浪生活の結果、我々はすっかりつかれていたのだ。嗚呼《ああ》、いつになったら、我々は目的の大金鉱を発見することが出来るのか、いやいや、はたして、そのような大金鉱が存在するのか、我々は次第にやけになり、牧野慎蔵の如《ごと》きは、度々《たびたび》、この無謀《むぼう》の冒険を思いとどまるように我々を説いたものだ。

――然《しか》し、ああ、遂《つい》に今や、我々は目的達成の希望を見出《みいだ》すことが出来たのだ。天宝山附近の密林地帯において、ぐうぜんにあの張某なる一満人より、すばらしい金鉱の存在を聞いた時、余はいかに喜んだことぞ。

――だが、それを説く前に、余はまず、その奇怪なる一満人を救助した時の、あの心にのこった思い出より書記《かきしる》しておかねばならぬ。

――それは、満洲もようやく暖かくなり出した四月のある日、鏡泊湖《きょうはくこ》に流入《ながれい》る名もなき河畔《かはん》において、余は釣糸《つりいと》を垂れていたのである。断っておくが、余は釣を試みたるも決して遊《あそび》のためではない。天宝山に露営すること既《すで》に数ヶ月、蓄《たくわ》えの食料品を使いはたして我々は、めいめい己《おの》が食料をあさらねばならなかったのだ。他の三人は、山へ猟におもむいた、そして余一人がそこに釣糸をたれていたのである。

――と、その時余は、上流より、不思議な物が流れて来るのに気がついた。それは確かに人間なのだ。しかし、波の間《ま》に間に浮き沈みするその顔は、何《な》んという奇怪さ。そいつは眉《まゆ》も鼻もない、赤銅色《しゃくどういろ》の顔をしているのだ。しかも頻《しき》りに、手足をもがきつつも、その赤銅色の顔は、表情ひとつ変えないのだ。

――あまりの不思議さに、余はぼんやりとしていたが、次《つ》ぎのしゅんかんはっと気を取り直すと、ざんぶとばかり水にとびこみ、その不思議な人物を水中より救上《すくいあ》げた。そして、余は始めて、その男が世にも不思議なる鉄仮面を顔にはめていることを発見したのである。

――ああ、余が不思議なる鉄仮面民族の一人を見たのは、実にこの時が最初だったのだ。そしてこの世にも非道《ひどう》な鉄仮面民族が、その後、いかなる重大関係を余の上に齎《もたら》したか、神ならぬ身の、余は夢にも気附《きづ》かなんだのだ。

――それはさておき、そのとき救助した、この鉄仮面こそ、張某なることは言うまでもない。余が救助のかいもなく、彼は既に瀕死《ひんし》だった。彼は余の親切をいたく感謝すると共に、ここに驚くべき事実を余に打明《うちあ》けたのだ。

――彼もまた、金鉱探検者の一人だった。そして、実に彼はその大金鉱のありかを発見したのだ。

――彼は瀕死の手附《てつ》きにて、ポケットより一枚の地図を取出《とりだ》した。そしておぼつかない舌にてこう言うのだ。

――「大人《たいじん》よ、この地図を形見《かたみ》に差上《さしあ》げます。ここには大金鉱に達する路《みち》がくわしく書いてあります。行って、あの莫大《ばくだい》な富を手に入れなさい。しかし、しかし大人よ、呉々《くれぐれ》も途中気を附けなければいけませんぞ。そこには恐ろしい、鉄仮面民族が番をしている。そいつに捕えられたら最後、私同様生きては帰れないのです」

――これが張某の最後の言葉だった。間もなく彼は、余の腕にいだかれ、死んでいったのである。

――この思いがけない告白に、余はうちょうてんとなった。降ってわいたこの幸運に余は夢ではないかと思った。余は天を仰《あお》ぎ、感極《きわ》まって遂《つい》に泣いた。しかし、すぐ気を取り直すと、このよきしらせを一《いっ》こくも早くなかまにしらせて喜ばせようと、夢中になってテントに急いだのである。

――ああ、余はなんという馬鹿者だったろう。その時、たとい不人情であろうとも、その莫大な富を一人じめにすべきだったのだ。唐沢雷太、香椎弁造、牧野慎蔵、彼奴等《きゃつら》にたいして何《な》んの人情がいろう。彼奴等こそ人間の皮を被《かぶ》った、極悪人だったのだ。

――それはさておき、余の物語を聞いた時、彼等《ら》のおどろきと喜びは如何《いか》ばかりであったろう。彼等は呼吸《いき》をはずませ、慾《よく》ぶかそうな眼《め》を光らせ、むさぼる如《ごと》くその地図を読んだ。そして、その翌朝直《ただ》ちに、我々はその地図に従って、河を下り、鏡泊湖さして進んだのである。

――旅すること数日、我々は鏡泊湖の畔《ほとり》にたどりついたが、そこで、計らずもあの恐ろしい鉄仮面民族に出あったのだ。

――無論、世の中に、こんな不思議な人間がいるはずはない。それは、情をしらないむごたらしい人々の集《あつま》りなので、団長はもろぞふといい、世に最も兇悪《きょうあく》なる人間、彼は罪ない民をさらって来てはそれに鉄仮面を被せ、家畜《かちく》の如く鎖《くさり》につなぎて、様々な労役に使うのである。

――ああ、余はこのもろぞふのとりことなった。しかも余をこの奴隷に売ったは、実に、唐沢雷太を始めとして、余の最も信頼したる三人の同志なのだ。彼等は一夜余の地図を奪い、余をもろぞふの奴隷《どれい》に売り、ひそかにそこを立退《たちの》いたのだ。

――それから後《のち》余の苦しみ、悲しみ、それはたとえようもないほどのものであった。余は大切な地図を奪われたのみならず、自由をも奪われたのだ。その後の余は人間にして人間ならず、生きながら鉄仮面をはめられた、地獄の亡者《もうじゃ》も同様なのだ。

――それにしても憎むべき唐沢雷太よ、香椎弁造よ、牧野慎蔵よ、余は彼等に対するはげしいにくしみと復讐心《ふくしゅうしん》に、毎晩、もだえくるしんだ。余はいつか、この恐ろしき地獄の部落よりにげだすことがあろう。その時こそ、三人の悪党よ、汝等《なんじら》のかたきをとるときであるのだ。

ああ、何んという奇怪な事実、何んという恐ろしい秘密、鉄仮面の日記は、このように世にもすさまじい呪《のろ》い言葉を以《も》ってとじられているのであった。

人間狩り

はてしなき旅、はてしなき行程、満洲名物の真赤《まっか》な夕陽《ゆうひ》がいままさに、山の彼方《かなた》におちんとすると共に、大陸の空気はにわかに寒さが加わって、肌もつんざかんばかり。

両側には人跡未踏《じんせきみとう》の密林や、山脈が、幾重《いくえ》にも幾重にも重なって、その山をぬって流るる一条の白河、今しも満洲驢馬《ろば》にまたがって、この小暗い白河のほとりにたたずんでいるのは、いうまでもなく由利先生をはじめとして、三津木俊助、御子柴進少年の三人なのだ。

敦化をさること東方五十哩《マイル》、大陸の夕暮は、既《すで》に夕陽がしずんでからも、なおあやのような日光が、ゆるやかにこの狭い峡谷をとじこめている。

「先生、蓉堂の奴《やつ》が張という鉄仮面の男を救いあげたというのは、この辺ではないでしょうか」

俊助は、ふとあの恐ろしい日記を思いだして、身ぶるいをするようにそういった。

「そうかも知れない」と、由利先生もそういいながら、さびしい谷間に眼《め》をやると、何んとなく感慨ふかげな面持《おももち》なのだ。

「そうすると、妙子さんや、文代さんも、やっぱり、この道をとおって、鉄仮面に連れさられたのですね」と、こういったのは進少年。

「そうだろう、とにかく、我々は歩一歩、目的の土地に近附《ちかづ》きつつあるのだ。さあ、あとひと息だ。急いでいこう」

三人はふたたび驢馬にひとむちくれると、もくもくとして歩み出した。この、何んともいいようのない陰惨《いんさん》な夕暮の風景、かてて、加えて、あの不幸な妙子、文代の二少女の身の上を思うと、ともすれば三人の胸は重くなる。この見知らぬ異郷のはてに、彼女等《ら》はいったい、どのような苦しみをなめているのであろうか。

飴《あめ》のような日光も、しだいにうすれて、あたりはいよいよ、大陸の夜につつまれていこうとする。

――と、この時だ。先頭に立っていた由利先生が、突如《とつじょ》、ぐいと手綱《たづな》を引きしめると、

「おや、あれは何んだ！」と叫んだとたん、三頭の驢馬がヒーンとばかりに棒立《ぼうだち》になったのである。

「叱《し》ッ、叱ッ、先生、何事が起《おこ》ったのです」

「三津木君、君には聞《きこ》えないのかね。あの獣《けだもの》の声が……」と、由利先生がどなった時である。

突如、河下のほうから、びょうびょうたる獣のほえる声、それに交《まじ》って聞えるのは、絹を裂くような人間の悲鳴だ。

「な、なんです、あれは。――」

「なんだか、分《わか》らない。誰《だれ》かが狼《おおかみ》にでも襲われているのかも知れない」と、由利先生が、きっと腰のピストルに手をやった時である。ふいに対岸のほうから、一人の人間が躍り出してきた。そいつは両手を高くさし上げ、何やら夢中になってわめきちらしながら、しどろもどろにこちらのほうへ近附いてきたが、ふと三人の姿を認めると、ざんぶとばかり河へおどりこんだ。

「誰だ、止まれ！」と、聞きかじりの満洲語でさけぶと、俊助はきっとピストルを身構えたが、相手はそんな言葉も耳に入らばこそ、消え入るばかりの恐怖の叫び声をあげながら、ざぶざぶとこちらへ泳ぎ渡ってくると、この時だ。その男のうしろから、躍り出してきたのは、鎖《くさり》につながれた数頭の犬いやいや、犬というよりも狼といったほうが正しい。

まるで仔牛《こうし》ほどもあろうかと思われる犬どもが、歯をかみならし、はっはっと舌を吐きながら、これもまたざんぶと水へとび込むと、さっきの男に襲いかかっていくその恐ろしさ。

だが三人が驚いたのはそればかりではない。今しも、犬どもがおどり出した草むらの向うから、かつかつたるひづめの音が聞えたかと思うと、見事な栗《くり》毛《げ》の馬にまたがった男が、ヒュー、ヒューと長い鞭《むち》を鳴らしながら、風のようにとび出してきたのである。

「ウォッ！　ワッ！　ヒュウ！」

その男は、何やらわけの分らぬことをどなりながら夢中になって鞭を振りまわしている。

むろん、日本人ではないが、さりとて、満洲人でもない。頑丈《がんじょう》な体をした大男、一尺《しゃく》あまりの白いひげが、胸のあたりに渦《うず》を巻いて、雪のような頭髪が、馬のたてがみのようにうしろにたなびいている。その姿は、さながら悪鬼のような物凄《ものすご》さ。

はじめのうち由利先生は、その男の叫び声を聞くと、犬どもをとめているのであろうと思ったが、すぐそれが思い違いであることに気がついた。犬をとめるどころか、そいつは反対に、犬をけしかけているのだ。

「畜生《ちくしょう》！」

同じく、それに気がついた三津木俊助、そう分って見れば、もはや一《いっ》こくも猶予《ゆうよ》する事は出来ぬ。ピストルのひきがねに指をかけると、ズドンと一発、ねらいはあやまらず、あわや、あの可哀相《かわいそう》な男に躍りかかろうとした一匹の、脳天を貫《つらぬ》いたからたまらない。さしもどうもうな奴《やつ》も、水中からくるり、凡《およ》そ数尺もとび上《あが》ったかと思うと、ドタリと水の中に横倒しになった。

兇悪モロゾフ父子《おやこ》

驚いたのは馬上の男である。彼は今まで、あの残《ざん》酷《こく》な人間狩《にんげんがり》に夢中になっていたので、少しもこちらに気がつかなかったのである。銃声を聞くと同時に、彼はぎょっとしてこちらを見ると、すぐ鞭《むち》を鳴らして犬どもをとどめはじめた。

「ウワッ！　ルルルル！　シッ！　シッ！」

よほどうまくしつけてあるに違いない。主人の一言を聞くと同時に、さしもいきり立った犬どももぴたり水中で静止する。その間に追われた男は、必死となって、こちらへ泳ぎ渡って来る。とおがむようにして由利先生の脚《あし》に取りすがったが、その顔をひと眼《め》見た時、由利先生をはじめとして、三人の者は、思わずあっと馬上でさけんだ。驚いたのも無理ではないのである。この男の顔には、見覚えのあるあの赤銅色《しゃくどういろ》の鉄仮面がはめられているではないか。

「鉄仮面民族だ」

そうだ。たしかに蓉堂の日記にあった、鉄仮面民族の一人にちがいない。してみると、あの馬上の男は、兇悪無残《きょうあくむざん》なモロゾフではなかろうか。

「よし、心配するな、我々が助けてやる」と、ひらりと驢馬《ろば》から、飛び下りた由利先生、うしろにその男をかばいながら、ピストル片手にきっと向《むこ》うを見ると、その時、馬上の男は白い歯を出してにやにや笑いながら、敵意のない事を示すように、両手を振りつつ河を渡ってこちらへやってきた。

「君はいったい、この男をどうしようというのだ」と、相手がそばへ近寄って来るのを待って、詰問《きつもん》すると、相手はちょっと驚いたように顔をしかめたが、すぐ、

「やあ、君達は日本人ですね。これは珍らしい。この辺で日本人にあうなんて、一体、何年ぶりのことだろう」

「そんな事はどうでもいい、それより、君は一体何者だ。そして何《な》んだって、あんな残酷なまねをするのだ」

「俺《おれ》かね、俺の名はモロゾフ。よくおぼえておいてもらおう」

果《はた》せるかな、この悪魔はモロゾフだったのだ。

「いいかね、わしはこの辺の支配者なのだ。奴隷《どれい》達に対して殺すも生かすもわしのかってだ。だから、そこにいる男はおれの定めた事にそむいた。だから、わしはそいつを死刑にしなければならんのだ」

「畜生《ちくしょう》！」と、それを聞くと気の早い三津木俊助、歯ぎしりをしながら、ピストルを取り直したが、モロゾフもさすがにこれには驚いたらしい。色を失うとあわてて両手を振りながら、

「いやいや、まあ待て。君たちがぜひともその男を助けろというなら、何もまあ御馳走《ごちそう》の代《かわ》りだ。助けてやろう」と、モロゾフは鞭を取り直すと、きっと、あの哀《あわ》れな鉄仮面のほうを振り返り、

「朴《ぼく》！　貴様《きさま》は生命《いのち》みょうがな奴だ。この人たちがぜひとも貴様を助けろとおっしゃるから、今度だけは許してくれる。早く部落へかえって任務につけ」

朴はそれを聞くと、いきなり大地にひれふして、由利先生から三津木俊助、さては進少年にいたるまで、一々三拝九拝《さんぱいくはい》すると、やがてくるりと身をひるがえして、さっさと走り出した。

「はははは、彼奴等《あいつら》ときたら、まるで、虫けらみたいなもんですからな。時に、君たちはこれから一体、どこへいきなさる」と、モロゾフはそういうと、

長い眉毛《まゆげ》の下から射すような眼つきでジロリと二人を見る。いやな眼つきなのだ。

「そうだ、君に聞けば分《わか》るかも知れない」と、由利先生はほかの二人に眼配《めくば》せをしながら、

「我々は三人の日本人を探しているのだ。一人は男で、ほかの二人はまだ若い少女だ。君はこのへんで、そういう日本人を見かけなかったかね」

「さあて、さっきもいった通り、このへんで日本人を見るのは実にめずらしいことだからね。もしやってきたのなら、わしの耳に入らぬはずはないが……」

「それじゃ、知らんというのだね」

「うん、一向《いっこう》──だが」と、モロゾフは探るように三人の服装を眺《なが》めていたが、

「どうだ。君たちは、どうせ今夜、どこかへ泊まらなければならんのだろう。わしの館へきたらどうかね、誰《だれ》か、君たちの探《たず》ねている日本人の消息を知っている者があるかも知れん」

由利先生はそれを聞くと、しばらく俊助と相談をしていたがやがて、相手のほうへ向直《むきなお》ると、

「よろしい、それじゃ一つやっかいになる事にしよう」

そこで三人は、モロゾフの後について、すでにとっぷりと日の暮れた河沿いに、その峡谷を進んでいったが、凡《およ》そ、二哩《マイル》あまりもきた頃《ころ》である。向《むこ》うよりドヤドヤとやってきた十数名の騎馬の一隊に出あった。それを見るとモロゾフは、

「おや、倅《せがれ》の小モロゾフが、わしの身を気づかって、迎えに来たらしい。何、心配する事はない」

彼はそういうと、馬の腹に拍車《はくしゃ》をあてて、その方へ走っていったが、やがて倅の小モロゾフというのを引きつれて帰ってきた。

「大人《たいじん》、これがわしの倅の小モロゾフだ。日本の大人がたに挨拶《あいさつ》をせんか」

小モロゾフはそれを聞くと、ギロリと眼を光らせながら、礼をしたが、ああ、そのかおつきのものすごさ。頭から左の頬《ほお》へかけて恐ろしい刀傷《かたなきず》、おまけにこいつ、野獣にでもかみ切られたのか、右の耳が半分ないのだ。父親以上のそのすごい顔つき、たとえ一晩とはいえ、こんな親子のところに身をよせなければならぬのかと、さすがの由利先生も何んとなく、心安からぬ思いがしたが、それもこの際、まことに無理ならぬ話だった。

人喰《ひとく》い寝台

モロゾフの館というのは、恐らく昔の教会か何かだったにちがいない。この満洲の奥地には珍らしい建物、しかしそれにもまして由利先生たちが驚いたのは、そこに働いている哀《あわ》れな人々だ。彼等《ら》はみんな顔にあの恐ろしい鉄仮面をはめられ、腰を太い鎖《くさり》でつながれ、数名の白人のために、まるで牛馬のごとくこき使われているのだ。

若い俊助や進少年は、それを見ると思わず拳《こぶし》を握りしめたが、由利先生の眼でしらせる注意によって、やっと胸をさすって我慢するのであった。

モロゾフは豪奢《ごうしゃ》な客間に三人をまねいて、こんな山奥とは思えぬほど、たくさんのごちそうをしながら、かわるがわる召使《めしつか》いをよんで、三人の日本人のことを、ききただしたが、誰も知っている者はない。

「大人《たいじん》、どうやら君たちの探している人々は、まだこのへんに近よってはおらぬとみえる」

「いや、已《や》むを得ません」と、由利先生はガッカリとしたように答えたが、モロゾフはそれをみると慰《なぐさ》めるように、

「いや、まだまだ、失望するのは早いて、明日になったら、旅から帰って来る者もある。そいつに聞けば、何か消息がわかるかも知れんが、まあまあ、今夜はお疲れの模様だから、ゆっくり休息しなさい。倅、客人を寝室へ御案内したがよかろう」

「おお」と、答えて小モロゾフ、ふくれづらをしたまま、

「客人、こちらへ来なさい」

やがて三人が案内されたのは、二階の奥まった一室、おあつらえ向きに寝台も三つある。

「さあ、お寝《やす》み、何か用があったらこの呼鈴《よびりん》を押して下さい」

小モロゾフは持って来た蠟燭《ろうそく》をそこにおくと、くるり一《いっ》しゅうして、部屋からでていったが、その後で思わず顔見合《みあわ》せた三人、

「先生、どうもこいつは油断がなりませんぜ」

「フム、なかなか一筋縄《ひとすじなわ》でいく奴《やつ》じゃないよ。それにしても蓉堂の奴の消息が分《わか》らないのは弱った」

「変ですね。すでにこのへんへ来ていなければならんはずですが」

「まあ仕方がない。明日になったら何か消息が分るかも知れん。しかし、今夜のところはともかく、寝ようじゃないか」

由利先生が蠟燭を吹き消そうとしたときだ。ふいに進少年が、あっと、軽いさけび声をあげると、

「先生、気をつけなさい」と、いうかと思うと、いきなり床のうえに身をふせたのである。そのとたん、一方の壁板からスルスルと開くと、中からムックと首を出したのは鉄仮面をかぶった一人の男。

「おのれ！」と、俊助が腰のピストルに手をやるのをみると、鉄仮面は、

「しっ！」と、自分の唇《くちびる》に手をあてて、

「私です。今日、危いところを助けていただいた朴です」

「ああ、君か」

「大人、あなたはこれに見覚えがありますか」と、ポケットを探ってつかみ出したのは、ああ、何《な》んという事だ。見覚えのある妙子のあの南京玉《ナンキンだま》ではないか。

「ああ、これは！」

「やっぱりそうでしたね。大人、モロゾフのいう事を信用してはなりません。お嬢さんがたは、今朝ここを出発したばかりです。しかし、今は、そんな話をしている場合ではありません。早く、早く、あの抜道《ぬけみち》の中にかくれなさい」と、いうかと思うと、鉄仮面の朴は、いきなり三つの寝台にとびかかると、くるくる毛布を丸めて、あたかもそこに人が寝ているかのようなかっこうにしておき、更《さら》に窓をひらくと、ぼうぜんとしてたたずんでいる三人を、あの壁の向《む》うの抜道に追いこんだ。

「さあ、ここに隠れていれば大丈夫《だいじょうぶ》です。この抜道は最近、私がぐうぜんの出来事から発見したばかりで、ほかに誰も知っている者はありません。その代り、どんな事が起《おこ》っても、声を立ててはなりませんぞ」と、朴はぴったりと壁の隠し戸をしめると、押し殺したような声でそういう。

「どうしたのだ。我々があそこにねていると、何か危険なことでもあるのかね」

「そうです。あれを御覧《ごらん》なさい」

朴にいわれて、壁板の隙間《すきま》から部屋の中を覗《のぞ》いた三人は、その時、思わず呼吸《いき》をのみこんだ。

消し忘れた蠟燭《ろうそく》の灯に、ぼんやりと浮上《うきあが》っている

三つの寝台のおもてが今しもムクムクと動き出したかと思うと、突如《とつじょ》、氷のような鋭い刃物が数十本、逆《さか》さにニョッキリ生えたかとみるや、あっという間もない。ガタンと物凄《ものすご》い音を立てて、寝台の上に落下したのだ。朴が丸めておいたあの毛布が、鋭い刃物に芋《いも》ざしとなった事はいうまでもない。

恐ろしき追跡

「あっ」と、抜孔《ぬけあな》にかくれた三人は、それをみると、さっとほとばしる冷汗《ひやあせ》をかんじたが、そのとたん、朴がいきなり、

「しっ！」と、三人をおしとどめた。

その時、あわただしい足音が、廊下のほうから聞《きこ》えて来たのだ。ドアをひらいて入って来たのは、いう迄《まで》もなくモロゾフ父子。

芋ざしとなったベッドをみると、二人は顔見合《みあわ》せてにやりと笑ったが、その笑顔の恐ろしさ、みると小モロゾフのほうは、手にぎらぎらとする抜身《ぬきみ》を提《さ》げているのだ。

彼はつかつかとベッドの側《そば》へよると、一々隠しボタンをおしてまわった。すると、一旦《いったん》落ちたおいは、ふたたびスルスルと上へあがっていく。小モロゾフはそれをみると、たずさえていた抜身を取り直し、ぐさっと毛布の上から突刺《つきさ》したが、そのとたん、あっと顔色をかえると、あわてて毛布をひんめくる。

それから後の二人の狼狽《ろうばい》ぶりは今更《いまさら》、ここにお話しする迄もあるまい。凡《およ》そ人間とは思えないほど、物凄いさけびをあげると、何やら口々につぶやきながら、そこら中を探しまわっていたが、やがて、あの開けひろげた窓に眼《め》をつけると、暗い夜空を指さし、それから一散に部屋の外へとび出した。

分《わか》った、分った。朴がわざわざ窓をあけておいたのは、こうして、彼等《ら》の眼を誤魔化《ごまか》すためだったのだ。

やがて、館の騒ぎが手にとるように聞えて来た。人ののしり騒ぐ声、猛犬のさけび声、蹄《ひづめ》のひびき、どうやら彼等は犬を先頭に、追跡の火蓋《ひぶた》をきったらしい。しだいしだいに、その騒ぎは館から遠のいていった。

「もう大丈夫《だいじょうぶ》です」と、朴はほっとしたように溜息《ためいき》をつく。

「ここへ来る前に、馬小屋から三頭の馬を追い出しておいたのです。可哀《かわい》そうだが、馬の耳の孔《あな》へ、ピストルの弾丸《たま》を一つずつ投げこんでおきましたら、畜生《ちくしょう》、そのガラガラという音に、気狂《きちが》いのようになって、どこまでもどこまでも走って行くにちがいありません。そしてモロゾフたちは欺《だま》されたとも知らずに、そのあとを追跡していくのです」

ああ、何《な》んという用意の周到さ、何んという抜目《ぬけめ》のない男だろう。

「有難《ありがと》う、朴君、我々は君のおかげで生命《いのち》びろいをしたのです。何んといって、お礼を申上《もうしあ》げていいか分らない」

「いえいえ、今日、大人《たいじん》たちに救われたことを思えば、こんな事は何んでもありません。とても事に大人、ひとつこの仮面をとって下さいませんか」

「おお、そうだった」と、俊助はいきなりピストルを取直《とりなお》すと、うしろの方にある錠《じょう》に銃口をあて、ズドンと一発、そのとたんに、パッと錠が宙にとんだかと思うと、あの重い鉄仮面はどさりと床に落ちた。

「有難うございました。これさえなくなれば、百人《ひゃくにん》力《りき》です。さあ、今のあいだに、ここを立退《たちの》きましょう」

そういう顔をみれば、年はおよそ俊助と同年輩なのだろう。しかしその額《ひたい》に刻まれた深いしわ、老人のように暗い瞳《ひとみ》の色、それはこの鉄仮面地獄がいかに悲惨《ひさん》なものであったかを物語っているのだ。

四人はあのせまい抜道を通って外へとび出すと、すぐに朴は馬小屋から、四頭の馬をひき出した。悪党の一味は、全部追跡に出かけたとみえて、誰《だれ》一人、彼等《ら》をさえぎるものはない。

「さあ、この馬にお乗り下さい。あまり人の知らない間道《かんどう》がありますから、そのほうへ御案内いたしましょう」と、朴は三人を順に馬上へ扶《たす》け乗せると、自分は何を思ったのか、ふたたび館のほうへ取ってかえしたが、間もなく引返《ひきかえ》して来た。その顔をみると、満面に皮肉な微笑をうかべているのだ。

「朴君、どうしたのだね」

「いや、何んでもありません」と、朴はひらりと馬にとびのると、

「さあ、御案内しましょう。お嬢さんがたがつれていかれた方向は大体、けんとうがついています」

一《ひと》むちくれると、やがて四頭の馬は、月下の峡谷

を疾風《しっぷう》のように走り出した。

「朴君、朴君、もう一度話してくれたまえ。二人の令嬢は元気だったかね」

「はい、二人ともたいへん悲しそうでしたが、まだ希望をすててはいらっしゃいませんでした。後からきっと自分たちを救いに来るものがあるから。その人にあったら、あの南京玉《ナンキンだま》をみせてくれとおっしゃったのです」

ああ、健気《けなげ》な妙子よ、可憐《かれん》な文代よ、由利先生も三津木俊助も、さては進少年まで、その話を聞くと、思わず暗いきもちになって、

「それにしても、蓉堂という男は、モロゾフと、どういう関係があるのだね。あいつも奴隷《どれい》だったのかね」

「そうです。あいつももとは、私同様、鉄仮面をかぶせられた奴隷だったのですが、奸智《かんち》にたけた奴《やつ》で、しだいにモロゾフ父子にとり入り、一時腹心の部下になっていたのです」

だが、その言葉の終《おわ》らぬうちに、突如《とつじょ》、彼等のうしろにあたって、大地もゆるがさんばかりの大音響が起《おこ》ったかと思うと、パッとあたりは紅《くれない》にそめられた。驚いて、振返《ふりかえ》ってみると、ああ、みよ、あの悪魔の巣窟《そうくつ》は今や、炎々《えんえん》と天をこがして燃えあがっているではないか。

「あ、あれはどうしたのだ」

「何んでもありませんよ」と、朴は平然と微笑すると、

「行きがけに、ダイナマイトを仕掛けておいたのです。あんな物は何もかも、灰になってしまった方が、神の覚召《おぼしめし》にかなうのです。さあ、参りましょう」

それから疾走すること数時間、漸《ようや》く東の空が明るみかけた頃《ころ》、彼等は小高い丘の上にあるとある泉の側にたどりついた。

「さあ、ここまで来れば大丈夫です。一度ここで休息しようじゃありませんか」と、朴の言葉に、ほかの三人も馬からとび下りると、泉のそばにはらばいになって水をのんだが、その時、ふいに、

「あ、あれは何んです」と、朴がさけんだ。

「何んだ、どうしたのだ、朴君」

「匂《にお》いです。ああ、タールのにおいです」と、朴はヒクヒクと鼻うごめかして、あたりの空気をかいでいたが、何思ったのか、馬の蹄《ひづめ》をあげてみて、

「しまった――」と、まっさおになって唇《くちびる》をかんだ。

「どうしたんだ。蹄がどうかしたのかい」

「御覧《ごらん》なさい。タールの匂いはここから出るんです。馬の蹄にタールが塗ってあるのです」

「それがどうしたというのだ」

「まだお分りになりませんか。タールは犬の嗅覚《きゅうかく》を刺戟《しげき》します。タールのにおいはいつまでも抜けません。犬が――犬が――犬が」

朴が、その言葉を終《お》らぬうちに、突如、びょうびょうたる犬のなきごえが聞えたかと思うと、ああ、みよ、丘の麓《ふもと》から十数頭の猛犬が、いや、犬というより狼《おおかみ》なのだ。鋭い真白《まっしろ》な牙《きば》をかみならし、まっしぐらにこちらへ近附《ちかづ》いて来るではないか。そしてうしろより、モロゾフ父子を先頭に、十五六名の悪魔の一味が、手に手に武器をふりながら馬をかって、真一文字《まいちもんじ》に走って来るのがみえたのである。

大宝庫の巻

人獣大争闘

由利先生をはじめとして、三津木俊助も、進少年も、そのしゅんかん、思わずさっと、まっさおになってしまった。

うすら寒い夜あけの広原《こうげん》に、十数頭の猛犬を先頭に、手に手に武器をひらめかしつつ、走ってくるモロゾフ父子《おやこ》とその一味、それはさながら世にも凄惨《せいさん》な、一幅《いっぷく》の地獄絵巻そのものであった。

「皆さん、もうしわけありません」と、朴は世にも悲痛な声を振りしぼり、

「私が愚《おろ》かだったから、このような破目《はめ》に陥入《おちい》ってしまったのです。蹄に塗ってあるタールに気がついてさえいたら――」

「いやいや、朴君、これは君の過失でもなんでもない。われわれはただ、モロゾフの奸智《かんち》に負けたのだ。あいつは日頃《ひごろ》から、鉄仮面民族が馬を盗んで逃亡す

るのをおそれ、いつでも犬どもに追跡させることができるように、馬の蹄にタールを塗っておいたにちがいない。いまわれわれがそのわなに落ちたのも、なにかの因縁《いんねん》だ。誰《だれ》も決して責めやせんよ」と由利先生はやさしく、さとすように、朴青年にいったが、さて、きっと、俊助や進少年のほうに振り返ると、

「さて、諸君、見られるとおりのありさまだ。にげようにもにげ出すすべのないことは分っている。見《み》給《たま》え、馬どもは犬のさけび声を聞いたときから、あのようにおそれおののいている。とても物の役に立ちはしない。われわれはここに踏みとどまってあの悪魔や猛犬どもと戦うよりすべはないのだ」

「むろんですとも先生」と、若い俊助は、敵が多ければ多いほど、相手が兇暴《きょうぼう》であればあるほど、その勇気はふるい立つのだ。彼は刻々とせまりよる悪魔の一群を見ると、こうぜんとして、

「やっつけましょう。どうせ一度は捨てねばならぬ生命《いのち》です。あの悪魔をひとりでも多くたおして死ぬことが出来たら本望ですよ。なあ、進君」

「そうですとも、先生、僕はあの狼のような奴《やつ》を二三匹やっつけます」と、進も頬《ほお》を林檎《りんご》のようにそめ、ぎりぎりと奥歯をかみ鳴らしていた。

「よし、それを聞いてわしも安心した。それじゃみんな、出来るだけ離れるな。そして最後まで希望をすてちゃいかんぞ。われわれは飽《あ》くまでいきのびねばならん。いきて、鉄仮面と闘わねばならぬ重大使命が、まだわれわれには残されているのだ」

四人の者はそこで、ぴたりと背中を合《あわ》せてひと団《かたま》りになった。悪魔よ、来《きた》らば来れ、片っ端から、このピストルの弾丸《たま》をおみまいもうすぞとばかり、きっと面《おもて》に朱《しゅ》をそそいだ時しもあれ、先頭きってとんできた一頭の猛犬、ウオーッとばかりに、牙かみならし、旋風《つむじ》をまいて、躍りかかってきたしゅんかん。

「ダ、ダーン」

俊助のピストルからパッと白い煙が立ちのぼったかと思うと、さしもの猛犬も脳天ふかく貫《つらぬ》かれて、クク、クーン。

悲鳴とともに、くるりと宙におどりあがると、そのまま、どさりと地上に伸びてしまった。

「ソーラ、みろ、一《いっ》ちょうあがりというところですぜ。どうです、先生、わがはいの腕前は」

この場に及んでも、余《よ》ゆうしゃくしゃく、俊助は

からからと打ち笑う。

だが、その笑い声もおわらぬうちに、後からつづいた三頭の猛犬、ひとかたまりになってビューッと宙をとんでくる。

「撃て」と、由利先生の命令一下《いっか》、俊助、進、朴青年の三人が、同時にズドンとひき金をひいたが、残念ながら命中したのは唯《ただ》一発、先頭に立った奴は、もんどり打ってばったりたおれたが、ほかの一発は肩をかすめてうしろにとんだ。更《さら》に朴青年の放《はな》った一発は、完全にねらいが外《はず》れたからたまらない。銃声に狂い立った二頭の猛犬、いよいよ悪犬の形相物《ぎょうそうもの》凄《すご》く、血ぶるいをしながら、しゃ二無二《にむに》、四人の者を目がけて躍りかかってくる。

「こん畜生《ちくしょう》ッ」

ガーッと牙かみならして躍りかかってきた奴を、ようやく体をかわした三津木俊助、胴の真中めがけて、ズドンと一発。

「そうら、これで三頭殺《や》っつけたぞ」

サーッととんだ犬の返り血をうけて、思わず身ぶるいをしながら傍《かたわら》をみると、進少年がいまや一頭の犬と組みあったまま、鞠《まり》のようにゴロゴロと大地を転げている。更に向《むこ》うをみれば、由利先生と朴青年とが、おくればせにかけつけてきた犬を、めいめい二三頭ずつ相手にしながら、必死となって戦っているのだ。

「三津木君、三津木君、進君を頼んだぞ」

「ようし、引受《ひきう》けた」と、ばかり、飛鳥《ひちょう》のごとく身を躍らせた三津木俊助、進少年のそばへとんでいくと、いきなり犬のひ腹《ばら》をいやというほどけりあげる。

「キ、キャーン」と、さけんで、とびのくところを、進少年が下から、ダーンとぶっ放《ぱな》したからたまらない。さしもの猛犬も体をもがいてぶっ倒れる。進少年が更に脳天めがけてぶっ放そうとするのを、

「止《よ》したまえ、進君、この際だ、一発でも弾丸《たま》を大事にしろ」と、さけびながらもじっとしてはいない。すぐさま、朴青年の側へ走りよるとみるや、パン、パンと続けさまに二発、実に俊助の手練《しゅれん》の見事さ、五発で五頭、完全にうちとめたのだ。

だが、これが俊助のピストルの中にこめられた最後の弾丸だった。まだ一発あると思っていたのが俊助の不覚。折《おり》から横なぐりにとんできた奴を、くるり向き直って真正面から一発、喰《くら》わせようとしたが、

しまった！　カチリとひき金の音がして、弾丸は出ない。

「しまった」と、思ったがもう遅い。仔牛《こうし》ほどもあろうという奴が、剣のような牙をむいて、ガーッと俊助の肩にかみついたかと思うと、そのまま俊助は犬もろとも、もんどり打って大地に倒れてしまった。

怪力三津木俊助

こちらは由利先生、ようやく二頭の猛犬を仕止めて、ほっとばかりに向うをみれば、進少年と朴青年の二人が、互いにピタリと背中をくっつけたまま、数頭の犬をあいてに必死となって戦っている。

更にその向うには俊助が、最も大きな奴を相手に、今や必死の格闘中だ。みれば俊助の肩からあごへかけて、それこそ紅《べに》を塗ったように真赤《まっか》になっている。

丘のふもとには、その時モロゾフ一味の者がひしひしとばかりおしよせている。しまった、あいつらがかけつけるまでに、この猛犬どもを片附《かたづ》けねばならん。

由利先生は、すばやく弾丸をこめかえると、進少年の周囲にむらがっている奴を、つづけ様に二三頭、ダ、ダーンとやっておいて、俊助の側へよると、

「三津木君、大丈夫《だいじょうぶ》か」

「大丈夫ですとも、こんな奴、そ、それより先生、そ、そこに僕のピストルがあります。それに弾丸をこめて下さい」

この場に及んでもゆうゆうたるもの、由利先生はいわれたとおり、落ちていたピストルに弾丸をこめおわると、その時だ。ガーッとばかりに上からのしかかってくる猛犬の上下のあごに両手をかけた三津木俊助、金剛力《こんごうりき》をふりしぼって、くるり地上に起き直ると、まるでぞうきんでも投げすてるように、くるくるくる、二三度宙に振りまわすと、えいとばかりに傍《そば》の岩角にたたきつけたから、これにはかねて俊助の強力を知っている由利先生も、思わずあっと舌をまいて驚いた。みると猛犬のあごから耳へかけて、二三寸《すん》みごとに引き裂かれているのだ。

「三津木君、えらいことをするなあ」

「なあに、これしきのこと、何《な》んでもありません。先生、それよりピストルを下さい」

流るる血潮をぬぐおうともせず、由利先生の手よ

り己《おの》がピストルをもぎとった三津木俊助、くるりあたりを見まわしたが、この時すでに半数以上を失った猛犬ども、さすがにおじけをふるったのか、尻尾《しっぽ》をまいて遠巻きにしたまま弱々しい声で唸《うな》っているばかりだ。

「ああ、誰《だれ》も怪我《けが》はありませんね。一体、何頭やっつけたのです。一《ひ》イ二《ふ》ウ三《み》イ、やったやった。十一頭やっつけましたね。それで残っているのは、たった五頭か、愉快愉快」

「怪我はないって三津木君、君自身はどうだ。大分《だいぶ》、肩先をやられているじゃないか」

「なあに、こんなもの、怪我のうちにゃ入りませんよ。さあ、これで犬の方はやっつけたが、今度はいよいよ人間の番だ。進君も朴も油断するな」

又《また》もやひとかたまりになって、四人がきっと身構えたとき、ようやく丘のうえに辿《たど》りついたのは、モロゾフ父子に一味の者、数えて見れば相手は十三人である。

モロゾフは自分たちがかけつけるまえに、あらかた猛犬どもが料理を終《お》わっているだろうと思ったのに、このありさまを見て、さすが兇悪《きょうあく》な悪党も思わずびっくりしてしまった。

手にした鞭《むち》をビュービューと鳴らしながら、のこった犬どもをけしかけるが、おじけのついた猛犬どもは、いよいよ尻尾をたれて尻《しり》ごみするばかり、そのうちに乾分《こぶん》の者が、さっき俊助に引き裂かれた犬の死体を見つけだしたから、たまらない。乾分の者は、いっせいにわっとさけんで、あとじさりする。

「誰だ、誰だ、この犬を引き裂いたのは」と、モロゾフもあまりの怪力に、さすがにまっさおになって長いあごひげをふるわせた。

「ああ、その犬を引き裂いたのか、そりゃおれがやったのだ。はははは、そんなことは、朝飯前《あさめしまえ》の仕事だぜ」と、言いながら、傍にたおれている一頭の犬のあごに手をかけると、再びこいつをバリバリと引き裂いて見せたから、乾分の者はわっとさけんで五六歩馬をあとへ返す。

悪人にかぎって迷信ぶかいものだ。人間業《わざ》とは思われない俊助のこの怪力に、彼等《ら》はおそらく人か魔かと、其心《その》早くもおじけづいたにちがいない。

と、これを見るより、ひらりと馬からとび降りたのは小モロゾフ、無言のままつかつかとたおれてい

る犬のそばに近よると、これまたそのあごに手をかけ、バリバリとこいつを二つに引き裂くと、

「若僧、前へ出ろ」

「何を」

「一騎討《いっきう》ちだ。おれとお前とは男と男だ。武器を捨てて素手《すで》と素手、他人をまじえずここで勝負を決するのだ」

「面白い」

由利先生がとめるのも聞かばこそ、血気にはやる俊助は、いきなり前へ躍り出した。

必殺の一撃

小モロゾフは六尺《しゃく》豊かな大男、俊助も日本人としては大きいほうだったが、相手の体格にくらべれば、とてもくらべものにはならない。

それに俊助は今、猛犬の牙《きば》によって受けた肩の痛みがある。誰の眼《め》にも、負け眼は感じられるのだが、売られた喧嘩《けんか》に後へひくような俊助ではない。俊助はやにわにまえへ躍り出すと、

「おい、小モロゾフ。手前いま言ったな。おれもお前も男だと。ヘン、おれの男は分《わか》っているが、貴様《きさま》はそれでも男のつもりか」

「何を」

「昨夜、からくり寝台でわれわれを暗殺しようとしたなあ、誰だっけな。あれが男のやることかい」

「何を！」と、火のごとくいきどおった小モロゾフが、持った剣を投げすてて、やにわにガーッと躍りかかってくるのを、ひらりとかわした俊助が、その腰に手をやると、眼にもとまらぬ岩石落し、地響《じひびき》立てて、小モロゾフの体は大地にたたきつけられた。

これが俊助の術《て》なのだ。相手をおこらせて、その備えのかたまらぬすきにつけ入ろうという俊助の策戦が見事功をそうしたのだ。しかし相手もさるもの、痛さをこらえて、ムクリ起き直ると、いきなり俊助の首に両手をかけた。仁王《におう》様のような両手がぐいぐいと俊助の首をしめつける。俊助の顔はみるみる赤味をおびて、血管がみみずのようにはれてくる。

危《あぶ》い！　危い！　このまま放っておけば、今にも俊助は絶息《せっそく》してしまうだろうと、見ている方では気が気ではない。だが、このしゅんかん、ええい、俊助の声があたりの空気をつらぬいたと思うと、小モ

ロゾフの体はもんどり打って大地をはっていた。すかさずその上に馬乗りになった三津木俊助、今度は俊助の手がぐいぐいと小モロゾフの首をしめるのだ。小モロゾフはしばし、ふみつぶされた蛙《かえる》のように、手足をバタバタもがいていたが、その時、進少年があっとさけび声をあげた。

「先生、気をつけて、相手は短刀を持っていますぞ」

その言葉も終《お》わらぬうちに、隠し持った短刀を抜き払った小モロゾフが、ひきょうにも、いやというほど、俊助の腹をえぐったからたまらない。俊助は朱《あけ》に染まってその場に倒れたか——と、いうのにそうではない。危《あや》ういところで、進少年の注意が役に立ったのだ。ひらり後にとびのいた三津木俊助、相手のひきょうさにまっかになって怒り、向《むこ》うが向うならこっちもこっちとばかり、側《そば》にあった大きな石を、とっさにつかむと、目よりも高く差上《さしあ》げて、ええいとばかりに小モロゾフの脳天めがけてたたきつけたからたまらない。

「ウオーッ！」と、それこそ野獣のような声だった。脳天を打ちくだかれた小モロゾフは、それきり手足をふるわせてつぶれてしまったのである。

今まで馬上よりこの様子を眺《なが》めていた大モロゾフは、息子の最後を見るや否《いな》や、

「おのれ！」と、腰なるピストルを抜くても見せず、俊助に向ってねらい定めたが、その時、世にも思いがけないことが起《おこ》ったのである。

今まで悽愴《せいそう》な一騎討ちに気をとられて、誰一人気《き》附《づ》く者はなかったが、いつの間にやら、ずらりとモロゾフ一味の者を取り囲んだのは、めいめい、鉄仮面を顔にはめられた、あのモロゾフの奴隷《どれい》どもではないか。

分《わか》った、分った。昨夜、朴青年の仕掛けたダイナマイトの爆発によって、計らずも、その牢獄《ろうごく》の入口を破壊された鉄仮面の奴隷たちは、今こそ復《ふく》しゅうの時期いたれりとばかりに、てんでに武器を携《たずさ》えて、ここまでモロゾフ一味の者を追跡してきたのである。

「助かりました。皆さん、我々は救われました」と、それと見るより朴青年は、思わず大地に身をたたきつけて泣き出したのである。

かくして、かくも兇悪《きょうあく》なるモロゾフ父子も、長い間使われた彼等《ら》の奴隷のために、逆にとりこになってしまった。そして、おそらくあの恐ろしい鉄仮面民族は、永久に満洲の天地から姿を消すことだろう。しかし、由利先生の使命はそれで終ったわけではない。モロゾフ父子のごときは、むしろ由利先生の一行にとっては副産物にすぎないのだ。彼等には更《さら》に重大な使命が残されている。鉄仮面をたおし、妙子、文代の二少女を救い出さねばならぬという、世にも重大な仕事なのだ。

さて、それから二日ほど後の朝まだき、天宝山のはるか北方、鏡泊湖のほとりにたどりついた三人の日本人がある。いうまでもなく、これは由利先生をはじめとして、俊助、進少年の三人なのだ。あれから朴青年に別れを告げた三人は、地図をたよりにようやくここまでたどりついたのである。

「三津木君、鉄仮面はどうやらこの湖水を向うへ渡ったらしいぜ」

「よろしい、われわれも渡って見ようじゃありませんか」

「しかし、この湖水を渡ることは、取りも直さず死を意味するのだということを君は覚悟しているかね。さっき、向うの部落でも聞いたとおり、この湖水を渡った者で、今まで、ひとりだって生きてかえった者はないという話だ。この湖水には、大きな渦《うず》を巻いていて、それが人といわず、舟といわず、のみつくさずにはおかぬのだ」

「もとより死は覚悟のうえです。鉄仮面が、渡ったものなら、我々もこれを渡らねばなりません。なあ、進君、君だってしりごみするようなことはないだろうな」

「むろんですとも、先生」と、進少年もきっと唇《くちびる》をかみしめた。

湖水の端《はし》に立って見わたせば、広いそしてさびしい湖の上からは、湯気のごとくこい霧が立ちのぼって、まわりにそびゆる屏風《びょうぶ》のようにけわしい山々は、まるで悪魔の墨絵《すみえ》のように、世にも恐ろしい影を、水のうえに落《お》としている。死のような静けさだ。木も草もことごとく枯れはてて、鳥さえもこのほとりには棲《す》まぬかと見える。地獄のようなその寂寞《せきばく》の中から、ゴーッと地《じ》ひびき立てて聞《きこ》えるのは、これぞ、土人たちが恐れる渦巻《うずまき》の音であろう。

「よし、君たちにその決心があるなら、一《いち》か八《ばち》かだ、ひとつ舟を漕出《こぎだ》して見よう」

やがて、三人は、どこから見つけてきたのか、小舟をあやつって、湖水の岸めざしてこぎ出していた。湖水といっても、其《その》地にあるような、そんな小《ち》っぽけなものではない。すべてが大陸的なこの満洲奥地のこと、名は湖でも、大きさは海ほどあるのだ。しかも、その中に舟を乗入《のりい》れると、たちまちまわりを包んだのは、あの霧のようなものだ。こい、ネットリとしたその悪気流は、さながら毒ガスのように人を窒息《ちっそく》させ、壁のように眼《め》の前をさえぎってしまう。

「なるほど、この霧のために、誰《だれ》でもゆくえを見失ってしまうのだね」と、由利先生はそう言ったがほかの二人はなんとも答えない。はてしないこの冒険のため、さすがの俊助も、進少年もしだいに気がめいってくる。人間が相手なら、いかなる悪党といえども恐れないが、相手が自然だけに、誰も彼も言い合《あわ》したように気が重くなってくる。

「先生、一体もうどのくらい沖へ出ているのでしょう」

「そう、生憎《あいにく》のこの霧でよく分《わか》らぬが、さっきからもう五六時間たつから、よほど沖へ出ているはずだ。いや、もうそろそろ、向うの岸へつかねばならぬはずだがな」

いいも終らず由利先生は、思わずあっとこごえでさけんだ。

「ど、どうしたのですか、先生」

「渦だ、渦へ巻きこまれたのだ」

さけんだとたん、俄《にわ》かに舟はぐるぐると水のうえで輪を画《か》きはじめた。これを抜け出そうとして、必死となってかいをあやつっていた三津木俊助、

「しまった!」

と、さけんだがもう遅い。はげしい渦のいきおいに、かいがポキッと二つに折れてしまったのだ。

「先生、こうなれば仕方がありません。じたばたさわげば舟がひっくり返るばかりです。なりゆきにまかせましょう」

「ふむ、それよりほかに仕方がないな」

三人はそれきり口をつぐんでしまったが、ぐるぐ

ると輪を画いた舟は、しだいに静止してきたかと思うと、今度は強いいきおいでぐんぐんと流されてゆく。

「はてな、この湖水にはひとつの流れがあるらしいな」

「そうらしいですね。こうなりゃ仕方がありません。いったいどこへ流れていくか、ひとつこの流れに乗っていこうじゃありませんか」

舟は引潮《ひきしお》のようなはげしい流れに乗って、ぐいぐいと流されていたが、驚いたことには、その眼前の霧の中より、突如《とつじょ》、屏風《びょうぶ》のようなけわしい崖《がけ》が現われたかと思うと、見る見る、矢のようないきおいでこちらへせまってくる。あわや、衝突！　三人があっとばかりに首をすくめた時である。舟はツツーと真暗《まっくら》な洞窟《どうくつ》の中に吸いこまれていった。

「分った！」と、由利先生がさけんだ。

「流れはこの洞窟から地底を貫《つらぬ》いて、またどこかへ流れだしているのだ」

しかし、洞窟は実に長かった。一時間たっても、二時間たってもあたりはあやめも分らぬ漆《うるし》の闇《やみ》、しかも舟は物凄《ものすご》いいきおいでどんどんと流れているのである。ああ、その心細さ。気味悪さ。

やがて流れもしだいにゆるやかになってきた。そして今まで窒息《ちっそく》しそうだった空気がどうやらおだやかに、豊富になって来る。洞窟がひろくなってきた証拠である。

「先生、ひとつマッチをつけて見ましょうか」

「ふむ、つけて見たまえ」

俊助が言下《げんか》に、マッチをすって見ると、舟はいま洞窟の壁とすれすれに走っているところだった。水の流れはいよいよゆるやかになって、あたりは計《はか》りしれぬ広い暗闇がひろがっている。

その時、何やら側《そば》でガサガサという音がするので、ふと壁のほうへ眼をやった進少年、突然あっとばかりにさけび声をあげた。

「ど、どうしたのだ、進君」

「蟹《かに》です。御覧《ごらん》なさい。黄金の蟹がはっています」

見るとなるほど、かべの上には、無数の蟹がゴソゴソとはいまわっているのだが、その甲羅《こうら》を見ると、どれもこれも金色に輝きわたっている。手をのばして、ふとその一匹を捕えた俊助。

「先生、こりゃ何ももとから金色をしているのじゃありません。御覧なさい、甲羅から脚から、一面に砂金《さきん》がまぶりついているのです」

由利先生はそれを聞くと、思わずぎょっと息をのみこんだ。鉄仮面の探している大金鉱というのは夢物語ではなかったのだ。蟹の甲羅にまぶりつくほどの砂金、その大宝窟《だいほうくつ》が、いまや彼等の間近《まぢか》に迫っているのである。

大団円《だいだんえん》

ああ、誰《だれ》がこのような風景を空想したものがあろうか。大地といわず周囲の崖《がけ》といわず、これすべて砂金、砂も金だ。河の流《ながれ》も金だ。黄金の虹《にじ》、岩間をはいまわる黄金のかに。

今までに誰がこのようなすばらしい、言語に絶する黄金を想像した者があるだろうか。しかも、これは夢でもなければまぼろしでもない。現に、鉄仮面はこのすばらしい黄金の洞窟《どうくつ》にうっとりとして立っているのだ。その左右には妙子と文代との二人がこれまた魂《たましい》を抜かれたように、ぼうぜんとして眼《め》をつむっていた。

由利先生たちが吸いこまれた、あの洞窟《どうくつ》の奥なのである。突然、洞窟を出ると、そこにはおよそ周囲一哩《マイル》ばかりの池があり、そしてその中央に、この黄金の小島《こじま》が浮いているのだ。池の周囲はすべて、きり立てたような岩石が、それこそ屏風《びょうぶ》のようにそびえているのだから、今まで誰一人この黄金境に気附《きづ》かなかったのもむりはない。この小島へいたる道はただ一つ、あの恐ろしい湖をこえ、あの真暗《まっくら》な地底の洞窟をくぐってくるよりほかに方法はなかったのだ。太陽がこのすりばちの底のような、小島の上に差しかかると、きらきらする黄金の虹は空に輝く。しかし、無智《むち》なこの附近《ふきん》の住民たちは、誰一人それによって、この黄金大宝庫の秘密に気附く者はなかった。むしろ彼等は、それを以《も》って悪魔のしわざとおそれおののいていたのだ。

秘密を知っていたのは、今まで、天下にただ二人、唐沢雷太と香椎弁造だけである。おそらく彼等は、折々《おりおり》その大宝庫を訪れては、ひそかに、必要なだけの金塊《きんかい》を持ちかえっていたものだろう。

しかし、その二人も今やこの世にない人間だ。そして、全世界に類のないこの宝庫は、実に鉄仮面束座蓉堂がひとりじめにすることができるのだ。

蓉堂が気狂《きちがい》のように喜んだのも無理はない。彼は涙をながして狂気した。地団駄《じだんだ》をふみ、指をポキポキと折り、それこそ天をあおぎ、地《ち》にころびつつこの幸運を喜ぶのだ。

「見ろ、妙子も文代も見ろ。今こそおれは天下の大《おお》金持《がねもち》だ。誰か、おれとこのすばらしい富を競争することができよう」と、蓉堂はまるでよだれを流さんばかりに喜び怒号《どごう》したが、やがて彼の眼はふと、かたわらにそびえている奇怪な黄金の立像《りつぞう》に注《そそ》がれた。

それはおそらく、ずっとむかしに、この大宝窟を所有していた先住民族どもがこしらえたものに違いない。大きさは人間の三倍もあった。そして、全体が黄金からなる、半裸体の悪魔とも神ともつかぬ奇怪な立像なのだ。顔は不動明王《ふどうみょうおう》ににている。手が六本あって、それぞれ、奇妙な武器をもっているのだ。そして胸のあたりには、呪文《じゅもん》のような文字が書きつけてあった。それはほとんどすりへっている上に、古代の言葉なのでよく分《わか》らなかったが、蓉堂が読んで見たところによると、大体次のような意味だ。

――我《わ》れに二人のいけにえを捧《ささ》げよ。しかる後にわが右の乳房《ちぶさ》をおせ、しからばより大いなる幸運汝《なんじ》の上に下らん――

蓉堂はぎょっとしたように妙子と文代の方を見る。幸いここに二人の女がいる。そうだ、こいつをいけにえにささげ、これ以上の幸運を手に入れねばならぬ。慾《よく》の深い鉄仮面は、今や、半ば気が狂っていたのだ。彼はやにわにスラリと腰から短刀を抜き放った。

「あれ、文代さん、気をつけて」

突如変《とつじょかわ》った鉄仮面の相恰《そうごう》に、先《ま》ず第一に気がついてさけんだのは妙子だ。いきなり文代の手をとって逃げ出そうとする。

「おのれ、逃がすものか」と、蓉堂はまるでいなごのように妙子のうしろに近附《ちかづ》くと、かみの毛をひっつかんでうしろへ引きもどそうとする。

「あれえ！」と、さけんだ文代が、いきなり砂金をつかんでとっさの眼つぶし。

「妙子さん、にげましょう、早くにげましょう」

「うむ！　にげようたってにがすものか」

ああ、何《な》んということだ。人もうらやむ黄金の洞窟で、これこそ、地獄の鬼ごっこがはじまったのである。

妙子と文代は手に手をとって、黄金の砂をけってにげて歩く。そのうしろより狂気の蓉堂が、短刀片手に追ってくるのだ。なんとかして二人を殺さねばならぬ。黄金の立像がしめすとおり、二人のぎせい者をささげねば、幸運はわが手に入らぬのだ。——狂った蓉堂の頭は、あの馬鹿げた事をまったく信じているのだからたまらない。必死となって逃げまわる二少女のあとを、悪鬼のように追いまわるのだ。

妙子と文代は死《しに》もの狂いでにげまわったが、もとよりせまい小島のこと、二人はふたたびあの立像のそばまで帰ってきたが、その時、ようやく追いついた蓉堂が、いきなり文代の体を抱きかかえ、あわや一《ひと》差《さ》し、その胸をえぐろうとしたときである。

ズドン！　黄金境に物凄《ものすご》い銃声がとどろいたかと思うと、蓉堂は手にした刃物を、バッタリそこに取《と》り落《おと》してしまった。

「ああ！」

三人の者がいっせいに銃声のした方角を見た時である。今しも向《む》こうの洞窟から矢のようにこちらへ流れよってくる舟、乗っているのは言わずとしれた由利先生の一行だ。

「あ、先生、早く、早く！」

それと見るより妙子は狂気してさけんだが、驚いたのは蓉堂である。まさか、由利先生たちが、このような所まで後を追ってこようとは夢にも思わぬ。

しばらく、ぼうぜんとしてつっ立っていたが、どう思ったのか、くるりとふり返ると、いきなり黄金像の右の乳房をおした。ああ、蓉堂はあの呪文を信じ、何かしら奇蹟《きせき》的な救いの手を信じて、その乳房をおしたのだ。

だが、そのとたん、世にも奇怪なことが起《おこ》った。蓉堂が乳房をおすと同時に、ガーッと、物凄い音を立てて、立像の六本の腕が、下りてきたかと思うと、はっしとばかり、蓉堂の脳天を打ったからたまらない。

「ウアーッ」

物凄いさけびが、この黄金境の空気をつらぬいたかと思うと、さしも悪業《あくごう》ふかき鉄仮面も、あたりの砂金をからくれないに彩《いろど》って、そのままバッタリと倒れてしまったものである。

「妙子さん」

「文代さん」

二人はひしとばかりにいだきあったが、その時、由利先生たちを乗せた舟は、ようやく、小島までこぎつけていた。


さて、それから後の出来事を管々《くだくだ》しく述べ立てるのは、恐らく蛇足《だそく》となろう。黄金宝庫の秘密の扉《とびら》は開かれた。そして今では政府の手で着々と採金工事の計画が進められている。

鉄仮面はかくして亡《ほろ》んだが、せめて己《おの》が渇望《かつぼう》した黄金境にその屍《かばね》をさらしたのこそ、彼にとっては本望であったろう。由利先生たちは再び苦心《く》惨憺《しんさんたん》、この黄金境を後にしたのだが、それを書いては又《また》もや今迄《まで》ぐらいの枚数を費《つい》やさねばならぬ。

唯一言《ただいちごん》、その後由利先生の調査によって、妙子と文代は真実の姉妹であったということを附加《つけくわ》えて、長々御愛読を賜《たまわ》ったこの物語の筆を擱《お》く事としよう。

夜光怪人

隅田川の怪

世の中にはときどき、妙なことが起《お》こるものです。ふつうの人間の心では、はかり知ることの出来ないなんともいえぬへんてこな、えたいの知れぬことが起るものです。

　たとえばあの年の春、東京中を騒がせた、夜光怪《やこうかい》人《じん》のうわさなどもそれでした。

　夜光怪人――それは実に、なんともいえぬ妙なうわさでありました。いったい人間がなんのために、夜《よる》光る衣裳《いしょう》などを身につけなければならないのでしょうか。もし、そいつが悪人で、何かよからぬ事をたくらんでいるとしたら、なるべく人眼《ひとめ》につかぬようにくふうすべきではありますまいか。それだからこそ昔から、悪いことをする人間は、暗闇《くらやみ》にもまがう、黒い衣裳を身につけているのではありませんか。

　それにもかかわらず、夜光怪人にかぎっては、暗闇のなかでもキラキラ光る衣裳を、わざと身につけているというのです。どんな暗闇に身をひそめてもハッキリ目印になるような、夜光帽子をかぶり、夜光マントを着、おまけに夜光靴まではいているというのです。いったい夜光怪人というのはバカか気ちがいか――。

　それはさておき、夜光怪人のうわさが、人の口にのぼるようになったのは、春まだ寒い二月ごろのことでありましたろう。一番最初に、この不思議な夜光怪人を見たというのは、隅田川《すみだがわ》を上下する、だるま船《せん》の船頭さんだったということです。

　その晩、若い船頭さんは、船の中に石炭《せきたん》をいっぱい積んで、隅田川を漕《こ》ぎのぼっていました。実をいうとその石炭は、夕がたまでに隅田川の上流にある工場へはこばなければならなかったのですけれど、意外に積荷《つみに》にてまどって、とうとう夜までかかってしまったのです。

船頭さんは、ギッチラ、ギッチラ、一生懸命に櫓《ろ》を漕いでおりました。

時刻はもう十時過ぎで、空には寒そうな三日月がかかっていました。

ところが船がちょうど両国橋《りょうごくばし》のへんまでさしかかったときのことです。

上手《かみて》のほうから、

「あれえッ！」

と、絹をさくような、若い女の悲鳴がきこえて来ました。

船頭さんはハッとして、漕ぐ手をやめて川上のほうへ眼《め》をやりましたが、そのとたんドドドドと物凄《ものすご》いエンジンの音をひびかせて、一艘《そう》のモーターボートが矢のように、だるま船とすれちがって、川下のほうへ走っていきました。

何しろそれは一瞬の出来ごとでしたし、それにほの暗い月の光で見ただけですから、はっきりしたことはいえませんが、モーターボートに乗っているのはただ一人、それも若い洋装の婦人のように見えました。その婦人はモーターボートのハンドルにしがみつくようにして、まっしぐらに川をくだっていったのです。

船頭さんもなんだか妙な気がしました。

このぶっそうな世の中に、若い女がただ一人、しかもこの夜ふけに、モーターボートを走らせるなんて、なんという大胆なまねをするのだろう。万一、悪いやつがとびだして来たらどうするつもりだろう。そうだ、そういえばさっきの悲鳴――あれはたしかにあの女にちがいないが、いったいなにごとが起ったのだろう……。

そんなことを、とつおいつ考えながら、まだギッチラ、ギッチラ船を漕いでいくと、そのとき、ふたたび川上のほうから、ドドドドとすさまじいエンジンの音がきこえて来ました。

さっきのことがあるから船頭さんも、あらかじめ用心して、漕ぐ手をやすめて待っていると、やがてまた、矢のようにすべって来たのは一艘のモーターボート、だるま船とすれちがうと、そのまま下流のほうへ一目散《いちもくさん》に走りさっていきましたが、そのとたん、さすが胆力のすわった船頭さんも、ゾーッと頭から冷水をあびせられたような、気味悪さを感じたということです。

それというのが、そのモーターボートに乗っていたのが、なんともいえぬ異様な風態《ふうてい》をした人物だったからです。

その人はつばの広い帽子をかぶっていました。ダブダブのマントのようなものを着ていました。そして背中をまるくして、ハンドルを握っているのでしたが、不思議なことには帽子といわず、マントといわず、全身から怪しい光がボーッとさしているのです。それはまるで、蛍火《ほたるび》のようにほのかな、はかない光でしたが、それだけにいっそう、なんともいえぬほど気味が悪いのです。

しかし、船頭さんがもっと驚いたのはその顔です。つばの広い帽子の下から、ちらとのぞいたその顔は、お能《のう》の面のように冷たくすんで、なんの表情もあらわしていないのです。

船頭さんは、なんともいえぬ気味悪さ、おそろしさでしばらくは口もきけずにぼんやりと、隅田川の闇をぬうて走っていく、あの怪しい蛍火を見送っておりました。

追わるる少女

船頭さんの口からもれたとみえて、このうわさはたちまち、隅田川の沿岸のいったいにひろがりました。

すると、あの晩ああいうあやかしを見たものは、いまいった船頭さんだけではなかったとみえて、そういえば私も見た、おれも見たという人が、あちらからもこちらからも出て来て、たいへんな評判になりました。

あの気味の悪い夜光怪人は何者であろう。なんのためにあのような異様な風態をしているのだろう。いやいやそれにもまして不思議なのはあの令嬢です。夜光怪人におっかけられて、必死となって逃げていった若いお嬢さん。――あんなおそろしい目にあったからには、すぐに警察なり、交番なりへとどけて出るのがほんとうでしょう。それだのにその後いく日《にち》たっても、そんなことを申出《もうしで》るものはありませんでした。

ひょっとするとあのお嬢さんは、夜光怪人につかまっておそろしい目にあっているのではあるまいか。それにしてもあのお嬢さんは、いったいどこのどういう人だろう。また、なんだって、あんな気味の悪いやつに追いかけられていたのだろう。

そんなことが口から口へとかたりつがれているうちに、またしても同じようなことが起《おこ》りました。しかも今度は、水のうえの出来ごとではなく、陸のうえで起ったことなのです。

それはまえのことがあってから半月ほどのち、三月なかばのことでした。

ある若い会社員が、夜おそく青山権田原《あおやまごんだわら》から、信濃町《しなのまち》のほうへ歩いていました。

どんよりと曇《くも》った晩で、空には星もなければ月もなく、左に見える神宮外苑《じんぐうがいえん》のあたり、くろぐろと空にそびえる杜《もり》のなかから、しきりにホー、ホーとなくふくろうの声がきこえます。

なんとなく薄気味の悪い晩だなと、若い会社員は肩をすぼめて、足を早めておりましたが、そのときだしぬけにむこうの角《かど》からまがって来た自動車に、あやうくはねとばされそうになりました。

「あっ、気をつけろ」

やっとのことで道ばたへ身をよけた会社員は、ひょいと自動車のほうを見ましたが、自動車に乗っているのはただ一人、若い婦人が必死となってハンドルにしがみついているのです。

婦人はちらと会社員のほうをふりかえって、あやまるように頭をさげましたが、そのままものすごい勢いで、闇《やみ》のなかを疾走してゆきます。

会社員はぼうぜんとして、その自動車のうしろ姿を見送りました。それというのが、あまりにも気ちがいじみた運転ぶりにおどろいたこともありますが、もうひとつには、ちらとこちらをふりかえった婦人の顔色というのが、なんともいえぬほど、恐怖にひきつっていたからであります。婦人の顔色はまっさおでした。眼《め》はただならぬ恐怖におびえて皿のように大きく見ひらかれていました。唇《くちびる》はいまにも泣きだしそうにわなわなとふるえていました。

いったい、どうしたのだろう、あの女は……若い会社員は帽子をぬいで、ガリガリ頭をかいていましたが、そのときまたもや曲《まが》り角の向《む》うから、ものすごい自動車のひびきがきこえて来ました。

さっきのことがあるものですから、会社員はハッとしていちはやく道ばたに身をさけましたが、そのとたん、曲り角からとび出した自動車が、矢のように会社員の鼻さきをとおりすぎてゆきました。

ほんとうをいうとその会社員は、その晩かなり酔うていたのです。しかし、その酔いも、二度目の自動車のなかをのぞいたとたん、いっぺんに吹っとんでしまいました。

それというのがその自動車のハンドルを握っていたのが、たしかにちかごろうわさのたかい夜光怪人――そうなのです。ボーッと蛍火《ほたるび》のような光をはなつ、つば広帽子、ダブダブのマント、そしてお能《のう》の面のような表情のないツルリとした顔――。

会社員もかねてうわさをきいていましたから、ゾーッとふるえあがりましたが、そのあいだに二台の自動車は、春の夜の闇《やみ》のなかに消えてしまいました。

さあこの話が会社員の口からもれたからたまりません。夜光怪人のうわさはいよいよ高くなってまいりました。

それにしても不思議なのはあの令嬢です。若い会社員の見た自動車の令嬢というのが、モーターボートの女とおなじ人物だとしたら、いや、いろいろな点から考えて、同じ人間としか思えないのですが――彼女はあの晩、夜光怪人につかまったわけではなかったのです。彼女はまだ自由の身なのです。それだのにどうして彼女は、警察へうったえて出ないのでしょうか。いやいや、川のうえならともかく、陸のうえには、いたるところに交番があります。あして逃げまわるより、交番へとびこめばいっぺんにかたがつくはずです。それだのになぜ彼女はそうしようとしないのでしょうか。

人間というものは、わけがわからなければわからないほど、妙な不安におそわれるものです。夜光怪人とはいったい何者なのか、そしてまた、あの令嬢とどういう関係があるのか……それがわからないだけに、人びとはいっそう無気味な気持ちがしました。いまに何か、もっとよくないことが起るのではあるまいか――そんなふうに、おそれおののいているうちにまたしても三度目に、夜光怪人の怪を目撃した人物が出て来ました。そしてその人物こそは、これからお話ししようとする物語の、一躍主人公となったのであります。

少女と怪獣

御子柴進《みこしばすすむ》君というのはこの春、新制中学の三年生になったばかりの少年です。

年は十六。しかし、とても十六とは見えません。背も高く、筋骨《きんこつ》もたくましく、実にりっぱな体格をしています。それもそのはず、御子柴少年は、少年ながらも柔道三段という腕前のうえに、陸上競技では棒高跳《ぼうたかと》びの選手です。つまり、これで見てもわかるとおり、御子柴少年はりっぱな体格をもっているのみならず、非常に身の軽い少年なのです。しかも、運動に堪能《たんのう》な少年のなかには、よく学業のおろそかになるものがありますが、御子柴少年にかぎってそんなことはありません。中学の一年生から、ずっと首席でとおしているのだから、まことにたのもしい少年ではありませんか。

さて、まえにいったような事件があってから、ひと月ほどのちのこと、すなわち四月なかばのことでした。

御子柴少年は鶯谷《うぐいすだに》にある先輩の家をおとずれたそのかえるさに、どうしても上野公園をつっきって歩かねばならぬはめになりました。

時刻はすでに夜の九時すぎ。そうでなくてもぶっそうなきょうこのごろ、大人でもそんな時刻に、上野公園をあるいてかえるなんてまっぴらですが、御子柴少年は平気でした。

昔の武士の子供は胆《きも》だめしとかなんとかいって、よく真夜中ごろに、淋《さび》しい墓場へ出向いていったという話ですが、そんなことから考えると、

「上野公園なんて平《へい》ちゃらだ」

と、笑って先輩のうちを出ました。

四月ごろの陽気によくあるように、その晩もどんよりと曇《くも》った空模様でした。しかし雲の向《むこ》うがわのどこかに月があるとみえて、真っ暗というほどでもありません。上野の杜《もり》がくろぐろと、鉛色《なまりいろ》をした空にそびえています。その杜の向うに、五重塔《ごじゅうのとう》がつっ立っているのも見えました。むろんそんな時刻ですから人影はおろか、犬の仔《こ》一匹見あたりません。まるで墓場のように、淋しい、そしてまた、なんとなく気味の悪い景色でした。

しかし、そのようなことにおそれをなすような御

子柴少年ではありません。先輩から借りて来た書物を小脇にかかえ、かるく口笛を吹きながら、それでもさすがにスタスタと足を早めていましたが、するとそのとき、どこからかびょうびょうと犬の吠《ほ》える声がきこえました。

御子柴少年はしかし、別に気にもとめず、あいかわらず足を早めていましたが、またしてもびょうびょうと空にうそぶく犬の遠吠《とおぼ》え——と、今度はそれにつづいて、

「あれッ！」

と、たまぎるような女の悲鳴がきこえましたから、御子柴少年も思わず、ギョッとして立ちどまりました。声はたしかに杜の向うからきこえて来るのです。御子柴少年は五、六歩そのほうへかけだしましたが、そのとき、杜の向うからひとつの影が、ころげるようにとびだして来ました。夜目遠目《よめとおめ》でよくわかりませんが、どうやら女のように見えます。

御子柴少年はまた五、六歩、そのほうへかけよりましたが、とつぜん、そこでアッとさけんで立ちすくんでしまいました。

それというのが女のあとから、なんともいえぬ異様なものがとびだして来るからです。それはどうやら犬のようです。しかし、世の中に夜《よる》光る犬というものがあるでしょうか。いやいや、もしそんなへんてこな怪獣があったら、世界中の学者たちが、大騒ぎに騒ぎ立てるにきまっています。

ところがいま、御子柴少年の眼前にとび出した犬というのは、たしかに怪しい光を全身からはなっているのです。クワッとひらいた狼《おおかみ》のような口からは、渦巻《うずま》くようなほのおを吐いています。恐ろしいふたつの眼はまるで燐《りん》のようにかがやいています。

そういう怪物が、波のようにからだをうねらせながら、女のあとを追うて来るのですから、さすが胆《たん》力《りょく》のすわった御子柴少年も、思わずゾーッと総毛立《そうけだ》ちます。

「あれえッ！」

女は叫びながら、木の根にでもつまずいたのか、バッタリその場に倒れました。

御子柴少年ははっと手に汗を握りましたが、幸い女はすぐ起きなおって、こっちのほうへ走って来ます。全身から火を吐く怪獣は、あいかわらず一上一《いちじょういち》下《げ》、波のように身をくねらせながら、土をけって女

の背後からせまって来ます。

それを見ると御子柴少年、とっさの機転で頭上にはりだしている松の下枝にとびつきました。と、見るやくるりと一転、松の枝に両脚《りょうあし》をかけて、だらりと下へぶらさがりました。

と、ちょうどそこへかけつけて来たのが、追われる婦人です。

「早く、早く、ぼくの両手につかまって……」

御子柴少年の声に、婦人はハッと立ちどまりましたが、上からぶらさがっている二本の腕を見ると、天の助けと思ったのか、ぱっと下からとびつきました。

なにしろえらい力です。御子柴少年は婦人のからだを、たぐるようにして松の枝へひきあげましたが、そのとたん、ザーッと金色の風をまいて、あのおそろしい妖犬《ようけん》が、ふたりの下を走りすぎていきました。あいかわらず、びょうびょうと遠吠えの音をひびかせながら……。

つぶやく怪人

「モシ、モシ、しっかりしてください。もう大丈夫《だいじょうぶ》です。犬はどこかへいってしまいましたよ」

御子柴少年が声をかけたのは、それからだいぶたってからのことです。しかし、婦人の答えはありません。御子柴少年のたくましい腕にだかれたまま、ぐったりと気をうしなっているのです。考えてみると、それも無理のないことで、御子柴少年にたすけられた刹那《せつな》、そして、犬が向うへはしり去るのを見たとたん、急に気がゆるんだものとみえます。

しかし、御子柴少年は当惑しました。鳥ではあるまいし、いつまでも松の枝にとまっているわけにはまいりません。そこで御子柴少年はまた、

「もし、もし、あなた、しっかりしてください。気をたしかに持ってください」

と、もう一度呼びました。しかし、婦人の瞼《まぶた》がピクピクとかすかに動いたきりで、あいかわらず返事はありません。

御子柴少年はいよいよ途方にくれました。

「あなた、あなた、しっかりして……」

御子柴少年はもう一度声をかけると、婦人の肩をゆすぶりましたが、何と思ったのか、急にあっといきをのみました。そして、婦人のからだをかかえたまま、あわてて枝のうえに身を伏せました。

どこやらで、口笛を吹く音がきこえたからです。ひょっとすると、さっきの犬の飼主が、やって来たのではあるまいか……。

ルルルルル、ルルルルル！

口笛の音は杜《もり》の向うからきこえて来ます。しかも、だんだんこっちのほうへ近寄って来るのです。御子柴少年はいきをこらして、じっと松の枝のうえで待っていましたが、やがて杜を曲《まが》ってあらわれた人影を見た刹那、思わずアッと叫びそうになりました。

それもそのはず、杜の影からあらわれたその人影は、さっきの犬と同じように、これまた全身からあやしい光をはなっているではありませんか。

夜光怪人！

御子柴少年もあの奇怪なうわさは、かねてより知っていました。ちかごろ東京中に、怪しい恐怖をまきちらしている夜光怪人——御子柴少年は、にわかにドキドキ心臓が高鳴るのをおぼえました。そうすると、いま自分の胸に抱かれているこの婦人こそ、うわさに高い、夜光怪人に追われている女であろうか……。

怪しの人影はしだいにこちらへ近づいて来ます。近づいて来るにつれて、つばの広い帽子や、ダブダブのマントがはっきり見えます。そして、帽子の下に見えるのは、お能《のう》の面のようにツルツルとしてとりすました顔。——ああこの男こそ、夜光怪人にまちがいはありません。

さすがの夜光怪人も、そんなところに二人の男女がかくれていようとは夢にも知りません。枝の下まで来ると、ふと、立ちどまりました。そして、あたりを見まわしながらしきりに口笛を吹いていましたが、やがて、チェッと舌打ちすると、

「ロロのやつ、どこまで追っかけていきやがったろう」

と、ひくい声でつぶやきました。

ああ、この声こそ、御子柴少年がはじめてきいた、夜光怪人の声なのです。それは妙に低い、しゃがれた、なんともいえぬ気味の悪い声なのです。

「それにしても……」

そんなところに聞く人ありとは知らぬ夜光怪人、またしても気味の悪い声でつぶやきます。

「藤子《ふじこ》のやつも、今夜という今夜は驚いたろう。フフ、これというのもあまり剛情《ごうじょう》をはるからよ。あの大宝庫《だいほうこ》のありかを、すなおに白状《はくじょう》すれば、こんなおそろしい眼《め》にあわずにすむのに……」

大宝庫――と、きいて、御子柴少年は、思わずはっと胸をとどろかせました。大宝庫とはそもなんだろう。夜光怪人はいったい何をもくろんでいるのであろうか。

御子柴少年が、なおも耳をすましていると、

「それにしても、おやじもおやじなら娘も娘だ。剛情なことにかけては好一対《こういっつい》……。チョッ、おまえたちが白状せぬばかりに、いまに世間じゃ大騒ぎをしなければならないのだ。あの大宝庫が手に入るまでは、おれもいろいろ、金のいることがあるからな」

夜光怪人は、なおもボソボソしゃべりつづけるかとみえましたが、そのとき向うのほうからきこえて来たのは、びょうびょうたる犬の遠吠《とおぼ》え、それを聞くと夜光怪人は、

「ああ、あんなところにロロが……ロロやロロや……」

怪人はあやしい光を闇《やみ》のなかにはなちながら、走るようにそのほうへいってしまいました。

もしこのとき、気をうしなった婦人さえいなければ、御子柴少年は思いきって松の枝から、夜光怪人にとびつくことも出来たのです。腕におぼえもあり、また、相手のふいをつくのですから、夜光怪人をとらえるのも、さしてむずかしいことではなかったかも知れません。しかし、何をいうにも、足手まといとなる女をかかえているのですから、むやみなことは出来ません。

残念ながら、みすみす夜光怪人を、見のがすよりほかにみちはなかったのです。

婦人が正気にかえったのは、それから間もなくのことでした。

「ああ、あの犬は……あのおそろしい犬は……」

正気にかえると同時に、さっと婦人のあたまにひらめいたのは、さっきのおそろしい思い出とみえます。婦人は身をふるわせてそうたずねました。

「ああ、その心配ならもういりません。犬は向うへ

いってしまいましたよ」

「ああ、そして、あの……あの……」

婦人が口ごもっているのをみて、

「あの夜光怪人ですか。ご安心なさい。その夜光怪人も、犬のあとを追って向うのほうへゆきましたよ。さすがのあいつも、まさかこんなところに僕たちが、かくれていようとは気がつかなかったのですね。はっはっは」

御子柴少年が愉快そうに笑うと、婦人もほっと安心したように顔をあげましたが、ちょうどそのとき雲がわれて、木の間《こま》ごしに月の光がさしました。その月光で女の顔を見て、御子柴少年も思わずあっと驚いたのです。

いままで、婦人、婦人とこの人物を、相当の年配の人のように書きましたが、いまこうして眼近《まぢか》に見ると、婦人というよりも少女と呼びたい年ごろなのです。年も御子柴少年と、せいぜい二つか三つしかちがわないでしょう。つまり、十七か十八、よくいっていて十九というところでしょう。それにしては大柄《おおがら》なのと、服装《みなり》が地味なところから、ちょっと見たところでは、まるで一人前の大人みたいに見えるのです。

なんだってまた、こんな大人みたいな、なりをしているのでしょう。

御子柴少年はなんとなく不思議に思いましたが、いつまでも木の枝にいるわけにはまいりません。それから間もなく少女をおろし、自分もひらりととびおりると、さっき木の根もとに投出《なげだ》しておいた書物をひろおうとしましたが、そのときふと眼についたのは一枚の紙片《かみきれ》です。

さっきまでこんなものは落ちていませんでしたから、ひょっとすると夜光怪人の落《おと》していったものではありますまいか。

幸い少女は気がつきません。御子柴少年は、すばやくそれを、ポケットにねじこんでしまいました。

それから二人は肩をならべて歩きだしましたが、さすがに少女はおびえているらしく、御子柴少年が何をたずねても、ろくに答えようともせず、しじゅうおどおどとあたりのようすに気をくばっています。いや、おびえていることもたしかですが、ひょっとすると、御子柴少年の問いに答えたくないために、わざとそんなふりをしていたのかも知れません。

その証拠には、それから間もなく山下までおりて来たときです。一台の自動車がとまっているのを見ると、

「あっ、お父さまが……」

と、叫んだかと思うと、少女は自動車のそばへかけよってひらりとそれにとび乗ると、一言のあいさつもなくあとをも見ずに一目散《いちもくさん》――

御子柴少年は、鳶《とび》にあぶらあげをさらわれたような顔をして、あっけにとられてしばらくそこに立ちすくんでいました。

防犯展覧会

御子柴進少年が上野の杜《もり》で、奇怪な夜光怪人と妖犬に出会ってから、半月ほどのちのことでした。

東京銀座《ぎんざ》にある銀座デパートの八階では、防犯展覧会というのが開かれていました。

大きな戦争のあったあとでは、どこの国でも犯罪がふえるものです。日本でもその例にもれず、ちかごろめっきり、悪いことをする人間がふえて来たので、どうしたら泥棒に見舞われずにすむか、どういう用心をしたら、人にだまされたり、スリにお金をスラれたりしないでいられるか、と、そういうことを世間の人びとに知ってもらうために、どこの都会でも時々、防犯展覧会というのがひらかれます。主催は、たいていその土地の新聞社ですが、銀座デパートの防犯展覧会というのも、日本でいちばん発行部数が多いといわれる新日報社《しんにっぽうしゃ》の主催で、これがたいへんな人気でした。

さて、五月の第一日曜日は、防犯展覧会の第三日目にあたっており、しかもその日はおあつらえむきの快晴だったので、銀座デパートはたいへんな人出で、まるでいもを洗うような混雑でしたが、そういう人ごみにもまれながら、いましも八階まであがって来た中学生がある。いうまでもなく御子柴進少年。

御子柴少年はポケットから招待券を出すと、スーッと会場へ入ってゆきましたが、すると受付にすわっていた一人の青年紳士が、

「やあ、進君、よく来たね。きょうはたぶん来るだろうと思って、さっきから待っていたよ」

と、にこにこしながらそばへよって来ました。

「ああ三津木《みつぎ》さん、招待券をありがとうございまし

た」

「なあに、君に招待券を送るのはあたりまえだよ。だって夜光怪人のことを教えてくれたのは君だからね」

「夜光怪人——たいへんな評判ですね」

「うん、おかげでなかなかうまく出来たよ。それでぜひ君に見てもらいたいと思ってね。たぶん、実物とそっくりだと思うんだ」

「ええ僕もぜひ見せてもらいたいと思っています」

こんな話をしながら、青年紳士と御子柴少年、ほかの見物にまじって会場を見てまわります。

この青年紳士というのは新日報社の花形記者で、三津木俊助《しゅんすけ》という人物、花形記者というのは新聞社内で、若手でしかも腕利《うでき》きの記者のことをいうのだが、この三津木俊助こそは、花形記者ということばがいかにもぴったりあてはまりそうな人物です。

年はたぶん三十四、五でしょう。色の浅黒い、きりりとひきしまった男振り、スポーツできたえあげたたくましいからだつき、それに言語動作がキビキビしているから、はたから見ても胸のすくような気持ちのよい人物でした。

この人の得意とするところは、犯罪事件の解決でその方面にかけての腕前は、本職の刑事や探偵でも舌をまいて驚くくらい、いままでにも世間を騒がせた大事件や怪事件を、もののみごとに解決して、あッと人びとを驚かせたことが少くありません。だからちかごろでは何か変な事件が起《おこ》ると、三津木俊助はどうしているかと、世間の人びとはいちように、新日報社を注目するくらいです。

御子柴少年がどうしてこのような偉い新聞記者を知っているかというと、まえに一度、御子柴少年の身辺に、妙な事件が起ったとき、三津木俊助がもののみごとに解決したことがあるからです。そのとき御子柴少年も、三津木俊助の片腕となって働いたのでそれ以来、二人は兄弟もおよばぬ親密な仲になったのです。だから今度も上野の杜で、あの奇怪な夜光怪人に出会うと、御子柴少年はすぐそのことを、三津木俊助に話しました。その話からヒントを得て、俊助はさっそく防犯展覧会の会場に、夜光怪人の一場面をくわえたのですが、がぜん、それが大評判になって、今度の展覧会の大呼物《おおよびもの》になったというわけでした。

「なにしろね、君のほかにも夜光怪人を見たものはあるのだが、みんな怖《こわ》いのがさきに立って、どういう風態《ふうてい》をしているか、どういう顔をしているか、くわしく観察したものはひとりもいないのだ。それをはじめて君が、上野の杜でくわしく見ておいてくれたものだから、やっと今度の呼物が出来たというわけだ。さあ、今度がいよいよ夜光怪人の場面だよ」

なにしろこの展覧会を見るほどの人は、みんなこの夜光怪人が目あてですから、そのへんはことにたいへんな混雑です。その人ごみのなかにまじって、三津木俊助と御子柴少年、少しずつまえへ押されていましたが、そのうちになにを思ったのか御子柴少年、

「あっ！」

と、叫ぶと、思わず俊助の腕を握りしめました。

人魚の涙

「ど、どうしたの、進君、なにかあったの？」

「三津木さん、あの人です、あの人です。ほら、いま向《むこ》うへゆくお嬢さん……」

そのへんは、ことに混雑をおもんぱかって通路の中央に青竹をわたして、出るひとの道をわけてあります。いま進君が指さしたのは、青竹の向うの出口の道を、ひとにもまれていくお嬢さん。

「あのお嬢さんがどうかしたの。君の知ってるひとなの」

「ほら、このあいだお話ししたでしょう。上野の杜で……夜光怪人に追っかけられていたお嬢さん……」

「あっ！」

と、叫ぶと三津木俊助、身をひるがえしてあとを追おうとしましたが、何しろまえにもいったとおりたいへんな混雑、見物があとからあとからと押しかけて来るから身動きも出来ない。

「おい、だめだ、だめだ、こっちは入りぐちじゃないか。出るのなら向うの通路から出たまえ」

あとから押しよせて来る見物にどなられて、

「やあ、失敬《しっけい》、失敬！　さあ、進君、この青竹をくぐって向うへ出よう」

この騒ぎにさっきのお嬢さんは何気《なにげ》なく、ひょいとこちらを振向《ふりむ》きましたが、とたんに御子柴少年と、

ぴたりと視線があったからたまりません。

「あっ！」

向うでも御子柴少年の顔をおぼえていたにちがいない。かすかに叫ぶと人をかきわけ、泳ぐようなかっこうで足を急がせます。あいにく俊助たちのいるへんとちがって、そのへんはもうだいぶん人もまばらになっているので、行動もわりに自由です。俊助と御子柴少年が青竹をくぐって、やっとそこまでかけつけて来たときには、お嬢さんの影も形も見えませんでした。

「進君、たしかにこのあいだのお嬢さんにちがいなかった？」

「ちがいありません。向うでも僕の顔を見て、びっくりしていたようですもの」

「ふむ、するとやっぱり夜光怪人の見世物《みせもの》が気になって見に来たのだね。しかし、なぜ、あんなに逃げかくれするのだろう」

「それは僕にもわかりません。何かきっと深いわけがあるのでしょう。三津木さん、もう少しそのへんを探してみましょう」

「よし」

会場のところどころには、新聞社の人が説明役として立っています。俊助はそのひとたちに、お嬢さんのことを聞いてまわりましたが、何しろ大勢の見物ですから、誰《だれ》もおぼえているものはありません。それにこの会場というのは、いろんな参考資料が陳列してあってまるで迷路みたいになっているのです。しかも、その迷路のなかには、夜光怪人のように、人をいっぱい引きよせているところもありますが、そうかと思うと、てんで人のよりつかぬ場所もあります。

俊助と御子柴少年は、そういう迷路をつきぬけて、とうとう会場の出口までひきかえして来ましたが、そこでもそのようなお嬢さんが出ていったかどうか、おぼえている者はありませんでした。

「進君、残念なことをしたね。とうとう逃がしてしまったよ。ところで君どうする？　もう一度ひきかえして夜光怪人を見る？」

「ええ、僕、みたいと思います」

ふたりはまた、いま来たみちをひきかえして、夜光怪人のほうへまいりました。そこはあいかわらず、いっぱいの人だかりでしたが、今度はなんの故障もなく、呼物《よびもの》の夜光怪人のまえに立ちましたが、そのとたん御子柴少年、なんともいえぬ気味悪さに、思わず、あッと呼吸《いき》をのんだのでした。

呼物の夜光怪人――それは生人形《いきにんぎょう》なのです。しかし、なんとじょうずに出来た人形でしょう。

深夜の上野の杜《もり》を背景として、疾走する怪人と妖犬。上野の杜をそのままここへ持って来たかと思われるほど、真にせまった背景と照明のなかに、全身からあやしい光を放つ等身大の人と犬。つばの広い帽子といい、ダブダブのマントといい、また、あのお能《のう》の面のようにツルツルとした顔といい、あの晩、御子柴少年が樹《き》の上から見た、夜光怪人と寸分《すんぶん》のちがいもありません。

御子柴少年は、あまりの気味悪さに、いきもつかずに見とれていましたが、それを見ると三津木俊助、わが意を得たりとばかり、にっこり笑って、

「どうだね、進君、似ているかね」

「似ているどころではありません。そっくりそのままです。とても人形とは思えません。僕はなんだか気味悪くなった」

「あっはっは、それを聞いて安心した。これをここへ飾ったのも、世間の注意を喚起《かんき》したいからだよ。つまり、いま世間を騒がせている夜光怪人の正体はこのとおりだ。だから、こういう風態《ふうてい》の人物を見たら、たとえ全身からあやしい光をはなっていずとも、一応念のために、警察か交番へしらせるようにと、それがこの生人形の目的なんだよ。だから、少しでも間違ったところがあると困るんだ」

「大丈夫《だいじょうぶ》です。そっくりそのままです」

それから間もなく、二人は夜光怪人のそばを、はなれましたが、すると間もなく、会場のあちこちに立っている若い新聞記者のひとりが、俊助の姿を見て、つかつかとそばへよって来ました。

「三津木さん、あなたでしたね。さっき娘さんのゆくえを探していたのは？」

「ああ、そう。あのお嬢さんが見つかったの？」

「いえ、そうじゃありませんが……向うの盗難予防装置の説明をうけもっている女の子が、こんなものをことづかったのだそうです。相手はなんでも、十七八のかわいいお嬢さんだったそうですが、あとから若い男のひとと、中学生の二人づれが、わたしのことを聞いてくるかも知れないから、その人にこれ

をわたしてくれって……」

　三津木俊助はびっくりして、御子柴少年と顔を見《み》合《あわ》せました。

「それでどうしたの、そのお嬢さん」

「なんでも、それを女の子に渡すと、逃げるように立ち去ったということですよ」

　俊助の渡されたのは、細かく折った紙片《かみきれ》でした。開いてみると、手帳を破った紙片のうえに、ボールペンの美しい女文字で、

「人魚の涙に気をつけてください。夜光怪人がねらっています」

と、ただ、それだけ。

　御子柴少年はしかしそれを見ると思わず、あっと顔色をかえました。

真珠王

「三津木さん、そのことについては、僕にも思いあたることがあるのです」

　それから間もなく会場を出て、すぐそばの喫茶室へ入った御子柴少年は、紅茶をすすりながら昂奮《こうふん》に眼《め》をかがやかせていました。

「このことは、このまえにお話しすればよかったのですが、ひょっとすると、夜光怪人となんの関係もないことかも知れないと思ったものですから、わざといままでひかえていたのです。三津木さん、見てください。これです」

　御子柴少年がポケットから取出《とりだ》したのは、小さな一枚の紙片《かみきれ》でした。俊助が手にとってみるとそれは新聞の切抜《きりぬき》で、だいたいつぎのような記事なのです。


近く銀座デパートの八階で開催される貿易促進展覧会には、日本の重要な輸出品があらかた出品されることになっているが、そのなかでも一番注目をひくと思われるのは、真珠《しんじゅ》王小田切準造翁《ぞうおう》の出品する数十連の真珠の首飾りである。小田切《おだぎり》翁はこの首飾りをもって、銀座デパートの八階に、夢の世界をつくってみせるといっているが、その中でも逸物《いつぶつ》は「人魚の涙」とよばれる一連の首飾りである。この首飾りは天の七《しち》星《せい》になぞらえて、とくに大きな粒撰《つぶよ》りの真珠七個をとりまいて、百数十個のいずれ劣らぬ上質

真珠を配したもので、世界にも比類なく、時価どのくらいするかわからぬといわれている。

三津木俊助は思わず鋭い眼《め》をひからせた。

「進君、君はこの切抜をいったいどこで手に入れたの」

「このあいだの晩、上野の杜《もり》のことです、夜光怪人が立ち去ったあと、樹の上からおりて見ると、その切抜が落ちていたのです。僕は、なんだか気になったのですが、夜光怪人が落《おと》していったという証拠はありません。ひょっとすると、まえからそこに落ちていたのかも知れないと思って、わざときょうまでだまっていたのです。

ところがきょうの新聞を見るといよいよきょうから貿易展覧会がひらかれ、『人魚の涙』や、ほかの首飾りも出品されるという記事が出ていたものだから、僕、なんだか心配になって……それであなたに、ご相談しようと思って、その切抜を、持って来たのです」

三津木俊助はしばらくその切抜と、さっき、若い記者から渡されたあの不思議な手紙を見くらべていましたが、やがてにんまり笑うと、

「なるほど、すると夜光怪人はかねてから『人魚の涙』に眼をつけ、それが貿易展覧会に出品されるのを待っていたというんだね」

「そうです、そうです」

「そして、さっきのお嬢さんは、それを知っていて、われわれに警告して来たというわけか」

「そうです。三津木さん、それにちがいありません」

「しかし、それならばあのお嬢さんは、なぜ、警察へとどけ出ないのだ。なぜ僕みたいなものに知らせて来たのだろう」

「さあ……」

御子柴少年もそれには当惑しました。そればかりは御子柴少年にも、わからない問題です。俊助も気がついてにっこり笑うと、

「いや、これは僕が悪かった。進君を責めたところでしかたがない。よし、それじゃこれから貿易展覧会をのぞいて見ようじゃないか」

貿易促進展覧会というのは、銀座デパートの同じ八階で、きょうからひらかれたばかりです。つまり、

銀座デパートの八階は、いま二つにわかれて、一方には防犯展覧会、もう一方には貿易展覧会がひらかれているわけです。このほうも小田切翁の真珠の首飾りが呼物《よびもの》になって、たいへんな混雑でしたが、その真珠のまえに立ったときには、さすがの俊助も思わずううんとうなってしまいました。

そこにはまるで、大きな鳥籠《とりかご》のように、鉄格子《てつごうし》の檻《おり》がおいてありました。檻の大きさは二十畳《じょう》じきくらい、そして檻の中は、それこそ真珠でえがいた夢の世界なのです。

まず中央には真鍮《しんちゅう》でつくった等身大の平和の女神が両手を高くさしあげていましたが、その両手でつまぐっている首飾りこそ、あの有名な『人魚の涙』なのです。檻の外からながめても、その首飾りは、あるいは青く、あるいは赤く、あるいは紫《むらさき》色に、じつに微妙な光をはなちます。それはまるで夢の国の七色《なないろ》の虹《にじ》のように、なんともいえぬ美しいながめでした。

さて、その女神をとりまいて、十数人の羽根の生えた天使《エンジェル》が、あるいは足下《あしもと》に、あるいは肩のあたりに嬉々《きき》としてたわむれているのですが、その天使の首や手首に、二重にも三重にもまきついている首飾り。……檻をとりまく見物人中、ひとりとして溜息《ためいき》をつかぬものはありませんでした。

「おい、君、見たまえ、あれが『人魚の涙』だよ」

「そうだ、あれが『人魚の涙』だ」

「すばらしいね」

「すばらしいなあ」

「ほかの首飾り全部ひっくるめても、あの『人魚の涙』ひとつにおよばないんだって」

「うん、そうだよ。何しろいまの相場にして、どのくらいするかわからんそうだからね」

檻の外では見物が口々にそんなことをささやいています。中には破れるものなら檻を破って、『人魚の涙』を持って逃げたいというような顔つきをした、物騒《ぶっそう》な人物もあります。しかし、どうしてどうして、ふとい鉄格子をやぶるなどとは思いもよりません。また入口のドアにも、大きな南京錠《ナンキンじょう》ががっちりとかかっていますから、それをひらくなどとはとても出来ない仕事なのです。

なるほど、これはよく考えたものだ、こうしておけばよもや盗難にかかることはあるまいと俊助もひとまず胸をなでおろしましたが、いやいや、相手はなんとも得体《えたい》の知れぬ夜光怪人だ、どのような妖術《ようじゅつ》をつかって、この檻を破らぬものでもないと、またぞろ心配になって来たおりから、会場係に案内されて、しずしずと檻のそばへちかづいて来た二人の人物があります。

さきに立ったのは白髪童顔の上品なご老人、俊助はその顔をみると思わず、はっと眼をかがやかせました。俊助はその老人の顔を、いくどか新聞や雑誌の写真で見たことがあるのです。

その人こそ、天下にかくれもない真珠王、あの『人魚の涙』の持主《もちぬし》である小田切準造翁なのでした。それにしてもつれの男は何者だろう。

トランクの怪

「ああ、あなたが三津木俊助さん、いやご高名《こうめい》はうけたまわっております。すると夜光怪人が『人魚の涙』をねらっているとおっしゃるのですな」

そこは会場わきにある事務室の一隅《いちぐう》でした。小田切準造は三津木俊助から、ちょっと話があるからと声をかけられ、ここへ俊助やつれの男をつれこんだのですが、さすがは真珠王といわれるほどの人物でした。俊助からいちぶしじゅうの話をきいても、顔の筋《すじ》ひとつかえません。そばには、つれの紳士が無表情な顔でひかえています。

「そうです。だからよくよくご用心なすって、せめて夜分《やぶん》だけでもあの首飾りを、金庫のなかへでもおさめておかれたら……と、そう思ってご忠告申上《もうしあ》げるわけです」

「なるほどご忠告は感謝します。しかしねえ、三津木さん」

小田切翁はあいかわらず落着《おちつ》いた口調で、

「私だってあれだけの品物を、衆人のなかにさらす以上、まんざら用心していないことはありません。夜光怪人とはちと意外でしたが、いずれは慾《よく》に目のない連中に、ねらわれるであろうことは覚悟のうえで、私は私なりに、かなり用心しているつもりですがねえ」

「用心とは……？」

「いや、それはいえません。これは私以外に、絶対に誰《だれ》も知らない秘密ですからね」

小田切翁はにっこり笑って、

「あなたはいま、せめて夜分だけでもあの首飾りを、金庫のなかにしまっておいたらとおっしゃった。しかし、その金庫をやぶられたらどうなりますか。心配しだしたらきりのないことで、どこにも安全な場所というものはなくなるわけです。私にとってはあの檻《おり》は、金庫以上に安全な場所なのです。まあ、見ていてください。夜光怪人であろうと誰であろうと、あの首飾りに目をつけたが運のつき、きっとつかまってしまいますよ。あっはっは！」

小田切翁はこともなげに笑います。いかにも自信ありげなその態度に、俊助と御子柴少年は思わず顔を見合《みあわ》せました。御子柴少年は心の中で、なんという剛情《ごうじょう》なおじいさんであろう、そんなことをいって、いまに後悔しなければよいがと、ハラハラするような気持ちです。

「いや、せっかくのご好意を無にするようで、はなはだあいすまぬわけですが、どうぞ悪《あ》しからず……そうそう、ご紹介しておきましょう」

と、小田切翁はつれの紳士をふりかえって、

「これも、私がいかに用心をしているかというひとつの証拠ですが……こちら黒木《くろき》一平《いっぺい》さん、たぶん名前はご存じだろうと思いますが……黒木君、こちらが有名な新日報社の三津木俊助君だ」

紹介されて三津木俊助、思わず、あっと口の中で叫びました。かけちがっていままで一度も会ったことはなかったが、黒木一平というのは、戦後メキメキと売出《うりだ》した私立探偵、丸の内にりっぱな事務所をかまえて、その名、天下にかくれもないという名探偵でした。

「いや、これはこれは……知らぬこととて失礼いたしました。それではあなたがこの事件を？……」

「いや、まだ事件が起《おこ》ったわけではありませんが、念のために真珠の見張りをしてくれとたのまれまして……まあ、いわば檻の番人ですな」

黒木探偵というのは年の頃《ころ》四十五、六、痩軀鶴《そうくつる》の如《ごと》しというのは、このような人をいうのでしょう、顔もからだもほっそりしているところへ、シルクハットにモーニングといういでたちですから、いっそう背が高く見えます。そしてぴんと高い鼻に、片《かた》眼鏡《めがね》をはさみ、片手に気のきいた細身のステッキを握っているところは、どうしてどうして、俊助など

のおよびもつかぬりっぱな紳士でした。

「いや、あなたのようなりっぱなかたが、ついていてくだされば大丈夫《だいじょうぶ》、いろいろつまらないことを申しました」

「そう、私もね、黒木君がこころよくひきうけてくれたので安心しているのです。おや」

と、小田切翁は時計をみて、

「もう、こんな時間か。デパートはもう、しまってしまったな。それじゃ私は失礼しよう」

「ああ、それじゃ、われわれも……」

と、俊助も小田切翁につづいて立上《たちあが》ろうとすると、なに思ったのか黒木探偵、

「いや、三津木さんはもう少しここにいてくださいませんか。夜光怪人があの首飾りをねらっているというのは私も意外です。これはぜひとも、あなたにもご助力願いたいと思いますから……」

と、引きとめられて三津木俊助、とうとうそのまま、御子柴少年とともにいのこることになりましたが、ちょうどそのころ、お隣りの防犯展覧会のなかでは、ちょっと変なことが起っていました。

見物がみんな出てしまったあと、係《かか》りのものが窓をしめ一応、場内を見てまわって立去《たちさ》ると、会場の中は、にわかにシーンと、墓場のように薄気味悪くしずまりかえってしまいました。

それもそうでしょう、何しろ場所が防犯展覧会ですからかざってあるものといっては、物凄《ものすご》いものばかりです。血みどろになった人殺しの場面の写真や、兇悪《きょうあく》な人相をした犯人の人相書き、さてはまた犯人の使ったピストルや短刀など、はたに大勢人がいるからこそ見られるのですが、一人では、とても気味悪くて歩けません。

ところがそういう会場の一隅《いちぐう》に、大きなトランクがひとつおいてありました。それはなんとかいう悪い男が、人を殺して、死体をその中へつめて汽車で送ったという、恐ろしい曰《いわ》くつきのトランクです。

あたりはシーンとしずまりかえって、針《はり》ひとつ落ちてもひびきわたりそうな静けさ……と、ふいにその静けさの底から、どこかでコトリと小さい物音がしました。それからまた、しばらくたって、ゴソゴソとかすかな物音……あっ、どうやらその物音は、あの恐ろしいトランクの中からきこえるようです。

……と、思う間もなく、トランクのふたが、なかか

らそっと開かれました。一寸《すん》……二寸……三寸……隙間《すきま》がだんだん大きくなって来たかと思うと、やがて中から、ニューッと一本の手が出て来たではありませんか。しかも、白い、しなやかな女の手が……。

怪人出現

防犯展覧会の会場にかざってある、あの無気味な殺人トランクのなかから、ニューッと出て来た一本の腕が――いったい、それは誰《だれ》だったでしょうか。白い、しなやかな女の手――その手の持主《もちぬし》ははたして何者だったでしょうか。

それは、しかし、しばらくお預かりとしておいて、話かわってこちらはお隣りの貿易展覧会の会場です。小田切翁《おう》の、あの真珠《しんじゅ》の首飾り『人魚の涙』をかざってある檻《おり》の周囲には、煌々《こうこう》と電灯がついています。会場のほかの部分はまっくらだのに、そこだけは明るい電灯に照らされて、まるで不夜城《ふやじょう》のように浮きあがって、なるほどこれでは何人《なんぴと》も、うっかり檻のそばへちかづくことは出来ません。

その檻を真正面にながめる例の喫茶室は、いま電気が消えてまっくらですが、その暗闇《くらやみ》のなかに三つの影が、さっきから黙々としてうずくまっています。いうまでもなくその三人とは三津木俊助に黒木探偵、そしていま一人は御子柴少年。三人は息をころして、何事かが起《おこ》るのを待ちうけているのです。

よくたとえに待たるるとも待つ身になるなといいますが、まったくそのたとえのとおりで、人を待つほど辛気臭《しんきくさ》いことはありません。ことに今夜の三人は、はたして夜光怪人が、やって来るのか来ないのか、それからしてハッキリしていないのですから、辛気臭いことこのうえなしです。そこは子ども御子柴少年、はじめのうちこそ大ハリキリにハリキッていましたが、だんだんつまらなくなってさっきからしきりに生あくびをかみころしています。

そのうちに時刻は刻々とうつってどこかで鳴りだした時計の音、たぶん百貨店《デパート》の中にある時計売場の時計でしょう。ボーンボーンと鳴りだしましたが、するとほかの時計も、われおくれじとチーンチーン、また少しおくれてカーンカーン、ひとしきりボーンボーン、カーンカーン、チーンチーン、チンチン、カンカンと、がらんとした百貨店の壁から壁へとひびきわたって、いや、もうその騒がしいこと。

しかしそれもしばらくで、やがてぴったり鳴りおわるとあとは墓場のような静けさ。ひとしきり時計の音が騒がしかっただけに、あとの淋《さび》しさが身にしみます。

いまの時計はどうやら十時を打ったようでした。

——と、そのときでした。どこやらでカタリとかすかな物音。何しろ針《はり》の落ちる音でも聞《きこ》えそうな静けさですからその物音が異様に高く耳にひびいて、御子柴少年はさっと緊張をとりもどしました。

物音はそれきりとだえて、あとはまた墓場のような静けさでしたが、そのうちにまたカタリという音、つづいてカタカタ……ああ、もう間違いはない。たしかに人の足音なのです。御子柴少年は申すにおよばず、三津木俊助と黒木探偵、これまたきっと身構えました。

百貨店には夜番《よばん》がいます。夜番は二時間おきに一階から八階まで、順ぐりにしらべてあるくことになっています。ひょっとするとあの足音は、夜番の足音ではないでしょうか。いえいえ、違います、違います。夜番があんなに用心ぶかく、足音をしのばせて歩くはずがありません。しかも、その足音は防犯展覧会のなかから聞えて来るではありませんか。

ふいに御子柴少年は、あわてて、両手で口をおさえました。もう少しのところで、あっと叫びそうになったからです。

ああ、見よ、向《む》こうの暗闇のなかに、誰《だれ》かがじっとうずくまっているではありませんか。いえいえ、誰かなどと曖昧《あいまい》なことばをつかうまでもありません。暗闇のなかにボーッと光を放《はな》つ夜光マント、つばのひろい夜光帽——夜光怪人でなくて誰でしょう。

ああ、やっぱりやって来たのです。檻のなかの真珠をねらって、夜光怪人がやって来たのです。

御子柴少年は手に汗をにぎって、ブルブルしきりにふるえます。怖《こわ》いからではありません。俗にいう武者《むしゃ》ぶるいというやつです。三津木俊助と黒木探偵が、きっと緊張していることはいうまでもありません。

夜光怪人は暗闇のなかにうずくまって、しばらくじっとあたりのようすをうかがっていましたが、やがてツーと滑《すべ》るような足どりで檻のそばへちかよると、ああ、いつの間に用意していたのでしょう、大きな合鍵《あいかぎ》をとりだすと、ガチャリと南京錠《ナンキンじょう》をはずして、スーッと滑るように檻のなかへ入っていきました。

女神の両腕

「あっ、三津木さん、いまです、いまです。いまのうちにとび出して、夜光怪人をとらえてしまいましょう」

ひくい声で叫んだ御子柴少年、まるで獲物《えもの》をみつけた猟犬《りょうけん》のようにはやりきっておりますが、横からがっきりその手をとらえたのは黒木探偵。

「しっ、静かに！」

と、押《おさ》えつけるような声で、

「もう少し待っているのだ。どんなことが起《おこ》るか、もう少しここで見ていよう」

「そうだ、進君、もうしばらくようすを見ていたまえ。さっき小田切翁《おう》がいったではないか。あの真珠《しんじゅ》に手をかけたものは夜光怪人であろうと、なかろうと必ずつかまってしまいますと、……何か仕掛けがしてあるにちがいない。しばらくようすを見ていよう」

そんなことと知るや知らずや、檻の中の夜光怪人、ほかの真珠には眼《め》もくれず、ツツーと滑るような足どりで、『人魚の涙』に近づきます。煌々《こうこう》たる電気の光を身にあびて能面《のうめん》のような顔がテラテラと光っています。それに反して夜光マントや夜光帽はぎゃくに光をうしなって、いまではただのマントと帽子です。

やがて夜光怪人は、『人魚の涙』をささげている、女神の腕にすがりつきました。そして首飾りに手をかけました。

と、その時なのです。世にも奇怪なことが起ったのは……。

いままで宙に静止していた女神の腕が、斧《おの》をふりおろすようにさっとくだると、やにわに夜光怪人の首根っ子をとらえたのです。

「あっ！」

鋭い叫びが、怪人の口をついてとびだしました。ジタバタと手脚《てあし》をもがいて、女神の腕からのがれようといたします。しかし、がっきりと首をとらえた女神の腕は、いっかなことではなれるものではあり

ません。怪人がもがけばもがくほど、暴れれば暴れるほど女神の腕はますます強く、怪人の咽喉《のど》に喰《く》いこみます。

まるでくもの巣にひっかかったはえのように、怪人はしばらく手脚をバタバタさせておりましたが、やがて、

「あ、あ、あああ……」

と、奇妙なうめき声をあげると、ぐったり、女神の腕のなかで気をうしなってしまいました。すると、どうでしょう、いままでがっきり怪人の首をとらえていた女神の腕が、まるで生《せい》あるもののごとく、しだいにうえにあがっていくと、やがて以前と同じかっこうで、ぴったり虚空《こくう》に静止したのです。と同時に女神の腕からはなれた怪人は、まるで骨を抜かれたように、ヘタヘタと、その場にくずおれてしまいました。

さっきから、それらのようすのいちぶしじゅうを見ていたこちらの三人、思わずううむとうなります。

「なるほど、すばらしい仕掛けですね。あの首飾りに手をかけると女神の腕がさがって、まえに立っている人物の、首をしめるようになっているのですね」

なるほどこれでは小田切翁が、あのように自信を持っていたのも無理はないと、俊助はすっかり感服してしまいました。

「いや、驚きました。これじゃ別にわれわれが、見張りをしていることもいらなかったわけですね」

黒木探偵も小田切翁のこの仕掛けに、すっかり驚いているようす。

「いや、そうではありませんよ。怪人はまさか、あのまま死んだわけではありますまい。きっと気を失っているだけのことですよ。だから、ある一定の時間が来たら、息を吹きかえすに、きまっています。息を吹きかえしたら、また逃《に》げだすにきまっていますから、やっぱり誰《だれ》かが、張番《はりばん》をしている必要があったわけです」

「なるほど、そうおっしゃればそうですね。じゃあ、怪人が息を吹きかえさぬうちに、手錠《てじょう》をかけてしまいましょう」

三人は喫茶室からとびだしましたが、そのとき御子柴少年は、なんとなく妙な気がしてならなかったのです。

それというのが、万事があまりあっけなかったからです。夜光怪人ともあろうものが、あまりにもたあいなくつかまってしまったので、なんだか拍子抜《ひょうしぬ》けがすると同時に、ひょっとすると、いま眼前に見た出来ごとは、夢か幻《まぼろし》か――とにかく真実の出来ごとでないような気がしてならなかったのです。

ああ、御子柴少年のこういう予感はあたっていました。

それから間もなく、檻の中へとびこんで、気を失った夜光怪人を抱き起し、あの奇妙なお能の面をとったとき、三人の唇《くちびる》から、いっせいに、

「あっ!」

と、いう鋭い叫びがもれました。それもそのはず、花面の下からあらわれたのは、大の男と思いきや、花もはじらうあの美少女――きょうの午後、防犯展覧会で出会った少女なのでした。

檻の内外《うちそと》

「こ、これは……」

これには俊助も、御子柴少年もあいた口がふさがりません。

むろん、このかわいらしい少女が、夜光怪人であるはずがありません。いやいや彼女は、夜光怪人が『人魚の涙』をねらっていると、わざわざ注意してくれたくらいではありませんか。

それだのになんだって、自ら夜光怪人に扮装《ふんそう》して『人魚の涙』に手をかけようとしたのでしょう。謎《なぞ》です。何もかも謎です。いったいこの少女は何者なのでしょうか。

俊助と御子柴少年のようすを見ると、黒木探偵は怪しむように、

「あなたがたはこの少女をご存じなのですか」

と、たずねました。

「いや、そういうわけではありませんが、あまり意外だったものですから……ときに、そのお嬢さんは、まさか死んでいるのではないでしょうね」

「それは大丈夫《だいじょうぶ》です。ちょっと失神しているだけです。間もなく息を吹きかえすでしょう」

黒木探偵はそういいながら、キョロキョロあたりを見廻《みまわ》していましたが、

「ところで『人魚の涙』はどうしたのでしょう。た

しかにさっきまで、女神の指にかかっていたが……」

「ええ『人魚の涙』がありませんか。どこかそこらに落ちているのではありませんか。進君、君もひとつ手つだって探してくれたまえ」

三人はキョロキョロあたりを見廻しましたが『人魚の涙』はどこにも見あたりません。失神している少女を起《おこ》して、その下まで探しましたが、やっぱり首飾りはありません。

三人は思わず顔を見合《みあわ》せました。

「どうしたのでしょう。このお嬢さんが女神の腕にとりすがって、首飾りに手をかけたところまではおぼえていますが、それからいったいどうしたのか……」

「ないはずはありません。どこかそこらにあるはずです。誰《だれ》もこの檻《おり》から出たものはないのですから」

黒木探偵と俊助は、不思議そうな顔をして、なおも檻の中を探していましたが、そのとき……。御子柴少年がけたたましい叫び声をあげたのは……。

「あっ、三津木さん、ありました、ほら、あんなところに落ちていますよ」

御子柴少年が指さしたのは、檻の外の床でした。なるほど檻から一間《けん》ほどはなれた外の床に、ぞろりと8の字をえがいているのは、まぎれもなく『人魚の涙』、あの光輝さんぜんたる首飾りです。

「なあんだ、あんなところへとんでいたのか。なるほど、このお嬢さんが首をしめられてもがくはずみに、手に持っていた首飾りが、あんなところへとんだのだね。よし、じゃ僕がとって来よう」

俊助はつかつかとドアのそばへ寄って、把手《ノッブ》に手をかけましたがオヤと不思議そうに首をかしげました。それからガチャガチャとしきりにドアをゆすぶっていましたが、どうしたものか檻のドアはびくともしません。

「はてな、どうしたのだろう」

「三津木君、どうかしましたか」

「どうも変です。ドアが開かないのです。……あっ、南京錠《ナンキンじょう》がかかっている!」

「そ、そんな馬鹿な! 誰も錠をおろすはずがないじゃありませんか……あっ! こりゃほんとに錠がおりている!」

三津木俊助と黒木探偵、それから御子柴少年の三人は、一瞬はッとしたようにたがいの眼《め》のなかをのぞきあいました。

ああ、誰がいつの間に、この錠をおろしていったのだろう。それは多分三人が夢中になって首飾りを探しているあいだのことにちがいありませんが、それにしても、誰がなんのために……

と、そのときでした。どこやらで、

「ふ、ふ、ふ、ふ！」

と、ひくい、あざけるような笑い声。

シーンとしずまりかえったビルディングの底から、

「ふ、ふ、ふ、ふ、ふ！」

湧《わ》きあがるような無気味な声。

三人はぎょっとしてそのほうをふりかえりました。それから脱兎《だっと》のような勢いで、檻の後部へ走りました。

と、見れば檻の向《むこ》うの床のうえから、ゆうゆうと立上《たちあが》った黒い影……

「あっ、夜光怪人！」

御子柴少年は檻の鉄柵《てっさく》にすがったまま、思わず大声で叫びました。ああ、ちがいない、ツルツルとしたお能の面のような顔、つばの広い帽子、ダブダブの大きなマント。それこそ正真正銘《しょうしんしょうめい》の夜光怪人。しかも夜光怪人の指先には『人魚の涙』がぶらさがっている。

夜光怪人は悠然《ゆうぜん》として、その首飾りを上衣《うわぎ》のポケットにしまいこむと、

「ふ、ふ、ふ、ふ、ふ！」

またしても気味悪いあざ笑いをあげ、ペコリと一同にお辞儀《じぎ》をすると、猫《ねこ》のように足音のない歩きかたで、檻のそばをはなれます。

「ふ、ふ、ふ、ふ、ふ、ふ、ふ、ふ！」

と薄気味悪いあざ笑いが、いつまでもいつまでもつづいていました。

とどろく呼笛

その時の三人のくやしさは、筆にもことばにもつくせません。

「おのれ、おのれ、夜光怪人、待て！」

黒木探偵は鉄柵にとりすがり、地団駄《じだんだ》ふんで叫びますが外から錠をおろされては、籠《かご》の中の鳥も同然、眼前に夜光怪人の姿を見ながら、どうすることも出来ません。

だが、そのときでした。御子柴少年がはっとあることを思いだしたのです。

「あっ、三津木さん、あのお嬢さんが南京錠《ナンキンじょう》の鍵《かぎ》を持っているはずです。早く、早く……」

ああ、そうでした。さっき、この少女は自ら合鍵でもって、あの南京錠をひらいたではないか。そのような簡単なことをどうしていままで忘れていたのでしょう。三津木俊助も黒木探偵も、あまり意外な出来ごとの連続に、多少逆上していたのかも知れません。

気絶している少女のからだをさぐると、すぐに鍵が見つかりました。鉄格子《てつごうし》のあいだから手をのばした三津木俊助、その鍵でガチャリと南京錠をひらくと、三人はなだれのように檻《おり》の外へとび出しました。

「夜光怪人、待て！」

ちょうどそのとき夜光怪人は、階段のうえまでさしかかっていましたが、おりからそこへあがって来たのは夜警です。しかもこれが二人づれですから、夜光怪人もはっとその場に立ちすくみます。

うしろからは黒木探偵に三津木俊助、それに、御子柴少年の三人が、ひとかたまりになって進んで来ます。まえには二人づれの夜警が、これまた夜光怪人の姿を見つけたのでしょう。呼笛《よびこ》を口にあてると、

「ピリピリピリ……」

夜の百貨店の内部をつらぬき、鋭い呼笛の音がとどろきわたりました。

「チェッ！」

夜光怪人は進退《しんたい》ここにきわまったかたちです。

怪人は舌打ちすると、マントの裾《すそ》をひるがえし、さっとかたわらの防犯展覧会のなかへとびこみました。

「それ、防犯展覧会のなかへとびこんだぞ」

七階からあがって来た二人の夜警と、あとから追って来た三人は、展覧会の入口で、ほとんど鉢合《はちあわ》せをしそうになりました。

「いったい、なんです、いまのやつは……」

夜警はびっくりしたように、俊助や黒木探偵にたずねました。

「君たちは知らないのかい、あれがいま評判の夜光怪人じゃないか」

「え、や、や、夜光怪人……」

二人の夜警はにわかにガタガタふるえだしました。

これじゃ夜警のねうちはありません。

「なんだ、夜光怪人ときいてふるえだすやつがあるか。とにかく、この中へとびこんだのだから袋の中のねずみも同然だ。君たちも手をかしてくれたまえ」

「へ、へ、へえ……」

夜警は顔を見合《みあわ》せながら、あいかわらずガタガタふるえています。

しかし、ちょうどさいわい、そこへ呼笛の音をききつけて、五六人の夜警がドヤドヤ下からあがって来ました。

「おい、ど、どうしたのだ。何か変《かわ》ったことがあったのか」

「変ったも変ったも大変りだ。夜光怪人だとよう」

「な、な、なに、夜光怪人がどうしたのだ」

「夜光怪人がしのびこんだのだよう。そしていま、この防犯展覧会のなかにとびこんだから、みんな手をかせと、こちらの旦那《だんな》がおっしゃるのだ」

「この展覧会の中へ夜光怪人が……」

なかには二の足ふむものもあります。また一方には、

「よし、おもしろい、ここへ入ったら袋のなかのねずみも同じだ。みんな手をかして、ひっくくってしまおうじゃないか」

と、勇ましいのもあります。

「やあ、ありがとう。それじゃこうしよう、この展覧会のなかと来たら、まるでくもの巣のように路《みち》が入りくんでいるから、二人ずつで組みになって、手分けしてさがすことにしよう。進君、君は僕といっしょに来たまえ」

こうして一同が手分けして、展覧会のなかを、隅《すみ》から隅までさがすことになりましたが、はたして夜光怪人はつかまるでしょうか。

滴《したた》る血潮

御子柴少年は、しっかり俊助のあとについて、暗い迷路から迷路へと、しずかに進んでいきました。

さいわい、夜警がてんでに懐中電灯を持っていたので、そのひとつを貸してもらって、その光をたよりに、暗い迷路を照《てら》していきます。スイッチひとつひねれば、展覧会の会場に、明るい電気がつくはず

ですが、それをわざとつけないのは、暗いほうがつごうがよいと、黒木探偵がいましめたからです。なぜならば相手は夜光怪人、夜光衣裳《いしょう》を着ているのですから暗闇《くらやみ》の方がかえって発見しやすいのです。

俊助と御子柴少年は、ことばもなく、猫《ねこ》のように足音をころして、暗い迷路を進んでいきます。まえにもいったとおり、そこには気味悪い写真だの、恐ろしい兇器《きょうき》などが、一面にかざり立ててあるのですから、あんまり気持ちのよい場所ではありません。

御子柴少年はいまにも暗闇のなかから、恐ろしい魔者《まもの》がとびだして来そうな気がして、何度つばをのんだかわかりません。ほかの連中はどうしたのか、足音ひとつ聞《き》こえず、咳《せき》ばらいさえもなくがらんとした百貨店の内部は、まるで暗黒の海底にしずんだような静けさです。御子柴少年は、その静けさのなかに、自分のからだが吸いとられていくような気持ちがしました。

やがて二人は、例の夜光怪人の生人形《いきにんぎょう》のところまで来ましたが、何気《なにげ》なくその生人形に眼《め》をやった御子柴少年、思わずあっと叫び声をもらしました。

「ど、どうしたのだ。進君、何かあったのかい」

「三津木さんご覧なさい。あの人形は裸にされています」

御子柴少年のことばに、俊助もそのほうに眼をやりましたが、これまたあっと叫びました。

なるほど夜光怪人の生人形は、帽子もなく、マントもなく、またお面もなくて、そのあとにはのっぺらぼうの顔があるきり。

「わかった、わかった。進君、さっきのお嬢さんはきょうの昼から、この会場のどこかにかくれていたんだよ。そして誰《だれ》もいなくなってから、そっとそのかくれ場所からはいだして、この人形の衣裳を着たんだ。そして夜光怪人になりすまし『人魚の涙』をとりにやって来たにちがいない」

しかし、かよわい少女の身で、なぜそのような大胆なふるまいをしたのだろう。それは俊助にも御子柴少年にもとけない謎《なぞ》でした。

「先生、しかし、あのお嬢さんは、いったいこの会場のどこにかくれていたのでしょう。誰にも見つからないようなそんなよいかくれ場所がありますか」

「ふむ、僕もいまそれを考えていたんだが、ひょっとすると、あの中じゃあるまいか」

「あの中というと……」

「向《むこ》うに大きなトランクがあるんだ。そのトランクというのは、ある悪人が人を殺して、死体をそれに詰めて、汽車で送ったものなんだ。その中なら十分人が入れるし、誰だってそんな気味の悪いもの開けてみるものはないからね」

「三津木さん、それじゃそのトランクを調べてみようじゃありませんか。お嬢さんがその中にかくれていたとしたら、何か証拠がのこっているかも知れません」

「うん、よし、いってみよう」

三津木俊助はこの展覧会の主任ですから、誰よりも会場の内部はよく知っている。二人は間もなく、トランクのおいてある一隅《いちぐう》へやって来ましたが、と、見ると、暗い通路に懐中電灯の光をおとして、誰か人がうずくまっている。

「誰か、そこにいるのは……」

と俊助が声をかけました。

「ああ、三津木さんですね。こちらへ来てください。少し変なことがあるんです」

それは黒木探偵の声でした。

「ああ、黒木さん。変なことというのはなんですか」

俊助と御子柴少年が近づいてゆくと、

「ごらんなさい、あの血潮《ちしお》……」

「なに、血潮……？」

二人はぎょっとして、懐中電灯の光のなかを見ましたが、なるほど床のうえにひとすじの黒い流れが、しずかに動いているではありませんか。黒木探偵はその流れを追って、懐中電灯の光をしずかに移動させましたが、と、そのさきにあるのは例のトランク。そのトランクのすきまから、あの黒い流れがしたたり落ちているのでした。三人は思わずぎょっと顔を見合《みあわ》せましたが、

「よし、中をしらべてみましょう」

俊助はつかつかとトランクのそばへより、用心ぶかく、そっとふたをひらいたが、そのとたん、思わず、あっと鋭い叫びが三人の唇《くちびる》からもれました。なんとそこには夜光怪人が、えびのように背中をまげ、ぐったりとうなだれているではありませんか。しかも、その胸には鋭い短刀が、柄《つか》をも通れと刺しこんで……

「あっ、夜光怪人が殺されている!」

御子柴少年が思わず夢中で口走るのを、黒木探偵は押《おさ》えるように、

「いや、夜光怪人が殺されるはずはない。夜光怪人はきっと別にいるにちがいないのだ。そしてこいつを殺して逃げたのだ。こいつも夜光怪人の替玉《かえだま》なのだ。とにかく顔をしらべてみましょう」

あの奇妙なお能《のう》の面をとったとき、御子柴少年は思わずあっと声を立てました。

お面の下から出てきた顔……それは、ああまぎれもなくいつぞやの夜、上野の山下から自動車に少女を乗せて逃げたあの老人ではありませんか。

怪少女

三津木俊助も御子柴少年も、ちかごろくやしくてたまりません。

黒木探偵と三人で、眼《め》を皿のようにして見張っていた『人魚の涙』を、まんまと盗みとられたばかりか、眼のまえで、人殺しまでされたのですから、これほど面目《めんぼく》ないことはありません。


トランクのなかに、死体となってつめられていた老人の、ポケットというポケットは、入念に調べられました。しかし、『人魚の涙』はどこからも発見されませんでした。これで見てもこの老人は夜光怪人の服装こそしておれ、本物の夜光怪人でないことがわかります。

本物の夜光怪人は、どこか物かげにかくれていて、この老人をあやつっていたのでしょう。

たぶん、本物の夜光怪人は、女神の像になにか仕掛けがあるらしいのに気がついて、自分で手をくだすのは危険だと思ったのでしょう。そこで、替玉をつかって、盗みに来させたのでしょう。そして、その替玉が首尾よく『人魚の涙』を手に入れて、防犯展覧会へ逃げこんだところを、待ちかまえていた本物の夜光怪人が、無惨《むざん》にも刺し殺して、『人魚の涙』を横取りしたのでしょう。

ああなんという惨酷《ざんこく》さ、なんという人非人《にんぴにん》、盗みをさせて、盗みがすむと、もう用事はないとばかり殺したのですから、世にこれほどの極悪人《ごくあくにん》はありますまい。そう考えると三津木俊助も御子柴少年も、この極悪人に対する憎しみで腹のなかが煮えくりか

えるようでした。

「よし、闘ってやる。闘ってやるぞ。喰《く》うか喰われるか、夜光怪人をたおすか、自分たちがたおされるか、闘いだ、闘いだ。われわれは最後まで闘いぬくのだ」

三津木俊助と御子柴少年は、あらためて、そう誓わずにはいられませんでした。

それにしても不思議なのは、夜光怪人の替玉となったこの老人です。見たところ、白髪の、いかにも上品な老紳士です。とても、夜光怪人の輩下《はいか》となって、悪事をはたらくような人物とは見えません。いったい、どういうわけで夜光怪人の替玉となって『人魚の涙』をとりに来たのでしょう。

御子柴少年が、はじめてこの老人を見たのは、上野の山下でした。

上野の杜《もり》で、夜光怪人に追われていた少女をたすけて、山下まで送ってくると、そこにこの老人が自動車の運転台に乗って待っていたのです。少女はこの老人のすがたを見ると、

「あっ、お父さまが――」

と、叫んで自動車にかけより、それにとび乗ると一目散《いちもくさん》に逃げてしまったのです。

してみると、あの少女とこの老人は、親子にちがいありませんが、その父と娘がふたりとも、夜光怪人にばけて『人魚の涙』をとりに来るというのは、いったいどうしたことでしょう。

それにしても、かえすがえすも残念なのはあの怪少女をとりにがしたことです。夜光怪人に気をとられて、みんなが防犯展覧会のほうへ集まっているうちに、女神の像にのどをしめられ、気をうしなっていたあの怪少女は、その後息をふきかえしたと見えて、一同が思いだして、真珠《しんじゅ》の檻《おり》へとってかえしたときは影も形も見えませんでした。

まったく、かさねがさねの黒星でした。あの少女さえ取りおさえていたら、老人の身許《みもと》もわかり、また夜光怪人との関係もわかったでしょうのに。……

それにしても、不思議なのはあの少女です。老人が殺されたことは、あらゆる新聞によって報道されているのに、とうとうどこからも名乗って出ませんでした。げんざいの親の死さえうっちゃらかして、身をかくしていなければならぬとは、いったい、どのような深い秘密があるのでしょう。

あの少女は、夜光怪人の敵か味方か——わかりません。何もかもが謎《なぞ》の密雲《みつうん》につつまれています。

こうして老人の身許もわからず、すべてが振出《ふりだ》しにもどってしまいました。夜光怪人は依然として、神秘のベールにつつまれています。

こうして、ひと月あまりたちましたが、ここにまたもやひとつの事件が起《おこ》って、いよいよ夜光怪人対三津木俊助と御子柴少年の、手に汗握るような闘いの幕がきっておとされることになりました。

仮装舞踏会

鎌倉の稲村《いなむら》ガ崎《さき》のとっぱなに、お城御殿《ごてん》と附近《ふきん》のひとびとからよばれている、りっぱな建物があります。

なるほど海にのぞんで、崖《がけ》のうえに屹然《きつぜん》とそそり立つその建物は、古い外国のお城にそっくり、いくつかの尖塔《せんとう》、城壁、銃眼《じゅうがん》、——そして城壁にはいちめんにつたがからみついて、雨につけ、風につけ、なんともいえぬ情趣《じょうしゅ》を、附近一帯の景色にそえています。

このお城御殿のあるじというのは、古宮春彦《ふるみやはるひこ》といって、つい、このあいだまで伯爵《はくしゃく》でした。

古宮家というのは、戦国時代から代々つづいた大名でしたが、明治になってからは、伯爵の位をあたえられ、華族のなかでも有名な金持ちでした。

さて、このお城御殿を建てたのは、春彦の先代、豊彦《とよひこ》というひとでしたが、この人はながいこと、ヨーロッパで勉強し、イギリスはいうにおよばず、イタリヤからフランス、ドイツからオランダと、ヨーロッパの国々をあまねく旅行して来ましたが、そのとき見て来た、あちらの国の古いお城がすっかり気にいって、日本へかえって来ると、この稲村ガ崎のとっぱなに、さっそくこのお城御殿を建てました。

そして、邸内《ていない》の家具や調度や飾りものなども、いかにもお城御殿にふさわしい、古い由緒《ゆいしょ》のついた西洋のものを、金に糸目をつけずに、どんどんとりよせましたから、ちょっとこのお城御殿にふみ入ると、日本にいるような気がしないという評判です。

さて、この古宮家では、毎年六月の第一土曜日の夜から翌日の日曜のあかつきにかけて、大々的に仮装舞踏会をひらくのがおきまりになっています。

むろん、事変から戦争中へかけては、時局にえんりょしてとりやめになっていました。また終戦後も、いろいろものが不自由でしたから、さしひかえていましたが、今年はだいぶ世のなかも立ちなおったので、久しぶりに開こうということになり、今宵《こよい》がその六月の第一土曜日。

お城御殿の大広間は、いま、煌々《こうこう》とかがやくシャンデリヤ。高い天井《てんじょう》に、くもの巣のように張りめぐらされた、金銀紅白のテープ。壁をうずめる色とりどりの花束。――なんともいえぬ。はなやかな空気につつまれて、いつでも客をむかえる用意ができております。

ところが、この広間の奥のあるじの部屋では、広間のはなやかな空気とはうってかわって、何やらものものしい気配がみなぎっています。

「こうして、急にあなたがたに来ていただいたのには、実はわけがありまして……見てください、けさがた、こんな手紙がわたしのところへまいりましてな」

こう口をきったのは、いうまでもなくこの家のあるじ春彦氏。春彦氏は年ごろ四十くらい、いかにも名家のすえらしい上品な紳士です。

さて、その春彦氏をとりまいて、緊張した面持《おもも》ちでひかえているのは、なんと三津木俊助と御子柴少年、それに黒木探偵までいるではありませんか。

黒木探偵と三津木俊助は、春彦氏からわたされた手紙に眼《め》をとおすと、思わずあっと顔を見《み》合《あわ》せました。

> 夜光怪人がお嬢さまの首飾りをねらっています。気をつけてください。

そこにはボールペンの走り書きで、そんなことが書いてあるのですが、俊助はその筆蹟《ひっせき》に見おぼえがありました。

「進君、ちょっとこれを見てくれたまえ。君はこの筆蹟に見おぼえはないか」

御子柴少年もその手紙を読むと、思わずいきをはずませて、

「先生、これはいつぞや防犯展覧会で……」

「そうだ、夜光怪人が『人魚の涙』をねらっていると、報《し》らせてくれた手紙と同じ筆蹟だ。するとまた、

あの少女が報らせてくれたのだね」

俊助と御子柴少年は、狐《きつね》につままれたように顔を見合せました。

いよいよもって不思議なのは、あの怪少女の行動です。『人魚の涙』の場合でも、あらかじめああして報らせてくれながら、あとになって、みずから首飾りを盗みに来たのですから、なんのために、あんな予告をよこしたのか、さっぱりわけがわかりません。

そしてまたきょうのこの手紙——三津木俊助と御子柴少年が狐につままれたような顔を見合せたのも無理ではありません。

春彦氏はしかしそんなことは知りませんから、

「それでわたしも驚いて、いろいろ考えて見たんですが、夜光怪人といちばん縁《えん》の濃いのはあなたがただ。いつかの『人魚の涙』の場合には、あなたがたはまんまと夜光怪人にしてやられたのだから、きっと今度は気をつけて、怪人を打ちまかしてくださるだろう……と、こう思ったものだから、わざわざ来ていただいたのですがね」

春彦氏にそういわれると、三人とも穴があったら入りたい気持ちです。

「いや、どうも……そうおっしゃられると、穴があったら入りたいです。小田切翁《おう》にあれほど信頼をうけながら、まんまと首飾りをぬすまれたのですから、合《あわ》せる顔もありません」

黒木探偵もあのことをいわれると、面目《めんぼく》ないと恐縮しています。

春彦氏はそれをなぐさめるように、

「いやいや、人間、誰《だれ》しも失敗はありがちのこと。失敗があってこそ、発奮《はっぷん》もし、努力もするのです。失敗こそ、成功のひとつのいしずえです。あなたがたはあの事件で、失敗しているだけ尊《とうと》いのです。つまり、それだけ、夜光怪人のやりくちに通じているわけです。それでこうしてお願いしているのですが、どうでしょう。お引受《ひきう》けくださるでしょうか」

黒木探偵と俊助は、しばらく顔を見合せていましたが、やがて黒木探偵が膝《ひざ》をすすめて、

「お引受けしましょう。私もあのように煮え湯をのまされ、とてもこのままひっこんではおれません。いつかおりがあったら、あの敵討《かたきう》ちをしたいと思っていたのです。こんなよいチャンスはありません。

ぜひとも働かせていただきたいと思います。三津木さんはどうですか」

「いや、ぼくだって同じことです。およばずながら黒木探偵のお手つだいをさせていただきましょう」

俊助もキッパリ引受ければ、春彦氏も大喜びで、

「いや、これで安心しました。お二人がお引受けくださればこんな有難《ありがた》いことはありません」

「ときに、その首飾りというのはどういうものですか」

こうたずねたのは俊助です。

「それは私の父豊彦が、ヨーロッパ漫遊のみぎり、向《む》こうから買って来たダイヤの首飾り、なんでもどこかの王室の所有物だったということです。それが母から私の妻、さらに妻がなくなってからは娘の珠子《たまこ》につたわったもので、いわばこの家の家宝のようなものです」

「その首飾りを、今夜お嬢さんはつけてお出になるのですか」

「そうです」

「どうでしょう。そこをなんとかして、今夜だけはおひかえになるわけにはいきませんか。ほかの首飾りでもおかけになることにして……」

「いや、そういうわけにはいきません。それが家例《かれい》になっているのですから。しかし、私もこの手紙をもらってから考えました。そこでこういう計略を思いついたのですが」

「どんな計略ですか？」

「実は珠子の小間使《こまづか》いに、藤子という娘がいる。ちかごろ雇《やと》い入れたのだが、年も珠子と同年の十八歳。たいへんかわいい娘で、背丈《せたけ》からからだのかっこう、珠子によく似ているんです。実は珠子はフランス貴族の姫君、藤子にはその侍女《じじょ》の仮装をさせようと思っていたのですが、ここでひとつ役を入れかえ、藤子に姫君の仮装をさせ、まがいものの首飾りをかけさせる。そして珠子に侍女の仮装で、本物の首飾りをさせておく。まさか、珠子が小間使いの侍女に仮装するとは思わないから、みんな藤子に眼をつけると思うんです。むろん、顔にはマスクをつけますから、そう簡単に見破られることはないと思うが、この計略はどうでしょうか」

なるほどこれはおもしろい計略なので、黒木探偵も俊助も、手をうって賛成しました。ただひとり、

なんとなく不安そうな顔をしていたのは御子柴進少年、はたしてそんなことであの悪賢《わるがしこ》い夜光怪人をあざむくことができましょうか。

姫君と侍女

さて、定刻ともなればおいおい客が到着しました。何しろ、仮装舞踏会のことですから、来るひとも来るひとも、思い思いの趣向をこらして、奇抜《きばつ》な仮装をしています。

かみしもに、ちょんまげの侍《さむらい》がいるかと思うと、南洋の土人もいます。西洋の鎧武者《よろいむしゃ》がいるかと思うと、サーカスの道化師《どうけし》もいます。赤鬼青鬼がいるかと思うと、牛若丸《うしわかまる》もいます。また、女では源氏《げんじ》物語にでも出て来そうなお姫さまがいるかと思うと、田植えすがたの娘がいます。クレオパトラがいるかと思うと、スペインの踊子もいるという調子。

いや、百鬼夜行《ひゃっきやこう》とはこのことでしたが、そのなかでも、強く人眼《ひとめ》をひいた三人の男女がいました。

そのひとりというのは、なんとこれが夜光怪人。これにはみんなあっと眼をみはりましたが、誰《だれ》の口からともなくこの夜光怪人こそ、当家のあるじ春彦氏とつたわって、一同は二度びっくり。

そうなのです。この夜光怪人は春彦氏でした。春彦氏ははじめインドの太守《たいしゅ》の扮装《ふんそう》をするつもりでしたが、きょう、ああいう手紙をもらってから、急に気がかわって、夜光怪人に仮装することにしたのです。つまり、それで夜光怪人をからかってやろうというわけでした。

さて、もう二人、強く人眼をひいたのは、ともに女で、これはフランス貴族の姫君と侍女《じじょ》という仮装でしたが、裾《すそ》の長い、ひろいスカートの優美さ、羽《は》根扇《ねおうぎ》をもった手つきのしなやかさ。ふたりとも紫《むらさき》じゅすのマスクで、顔半分をかくしていますが、マスクの下からのぞいている、鼻や口の愛らしさ、いずれおとらぬ美しいお嬢さんでした。

この姫君のほうが、当家の令嬢、珠子さんであろうとは誰の眼にもうなずけました。それというのが夜光怪人がしじゅうそのそばにつきそっているからです。そして、もうひとりの侍女に仮装しているのは、たぶん当家の小間使《こまづか》いだろうと、みんなささやきかわしていました。

「ちょいとごらんなさい。あの姫君の首にかけていらっしゃるのが、当家の家宝のダイヤの首飾り。まあ、すばらしいこと」

「まあ、ほんと、あたしさっきおそばへよって、つくづく拝見したんですけれど、キラキラと虹《にじ》のようにかがやいてそれはそれはおみごとですわ」

「それはそうでしょう。以前、ヨーロッパのさるやんごとない王室にあったというんですもの。いまの値段にすると何百万円だか、何千万円だか、相場のつけようがないということですわ」

「あら、ちょっとご覧なさい。あの侍女のひとのかけている首飾りも、ちょっとみごとじゃありませんか」

「だめよ、あんなもの。どうせガラス玉にきまってますわ」

人間ておろかなものです。お金持ちが持っていると、ガラス玉でもダイヤに見え、貧乏人が身につけていると、本物のダイヤモンドでもガラス玉に見えるのです。

こういうささやきを小耳にはさんで、ほくそ笑んでいるのは三津木俊助。なるほど、春彦氏の計略、まんまと図にあたったわいと感服しています。

その俊助はなんの仮装をしているかというと、これは赤鬼でした。黒木探偵は青鬼のはずですが、人ごみにまぎれてすがたが見えません。それから、御子柴少年はしっぽのながい西洋風の小鬼のはずですが、これまた、どこへまぎれこんだのか、そこらに姿が見えませんでした。

これらの赤鬼、青鬼、西洋小鬼の衣裳《いしょう》は、みんな春彦氏が、三人のために用意しておいたものなのです。

やがて時刻が来ると音楽がはじまります。音楽といっても、ちかごろはやるジャズなどではなくて、いずれも上品な舞踏曲、それにつれて、踊れるひとは踊りますし、踊れぬひとは、それを見物しながら、軽い飲物を飲み、かるい食物を食べています。

お客さまたちもようやくこの場の空気になれ、笑いさざめく声が、しだいに高くなって来ました。

三津木俊助はそういうなかを、ゆだんなく眼《め》をくばっていましたが、そのときです。

さっきから、すがたをかくしていた西洋小鬼の御子柴少年が、いそぎあしにホールへ入って来ると、三津木俊助のすがたを見つけ、つかつかとそばへちかよって来ました。

「三津木さん、ちょっと……」

「ああ、進君か、どうしたのだ。いままでどこへいっていたのだ」

俊助は何気《なにげ》なくたずねましたが、少年はそれにこたえず、

「三津木さん、ちょっとこちらへ来てください。たいへんなことがあるんです」

「たいへん? 進君、何かかわったことがあったのかい」

俊助もはじめて、進少年の顔色のかわっているのに気がつきました。

「何《な》んでもいいから、早く来てください。早く、早く……」

御子柴少年はそうせき立てると、みずからさきに立ってホールをとび出しました。

「おいおい、いったい、ぼくをどこへつれていくんだい」

俊助はあとから声をかけましたが、御子柴少年は返事もしません。ホールをとびだすと、長い廊下をどんどん走っていきましたが、やがて地下室へおりていきます。

「おい、進君、地下室に何があるんだい」

「三津木さん、こっちへ来てください。ほら、あれ……」

そこは地下の物置きです。ゴタゴタといろんながらくた道具をつみかさねたそのあいだから、二本の脚《あし》がニューッとのぞいています。

「あ、だ、誰だ……」

「三津木さん、顔をのぞいてごらんなさい」

御子柴少年のことばに俊助は、つみかさねた道具と道具のあいだにはいこみました。そして、御子柴少年からわたされた懐中電灯の光で、仰向《あおむ》けにたおれている人の顔をのぞきこみましたが、そのとたん、思わず、

「うわっ!」

と、叫んでとびあがりました。とびあがった拍子《ひょうし》に、いやというほどがらくた道具の角《かど》に頭をぶっつけましたが、いまはもうそんなことにかまっている場合ではありません。

たいへんもたいへん、そこに倒れているのは、まぎれもなく春彦氏ではありませんか。春彦氏は麻酔《きすい》薬《やく》でもかがされたと見えて、昏々《こんこん》として眠っているのです。

しかし、ここにこうして春彦氏が倒れているとすれば、ホールにいる夜光怪人は何者でしょうか。

三津木俊助はなんともいえぬ恐ろしさに、全身にビッショリ冷汗《ひやあせ》がながれました。

クロロフォルム

ちょうどそのころホールでは、踊りつかれた夜光怪人を中心として、姫君と侍女《じじょ》がかたすみに休息していました。

夜光怪人のお能《のう》のような面の下から、鋭い眼《め》がひかって、侍女の首にかけた首飾りに、じっと視線がそそがれています。

やがて、夜光怪人の手がつとのびて、その首飾りをつかみました。

「あら、お父さま、何をなさるの」

「ああ、いや、首飾りが大丈夫《だいじょうぶ》かと思ってね。何しろ夜光怪人がねらっているというのだから、気をつけなくちゃ……」

「あら、お父さまったら、あんなことをおっしゃって、ほ、ほ、ほ」

侍女の唇《くちびる》から、かるい笑声《わらいごえ》がこぼれます。

「おや、珠子や、なにがおかしい。私がこの首飾りのことをこんなに心配しているのが、おまえにはおかしいのか」

「だって、お父さま……ほ、ほ、ほ」

と侍女の唇からはまた笑声がこぼれます。

「何がだってだ。何がほ、ほ、ほだ」

「いやなお父さま。お父さまは忘れんぼね。この首飾りは贋物《にせもの》じゃありませんか」

「げっ！」

夜光怪人のお能の面の下で、一瞬、両眼があやしく光りました。

「まあ、どうなすったの、お父さま。藤子さんとあたしと入れかわっただけでは、まだ心配だからとおっしゃって、急に思いついて贋物をかけるようにおっしゃったのはお父さまではありませんか。そして、このことは黒木探偵や三津木俊助さまにもだまっていようとおっしゃって……」

「ああ、そうだった。そうだったね。しかしおまえがお父さまのいいつけを、正直に守ったかどうかと思ってね。いや、それで安心した」

夜光怪人はあやしく両眼をひからせながらそれきりしばらくだまっていましたが、何と思ったのか急に立上《たちあが》ると、

「ああ、珠子や、ちょっとお父さまといっしょに来ておくれ。おまえに話しておきたいことがあるから……」

「あら、お父さま、急にどうなさいましたの」

「うん、たいへんなことを忘れていたのだ。とにかく、お父さまといっしょに居間《いま》へ来ておくれ。ああ、藤子、おまえはここにいなさい。すぐかえって来るから、さあ、珠子や、すぐいこう」

まるで珠子をひきずるようにして、夜光怪人は急ぎあしにホールを出ていきます。

あとには姫君に扮《ふん》した小間使いの藤子が、不思議そうな顔をしてふたりのうしろ姿を見送っていました。

夜光怪人は珠子をつれて、さっきの居間へ入りましたが、すぐ、うしろのドアにピンと錠《じょう》をおろしてしまいました。

珠子はそれを見るとびっくりして、

「あら、お父さま、ドアに錠をおろして、どうなさいますの」

「なんでもいい。静かにするんだ」

夜光怪人の声の調子が、急にがらりと変《かわ》りました。

「え？」

「あっはっはっは、だまされた、だまされた。ね、こっちもまんまといっぱい喰《く》ったが、おまえのほうでもいっぱい喰ったね。あっはっはっは」

あッ、その笑い声の気味悪さ。珠子はゾーッと全身に鳥肌が立ちました。

「あら、あなたは誰《だれ》です。あなたはお父さまじゃない。あなたはいったい誰です」

「夜光怪人さ」

「えッ！」

「正真正銘《しょうしんしょうめい》まちがいなしの夜光怪人さ。お嬢さん、おとなしくしておいで」

夜光怪人はポケットから、ぴんとハンケチをとりだしました。そして珠子の見ているまえで、びんの

なかの液体を、タラタラとハンケチに注《そそ》ぎます。甘い匂《にお》いが、プーンと部屋のなかに立てこめました。

「ああ、クロロフォルム！　麻酔薬《ますいやく》！」

珠子は助けを呼ぼうとしました。しかし、舌がこわばって声が出ません。珠子は身をひるがえして、逃げようとしました。しかし、膝頭《ひざがしら》がガクガクふるえて、脚《あし》がうごきません。

夜光怪人はしめしたハンケチを片手にもって、一歩一歩珠子のほうにちかよって来ました。お能の面の下からあやしく両眼をひからせながら。……

開かぬ扉

内側から、ピンと錠《じょう》をおろした密室のなかで、夜光怪人におそわれた珠子は、その後はたしてどうなったでしょうか。

それはしばらくおあずかりとしておいて、こちらは三津木俊助と御子柴進少年です。

地下室のがらくた道具のなかに、麻酔薬をかがされて、こんこんとして眠っている春彦氏のすがたを見つけたとき、俊助のおどろきはどんなだったでしょう。それこそ、全身の毛孔《けあな》という毛孔から、いちじにサッと、つめたい汗が、ふき出るような、気持ちでした。

「古宮さん、もし、古宮さん、しっかりしてください」

俊助は声をはげまし、気ちがいのようになって、古宮氏のからだをゆすぶりましたが、なにしろ、強い麻酔薬をかがされていることとて、とても、眼《め》のさめそうな気配はありません。ひたいに玉のような汗をかいて、雷のようないびきが、地下室のなかにとどろきわたります。

俊助はあきらめて、御子柴少年のほうをふりかえると、

「進君、君はどうして、こんなところに古宮さんが倒れていることに気がついたの？」

と、不思議そうにたずねました。

御子柴少年は、ひたいの汗をぬぐいながら、

「三津木さん、それはこうなんです」

と、息をはずませて語るところによると、だいたい、つぎのようないきさつなのです。

古宮春彦氏から、西洋小鬼の扮装《ふんそう》をあたえられて、

ホールのなかにまぎれこんでいた御子柴少年は、そのうちにふと、夜光怪人に扮《ふん》した古宮氏が、フランス姫君の藤子や侍女《じじょ》の珠子からはなれて、こっそりホールを出ていくのに気がつきました。

しかも、そのときの古宮氏のそぶりというのが、妙にコソコソ、人眼《ひとめ》をはばかるように見えたので、御子柴少年の胸は、なんとなくあやしくおどりました。そこで、さっそくそのことを、三津木俊助にしらせようと思いましたが、あいにくそのとき俊助のすがたは、どこにも見あたりませんでした。いや、俊助ばかりではなく、青鬼に扮しているはずの、黒木探偵のすがたも見えません。

そこで御子柴少年は、じぶんでコッソリ古宮氏のあとをつけていきました。古宮氏はキョロキョロあたりに注意しながら、長い廊下を通りぬけ、やがて地下室へおりていきましたから、驚いたのは御子柴少年。

いまごろ、なんの用事があって、古宮さんは地下室などへおりていくのだろう……御子柴少年はいよいよあやしく胸をおどらせ、よっぽど、あとからついていこうかと思いましたが、かってのわからぬ地下室です。うっかりまごまごしているところを、古宮さんに見つかったら、どんなにバツの悪い思いを、しなければならぬかわかりません。

そこで、地下室の入口で、古宮さんの出て来るのを、ひそかに待っていることにしました。その古宮さんは、五分ほどたって、地下室から出てくると、そのままた、長い廊下を通って、ホールのほうへいきました。

そのあとを見送っておいて、そっと地下室へもぐりこんだのが御子柴少年です。

「古宮さんはこの地下室に、いったい、なんの用事があったのかと、あちこちさがしているうちに、見つかったのががらくた道具のあいだから、ニューッとのぞいている二本の脚《あし》です。びっくりして顔をのぞいてみると、さっきホールへかえっていったと思っていた、古宮さんですから、ぼく、すっかり肝《きも》をつぶして……」

話をきいているうちに、俊助はガタガタ歯を鳴らしてふるえはじめました。いいえ、怖《こわ》いのではありません。昂奮《こうふん》しているのです。

ああ、古宮さんはどうして地下室などへおりて来たのだろう。いや、そのことよりも、古宮さんをここに倒して、夜光怪人の衣裳《いしょう》をはぎとり、まんまと古宮さんになりすまし、ホールへかえっていったのは何者か……

「いこう、進君、ホールへいこう」

「三津木さん、古宮さんをこのままにしておいても大丈夫《だいじょうぶ》ですか」

「いや、向《む》うへいって、誰《だれ》かに介抱《かいほう》にきてもらうのだ。今夜のお客さまのなかには、ひとりくらい医者がいるにちがいない。さあ、早くいこう」

ふたりは古宮さんをそこにのこして、脱兎《だっと》のごとく地下室をとびだしました。

「三津木さん、三津木さん、ねえ、三津木さん、夜光怪人の扮装で、古宮さんに化《ば》けているのは、いったい、何者なのでしょう」

「ぼくにもわからない。ぼくにも誰だかわからない。しかし……ひょっとすると……」

ひょっとすると……? ああ、俊助にもそのあとを口に出すのが怖いのです。

俊助と御子柴少年のふたりは、短距離競走の選手のように、長い廊下を走りぬけると、やがてホールへとびこみました。そして踊りたわむれるひとびとのなかを探しましたが、夜光怪人のすがたはどこにも見えません。

「あ、三津木さん、あんなところに小間使《こまづか》いの藤子さんがいます」

御子柴少年に注意されて、ホールの隅《すみ》に眼をやると、なるほど、フランスの姫君に扮装した、小間使いの藤子が、たったひとりで、手持ち無沙汰《ぶさた》らしく、羽根扇《はねおうぎ》をつかっています。それをみると、俊助はつかつかとそのほうへ近寄りました。

「ちょっとおたずねしますが、夜光怪人や珠子嬢さんはどうしましたか」

「あら」

小間使いの藤子は、俊助や御子柴少年のすがたをみるとどういうわけか、ハッとしたように顔をそむけましたが、やがて、消えいるばかりのひくい声で、

「はあ、旦那《だんな》さまとお嬢さまは、さっき、あれ、あのお居間《いま》へお入りになったきり、まだ、出ておいでになりません」

藤子の立っているところからは、古宮さんの居間のドアが真正面に見えるのです。それを聞くと俊助

は顔色をかえて、つかつかと、居間のまえへ立ちよると、

「珠子さん、珠子さん」

と呼びながらドンドン、ドアをたたきましたが、なかからは、なんの答《こたえ》もありません。握りをつかんでドアをおしてみましたが、なかから錠《じょう》がおりていると見えて、ビクともしません。

俊助のひたいからは、熱湯のような汗がながれ落ちました。

人間消失

「藤子さん、夜光怪人と珠子さんは、たしかにこの居間へ入っていったのですか」

「はあ……」

藤子はなぜか、俊助がふりかえるたびに、顔をそむけるようにいたします。紫繻子《むらさきじゅす》のマスクをつけているので、ハッキリ顔はわかりませんが、なんとなく怪しいそぶりです。

俊助はしかしそれに気がつかず、

「しかし、それならなぜ返事をしないのだろう。藤子さん、ふたりはいったんここへ入ったが、それからまたどこかへ出ていったのではありませんか」

「いいえ、そんなことはございません。おふたりがここへお入りになってから、あたしはズッと向《むこ》うから、このドアを見ていました。お出になったら気がつくはずです」

俊助はまた、ドアをたたいて、珠子の名前を呼んでみました。しかし、なかからは依然として返事がありません。俊助はドアに耳を当ててなかのようすをうかがいましたが、部屋のなかは墓場のようにしずまりかえって、人のいる気配さえありません。

俊助の胸にはムラムラと不安がこみあげて来ました。

「進君、手をかしてくれたまえ。とにかく、このドアを破ってみよう」

俊助と御子柴少年のふたりは、西洋映画によくあるように、からだごと、ドアにぶつかってみましたが、そんなことで、破れるようなドアではありません。

藤子はびっくりして、

「まあ、どうしたのでございますの。何か不都合な

ことでもございましたの」

「ええ、ちょっと心配なことがあるんです」

ふたりがドンドンドアにぶつかっている物音をきいて、ホールから五六人、仮装をしたお客さんがとびだしてきました。また、タキシードを着た召使《めしつかい》が二三人、これまた、びっくりしたようにかけつけてきました。

「どうしたんです。何かあったんですか」

「ああ、誰《だれ》か、斧《おの》か薪割《まきわり》をもってきてくれませんか。珠子さんが、怪しい人物に、この部屋のなかへつれこまれたんです」

「怪しい人物って……」

「夜光怪人の扮装《ふんそう》をしたやつ……しかし、そいつは古宮さんではないのです。ああ、誰かこのなかにお医者さんはありませんか」

「私は医者ですが……」

いいい、ちょんまげに、かみしもを着た人間が名乗って出ました。

「ああ、そうですか。それじゃ、おそれいりますが、地下室へいって、古宮さんをみてあげてくれませんか」

「えっ、旦那《だんな》さまが地下室で、どうかされたのですか」

召使のひとりが、びっくりしてたずねました。

「麻酔薬《ますいやく》をかがされて、こんこんと眠っていられるんです。そして、夜光怪人の扮装で、古宮さんに化《ば》けた男が、珠子さんを、この居間《いま》へひっぱりこんだのです」

藤子をはじめ一同の唇《くちびる》から、あっというような叫びがもれました。一同ははじめて、事態の容易ならぬことに気がついたのです。かみしも姿のお医者さまと、召使の二人がバラバラと地下室へ走っていきましたが、やがて、そのなかのひとりが、大きな斧を持ってきました。

「よし、貸したまえ。ぼくがやってみる」

斧をふりあげた俊助が、渾身《こんしん》の力をこめて、はっしはっしとドアをたたけば、さすが、頑丈《がんじょう》なドアもメリメリとさけて、やがてちょうつがいのところからガックリはずれました。

それを見ると三津木俊助と進少年、それっとばかりに、ドアのなかへ躍りこみましたが、そこでぼうぜんとして立ちすくんでしまったのです。

ああ、これはいったい、なんということでしょう。部屋のなかには、蟻《あり》一匹、はいだすすきもありません。窓はありますが、そこには鎧扉《よろいど》がぴったりしまって、なかから懸金《かねがね》がかかっています。ドアといっては俊助が、いま破ったドアよりほかになく、しかも、そのドアにも、なかから閂《かんぬき》がかかっていました。つまり、この部屋のなかにいたひとは、どこからも外へ出ることはできないはずです。外へ出て、外からドアの閂をおろしたり、窓の鎧扉に、懸金をかけたりすることは、できるはずがないのですから……

それにもかかわらず、部屋のなかには誰もいないのです。夜光怪人はいうにおよばず、珠子のかげさえ見えないのです。

「三津木さん、こ、こ、これは……」

進少年は、狐《きつね》につままれたような顔をしています。俊助も、ぼうぜんとして眼を見はっていましたが、すぐ思いだしたように藤子のほうをふりかえり、

「藤子さん、藤子さん、夜光怪人と珠子さんは、たしかにこの部屋へ入ったのですね」

「ええ、そうです。たしかにここへお入りになりました」

藤子もぼうぜんとして、部屋のなかを見まわしました。紫繻子のマスクの下で、瞳《ひとみ》がおびえたようにふるえています。

「しかし、それじゃ、どうしてここにいないのです。ひょっとすると、あなたの気のつかぬうちに、ここから出ていったんじゃありませんか」

「そんなはずはございません。第一、出ていったとしたら、どうして閂や懸金が、なかからかかっているのです」

なるほど、いわれてみればそのとおりです。

俊助は困ったように部屋のなかを見まわしていましたが、やがて、窓のそばへよって、鎧扉をひらいてみました。

古宮氏のお城御殿《ごてん》は、まえにもいったとおり、稲村ガ崎のとっぱなにたっているのですが、この部屋はちょうど崖《がけ》に面しており、窓から下をのぞくと、切りたてたような、十数丈《じょう》の断崖絶壁《だんがいぜっぺき》、これでは、いかに身のかるいものでも珠子をかかえて、おりることなど思いもよりません。

ああ、夜光怪人と珠子とは、いったいどこへいったのか。ふたりはまるで、煙のように、この部屋の

なかで消えてしまったのでしょうか。

西洋鎧の怪

あまりの不思議、あまりの怪奇、あまりの神秘に、俊助も御子柴少年も、ぼうぜんとして、なにを考える力もなくなりました。

ただもう狐につままれたような顔をして、暗い居《い》間《ま》のなかで、顔を見合《みあわ》せていましたが、そのときです、とつぜん、御子柴少年がお尻《しり》を針《はり》でもさされたように、床のうえにとびあがりました。

「あっ、三津木さん、あれはなんです」

「えっ、なに、なんだ」

「しっ、あれを聞いて……ほら、へんな音がきこえるでしょう」

御子柴少年のただならぬ顔色に、一同はギョッと息をのみ、シーンと耳をすましましたが、その耳にきこえてくるのは、一種異様な物音です。

うめき声か……いや、そうではない。うなり声か……いや、そうでもありません。何かしら、潮騒《しおさい》のような声が、あるいは高く、あるいは低く、とぎれとぎれにきこえるのです。しかも、声の出どころはたしかに部屋のなかにちがいありません。

俊助はきっと部屋のなかを見まわしました。ここは古宮氏の居間ですから、それほど広くはなくて、日本間にして十二畳《じょう》くらい、部屋の隅々《すみずみ》には、西洋の盾《たて》だの鎧《よろい》だの、珍奇なものがかざってあります。

俊助の眼《め》は、ふとその鎧へそそがれました。そうです、うめき声とも、うなり声ともつかぬ、あの異様な物音は、たしかにその鎧のなかからもれてくるのです。

俊助はつかつかと、鎧のそばへちかよりました。そしてそっと鎧の肩に手をかけましたが、そのとたん、壁にもたせかけてあった鎧が、ガラガラと崩れて、俊助の足もとにたおれました。

「わっ!」

一同がびっくりして、床のうえからとびあがったのも無理はない。ああ、なんということでしょう、鎧のなかから、人間がひとり、ごろりところがり出したではありませんか。

「あっ、黒木探偵だ!」

俊助と進少年が、異《い》口《く》同音《どうおん》に叫びました。

そうなのです。それは黒木探偵でした。マスクをつけておりますけれど、まぎれもなくそれは、青鬼の衣裳《いしょう》を着た黒木探偵にちがいありません。しかし、どうしたというのでしょう。黒木探偵はひたいにいっぱい玉の汗をうかべ、ものすごいいびきを立てているのでした。

ああ、さっき、一同を驚かせた、あの、うめき声とも、うなり声ともつかぬ異様な物音とは、実に、黒木探偵のいびきなのでした。

「三津木さん、黒木さんもやっぱり麻酔薬《ますいやく》を……」

「そうだ。あの匂《にお》いを嗅《か》いでごらん、クロロフォルムだよ」

こんこんとして眠っている黒木探偵の顔を、俊助は穴のあくほど見ていましたが、急に気がついたように、

「進君、もっとほかをさがしてごらん。珠子さんもどこかに、かくされているのじゃないか……」

言下《げんか》に御子柴少年と小間使《こまづか》いの藤子、それからお客さまの二三人が手分けして、部屋のすみずみまで探してみましたが、珠子はいうにおよばず、夜光怪人のすがたはどこにも見えません。

ああ、ふたりはやっぱり、煙のように消えてしまったのでしょうか。

俊助はきっと、血の出るほど唇《くちびる》をかみしめ、黒木探偵の顔やら、さっき開いた窓をながめていましたが、やがてまた、つかつかと窓のそばへよって下をのぞきました。しかし、どう考えてもこの窓から、外へ出ることはできません。十数丈《じょう》の断崖《だんがい》の下には、荒波が、寄せては返しているのです。

俊助はまた、黒木探偵のほうをふりかえりました。そして何かいおうとしましたが、そのときです。ホールのほうから、うわっとなだれをうつような音。つづいて、たまぎるような女の悲鳴……。

「あ、ど、どうしたのだろう」

俊助のことばもおわらぬうちに、五六人のお客さまが、なだれこむようにドヤドヤと、居間のなかへ、とびこんで来ました。

「た、た、たいへんです。たいへんです」

「なに？　ど、どうかしましたか」

「夜光怪人です。夜光怪人がホールにいるのです……」

「なに、夜光怪人がホールにいる……？」

俊助はすばやく御子柴少年と、眼《め》くばせをすると、脱兎《だっと》のようないきおいで居間をとびだし、ホールのほうへいきました。

見るとホールのなかでは、大勢の客が、まるで化石したように、シーンとしずまりかえって、みな一《いち》様《よう》に天井《てんじょう》をあおいでいます。誰《だれ》もかれも、呼吸をするのさえ、忘れてしまったのではないかと思われるくらいでした。

俊助と御子柴少年も、その視線をたどって、ひょいと天井をあおぎましたが、そのとたん、ふたりとも、ギョッとばかりに手に汗を握ったのです。

ホールの天井はずいぶん高くて、おわんをふせたようにくぼんでいます。そして、その中央に大きなきりこガラスの飾りのついた、大装飾灯《シャンデリヤ》がブラさがっているのですが、おお、なんとその大装飾灯のうえには夜光怪人が、まるで金色の大こうもりのように、とまっているではありませんか。

大曲芸

つばのひろい黒帽子、お能《のう》の面のようにツルツルした顔、こうもりの羽根のようなインバネス、――その、羽根をひろげて、夜光怪人はあざわらうような、しのびわらいをもらします。

クククククックッ……クククククッ……

しのびわらいの声はしだいに高くなってくると、やがて、ホール中にとどろきわたるような高笑いとなりました。

「ワッハッハッハ、ワッハッハッハ」

夜光怪人は腹をかかえてわらいながら、装飾灯《シャンデリヤ》の軸をつかんでゆさぶります。ゆっさゆっさと、まるでいたずら者のお猿《さる》さんが、見物を小馬鹿にしてやるように、装飾灯《シャンデリヤ》の軸をつかんでゆさぶります。

そのたびに、きりこガラスの飾りのたれが、大地震にでもあったようにはげしくゆれて、まるで大風《ふう》鈴《りん》のようにカチカチ鳴っていましたが、やがて、バラバラとガラスの玉があられのようにホールに落下してきました。

「アレッ！」

「キャッ！」

ご婦人たちの唇からは、いっせいに悲鳴と叫び声がもれました。と、それが合図ででもあったかのように、いままで、化石したように、シーンとだまりこんでいたひとびとが、口々にどなるやら叫ぶやらわめくやら、ホールのなかは、たちまちにして、上を下への大騒動……。

　夜光怪人はあざけるように、上からそれを見ていましたが、やがて帽子をとってていねいに、下のお客さまたちにあいさつすると、

「いや、紳士ならびに淑女《しゅくじょ》諸君。せっかくの諸君の興をさましてすまなかったが、そのかわり、これから前代未聞《ぜんだいみもん》の余興をお眼《め》にかける。それ、ごろうじろ。これぞ、夜光怪人秘芸中の秘芸とある、鶯《うぐいす》は谷渡りとございい……」

　ああ、なんという大胆さ、なんという人を喰《く》ったやつでしょう。

　夜光怪人は装飾灯の軸に両脚《りょうあし》をからませると、まるで、軽業師《かるわざし》のように、まっさかさまになって、からだをブラブラゆすっています。

　さすがの俊助も御子柴少年も、あまり大胆なふるまいに手に汗をにぎったまま、どうしようという才覚も出ないのです。

　大装飾灯から、まっさかさまにブラさがった夜光怪人は、しばらくブラブラからだをゆすっていましたが、しだいにその振幅が大きくなります。

　それにつれて装飾灯も、いよいよ大きく前後にゆれて、ガラス玉のあられが四方にとんで散乱しました。

　夜光怪人はしばらくからだをふりながら、呼吸をはかっていましたが、やがて、

「えいッ！」

　大きく掛声《かけごえ》をかけると、装飾灯の軸にからませていた両脚を、パッとはなしたからたまりません。からだはつぶてのように落下してきたでしょうか。

……いえいえ、そうではありませんでした。

　両脚をはなしたとたん、つうっと虚空《こくう》に弧をえがいて、夜光怪人は蜘蛛手《くもで》にはってある、天井のモールにとびつきました。

　ああ、なんという大曲芸、なんというはなれ業《わざ》……サーカスへいったところで、これほどのはなれ業はめったにみることができるものではありません。

　お客さまたちは、思わず手に汗をにぎりました。なかには、われを忘れて拍手《はくしゅ》したひとさえありました。

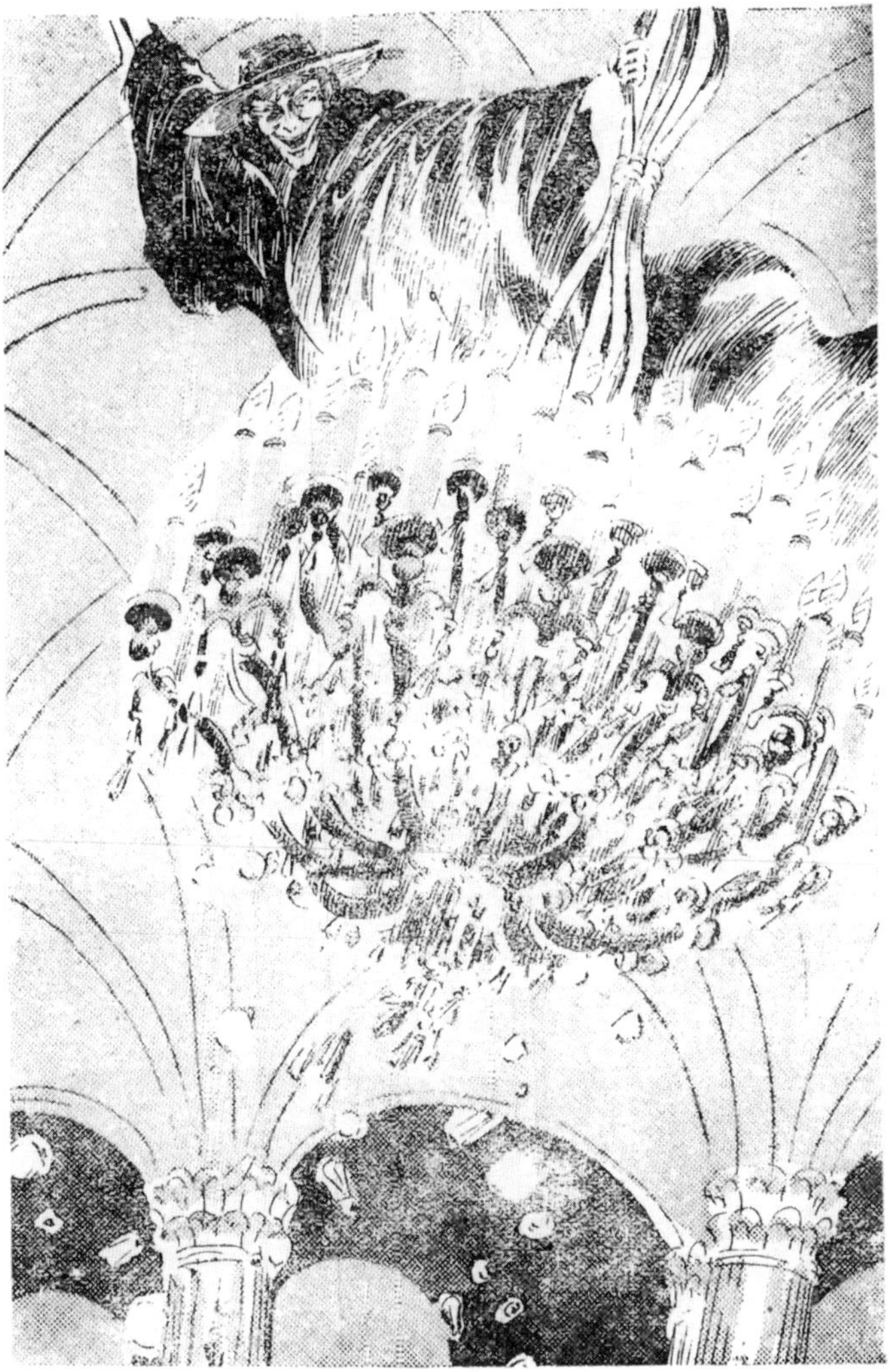

夜光怪人はそれをきくとまた、帽子をとってていねいにあいさつをしましたが、やがて、ひらりと両脚を、モールにかけると、スルスル、さかさにぶらさがったままモールをつたって、しだいに窓ぎわへちかづきます。

このホールには、西洋の教会にあるように、高いところに窓があります。その窓には、いつも色絵ガラスのドアがしまっているのですが、今夜は大勢お客さまがあるので、窓という窓は息抜きがわりにあけてあります。

夜光怪人はその窓のところまでいくと、ひらりとモールから窓がまちにとびうつりました。

そして、おりからの月明《つきあかり》の空を背景として、スックと窓がまちのうえに立っていましたが、またもや、うやうやしく下なる客に一礼すると、身をひるがえしてひらり……とびうつったのはお庭のヒマラヤ杉のてっぺんでした。夜光衣裳《いしょう》が、くらい夜空に弧をえがきます。

「それ、逃げるぞ。夜光怪人が逃げるぞ」

そのときまで魂《たましい》を抜かれたように、この怪人の大曲芸に、見とれていた客のひとりが叫びました。

俊助も、それではじめて、やっと、われに、かえったのです。

「おのれ、夜光怪人……」

バラバラと窓のそばへかけよると、夜光怪人はひらりひらりと、立ちならぶヒマラヤ杉の枝から枝へとわたりながら、しだいに下へおりてきました。そして、やっと芝生《しばふ》におり立つと、またホールへむかってうやうやしいあいさつ。……ああ、なんという大胆な、なんという憎らしいやつでしょう。

「おのれ……」

俊助は、思わず、窓がまちに足をかけたが、そのときでした。

「あっ、ちょっと待ってください」

女の声にふりかえってみると、そこに立っているのは小間使《こまづか》いの藤子でした。あいかわらず、マスクをかけているので、顔はよく見えませんでしたが、瞳《ひとみ》がキラキラ、異様にかがやいているのです。みると藤子は猟銃《りょうじゅう》を持っていました。

「あっ、君、何をするのだ!」

「いいえ、大丈夫《だいじょうぶ》。殺しはしません。ただ、ちょっと怪我《けが》をさせて、逃げられないようにしてやるのです」

藤子は銃をかまえました。そして、ねらいをさだめてズドンと一発。……

そのとたん、くらがりのなかで夜光怪人の夜光衣裳が、よろよろよろめいて、やがて、バッタリ倒れるのが見えました。

ああ、夜光怪人は死んだでしょうか。

哀れ人質

すばらしき哉《かな》、藤子!

見事なる哉、射撃の腕前!

藤子の狙撃《そげき》に、キラキラひかる夜光怪人の夜光衣裳が、バッタリ庭にたおれたとき、一同は思わず、ヤンヤと拍手喝采《はくしゅかっさい》をしました。

それにしても、藤子の狙《ねら》いが急所にあたって、夜光怪人はそのまま死ぬのではないでしょうか。一同はちょっと、かたずをのみましたが、いえいえ、そうではありませんでした。

夜光怪人はよろよろとおきなおると、千鳥足《ちどりあし》で五歩十歩泳ぐようにあるきましたが、やがてまた、なにかにつまずいたようにバッタリ倒れました。しかし、すぐまたおきなおると、めくらが手探りをするように、ヨチヨチしながら建物のかどをまがって、すがたが見えなくなりました。どうやら脚《あし》をうたれたらしく、びっこをひいているようす。

こう書いてくると、藤子が狙撃してから、夜光怪人のすがたが見えなくなるまで、とても長いあいだのようですがほんとうはそうではなく、それはあッという間の出来ごとでした。夜光怪人のすがたが見えなくなると、一同ははじめて夢からさめたように、

「それ、夜光怪人が逃げたぞ、とりにがすな」

「なに、大丈夫、いかに夜光怪人でも、脚をうたれては遠くはいくまい。それ追っかけろ」

にわかに騒ぎだしたかと思うと、元気のよいのが五六人、はや、バラバラと窓からとびだしました。その先頭に立っているのは、いうまでもなく三津木俊助に御子柴少年。藤子も猟銃片手にその一団にまじっていました。

庭はやわらかな芝生におおわれ、稲村ガ崎の崖《がけ》にむかって、ゆるやかなスロープをえがいています。そしてそのあいだには、点々としてみごとなヒマラ

ヤ杉が、からかさのような枝をひろげているのです。

一同はさっき夜光怪人がすがたを消した建物のかどまできましたが、そのときです。思わず、あッと、そこに立ちすくんでしまったのです。

月にそむいたほの暗い影。——そのほのぐらい崖っぷちから、さっと金色の虹《にじ》をえがいて、海のなかへとびこんだのは、まぎれもなく夜光怪人。キラキラと夜光虫《やこうちゅう》のような尾をひいて、すがたは崖の下へかくれました。

「しまった!」

「海へとびこんだぞ!」

バラバラと崖っぷちによって、海のほうをのぞきましたが、そこからでは、でばった岩がじゃまをして、崖のふもとは見えません。

「三津木さん。向《むこ》うへいってみましょう」

御子柴少年の声に、

「よし。藤子さん。君も来たまえ」

さっき夜光怪人が、とびこんだあたりまできて、そこから崖の下をのぞくと、しまった、海のうえには一艘《そう》のモーター・ボートが待っていたのです。そのモーター・ボートの運転手が、いましも夜光怪人を海のなかからすくいあげるところでした。

それを見ると、藤子はきっと、崖のうえから射撃の身がまえをしました。

「お待ち!」

藤子のするどい声でした。

「待たなきゃ射つよ」

モーター・ボートの運転手は、いましも夜光怪人をすくいあげて、後部にすわらせたところでしたが、その声をきくと、ギョッとしたように崖のうえをふりむきました。

「射つ……?」

「ええ、射ちます。あたしの射撃の腕前は、夜光怪人にきいてごらん。動くと許しませんよ」

少女ながらも大した度胸で、さすがの三津木俊助も、舌をまいて驚いたくらいです。

モーター・ボートの運転手も、これにはちょっと、どぎもをぬかれたようすで、しばらくもぞもぞしていましたが、やがて、モーター・ボートの底から、なにやらだきおこしたかと思うと、

「おいお嬢さん」

と、せせら笑うような声でした。

「射つなら、射ってごらん。このひとの、心臓めがけて、ズドンと一発、射つなら射ってみるがいいんだ」

「えっ？」

「ここにいるのが誰《だれ》だかわかるか。は、は、は、こういったところで、おまえさんは猫《ねこ》じゃねえから、くらやみでは眼《め》が見えまい。ほらよ、こうすりゃアわかるだろう」

モーター・ボートの男は、パッと懐中電灯に灯《ひ》をつけましたが、そのとたん、崖の上にいたひとびとは、あっといっせいに、手に汗をにぎりました。

懐中電灯の光のなかに、サッとうきあがったほの じろい顔は、まぎれもなく古宮春彦氏の令嬢、珠子さんではありませんか。珠子さんはまだ麻酔薬《ますいやく》がきいているのか、昏々《こんこん》として眠っているのです。

「は、は、は、どうだえ、生意気なお嬢さん、これでも射つ度胸があるなら射ってくれ。いのちの的《まと》は、このお嬢さんの心臓だ。射て！　射て！　やい、射たねえか」

藤子は銃をおろすと、よろよろとよろめいて、

「珠子さま！」

血を吐くような声なのです。ひしと両手で顔をおおうてしまいました。

モーター・ボートの男は、せせら笑うように、舌打ちをして、

「は、は、は、それじゃ射つのはやめか、いや、そのほうがりこうだろう。どれ、それじゃボツボツいくとしようか。このお嬢さんは人質にもらっていくぜ。いずれ首飾りとひきかえだ。古宮のおやじによろしくいっておけ」

ダダダダダ！

エンジンがうなりだしたかと思うと、憎さも憎し、モーター・ボートは鼻歌まじりに、波をけって沖のほうへ……それにしても不思議なのは、その間、夜光怪人が、ひとことも口をきかないことでした。

歎きの古宮氏

古宮家の事件でも、三津木俊助と黒木探偵は、またまた夜光怪人にしてやられました。いえいえ、こんどはしてやられたばかりではありません。古宮氏のだいじなだいじなお嬢さん、たったひとりの珠子

嬢を奪われたのですから、こんな大きな黒星はありません。

それにしても古宮氏は、あのときどうして地下室などへおりていったのでしょうか。それについて古宮氏は、麻酔からさめたとき、こんなふうに話しました。

あの大ホールで、珠子嬢や藤子をしたがえ、ひとびとの踊りをみていると、ふと古宮氏の足もとへとんできた一枚の紙片がありました。なにげなくひろいあげて読んでみると、そこにはこんなことが書いてあるのです。

うちあわせることあり、人目をさけて
ひそかに地下室へきたれ

そしてそこには差出人《さしだしにん》の名前のかわりに、あの奇妙な夜光怪人の、お能《のう》の面が書いてあったのです。

古宮氏はドキッとしました。夜光怪人が誰かほかのものにわたした紙片にちがいない――そう思った古宮氏は、そのことを、俊助や、黒木探偵にしらせようと思ってさがしましたが、あいにく、赤鬼も青鬼も、また御子柴少年の西洋小鬼のすがたも見えません。仕方なしに古宮氏は、じぶんで地下室をしらべてみようと思いました。

あとから考えると、それこそ夜光怪人の、つくっておいたわなだったのです。古宮氏は、しかし、そんなこととは夢にも知らず、単身地下室へしのんでいきましたが、するととつぜんうしろから、はがいじめにされたかと思うと、なにやら甘酸《あまず》っぱい匂《にお》いのするものを、鼻のうえにおしつけられて……それきり気が遠くなったというのでした。

さて、一方、黒木探偵の場合ですが、これまた、古宮氏の話にたいへんよく似ているのでした。

黒木探偵はホールよりも、ほかのほうが気になって、たえず邸内《ていない》を見まわっていましたが、そのうち古宮氏の居間《いま》のまえをとおりかかると、部屋のなかから妙な物音がきこえてきます。ゴトゴトと、そこらじゅうをひっかきまわしているような物音なのです。

黒木探偵はギョッとしました。古宮氏はそのころ珠子さんや藤子をつれて、舞踏場にいるはずでしたから、居間にいるはずはありません。それでは悪者がしのびこんだのか……。

　黒木探偵はそっとドアに耳をよせ、なかのようすをうかがいましたが、たしかに誰かいる気配です。そして、何かさがしているらしいのです。黒木探偵はドアの握りに手をかけると、

「誰だ！　そこにいるのは！」

　声とともに部屋のなかへおどりこみましたが、そのとたん、何者かにうしろから抱きすくめられ、鼻へおしつけられたのがしめったハンケチ。甘酸っぱい匂いが、ツーンと鼻から頭へぬけたかと思うと、くらくらと眼《め》がくらんで、そのまま気が遠くなったというのです。

「いや、古宮氏にたのまれて、首飾りや令嬢をお守りしなければならぬ私が、かえって皆さんにご心配かけて、申しわけございません」

　黒木探偵は頭をかいてあやまりましたが、いまになってどんなにあやまったところであとの祭《まつり》です。

　それにしても、麻酔からさめて、珠子嬢が誘拐《ゆうかい》されたと聞いたときの、古宮氏の歎《なげ》きはどんなだったでしょうか。

「こんなことなら、珠子に本物の首飾りをかけさせておくのだった。本物の首飾りさえ手にいれたら、珠子をつれていきはしなかったろう。なまじ、夜光怪人をからかってやろうと、贋物《にせもの》をかけさせたこの私が悪かった。珠子や、許しておくれ」

　さすがは古宮春彦氏、俊助や黒木探偵の失敗については一言もぐちをこぼさず、ただひたすらに、自分の小細工を後悔しているのです。こうなると、身を切られるようにつらいのが三津木俊助。

「いや、われわれがそばについていながら、こんなヘマをやらかして、なんとも申しわけございません。しかし、夜光怪人いかに悪人とはいえ、あんなかわいいお嬢さんに、危害をくわえるようなことはありますまい。あいつのほしいのはただ首飾り。早晩《そうばん》首飾りとお嬢さんを交換しようと申しでてくるにちがいありませんから、そのときこそはウムもいわさず、あいつをひっとらえ、首尾《しゅび》よくお嬢さんをとりかえしてごらんにいれます」

「いやいや、三津木さん、あなたのお志《こころざし》はありがたいが私はもう首飾りなどどうでもよい。夜光怪人が珠子と首飾りをひきかえにしようといってきたら、きれいに首飾りはくれてやります。そのかわり、お

お、神さま、珠子にけがやあやまちのないように」

親としてはまことに当然の歎きです。古宮氏は両手でひしと顔をおおいましたが、指のあいだから一筋《すじ》二筋、したたりおちるのは、それこそ子をおもう親の熱涙《ねつるい》でした。

俊助はだまってひかえていましたが、やがて思いだしたように、

「ときに、古宮さん、ちょっとおたずねしたいことがあるのですがね。ほかでもありません、藤子という小間使《こまづか》いですが、あなたはあの少女を昔からご存じですか」

古宮氏は不思議そうに顔をあげて、

「藤子がどうかしましたか」

「いや、ぼくはあの少女に見おぼえがあるような気がするのです。どこで会ったかはいえませんが、あれはいったいどういう素性《すじょう》の少女なんですか」

古宮氏はしばらくだまって、俊助の顔をみていたが、やがてほっとため息をつくと、

「あれはかわいそうな少女でしてねえ、あの子の父というのは一柳《ひとつやなぎ》博士といって、有名な考古学者なのです。考古学者というのは、あなたもご存じのとおり遠い昔の遺跡や遺物を研究する学者ですが、一柳博士はそういう研究をしているうちに、いつか海賊《かいぞく》の研究をはじめ、また、海賊の埋めておいたという宝物の伝説を研究しはじめたのです」

奇怪な古宮氏の物語に、三津木俊助と黒木探偵、それから御子柴進少年の三人は、思わず顔を見あわせました。

海賊の宝物

「一柳博士は、はじめ十七世紀ごろのスペインの海賊について研究していましたが、そういう研究なら世界にいくらでもある。そこで、いままで世界で、誰も着手していない研究をしようというところから思い立ったのが、八幡船《ばはんせん》の研究なのです」

古宮氏は静かな声で語ります。俊助と黒木探偵、それから御子柴少年の三人は、熱心に耳をかたむけていました。

「八幡船というのは、みなさんもご存じのとおり、足利《あしかが》時代の末期から、戦国時代へかけて、中南支那《ちゅうなんシナ》の沿岸をあらしまわった海賊のことで、船のへさき

に八幡大菩薩《はちまんだいぼさつ》という幟《のぼり》をかかげていたところから、八幡船と支那流に呼ばれ、中南支那沿岸の住民には、まるで鬼のように恐れられていたものです」

古宮氏はちょっと息をついで、

「一柳博士は、この八幡船の研究をしているうちに、いつのころか、八幡船の大頭目《だいとうもく》に竜神長太夫《りゅうじんちょうだゆう》という男があったことを知ったのです。なんでも、この竜神長太夫というのは、身長《みのたけ》六尺《しゃく》、力は、百人力あって、ひとたび叫べば、その声が三里《り》四方にとどろいたといわれる豪傑、怒《いか》れば鬼神《きじん》もひしぐという勇者でしたが、また、笑えば幼児もなつくという、やさしいところもあったといいます。この竜神長太夫には、部下が三千人あって、これが幾組《いくくみ》かにわかれて、南支の沿岸からいまの台湾《たいわん》、さらには仏印《ふついん》から遠くマレー半島のあたりまで、あらしてまわったということですから、けだしその獲物《えもの》たるや莫大《ばくだい》なものだったでしょう」

三津木俊助と黒木探偵は、眼《め》をかがやかせて、古宮氏の話をきいていましたが、とりわけ、いちばん熱心に耳をかたむけていたのは御子柴進少年です。進少年は子どもだけあってこういう空想的で、冒険的な話が大すきでした。息をころして進少年、古宮氏の話にききほれているのです。

「さて、部下がもたらした獲物のかずかずのうち、半分は部下にわけましたが、あとの半分は大頭目の竜神長太夫が手中におさめ、そのうちの半分は貧民たちにほどこしたそうですが、残りの半分は、いざというときの用意として、長太夫がたくわえていたそうです。したがって長太夫の手もとにのこったのは、全体の四分の一ということになりますが、何しろ三千人の部下が十数年のながきにわたって、掠奪《りゃくだつ》をほしいままにしてきた獲物ですから、四分の一といえども、莫大なたかにのぼったと考えられます。一柳博士の研究によると、これらの獲物の中には金《きん》銀珊瑚《ぎんさんご》はいうにおよばず、インドあたりから掠奪してきたダイヤ、ルビー、サファイヤと、珍しい宝石類なども山のようにあったというのですが、これらの宝物は、頭目竜神長太夫によって、どこかへ埋められたきり、いまだに発見されていないのだそうです」

「おじさん、それはほんとうですか。それじゃ、宝物はまだ、どこかに埋められたまま残っているのですね」

御子柴進少年は、眼をかがやかせて叫びました。

古宮氏はそれをきくと笑いながら、

「は、は、は、進君にはこの話が、よほどお気にめしたとみえるね、そうなのだよ。一柳博士の研究によると、長太夫がどこかへ宝物を埋めたという記録はのこっているが、それが発掘されたらしいという記録はどこにものこっておらんのだそうだ。何しろ、途方もない大宝庫ですから、誰かがそれを取りだして使ったとしたら、なにかのかたちで、歴史や伝説にのこっていなければならぬはずだが、その形跡のないところをみると、まだ宝物はどこかの地中に眠っていなければならぬはずだというのが、一柳博士の意見でした。博士はその大宝庫の発見に生涯をささげたのでした」

「それで……それで……おじさん、一柳博士は、その大宝庫を発見できたのですか」

「そう、発見しました」

「え、古宮さん。そ、それはほんとうですか。そんな夢のような大宝庫が、じっさいにあったのですか」

三津木俊助もおどろいてききかえしました。

「そうなのです、実際にあったのです。げんに私はこの眼で、博士が持ちかえった宝物の数点をみせてもらいましたから、疑いの余地はありません」

「それでは一柳博士は大金持ちになったんですね、そんな大宝庫を発見したとしたら……」

「ところが、それがそういうわけにはいかなかったのですよ」

古宮氏は悲しそうな顔をして、

「それというのが、一柳博士が正直すぎたためでした。何しろ大宝庫を発見するまでは、博士はほとんど全財産をつぎこんでいましたから、その日の生活にも困るというありさまでした。そこへつけこんで、博士の研究を援助しようと申入《もうしい》れたのが、大江蘭堂《おおえらんどう》という人物、この男はアメリカがえりの大金満家と自称していましたが、それはうその皮であとでわかったところによると、いろいろといかがわしいうわさのある男だったそうです。しかし、正直な一柳博士は、そんなこととは夢にも知らず、相手が親切そうに持ちかけるまま、こころよく援助をうけたばかりか、たいせつなひとり息子《むすこ》の竜夫《たつお》君まで、その男にあずけたのです。博士にとってはこれが運のつきでした」

一柳博士に関する、古宮氏の話は、まだまだ、つづくのでした。

藤子の運命

「竜夫君というのは今年十六、進君と同じ年ごろですが、大江蘭堂はこの竜夫君をあずかると、どこかへかくしてしまったのです。つまり一種の人質ですね。そうしておいていよいよ一柳博士が、大宝庫を発見してかえってくると、その大宝庫のありかを教えろ、さもなくば、竜夫君をかえさぬと脅迫《きょうはく》したのです」

「ふうん、大江蘭堂というやつは悪いやつですね」

「そうです。悪人です。大悪人です。一柳博士もその時分には、蘭堂の正体を見破っていましたから、どうしてその要求に応じましょう。博士はこの大宝庫の富を利用して、大きな社会事業をおこそうというのが念願でしたから、どんなことがあっても宝庫のありかを、蘭堂ごとき悪人にしらせるわけにはいきません。ところがどうでしょう。あくまでも腹黒い大江蘭堂、博士を一室に監禁して、さまざまな拷《ごう》問《もん》で、大宝庫のありかを白状《はくじょう》させようとしたのです。このときは幸いにも、令嬢の藤子さん、すなわち、竜夫君の姉さんのために、危《あや》ういところをすくいだされましたが、気の毒なのは博士です。よほどひどい拷問をうけたとみえて、それがもとで気が変になってしまったのです」

三津木俊助と進少年は、思わずあッと顔を見合《みあわ》せました。黒木探偵もむっつりとして、しきりにあごをなでています。

「古宮さん、博士が気がくるったとすれば、大宝庫のありかは……？」

「そうです。またわからなくなってしまいました。博士は誰《だれ》にも大宝庫のありかをしらせていませんでしたし、どこにも書きのこしていませんでした。だから、博士の秘書同様に働いていた、令嬢の藤子さんですら知らないのです。それにもかかわらず大江蘭堂は、あくまで博士父子《おやこ》を脅迫して、大宝庫のありかを白状させようとしていたのです、しかもその脅迫方法というのが世にも冷酷無残《れいこくむざん》なもので、あの夜光怪人というのがすなわちそれなのです」

それをきくと、三人は思わず大きく眼《め》をみはりました。

「そ、それじゃ、おじさん、夜光怪人というのは大江蘭堂という男ですか」

「そうなのだよ、進君。夜光怪人があゝして、人眼《ひとめ》につきやすい夜光衣裳《いしょう》を身につけて世間をあらしてまわるのは、みんなそのうわさがすぐ一柳父子の耳に入るようにとの心からだ。つまり夜光怪人が悪事を働くのは、大宝庫の秘密が手に入らぬからであるぞ。夜光怪人に悪事をやめさせ、世間を安心させようと思うならば、大宝庫のありかを白状しろと、あれはみんな一柳博士に対する示威《じい》運動なのです」

「悪人！　悪人！　何《な》んという大悪人でしょう。しかし、一柳博士はなぜ、そのことを警察に、うったえてでないのですか」

「どうしてそんなことができよう。実をいうと一柳博士ですら、大江蘭堂とは何者か、また、かれのほんとうの住居《すまい》はどこにあるのか、よく知っていなかったのです。大江蘭堂というのは変装の名人で、いろんな変装のもとに、いろんな生活をしているらしく、一柳博士にもその正体がわかっていなかったのです。それに竜夫君のこともある」

「ああ！」

三津木俊助と進少年は、思わず溜息をつきました。

「一柳博士だとて、わが子はかわいい。もし蘭堂をおこらせ、竜夫君の身に万一のことがあってはと思うと……つい引っこみ思案《じあん》になるのも無理ではないでしょう。気が変になったといっても、一柳博士は世間一般の気ちがいとちがって、ふだんはなんのかわりもなかったのです。ただ、大宝庫のことになると、なにもかもいっさい忘れてしまったのです。だから、気ちがいというよりも、記憶喪失《そうしつ》症といったほうが正しいのかも知れませんね」

「なるほど、大宝庫のことで、あまりひどい拷問をうけたので、そのショックから、宝庫のありかだけ忘れてしまったのですね」

「そうです、そうです」

「それで、博士はその後どうしましたか」

「死んだということです。いや、夜光怪人に殺されたということです」

三津木俊助と進少年は、ギョッとして顔を見あわ

せましたが、俊助は急にからだをのりだして、

「わかりました。いつぞや、防犯展覧会のなかで殺されていたご老人が……」

古宮氏はくらい顔をしてうなずくと、

「そうだったそうです。私はちかごろになって、やっとそれを知ったのです。それというのが、令嬢の藤子さんが私を頼ってきたので、表面小間使《こまづか》いとして、めんどうをみることになったのですが、その口から、いまお話ししたようなことを、はじめてきいて驚いたというわけです」

「しかし、おじさん、藤子さんはお父さんまで殺されながら、どうして警察へそのことを知らせなかったのですか」

「それというのも、やっぱり竜夫君のことがあるからだよ。藤子というのは勝気《かちき》な娘で、自分ひとりで、夜光怪人とたたかうつもりなのです。そして、無事に竜夫君をすくいだし、また、いちど父が発見しながら、またまた、そのありかがわからなくなった大宝庫を自分の手で発見するまで、なにびとの力も借りぬといっているのです」

古宮氏の長話もやっと終《おわ》りました。あの怪少女藤子の行動については、まだまだ、なっとくのいかぬところもありましたが、それでもだいたいの事情は判明しました。

ああ、なんという不幸な少女だったでしょうか。せっかく父が大宝庫を手に入れながら、悪人の術中におちいったがために、父を殺され、弟を奪われ、その無念や、察するにあまりがあります。さればこそ藤子は、なにびとも信用せず、なにびとをも頼りとせず、復讐《ふくしゅう》の鬼となって、単身夜光怪人とたたかおうとしているのでしょう。危《あやう》き哉《かな》、藤子！

そこへ、召使《めしつか》いが一通の手紙をもってきました。

「旦那《だんな》さま、藤子さんがこのお手紙を、旦那さまにおわたししてくれとおっしゃって……」

「藤子が……？」

折《おり》も折とて一同はギョッとして顔を見合せました。古宮氏はとる手おそしと手紙の封を切りましたが、すぐまっさおになると、

「あっこれはいけない！」

俊助が急いでその手紙をうけとって読んでみると、そこにはこんなことが書いてあるのでした。

古宮のおじさま。いろいろおせわになりながら、お別れのごあいさつもせずに、お屋敷を出ていく藤子の無礼をお許しください。私がげんざいおそばについていながら、珠子さまを敵にうばわれたとあっては、とても、おめおめおじさまにお眼にかかることはできません。藤子は決心しました。じぶんの身を犠牲《ぎせい》にしても、珠子さまをお救いしなければおかぬと。私は闘います。夜光怪人、大江蘭堂と闘います。あいつをたおすか、私がたおされるか最後の最後まで闘います。では、おじさま、ご機嫌《きげん》よろしゅう。

藤子より

ああ、勝気《かちき》なる藤子！

彼女の気性《きしょう》としては、無理もないところかも知れないがそれにしても、なんという無鉄砲なことだろう。牛車にはむかう蟷螂《とうろう》の斧《おの》とはこのことではないか。

怪少年

夜光怪人に誘拐《ゆうかい》された、古宮氏の令嬢、珠子は、その後、どうなったでしょうか。

さらにまた、単身、夜光怪人と闘うために、古宮家から姿をくらました、けなげな藤子は、あれからどうしたでしょうか。

それらのことは、しばらくお預かりとしておいて、こちらは三津木俊助です。

思えば人魚の涙の事件といい、さらにまた、こんどの古宮荘の事件といい、かさねがさねの失敗に、すっかりしょげこんだ俊助が、いまさらのように思いだされるのは由利《ゆり》先生のこと。

由利先生というのは、かつて警視庁の捜査課長をしていたひとですが、その後、職を退《しりぞ》いて、みずから私立探偵を開業すると、門前たちまち、市《いち》をなすといわれたほどの名探偵。

この由利先生、昔から俊助とうまがあったようですが、ことに現職を退いて、私立探偵を開業するようになってからは、こよなく俊助を愛し、こよなく俊助を信頼して、どんな事件でもふたりいっしょに働いたもの。三津木俊助が新日報社の花形記者として、名声天下にかくれがないというのも、実をいえば、由利先生のような名探偵がついていたからです。

ところがこの由利先生、ちかごろなにを考えたのか、麹町土手三番町《こうじまちどてさんばんちょう》にあった探偵事務所を閉鎖《へいさ》すると、国立《くにたち》の奥にひっこんで、すっかり探偵業から手をひいてしまいました。そして、三津木俊助がどんなに引っぱり出しにいっても、がんとしてきかないのです。

「世の中はかわったよ、俊助君、わしみたいな老人の出しゃばる幕じゃない。まあまあ、君みたいな若いひとに、うんと働いてもらわねばならん。わしはいもでもつくっているのが身分相応じゃよ」

そういって、俊助がいかに口をすっぱくして頼んでも、おみこしをあげようとしないのです。実は今度の夜光怪人の事件が起《おこ》ってからも、俊助はなんど国立まで足をはこんだかわかりませんが、とうとう、先生をひっぱり出すことはできませんでした。

俊助はきょうもきょうとて、由利先生のことを考えながら、町をブラブラ、あるいていました。

珠子嬢が誘拐されてからきょうで五日目、俊助は毎日のように、鎌倉にある古宮家と、電話で連絡しているのですがいまだに夜光怪人からは、なんの音沙汰もありません。むこうからなにかいってくれれば、それを手がかりに、捜査の糸もたぐっていけるのですが、夜光怪人のほうでもよっぽど用心しているらしく、なかなかしっぽをだしません。

俊助はまた、古宮氏から話にきいた、大江蘭堂なる人物を調べてみました。しかし、これもまるで、雲をつかむような存在で、まるで正体がつかめません。

ああこんなときに由利先生がいてくれたら……そう考えるといまさらのように、先生の隠遁《いんとん》がくやしくてたまりません。なんとかして、先生をひっぱりだすくふうはないものかと、とつおいつ思案にくれながらあるいている俊助の耳に、ふと聞《きこ》えてきたのは、

「やあ、こいつは素敵だ！」

と、素《す》っ頓狂《とんきょう》な子どもの声。

その声に俊助がふと冥想《めいそう》をやぶられて顔をあげると、そこは静かなお屋敷町で、ながながとつづいた塀《へい》に、大きなポスターが貼ってあり、そのポスターのまえに、見すぼらしいみなりをした少年がひとり立っています。

「やあ、これは素敵だ、ぼくも見たいなあ」

少年がまた大声をあげました。

いったい、何がそんなに素敵なのか、俊助もふと好奇心を起して、塀のそばへ近寄ると、少年のうしろから、ポスターをのぞいてみましたが、そこにはこんなことが書いてあるのでした。

極東サーカス
いよいよ公開
鳥人《ちょうじん》**ジミー小島**《こじま》の妙技を見よ
手に汗握る
空中の大サーカス
六月十一日より浅草《あさくさ》にて

そして、そこには空中に張られた、綱から綱へととびうつる、鳥人ジミー小島のすがたが、けばけばしい原色でかいてあり、『六月十一日より浅草にて』と、書いたもんくのうえには、白抜きで矢印がつけてあります。

なるほど、これでは子どもが見たがるのも無理はないと思いながら、何気《なにげ》なくそのポスターを見ていると、何思ったのかくだんの少年、ポケットから赤いチョークをとり出すと、ポスターのうえの矢印に、くるりと丸をつけました。そして、それきり、俊助のほうを見むきもしないで、スタスタいってしまいました。

（おやおや、変なことをするわい）

俊助はちょっと妙に思いましたが、べつに深くも怪しまず、さっきのつづきで、由利先生のことを考えながら歩いていましたが、するとまたもや、

「ああ、ここにもポスターが貼ってあらア」

と少年の声。

なにげなく俊助が顔をあげると、そこの道ばたにも、極東サーカスのポスターが貼ってあり、さっきの少年がまたしても、そのポスターのまえに立っているのです。

（おやおや、この子は、よっぽど、サーカスを見たいらしいな）

俊助がほほえましいような、いじらしいような気《き》持《もち》で見ていると、少年はまたポケットから赤いチョークを出し、

『いよいよ公開』

と、書いてある、公開という二字に丸をつけまし

た。そして、そのままスタスタと歩いていきます。

　俊助はちょっと妙に思いました。いったいあの子はなんだって、こんないたずらをするのだろう。さっきは矢印に丸をつけ、こんどは公開という字に丸をつけたのです。これには、何か意味があるのだろうか、それとも単に子どもらしいでたらめのいたずらだろうか……。俊助の胸はしだいに怪しくみだれてきました。そこは新聞記者のことで、そのまま見のがしてしまえない、何物かをかんじたのです。

（よし、ひとつあとをつけてやれ）

　そう決心した三津木俊助、見えがくれに、怪少年のあとをつけていきました。

極東サーカス

　見たところその少年は、御子柴進少年と同じ年ごろですが、恐ろしく見すぼらしいみなりをしています。

　上衣《うわぎ》もズボンもボロボロで、いたるところに、さけた布がつららのようにさがっています。靴もパックリ、大きな口をあけ、頭にかぶった鳥打帽《とりうちぼう》も、くしゃくしゃに形がくずれているのです。

　だが、それよりも怪しいのは、六月という陽気にもかかわらず、口に大きなマスクをかけ、おまけに眼《め》が悪いのか黒い片眼帯をかけているのです。それですから顔のなかで見える部分といったら、ごくわずかしかありません。

　ひょっとすると、あれはわざと、顔をかくしているのではあるまいか。……

　そう考えると、俊助の心は、いよいよ怪しくみだれます。たかが子どもといってもゆだんはなりません。俊助は用心ぶかく相手にさとられぬように注意しながら、あとをつけていきましたが、すると間もなく少年は、にぎやかな電車通りへ出ました。

　その電車通りの四つ角に、自動電話のボックスがあり、そのボックスの壁に、また、極東サーカスのポスターが貼ってあります。

　怪少年はそのポスターのまえに立って、しばらく眺《なが》めていましたが、やがてまた、ポケットから赤いチョークをとりだすと、何やら素速《すばや》くポスターのうえにいたずらして、それからさっと身をひるがえすと、おりからやってきた電車に、ひらりととびのっていってしまいました。

俊助は思わずあっと息をのむと、

「しまった！」

と、口の中で叫んで自動電話のそばにかけよりました。見るとそのポスターの「鳥人ジミー小島」と、書いた文字の人という字に、赤いチョークで印がつけてありました。

俊助は、思わずぼうぜんと眼をみはりました。

いったい、これはどういう意味か。――最初が矢印で、つぎが公開という二字、そして三度目が人という文字。

矢印に公開に人――矢に公開に人――矢公開人ヤコウカイジン。夜光怪人。……

俊助は思わずあっと、路傍《ちぼう》でとびあがりました。

ああなんということだ。あの怪少年がのこしていったことばの謎《なぞ》は、夜光怪人であったのです。

夜光怪人――夜光怪人――それではいまの少年は、夜光怪人の手先だったのでしょうか。

いやいや、それにしてはわざと自分の眼につくように、謎のことばをのこしていったのが不思議です。ひょっとすると、そこに何かのわなが用意されているのではありますまいか。……

俊助はきっと唇《くちびる》を噛《か》みながら、しばらくポスターのおもてを眺めていましたが、やがて気がついてあたりを見まわすと、怪少年を乗っけた電車は、すでにもう、影も形も見えません。

（しまった。こんなことならもう少し、少年のそばにくっついているのだった！）

いまさら悔《くや》んでも後の祭《まつり》です。だが、それにしてもあの怪少年が、謎のことばをのこすのに、極東サーカスのポスターを利用したのは、単なるぐうぜんだったのでしょうか。

いやいや、ひょっとすると、あのポスターに大事な意味があるのではありますまいか。つまり極東サーカスに、何かしら夜光怪人にからまる秘密が、伏在《ふくざい》しているのではありますまいか。

（そうだ、よし、これから極東サーカスへ、いってみてやれ）

決心すると、俊助もすぐに、浅草行きの電車にとびのりました。

極東サーカスというのは浅草の観音《かんのん》さまの裏手にある、空地《あきち》にテントを張って、つい最近興行をはじめたのですが、なにがさて、水際《みずぎわ》だったジミー小島という曲芸師の空中のはなれ業《わざ》が、実にみごとなものですから、これが評判になってたいへんな大入りでした。

三津木俊助も、かねてからそのうわさはきいていましたが、実際に見るのはきょうがはじめてです。

なるほど、たいへんな人気と見えて、大きなテントをとりまいて、見物が長蛇《ちょうだ》の列をつくっています。

俊助は何気《なにげ》なくその見物をみていましたが、ふいにギョッと息をのみました。見物のなかにひとり、見おぼえのあるすがた――それはたしかに、さっきの怪少年ではありませんか。

怪少年のほうでも、俊助のすがたに気がついたのか、あわてて列をはなれると、テントをまわって、裏のほうへ逃げていきます。俊助もこんどはのがさじと、急いであとを、追っかけます。

怪少年はテントのうしろがわへやってくると、キョロキョロあたりを見まわしたのち、素速く楽屋口からなかへとびこみました。

いよいよ怪しい少年の素振《そぶ》り。……俊助も用心ぶかく楽屋口のまえまでくると、そっとなかをのぞいてみましたが、さいわい人影も見えません。さっきの怪少年もどこへいったのか、影も形もありません。

テントの中では、いましも曲芸が演じられているらしく、にぎやかな音楽の音《ね》、おりおり拍手《はくしゅ》の音もきこえます。

俊助は用心ぶかく、テントのなかへ滑りこみました。

と、見れば右手のほうに、白いカーテンをたらした小部屋がありカーテンの裏側から、ヒソヒソと人の話し声が、きこえてきます。

俊助は抜足差足《ぬきあしさしあし》、そのカーテンのまえまで忍んでいきましたが、と、突如《とつじょ》としてカーテンの向《む》うから、

「おはいり。三津木俊助君、さっきから待っていたよ」

聞きおぼえのある声に、俊助は思わずあっと、カーテンをまくってとびこみましたが、

「ああ、あなたは由利先生！」

思わずそこに、棒立ちになってしまったのでした。

由利先生登場

いかにも、それは由利先生でした。由利先生、五十にはまだ間のある年ごろですが、頭髪雪《ゆき》のごとく、白くやせぎすながら、鋭い眼光の持主《もちぬし》。じっとにらめば、いかなる秘密も見とおさずにはおかぬという眼差《まなざ》しですが、にっこり笑えば、幼児もなつこうという温顔《おんがん》でもありました。

三津木俊助はあまりの意外さに、しばし、ぼうぜんとして立ちすくんでいましたが、やがて、狂気のごとく由利先生にとりすがると、

「先生、ほんとうに先生ですね。先生がどうしてここに……」

と、そこまでいって、思いだしたように、キョロキョロあたりを見まわすと、

「それにしても、さっきの少年は、どうしました。あの怪少年は……」

由利先生はにっこり笑うと、

「はっはっは、怪少年はよかったね。おい、怪少年、こっちへ出てきたまえ」

言下《げんか》にはいと答えて、カーテンのかげからあらわれた、怪少年の顔を見て、三津木俊助は眼《め》をまるくしてびっくりしました。

「や、や、や、き、君は御子柴進君……」

「はっはっは、三津木君、君はいままで気がつかなかったの、これが進君だということに……」

「やられました。だって、大きなマスクに片眼帯をかけて、ぜんぜん顔が見えなかったんですもの……」

「三津木さん、どうですか、ぼくの変装術もまんざらではないでしょう」

乞食《こじき》少年のように、ボロボロの洋服を着た御子柴進少年もまんまと俊助をいっぱいかついだうれしさに、大得意になってよろこんでいます。

「いや、参った。完全にやられたよ。しかし、先生、これはいったいどういうことですか。進君になんだって、あんないたずらをさせたんです」

「実はね、君にここへ来てもらいたかったので、ちょっと進君をわずらわせたのだ。いずれ、好奇心の強い君のことだから、進君にああいう真似《まね》をさせれば、きっとあとをつけて来るだろうと思ってね」

「しかし、先生何もそんなにまわりくどいことをなさらずとも、ご用があるなら、そうおっしゃってくださればよかったのに……」

「いや、それがそういうわけにはいかないんだ。君は知るまいが、君の周囲には、夜光怪人のスパイがいつもついていて君の一挙一動《いっきょいちどう》を監視しているんだ。だから、君と秘密に会見しようと思えば、ああいう手段をとるよりほかはなかったんだよ」

「先生、すると先生はいよいよ夜光怪人の事件に出馬してくださるんですか」

「ふむ、わしも決心した。それというのがこの進君だ。進君がね、このあいだから毎日のようにやって来て、なんとかして、三津木さんに力をかしてあげてくださいと頼むんだ。その熱心さにわしも負けた。それで、およばずながら力をかそうと決心したわけだ」

これを聞いて、俊助のよろこびは、たとえようもありません。

「先生、ありがとうございます。いや、進君、ありがとう。もし、夜光怪人を首尾《しゅび》よくとらえることができたら、第一の殊勲者《しゅくんしゃ》は、由利先生をひっぱりだした、進君ということになるだろう。ありがとう、ありがとう」

それから俊助は由利先生のほうにむきなおって、

「しかし、先生、先生がぼくとの会見場所を、このサーカスのテント小屋にえらばれたというのは、何か特別の意味があるのですか。このサーカスと夜光怪人のあいだに、何か関係があるのですか」

「ふむ、そのことだがね。実は……ああ、ちょうどいいところへやってきた。紹介しておこう」

由利先生が立ちあがったとき、カーテンをあげて入ってきたのは、ひと眼《め》でサーカスの団長と知れる大男、赤地に金糸《きんし》銀糸《ぎんし》をちりばめた、けばけばしい服装をして、鼻の下にはピンと八字髭《はちのじひげ》、手には猛獣を使う鞭《むち》をもっております。

「三津木君、こちらが極東サーカスの団長で、ヘンリー小谷《こたに》君。小谷さん、こちらが新日報社の三津木俊助君」

と、紹介をおわると、

「小谷さん、ひとつあなたから三津木君にこのあいだのことを話してやってくれませんか」

「はあ」

ヘンリー小谷は八字髭をひねりながら、俊助のほうに向って、かるく一礼すると、こんな話をはじめたのです。

「あれは今月のはじめのことでしたな。このサーカスへ見知らぬ人物がやってきて、ジミー小島……ご存じでしょう。空中サーカスの人気者です。あれをひと晩、貸してくれまいかというんです。わけをきいてみると、仮面舞踏会の余興に使うのだということでした」

仮面舞踏会ときいて、俊助は思わずドキリと眼をみはりました。

「小谷さん、お話の最中ですが、その仮面舞踏会というのは、もしや、鎌倉の古宮家ではありませんか」

「そうです、そうです。その古宮家の余興として、いま評判の高い夜光怪人に扮《ふん》して、お客さまを驚かせてやりたいが、それには、ぜひとも、ジミー小島を貸してもらいたいというのでした」

ああ、これはどういうことなのだろう。それでは、あの夜、すばらしいはなれ業《わざ》をもって、満堂《まんどう》の客をおどろかした、夜光怪人とは、サーカスの曲芸師、ジミー小島であったのではあるまいか。……

俊助の胸は怪しくみだれてくるのでした。

解ける謎

そうなのでした。ヘンリー小谷の話をきくと、あの夜、古宮邸《てい》を騒がせた夜光怪人というのは、実に曲芸師ジミー小島であったのです。ジミー小島はむろん、そこに深い悪だくみがあろうなどとは夢にも知らず、ただ、余興のつもりで、あの大シャンデリヤのうえにひそんでおり、おりを見て、来客一同を驚かせるすばらしい曲芸を演じてみせたのです。

「それをあなた、本物の夜光怪人とまちがえられ、ズドンと一発、脚《あし》をうたれたので、すっかりびっくりしてしまったんです。それと同時に、こいつは妙だと、はじめて気がついたといいます。ひょっとすると、これには何かの悪だくみがあって、うっかりここでつかまったら、本物の夜光怪人にされてしまうのではなかろうか、……そう気がついたものですから、必死となって逃げていたところ、崖《がけ》の下から、早くとびこめというものがある。しかし、脚をけがしている身であってみれば、うっかりとびこみもできません。そこでありあう石を夜光衣裳《いしょう》にくるんで海のなかへ投げこんだんです。そして、みなさんがそのほうへ気をとられているうちに、ほうほうの態《てい》で古宮家から逃げだしたのだということです」

俊助にとっては、それは驚くべき事柄ばかりでした。

「それじゃ、あのときボートに救いあげられたのは……」

「ありゃア、夜光衣裳ばかりで、中味はもぬけの殻《から》でしたよ。それを夜光怪人の一味が、モーター・ボートの機関にかぶせて、いかにも人らしく見せかけたのです」

そういえば、あのとき、モーター・ボートに救いあげられた夜光怪人は、ひとことも口をきかず、また、身動きもしませんでしたが、さては衣裳ばかりで、中味はもぬけの殻だったのか。……

「そして、ジミー小島君を借りにきた男というのは、いったい、どんな人物でした」

「それがね、よくわからないんですよ。大きな黒《くろ》眼鏡《めがね》にマスクをかけていたので、顔はぜんぜん見えなかったのです。自分では古宮家の召使《めしつか》いだといってましたが、むろん、それはうそで、あれこそ夜光怪人か、あるいはまた夜光怪人の身内のものにちがいありません」

ああ、それは俊助にとっては意外なことばかりでした。自分たちの注意を一身に集めたあのはなれ業のぬしが、ほんとの夜光怪人でなかったとすると、真実の夜光怪人はどこにいたのでしょう。まんまと珠子を誘拐《ゆうかい》していったからには、あの夜、夜光怪人が、古宮家に忍びこんでいたことはいうまでもありません。その夜光怪人はどこにいたのか。……そこまで考えてきたときでした、俊助ははっとあることに気がついて思わず大きく息をうちへ吸いこみました。

由利先生はにっこり笑って、

「は、は、は、三津木君、やっと気がついたね。誰《だれ》が夜光怪人であったか……」

「先生、先生、それじゃやっぱりあいつが……」

「そうだよ。ねえ、三津木君、世のなかに密室の犯罪なんてありえないことだよ。錠《じょう》をおろした部屋のなかで、人間が消えてしまうなんてことはありえないのだ。君だって、それくらいのことは気がついていたのだが、ジミー小島の扮装《ふんそう》した、余興の夜光怪人についだまされて、考えがこんぐらがってしまったのだよ。ここでもう一度、あの晩、古宮家の一室で、夜光怪人と珠子嬢が消えてしまったときのことを思いだしてみようじゃないか」

由利先生はパイプに火をつけると、

「あの晩、古宮氏に化《ば》けた夜光怪人は、珠子嬢とともに、古宮氏の居間《いま》へ入っていって、なかから錠をおろしてしまった。ところが、それから間もなく、君がドアをうち破って、居間へ入っていったときには、誰もそこにいなかった。令嬢も夜光怪人も、煙のように消えていた。もっともその部屋には窓があることはあったけれど、下は断崖絶壁《だんがいぜっぺき》だから、令嬢をだいて、そこからはいだすなど思いもよらない。そこで、ふたりは煙のように消えてしまったということになったが、ほんとにその部屋には誰もいなかったろうか。いや、のちになってその部屋から、ひとりの人間が発見されたはずじゃないか」

「そうです。黒木探偵が……」

俊助はのどのつまるような声で、ことばをはさみました。ああ、なんということだろう。それでは黒木探偵が……

「そうだよ、夜光怪人なのだよ。それよりほかに、あの謎《なぞ》をとく鍵《かぎ》はないのだ。黒木探偵は古宮氏の仮装をかりて、珠子嬢を居間へつれこみ、麻酔薬《ますいやく》でもって眠らせてしまった。そして、その腰に綱をまきつけ、これを窓からおろしたのだ。窓の外にはモーター・ボートが待っていて、珠子嬢をうけとった。一方黒木探偵は、夜光怪人の衣裳を窓から投げすてて、鎧《よろい》のなかへもぐりこむと、みずから麻酔薬をかいで眠りこけたのだ……」

「そうでした。ぼくもあのとき、ふいとそういう疑惑をかんじたのですが、ちょうどそのときホールのほうへ、夜光怪人があらわれたというので、つい、そのままになってしまったのです」

「それなんだ。夜光怪人がジミー小島をやとったというのも、つまりは、ひとびとの疑いをそらすためだったのだ。わたしはね、夜光怪人のはなれ業をきいて、なんぼなんでもそれではあまり曲芸がうますぎる。とても素人《しろうと》にできるわざではない。……と、そう気がついたものだから、いま評判のジミー小島に眼《め》をつけて、このサーカスへやってきたのだ。ジミー小島もヘンリー小谷君も、知らぬこととはいえ、夜光怪人の身がわりになったなどといえば、どのような疑いをこうむらぬものでもないと、いままで誰にも語らなかったのだが……」

意外とも意外、黒木探偵が夜光怪人であったろうとは！

「それで、ジミー小島君はどうしていますか。ちょっと会って、話をききたいのですが……」

「はあ、ジミーは脚に負傷をしましたが、幸い、傷は浅かったので、きょうからサーカスに出ることになって、いま曲芸を演じているところです。もう間もなく終《おわ》って、こちらへ帰ってまいりましょう」

だが、そのときでした。

舞台のほうから、にわかにきこえて来た恐ろしい叫び声、それにつづいて、わっとなだれをうつような、見物のどよめき、悲鳴、叫び声。……

ああ、極東サーカスのなかでは、いったい何事が起ったのでしょうか。

ブランコの女王

密室の謎はとけました。

夜光怪人の正体も暴露《ばくろ》しました。

三津木俊助にとって、それはこのうえもなくうれしいことでしたが、それにもまして俊助がよろこんだのは、名探偵由利先生が、いよいよ出馬の決心を、してくれたことでした。

由利先生の協力をうることは、百万人の味方をえるより力強いことなのですから、俊助が有頂天《うちょうてん》になってよろこんだのも無理ではありませんが、ここでは話をすこしまえにもどして、おりからサーカスの大広場で、演じられていた曲芸についてお話しいたしましょう。

呼物《よびもの》の空中大サーカス。ジミー小島いのちがけのはなれ業――それがそのとき、演じられていた曲芸なのです。

あれ、見よ、テントの空高く、まるく輪をえがいてブラ下《さが》った花のブランコ、ひとつは中央に、あとの十二はそのブランコをとりまいて、まるく円をえがいています。そして、そのブランコにひとりずつ、花のごとき少女がすわっているのですが、中央のブランコには少女のほかに、ジミー小島がのっていました。

さて、中央の少女ですが、これがこの曲芸の女王と見えて、黄金の冠《かんむり》を頭にいただき、ひだの多い純白のスカート、首には三重《じゅう》の首飾り、右手に持ったは、真珠《しんじゅ》をちりばめた羽根扇《はねおうぎ》、それこそ、眼《め》のさめるようなきらびやかないでたちでしたが、ふしぎなことにこの女王、紫《むらさき》のマスクをつけているので、きれいな歯なみ、口もといがいに、すこしも顔が見えないのでした。

さらにもっと不思議なのは、この女王は素人《しろうと》らしく、ブランコのうえへあがるにも、ほかの少女たちがスルスルとじぶんで綱をのぼっていったのに、この少女ばかりは、ジミー小島におんぶされて、やっとそこまであがったのです。おまけにジミーはこの少女を、落ちないように用心ぶかくブランコにしばりつけてやりました。ああ、こんな頼りない曲芸師ってあるものでしょうか。

いえいえ、それよりもっと不思議なことがあります。というのはこの女王の眼つきなのです。紫繻子《むらさきじゅす》のマスクの下から、のぞいているふたつの眼は、まるで夢見るごとくうっとりして、じぶんがいま、どこにいるのか、それさえわきまえないもののようです。ああ、この不思議な女王さまとは何者でしょうか。

それはさておき、やがてはなやかな音楽がはじまると、その音楽の音《ね》につれて、十二のブランコがゆれだしました。

はじめは小さくゆるやかに、ゆっくりゆれていましたが、やがて音楽の音が高潮《こうちょう》に達するとともに、しだいにゆれかたは大きくなります。十二の花のブランコが、中央のブランコを中心として、こうごにゆれているところを見ると、まるで大きな花が、ひらいたり、つぼんだりしているように見えるのです。

と、このときでした。

さっきから中央のブランコにつっ立って、呼吸をはかっていたジミー小島が、さっとばかりに身をおどらせてダイヴィングすると、くるりと虚空《こくう》で一廻《いっかい》転《てん》、みごと十二のブランコの、ひとつにうまくとりつきました。

見物のあいだから万雷《ばんらい》のような拍手《はくしゅ》。

しかし、ジミーの曲芸は、これで終《お》ったわけではない。ひといきいれるとジミー小島は、またもやくるりと空中転廻《てんかい》、みごともとのブランコにもどりましたが、さあ、これからが、いよいよかれの腕の見せどころでした。

中央のブランコを中心として、いきもつかずにつぎからつぎへと、十二のブランコにとびうつるそのあざやかさ。それこそ鳥人の名にはずかしからぬ曲芸ですが、そのかわり、文字どおりいのちがけのはなれ業でもあったのです。

もし、ジミー小島の空中転廻が、ちょっとでも調子がくるったら……あるいはまた、十二のブランコのゆれかたに一寸《すん》二寸の狂いがあったら……そのときこそはジミー小島は、十数丈《じょう》の高さから、まっさかさまに顚落《てんらく》しなければならないのです。しかも下には、綱も布も張ってありませんから、落ちたが最《さい》期《ご》、地面にたたきつけられて、肉も骨も、くだけてとんでしまうのです。

あまり大胆なこの曲芸に、見物はもう拍手も忘れて、手に汗握っていましたが、このときです、小屋のなかでも一番上等の席へ、姿をあらわしたひとりの紳士がありました。

帽子をまぶかにかぶり、黒眼鏡《くろめがね》をかけ、いかにも人眼をしのぶいでたちですが、注意してみると、これこそ、ほかならぬ古宮氏でした。古宮氏はそわそわと、サーカスの中を見まわしていましたが、やがてそっとポケットから、しわくちゃになった紙を取りだしてみました。その紙きれにはこんなことが書いてあります。

いま浅草で興行中の、極東サーカスの特等席へ、ダイヤの首飾りを持参せよ。しからば珠子嬢を汝《なんじ》にかえさん。もしこのこと余人《よじん》に告げなば、珠子嬢のいのちはなきものと思え。

そして、その下には、お能《のう》の面のような、夜光怪人の無気味なマークが書いてあります。

古宮氏はその紙きれをもう一度読みなおすと、ひたいににじんだ汗をぬぐい、きょろきょろあたりを見まわしましたが、そのときでした。

古宮氏の背後にたれているカーテンの向《む》うから、

低い無気味な声がきこえて来ました。

「よく、来た、古宮氏」

あっと叫んで古宮氏が、うしろをふりかえろうとするのを、じっとおさえたひくい声が、

「これ、うしろをむいてはならぬ。むこうをむいたまま、わしのことばに返事をせよ。首飾りは持って来たか」

「持って来た」

「誰《だれ》にも、きょうのことはいってないだろうな」

「いってない」

「よし、それでは首飾りをこちらへだせ」

カーテンのあいだから、ヌーッと手が出て来ましたが、いかに人の好《よ》い古宮氏とてその手に乗るはずはありません。

「珠子は……珠子はどこにいるのだ。珠子をかえしてもらわぬうちは、めったにこの首飾りはわたされぬ」

すると、カーテンのうしろから、無気味なふくみ笑いの声がきこえて、

「珠子か、珠子ならおまえの眼のまえにいる」

「どこに……?」

「見ろ、あのまんなかのブランコを!」

古宮氏はその声に、なにげなくブランコに眼をやりましたが、そのとたん、からだじゅうの血が、凍ってしまいそうな恐怖にうたれたのでした。

飛来の短剣

ああ、なんということだ。あの中央のブランコで、うつろの眼をみはっているのは、まぎれもなく珠子嬢ではありませんか。たとえマスクで顔はかくしていても、そこは血をわけた親子です。古宮氏はひとめでそれと見やぶると、髪の毛が白くなるような恐怖をかんじたのでした。

カーテンのうしろの声はせせら笑って、

「どうだ、これで得心《とくしん》したか。ここで貴《き》さまが変な真似《まね》をしてみろ。おれがジミーに合図をする。ジミーはおれの味方だから、合図がありしだい、ブランコを切っておとすことになっているのだ。ブランコを切っておとしても、ジミーはほかのブランコにとびうつるから大丈夫《だいじょうぶ》だ。どうだ、わかったか」

ああ、なんという悪智慧《わるぢえ》でしょう。珠子をふつう

につれてくれれば、首飾りもとれずに、うばいかえされるかも知れないと、こういう悪智慧をはたらかせたのです。

げんざい眼のまえでかわいい娘が、このような危険な立場に立っているのを、親として、どうしてみていることができましょうか。

古宮氏は全身にビッショリ汗をかきながら、

「それじゃ、首飾りをわたしたら娘はあのまま助けてくれるか」

「それはいうまでもないこと。首飾りさえこっちへもらえば、無益《むえき》な殺生《せっしょう》はしたくない」

「ほんとうだな」

「うそはいわぬ」

「よし」

古宮氏はポケットから、首飾りをおさめた革のケースをとりだしたが、そのときでした、とつぜん、中央のブランコから、大きな声がふって来ました。

「あっ、それをわたしちゃいけない！」

「えっ？」

と、驚いて古宮氏が、ブランコのほうをふりあおぐと、どなっているのはジミー小島。ジミー小島はブランコのうえから、この場のなりゆきを見ていたらしいのです。

「わたしはそいつの味方ではない。味方と見せかけ、そいつをここまでおびきよせたのです。お嬢さんはきっとわたしがお守りします。首飾りをわたしちゃいけません」

それからジミーは見物にむかって、

「それ、皆さん、向《むこ》うの特別席のカーテンのうしろに、夜光怪人がかくれていますぞ。みんなであいつをつかまえてください」

と、大声でどなったからたまりません。見物はわっと叫んで総立ちになりましたが、由利先生や三津木俊助が、楽屋できいたさわぎというのは、実に、このときの騒動なのです。

さても、こちらは夜光怪人、カーテンのうしろでジミーの声をきくと、

「おのれ、裏切りもの！」

ギリギリと歯ぎしりをかむような音がきこえたかと思うと、カーテンをわって、ヌーッと出てきたのは、奇妙な一本の棒でした。

古宮氏は気が顚倒《てんとう》しているので、はじめはそれが、

なんであるかわかりませんでしたが、それこそ夜光怪人の秘密の武器、見たところはステッキそっくりなのですが、そのなかには、恐ろしい殺人機械がかくされているのです。

　恐ろしい殺人棒は、カーテンのうしろから、きっと虚空《こくう》を狙《ねら》います。はっとわれにかえった古宮氏が、あわててその棒にとびつこうとしたときです。そのほおをかすめて、さっと何かが虚空にとんだかと思うと、つぎの瞬間、

「うわっ！」

と、いうすさまじい叫び声。それと同時にブランコからジミー小島がもんどりうって、地面に落ちてきたのです。見ればその胸にはグサッと一本の短刀が。……

　ああ、わかった、わかった！　夜光怪人の秘密の武器とは、短刀発射銃なのです。それならば音もせず、また場合によっては、短刀でつき殺したように、見せかけることもできるのです。

　それはさておき、ジミー小島が無残《むざん》にも、地面にたたきつけられるのを見た見物は、いよいよわっと浮足《うきあし》立ったが、そのとき、カーテンのうしろから、ヌーッと伸びた一本の手が、古宮氏の持っている、首飾りのケースをうばうとみるや、そのまま、向うへ消えてしまったのです。

　こう書いてくると皆さんは、その間いかにもゆっくりしているようで、由利先生や俊助は、何をしているのだろうとお思いでしょうが、ほんとうをいうと、実にそれは一瞬の出来ごとだったのです。

　騒ぎをきいて由利先生や俊助が、楽屋からとびだして来たときは、すでに万事がおわったあとでした。

　あわれ、ジミー小島は、夜光怪人の味方と見せて、かえってかれをとらえようとしたために、飛来の短剣に胸をえぐられ、ブランコから顚落《てんらく》して、はかない最期《さいご》をとげたのです。

　さるにても憎むべきは夜光怪人！

　それはさておき、あわれなジミー小島の死体をとりまき、由利先生や三津木俊助、さては御子柴少年が、ぼうぜんとして立ちすくんでいるとき、狂気のようにかけつけて来たのは古宮氏、

「ああ、助けてください。助けてください。娘が……娘が……」

　その顔を見て驚いたのは俊助です。

「おお、あなたは古宮さんではありませんか。どうしてあなたがこんなところへ……?」

「おお、三津木さん！　よいところへ来てくれました。珠子が……珠子が……あの、まんなかのブランコに……」

それだけいうと古宮氏は、安心したのか、そのままバッタリ気をうしなってしまいました。子を思う親の情として、まことにそれも無理のないところでしょう。

ライオンの声

サーカスのひとびとの手によって、珠子嬢は無事にたすけおろされました。彼女は麻酔薬《ますいやく》をかがされていたのですが、それも間もなくさめました。そして、これまた正気にかえった古宮氏とふたり抱きあって、どんなによろこんだことでしょう。

それらのことは、あまりくだくだしくなりますから、ここではいっさい省略しますが、ただ、残念なのは、夜光怪人をのがしたことで、あの鬼のような夜光怪人は、ジミー小島を殺したうえに、まんまと古宮氏の首飾りをうばいとり、騒ぎにまぎれて逃げてしまったのです。

さて、その日は古宮氏と珠子嬢は、鎌倉へかえるのを見合《みあわ》せて、東京にある親戚のもとへ泊ることになりましたが、そこへ由利先生や三津木俊助、それから御子柴少年の三人が、あらためて訪れたのは翌日のこと。

珠子嬢や古宮氏も、ひと晩、休養をとったので、きのうから見ると、よほど血色がよくなっています。

「きのうは失礼いたしました。その後気分はいかがですか」

「ありがとうございます。おかげで珠子もしっかりして来ました」

「それは結構でした。ところで、さっそくながら夜光怪人のことですがね。きのうもちょっとお耳に入れておきましたが、夜光怪人とは、実に黒木探偵そのひとだったのです。それでさっそく警視庁とも連絡して、丸の内にある黒木探偵事務所をおそったのですが、相手もさるもの、早くもそれと気づいたのか、風をくらって逃亡してしまいました。ところで、いつかもあなたがお話しになったように、黒木探偵というのも、夜光怪人にとってはひとつの仮装に過ぎないので、本名は大江蘭堂《おおえらんどう》、この蘭堂というやつは変装の名人で、その他、さまざまな名前のもとに、世間をあざむき住んでいる形跡があります。しかし、いまのところ、われわれは、黒木探偵以外、大江蘭堂の変装は、少しもわかっておりません。したがって、黒木探偵をのがしたいまとなっては、大江蘭堂の捜索に、非常に困難をかんずるしだいですが、そこでひとつ、ぜひともお嬢さまにご協力願いたいと思うのですが……」

「はあ、わたしもできることならば、どんなことでもいたしますが、わたしも大江蘭堂の変装については、少しも存じませんので……」

珠子は心細そうにこたえました。

「いや、蘭堂の変装はごぞんじなくてもけっこうです。わたしがおたずねしたいというのは、あなたがとらえられていた場所ですがね、あなたは蘭堂に誘拐《ゆうかい》され、十日あまり、どこかに押しこめられていたのですが、その場所について、何か心あたりはありませんか」

「わたしの押しこめられていた場所……?」

珠子は当時のことを思いだしたのか、思わずかすかに身ぶるいをすると、

「そうおっしゃっても、何しろまっくらな穴倉《あなぐら》のようなところでしたから……何も見えません。また、誰《だれ》もひとの気配はございませんでしたから……」

「でも、十日以上も同じ場所に押しこめられていたとしたら、何かひとつぐらい、変《かわ》った記憶がありはしなかったでしょうか。お嬢さん、ひとつ、あなたが誘拐されたときのことから、記憶をたどって話してみてくれませんか」

「そうですね。それではお話しいたしますが、なにしろ気が顛倒《てんとう》しておりましたので、記憶もきれぎれで、たいへんとりとめもないことですけれど……」

当時の恐ろしい思い出に、珠子嬢はいまさらのように身ぶるいしながら、それでも思いだすままに、ボツボツと語りだしたのは、つぎのような話でした。

古宮荘の父の居間《いま》で、夜光怪人に麻酔薬をかがされた珠子嬢は、それきりあとのことはおぼえていませんが、やがて麻酔からさめたときには、うすぐらい電気のついた、穴倉のような部屋のなかの、かたいベッドのうえに寝かされていました。

「それはドアがひとつあるきりで、窓もなにもない、じめじめとした部屋ですが、いまから思うとその部屋は、地上にあるのではなく、どこか地《ち》の底に掘った、洞穴《ほらあな》のようなもののなかにあるのではないかと思います」

由利先生は眼《め》をひからせて、

「どうして、そんなふうに思えるのですか」

「それは感じなのです。ヒヤリとした冷たい空気、ジメジメといつも湿気《しっけ》をふくんだ壁や床、それに物音です。地上にある建物なら、いつか、どこかから、物音がきこえてくるものです。都会ならば電車のひびきだとか、サイレンの音とか、またいなかならば風の音、鳥の声……ところが、その部屋ときたら絶対に物音がないのです。いつも墓場のようにシーンとしずまりかえっているのです。それはもう、気が狂いそうなほど静かなのです」

「ふうむ、それではあなたは、そこにいるあいだじゅう、一度も外部の音をきかなかったのですか」

「いえ、たった一度だけ……それも同時に、ふたつの物音をきいたのですが、それがまことに奇妙な音……声でして」

「奇妙な音……声というと……」

「それが……」

と、珠子嬢はたよりなげな微笑をうかべて、

「音のほうはたしかですけれど、声というのが、まことに妙なものでして……わたしの部屋へは三度三度、変な老婆《ろうば》が食事をはこんでくるのでしたが、あるとき、老婆があついドアをひらいた刹那《せつな》その音と声がとびこんで来たのでした」

「で、その音と声というのは……？」

「音は吊鐘《つりがね》をつく音でした。ゴーン、ゴーンと……と、それから声は……」

「声は……？」

「それが……わたしはたしかにライオンの吠《ほ》える声だと思ったのですけれど、ライオンとはあまりとっぴで……」

由利先生と三津木俊助、それから古宮氏の三人は、思わず顔を見合《みあわ》せましたが、そのときでした、とつぜん、声をはりあげたのは御子柴少年。

「わかった、わかった！　それは上野です。鐘の音というのは、寛永寺《かんえいじ》の鐘の音です。そしてライオンの声とは、動物園のライオンです。そういえば、ぼ

くがはじめて、夜光怪人をみたのも上野でした。由利先生、三津木さん、上野の山のどこかに、きっと、夜光怪人のかくれ家《が》があるのですよ！」

地底の妖犬《ようけん》

上野の山はいま、シーンとふかい眠りにおちています。いましがたまで、浅草の空をそめていた、盛《さか》り場《ば》の灯《ひ》もきえて、電車のはしる音も、もうだいぶまえにやんでしまいました。

こうして都会の騒音がとだえると、急に耳について来るのはふくろうのなき声、ホーホーとなきかわすふくろうの声が、夜のふかさ、さびしさを、いっそう色濃いものにいたします。

今宵《こよい》は空に月もなく、きれぎれの雲のあいまに、淡い星が三つ、四つ、二つ。……風が出たのか、五重の塔の風鐸《ふうたく》が、急にカチカチ鳴りだします。

——と、このときでした。

五重の塔のうしろから、ふいにひとつ、黒い影があらわれました。黒い影はソワソワと、あたりの気配をうかがっていましたが、やがて地面に耳をつけると、何やらじっと聞いています。

どこかでまたふくろうの声。——

黒い影はやがて地面から起きあがると、ブルブルとおそろしそうに身ぶるいをし、それからまた、ソワソワとあたりを見まわすと、五重の塔の階段に、そっと足をかけました。そして、そこでまた、そっとあたりを見まわすと、ひといきに階段をかけのぼったかと思うと、あっという間もありません、吸いこまれるように、扉《とびら》のなかへ消えてしまったのです。

あとはまた、墓場のような静けさ。ふくろうの声ばかりがさびしいのです。——と、しばらくしてから、五重の塔の縁《えん》の下から、ヌーッと首を出した三つの影があります。

いうまでもなく、由利先生に三津木俊助、いちばん小さい影は御子柴進少年です。

三人はおどろいたように顔を見合せていましたが、やがて俊助が御子柴少年をふりかえり、

「いまのはたしかに藤子だったね」

と、小さい声でささやきました。

「そうです、そうです。古宮さんのお屋敷から、姿を消した藤子さんです」

「藤子というのはこのあいだ、防犯展覧会のなかで殺された、一柳博士の令嬢だね」

「そうです。そうです。そして、大江蘭堂に誘拐《ゆうかい》された、弟の竜夫君のゆくえを、単身さがしているけなげなお嬢さんです」

「しかし、三津木さん、藤子さんはなんだって、地面に耳などつけていたのでしょう」

「よし、われわれも真似《まね》をして、ひとつ地底の物音をきいてみよう」

　由利先生のことばに、三人はいちように地面に身をふせ、じっといきをころしました。と、その耳にきこえて来たのは、たしかに犬の吠《ほ》える声です。どこか遠い地《ち》の底で、けたたましく犬が吠えているのです。御子柴進少年は、はっと、いつか見た夜光の犬を思いだしました。

「先生、先生、たしかにこの地の底のどこかに、夜光怪人のかくれ家《が》があるのですよ。そして、夜光怪人の飼っている、夜光の犬が吠えているのです。ひょっとすると、藤子さんが見つかったのではありますまいか」

「よし、五重の塔へ入ってみよう」

　五重の塔のなかはまっくらでしたが、懐中電灯でてらしてみると、藤子の姿はどこにも見えません。

「どこかに抜穴《ぬけあな》があるんだね」

「きっとそうです。さがしてみましょう」

　抜穴のありかはあんがい早くわかりました。それというのがほこりだらけの床の上に、藤子の靴跡がくっきりついているのですが、その靴跡が、正面の壇《だん》のところできえているからです。壇の上には大きな木彫《きぼり》の仏像が安置してあります。

「この壇になにかしかけがあるらしい。三津木君、調べてみたまえ」

　三人は手分けして、壇の周囲をさがしていましたが、そのうちに、急にギリギリと奇妙な音を立てて、壇がうしろへ後退しはじめましたが、途中でピッタリとまってしまいました。

「あ、ど、どうしたんだ」

「先生、わかりました。何気《なにげ》なくぼくがこの仏像の手にさわったら、急に壇がうごきだしたのです。もう一度さわってみましょう」

　その仏像は両手をうえにさしあげているのですが、その右手をおさえると、しだいに腕がさがるにしたがって、壇も後退するのです。やがて腕がさがってしまうと、壇はピタリと静止して、いままで壇のあった床に、長方型の穴があきました。のぞいてみると、穴のなかに、古朽《ふるく》ちた木製の階段がありますが、その奥は、うるしのような闇《やみ》なのです。

三人は思わず顔を見合せましたが、やがて由利先生が意をけっして、

「よし、かまわんからなかへ入ってみよう」

と、みずから階段へ足をかけ、穴のなかへもぐりこみました。俊助と御子柴少年が、そのあとへつづいたことはいうまでもありません。

穴へもぐりこんでうえをみると、床からテコのようなものがたれています。それを押すとギリギリギリ、壇がしまって、穴がふさがってしまいました。

「なるほど、うまい仕掛けだ。ところで、三津木君、進君」

「はい」

「これから、いよいよ、夜光怪人の本拠をつくのだが、君たち、覚悟はいいだろうね」

「大丈夫《だいじょうぶ》です。先生」

「ぼくだって、ちっとも怖《こわ》くはありませんよ」

「うん、いい度胸だ。それじゃわしについて来たまえ」

由利先生は懐中電灯で足下《あしもと》をてらしながら、一歩一歩、注意ぶかく、階段をおりていきます。三津木俊助と御子柴少年も、手に汗にぎってあとからつづきます。

階段は二十段ほどでおわりました。そしてそこからは横穴になっていて、長いトンネルがついています。

と、このときでした。とつぜん、遠くのほうから女の悲鳴がきこえてきたかと思うと、けたたましい犬の遠吠《とおぼ》えがつづきます。しかも、その声はしだいにこっちへ近づいてくる。

由利先生はすばやく懐中電灯を消しましたが、と、見れば、はるかかなたの暗闇《くらやみ》から、夜光の犬が一上《いちじょう》一下《いちげ》、波のように躍りながら走ってくるのです。そして、その犬に追いかけられて、こけつまろびつ逃げてくるのは、たしかに藤子にちがいない。

三人ははっとして、トンネルの壁に吸いつきました。

疑問の藤子

トンネルの壁にピッタリと、やもりのように吸いついた由利先生、ポケットから取りだしたピストルを、汗の出るほど握りしめています。

夜光の犬がちかづいてきたら、たったひと撃ちという身がまえです。三津木俊助と御子柴進少年も、息をのんで、なりゆきいかにと見守っています。

藤子は息もたえだえでした。こけつまろびつ逃げまどう藤子の胸は、恐怖のためにふさがって、ともすれば、全身から力がぬけていきそうです。

うしろからは、あの恐ろしい夜光の犬が、全身から蒼白《あおじろ》いほのおをはきながら、風のようにとんでくるのです。

とうとう、藤子のからだから、最後の力がぬけてしまいました。足がもつれて、膝頭《ひざがしら》がガタガタふるえたかと思うと、藤子は力をうしなって、バッタリ土のうえに倒れました。そのうえから、ガーッと躍《い》りかかった夜光の犬……ああ、そのあらあらしい息吹《ぶ》きを、首筋のあたりに感じたせつな、はりつめた藤子の気持ちも、とうとう挫《くじ》けてしまいました。藤子はフーッと気をうしなってしまったのです。

あなやとばかりに由利先生は、ピストルを手に取りなおしましたが、うっかり撃つことはできません。かれとわれとの距離百メートルあまり、あやまって、藤子を撃ってはならないからです。

三津木俊助と御子柴進少年も、思わず手に汗をにぎりました。と、このときです。どこからか聞《きこ》えてきたのは口笛の音。

ルルルルル、ルルルルル。……

どうやら犬を呼んでいるらしいのです。それから、

「ロロ――ロロ――」

と、呼ぶ声とともに、むこうのほうから、夜光怪人の姿が近づいてきました。例によって、全身から、ボーッとほのおのもえ立つ衣裳《いしょう》、そしてまた、お能《のう》の面のように無表情な面《おもて》。

夜光怪人は藤子のそばにひざまずくと、

「おお、かわいそうに、気をうしなっている」

と、ひくい声でつぶやきましたが、その声をきいたとたん、三津木俊助と御子柴進少年のふたりは思わずあっと暗闇《くらやみ》のなかで緊張しました。ああ、その

声、――それはまぎれもなく、黒木探偵の声ではありませんか。それではやっぱり、由利先生の推理のとおり、夜光怪人とは、黒木探偵であったのか。

それはさておき、夜光怪人は妖犬《ようけん》ロロの首輪に鎖《くさり》をつなぎながら、

「ロロ、おまえは忠実な犬だ。いつもよく見張りをしてくれる。しかし、今夜のこの少女は、けっして怪しい者ではないのだ。おれがわざわざ、抜孔《ぬけあな》の入口を手紙でしらせて、今夜ここまで呼びよせたのだ」

人間に語るような、夜光怪人のことばをきいて由利先生たちは、思わず暗闇のなかで顔見合《みあわ》せた。

ああ、夜光怪人はなんのために、藤子をここまで呼びよせたのか。また、藤子は怪人からの手紙を受《う》け取《と》りながら、ひとにも知らさず、どうして単身乗りこんできたのであろうか。あくまでも奇怪なのは、少女藤子のふるまいです。

彼女は夜光怪人の敵か味方か。

それはさておき、夜光怪人は犬の首に鎖をつけると、気をうしなっている藤子のからだを、かるがると抱きあげました。そして、片手にロロの鎖をにぎったまま、むこうのほうへゆきかけましたが、どういうものかロロは動こうといたしません。

こちらへむかって、けたたましく吠《ほ》えだしました。

ああ、ロロは犬特有のするどい嗅覚《きゅうかく》から、地下道のなかに、見知らぬひとのひそんでいることに気がついたのです。こちらの三人は、思わず手に汗を握りました。夜光怪人もそれに気がつくだろうか……。

だが、さいわい夜光怪人は気がつきませんでした。

「ロロ、もういいんだよ。どうしたんだ。何をそう吠え立てるのだ。このひとはおれのお客さんだからかまわないんだ。さあ、早くおいで」

妖犬ロロは、しかし、それでもまだ四つ肢《あし》をふんばったまま、こちらへむかって吠え立てます。夜光怪人もふと気がついたように、不安そうに、闇をすかして、こちらのほうを眺《なが》めながら、

「はてな、それじゃ、ひょっとすると、藤子のほかに、誰《だれ》かこの地下道へしのびこんだかな」

と、つぶやく声に、こちらの三人は、思わず胸をドキリとさせたが、しかし、夜光怪人は、すぐに思いなおしたように、

「なあに、そんなことはあるまい。藤子がひとに知

らせるはずもなし、また、あの入口に気がつくやつがあるはずもない」

と、自分で自分にいいきかせると、藤子を抱き、妖犬ロロをひっぱって、むこうのほうへいってしまいました。

そのあとを見送って、くらやみのなかで三人は、ほうっと顔を見合せました。

「先生、いまの夜光怪人のことばによると、藤子は夜光怪人の手紙によって、ここまでやってきたらしいのですが、いったい、なんの用事があるのでしょう」

「ふむ、とにかく、藤子というのは妙な少女だね。あまり勝気《かちき》すぎて、何もかも、自分ひとりで片附《かたづ》けようと思うから、だんだん、深みへはまっていくのだ。とにかく、いってみよう。しかし、三津木君、進君」

「はい」

「気をつけたまえよ。相手もさるものだ。どこにどのような、わな《ヽヽヽ》がこしらえてあるかも知れんぞ」

「いうまでもありません。進君、君も気をつけたまえよ」

三人は用心ぶかく、足音に気をつけながら、しだいにトンネルの奥へ進んでゆきます。

ああ、それにしても、藤子はなんのために、夜光怪人にあいにきたのでしょうか。

夜光怪人の実験

それにしても上野の地下に、どうしてこのような大仕掛けな地下道があるのでしょうか。

それについて、のちに学者が調査、発表したところによると、だいたい、つぎのような説が、正しかろうということになりました。

本郷《ほんごう》から小石川《こいしかわ》の白山《はくさん》あたりへかけては、先住民族の遺蹟《いせき》がかずかず発見されています。先住民族というのは、やまと民族がわたってくるまえに住んでいた民族で、かれらは穴を掘って住居《すまい》とし、貝をとって食べていたのです。だからそういう先住民族の穴居《けっきょ》のあとには、いまでも、たくさんの貝殻《かいがら》が発見されます。これを学者は貝塚といい、考古学上の、貴重な資料となっていることは、諸君もたぶんご存じでしょう。

夜光怪人の根城《ねじろ》としているこの横孔《よこあな》も、たぶん、そういう先住民族の、穴居のあとの大仕掛けなもので、それを夜光怪人が、いくらか手を入れ、おのれのかくれ家として使っていたらしいのです。

それはさておき、由利先生と三津木俊助、それに御子柴進少年の三人が、くらやみのトンネルを、はうように進んでいくと、やがてむこうに、かすかな光がもれているのが見えました。どうやらドアのすきまから、もれてくる灯の色らしい。

三人はたがいにうなずきあいながら、灯のもれている部屋のまえまでくると、そっとドアのすきまから、部屋のなかをのぞいてみました。そこは道具も敷物もない、ガランとした一室で、ただ、電気がほのぐらくついているだけです。耳をすましてあたりの気配をうかがいましたが、なんの物音もきこえません。

由利先生は用心ぶかく、片手にピストルを握りながら、そっとドアをおしましたが、さいわい、なんなくひらきました。

三人はすばやく部屋を見まわしましたが、別にわならしいものは見あたりません。そこで用心ぶかく、部屋のなかへ入ってゆくと、うしろのドアをしめましたが、と、そのときです。どこかでかすかなうめき声、それにつづいて、

「これ、藤子さん、しっかりしなさい。もう犬はいないから安心しなさい」

と、低い声がきこえてきます。

と、見れば部屋のいっぽうに、隣室へ通ずるドアが見えますが、どうやらその声は、ドアの向側《むこうがわ》からきこえてくるらしいのです。

三人はまた、そっとうなずきあいました。それから、ドアのそばへはいよると、すきまに眼《め》をあて、そっとむこうの部屋をのぞきましたが、そのとたん、思わずあっと息をのんだのです。

こちらの部屋とちがって、むこうの部屋にはバカに明るい灯がついていますが、その灯の下に一台のベッドがおいてあります。そしてそのベッドのうえに誰《だれ》か寝ているようすですが、からだの大きさから見ると、どうしても大人とは見えません。たしかに子どもです。少年です。ああ、ひょっとするとこの少年こそ、藤子のたずねる、弟の竜夫少年ではありますまいか。

それにしても、ああ、なんという残酷《ざんこく》なことでしょう。その少年はパンツひとつの赤裸《あかはだか》のまま、ベッドのうえにうつぶせにしばりつけられているのです。しなやかな背中の肉に、ふといロープがくい入るばかり、見るさえいたいたしい姿でした。

さて、そのベッドのそばの安楽椅子《あんらくいす》に、藤子がぐったり気をうしなったまま倒れています。そして、その藤子のうえにのしかかるようにして、しきりにゆり起《おこ》しているのは、いうまでもなく夜光怪人。

夜光怪人はいくら呼び起しても、藤子が正気にもどらないのをみると、かたわらの戸棚《とだな》のなかから何やら小さなびんをとってきました。そしてそのびんの栓《せん》をとって、それを藤子の鼻にあてがいましたが、とたんに、藤子のからだがビクリとふるえたかと思うと、パッチリと眼をひらいたのです。夜光怪人の嗅《か》がせた薬は、きっと気附薬《きつけぐすり》のアンモニヤだったのでしょう。

藤子はやっと気がつくと、キョロキョロあたりを見まわしていましたが、その眼がふっと、ベッドのうえの少年にとまると、はじかれたように立上《たちあが》りました。

「ああ、竜夫さん、竜夫さん、あなたはやっぱりここにいたのですね。姉さんですよ、姉さんの藤子ですよ。竜夫さん、しっかりしてください」

ああ、ベッドの少年は、やっぱり竜夫少年でした。しかし、竜夫少年はいったいどうしたのでしょうか。藤子が夢中ですがりつき、いくら呼んでも叫んでも、返事はおろか身動きさえもしないのです。

藤子はハッと夜光怪人のほうをふりかえると、怒りに声をふるわしながら、

「いったい、これはどうしたというのです。あなたは竜夫をどうしたのです」

「なあに、竜夫はちょっと眠っているだけですよ。例の実験をするためには、眼がさめていてはぐあいが悪いですからね。それよりも藤子さん、あなたはあの薬を持ってきましたか」

そうきかれると藤子はハッと、右のポケットをおさえながら、

「ええ、しかし、これはやすやすとあなたにはわたせません。はっきりとした約束をきくまでは、これはあなたに渡せません」

「約束……？　約束ってなんの約束です」

「実験がすんで、あなたの満足のゆくような結果がえられたら、無事に竜夫を、私にかえしてくださるということを……」

夜光怪人はせせら笑って、

「むろん、それはかえしますよ。実験の結果、私の満足のゆくような結果がえられたら、何を好んで竜夫君を、とりこになどしておきましょう。きっとあなたに返しますよ」

「ほんとうですか」

「ほんとうですとも。だから、さあ安心してその薬をわたしなさい」

藤子はしばらくためらっていましたが、夜光怪人につめよられると、あきらめたように、ポケットから小さいケースを取りだしました。

ああ、藤子の持ってきた薬とはなんでしょう。

そしてまた、夜光怪人の実験とは、いったい、どんなことでしょうか。

かくし彫り

夜光怪人は藤子の手からケースを受取《うけと》ると、ふたをひらいて、なかからふたつの注射液と、一本の注射器を取りだしました。

「おい、藤子」

望みの薬を手に入れると、夜光怪人のことばの調子が、急にガラリと変《かわ》りました。

「この注射液は、どちらをさきに注射するのだ」

「青い色のついたほうをさきにするのです。そして、五分たってから、無色のほうを注射するのです」

「よし」

夜光怪人は注射器を消毒すると、まず、青色の注射液をそれにみたし、眠っている竜夫少年の右腕に注射しました。

「それから五分待つんだな」

「はい、五分待つのです」

夜光怪人はポケットから時計を取りだすと、それをかたわらのテーブルのうえにおき、

「それじゃ、五分のひまがある。藤子、そのあいだ、何か話でもしようじゃないか」

「いいえ、あたしには何も話すことはありません。注射がすんで、あなたの望むような結果がえられたら、すぐに竜夫をかえしてもらえばよいのです」

藤子の声には、千万無量《せんまんむりょう》の恨《うら》みと憎しみがこもっています。夜光怪人は鼻のさきでせせらわらって、

「心配するな。竜夫はかえしてやる。いつまでも、こんなガキをつれているのは、こっちにしても迷惑なのだ。それにしても、おまえもおやじによく似ているな。こんなことなら、この薬を、もっと早く持ってくればよかったのだ。そうすれば、とっくの昔に竜夫をかえしてやったのだ」

「でも、……でも、……この薬がこんなことにきくとは知らなかったんですもの。お父さんはただ、これを大事に持っておいでと、あたしにくだすったんですもの」

「はははは、おまえのおやじも用心ぶかいやつだったよ。息子の肌にかくし彫りしておいて、そのいれずみのあらわれる薬のほうは、娘のおまえにあずけておいたのだ。つまり息子と娘のふたりが揃《そろ》わぬうちは、大宝窟《だいほうくつ》のありかがわからぬという仕掛けだ。あっはっは、よく考えたものだよ。この間、おれは竜夫を責めて、はじめてそのことを白状《はくじょう》させた――さあ、そこまでわかると、一柳博士はもう無用の長《ちょう》物《ぶつ》だ。そこでおれはひと思いに殺してしまったのだ」

「まあ、あなたはなんという悪人でしょう。鬼です、悪魔です。いいえ鬼でも悪魔でも、もっと情《なさけ》を知っているでしょう。父は竜夫をかえしてもらいたいばっかりに、あなたの命令ならば、どんなことでもいたしました。『人魚の涙』も盗みにゆきました。あたしは父にそんな真似《まね》をさせたくなかったので、自分でさきに盗みにいったのです。それだのに……それだのに、あなたは『人魚の涙』を手に入れると、無惨《むざん》に父を殺してしまって、……」

「あっはっは！　それもこれも大宝窟のさせるわざさ、まあ、聞け。一柳博士はおれの折檻《せっかん》のおかげで頭が狂い、大宝窟のありかをすっかり忘れてしまやアがった。そのありかを息子の肌にかくし彫りにしたことも、また、そのかくし彫りがあらわれる薬を発明して、娘のおまえに預けたことも、すっかり忘れてしまったのだ。ところが、おれはそのことを、竜夫の口からきいて知った。幸い、竜夫はおれの掌《しょう》中《ちゅう》にある。あとはおまえの持っている、薬を手に入れ、その使用法をきくだけのことだ。それさえうまくいけば、大宝窟はおれのものだ。だが、ここでお

れは考えた。一柳博士はいつまで気が狂っているだろうか。ひょっとすると何かのはずみで正気にもどり、大宝窟のありかを思いだすようなことはあるまいか。もし、そうなったら、おれにとっちゃかえってじゃまだ。そこでおれはひとおもいにあのじいさんを殺したのだ」

ああ、なんという悪人、なんという人非人《にんぴにん》でしょうか。この夜光怪人という男は、ひとの命を虫ケラどうようにしか考えていないのです。

だが、それにしてもいまの話によって、はじめてすべてが明《あきら》かになりました。大宝窟のありかを知ったただ一人のひと、一柳博士をどうして夜光怪人が、殺してしまったのか、その謎《なぞ》が、いまはじめて解けたのです。由利先生をはじめとして三津木俊助と進少年の三人も、いまさらのように、夜光怪人の兇悪《きょうあく》ぶりに、舌をまいて驚きました。

やがて夜光怪人は、第二の注射液を管にみたすと、

「さあ、五分たった。それじゃ、いよいよ最後の仕上げにかかろうか」

第二の注射液が竜夫少年の筋肉に注射されました。

夜光怪人は注射器をすてると、結果いかにと、竜夫少年の背中を見守っていましたが、ふと気がついたように、

「いかん、いかん、きさま、見ちゃいかん」

と、藤子のからだにおどりかかると、素早く椅子《いす》にしばりつけ、ごていねいに眼かくしまでしてしまいました。

「はっはっは！　こうしておけば大丈夫《だいじょうぶ》だ。竜夫の話によるとな、第二の注射液を注射すると、三分にしていれずみがあらわれる。しかし、そのいれずみは五分もたたぬ間に消えてしまうから、よほど手早くやらねばならんということだ。あっ、あらわれたぞ！」

夜光怪人の叫び声に、こちらの三人がドアのすきまからのぞいてみると、なるほど、竜夫少年のしなやかな背中に、ありありとうかんできたのは地図のようなもの。そしてそのそばに、何やら文字が書いてあります。

夜光怪人はそれをみると、すばやく一枚、写真をとりました。それからさらに念のために、二枚、三枚とうつしましたが、さて、写真をとりおわると、何思ったのか、藤子の持ってきたケースを、床のう

えにたたきつけ、足でこなごなにふみにじってしまいました。

ああ、わかった、わかった。夜光怪人は大宝窟の秘密をひとりじめにするために、竜夫の肌のいれずみが、二度とあらわれないように、注射液をすっかりたたきこわしたのです。しかも、おお、竜夫の肌のいれずみは、はやくもうすれかかっているではありませんか。

のぞく片腕

これをみると由利先生、もうたまらなくなりました。

ドアのとってに手をかけると、さっとそれを押しましたが、意外にも、ドアはなんなくむこうへひらいて、由利先生と三津木俊助、よろけるように、部屋のなかへとびこみました。それにつづいて御子柴進少年も、部屋のなかへ入ろうとするとたん、バネのようにドアがはねっかえって、進少年の鼻先で、バターンとしまってしまいました。

「あっ！」

進少年もおどろきましたが、それよりももっと驚いたのは由利先生と三津木俊助。とびこんだ部屋のなかには、ベッドもなければ、夜光怪人のすがたも見えません。まるで空家《あきや》のようにガランとした部屋です。ふたりはまるで、狐《きつね》につままれたように、キョロキョロあたりを見まわしていましたが、そのとき背後で、あざけるような高笑い。

由利先生と三津木俊助は、ギョッとしてそのほうへふりかえりましたが、おお、なんと見れば部屋のはるかかなたに、夜光怪人が立っているではありませんか。しかも、そのそばにはベッドもあり、藤子も眼《め》かくしをされたまま、椅子《いす》にしばりつけられているのです。

由利先生と三津木俊助、またしても狐につままれたような顔つきで、キョロキョロあたりを見まわしましたが、やっとそのとき奇怪な謎《なぞ》がとけました。

いまふたりがとびこんで来た、ドアのちょうど正面に、大きな鏡が、はすかいに立ててあります。由利先生や俊助が、さっきから見ていた光景は、全部、その鏡にうつった影で、ほんとうの出来ごとは、部屋のズーッとむこうのほうでおこなわれていたのです。

それに気がつくと由利先生と三津木俊助、

「おのれ」

と、ばかりにピストルを取りなおし、そのほうへ突進していきましたが、そのときでした、夜光怪人がベッドのはしのボタンをおすと、ガラガラガラ！と、ものすごい音がして、何やら天井《てんじょう》からおちて来たかと思うと、あっという間もない。ふたりは檻《おり》の中に、とじこめられてしまったのです。

そうなのです。天井からおちてきたのは、底のない鉄の檻でした。それがまるで、袋のようにスッポリふたりの周囲をつつんでしまったのです。

「あっ！」

さすがの由利先生も、ぼうぜんとして立ちすくみます。三津木俊助もギョッといきをのみましたが、ドアの外からこのようすをすき見していて、驚いたのは御子柴進少年です。

進少年もあとからとびこもうとしていたのを、これでハッと思いとどまりました。そして、じっと中のようすをうかがっています。

「あっはっはっ！」

毒々しい声をあげてあざわらったのは夜光怪人。

「やい、由利麟太郎《りんたろう》、三津木俊助、そのざまはなんだ。いかに歯ぎしりをしたところで、籠《かご》の鳥に何ができる。おまえたちがこの地下道へ、しのびこんだのを知らぬおれだと思っていたのか。おれはな、さっきから、ちゃんと気がついていたのだ。ロロのようすから、藤子のほかに、誰《だれ》かしのびこんだやつがあることを、ちゃんと知っていたのだ。だから、こうしてわなをもうけて、おまえたちのとびこんでくるのを、いまかいまかと待っていたのだ。あっはっは、どうだ、おれの手練《てなみ》がわかったかい。やい、このボンクラのでくの棒探偵め」

ああ、なんとののしられても仕方がない。こうもやすやす二人まで、敵の術中におちいったのですから、返すことばもありません。ただ、このさい、ふたりが頼みとするのは、ドアの外にしめだされた、御子柴進少年です。さいわい、夜光怪人は、進少年のことには気がついていないらしいので、これだけがふたりにとって頼みの綱です。

「やい、くやしいか、くやしければなんとでもいってみろ。おまえたちを殺すのはやさしいが、無益《むえき》な殺生《せっしょう》はしたくないから、きょうはこのまま見のがしておく」

夜光怪人はそういいながら、竜夫少年の背中に眼をそそいでいましたが、やがて手をうって躍りあがると、

「ああ、消えた、消えた、いれずみはもう消えてしまったぞ。おまけにこのいれずみをあらわす薬はおれがこうしてたたきこわしたから、もう二度とあらわれることはないのだ。すべての秘密はこのカメラだ。このカメラだけが握っているのだ。大宝窟《だいほうくつ》の秘密は、おれがひとり占《じ》めにしてしまったのだ。やい、由利、三津木俊助、こうなったら竜夫もいらぬ、藤子もおまえらに返してやる。どうでもおまえたちの好きなようにするがいい」

秘密をうつしとったカメラを持って、夜光怪人はジリジリむこうのドアへいきます。由利先生は檻の中から腕をのばしてピストルをさしむけましたが、何しろ相手は藤子のからだを小楯《こだて》にとっているので、うっかり発砲することはできません。

夜光怪人はとうとう、ドアのそばまでいきました。そして、そこで檻にむかって、ペコリとおじぎをすると、さっとドアの外へとび出しましたが、そのときです。

「わっ！」

という悲鳴がドアの外から聞《き》こえてきたかと思うと、いま出ていった夜光怪人が、よろよろと部屋のなかへよろけこんできたではありませんか。

よろめく拍子《ひょうし》に仮面がおちて、その下からあらわれたのは、たしかに黒木探偵の顔。――しかし、おお、その顔のなんというものすさまじさであったでしょうか。

黒木探偵の夜光怪人は、苦悶《くもん》に顔をひっつらせ、大きく眼を見張っていましたが、やがて骨をぬかれたように、床のうえにくずれ倒れると、しばらくヒクヒク五体をふるわせたのち、やがて、ピッタリ動かなくなりました。

「あっ！」

由利先生と三津木俊助は、思わず息をのみましたが、それも無理ではありません。夜光怪人の背中には、グサリと短刀がささっているのです。

しかも、おお、そのときドアの向《む》こうから、ヌーッとのぞいた一本の手が、夜光怪人の落《お》したカメラを

ひろいあげると、そのまままた、ドアのむこうへ消えていったではありませんか。それから間もなくのことでした。遠くのほうでズドンという音、それにつづいて犬の啼声《なきごえ》が一声《ひとこえ》高く、トンネルの中にひびきましたが、それも消えると、あとは墓場のような静けさ。

蘭堂いずこ

ああ、眼《め》のまえで殺された黒木探偵。――由利先生と三津木俊助は、檻《おり》の鉄格子《てつごうし》につかまったまま、ぼうぜんとして立ちすくんでいます。

ああ、こんなことが信じられるだろうか。由利先生も三津木俊助も、黒木探偵こそ、夜光怪人であると信じて疑わなかったのです。その夜光怪人が、かくもあっけなく殺されるということが、はたして信じられるでしょうか。

いやいや、これには何か大きな間違いがあるにちがいない。夜光怪人とは黒木探偵ではなく、もっとほかの人物ではありますまいか。すなわち黒木探偵は、ほんものの夜光怪人にあやつられ、単に、夜光怪人らしくふるまっていたに過ぎないのではないでしょうか。だが、もしそうだとすれば、ほんものの夜光怪人とは何者か。そしてそいつはどこにいるのか。

ああ、そいつこそはよほど恐ろしい人物にちがいない。自分は少しも表面に出ず、さんざん黒木探偵をあやつったのち、目的を達したと思うと、虫ケラをひねりつぶすように、黒木探偵を刺し殺し、大事なカメラを奪い去ったのです。ああ、なんという恐ろしいやつだ。なんという冷血無残な人物でしょう。さすがの由利先生や三津木俊助も、あまりの恐ろしさにゾッと身ぶるいが出るのでした。

それはさておき、こちらは御子柴進少年です。うっかりドアの外へしめだされたおかげで、檻詰めの難をまぬがれた進少年は、鍵穴《かぎあな》から鏡にうつるいちぶしじゅうを眺《なが》めていましたが、やがて何者とも知れぬ怪しい手がカメラを奪って消えてしまうと、ソッとドアを細目にひらきました。その気配にハッとわれにかえったのは由利先生と三津木俊助。

「ああ、進君、よいところへ来てくれた。早くこの檻をひらいてくれ」

いわれるまでもありません。進君はベッドのそばへ走りよると、さっきドアの外から見ておいた仕掛けらしいものを探しましたが、それはすぐ見つかりました。ベッドのはしについた小さなボタン、どうやらそれが仕掛けらしいのです。進君が試みにそのボタンを押すと、はたして檻はスルスルと、もとの天井《てんじょう》へあがっていきます。

由利先生と三津木俊助は、まるで籠《かご》からはなれた小鳥のように、檻から外へとびだすと、急いで黒木探偵を抱き起《おこ》したが、いまとなっては後の祭《まつり》です。黒木探偵は朱《あけ》にそまって、すでに息は絶えていました。

由利先生は悲痛な顔をして、三津木俊助と御子柴少年をふりかえると、

「三津木君、進君、私はたいへんな間違いをやったらしい。この男を夜光怪人と信じきっていたために、この男の背後にある人物にまで眼がとどかなかったのだ。この男は夜光怪人じゃなかったのだ。この男の背後には、もっともっと恐ろしい人物がひそんでいて、そいつがこの男をあやつっていたのだ」

「先生、しかし、それは誰《だれ》でしょう。いったいどういう人物でしょう」

「それは私にもわからない」

由利先生は力なくつぶやきましたが、すぐ気を取りなおして、かたわらにしばられている藤子のいましめをとき、さるぐつわをはずすと、

「藤子さん、あなたは一柳博士の令嬢、藤子さんですね」

藤子はあたりを見まわして、俊助と進君の姿をみると、ハッと腰をうかせます。由利先生はやさしくその肩に手をかけると、

「いいえ、逃げなくてもいいのですよ。あなたの秘密は、さっき残らずききましたよ。お父さんや弟さんのために、あなたがなめて来られた苦労の数々は、十分お察しいたします。しかし、あなたはもっと早く、警察なり、私たちなりに打明《うちあ》けてくださればよかったのです。そうすれば、事件はもっと簡単に、片附《かたづ》いていたかも知れないのに……」

「申しわけございません」

さすが勝気《かちき》な藤子も、重なる苦労に気が折れたのでしょうか。両手でひしと顔をおおうと、さめざめと泣きだしました。

「いや、過ぎ去ったことはもうしかたがありません。それよりも藤子さん、よく見てください。あなたはこの男を知っていますか」

　由利先生に指さされて、藤子ははじめて黒木探偵の死体に眼をとめると、あっとばかりに顔色をかえましたが、やがておそろしそうに肩をすぼめて、

「黒木探偵……ですわね」

　と、ふるえ声でつぶやきました。

「ええ、そう、黒木探偵です。しかしあなたはこの男を、黒木探偵としていがいに、どこかで見たことはありませんか。よく見てください。この男は変装しているのかも知れない。ひふをそめるとか、入歯をするとか……」

　藤子はおそるおそる黒木探偵の顔をのぞきこんでいましたが、やがて首を左右にふると、

「いいえ、黒木探偵としていがいに、一度もこのひとに会ったことはございません。それにこのひと変装しているとも思えませんわ」

「しかし、藤子さん、思いだしてください。あなたはきっと、お父さんをあざむいて、竜夫君を奪いとった、大江蘭堂という人物に、会ったことがあるでしょう」

　大江蘭堂ときくと、藤子はさっと恐怖のいろをうかべながら、

「ええ……でも、それが……」

「よく見てください。この男が大江蘭堂ではありませんか」

　藤子はびっくりしたように、黒木探偵の顔へもう一度、注意ぶかい視線をむけましたが、すぐキッパリと首を左右にふって、

「いいえ、ちがいます。これは大江蘭堂ではありません。なるほど大江蘭堂は、変装の名人ときいておりますが、あの男はでっぷりとふとっています。とてもこんなに、鶴《つる》のように、やせ細れるわけがありませんわ」

　ああ、藤子の一言こそ、由利先生のあやまりを、決定的についたもどうようでした。黒木探偵は大江蘭堂ではなかったのだ。

　では、大江蘭堂はいまいずこ。……

吉祥天女の像

こうしてすべてはひっくりかえってしまいました。竜夫君はみごとに藤子の手にもどり、藤子はこんご何もかも打ちあけて、由利先生たちに協力することをちかいましたが、しかし、それはおそ過ぎたのです。

竜夫君の肌にえがかれたかくし彫りを再現する薬は黒木探偵によって、全部粉砕《ふんさい》されてしまいました。竜夫君の肌に、いれずみがあらわれることは、もう二度とありますまい。と、すれば——一柳博士の発見した、海賊《かいぞく》竜神長太夫の宝のありかを探すただひとつの手がかりは、あのカメラのなかにおさめられたフィルムあるのみです。しかも、そのフィルムは正体不明の怪物の手に握られている……。

「いいえ、あたし海賊の宝なんかほしくはございません。こうして竜夫が無事にかえって来たのですから、これだけで満足です」

藤子はけなげにこういい切りましたが、しかし藤子があきらめたからといって、それですむべきものではない。由利先生や三津木俊助には、あの憎むべき夜光怪人を、どうしても捕えなければならぬ義務があるのです。

それにしてもほんものの夜光怪人というやつは、どこまで恐ろしい怪物でしょうか。その後、由利先生や三津木俊助が、あの地下洞窟《どうくつ》をくまなく探してみたところ、夜光塗料をぬった大きな犬と、いやらしい老婆《ろうば》の死体が発見されました。老婆というのはいうまでもなく、いつか古宮氏の令嬢、珠子さんがそこに幽閉されているあいだ、食事をはこんで来た人物ですが、おそらく夜光怪人は、後日のさわりとなってはならぬと、情《なさけ》ようしゃもなく殺してしまったのでしょう。

思っただけでも身の毛のよだつ話ですが、これでいよいよ、夜光怪人をつきとめる、糸口はたたれてしまったわけでした。

こうしてさすがの由利先生も、なすすべもなく、むなしく数日を過《す》ごしましたが、するとある日、思いがけない人物が、先生の探偵事務所をたずねて来ました。いい忘れましたが、由利先生の事務所は、麴町土手三番町にあり、寄辺《よるべ》ない藤子や竜夫君は、あれいらいこの事務所にひきとられているのです。

さて、その日、由利先生をたずねてきたのは、真《しん》珠《じゅ》王《おう》の小田切準造翁でした。諸君もこの人をおぼえているでしょう。銀座デパートの貿易促進展覧会の会場から、夜光怪人によって盗み去られた、高価な真珠の首飾り、『人魚の涙』の持主《もちぬし》がこのひとです。

ちょうどそのとき、三津木俊助や御子柴進少年も、この事務所へ来合《きあわ》せていて、先生と今後の方針を相談していたところですが、そこへ通された小田切翁の名刺を見ると、一同は思わずギョッと顔を見合《みあわ》せました。

「先生、こりゃひょっとすると、夜光怪人に関することかも知れませんぜ」

と、俊助が息をはずませると、

「そうです、そうです。きっとそうです。小田切さんといえば、一番最初に黒木探偵をやとったひとです。先生、あのひとがどうして黒木探偵をやとうようになったのか、それをたずねてみましょう」

進君も眼《め》をかがやかせています。

「ふむ、何はともあれ、お眼にかかって話を聞こう。青《あお》木《き》君、お客さまをこちらへお通ししてくれたまえ」

由利先生が命ずると、書生《しょせい》の青木君は無言のままひきさがりましたが、やがて青木君の案内で部屋の中へ入ってきたのは、見おぼえのある小田切準造翁。きょうはなんとなく心配そうな面持《おもも》ちです。それでも小田切翁は、三津木俊助の顔を見ると懐《なつか》しそうににっこり笑って、

「あ、三津木さんもここにおいででしたか。これはちょうど幸いでした。あなたが由利先生ですか。私が小田切準造です」

「いや、ご高名《こうめい》はかねてから承《うけたまわ》っておりました。さあどうぞお掛けください。そして私にご用というのは……」

「さあ、それです」

と、小田切翁は何かしら心配そうにおどおどして、

「実はね、例の夜光怪人ですがね、あいつがこの私をねらっているのじゃないかと思われる節《ふし》があるのです」

「なに、夜光怪人が……」

由利先生と三津木俊助は、思わずドキリと眼をすぼめます。御子柴少年も、じっと準造翁の面《おもて》に眼を

そそぎます。準造翁はひたいの汗をぬぐいながら、

「そうです、そうです。いや、まだ、ハッキリとしたことはいえませんが、このごろ二三日つづけて夜おそく、何やらキラキラ光るものが家のまわりをうろついているのを見たのです。それで、ひょっとしたら夜光怪人が、なにかまた、私の持物《もちもの》をねらっているのではないかと、心配になってきたものですから……」

「あなたのお宅には、なにか夜光怪人にねらわれるようなものがありますか」

「それはわかりません。しかし、あいつは宝石類に眼がないということですから、また、真珠《しんじゅ》でもねらっているのではないでしょうか」

「なるほど」

「それで、きょうこうしてお願いにあがったのですが、私はいたって孤独な身の上なのです。妻もなければ子どももない。広い屋敷に召使《めしつか》いとただ二人で住んでいたのですが、その召使いも、ちかごろ暇《ひま》をとって出ていったのです。だから、いつどんなことが起《おこ》るかと思うと、心配でならないのです。それで、お願いというのは、たとえどんな真夜中でも、私が電話をかけてきたら、かけつけてくださるというわけには参りますまいか」

由利先生は三津木俊助と顔を見合せていたが、やがてキッパリうなずくと、

「いや、よくわかりました。そのようなことの起らないことを祈りますが、万一のことがあったら、えんりょなく電話をかけてください。すぐかけつけていきます。ときに、小田切さん、あなたにちょっとおたずねしたいことがあるんです。ほかでもありませんがね、あなたはどうして黒木探偵とお知合《しりあ》いになったのですか」

小田切翁はそれをきくと、急にさっと顔色をかえて、

「ああ、あの黒木……あいつは悪いやつでした。聞けば夜光怪人の輩下《はいか》であったとやら……実はあの男と知合ったのは、大江蘭堂という人物の紹介だったのです」

「えッ、大江蘭堂？」

「そうです、そうです。ところがこの大江蘭堂というのがまた悪いやつで、はじめはアメリカがえりの金満家というふれこみでしたから、私もついうっか

りだまされて、つきあっていたのですが、大分《だいぶ》まえにたくさんの真珠を持ち逃げされてしまいましたよ。さあ、いまどこにいるか知りませんねえ。それでは由利先生、さっきのことはくれぐれもよろしく頼みましたよ」

老人の常として、小田切翁もせっかちらしく、いうだけのことをいってしまうと腰をうかしましたが、そのとき、ふと気がついたように、卓上にあったものに眼をとめました。

それは高さ一尺《しゃく》ばかりの吉祥天女《きっしょうてんにょ》の像なのですが、これは実は由利先生のものではなく、一柳博士のかたみなのです。それを藤子竜夫姉弟《きょうだい》を引きとるとき、いっしょにここへ持って来て、藤子がお礼心にこの事務所の卓上にかざったのでした。

小田切翁は眼をかがやかせて、

「これは珍しいものがありますな。吉祥天女の像ですね」

「ご老人は骨董品《こっとうひん》がお好きですか」

「いや、そういうわけではありませんが、昔から吉祥天女を信仰しておりますんでね。由利先生、こんなことを申しちゃ、はなはだ失礼ですが、いかがでしょう、ひとつこの像を私にお譲りくださらんでしょうか」

あまりとっぴな申出《もうしで》に、由利先生はあきれたように、小田切翁の顔を見守っていましたが、やがてにっこり笑って、首を左右にふると、

「いや、それはひとからあずかっているものですから、お譲りするわけにはまいりません。どうもはなはだお気の毒ながら……」

由利先生がことわると、小田切翁はいかにも残念そうに、吉祥天女の像を手にとり、と見《み》こう見《み》していましたが、やがてあいさつもそこそこに帰っていきました。あとには由利先生と三津木俊助、それに御子柴進少年の三人が、あっけにとられたような顔を見合せています。

それにしても小田切翁は、どうしてあんなにまで、吉祥天女をほしがったのでしょうか。

床の血溜《ちだま》り

さて、その晩のことでした。

三津木俊助と御子柴進少年のふたりは、おそくな

ったので由利先生のところに泊ることになりましたが、すると十二時過ぎになって、突如《とつじょ》由利先生の寝室にある、電話のベルがけたたましく鳴りだしました。由利先生はいつもベッドの枕《まくら》もとに、電話器をおいて寝るのです。

由利先生は急いで受話器を取りあげましたが、すると、聞《き》こえて来たのは小田切翁の声、しかもそれがとてもふるえてみだれているので、由利先生は、さっと緊張いたしました。

「ああ、もしもし、小田切さんですか。こちら由利です。どうかしたのですか。何か変《かわ》ったことがありましたか」

「ああ、由利先生ですか。たいへんです、たいへんです。夜光怪人が……夜光怪人が……」

「えっ？　夜光怪人がどうかしましたか」

「夜光怪人がいま窓からのぞいているんです。あっ、窓を破って入って来ました。あっ、助けてえ、人殺し……。由利先生、ああ、由利先生、夜光怪人が……夜光怪人が……」

「もしもし、小田切さん、どうしたんです。夜光怪人が忍びこんだのですか」

由利先生はびっくりして、電話の受話器にしがみつきましたが、そのときでした。

「わっ！」

と、いう悲鳴が電話の向《む》こうからきこえて来たかと思うと、やがてドスンと、何かが床に倒れるような物音。由利先生は全身の血も凍る思いで、受話器もくだけよとばかりに握りしめていましたが、そのときでした。電話の向うから、陰《いん》にこもった笑い声が、クックックッと聞えて来ましたが、それがしだいに高くなって来たかと思うと、やがて耳も聾《ろう》するばかりの大声で、

「やい、由利、いまの悲鳴が聞えたかい、ありゃ小田切のおいぼれの、断末魔《だんまつま》の声だぞ。ぐさっとひと突き、おれがえぐってやったのさ。おれの名かい、おれの名は大江蘭堂」

そこまでいうと、相手は電話を切ったらしく、ガチャンという音が、いたいほど由利先生の耳にひびきました。

由利先生はまるで悪夢でも見ている思いで、ぼうぜんとそこに立ちすくんでいましたが、そのとき、ドンドン、ドアをたたく音。いうまでもなく、三津

木俊助と、御子柴進少年です。

「先生、先生、どうかしましたか。いまの電話はどちらからです」

その声に、ハッとわれにかえった由利先生、

「ああ、三津木君も進君も、すぐに外出の用意をしたまえ。小田切翁の身に何か間違いがあったらしい」

大急ぎで身支度《みじたく》をして、由利先生が寝室からとび出すと、書生《しょせい》の青木や藤子竜夫の姉弟も、気づかわしそうな顔をしてドアのまえに立っていました。

「青木君、いつものガレージをたたき起《おこ》して、自動車を一台つれて来てくれたまえ。藤子さんと竜夫君は、青木といっしょに留守番を頼みます」

自動車はすぐに来ました。それにとび乗った由利先生と三津木俊助、それに御子柴進の三人が、やって来たのは、渋谷《しぶや》にある、小田切翁の邸宅《ていたく》です。

さすがに真珠王《しんじゅおう》といわれるだけあって、小田切翁の邸宅は、かなり広いものでしたが、こういう広い邸宅に、召使《めしつか》いもおかずに、年老いた翁がひとりで、住んでいたことからして、間違いのもとと思われます。しかし、そんなことをいったところで、いまとなっては、もうあとの祭《まつり》かも知れないのです。

小田切邸の正門は、この夜ふけにもかかわらず、鉄柵《てっさく》が少しばかりひらいていました。これがまず、三人の心に不吉の思いを抱かせました。三人は急いで門の中へとびこむと、玄関までかけつけましたが、玄関はピッタリしまってどの窓もまっくらです。

「三津木君、裏へまわってみよう」

小走りに裏のほうへまわっていくと、たったひとつだけ明《あか》りのついた部屋があります。そして、その部屋から、庭の芝生《しばふ》へおりるフランス窓が、ひとつだけ開けっぱなしになっていました。

「よし、ここから入ってみよう」

フランス窓から入っていくと、そこは書斎《しょさい》になっていたらしく、三方の壁にはギッシリと書物のつまった書棚《しょだな》があります。そして中央の大きなテーブルのうえには電話器がひとつ、

「ああ、電話がある」

由利先生はつかつかと、そのテーブルへ歩みよりましたが、何思ったのか、とつぜんわっと叫んでとびのきました。

「先生、ど、どうかしましたか」

「三津木君、あの床を見たまえ」

　由利先生に指さされて、三津木俊助と進少年のふたりは、何気《なにげ》なく、電話のおいてある、テーブルのまえの床に眼《め》をやりましたが、ふたりとも、思わずギョッと息をのみました。床のうえにはどっぷりと血が、……そして、そのそばには、血にそまった短刀が無気味にころがっているのでした。

「電話をかけているところを、うしろからグサッとやられたのですね」

「ふむ、しかし、それにしても三津木君、死体はいったいどこへいったのだろう」

「あっ、先生、ここに何かを引きずったようなあとがついてますよ」

　そう叫んだのは進少年です。なるほど、見れば床のうえに、何か重いものでもひきずっていったような跡がついています。

「ふうむ、すると夜光怪人のやつ、死体をどこかへかくしたのかな」

　由利先生と俊助、進の三人は、そこで家中、残るくまなく調べてみたが、小田切準造翁の死体はついに、どこからも発見されないのでした。ああ、小田切翁はいったいどうなったのでしょうか。

　それはさておき、由利先生の一行が、渋谷の小田切邸へ到着したころのことでした。

　麹町土手三番町の由利先生の探偵事務所で、書生の青木や、弟の竜夫とともに留守番をしていた藤子は、ふと、異様な物音を耳にして、ハッと胸をとどろかせました。その物音はたしかに応接間のほうからきこえてくるのです。

　ミシリ、ミシリ――誰《だれ》もいないはずの応接間から、あたりをはばかるような低い足音。ゴトゴト、と何かをひっかきまわすような気配。――泥棒――？　由利先生の留守中に、泥棒に見舞われたとあっては申しわけがありません。

　藤子はそっと廊下へ出ると、応接間のドアのまえまでやって来ました。見るとドアが細目にひらいて、そのすき間から、チラチラ光がもれています。誰かが懐中電気で部屋のなかを調べているのです。

　やにわに藤子はドアを開いて、部屋へ躍りこみました。

「泥棒……」叫ぼうとしましたが、そのとたん、藤子の舌が、上《うわ》あごにくっついてしまいました。

それもそのはず、そこにいるのは、ああ、まぎれもなく夜光怪人ではありませんか。夜光怪人は例によって、まっくらな部屋のなかにほのかな光をまきちらしながら、物《もの》の怪《け》のように立っています。藤子がとびこむと、ギョッとしたようにふりかえりましたが、例のお能《のう》の面のような無気味な仮面を、冷《つ》めたく光らせながら、人を小馬鹿にしたように、ペコリと頭をさげました。

それから、卓上にあった、吉祥天女《きっしょうてんにょ》の像を取りあげるとそれを小脇にかかえこみ、ゆうゆうと窓から外へ出ていきました。藤子はまるで、催眠術《さいみんじゅつ》にでもかかったように、ぼうぜんとしてそれを見送るばかりでした。

ああ、それにしても、これは日ごろの藤子としては、似合わしからぬふるまいではありますまいか。日ごろの藤子ならば、かなわぬまでも、夜光怪人とたたかったはずです。それにもかかわらずその夜の藤子は、夜光怪人が吉祥天女の像をぬすみ去るのを、指をくわえて見ていたのです。

何故《なにゆえ》だろう。どうしてでしょうか。……

孤島の海賊

夜光怪人におそわれた、小田切準造翁《おう》はその後どうなったのでしょうか。さてはまた、夜光怪人にうばわれた、吉祥天女の像には、いったいどのような秘密があるのでしょうか。

――それらのことはしばらくおあずかりとしておいて。ここは岡山県の西南部、瀬戸内海《せとないかい》に面したところに、笠岡《かさおか》という小さな町があります。

この笠岡は、附近《ふきん》でできる花むしろの集散地としてゆうめいですが、もうひとつこの町が知られているのは、中部瀬戸内海の島々へかよう連絡船が、この町を起点としていることとです。

この連絡船は白竜丸《はくりゅうまる》といって、三十五トンの小蒸気船。まいにち、定時に笠岡の船着場《ふなつきば》を出帆《しゅっぱん》して、海上にちらばっている、島から島へと巡廻《じゅんかい》するのですが、乗客といっては、たいてい島の住人ばかり、他国のひとの乗ることは、一年のうちかぞえるほどしかありません。

ところが、東京で小田切邸《てい》の事件があってから三

日目のこと。めずらしくもなじみのない他国者が、一人、二人、三人、四人までもこの白竜丸に乗っていました。一人は白髪の老紳士、一人は三十五六の快青年、そしてあとの二人は十六七から十八九の少年少女です。

――と、ここまで書けばこの四人を、どこのだれそれとあらためて、説明するまでもありますまい。由利先生に三津木俊助、それに御子柴少年と、一柳藤子であることは、諸君もすでにお察しになったことでしょう。そうです。そのとおりです。しかし、それにしてもこの四人が、どうしてこんなところへやって来たのでしょうか。夜光怪人の事件をほったらかしておいて、瀬戸内海へやって来るとは、あまりのんきらしい話ではありませんか。

いえいえ、由利先生のことですから、これにはきっとわけのあることにちがいありません。しかし、そのわけというのはもう少しあとまでおあずかりとしておいて、ここでは白竜丸における四人のようすから、お話ししていくことにいたしましょう。

同船の漁師たちも、はじめのうちは見知らぬ客に、ふしぎそうに眼《め》ひき袖《そで》ひきしていましたが、そのうちに漁師のなかでもえんりょのないのが、思いきって声をかけました。

「失礼ですが、あなたがたは、どちらからおいでになりました」

「ああ、私たちかね。私たちは東京から来ましたよ」

にっこり笑って答えたのは由利先生です。

「東京から……フーン、そしてまた、どちらへおいでになりますか」

「なにね、ちょっと、瀬戸内海の島々を、見物してまわろうと思いましてな」

「へへえ、それはまたけっこうなご身分で。……そして、四人さん、おつれさんで？」

「さよう、四人づれですがね」

と、由利先生はつれの三人をかえり見ると、そこで急に思いだしたように、

「そうそう、ときにおたずねがあるんですが！……ちかごろこの船で、どっかの島へわたったものはありませんか。やっぱり私たちとおなじように、東京から来たものですがね」

「さあ」

胴《どう》の間《ま》にギッチリつまった客たちは、たがいに顔を見あわせていましたが、その中の一人に、

「どうだね、船長、おまえさん心あたりはないかね」

と、声をかけられて、

「そうですねえ」

と、機関室から胴の間をのぞきこんだのは、四十前後の人のよさそうな船長でした。

「ちかごろ……といってもいつごろのことですか」

「この二三日のあいだのことだがね」

「それじゃ、心あたりはありませんね、いいえ、こしばらく他国のひとで、この船に乗ったものはひとりもありませんよ。だいぶんまえ、そう、もう半年にもなりますかね、東京のなんとかいう偉い博士が、竜神島《りゅうじんとう》へわたるといって、この船に乗ったことがありますがね」

竜神島――と、きいて四人ははっと顔を見あわせました。しかし、由利先生はすぐさりげないちょうしになって、

「竜神島というのへ、この船も寄るのかね」

「とんでもない。竜神島は無人島もおなじですから、そんな島へ寄りやしません」

「フーム、すると、竜神島へわたるには、どうしたらよいのかね」

「なに、それならば、竜神島のとなりにある、獄門《ごくもん》島《とう》というのへ立寄《たちよ》って、そこの網元《あみもと》の鬼頭《きとう》さんというのにたのめばよいのです。鬼頭さんはあのへん一帯に漁場《りょうば》をもっていますから、しけやなんかのとき、逃げこめるようにと、竜神島にかんたんな小屋をたてているんです。さっきいった博士の先生も、そうして竜神島へわたったのですよ」

さっきから、この問答をきいていた漁師のひとりが、そのとき、急にひざをすすめて、

「旦那《だんな》、それじゃ旦那は、竜神島へわたるんですか。それならば、悪いことはいわないから、およしになったほうがためですぜ」

「どうして?」

「どうしてって、竜神島というのはその昔、竜神長太夫という海賊が、根城《ねじろ》にしていたところですが、そののちうちたえて、住むものもなく荒れていたところ、ちかごろまた海賊《かいぞく》が住みついたということです」

「海賊が……」

「ええ、新聞でもごらんになったでしょうが、ちかごろこのへんには海賊が出るんです。いずれは復員くずれのあぶれものでしょうが、十人、二十人と徒《と》党《とう》をくんで、どこで手に入れたかランチをあやつり、沿岸の町や村をあらすばかりか、船をおそって金や品物をまきあげていきます。警察でもやっきとなって、海賊の根城をさがしていたんですが、ちかごろになって、竜神島にかくれているんじゃないかということになったんです。そういうわけですから、悪いことはいいません。そんな危《あぶな》いところはおよしになったほうがいいですよ」

　由利先生に三津木俊助、それに御子柴進に一柳藤子の四人は、それを聞くと、フーウと不安そうに顔見あわせました。

「いや、それはご注意ありがとう。なに、私たちは竜神島が目あてというわけではなく、じつは、その獄門島へいくつもりでね。そこにいる、清水《しみず》さんというお巡《まわ》りさんに、紹介状をもらっているのでしてね」

　由利先生はそれきりなにもいうなと、ほかのものに眼くばせすると、だまりこんでしまいましたが、やがて笠岡を出て二時間あまり、あちらの島、こちらの島に客をおろして、最後についたのが獄門島です。

「船長、竜神島というのはどの島ですか」

「竜神島ですか。竜神島なら、ほら、あの島ですよ。右のほうに見えている。……」

　船長が指さすかたを見れば、海上一里《り》ばかりのかなたに、すずめ色をした小島がうかんでいます。由利先生の一行は思わずそれに見とれましたが、わけても、藤子の気持《きもち》はどんなだったでしょう。

　ああ、その島こそは藤子の父が、いのちにかけて探り出した島。そして、その島のいずこかにこそ、海賊竜神長太夫のばく大《だい》な財宝がかくされているはずなのです。

龍神島の血戦

　それにしても由利先生は、どうしてこんなところへやって来たのでしょうか。そのことについて、ちょっとここに書いておきましょう。

　夜光怪人にぬすまれた、吉祥天女《きっしょうてんにょ》の像。――あの中に一枚の地図がかくされていたのです。由利先生はあの像を、藤子からあずかったとき、すぐにそれに気がつきましたが、その地図こそは竜神島の所在地を示すものでした。

そして、そこには、

「島の明細図については、竜夫の肌にほったかくし彫りを見ること」

と、注意書きがしてありました。由利先生はそこでハッと、つぎのようなことに気がついたのです。ひょっとすると、竜夫君の肌にほられた地図には、宝のありかこそ示してあれ、それがどこのなんという島なのか書いてないのではあるまいか。そして、そこには、島のありかを知るためには、吉祥天女の像にある、地図を見ることというようなことが、書《か》き入《い》れてあるのではあるまいか。つまり、用心ぶかい一柳博士は、地図をふたつにわけ、その両方を手に入れなければ、宝の山へ入ることが、できないように仕組んでおいたのではありますまいか。

由利先生は急に希望をおぼえました。もしそれならば、いつか夜光怪人が、吉祥天女の像をぬすみにくるにちがいない。そのときは、しゅびよく相手にぬすませてやろうと、そのことを藤子にもよくいいふくめておいたのです。

なぜでしょう。それはいうまでもありません。由利先生は竜神島のありかは知ったが、その島のどこに宝がかくしてあるかわからないからです。それを知っているのは、夜光怪人いがいにありません。だから夜光怪人に島のありかを教えてやれば、きっとそいつは竜神島へいくにちがいありません。だから由利先生もひそかに島へわたり、夜光怪人を見張っていて、そいつが宝を掘《ほり》だしたところを、とりおさえたらどうだろう。……と、いうのが由利先生の計画だったのです。

それはさておき、由利先生の一行が、獄門島の桟《さん》橋《ばし》へあがると、そこに島のお巡りさんの、清水さんが出迎えていました。

「ああ、あなたが由利先生ですか。私が清水巡査です。じつはさっき、笠岡の本署から電話がかかってまいりまして、これからこういう方がいくから、粗《そ》忽《こつ》のないようにとのことでしたので、お迎えにまいりました」

由利先生はここへ来るまえ、笠岡の警察へよって、署長に清水さんへの紹介状を書いてもらったのです。由利先生といえば、日本一の名探偵ですから、署長もよろこんで紹介状を書いてくれたばかりか、あとから島へ電話をかけて、清水さんにそのことを報《しら》せておいてくれたのです。

「いや、それはごくろうさまでした」

と、それからまもなく一行は、清水さんの案内で、島の駐在所へ入りましたが、そこで、清水さんがふしぎそうにたずねるのに、

「署長さんのお話では、あなたがたは竜神島へわたりたいということですが、なにかあの島にご用でもおありですか」

「じつはちょっと調べたいことがあって……あそこへわたるには、この島の網元《あみもと》、鬼頭さんの助力がいるということですが、あなたからそのことを、鬼頭さんに話してくださらんか」

「それはおやすいご用ですが、あの島についちゃ、ちょっと妙なことがありましてね」

「妙なことというのは海賊《かいぞく》のことですか」

「そうそう、それもありますが、そこへもってきて、最近、また別の一味があの島へやって来たらしいんです。そして二派のあいだにいさかいが起《おこ》ったらしく、昨夜なども、さかんにピストルをうちあう音が、ハッキリここまできこえて来たんですよ」

それを聞いて四人はギョッと、顔を見あわせました。ああ、ひょっとするとあとから来た一味というのが、夜光怪人の仲間ではないか。

「それで、さっきも電話で署長にそのことを話し、武装警官の一隊を、至急よこしてくれるようにいっておいたのです。いずれ夕がたまでには到着すると思いますが、そうしたら、今夜、竜神島へわたってみようと思います。しかし、それは危険千万《せんばん》な仕事ですから、あなたがたをご案内するのは……」

清水さんがためらうのも無理はありませんが、由利先生の一行にとっては、これほどよい機会はまたとありません。一行四人はその機をはずさず、竜神島へわたるつもりで、笠岡から、武装警官の到着するのを、いまかいまかと待っていましたが、はたしてその日の夕がたになって水上署《すいじょうしょ》のランチがやって来ました。ランチのなかには署長をはじめ、十数名の武装警官がものものしいかっこうで乗っています。

署長は由利先生にあいさつすると、清水巡査や島

の網元、鬼頭の主人、儀兵衛《ぎへえ》というひとなどを呼びあつめ、いろいろ情報をききましたが、たとえ武装しているとはいえ、十数名では不足なことがわかりました。それというのが、まえからいる海賊だけでも、十数人はいるところへ、ちかごろ新手《あらて》のやつが来たらしいので、これを一網打尽《いちもうだじん》にしようと思えば、ちょっとやそっとの人数ではたりません。

そこで網元に相談したところ、鬼頭さんはすぐに島中の漁師をよびあつめ、お巡りさんの加勢をするようにとたのみましたが、だれひとりとして尻《しり》ごみするものはありません。

なにしろ竜神島の海賊には、いままでたびたび迷惑をかけられているのです。血気にはやる漁師たちは、それをくやしがって、なんとか返報《へんぽう》したいと考えていたのですが、相手は飛道具《とびどうぐ》を持っているのですから、うっかり手だしも出来ません。歯ぎしりをしてくやしがりながらも、いままでひかえていたのですから、いま、十数人という武装警官の味方をえて、時こそ来《きた》れりと喜んだのもむりではありません。

こうしてその夜。

十そうの小舟に分乗した、五十人あまりの血気の若者が勝手知ったる竜神島の、要所要所にむかうことになりました。それらの舟には、二そうにひとりのわりあいで、お巡りさんが乗っています。そして、のこりの警官たちは、署長とともに正面から、竜神島をおそうことになりました。さて、由利先生の一行ですが、これは網元の鬼頭さんとおなじ舟で、からめてから竜神島へむかうことになったのです。

かくて、用意万端《ばんたん》ととのったのは、時正《ときまさ》に夜の七時。むろん、日はすでに暮れていますが、さいわいにいい月夜です。作戦にことかくようなことはありますまい。

「鬼頭さん」

用意の舟にのりこんだとき、由利先生が思いだしたように、こんなことをたずねました。

「あの島は無人島だといいますが、ほんとにいままで、だれも住んでいなかったのですか」

「いや、実は、島の中央に竜神塚というのがあって、そこに弁秀《べんしゅう》という半気ちがいの坊主が、塚守《つかも》りとして住んでいたのですが、海賊が根城《ねじろ》とするようになってから、消息もわからず、みんな心配しているのです」

竜神塚――と、きいて一同はハッと胸をとどろかせました。ああ、それこそ、宝のかくし場所ではありますまいか。

御子柴少年は歯をくいしばって、来《きた》るべき冒険に胸をおどらせていましたが、そのときでした。署長の命令一下、待期《たいき》していた十そうの小舟が、クモの子を散らすように、スルスルと獄門島から漕《こ》ぎだしましたが、ああ、このとき、目ざす竜神島でも、なにかかわったことがあったにちがいありません。

にわかにパチパチと、豆をいるようなピストルの音がきこえて来たかと思うと、やがてパッと火の手が……それも、一カ所だけではなく、二カ所、三カ所からあがったかと思うと、見る見るそれが燃えひろがって、天をもこがすほのおとなり、あたりの海上いちめんを照らしたのです。

ああ、竜神島にはその夜、どのようなことが起《おこ》ったのでしょうか。

覆面の首領

ひと月ほどまえから、竜神島を根城《ねじろ》としている海賊《かいぞく》団は、みずからオリオン組と称する一味ですが、このオリオン組の首領というのは、びっこでめっかちの、獰猛《どうもう》な面《つら》がまえをした男でした。

びっこのあしには義足をはめ、かた手に松葉杖《まつばづえ》をつき、つぶれた眼玉《めだま》は黒いぬのでおおうていますが、その気性《きしょう》のざんにんなこと、腕力のつよいこと、また挙動のすばしっこいことは、まるでゴリラのようでした。だれもこの男の氏素性《うじすじょう》を知っているものはありません。仲間のものはただたんに、首領とか、めっかちのおやぶんとかよんで、まるで鬼のようにおそれています。

そのめっかちのおやぶんは、いま竜神塚を背にして、阿修羅《あしゅら》のようにたけりくるっています。敵のはなった火の手は、えんえんとして天をこがし、まるでひるをもあざむくばかり、火の粉《ひのこ》が雨のようにふりしきり、パチパチと生木《なまき》のもえさける音と、パンパンとピストルをうちあう音がこだまして、竜神島にはいま、凄惨《せいさん》の気がみなぎっています。

オリオン組はそうぜいしめて十六人。しかし、昨夜からの戦闘で、ひとりきずつき、ふたりたおれ、いまでは満足にはたらけるものは、六名しかおりま

せん。その六人はいま、竜神塚を背後にして、まるく半円型をつくり、見えざる敵にむかって、盲《めくら》めっぽう、ピストルのたまをぶちこんでいるのです。

竜神塚というのは、網元《あみもと》の鬼頭さんもいったとおり、島の中央にあるのですが、そこは高い崖《がけ》の下になっており、崖のふもとを大きくくりぬいて、そこに竜神がほってあるのです。そして、その崖のくぼみに、大きな塚がきずいてあります。

塚の周囲も、崖のうえも、るいるいたる巨石がつみかさなって、そのあいだに、ヒョロヒョロやせた赤松がはえています。しかし、その巨石の層はごくせまいはんいで、そのそとがわはうっそうたる原始林。いまその原始林が、ゴーゴーたる音をたててもえさかっているのですから、そのものすごいことといったらありません。しかもおりおり風のぐあいで、ほのおがパッと竜神塚のほうへながれてきますから、その熱いことといったら……それこそ焦熱《しょうねつ》地獄とはこのことでしょう。

「あっ！」

またひとり、オリオン組のひとりが、敵のたまにあたって倒れました。

「親分、こりゃもういけません。ここにいちゃとても防ぎきれません。いったんここをおちのびて、天狗《てんぐ》の鼻でたたかいましょう」

さすがいのちしらずの海賊も、とうとう悲鳴をあげました。しかし、そんなことばを、耳にかける首領ではない。

「馬鹿いえ。きのうとらえた捕虜《ほりょ》のやつはなんといった。敵の首領がねらっているのは竜神塚だということだ。この塚に、いったいなんの用があるのかしらないが、そうと知っててみすみすここをあけわたせるものか。かなわぬまでもおれは、ここでたたかってみせるのだ」

満面に朱《しゅ》をそそいだめっかちの首領の顔には、滝のように汗がながれています。片手に松葉杖をつき、片手にピストルをにぎりしめ、巨石のうえに仁王立《におうだ》ちになっているすがたは、さながら悪鬼の形相《ぎょうそう》です。

「いいか、だれもここをはなれるな。もし、おれのめいれいをまたずに、ここをはなれるやつがあったら、おれの手でぶち殺してやる！」

ピョンピョンと、松葉杖を片手でついて、巨石から巨石へととびまわりながら、ギリギリ歯ぎしりかんでいるところをみると、輩下《はいか》の連中は、敵よりもまずこの首領をおそれました。こうなっては、もう逃げるにも逃げられません。敵弾にやられるか、おそいきたるほのおにやられて死ぬか、二つにひとつのみちよりない。みんな絶望的な眼を血走らせて、無我夢中《むがむちゅう》でピストルをぶっぱなしています。

だが……

そのときでした。とつじょ、メリメリとものすごい音がしたかと思うと、ほのおにまかれた一本の巨木が、金粉《きんぷん》のような火の粉をまきちらしながら、こちらのほうへ倒れてきました。

「ああ、あぶない！」

生きのこった五人のものが、さっと巨石からとびのいたしゅんかん、焼けただれた大木が、ものすごい音をたてて、ドサリと竜神塚のうえへ倒れてきました。

「畜生《ちくしょう》！」

ギリギリと奥歯をかんだめっかちの首領。

「ええ、もうこうなったらしかたがねえ。みんな天狗の鼻へひきあげろ！」

「おっと、がってんだ」

首領の命令一下《いっか》、生きのこった四人のものは、バラバラと竜神塚をはなれると、うしろの崖をのぼっていきます。

「首領、首領！　おまえさんもいっしょに来ないのですかい」

「うん、おれもすぐいく。おまえたちはひとあしさきにいって、ランチの用意をして待っていろ」

「おっと、承知」

四人の輩下は崖へのぼって、すぐにすがたが見えなくなりましたが、どういうものかめっかちの首領は、そのあとを追おうともせず、しばらくあたりを見まわしていましたが、やがてなにかうなずくと、巨石と巨石のあいだにある、大きなすきまへスッポリと身をかくしてしまいました。

と、それから一瞬、二瞬、――いりみだれた足音がちかづいて来たかと思うと、やがてヒョッコリ、この竜神塚へすがたをあらわしたのは五六人の荒くれ男。

「親分、どうやら相手はあきらめて、この竜神塚をすてていったらしいですぜ」

「ふむ」

と、かるくうなずいたのは、おお、なんと、頭からスッポリと、黒い三角頭巾《さんかくずきん》をかぶった人物ではありませんか。

覆面《ふくめん》の首領はあたりを見まわし、

「とにかく、あの大木の火を消してしまえ。ほかへ燃えうつっちゃめんどうだ」

「おっと、がってんです」

さっきから下火になっていた大木は、五人の荒くれ男の手によって、すぐにもみ消されてしまいました。

「おお、ご苦労、ご苦労。それじゃおまえたちは逃げていったやつを追っかけろ。なに、行先は天狗の鼻ときまっている。おや、あのものおとはなんだ！」

覆面の首領がはじかれたようにふりかえったときでした。あちこちにおこるときの声、それにつづいて、またパンパンとピストルをうちあう音がきこえて来ました。

「なんだ、なんだ、どうしたのだ！」

一同がさっと緊張したとき、火の粉をくぐってころげるようにかけつけて来た男があります。

「たいへんだ、たいへんだ。手がまわった。武装警官の一隊が、大勢島へおしよせて来た」

それをきくと覆面の首領をはじめ、五人の荒くれ男どもも、さっと全身をふるわせたのです。

地底の大宝窟

由利先生の一行が、網元《あみもと》鬼頭さんの船で、竜神島の側面へ上陸したのは、それからまもなくのことでした。

そのころには、争闘《そうとう》もあらかたおわっていましたが、それでも、まだあちこちで小ぜりあいが演じられているらしく、おりおり島のあちこちで、パンパンとピストルをうちあう音がきこえました。

オリオン組の一味も、覆面の首領の一味も、昨夜からたたかいつかれているところへ、新手《あらて》の武装警官におそわれたものですから、案外いくじなく降参《こうさん》してしまったらしいのです。

由利先生の一行は網元鬼頭さんの案内で、すぐに竜神塚へむかいましたが、みちみちとらえた覆面の首領の一味にきいてみると、かれらがこの島へやって来たのは、だいたいつぎのような事情だったようです。

「へえ、私は仕事にあぶれて、水島《みずしま》の海岸をブラブラしていたんです。すると黒眼鏡《くろめがね》をかけ、大きなマスクをした男がやってきて、自分の仲間にならないか。なに、かくべつわるいことをするわけじゃない。竜神島に立てこもっている、海賊《かいぞく》の一味を島からおいだすだけの仕事だというんです。それで私も仲間にはいったんです。なんのためにこの島から、海賊をおいだすのか知りませんが、とにかく、たくさん金をくれましたし、それに、この島から海賊をおいだせば、諸人《しょじん》のめいわくを助けることだと思ったものですから。……ええ、マスクの男ですか。いいえ、いちども顔を見たことはありません。船へのりこみ、この島へ来てからは、いつも黒い三角頭巾を頭からスッポリかむっていましたからね」

これでだいたい事情はわかりました。夜光怪人はこの島に、海賊の一味がたむろしているときいて、まず、かれらのおいだしにとりかかったのではありますまいか。しかし、しゅびよく海賊をおっぱらって、めざす宝を手にいれることができたでしょうか。

それからまもなく一行は、島の中央にある竜神塚へやって来ましたが、見ればそのへんいったいはさんたんたるありさまなのです。あの焼けただれた大木は、いまだにブスブスくすぶっていますし、そのそばには、きずついた海賊たちが、苦しげなうめき声をあげてはいまわっています。火の手はだいぶおさまりましたが、それでもまだ、この凄惨《せいさん》な光景を、照らしだすには十分でした。

それにしても、あの覆面首領や、巨石のあいだに身をかくした、めっかちの親分はどうしたのでしょう。由利先生はしばらくあたりを見まわしていましたが、そのときでした。

「あっ、あんなところに坊さんがしばられている！」

御子柴少年の声にふりかえると、竜神塚のすぐ背後に、破れ衣《やごろも》の坊主がひとり、高手小手《たかてこて》にしばられ、猿ぐつわをはめられて投げだされているのです。

「あっ、塚守《つかも》りの弁秀さんだ」

鬼頭さんの声に、三津木俊助がすぐかけより、いましめを解き、猿《さる》ぐつわをはずしてやると、塚守りの弁秀は気がくるったように身をふるわせながら、

「覆面の男があの孔《あな》へ……」

「なに、あの孔？」

弁秀さんの指さすほうを見ると、崖下《がけした》のくぼみの奥に、ポッカリ大きな孔があいている。

「あの孔へ、覆面の男がはいっていったというのか」

「そうです、そうです。仲間のものをおっぱらい、自分ひとりになると、こっそりあの孔へはいっていったんです。わたしは長年ここに住んでおりますが、あんなところに、あんな孔があるとは、いままで、夢にも知りませんでした。ところが……」

「ところが……？」

「ところが、そいつがはいっていくと、すぐそのあとから、めっかちの首領が、ものすごい形相《ぎょうそう》をして、あとをおっかけていったんです。きっと……きっと……あの孔のなかで、なにかあるにちがいありません」

それをきいて一同は、ギョッと顔を見あわせましたが、そのときでした。

孔の奥から遠くかすかにきこえて来たのは、パン、パンという二発の銃声。――そしてそれきりあとは、墓場のようなぶきみな静けさ。……

「三津木君、とにかく中へはいってみよう。鬼頭さん、あなたは弁秀さんとここでまっていてください」

「先生、あたしもいきます」

「ぼくもつれてってください」

「よしよし、きみたちはこの結末を見きわめるけんりがあるね。よし、いっしょに来たまえ」

鬼頭さんと弁秀をそこにのこして、四人はすぐに、孔の中へもぐりこみました。

孔の中はまっくらですが、みんなてんでに懐中電気をもっていますから、それほど不自由ではありません。一同は用心ぶかく身がまえながら、すり足で孔の中をすすんでいきます。孔はずいぶん奥ぶかくて、いけどもいけどもはてしがありません。しかし、それでも三丁《ちょう》ばかり来たときでした。

「あっ、あんなところにだれか倒れている！」

進君の声に、一同がかけよってみると、それはオリオン組の首領、あのめっかちのおやぶんでしたが、みごとに胸をうちつらぬかれ、すでにいきはありません。しかも、その右手には、まだ薄煙の立っているピストルをしっかとにぎりしめているのです。

由利先生はおどろいて、懐中電気の光をたよりに、暗い孔の奥を見まわしましたが、そのとたん、一同の唇《くちびる》からいっせいに、あっという、驚きと感嘆の叫びがもれたのでした。

かれらの立っているところから、三四間向《けんむこ》うで孔はいきどまりになっています。そしてその正面に、ボロボロに朽ちた鎧《よろい》がひとつ、うやうやしくかざってあるのですが、その鎧の周囲には、なんとうずたかく金貨や宝石がもりあがっているではありませんか。たぶん、それはもと、いくつかの箱におさめてあったのでしょう。が、長い歳月と、地底の湿気《しっけ》で箱がくさり、おのずから、なかの宝物があふれだしたにちがいない。ああ、地底の大宝庫、一柳博士の探検は、やっぱり夢でもまぼろしでもなく、世にもまれな大宝庫がじっさいここにあったのです。

一行四人はぼうぜんとして、この宝の山を見つめていましたが、ふと気がつくと、その宝の山に片手をつっこんだまま、ひとりの男が倒れています。由利先生はつかつかとそばへよってみましたが、いうまでもなくそれは、三角頭巾の男でした。三角頭巾の男もまた、片手にピストルをにぎったまま、みごとに胸をうちつらぬかれて死んでいるのです。おそらく、めっかちの首領とうちあって、あいうちとなって死んだのでしょう。

由利先生はしばらく暗然として、その姿を見守っていましたが、やがて、思いきって頭巾に手をかけ、さっとそれをとりさりましたが、そのとたん、一同の唇からいっせいにもれたのは、

「あっ、小田切準造翁《おう》！」

そうなのです。おお、なんということでしょう。覆面の首領というのは、東京で殺されたとばかり思われていた小田切準造翁ではありませんか。……

その翌日。竜神塚の洞穴に、厳重に封印した由利先生の一行は、いったん本土へひきあげることになりましたが、その船中で、由利先生がしんみり語ったところによるとこうでした。

「夜光怪人が小田切準造であったか、黒木探偵であったか、いまとなっては永遠の謎《なぞ》というよりほかはない。私の考えでは、やっぱり夜光怪人は、黒木探偵だったのではないかと思う。しかし黒木探偵が夜光怪人だったにしろ、それはおそらく、小田切準造、すなわち、大江蘭堂のさしがねだったにちがいない。

小田切準造は黒木探偵に、秘密をうちあけ、宝のありかを書いた地図を手にいれさせた。そしてしゅびよく黒木探偵の夜光怪人が、それを手にいれたところで、横からとびだし、夜光怪人を殺して、すべての秘密をじぶんでひとりじめにしたのだよ。だから、こんどの事件のばあい、ほんとうの悪人は小田切準造の大江蘭堂だったのだ。黒木探偵の夜光怪人はそれにくらべると、でくの棒にすぎなかったのだよ」

「先生、そうすると、小田切準造というのは、大江蘭堂の変装だったのですか」

「いやいや、そうじゃない。大江蘭堂というのが、小田切準造の変装だったのだよ。人間の慾《よく》にはきりがない。小田切準造はあんなに金持ちだったにかかわらず、大江蘭堂という人物に化《ば》け、いろいろ悪事を働いていたのだ」

由利先生はそういって、暗いためいきをつきましたが、やがて悪夢をはらいおとすように首をふると、

「しかし、もうわれわれはそのことをわすれよう。それよりも、もっと、あかるい話をしようじゃないか。おめでとう。藤子さん、あなたはいちやく大金持ちになりましたよ。あの外国の古代金貨や宝石はどんなに少く見つもっても、一億円はありましょう」

「いいえ。あれはあたしのものではありませんわ」

藤子は強く首をふって、

「あれは貧しいひとたちのものなのです。それが亡くなった父の遺志でした。でも、でも、……あたしうれしいのです、父の志《こころざし》がとげられたことがうれしいのです。せんせい、ありがとうございました」

藤子はふかく、ふかくあたまをたれました。

おりから瀬戸内海は日本晴れで、竜神島の空のあたりに、うつくしい太陽がさんぜんとかがやいています。

その竜神島からほりだされた、すばらしい財宝が、やがて貧しいひとびとの、再起のもとでになる日も、そう遠いことではありますまい。

怪盗どくろ指紋

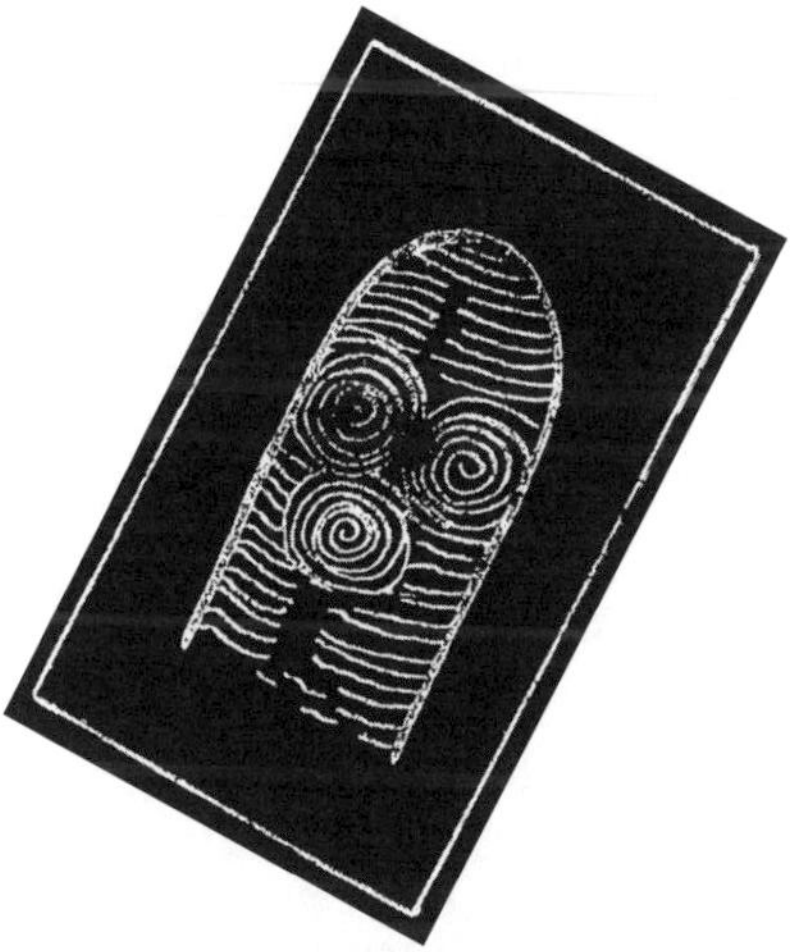

サーカスの大椿事《だいちんじ》

「まあ、ほんとうね。志岐《しき》さん。あのひと、うちの書斎《しょさい》にある写真とそっくりだわ」

「でしょう？　ぼくもきょう、あの少年の写真がポスターに出ているのを見て、びっくりしたのですよ。美穂子《みほこ》さん、それであなたをおさそいしたのですが、見れば見るほどよく似ていますね」

「不思議ねえ。いったいどうしたというのかしら。あのひと、おとうさまとなにか関係があるのかしら」

　新日報社《しんにっぽうしゃ》の花形記者三津木俊助《みつぎしゅんすけ》が、こういう会話をふと小耳にはさんだのは、国技館の三階だった。なにげなくふりかえってみると、そこには青年と少女が、双眼鏡を目にあてて、一心に、したの円型サーカスをながめている。

　男は年の頃《ころ》二十二、三、色の浅黒い青年である。少女はそれより八つばかりも年下の、目の大きいえくぼのかわいいお嬢さん。ピンク色の洋服に、ピンクの外套《がいとう》が色白の顔によく似合っている。ふたりともなにかしら異様な熱心さで、すり鉢《ばち》の底のようなサーカスをのぞきこんでいるのが気になった。

　そのころ、蔵前《くらまえ》の国技館には大じかけなヒポドローム、すなわち大サーカスがかかっていて、満都《まんと》の人気をあおっていた。俊助もその評判にひきずられて、なにげなく今夜見物にやって来たのだが、そこで、はからずも耳にしたのがいまのささやき。

　新聞記者というものは、だれしも耳のはやいものだが、わけても敏腕のきこえ高いこの俊助、なにやらいわくありげなふたりのささやきに、はてな？　とあらためて下のサーカスを見ると、いましも、呼びものの『幽霊花火』という曲芸がはじまろうとするところだ。

サーカスを見た人ならだれでも知っているだろう。ブランコからブランコへと飛びうつる空中の離れわざ――『幽霊花火』というのは、つまりそういう離れわざなのだが、いましも昼をあざむくサーカスへ、さっそうとおどりいでたは、年の頃十七、八、それこそ蠟人形《ろうにんぎょう》のように美しい少年、ピッタリ身にあった薄桃色《うすももいろ》の肉じゅばんに、ピカピカ光る金色の胴着、ふさふさとした髪をひたいにたらしているその美しさ。

青年と少女が、あのひとといい、あの子というのは、どうやらこの少年のことらしいのである。

プログラムを見ると、空中大サーカス『幽霊花火』――栗生《くりう》道之助《みちのすけ》とあるが、この道之助こそは、ヒポドロームきっての人気者と見え、かれの姿があらわれるや、満場われるような大喝采《だいかっさい》。

「志岐さん、ほんとによく似てるわね」

美穂子という少女は、思わず声をふるわせた。

「よろしい。それじゃぼく、ちょっと楽屋へいってあの子のことをきいてみます」

「あら、そんなことをしてもいいの」

「大丈夫《だいじょうぶ》ですよ。先生のご迷惑になるようなことはしやしませんから」

青年は観客をかきわけて出ていった。

意味ありげなこのようすに、俊助はいよいよ好奇心をあおられたが、そのときあたかも、にぎやかな管絃楽《かんげんがく》の音《ね》とともに、空中大サーカス『幽霊花火』の幕が切っておとされたのだ。

道之助はスルスルと長梯子《ながばしご》をのぼっていくと、やがてヒラリとブランコに飛びうつる。と同時に、場内の電灯という電灯が、いっせいに消えてまっくらがり、そのなかにあってただ一点、道之助のからだばかりが金色の虹《にじ》と浮きあがったから、満場あっといきをとめた。

思うに、道之助のからだには、燐《りん》か、あるいはそれに似た夜光塗料がぬってあるのだろうが、漆黒《しっこく》の空高く蒼白《あおじろ》いほのおを吐きながら、もうろうと浮きあがったところは、いかにも幽霊花火か夜光虫《やこうちゅう》――奇とも妙ともいえぬ美しさだ。

観客席からは、たちまちわッとあがる歓呼《かんこ》の声。道之助はそれにこたえて手をふると、やがて目もくらむような幽霊花火の曲芸がはじまった。

あるいは上下に、あるいは左右に、キラキラと金色の尾をひきながらとびかう幽霊花火は、やみのそこに、あるいは一団の炎と化し、あるいは一《ひと》すじの金の矢をえがいて、おどりくるう金色の蛾《が》！　人々は鳴りをしずめてこの妙技に見とれていたが、その時、とつじょ場内の一角から、

「手がまわったぞ。道之助、逃げろ、逃げろ！」

という、ただならぬさけび声がきこえてきたかと思うと、それにつづいて、

「道之助、御用《ごよう》だ。神妙《しんみょう》にしろ！」

という怒号《どごう》とともに、ピリピリとやみをつんざく呼子《よびこ》の笛。さあたいへんだ。これをきいた観客が、いちどにわっとそう立《だ》ちになったからたまらない。場内は上を下への大騒動になった。

「なんでもない。しずかに、おしずかにねがいます」

「電気をつけろ。電気だ、電気だ！」

「あれえ、助けてえ。ふみつぶされるう！」

と、悲鳴や怒号がいりまじって、いやもうイモを洗うような大混雑。そのなかにあって、例の幽霊花火は、しばらくじっと下のようすをうかがっていたが、やがてヒラリとブランコから飛んだとみるや、スルスルとやみの虚空《こくう》をはっていく。どうやら丸天井《まるてんじょう》にはられた綱のひとつに飛びついたのである。

「それ、逃げるぞ。ゆだんするな」

警官らしい足音が、闇《やみ》のなかを右往左往《うおうさおう》する。せめて電気でもつけばよいのだが、故障でもおこったのか、いつまでたってもあたりはまっくら。そのなかを幽霊花火は、スルスルと虚空をぬって三階へととびおりると、ガラス窓をけって、さっとそとへとび出した。

あとには美穂子がぼうぜんと立ちすくんでいる。

幽霊花火の正体

その夜、浅草蔵前《あさくさくらまえ》をとおりかかったひとびとは、前代未聞《ぜんだいみもん》の大捕物《おおとりもの》に血をわかしたのである。

夜空にそびえる国技館の大ドームから、一団の光の玉がとび出したかと思うと、さっと人家《じんか》の屋根にとびおり、ネズミ花火のように、屋根から屋根へところげていったからさあたいへん。附近《ふきん》にはやじうまがぎっしりとあつまって、

「やあ、あそこへ出て来たぞ。ほら、かどのタバコ屋の屋根のうえだ」

「あ、あっちへ逃げるぞ。川のほうへいくぞ」

「気をつけろ。とびおりるかも知れないぞ」

と、まるでネズミでも追いまわすようなさわぎだ。

やがて警官の一行も屋上に姿をあらわしたが、なにしろあいては本職の少年曲芸師、屋上の鬼ごっこではとてもかなうはずがない。道之助は川を目ざして逃げていったが、そのうちに追手《おって》の数はしだいに増していく。

警官にまじって、やじうまが四方八方からひしひしとつめよせてくるのだ。つごうの悪いことには、道之助は全身から、あの青白い燐光《りんこう》をはなっているのだから、かくれるにもかくれることができない。

ようやく川ぞいの家まで逃げのびたものの、見れば、周囲にはひしひしと追手がせまっている。

絶体絶命！　道之助は絶望的な目つきであたりを見まわしたが、ふいに身をひるがえすと、そばにあった湯屋《ゆや》の煙突《えんとつ》にスルスルと登り出したから、はっと、一同かたずをのんでながめているうちに、地上何十尺《しゃく》という煙突のうえ、ようやくそのいただきにたどりついた道之助は、あっというまもない、さあーッと金色の糸をひいて隅田川《すみだがわ》へとびこんだ。

「あれ、川のなかへとびこんだぞ」

両河岸《がし》から、橋のうえに鈴なりになったやじうまが、わいわいとかけよってのぞいてみると、暗い水のなかに銀鱗《ぎんりん》をひらめかしながら泳いでいた道之助は、やがて一《いっ》そうのモーターボートに泳ぎつくと、ヒラリとそれにとびのって、ダダダダダダと、エンジンの音も勇ましく、波をけたてて下流のほうへまっしぐらに——それと見るより追手の警官たちも、附近にあったモーターボートをかりあつめ、ただちにそのあとを追っかけたが、はたして首尾《しゅび》よく、道之助をとらえることができたかどうか——。

それはしばらくおあずかりとしておいて、こちらはふたたび、国技館の三階である。

道之助が窓から外へとび出していったあとで、俊助はむらがる見物をかきわけて、美穂子のそばへかけよったが、見ると彼女は、今にも気絶しそうにまっさおになっている。

「しっかりなさい、お嬢さん。あいつ、もう逃げてしまいましたよ」

「まあ。どうもありがとう」

「とにかく、出ましょう。ぼくは決して怪しいものじゃない。安心してつかまっていらっしゃい」

と、俊助が美穂子をかかえて、国技館から表《おもて》へ出て見ると、あの捕物《とりもの》さわぎもおさまって、やじうまもあらかたちってしまったあとだった。

「おじさま、どうもありがとう。おかげで助かったわ。あたし、ほんとにどうしようかと思ったの」

「なあに、そんなこと。それよりお嬢さんは、あの少年を知ってるの？」

「いいえ」

と美穂子は、ことばすくなに目を伏せる。

俊助はここで、さっきチラと小耳にはさんだことばを、きり出して見ようかと思ったが、いやいやそんなことをすれば、あいてに用心させるばかりだ。それよりここは辛抱《しんぼう》して、せめてあいての住所と名まえでもきいておくにしくはないと、早くも心をきめると、

「そうですか。ときに、お宅どちら？　ひとりでかえれますか？　なんなら、送ってあげようか」

「いいえ、大丈夫《だいじょうぶ》よ。おじさま、むこうに自動車をまたしてあるのよ」

「ああ、そう。では、そこまでいっしょに……しかし、さっき、つれのひとがいたようだが、待たなくてもいいの？」

「ええ、いいんです。どうせ心配なんかしやしない。あのひと、おとうさまの助手で志岐英三《えいぞう》さんというんです」

と、問わずがたりに話す名まえを、俊助は心のなかに彫りつけながら、

「ははあ、そしておとうさまというのは？」

「宗像禎輔《むなかたていすけ》といいます」

「ああ、それじゃ、あの、大学の——」

と俊助が思わずそうききかえした時、

「ありがとう、おじさま。ここまで送っていただけばもういいわ」

と美穂子は軽くおじぎをして、みちばたに待たせてあった自動車にとびのった。

夜のやみをついて走る自動車のあとを見送った三津木俊助は、なんとなく、こよいの出来事が気になってならぬのだ。

宗像禎輔といえばひとも知る有名な大学教授、そ

の有名な博士と、あのサーカスの少年とのあいだに、いったいどのようなかんけいがあるのだろう。さっきチラと小耳にはさんだ対話によると、宗像博士の書斎《しょさい》には、道之助によく似た写真がかざってあるらしいのである。

——なににしてもふしぎな話だが、それにしても道之助とはいったい何者だろう。さっきの捕物さわぎはどういうわけだろう。そうだ。それからまずたしかめておかねばならぬ。

と、そこでもういちど国技館へとってかえした俊助は、だしぬけにポンとうしろから肩をたたかれて、あっとおどいた。

「ああ、あなたは由利《ゆり》先生」

「三津木君、いいところであったね。じつはさっき、君の社へ電話をかけたのだがね」

と、ニコニコわらっているのは、白髪童顔の紳士である。

そもそもこの紳士を何者というに、これぞ由利先生といって世間にかくれもない名探偵、そして新聞記者の三津木俊助とは師弟もただならぬあいだがらなのである。

「じつはね、等々力《とどろき》警部から電話があって、かけつけてきたのだよ」

等々力警部というのは、警視庁きっての腕利《うでき》きだが、これまた由利先生の弟子分になる。

「すると先生は、こんやのこの捕物を、あらかじめごぞんじだったのですね」

「ふむ、知っていたよ。だから君にも知らせてやろうと思って電話をかけたのだ」

「してして、栗生道之助とは何者ですか」

俊助は思わず声をはずませた。

「じつはね、三津木君。このことはまだないしょだが、きょう警視庁の等々力警部のもとへ無名の投書がまいこんでね。それではじめてわかったのだが、道之助こそいま世間をさわがせているどくろ指紋の怪盗だというんだよ」

聞くなり俊助は、あっとばかりにおどろいた。

鏡にうつる影

俊助がなぜそのようにおどろいたか、またどくろ指紋の怪盗とは何者か、それをお話しするためには、ぜひともちかごろ東京をさわがせている、あの怪事件をのべねばならぬ。

　そのころ、東京都民は、正体不明の怪盗のために、恐怖のどんぞこにたたきこまれていた。あるときは外国の高官が秘蔵する宝石類がうばわれた。またあるときは、知名の実業家を道に待ちぶせて、所持品全部をうばいとっていったものがある。そのほか、この怪盗のしわざをいちいちお話しすれば、それだけでもゆうに一篇の小説ができあがるくらいだが、しかも犯人の正体はぜんぜんわからない。風のように来て、まぼろしのように去るというところから、はじめはまぼろしの賊《ぞく》と呼んでいたが、そのうちにきみょうな事実が発見された。

　この怪盗が仕事していったあとには、いつもきまって、めいしがわりでもあるように、指紋がひとつのこしてあるのだが、問題はこの指紋なのである。

　諸君、こころみに自分の指紋をしらべて見たまえ。そこにはひとによって形こそかわっているが、ふつうひとつのうずまきがまいているのを発見するだろう。ところが、問題の指紋にかぎって、一本の指のなかに、三つのうずまきがかさなっているのである。まず、二つのうずまきが左右にならび、そのしたに第三のうずまきがついているという、じつに奇怪ともなんともいいようのないお化《ば》けの指紋、指紋学上類例のない異常指紋なのである。しかもそのかっこうが、まるでどくろが歯をむきだして、あざわらっているように見えるところから、だれがいいそめたかどくろ指紋！

　さてこそ、ちかごろではどくろ指紋といえば、なく子もだまるといわれるくらい東京都民におそれられているのだが、それにしてもあの道之助少年が、おそるべき怪盗であろうとは――。

　話かわってこちらは美穂子だ。

　ちょうどそのころ、美穂子はただひとり、くらい夜道の自動車にゆられていたが、とつぜん、ギョッとしたように目をみはった。むりもない。バック・ミラーにうつっている運転手の顔がいつものひととはちがうのである。

美穂子はガタガタふるえながら、それでも大きく見はった目でいっしんに鏡のなかをみつめている。目をそらそうとしてもそらすことができないのだ。と、ふいに見おぼえのある顔が、ハッキリと鏡のなかにあらわれたが、そのとたん、美穂子は思わずあっとさけんだ。

あの少年――『幽霊花火』の道之助なのだ。美穂子は、なにかいおうとしたがくちびるがふるえて声が出ない。すると鏡のなかの顔がニッコリうつくしい微笑をうかべた。思いのほか人なつっこい微笑だった。

「お嬢さん、びっくりさせてすみません。あなたのようなかたをおどろかせるつもりじゃなかったのですが……どうかかんべんしてください」

ことばもていねいだったし、おどかすような調子もなかった。美穂子はいくらか恐怖もうすらぎ、

「あなた、いつのまにこんなところへ？」

「じつはさっき、おまわりさんに追っかけられて、隅田川へ飛びこんだのですが、さいわいそこにモーターボートがあったので、それに乗って川下へ逃げ出した――というのはおもてむき、その時、ぼくは胴着をぬいで、それをハンドルへかぶせておいたのです。ほら、あなたも知ってのとおり、ぼくの胴着はやみのなかでもキラキラ光るでしょう。だからおまわりさんたちは、ぼくがモーターボートに乗ってると思って、一生《いっしょう》けんめいに追っかけていったのです。そのあいだに、ぼくはまた水のなかをくぐって、国技館のそばへ引返《ひきかえ》してくると、そこにあった運転手のいない自動車のなかへもぐりこみ、すっかり運《うん》ちゃんになりすましたというわけです。ハハハハ、いまごろはおまわりさん、だれも乗っていない舟をむちゅうになって追っかけていることでしょうよ」

道之助はいかにもおもしろそうに笑っている。美穂子はその話をきいているうちに、しだいに恐怖の念もうすらいで、かえって一種のしたしみさえかんじてきた。

「それで、あたしをどうするの？」

「そうですね。お宅のまえでだまっておりていただければいいのですがね」

「もし、あたしがいやといったらどうするの。おまわりさんに、助けてえーっ、とさけんだらどうする

の」

道之助は、またカラカラと愉快そうにわらった。

「だいじょうぶ。君はそんな意地のわるいひとじゃない」

「だって、あなたは、おまわりさんに追われてるんでしょう？　あたしそんなひと、助けたくないわ。かかりあいになっちゃいやだわ」

「お嬢さん、もういちど、ぼくの顔をよく見てください。ぼくがそんなわるい人間に見えますか」

そういわれて美穂子は鏡のなかにうつっている道之助の顔を見なおしたが、すぐ目をそらすと、

「さあ、そんなこと、あたしにはわからないわ」

と、ひくい声でつぶやいた。

「ハハハハ、わからないことはないでしょう。君はぼくを信じてくれたにちがいない。なるほどぼくは警官に追われている。しかし世のなかには、まちがいってこともありますからね」

道之助の口ぶりには、どこかひとをひきつけるつよい力があった。それに、これがはたして警官から追いまわされている人間だろうか。すこしもわるびれたところやおどおどしたところがなく、元気で確信にみちた態度——そういうあいてのようすがしだいに美穂子の心をひきつけた。

「わかったわ」

「ありがとう。やっぱり君はぼくの味方だ。ときにお宅はどちらですか」

「あら、ちょうど、うちの方角へ来てるわ。もうじきよ」

それからまもなく、紀尾井町《きおいちょう》の家《うち》のちかくで自動車からおろされた美穂子は、じっと、道之助の運転ぶりを見送っていたが、その夜彼女は、この奇妙な冒険にこうふんしたのか、ひとばんじゅう道之助の夢を見つづけた。

宗像博士の秘密

さて、その翌日になると、たいへんなさわぎだ。

新聞という新聞が、社会面の大部分をさいて、昨夜の大捕物《おおとりもの》の記事をかかげている。ひとびとはそれを読むと、いまさらのようにあっとおどろいたが、わけてもいちばんびっくりしたのは、いうまでもなく美穂子である。

彼女は新聞を読むと、くちびるの色までまっさおになった。

あの道之助少年が、どくろ指紋の怪盗であろうとは！　しかも、その怪盗の逃亡を助けたのはとりもなおさず自分ではないか。

そう考えると美穂子は、いまさらのように昨夜のことがくやまれた。そんなことと知ったら、どんな危険をおかしてでも、警察へ知らせたのに、ああどうしよう、どうしよう、と悔《くや》むしたから、しかしまた、あの少年にかぎって……といううたがいもわいてくる。

——あの時、道之助はなんといった。世のなかには間違いということもある、といったではないか。そうだわ。これはきっとまちがいなんだわ。あのひとがそんなおそろしい悪党であるはずがない。だが、それにしてもおかしいのは——。

美穂子はそこでふらふらと立ちあがると、父の書《しょ》斎《さい》へ入っていった。

見るとその書斎の壁には古びた写真が一枚かかっている。しかもおどろいたことには、その写真というのが、道之助にそっくりなのだ。目もと、口もと、そして髪の毛をひたいにたらしているところまですこし年さえ若くすれば昨夜見た道之助、いやいやきょうの新聞にのっている道之助の写真にそっくりなのだ。

美穂子はなんともいえぬふしぎさにうたれて、しばらくその写真をじっと見ていたが、そのとき、

「美穂子、なにをそんなに熱心に見ているのだね」

と、うしろから声をかけられて、はっとふりむいてみると、そこにはまっさおな顔をした、父の宗像博士が立っている。

「あら、おとうさま」

美穂子はそのとき、父の顔に浮かんだおそろしい表情に、なんとなく胸をとどろかせたが、すぐ息をはずませて、

「おとうさま、このお写真のかたはどういうひとですの。あたしなんだか、気になってならないの」

とたずねてみた。博士はそういう美穂子の顔色をじっと見ながら、

「ああ、それじゃおまえ、けさの新聞を見たのだね」

「ええ、そうよ。ほら、ここに道之助というひとの

写真が出ているでしょう。このひとと、その写真とはそっくりだわ。ねえ、おとうさま、その写真はどういうひとなの？」

　問いつめられた博士は、なんとなく心ぐるしいおももちだったが、

「美穂子、その写真というのはね、栗生徹哉《てつや》といって、おとうさんの古い友人だった。しかし、そのひとは、もう十五年もまえに死んだのだよ」

「まあ、栗生――ですって？　それじゃ、その道之助という人とやっぱりなにか関係があるのね」

「そうだよ。美穂子、道之助は徹哉というひとの息子《むすこ》にちがいないのだ。二つか三つのときに行方《ゆくえ》不明になってね。それでおとうさんは長い間、道之助の行方をさがしていたのだが、もういけない。美穂子、ちょっとこれをごらん」

　博士は名状しがたい苦悶《くもん》のいろをうかべながら、机のひきだしから古い手帳をとり出したが、やがてパラパラとページをくって美穂子のまえへさしだした。美穂子はふしぎそうにそのページをのぞきこんだが、そのせつな、まっさおにならずにはいられなかった。

ああ、なんということだ。そこには赤んぼうくらいの小さい指紋が押してあったが、その指紋というのが、まぎれもなくどくろ指紋！

「まあ、それじゃやっぱり……おとうさま！」

「そうなのだ。道之助がうまれた時にね、あまりきみょうな指紋だから、おとうさまはこうしてとっておいたのだ。ところが、それからまもなく、道之助は行方が分《わか》らなくなったのだ」

「でも、おとうさま。おとうさまはこの徹哉というひとと、どんな関係があるんですの」

「いや、そればかりはきいてくれるな。おとうさまはこの徹哉という男に、すまないことをしているのだ。それでなんとかして、せめてその子の道之助でもさがし出して、昔の罪ほろぼしをしたいと思っていたのだが、もうだめだ。道之助は世にもおそろしい悪党になっているのだ」

　博士はそういうと目に涙さえうかべて、

「わしはあのどくろ指紋のうわさをきいたとき、すぐにこれは道之助だとさとったのだよ。なぜといって、こんなきみょうな指紋を持っている人間が、世界にふたりとあるはずがないからね。それ以来、わ

しがどのように苦しんだか……もしあの子がまともな人間にそだっていたら……」

「しかしおとうさま、おとうさまはこの徹哉というひとにどんなことをなさいましたの。ねえ、おかくしになっちゃいや。あたしは、なにもかも知りたいの。話してちょうだい。どんなことをきいてもおどろきゃしないから……」

「美穂子！」

宗像博士は娘の手をとると、ハラハラと涙をこぼしながら、

「それじゃ話すがね、おとうさまはいけない男だったのだ。おとうさまは、その栗生徹哉という男の財産を横領《おうりょう》したのだよ」

「な、なんですって」

美穂子はおどろいて父の顔を見なおした。

「むろん、はじめからそのつもりじゃなかったのだが、結果においてそうなったのだ。美穂子、まあきいておくれ」

そこで宗像博士が話したのは、つぎのようなざんげ話だ。

栗生徹哉と宗像博士とはその昔、親友だった。この栗生という男は金持《かねもち》のお坊《ぼっ》ちゃんだったが、しんるいというものがひとりもなく、それで財産の管理などもいっさい、宗像博士にまかせていた。

そのうちにかれはおくさんをもらって子どもがうまれた。それがつまり道之助なのである。ところがこの道之助が二つになったとき、栗生は肺病で死んだのだが、その死の間《ま》ぎわに、あとのことを宗像博士にたのんでいった。むろん博士は親友の遺言《ゆいごん》を守るつもりだったが、ただこまったことには道之助の母というのが、とてもたちのわるい女で、うかつに財産など渡せないのである。

そこで宗像博士は、道之助が大きくなるまで押《おさ》えていようと、ことばを左右にして、母親のいうことを取りあげずにおいた。するとあいては、てっきり博士が横領するつもりだろうと早《はや》がてんして、この復讐《ふくしゅう》はかならずするからおぼえていろと、ものすごいおどし文句をのこして、それからまもなく子どもとともに、姿をくらましてしまったのである。なにしろその女は、まだ正式に栗生の妻になっていなかったので、法律であらそうわけにもいかなかったのだ。

宗像博士はむろん後悔した。母親は母親として、子どもは栗生の子にちがいないのだから、なんとかしてさがし出して財産をわたしてやりたいと八方《はっぽう》手をつくしてさがしたがかいもく行方がわからぬそのうちに、道之助の母親が死んだということだけは、風のたよりにわかったが、子どもはひとの手からひとの手へとわたっていって、ついにきょうの日まで行方がわからなかったのである。

「おとうさんは決して、はじめからそんな悪いことをたくらんだわけじゃない。しかし結果から見ると、いままで道之助の財産を横領していたことになる。おとうさんはそれをどんなに苦《く》にしていたろう。だからいっこくもはやく道之助をさがしだして、昔の罪ほろぼしに、あとつぎにして財産をゆずりたいと思っていたのだが、もういけない。だめだ。道之助は世にもおそろしいどくろ指紋の怪盗なのだ」

鳴りやむ歌時計

はじめてきく父の秘密に、美穂子はどんなにおどろいたろう。

――ああ気のどくなおとうさま。おとうさまが悪いのじゃないわ。みんなその母親というひとが悪いのだわ。

と、そう思うしたから、また道之助のことを考えると、ゾッとするようなおそろしさがこみあげてくる。

――もしおとうさまがそのとき、すなおに財産を渡しておいたら、あの人もおそろしいどろぼうなどにならずにすんだかも知れない。世のなかには、しんせつでしたことでも、思いがけない悪いことをひきおこすことがある。もし道之助がそれを知ったら、どんなに父をうらむだろう。

それを考えると美穂子はなんともいえず不安になる。ふしぎな運命のいたずらに、彼女はその日いちにち泣きくらしたが、さて、その夜《よ》のこと――。

泣きぬれて寝いっていた美穂子は、真夜中ごろ夢のなかで、ただならぬ悲鳴をきいたような気がして、はっと目がさめた。

「あら、あれ、なんの声だったかしら？」

胸をドキドキさせながら、じっときき耳をたてていると、どこかでかすかなオルゴールの音《ね》がする。

オルゴールは雨《あま》だれの音のように『蛍《ほたる》の光』を奏している。美穂子ははっとして枕《まくら》もとの時計を見ると、ちょうど三時だ。

「まあ、それじゃおとうさま、今夜もお仕事かしら？」

美穂子は思わず首をかしげた。

宗像博士はよく真夜中におきて仕事をすることがある。そんなとき、博士はいつも、目ざまし時計をかけておくのだが、その目ざまし時計というのは歌時計になっていて、ベルのかわりにオルゴールが『蛍の光』を奏するようになっているのだ。

美穂子はだから、真夜中ごろそのオルゴールが鳴り出すと、いつも、ああ、また今夜もお仕事だわ、とそのまま寝てしまうのだが、今夜ばかりはどういうものか、父のことが気になってたまらない。それでしばらくじっとその音に耳をすましていたが、すると、ふいにオルゴールの音がハタとやんだ。

「あら！」

美穂子はみょうな胸《むな》さわぎを感じた。オルゴールが終《お》わりまで歌わずに、とちゅうでフーッとやんだのがなんとなく気にかかる。それに、さっききいた、あのただならぬさけび声。

美穂子はそこで、ともかく、父の書斎《しょさい》をのぞいて見ようと、寝室を出ると、したへおりていった。と、そこでばったりと出会ったのが、父の助手の志岐英三だ。英三もこの家に寝泊《ねとま》りしているのである。

「あら、志岐さん！」

「シッ！」

英三は口に指をあてた。なんとなくまっさおな顔をしている。美穂子はにわかに、はげしい胸さわぎをかんじながら、

「いったい、ど、どうしたの？」

と、声をふるわせてたずねた。

「どうもへんなのです。先生の書斎のほうで、みょうな物音がきこえたのです」

と、英三も声をふるわせている。

「いってみましょう。ねえ、いって見ましょうよ」

ふたりはそこで書斎へはいると、パチッと電気のスイッチをひねったが、そのとたん、あっとさけんで棒立ちになった。宗像博士があけに染《そま》ってたおれているのだ。

「おとうさま！　おとうさま！」

「先生！　先生！」

ふたりはむちゅうになって左右からとりすがったが、博士はすでにこときれている。見ると胸のあたりに二、三カ所、ものすごい突ききずをうけているのだ。

「おとうさま、おとうさま、ああ、だれがこんなことをしたんですの。おとうさまァ！」

美穂子はきちがいのように泣きさけんだが、そのときだ、なにを見つけたのか英三が、あっとさけんで立ちあがると、

「美穂子さん、ごらんなさい。こ、これを！」

とただならぬさけび声、はっとした美穂子が、英三の指さすところを見れば、ああ、なんということだ、壁にかかった鏡のうえに、ぺったりと血染めの指紋、しかもそれはまぎれもなく、あのいまわしいどくろ指紋ではないか。

恐ろしき真相

明方《あけがた》の五時ごろだった。

新日報社の三津木俊助は、由利先生にたたきおこされてあわてて表《おもて》へとび出した。見ると由利先生は自動車にのって待っている。

「三津木君、いっしょにいこう。どくろ指紋が人殺しをやったというのだよ」

「え、人殺しですって？　そして、殺されたのはいったいだれです？」

「宗像博士だよ」

「なに宗像博士ですって？」

「そうだ。いま警視庁の等々力警部からしらせて来たんだ。ともかく来たまえ」

由利先生にうながされて、俊助が自動車に飛び乗ると、思いがけなく、先生のそばには見知らぬ男がのっている。その男は大きな黒眼鏡《くろめがね》をかけ、帽子をまぶかにかぶり、おまけに外套《がいとう》のえりをふかぶかと立てているので、人相はまるでわからない。由利先生も紹介しようとはしなかった。

「それで先生、事件のおこったのはいつのことです」

「ついさきほど、三時頃《ごろ》のことだそうだ」

と、そんなことをいっているうちに、自動車ははやくも紀尾井町の宗像邸《てい》へつく。見ると屋敷の周囲

には、はや変事をききつけたやじうまがおおぜいむらがっていて、そのなかに、制服の警官や私服の刑事のすがたも見られた。

　そのなかをかきわけて由利先生に、三津木俊助、それから例の黒眼鏡の男の三人がなかへ入っていくと、出迎えたのは等々力警部だ。

「やあ、先生。よくきてくれましたね」

「ふむ。先程《さきほど》は電話をありがとう。ところでまたどくろ指紋がのこっていたそうだね」

「そうですよ。じつにふしぎですよ。ときに先生……」

　と、警部がなにかささやくと、由利先生はにんまりうなずきながら、

「いや、だいじょうぶだ。それはわしが保証する。ゆうべはずっとわしのそばにいたのだから」

　と、みょうなことをいったかと思うと、

「とにかく、現場を見せてもらおうか」

　と、俊助と黒眼鏡の男をうながしながら、書斎へ入っていった。書斎はまださっきのままで、宗像博士の死体もそこに横たわっている。

「先生、これが例の指紋です。そして、この写真が、ゆうべ三津木君がチラと小耳にはさんだという写真にちがいありません」

　と、等々力警部が指さしたのは、例の栗生徹哉の写真だ。それをみると、由利先生も俊助もあっとばかりにおどろいたが、わけてもいちばんおどろいたのは黒眼鏡の男。まるで幽霊でも見つけたように、じっとその写真のまえに立ちすくんでいたが、由利先生がポンとその肩をたたくと、

「よしよし、いまに万事解決する。心配するな」

　と、またしてもみょうなことをいうと、

「それじゃ警部、発見者だというお嬢さんを呼んでくれたまえ」

　やがて、警部の命令によって入って来たのは美穂子である。美穂子はあまりの悲しみに、すっかり顔あおざめていたが、それでも由利先生の質問にたいして、ゆうべの話をポツポツと話してきかせた。由利先生は熱心にその話をきいていたが、歌時計のオルゴールがとつぜん鳴りやんだということをきくと、ふしぎそうに、

「その歌時計というのはこれですか」

　と、ゆかのうえにころがっている目ざまし時計を

とりあげた。

「はい、それでございます」

「なるほど、これがとちゅうで鳴りやんだのですね」

　と、しげしげ時計をながめていたが、やがてギョッとしたような表情をあわてておしかくしながら、

「ときに、お嬢さん。ここにかかっているこの写真は、どういうひとですか」

　ときかれて、美穂子はわっと泣き出した。しかし、いまとなってはつつむすべもない。そこできのう父からきいた話を、のこらず打ち明けたが、それをきいていちばんおどろいたのは、またしてもあの黒眼鏡の男だ。思わずなにかいおうとするのを、由利先生はあわてておしとめながら、

「いや、よしよし。それでは志岐君というのを、ここへよんでもらおうか」

　やがて志岐英三が入ってきた。かれはまだパジャマのままでこうふんした顔色をしていたが、問われるままにゆうべの話をする。

「なるほど、すると君の考えでは、博士を殺したのは道之助にちがいないというんだね」

「むろんです。その指紋がなによりのしょうこです」

「ところがね、志岐君。道之助はゆうべここへくるはずはないんだ。なぜならば、あの少年はゆうべずっと、このわしといっしょにいたんだからね」

「な、なんですって？」

「おい君。その眼鏡をとって顔をよく見せてやりたまえ」

　由利先生のことばもおわらぬうちに、黒眼鏡の怪人物は、さっと眼鏡と帽子をかなぐりすてたが、とたんに美穂子も英三も俊助も、あっとばかりにおどろいた。むりもない、その男こそサーカスの人気者、栗生道之助少年ではないか。

「ああ、あなたは――」

　美穂子はあまりのおどろきに、思わずうしろにとびさがる。英三もまっさおになってたじろいだ。

「お嬢さん、安心なさい。道之助君はけっして悪党じゃない。なるほど奇怪な指紋の持主《もちぬし》だが、その指紋をぬすんで悪事を働いていたやつは別にあるのです」

「な、なんですって？」

「三津木君、君にまでかくしていたのはすまなかったが、これにはわけがある。あのどくろ指紋の怪盗のひょうばんが高くなりかけたころ、この道之助君が、わしのところへやってきたのだ。そしてあの怪盗ののこしていく指紋は、たしかにじぶんの指紋にちがいないが、自分は決してそんな悪事をしたおぼえはないという。

わしも大いにおどろいたが、等々力警部と相談して、道之助君をしばらく秘密にわしの家へとめておいたのだ。ところが、その間にもいぜんとしてどくろ指紋の怪盗はあらわれる。そこでだれかが道之助君の指紋をとって、それを精巧《せいこう》なゴム判かなにかにして、罪を道之助君にかぶせようとしているのだということがわかった。

それで道之助君によくきくと、大阪で興行しているころ、見知らぬ客に招かれたが、そこでねむり薬をのまされて、眠ってしまったことがあるという。

つまりそのとき指紋をとられたらしいのだが、さて、その客というのが何者だかわからない。人相をきいても、あいては変装していたらしいので、そんなものは手がかりにならぬ。

そこでわれわれもほとほと困ったあげく、戦法をかえて、道之助君の写真をサーカスのポスターにいれて東京中にバラまいたのだ。

するとはたして、警視庁へ密告状が来て、道之助君こそどくろ指紋の怪盗だ、と教えてきた。

わしの考えでは、その密告状のぬしこそあやしいと、ひそかに探索をすすめるいっぽう、わざと密告状にだまされたような顔をして、国技館であんな捕《とり》物《もの》さわぎをやってみせたのだ。

なあに、あれは警部や道之助君とあらかじめ打ちあわせておいて、わざと道之助君をとりにがすようにしておいたのだよ。道之助君はしゅびよく逃げだすと、すぐわしのところへ来て、それからいままでかくれていたのだが、そうとは知らずに、またのめのめとこんな人殺しをやったのは、これこそどくろ指紋の運のつきさ」

ああ、なんという意外な話、なんというふしぎな物語だろう。俊助も美穂子も、あまりのことにただぼうぜんとしている。英三はなにかしら、もののけにつかれたようなかおをしていたが、やがてしわがれた笑い声を立てると、

「なるほど、しかしそれじゃ、本物のどくろ指紋はどこにいるのだ？」

「ふむ、そこにいるよ。志岐君、君のパジャマのボタンがひとつちぎれているが、それはどうしたんだね？」

「な、なんですって？」

「ハハハハ、さすがの悪党もそれに気がつかなかったのが運のつきだね。博士は殺されるとき、犯人のボタンをひきちぎった。犯人は博士がひといきに死んだことと思って部屋から逃げ出したが、博士はそのじつまだ息があったのだ。そして断末魔《だんまつま》の苦しみのうちに、そのボタンを歌時計の中へねじこんでおいたのだ。ほら見《み》給《たま》え」

と、由利先生が歌時計のふたを開けば、ころころところがりだしたのは血にまみれた一個のボタンだ。と同時にボタンによってさえぎられていたゼンマイが、ふたたび廻転《かいてん》をはじめたかと思うと、いったんとぎれた『蛍《ほたる》の光』が、またゆるやかに鳴り出したのであった。

そのとたん、ごうぜんたる物音が室内にとどろいたかと思うと、志岐英三のからだがバッタリと床の上にくずおれたのだった。

×　　×

英三の室内からは、はたして世にも精巧などくろ指紋のゴム判が発見された。かれが自殺したいまとなっては、なぜそんなだいそれた悪事をはたらいたのか、知るよしもないが、さっするにかれは博士の財産に目をつけていたのだ。

ところが博士はいつかも話したように、あくまでも道之助をさがし出して、ゆくゆくは美穂子と結婚させて、財産をゆずろうとしていたので、それを知った英三は、道之助をつみにおとしいれようと、あんな悪事をたくらんだのだが、その秘密を博士に知られたので、あんなおそろしい人殺しをやったのであろう。

道之助と美穂子は、いま、由利先生の保護をうけながら、きょうだいのように、仲よく勉強しているということである。

深夜の魔術師

金色蝙蝠《きんいろこうもり》

世の中がだんだん進歩していくにしたがって、馬鹿馬鹿しいお化《ばけ》や、幽霊噺《ばなし》のたぐいは少なくなっていく。しかし、それではこの世から、怪談というものが全《まった》くなくなってしまったのかというと、そうではない。

いや、いや、人間の恐怖心がなくならない限り、この世から怪談の種がつきるということはあり得ないのだ。なるほど、あの馬鹿馬鹿しいお化や、間《ま》の抜けた幽霊はいなくなったかも知れないが、それにもまして、もっと気味の悪い、なんとも得体《えたい》の知れぬ事柄が、どうかすると、ヒョイとこの世に起《おこ》ることがある。

例えば、深夜の空をいずこから、いずこへともなく飛び去っていくという、あの奇怪な黄金蝙蝠《きんいろこうもり》の風説などもその類《たぐ》いなのだ。

その年の夏の終りごろ、誰《だれ》いうとなく、深夜の空に舞う「金色をした蝙蝠」の風説がもれはじめたかと思うと、物におびえた口から口へと、ひそひそ話で伝えられ、たちまちその奇怪な噂《うわさ》は東京中にひろがってしまった。

目撃した人の話を綜合《そうごう》すると、その蝙蝠というのは、なんでも一匹だけではないらしく、二匹三匹、どうかすると十匹ちかくも群《むれ》をなして、飄々《ひょうひょう》として深夜の空を乱舞するというのだが、その翼からはいつも鬼火《おにび》のように青白い燐火《りんか》を放ち、それが羽根うち交わし、音もなく、声もなく、ヒラヒラと漆黒《しっこく》の空を踊り狂うさまは、何《な》んともいえぬほど、気味悪い眺《なが》めであるという。しかも、この奇怪な黄金蝙蝠の姿を現わすところ、必ずその近所で、血なまぐさい犯罪事件が起るというのだ。

現に八月のある霧の深い夜《よ》のこと、隅田川《すみだがわ》を上下するだるま船《せん》の船頭さんが、ふと水の中に浮いている若い女の死体を見つけて、それを引きあげようとしたが、その時ふいにお内儀《かみ》さんが、きゃっと叫んで船頭さんにしがみついた。

「あれ、お前さん、あの蝙蝠をごらんな！」

その声にふと向《むこ》うを見ると、何んということだ、一匹の蝙蝠がまるで人魂《ひとだま》のように、フワリフワリと水の上を飛んでいるではないか。さすが剛毅《ごうき》な船頭さんも、それを見ると思わずゾーッとして、そのまま死体を流してしまったという話だ。

それから二三日して、今度は一人の新聞記者が、麻布狸穴《あざぶまみあな》でやはりそれと同じような怪異に出会った。

それは真夜中の二時ごろのこと、夜勤《やきん》からの帰りみち、新聞記者が狸穴の近所を通りかかったところ、ふいにどこからかキャーッという女の悲鳴がきこえて来た。普通の人ならゾッとして逃げ出してしまうところ、そこはさすがに職業柄《がら》、彼は急いで声のした方へ走っていったが、するとその時、どこから現われたのか二三匹の金蝙蝠が、ハタハタと翅《はね》を鳴らしながらすぐ鼻先を飛んでいった。

「あ、金色蝙蝠だ！」

新聞記者がそのあとを追っかけようとした時だ。ふいにゾッとするほど冷たい手がくらやみの中から彼の足にしがみついた。さすが剛胆《ごうたん》な新聞記者も、これにはぎょっとして、マッチをすって辺《あた》りを見ると、まだら若い女が、口からタラタラ血を吐きながら、土のうえに倒れているのだ。こうなるともう蝙蝠どころの騒ぎではない。新聞記者が急いでその女を抱き起すと、そのとたん、

「金蝙蝠――金蝙蝠――」

と叫んで女の息は絶えたという。

これらの噂は忽《たちま》ちパッと尾鰭《おひれ》をつけてひろがっていった。すると俺《おれ》も見た、私も見たと奇怪な金蝙蝠の目撃者は続々と現れたが、そのうちのひとりがいうには、上野の杜《もり》で金蝙蝠を見たが、その時、蝙蝠のすぐしたを風のように走っていく一人の男があった。その男というのは、全身を闇《やみ》のような黒装束《くろしょうぞく》で包まれた、背の高い大男で、胸にハッキリと蝙蝠の紋章が刺繍《ししゅう》してあったというのだ。

また別の男の話によると、隅田川の流星《りゅうせい》のように

滑《すべ》っていく怪汽艇《ランチ》のなかで、やっぱり胸に金蝙蝠の刺繍をした黒装束の男を見たが、その時、汽艇《ランチ》の上には数十匹の金色蝙蝠が、それこそ蛍《ほたる》のように群《むら》がり飛んでいたというのである。

こうして怪人物の登場によって、金色蝙蝠の怪談は、いやが上にも、無気味な色彩を加えていった。今では誰一人として金蝙蝠の妖術《ようじゅつ》を使う、深夜の魔術師の噂について、疑いをさしはさむ者はない。

ある学者の説によると、世の中に金色の光を放つ蝙蝠なんてあるべき筈《はず》がないから、おそらくあれは普通の蝙蝠の翼に燐でも塗《なす》りつけてあるのだろうというのだが、それにしてもこれが単なる悪戯《いたずら》か、それとも何か恐ろしい目論見《もくろみ》があるのか、さてはまた、近頃頻々《ひんぴん》として起る怪事件に、果《はた》して関係があるのかないのか、誰一人として知る者はなかった。少くとも、それから間もなく、あの大事件が突発するまでは――。

踊る人形

東都《とうと》新聞社の花形記者三津木《みつぎ》俊助《しゅんすけ》は、その晩おそく青山権田原《あおやまごんだわら》から信濃町《しなのまち》のほうへ歩いていた。

どんよりと曇《くも》った晩で、空には星もなければ月もなく、左に見える神宮外苑《じんぐうがいえん》のあたり、鬱蒼《うっそう》として空に聳《そび》えている杜《もり》のなかで、ホー、ホーと啼《な》く梟《ふくろう》の声。

何《な》んとなく薄気味の悪い晩だなと、肩をすくめて歩きつつ、ふと思い出したのは、過ぐる夜、彼の同僚が麻布狸穴で遭遇したという怪事件のこと。そうだ、こんな晩こそ、あの金蝙蝠とやらが現れそうなものだと、そんなことを考えながら歩いている時、うしろからやって来た一台の自動車、あわや、俊助を轢倒《ひきたお》さんとしたが、そのまま、御免《ごめん》とも言わずかなたの闇《やみ》へ疾走していった。

「畜生《ちくしょう》！　失敬《しっけい》な奴《やつ》だ！」

忌々《いまいま》しそうに呟《つぶや》いた時、またもやうしろからやって来た一台の自動車。

あ、またかと飛びのく俊助のそばを、さながら流星のように駆け抜けていったかと思うと、前の自動車のあとを追って、またたくうちに闇のなかへ姿を消した。

俊助は呆然《ぼうぜん》としてそのあとを見送りながら、

（ハテナ、妙だぞ、あいつらまるで追っかけごっこ

をしているようじゃないか）

と、首をかしげて考える。

二台とも一瞬のうちに、俊助の前を通りすぎたので、よくは分《わか》らなかったけど、前の自動車に乗っていたのは、たしかにまだうら若い女、それに反してあとからいった自動車の主は、縁広《つばひろ》帽子に面《おもて》をかくし、マントのようなもので、フワリと体を包んだ黒装束の男。

（ハテナ、黒装束の男――？　ハテナ）

ちかごろ巷《ちまた》に流布《るふ》されている、あの奇怪な魔術師の噂を思い出して、あっとばかりに俊助がとびあがった時、闇を貫《つらぬ》いてきこえて来たのは、パンパンという二発の銃声。

「しまった」

何がしまったのか俊助にも分らない。しかし何か容易ならぬことが起《おこ》ったに違いないのだ。俊助が脱《だっ》兎の如《ごと》く駆け出していくと、向《むこ》うのほうに一台の自動車が、路傍の泥溝《どぶ》に片っぽうのタイヤを突込《つっこ》んだまま停《と》まっている。車体の恰好《かっこう》から見ると、どうやらさきにいった自動車らしい。

「もしもし、どうかしましたか」

声をかけながら走り寄った俊助、ヒョイと自動車の中を覗《のぞ》いてみて、思わずワッとうしろへたじろいだ。

運転台には運転手が、ハンドルを握ったまま、グッタリと首をうなだれている。見事にこめかみを撃《うち》抜《ぬ》かれたと見えて、絹糸《きぬいと》のような赤い血の筋が、頬《ほお》から顎《あご》、顎から胸へと細い尾を曳《ひ》いて垂れている。室内を覗いてみると、そこにも女が、今にも腰掛《こしかけ》から滑り落ちそうな恰好で、俯伏《うつぶ》していた。調べて見るまでもなく、女もすでにことときれている事は、その恰好からして一瞥《ひとめ》見て分った。

おそらく、後《うしろ》から追っていった自動車の主が、追いすがりざま、車内からぶっ放《ぱな》したものだろう。それにしても、さっき俊助が聞いたのは、たしかに二発の銃声だった。二発で二人を射殺する。それも、何十哩《マイル》というスピードで駛《はし》っていく自動車の中から、もうひとつの自動車の中の人物を！

あまり人間ばなれのした技倆《うでまえ》、というよりもむしろ一種妖怪《ようかい》じみたその神技《しんぎ》に、俊助はしばらく呆然としてそこに立佇《たたず》んでいたが、やがて気を取りなおすと、急いでドアを開いた。と、その時、女の膝《ひざ》の

あたりで、ハタハタとかるい羽搏《はばた》きの音が聞えたかと思うと、フワリと俊助の頬を撫《な》でて、ドアの隙《すき》から外へ飛び出したのは、ああ何ということ、陰々《いんいん》たる燐光《りんこう》を放つ、あの金蝙蝠ではないか。

噂には聴いていたが、眼《ま》のあたりに見るのはこれがはじめてだった。金蝙蝠はさながら、俊助を嘲弄《ちょうろう》する如く、フワリフワリ、或《ある》いは高く、あるいは低く、金色の翼をひらめかしながら、しばらくその辺を舞い狂っていたが、やがて漆黒《しっこく》の闇を縫《ぬ》いながら、いずこともなく姿を消してしまった。

俊助は思わずぐぐっと咽喉《のど》を鳴らして息を吸いこむ。ああ、黄金蝙蝠はやっぱり犯罪と関係があったのだ。いやいや、この忌《いま》わしい小動物こそ、悪魔が犯罪を天下に広告する、無気味な使わしめなのだ。

俊助は急いで車内に踏みこむと、ぐったりとしている女の体を抱き起こしたが、そのとたん、生温《なまぬる》い血がぬらぬらと彼の両手を濡《ぬ》らした。女は見事に心臓を射抜かれて、そこから泡《あぶく》のような血がブクブクと吹き出していた。

俊助は薄暗い室内灯《ルームランプ》の明かりの中で、女の顔を見直したが、そのとたん、ハッと息詰まるような驚きに打たれた。職業柄《がら》、知名の人物ならたいてい知っている俊助は、すぐこの女が誰《だれ》であるか分ったのだ。丹羽百合子《にわゆりこ》。――いま、帝都の人気を一心に集めているレヴューの女王、丹羽百合子を知らぬ者があるだろうか。

俊助は俄《にわ》かにドキドキと心臓が鳴り出すほど、激しい好奇心をかんじはじめた。

黄金蝙蝠とレヴューの女王、なんという素晴らしい特種《とくだね》だろう。何か手懸《てが》かりになるものはないかと、

俊助は大急ぎで室内を調べはじめた。とふと眼《め》についたのは、座席の下に転がっている派手《はで》なハンドバッグ。取りあげて開いてみると、コンパクトだのガマロだのの中に、真赤《まっか》な封筒が一通入っている。宛名《あてな》もなければ、差出人《さしだしにん》の名もなかったけれど、すかして見ると、封筒の隅《すみ》のほうにありありと透《すか》し彫《ぼり》にしてあるのは、贋《まが》うべくもない金の蝙蝠。

「構うものか、開いてみろ」

俊助はドキドキ胸をとどろかせながら封を開いた。

が、と、中から出て来たのは何んともいえぬほど変《へん》挺《てこ》なものだった。

それは大きさ二寸《すん》ばかりの、紙製の打抜き人形、数は十五六もあって、いずれもお河童《かっぱ》頭の同じような顔をしていたが、ただ、その恰好《かっこう》が少しずつ違っていた。人形はみんな両手に旗を持って踊っているんだが、その旗の振方《ふりかた》が少しずつ違っているのだ。

俊助は俄《にわ》かにハタと当惑したような顔をした。金蝙蝠の透し彫のはいっているところから、てっきり血なまぐさい証拠の品と胸とどろかせて開いてみたのに、これはまた、あまりにも意外な、まるで子供欺《だま》しのような紙人形、さすがの俊助もしばし呆気《あっけ》にとられたような顔をしていたが、しかし、今はそんなことを愚図愚図《ぐずぐず》と考えている場合ではない。

俊助は封筒のまま、その人形をポケットに突込むと、ドアから外へとび出したが、その時、又《また》しても聴《きこ》えて来たのはけたたましいエンジンの響き、見ると向うの方より、流星のように驀進《ばくしん》して来る自動車が見える。

(さっきの自動車だろうか。まさか。——)

と、打消《うちけ》しながらも、自動車がちかづいて来るにしたがって、本能的に危険をかんじた俊助が、ハッと自動車のかたわきに身をすくめたとたん、
パン、パン!

自動車の中からさっと青白い火花が散って、俊助は耳もとを、灼《や》けつくように熱い鉄の塊《かたまり》が飛びすぎるのをかんじた。危ない、危ない、もう一寸《すん》、いや、五分狙《ぶねら》いが右へ向いていたら、俊助の生命《いのち》はなかったのだ。

俊助は思わずあっと、土のうえに顔を伏せたが、その刹那《せつな》、ちらと彼の眼底に残ったものは疾風《しっぷう》のように走り去る自動車の中から、ピストル片手に半身乗り出した黒装束の男の姿、しかも、ああ何んという奇怪さ、その男は、顔にゾーッとするような髑髏《どくろ》の仮面《めん》をつけているのだ。自動車は再び、流星のように闇を縫って、いずこともなく消えてしまった。

暗号解読

それから間もなく俊助があわただしく叩《たた》き起《おこ》したのは、麹町三番町《こうじまちさんばんちょう》にある由利《ゆり》先生の邸宅《ていたく》だった。

筆者がいつかお話しした「幽霊鉄仮面《ゆうれいてっかめん》」の物語をお読み下すった諸君には改めて二人の関係を述べる

までもないが、念のために簡単にお話ししておくと、由利先生というのは、もと警視庁の捜査課長をしていた人物だが、いまでは官を辞《じ》して、悠々自適《ゆうゆうじてき》しながら、気に入った犯罪事件があると、道楽《どうらく》半分に手を出して見ようという一種の奇人だ。年はまだ五十に大分《だいぶ》間があるというのに、頭髪は雪のように真白《まっしろ》で、見る人に奇異な感じを抱かせるが、これには言うにいわれぬ深い事情があるとやら。俊助とは昔から深い馴染《なじ》みで、彼の新聞記者としての成功の半ば以上は、由利先生の援助によるという話である。

さて、俊助は手短かにさっきの出来事を話してしまうと、やがてポケットから取り出したのはあの赤封筒、その中から、旗振り人形をバラバラと事務机のうえにぶちまけると、

「実はこうして、先生を叩き起したというのも、この人形を見て戴《いただ》きたかったからなのです。先生はこれをどうお考えになりますか」

「妙なものだね」

由利先生は物珍しげに、人形をひとつひとつ指でつまみあげて見た。

「これが丹羽百合子のハンドバッグの中にあったものなんだね」

「そうなんです。いかに女とはいえ、百合子はたしか今年二十六歳です。二十六にもなって、こんな子供だましみたいな紙人形をおもちゃにする筈《はず》はありませんから、これにはきっと、何か深い意味があるにちがいありません。先生、ひょっとすると、これは暗号ではありますまいか」

「ふむ、俺《わし》もいま、そう考えていたところだ」

「もし、これが暗号ということになると大変なことになります。この人形の入っていた封筒には、御覧《ごらん》の通り、金蝙蝠《きんこうもり》の透《すか》しがはいっていますから、取りも直さず百合子は、金蝙蝠と暗号通信をしていたことになります。しかも、百合子を殺したのは金蝙蝠自身なんですよ」

「そんなことは何《な》んでもないことじゃないか、世の中には随分《ずいぶん》思いがけないことが沢山《たくさん》あるものだ。あのレヴューの女王が金蝙蝠の一味だったとしても、俺《わし》は敢《あえ》て驚かないね。大方《おおかた》、百合子は主領の命令に服さなかったもので、私刑《リンチ》に処せられたのだろう。それよりも俺《わし》の知りたいことは、金蝙蝠とは何者か、そして一体、何を企《たくら》んでいるのか、俺《わし》はその目的を

知りたいのだ」

「先生、ひょっとすると、この暗号を解けばそれが分《わか》るのではありますまいか。あいつが危険をおかしてまで、わざわざ百合子の死体のそばへ引返《ひっかえ》して来たのも、ひょっとするとこの人形を取り返しに来たのかも知れません。もしそうだとすると、この人形は、彼奴《あいつ》にとって、よほど大切な品に違いありませんよ」

「そうだ、三津木君、君のいうとおりに違いない。よし、ひとつこの暗号を解いてみよう」

由利先生は俄《にわ》かに熱心の色を面《おもて》にうかべ、奇妙な紙人形をズラリと事務机のうえに並べたが、今、念のために、その人形の形を、極《ご》く簡単な略図で画《か》いてみると、それは次《つ》ぎのような恰好《かっこう》になる。人形の数は都合十六枚だが、中には裏表ちがった形の人形を背中合《あわ》せに張りつけてあるのもあり、またたった一つだけだったが、三枚張り合せてあるのもあったが、それを二段、三段に書くことにする。

由利先生は暫《しばら》くじっと、この人形の恰好を眺《なが》めていたが、

「三津木君、こりゃどうやら手旗信号らしいね。も

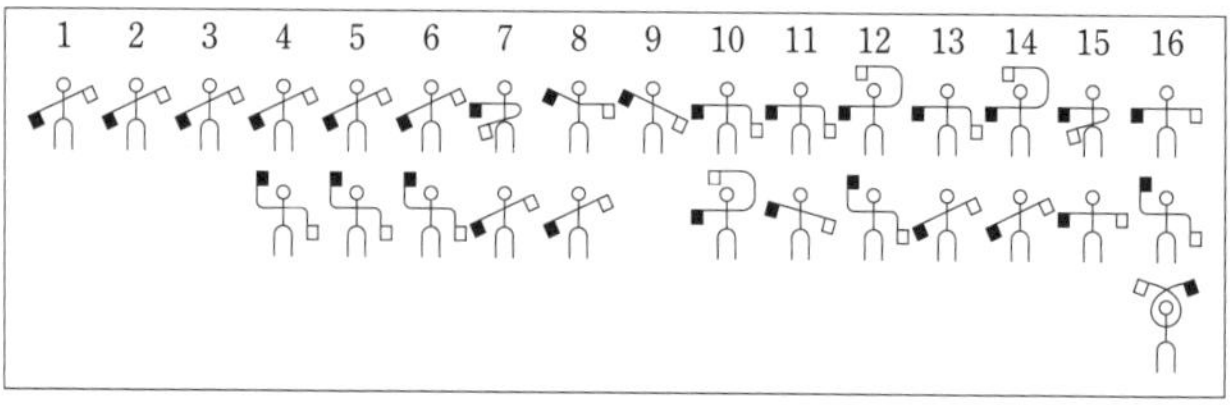

しそうだとすると、こんな暗号、解読するのは雑作《ぞうさ》ないぜ。三津木君、そこに百科事典があるから取ってくれたまえ」
俊助が部厚《ぶあつ》な百科事典を取って渡すと、由利先生はバラバラとその頁《ページ》を繰《く》っていたが、やがて、
「あった、あった」
と、探し出したのは手旗信号の明解図、由利先生は一々それと引きくらべながら、傍《そば》のノートの上に、人形の表わしてある仮名文字を書きとっていったが、それは次ぎのような文字になるのだ。

1 ノ
2 ノ
3 ノ
4 イ
5 イ
6 イ
7 ア
8 ケ
9 ヘ
10 ヨ
11 ヤ
12 キ
13 カ
14 テ
15 ユ
16 ス

「先生、これだけじゃ、何んの意味だかさっぱり分りませんね」

「そうだ。これはただ、人形の表わしている文字を無意味に書き並べただけだから、分らんのも無理はない。これを何んとか意味のある言葉に並べかえて見なければならん」

由利先生は根気よく、ああでもない、こうでもないと十六の仮名文字を並べかえていたが、やがて、次のような言葉を拾い出した。

ヤカイ（夜会）

アスノヨ（明日の夜）

「三津木君、明晩、どこかで夜会があるかね」

「ありますとも、先生は御存じないのですか。柚木《ゆのき》子爵邸《ししゃくてい》で仮装舞踏会がある筈です」

「あっ」

と、叫んだ由利先生は、あわててノートの端《はし》に次ぎの言葉を書き足した。

ユノキテイ（柚木邸）

するとあとに残ったのはイノヘケの四文字。由利先生はこの四文字をいろいろと三つの言葉の間に挟んで見たが、やがて出来上《できあが》ったのは次のような言葉である。

――明日の夜柚木邸の夜会へ行け。

二人はぎょっとして顔見合《みあわ》せる。

「これにちがいないね」

「そうですとも、現に明晩、柚木邸で夜会があるんですからね」

「そうだ。金蝙蝠はその夜会へ、出席するように、丹羽百合子に命令を発したのだ。ところが百合子が何かの理由で、それを肯《き》かなかったものだから今晩殺してしまったにちがいない。しかし三津木君、柚木子爵というのは、一体どういう人物なのだね」

それを聞くと俊助はいかにも呆《あき》れ果てたような顔をした。

「先生はあの有名な柚木子爵を御存じないのですか。子爵は自邸に研究室を持っている程、有名な科学者です。しかも、近頃《ちかごろ》、無音航空機の発明に成功したという話で、世間では大変な評判ですよ」

「あ！」

由利先生は思わず低声で叫んだのだ。

金蝙蝠と無音航空機、謎《なぞ》は漸《ようや》くはれんとしている。

ひょっとすると、あの深夜の魔術師とやらは、その貴重な発明を盗もうとしているのではあるまいか。

「三津木君、こいつは大変だ。彼奴《あいつ》の狙《ねら》っているのが、その発明だとすれば、我々はいかなる手段をつくしてでも、それを妨《さまた》げねばならん。そうだ、三津木君、明晩われわれもその会に出席することにしよう。ナーニ、招待状などいるもんか。大丈夫《だいじょうぶ》、万事俺《わし》の方寸《ほうすん》にまかせておきたまえ」

由利先生はいつになく、亢奮《こうふん》した面持《おもも》ちで叫ぶのであった。

弥生姫

だが、由利先生は果《はた》して、その翌晩、柚木邸の夜会に出席することが出来たであろうか。いやいや、悪魔の網はあらゆる方面に張られているのだ。昨夜、三津木俊助が由利先生を訪問したことも、早くも悪魔の耳に入っているにちがいない。とすれば、おめおめ手をつかねて、由利先生が子爵邸《ししゃくてい》の夜会へ出席するのを、許そうとは思えなかったが、果せる哉《かな》。

その翌日の夕方のこと。礼装に身をかためた由利先生が、折《おり》から訪れて来た三津木俊助とともに、呼び寄せた自動車に乗り込んだ刹那《せつな》、助手台に坐《すわ》っていた男が、ふいにくるりとうしろを振りかえったか

と思うと、手にしたピストルの曳金《ひきがね》をひいたのだ。
「あっ！」
二人は思わず腰掛《こしかけ》から立ちあがったが遅かった。
曳金がひかれた刹那、シューッと奇妙な音とともに、何やら甘酸《あまず》っぱい匂《にお》いが二人の鼻をついたと思うと、由利先生も三津木俊助も、そのままくらくらと眩暈《めまい》を感じて、自動車の中にぶっ倒れてしまったのである。

催眠《さいみん》ピストルなのだ。弾丸《たま》の代りに催眠剤を放射する仕掛けになっていたのだ。二人がまんまとその罠《わな》にかかって、正体もなく眠りこけたのを見ると、しすましたりとばかりに件《くだん》の怪自動車は、いずこともなく走り去ったが、それにしても、ああ、何《な》んという早手廻《てまわ》しだ。闘わぬうちに悪魔はすでに、由利先生と三津木俊助の二人を、いずこともなく誘拐《ゆうかい》してしまったのである。

悪魔はいったい、二人をどうしようというのだろう。危ない！　危ない！　人を殺すことを何んとも思わぬ深夜の魔術師のことだ。ひょっとすると由利先生も三津木俊助も、悪魔の手にかかって殺されるのではなかろうか。

だが筆者はここで筆を転じて、その夜、柚木子爵邸で起《おこ》った、あの怪事件のことから述べていかねばならないのである。

紀尾井町に宏壮《こうそう》な邸宅を持っている柚木子爵というのは、世間でも隠れのない有名な大名華族。当主の俊彦《としひこ》子爵は年すでに五十の坂を越し、金はありあまる程《ほど》持った結構な御身分だったが、世間にザラにあるような有閑《ゆうかん》華族とちがって、熱心な学究の徒、俊助も言ったように、自宅に研究室まで持っているという熱心家だったが、近頃《ちかごろ》、無音航空機の発明に成功したというので、一層名高くなった。

　夫人はすでに亡くなって、子爵の唯一の話相手は、今年十八になったばかりの令嬢弥生《やよい》姫。姫はK学院出身の有名な美人、才色兼備の誉《ほま》れが高かったが、殊《こと》に今宵《こよい》は仮装舞踏会とて、あどけない和蘭陀《オランダ》人形に扮装《ふんそう》したのがまたとなく愛らしく、美しく、それこそ顫《ふる》いつきたいほどの姿だったが、気になるのは眉間《みけん》に宿った一抹《いちまつ》の暗影。

　それもその筈《はず》、姫は今宵の舞踏会が心配で耐《た》まらないのだ。父上の発明したまいし無音航空機の設計図は、研究室の金庫の奥ふかくおさめてあったが、今夜のような仮装舞踏会では、どのような人間が入《はいり》込《こ》もうとも知れぬ。もしもの事があっては邦家《ほうか》にとって一大事と思うと、それが先《ま》ず一つの心配、それからもう一つの心配というのは、あの金蝙蝠《きんこうもり》のこと。

　実は昨夜、姫ははからずも、庭の奥ふかくハタハタと飛んでいたあの忌《いま》わしい金蝙蝠を見たのだが、その恐ろしかったこと。むろん軽々しく人に話して騒ぎ立てるような、はしたない姫ではなかったが、ひょっとすると、あれが何か凶《わる》い前兆ではあるまいかと思うと、いっそう今夜の舞踏会が不安になってくる。といって、こればかりは、昔から子爵家の恒例になっているのだから、今更《いまさら》取りやめるわけにもいかぬ。それでも思いあまった姫が、それとなく父上に胸の不安を打明《うちあけ》けると、子爵は事もなげに打ち笑い、

「姫や、何も心配することはないのだよ。念のために警視庁の等々力《とどろき》警部を頼んで、今夜は客の中に混《まじ》っていて貰《もら》うつもりだ。さあ、そんなに心配そうな表情をするのはお止《よ》し」

と、仰有《おっしゃ》ったが、――と、姫があれやこれやと打ち案じているところへ、あわただしく乳母《うば》のお清《きよ》というのが入って来た。

「お嬢さま、まあいやじゃございませんか」

「清や、どうかしたの」

「どうかしたって、お嬢さま、御前《ごぜん》様のことでございますよ」

「あら、お父様が何をあそばしたの」

主人の悪口をいうとは怪《け》しからぬとばかりに、姫はちょっと気色《けしき》ばんだ。

「いえね、御前様の今夜の御扮装のことなんでございますよ。お嬢様は御前様がどういう御扮装をあそばしたか御存じでございますか」

「いいえ、何んだかみんなを驚かしてやるのだと仰有っていらしたけれど」

「それでございますわ。ほんとに誰《だれ》だって驚いてしまいますわ。金蝙蝠だなんて」

「え？　清や、金蝙蝠がどうかしたの」

「いえね、御前様がその金蝙蝠の扮装をしていらっしゃるのでございますよ。黒装束《くろしょうぞく》に黒いマントをお羽織《はお》りになって、縁《ふち》の広い黒帽子、おまけに、マントの胸には金蝙蝠の刺繍《ししゅう》をおつけになるやら、顔には黒いマスクをおかぶりになるやら、ほんとにぞっとしてしまいますわ」

「まあ！」

あまり奇抜《きばつ》な父の扮装に、姫は二の句もつげなんだが、それと同時に、なんともいえぬ不安がムラムラと胸にこみあげて来た。

三人の金蝙蝠《きんのこうもり》

それから間もなく、あの有名な子爵邸《てい》の仮装舞踏会の幕は切って落《おと》された。

武者《むしゃ》人形、甲冑《かっちゅう》武士、スペードの女王、道化師《どうけし》と、種々様々な扮装の中にあっても、ひと際《きわ》目立つのは弥生姫の和蘭陀《オランダ》人形、姫はお客様たちから、ひっぱり凧《だこ》にされながらも、気になるのは父上のこと、どこにいらっしゃるのかしらと、豪華に装飾された大広間の中を見廻《みまわ》すと、いたいた、向《むこ》うの方で話しているのが、たしかに子爵にちがいない。黒いマントに縁広帽子、なるほどマントの胸には金蝙蝠の刺繍も見える。

まあ、何《な》んて無気味な扮装だろうと、弥生姫はつかつかと側《そば》へよると、

「お父様」と、甘えるように声をかけたが、すぐはっとして息をのみこんだ。

振りかえったその人の顔を見ると、父とは似ても似つかぬ人、顔に大きなマスクをかけているので今までよく分《わか》らなんだが、父よりずっと若い人である。

「あら、あたし、困ったわ」

「いや、お嬢さま、私こそ失礼いたしました。子爵なら向うにいらっしゃいますよ」

その人が指さすところを見ると、なるほど向うにも同じ扮装の金蝙蝠が、婦人客にとりかこまれて、愛想よく談笑しているのだ。たしかにその金蝙蝠こそ子爵にちがいなかった。

「失礼いたしました。では、御免《ごめん》あそばせ」

何者とも知れぬ金蝙蝠に断って、父子爵のほうへ行こうとした弥生姫は、そこでまた、ハッとばかりに立止《たちど》まったのだ。その時、広間の入口から、のっしのっしと大股《おおまた》に入って来たのは、これまた同じ金蝙蝠ではないか。

ああ、よりによってあの忌《いま》わしい深夜の魔術師とやらに扮装した人が一人ならず、二人三人まで一堂に集まるとは、何んという事だ。

しかも扮装といい背格好《せかっこう》といい、おまけに三人ともマスクで顔を隠しているのだから、誰《だれ》が誰やらさっぱり見分けがつかぬ。

そのうちに、人々もこの奇怪な暗合《あんごう》に気がついた。と、何んともいえぬおかしさの中に、また一種名状することの出来ぬ無気味さをもかんじて、思わず三人の金蝙蝠を見較《みくら》べた。その中の一人は子爵だということは、最早《もはや》誰一人知らぬ者はなかったが、あとの二人は一体誰だろう。ひょっとすると、あの中に、真実の金蝙蝠がまじっているのではなかろうか。

「まあ、いやな悪戯《いたずら》ね。子爵もほんとにお人が悪いわね」

「いや、これは悪戯じゃない。何か悪いことが起《おこ》りつつあるのだ。あ、あれを見給《みたま》え」

隅《すみ》のほうでヒソヒソ話をしている客の会話を、小耳にはさんだ弥生姫が、最後の一句にドキリとして向うを見れば、いつしか人々がさっと四方に散った広間の中心に、今しも三方から、一歩一歩集まって来たのは、ああ、何んということ、三人の金蝙蝠ではないか。やがて人気《ひとけ》のない広間の中央には、同じ扮装の三人が、互いに鼻をつき合わさんばかりに突《つ》っ立《た》った。しばらく三人は、じっと互いに相手の覆面《ふくめん》を見ていたが、やがて一人が、

「君は誰だ！」

と、叫んだ。と、他の一人が、

「君は誰だ！」

と、鸚鵡《おうむ》返しに叫ぶ。すると残りの一人も、

「君は誰だ!」

と、これまた負けずに鸚鵡返しに叫ぶのだ。

「マスクをとれ」

と、最初の一人、すると二番目のがそれにつづいて、

「マスクをとれ」

最後のも負けずに、

「マスクをとれ」

「おのれ」

「おのれ」

「おのれ」

ああ、何んということだ。一人が物をいう度《たび》に、他の二人は順繰《じゅんぐ》りに、身振りから声色《こわいろ》までソックリ真似て叫ぶのだ。もし、これが舞台の見物《みもの》かなにかだったら、素晴らしい滑稽《こっけい》に、人々は腹をかかえて笑ったことだろうが、今は微笑する人さえ一人もいない。

何んとも説明の出来ぬ恐ろしさ、無気味さが、その時ホールの中を圧するように、犇々《ひしひし》と人々の胸に迫って来た。

乱舞する妖獣

その晩、柚木子爵邸《ししゃくてい》の仮面舞踏会に出席していた紳士や淑女《しゅくじょ》たちは、ずっと後日《のち》に至るまで、あの時の、あの恐ろしい出来事を、忘れることが出来なかったという話であるが、それもまことに無理のない話であった。

「君は誰だ!」

「君は誰だ!」

「君は誰だ!」

「マスクをとれ」

「マスクをとれ」

「マスクをとれ」

まるで山彦《やまびこ》が答えるように、順繰りに同じことを怒鳴っている三人の金蝙蝠。見ようによっては、それはこの上もなく滑稽な出来事であったが、しかし、いまは笑う人とてもない。相手の正体をつかもうと、マスクの上から必死となって睨《にら》みあっている、三人の異様な緊張と殺気とが、ひしひしと人々の胸に迫って来るのである。

ああ、これは決して、人を笑わせるために仕組まれた、余興でもなければお茶番《ちゃばん》でもない。何かしら、世にも恐ろしいことが起《おこ》りつつあるのだ。ひょっとすると、あの三人のなかには、ほんとうの金蝙蝠がいるのではなかろうか。

「おのれ！」

「おのれ！」

「おのれ！」

またもや三人の金蝙蝠が、鸚鵡《おうむ》返しに叫んだ。と、いまはもう耐《た》まりかねたのか、第一の金蝙蝠が、憤然として、

「おのれ、マスクをとれ。マスクをとって顔を見せろ」

と、叫ぶやいなや、いきなり第三の金蝙蝠めがけておどりかかったが、するとと、無言のまま、ひらりとあとにとび下《さが》った第三の金蝙蝠が、さっと片手をあげてなにやら合図のようなことをした。

と、あっという間もない。

いままで燦然《さんぜん》と輝きわたっていた広間の、電灯という電灯が、いちじにフーッと消えてしまって、あたりは突然、漆《うるし》のような闇《やみ》に塗りこめられたから、さあ大変。

さきほどより、何やら異様な気配におびえ切っていた人々は、一時に、わっと浮足だったが、その時だ。何《な》んともいえぬ変梃《へんてこ》な、それこそ悪夢のように恐ろしい出来事がそこに起ったのである。

漆の一色に塗りつぶされた闇黒《あんこく》の底より、ふいに、バタバタと異様な物音が聞《きこ》えて来たかと思うと、ああ、何んということだ。いずこより舞いこんだのか、金の蝙蝠が一羽、二羽、三羽、四羽、五羽。――噂《うわさ》にたがわず、陰々《いんいん》たる、あの金色《こんじき》の羽根うち交わし、漆黒《しっこく》の闇のなかをわがものがおに、あれあれ、飛ぶよ、飛ぶよ。あるいは高く、あるいは低く、ハタハタ、ヒラヒラ、おどり狂い、舞い狂う、言語に絶したその恐ろしさ、気味悪さ。

あまりのことに人々は、ただもう呆然《ぼうぜん》として、声を立てることも出来なかった。逃げ出すことさえ忘れていた。全身の血がシーンと凝結《ぎょうけつ》したような、無言の恐怖にうちひしがれていたが、やがて誰かが思い出したように、あれえッと悲鳴をあげると、たちまちそれが導火線となった。

一時にワーッとわき起る、怒濤《どとう》のような叫び声、

悲鳴の合唱《コーラス》。

さあ、こうなると紳士も淑女もあったものではない。日頃《ひごろ》の躾《たしな》みも、こんな場合にはなんの役にも立たなかった。

先を争ってわれがちに、窮屈《きゅうくつ》な入口から逃げ出そうとするから、そうでなくても、まっくらなホールの中は、手と手、足と足とがからみあって、踏むやら蹴《け》るやら、筆にも言葉にも尽しがたい大混雑となった。

この大騒ぎのために、肝腎《かんじん》の、あの三人の金蝙蝠のことが、一時、人々の念頭から忘れられてしまったのも仕方がない。

ある人は、この騒ぎのなかに、ヒーッというような恐ろしい叫び声を聞いたという。またある人は「電気だ、電気をつけろ!」と、怒鳴りつづけている声を聞いたが、誰一人、その言葉に従う者はなかった。無理もない、誰も彼も、あの恐ろしい金色の蝙蝠から、一刻も早く逃げ出そうと夢中になっていたのだから。

弥生姫はこういう騒ぎから抜け出そうと、さっきから必死になってもがいていた。

気になるのはいま聞いたあの恐ろしい悲鳴のこと、もしや父上の身の上に何か間違いが起ったのではあるまいかと、気ばかりあせるがこの大混乱の中のこと、一歩も彼女は前へ進むことが出来ないのだ。

その時、電気、電気と叫ぶ声が耳に入ったので、ハッと気がついた姫は、あわてて入口のスイッチをひねってみたが、悲しや、誰かが電気のもとを切ったと見えて、灯火は一向につきそうもない。

姫は思わずハッと胸を轟《とどろ》かせた。

電気のもとは、研究室の近くにあるのだ。そうすると、誰か、あの大切な書類のしまってある、研究室の側《そば》にちかづいた者があるのではなかろうか。姫は夢中になってホールから外へ出ようと試みたが、そのとき、ひらひらと頭上より舞いおりて来た、あの気味の悪い小動物に、人々がまたもやきゃっと雪崩《なだれ》をうったので、弥生姫は忽《たちま》ち、進退の自由を失ってしまったのである。

ちょうどその頃。

この混雑のなかを、どこをどうして切り抜けて来たのか、あやめもわかぬ闇にまぎれて、長い廊下をツツーと滑《すべ》るように走っていく怪しの影があった。

8 4 1

ああ、この怪人こそ、深夜の魔術師と人の恐れる、正真正銘《しょうしんしょうめい》の金蝙蝠《きんこうもり》ではあるまいか。

漆《うるし》の闇《やみ》につつまれて、姿かたちは知るよしもなかったけれど、胸にぬいこんだあの金蝙蝠の刺繍《ししゅう》だけが、生けるが如《ごと》く、陰々滅々《いんいんめつめつ》と輝いている気味悪さ。

怪しの金蝙蝠は長い廊下を幾曲《いくまが》り、やがてやって来たのは研究室の前、幸か不幸か、広間の騒ぎに気をとられて、その時、研究室の附近《ふきん》には誰《だれ》一人いなかった。

倖《しあわ》せよしと金蝙蝠は、合鍵《あいかぎ》でドアを開くと、難なく研究室のなかに忍びこんだ。懐中電灯で照らして見ると、すぐ眼《め》についたのは大きな金庫である。

金蝙蝠はその金庫の側《そば》にしゃがみこんだが、深夜の魔術師といわれる怪人にとっては、こんな金庫の一つや二つ、破るのはなんの雑作《ぞうさ》もないことらしい。しばらく、くるくると文字盤を廻《まわ》していたがやがて、ガタンと音がして、厚いドアがひらいた。

ああ、危ない、危ない。柚木子爵《ししゃく》が心血を濺《そそ》いで完成したという、あの貴重な無音航空機の設計図は、いまや、この奇怪な深夜の魔術師のために奪い去られようとするのではあるまいか。

金蝙蝠はさっと懐中電灯で金庫のなかを照らしたが、そのとたん、

「あっ」

と、いう叫びが唇《くちびる》から洩《も》れた。意外にも金庫の中は藻抜《もぬ》けの殻《から》、書類らしいものは何一つないのである。

「しまった、畜生《ちくしょう》！　畜生！　いっぱい食わしやがった」

金蝙蝠はいかにも口惜《くや》しげに、地団駄《じだんだ》を踏んで口惜しがったが、ふと見ると、金庫の奥に何やら貼ってある。ひょっとすると、設計図に関する覚え書きではあるまいか、――そう考えた金蝙蝠は、やにわに、ムンズと左腕をのばして、その貼紙に手をかけたが、そのとたん、あっと魂消《たまぎ》るような叫び声をあげたのである。

ああ、何《な》んということだ。金蝙蝠がその貼紙をむしりとった刹那《せつな》、発矢《はっし》とばかり、金庫の中からとび出した、鋭い二本の鋼鉄の歯が、がっきりその腕を

挟んでしまったのだ。

「あ、痛《いた》ッ、痛ッ、畜生！　畜生！」

金蝙蝠はうめいた。もがいた。まるで罠《わな》に落ちた猛獣のように、物凄《ものすご》い唸《うな》りをあげてあばれ廻ったが、もがけばもがくほど、鋭い鋼鉄の歯は、いよいよ、ますます深く皮《ひ》肉《にく》に食い入るばかり。

分《わか》った、分った、これこそ柚木子爵が泥棒の用心に、かねて仕組んでおいた罠だったのだ。そして、あわれ、深夜の魔術師は、いまや、まんまとその罠におちこんでしまったのである。

声を立てれば人が来るであろう。人が来れば捕えられるに極《き》まっている。ああ、絶体絶命とは全《まった》くこの事、深夜の魔術師は思わず、ウームと絶望したように、深い呻《うめ》き声をあげたが、一方、こちらはさっきの大広間である。

深夜の魔術師が、金庫の罠に落ちてもがき苦しんでいる頃《ころ》、広間の中には、ふいにパッと電気がついた。

今迄《まで》、さきを争って逃げ惑っていた人々も、電気がつくとさすがに気《き》恥《はず》かしくなったのか、ハッと立ちどまって、互いに顔と顔を見《み》合《あわ》せたが、その時、

「あ、こんなところに人が殺されているぞ」

という人の叫び声。

人々は又《また》しても、あっとばかりに色を失ったが、しかし、まさか今度ははしたなく、逃げ出すわけにもいかなかった。怖《おそ》る怖る振り返って見ると、なるほど広間の中央に、大の字なりに斃《たお》れているのは、さっきの金蝙蝠のひとりではないか。しかも、その側には、同じ扮《ふん》装《そう》の金蝙蝠が、しゃがみ込んで胸をしらべているのである。

弥生姫はそれを見ると、ある予感にハッと胸をとどろかせて、ひと跳《と》びの速さで二人の側へちかよっていったが、ああ、姫の予感は当《あた》っていたのだ。

「あれ、お父様」

姫はいきなり、床に倒れている金蝙蝠に縋《すが》りついたが、まさしくその人こそ、姫の父君、柚木子爵にちがいなかった。子爵はぐさっと短刀で胸をえぐられ、すでにこと切れているのであった。

「誰がこんなことをしたのです。あなたは一体誰です」

姫の激しい声に、相手の金蝙蝠はしずかにマスクをとると、

「お嬢さん、私です。私、等々力警部です」

「あっ！」

と、姫も、二人を取り巻いていた人々も、思わず軽い叫び声をあげた。

「ああ、それではもう一人の金蝙蝠がお父さまを殺したのですね。あなたは何故《なぜ》、お父さまを助けて下さらなかったのです」

「お嬢さま、何《な》んとも申訳《もうしわけ》ございません。何しろ急に電気が消えてしまったので、私にもどうすることも出来なかったのです」

「ああ、お父さまは殺されてしまった。そして憎い敵《かたき》は逃げてしまった」

「いいえ、お嬢さま、敵《かたき》は逃げやしませんよ。金蝙蝠はちゃんと捕《つかま》えてありますよ」

「え？　金蝙蝠が捕えられているんですって？」

意外な言葉に、姫も並《なみ》いる人々も、思わず警部の顔を見直した。

「そうです。あいつの狙《ねら》っているのは、研究室の金庫にちがいありません。そこで私は、予《あらかじ》め金庫に仕掛けをほどこして、誰でもそれを開いた者は、いやでも捕えられるようにしておいたのです。むろん、大切な書類は、子爵が予め、どこかほかの場所へおかくしになっておきました。だから、今頃は金蝙蝠の奴《やつ》め、蜘蛛《くも》の巣にかかった蠅《はえ》みたいに、じたばた騒いでいるにちがいありません」

「あら、それは本当のことでございますの？」

「本当ですとも。何んならこれから研究室のほうへ行って見ましょうか」

ああ、金蝙蝠が捕えられた、あの恐ろしい深夜の魔術

師が捕えられたのだ。

人々はそれを聞くと、ほっとしたような安堵《あんど》とともに、もしやという懸念《けねん》をかんずるのだ。あの、素晴らしい魔術師が、こう安々《やすやす》と捕えられようとは思えなかったからだ。

警部はいち速く、人々の疑いを覚《さと》ったのか、自分から先に立って研究室のほうへ走っていった。弥生姫をはじめ数名の人々が、その後にしたがったことはいうまでもない。

見ると研究室のドアは開いていた。

警部はそれを見ると、さっと部屋の中におどり込んだが、これはどうしたことだ。部屋の中は藻抜けの殻ではないか。

「あら、警部さん、金蝙蝠はいったいどこにいますの」

「しまったッ、逃げてしまった。しかし、そんな筈《はず》はないんだが——」
と、警部はまるで狐《きつね》につままれたような表情なのだ。
「もしや、相棒が助けていったのではございませんか？」
「いいえ、そんな筈はありません。金庫の仕掛《しかけ》を元通りにする方法を知っているのは、子爵のほかに誰一人いない筈なのです」
「ああ、するとあいつはやっぱり魔術師だと仰有《おっしゃ》いますの?」
「いかに、魔術師とはいえ、人間である以上――」
言いながら、何気《なにげ》なく金庫の中を覗《のぞ》きこんだ等々力警部。何を思ったのか、わっ、これはと叫んでうしろにとびのいた。声に驚いた弥生姫も、何気なくそれと金庫の中を見たが、そのとたん、全身の毛が一時にサーッとそば立つような恐ろしさを感じたのである。

金庫の中には二本の鋼鉄の歯にはさまれて、ブランと一本の腕がブラ下《さが》っていた。切口《きりくち》も生々しい一本の腕――ああ、何んという大胆さ、あの恐ろしい怪人は、逃げる術《すべ》のないことを覚《さと》ると、自ら腕を断《き》り捨《す》ててしまったのだ。しかも、しかも、この腕の恐ろしさはもっとほかのところにあった。

漸《よう》く気を取り直した等々力警部が、つくづくとその腕を改めてみると、何んということ、それは女の腕ではないか。

そうすると、いま世間を騒がしている、あの深夜の魔術師とは女であったのだろうか。

そういえば、さっき広間で、山彦《やまびこ》のように繰り返した言葉の端々《はしばし》に、どこか異様なところのあったのが思い出される。

深夜の魔術師が女?

さすがの等々力警部もあまりのことに、しばし呆《ぼう》然《ぜん》として口を利《き》くことさえも出来なかったが、やっと女の指がつかんでいる紙片に気がついて、それをもぎ取って開いてみた。

紙片の上には唯《ただ》三文字。

8　4　1

恐ろしき片腕

柚木子爵《ししゃく》が殺された。

そして子爵を殺した犯人。深夜の魔術師とは女であった。

幸いにして、かねてこのことあるを予期していた子爵は、あらかじめ、設計図をどこかほかの場所にかくしておいたので、魔術師に盗まれることだけは免《まぬ》かれたが、その代り、子爵が亡くなった今となっては、貴重な書類のありかを知るよしもない。ひょっとするとあの８４１という数字こそ、その書類のありかを示す鍵《かぎ》ではあるまいか。

　こうした数々の疑問と、あまりにも意外な事実の連続に、世間の人々はすっかり度肝《どぎも》を抜かれたが、やがて、それにもまして驚くべき、そしてまた悲しむべき事実が人々の耳に伝わって来た。ほかならぬ、由利先生と三津木俊助の誘拐《ゆうかい》である。

　ああ、由利先生をおいて、誰《だれ》かあの魔術師と太刀《たち》打《う》ちの出来る者があるだろうか。その由利先生はいまや当の敵《かたき》の魔術師のために、捕われの身となってしまったのだ。ひょっとすると、今頃《いまごろ》は二人とも、魔術師のために殺されてしまったのではなかろうか。

　警察はむろん、躍起《やっき》となって、二人の行方《ゆくえ》は言う迄《まで》もなく、片腕を斬《き》り落された魔術師の行方を捜索したが、皆目《かいもく》その手がかりはない。

　こうして早くも一週間という日がたった。

　さて、話かわって、ここに一人の少年が登場する。名前は古館譲《ふるだてゆずる》といって、今年中学の二年生である。この年頃の常として、譲少年もたいへん探偵小説が好きだ。外国の有名な探偵小説は申すに及ばず、日本の探偵小説もすっかり読んでしまった。すると、近頃では自分も、何かしら、探偵事件にぶつかって見たくて耐《た》まらない。

　さしあたり、思いだすのはあの深夜の魔術師のこと、さてはまた魔術師に誘拐された由利先生や三津木俊助のこと。

　あまりこの事件に熱中したものだから、譲少年はこの頃では、道を歩いていても、通る人がみんな深夜の魔術師の変装のように思われてならぬ。また、葬式などに行きあうと、ひょっとするとあの柩《ひつぎ》の中には、人知れず、由利先生か三津木俊助の死体がかくされているのではあるまいかなどと、ひとりで胸をドキドキさせるのである。

　今日も今日とて、銀座《ぎんざ》へ買物に出かけて来た譲少年は、ちょっとでも怪しい素振《そぶ》りの人間を見ると、すぐあれが深夜の魔術師の変装ではあるまいかと、例によって胸をドキドキさせていたが、やがて彼の足はひとりでに、Ｋデパートの飾窓《かざりまど》のまえに立ちどまった。

　別にその飾窓の中に、怪しい物を認めたからではない。実はこの間から、欲しい欲しいと思っていた運動用具が、そこに並べてあったからである。

この時ばかりは譲少年も、怪事件や深夜の魔術師の事をすっかり打ちわすれ、恍惚《こうこつ》として好きな運動用具を眺《なが》めていたが、その時、耳許《みみもと》であっというひくい叫び声が聴《きこ》えたので、何気《なにげ》なく傍《そば》を見ると、そこには一人の婦人が、ぎゅっと片手で真鍮《しんちゅう》の手摺《てす》りをつかんだまま、喰《く》い入るように飾窓の中を覗《のぞ》きこんでいるのである。

譲少年は不思議そうに、その婦人の横顔を見ていたが、ふいにポーッと顔を赤らめた。

というのは、彼はこの婦人に見憶《みおぼ》えがあったからである。

黒河内晶子《くろこうちあきこ》。――そうだ、あの有名な映画女優、黒河内晶子なのだ。譲少年はかねて、新聞や雑誌の口絵で、この女優の顔をよく知っていた。

それにしても、晶子は何をあんなに熱心に覗きこんでいるのであろう。

譲少年は何気ない様子で、ソロソロと晶子のほうへにじり寄っていった。ところが、彼の体が、晶子の体とすれすれになった時、譲少年はふいに、何《な》んともいえぬ変梃《へんてこ》なことに気がついたのだ。

ブランとブラ下《さが》っている晶子の左手に、ふと指先が触れたとき、譲少年は相手の手が、まるで石のように冷《つめた》いのに気がついたのだ。いやいや、冷いばかりではない、普通ならばこんな場合、女の方から、さっと手を引っ込める筈《はず》だのに、晶子はちっともそんなことをしない。第一、手の触れあっていることすら気がつかないのだ。それにまた、その手触《てざわ》りのなんともいえぬ異様さ。

譲少年は勇《ゆう》をふるって、そっと晶子の左手を抓《つね》って見た。しかしそれでも相手はまだ気がつかぬ。ああ、今はもう疑うところはなかった。晶子の左腕は義手なのだ。

譲少年はふいに、ゾーッと身の毛もよだつような恐ろしさを感じた。

深夜の魔術師はこの間、女の片腕を残したまま逃げ去ったのだ。

ひょっとすると、この黒河内晶子こそ、深夜の魔術師ではあるまいか。

譲少年はあまりの恐ろしさに、思わずガタガタと顫《ふる》え出したが、すると、それに気がついたのか、晶子はぎょっとしたようにこちらを振返《ふりかえ》った。彼女は忽《たちま》ち、譲少年が穴のあくほど、自分の左腕を凝視《ぎょうし》しているのに気がついた。すると晶子はさーっと土色に顔蒼褪《あおざ》め、それこそ、失神するように二三歩うしろへたじろいだが、そこでくるりと踵《きびす》を返すと、逃げるように立去《たちさ》ってしまったのである。

飾窓の中

諸君は何故《なにゆえ》、その時譲少年が、この恐ろしい発見を人々に知らせなかったのかと、大いに腹立たしく思うであろう。

だが、譲少年はあまり意外な発見に気が動顛《どうてん》していたのだ。

それに、晶子が何をあのように熱心に見ていたのか、それを知りたくもあったのだ。譲少年はしばらく、晶子の後姿《うしろすがた》を見送っていたが、やがて思い出したように、飾窓の中を振り返ったが、そのとたん、彼は、心臓がいっぺんに、咽喉《のど》からとび出してしまいそうな驚きにうたれた。

その飾窓の中には、一台の寝台が飾ってあった。そして、寝台の中には二つの人形が寝かせてあった。むろん、人形は顎《あご》のところまで、スッポリ毛布をかぶっているので、誰《だれ》一人、特別に注意を払って見る者はないだろう。

ところが、今、譲少年がよくよく見ると、その人形の顔というのが妙なのだ。一つは白髪《しらが》頭の老人らしいし、もう一つの方はまだ若い青年である。しかも、その顔というのが、新聞の写真で見た、由利先生と三津木俊助そっくりではないか。

「ウワッ、大変だ！」

譲少年がとつぜん頓狂《とんきょう》な声をあげたので、忽ちあたりにいた人々が、何んだ何んだとばかりに近寄って来た。

「人殺しだ。あすこに人が殺されている」

「人殺し？」

人々はぎょっとしたように、譲少年の指さすほうを振りかえったが、急にへらへらと笑うと、

「何んだ、小僧、おどかすない。あれは人形じゃないか」

「いいえ、いいえ、違います。あれは人形じゃありません。あなたがたは御存じないのですか。あれは

由利先生と新聞記者の三津木俊助さんです。深夜の魔術師が二人を殺して、あの寝台の中に寝かしておいたのです」

「何？　深夜の魔術師だって？」

　この言葉の効果は覿面《てきめん》だった。人々はにわかに笑うのを止《や》めて、フーッと怯《おび》えたような眼《め》を、寝台のほうへ向けたが、そのうちに一人が、

「おお、成程《なるほど》、僕も新聞で二人の写真を見たが、あの人形はそっくり同じ顔をしているぜ」

　と、叫んだものだから、さあ大変だ。

　わっと悲鳴をあげて、早《はや》二三歩、逃げ支度《じたく》をする者、デパートへ駆け込んで、係《かか》りの男に報《し》らせる者、そうこうしているうちに、附近《ふきん》の交番から警官も駆けつけてきた。

　警官は騒ぎ立てる人々を押し鎮《しず》め、自ら飾窓の中へ入って、さっと寝台の毛布をめくりあげたが、今はもう疑う余地はなかった。そこには由利先生と三津木俊助の二人が、昏々《こんこん》として眠っているのであった。

　ああ、何んという素晴らしい悪戯《いたずら》だ。深夜の魔術師は二人を誘拐《ゆうかい》したものの、殺してしまいはしなかったのだ。いやいや、死よりももっと忍びがたい恥《はず》かしめを二人に与えたのだ。一番人の眼につき易《やす》い、百貨店の飾窓にさらし物にして、二度と世間に顔向けのならぬ破目《はめ》におとし入れたのだ。

　それはさておき、二人は間もなく店員の介抱《かいほう》で気がついた。急を聞きつけて警視庁からは等々力警部も駆けつけて来た。

「先生、これはいったいどうしたことです。三津木君、君にも似合わぬことではないか」

　何んといわれても二人とも返す言葉もない。

「等々力君、実に面目《めんぼく》ない話だが、われわれにもさっぱりわけが分《わか》らんのだよ。昨日まで、怪しい倉庫の中に閉じ籠《こ》められていたんだが、昨夜また、変な薬を嗅《か》がされて、それきり後のことは何も分らない。いや、百貨店の飾窓に寝かしておくなんて、実に皮肉な奴だ」

　敵ながらも、天晴《あっぱ》れだといわんばかりに、由利先生は舌を巻いて驚嘆している。

「先生、そんなに感心していちゃ話になりません。実は先生の留守中に、大変なことが起《おこ》ったのですよ。だが、まあ一旦《いったん》ここは引上《ひきあ》げてお宅まで参りましょ

う」

「ふむ、引上げるのもよいが、その前に俺《わし》は礼を言いたい人物がある。何んでも最初、われわれが飾窓に寝かされているのに気がついて、店員に報らせてくれたのは、中学生だという話だが、俺《わし》はその中学生に会って礼をいいたいのだ」

「ああ、その中学生なら、向《むこ》うにいます。すぐここへ呼んで来ましょう」

店員はすぐ譲少年を連れて来た。

「おお、君かね。我々を一番に発見してくれたのは」

「ええ、そうです。先生、それについて僕、お話があるんですけれど」

「話って何んだね」

「いいえ、ここでお話しすることは出来ません。それは実に恐ろしいことなんです」

思いこんだ譲少年の口調に、三人は思わず、眼を見交《みかわ》したが、由利先生は、すぐ心をきめたように、

「よろしい、それでは君も俺《わし》と一緒に来給《きたま》え」

といった。

黒河内晶子

「譲君、すると君は何んだね、黒河内晶子の左腕が義手だというんだね」

あまり意外な話に、由利先生も三津木俊助も、さては等々力警部も、しばしが程《ほど》は、二の句もつげなかった。

ここは麴町三番町、由利先生の書斎《しょさい》である。由利先生と三津木俊助の二人は、いま、等々力警部から、柚木邸《てい》のあの恐ろしい出来事を聞かされたばかりのところへ、今また、譲少年の口から、意外な発見をきかされて、ただもう呆然《ぼうぜん》と眼を瞠《みは》るばかり。

「譲君、それはほんとうのことかね」

「ほんとうです。僕、そっとあの女《ひと》の左腕を抓《つね》って見ましたが、相手は少しも気附《きづ》かない様子でした。それに、その手触《てざわ》りというのが何んともいえぬ異様さで、あれは、きっとゴムで拵《こしら》えてあるにちがいありません」

「三津木君、君は職業柄《がら》何んでも知っているが、黒河内晶子の腕が義手だということを聞いたことがあ

るかね」

「いいえ、むろん、そんな馬鹿なことはありません。義手をはめていて、映画女優などになれる筈《はず》がありませんからね。もし、譲君のいうとおり、晶子が義手を嵌《は》めているとすれば、極《ご》く最近に、片腕を失ったことになりますね」

「そういえば、晶子は一週間ほど前から、病気だといって、撮影所を休んでいるという話を聞いたことがある」

こういったのは等々力警部だ。

「そうでしょう、だって、柚木子爵のお邸《やしき》で、あんな大怪我《けが》をしたんですもの」

譲少年はいよいよ得意になった。

「ねえ、皆さん、あの人こそ、深夜の魔術師にちがいありませんよねえ、あの義手が何よりの証——拠——で——は——」

譲少年の語尾はしだいに怪しく顫《ふる》えてきた。どうしたのか、彼はぎゅっとテーブルのはしをつかんだまま、それこそ、今にも眼《め》玉《だま》がとび出しそうな眼をして、じっとドアのほうを注視している。

人々ははっとしてその視線を辿《たど》っていったが、そのとたん、三人とも、思わずあっと叫んで立ち上がった。

幽霊のように真蒼《まっさお》な顔をして、ドアのところに立っている一人の女。まぎれもなくそれは、今、噂《うわさ》にのぼっていた、あの有名な黒河内晶子ではないか。

「あ、き、君は、ど、どうしてここへ来たのだ」

「先生！」

晶子はよろめくように部屋の中へ入って来ると、ぐったりと椅子《いす》のうえに腰をおとした。

「先生、あたしを助けて下さいまし。あたしは——、あたしは深夜の魔術師なのでしょうか」

「な、なんだって？」

「あたしは深夜の魔術師なのでしょうか。ああ、恐ろしい、あたしが金蝙蝠《きんこうもり》になって、柚木子爵《ししゃく》を殺したのでございましょうか」

晶子はうめくように言って、はげしく体を顫わせたが、再び椅子よりすっくと立ちあがると、急にきりりと柳眉《りゅうび》を逆《さか》立《だ》て、

「ああ、やっぱりそうなんだわ。あたしこそ深夜の魔術師なんだわ。そして、この手で柚木子爵を殺したのだわ」
晶子はさも恐ろしげに身顫《みぶる》いをしたが、その時、つかつかと側へ寄った三津木俊助が、ふいに晶子の左腕をつかむと見るや、ぐいとばかりにそれを引っぱったが、そのとたん、由利先生も三津木俊助も等々力警部も譲少年も、さては当の晶子まで、思わずあっと恐ろしい悲鳴をあげた。
晶子の左腕がスッポリと、肱《ひじ》のあたりから抜けたのだ。

冥府《めいふ》の声

　意外とも意外！　この美しくも繊弱《かよわ》い黒河内晶子が、帝都を恐怖のどん底に叩《たた》きこんだ殺人鬼、深夜の魔術師なのだろうか。この楚々《そそ》たるスクリーンの麗人《れいじん》が、世にも恐ろしい怪賊《かいぞく》、金蝙蝠《きんこうもり》なのだろうか。

　由利先生をはじめとして、三津木俊助や等々力警部、さては古館譲少年たちが、何《な》んともいえぬ変梃《へんてこ》な感じになったのも無理はない。

　それにしても晶子は何故《なぜ》わざわざ自分からやって来たのだろう。また、わたしが深夜の魔術師でしょうかと、自ら問うごとき言葉は、いったい何を意味するのだろう。

「黒河内さん、まあそこへ掛けなさい。種々《いろいろ》訊《たず》ねたい事がありますから」

　やっと我れに返った由利先生が穏《おだや》かにそう言うと、晶子は涙ぐんだ眼《め》で頷《うなず》きながら、素直にそこへ腰をおろす。

「一体、君はどうして片腕なくしたの。もとから君は片輪だったわけじゃあるまいね」

　優しくいわれて、晶子はふいにわっとデスクの上に泣き伏した。

「先生、それがあたしにも分《わか》りませんの。いつどうして片腕を斬《き》り落されたのか、あたし自身にも一向に憶《おぼ》えがございませんの」

　これはまた何んという意外な言葉だろう。由利先生は思わずせき込んで、

「何んだって、君自身にも憶えがないって？　黒河内君、それは一体どういう意味です。まさか君は我々を愚弄《ぐろう》するんじゃあるまいね」

「滅相《めっそう》もない、先生！」

　晶子は泣き濡《ぬ》れた瞳《ひとみ》をあげると、

「こんな事を申上《もうしあ》げたとて、皆様はとても信用して下さるまいと存じます。でも、これが真実《ほんとう》ですの。あたしにはあの晩の記憶がまるでないのでございますわ」

「あの晩？　あの晩っていつの事ですか」

「はい、あの、柚木子爵《ししゃく》のお殺されになった、あの晩のことですわ」

　えっとばかりに聴手《ききて》の三人、いや、譲少年を入れた四人は思わずはっと顔見合《みあわ》せた。

晶子は必死の面持《おもも》ちで、

「先生、どうぞあたしの言葉を信じて下さいまし。あたし、恐ろしくて、恐ろしくて」

と、切《せつ》なげな呼吸《いき》を吐きながら、次のように、世にも奇怪な話をするのである。

「あの晩、あたしは自宅にひきこもって、一人静かに読書をしておりましたの。ところが八時頃《ごろ》のことでございましょうか、何んともいえぬ妙な気持ちになって。……一心に読書をしているつもりなのに、本のことは少しも頭に入らないで、何かしら背後《うしろ》からつつかれるような気持ちが致します。誰《だれ》かが頻《しき》りに、何か耳もとで囁《ささや》いているような感じなのです。はじめのうち、あたし一生懸命にその気味悪い囁きと闘っていたのですけれど、そのうちにフーッと気が遠くなって。――そして、今度気がついたらどうでしょう」

と、晶子はさも恐ろしそうに身顫《みぶる》いをして、

「それはそれは激しい痛みに、あたしはふと気がついたのでございますの。すると側には母が、まるで幽霊のような顔をして突立《つった》っているではございませんか。そして、『晶子さん、あなたその腕はどうしたの』と聞きます。はっとしてあたし、激しく痛む左腕に眼をやりましたが、そのとたん、思わずアレエと叫んで、又《また》もや気を失ってしまいましたの。この腕がいつの間にかスッポリと斬り落《お》されて……」

晶子は息をのんで、涙を流しながら、

「恐ろしいのはそればかりではございません。それから間もなく、二度目に正気に返った時、あたし、母の口から何んともいえぬ程《ほど》、不思議な話をきかされました。その晩、あたしは母に、柚木子爵邸《てい》の仮面舞踏会へ出席せねばならぬからといって、八時すぎに家を出ていったのだそうですの。そして十一時すぎ、左腕を斬り落され、呼吸《いき》もたえだえに、家へ帰って来たという母の話なのでございます」

「君にはそういう記憶がないんですか」

「はい、全然ございません。ああ、先生、あたしは気が狂ったのでございましょうか。それとも夢遊病とやらで、柚木子爵のところへいって、あの恐ろしい人殺しを。――ああ！」

晶子は身も世もあらず身悶《みもだ》えしながら、わっとばかりにデスクの上に泣き伏した。

何んという奇怪な話だろう。世に夢中遊行《むちゅうゆうこう》の話は

珍らしくないが、いま、晶子が語って聞かせたような恐ろしい例が、果《はた》して他にあるだろうか。聴手の四人はさながら物《もの》の怪《け》に襲われたような表情をして、痛々しく咽《むせ》び泣く晶子の姿を見守っていたが、そのうちふと由利先生が気附《きづ》いたように、

「黒河内君、君はこの間自動車の中で殺された、丹羽百合子を知っていますか」

「はい、存知《ぞんじ》ております」

「友達ですか」

「いいえ、お友達ではありませんが、あるところで度々《たびたび》お眼にかかったことがありますの」

「あるところとは何処《どこ》ですか」

「はい——あの——それは——」

晶子の口の利《き》き方が、しだいにのろのろとしてきたかと思うと、その時、彼女の表情《かお》に、何んともいえぬ気味悪い変化が現れて来たのである。血の気が一時にスーッとひいて、眼の色が、ガラス玉のように生気を失って来た。

と、思うと彼女は片手でしっかと顳顬《こめかみ》をおさえ、まるで夢でも見ているように、

「ああ、聴《きこ》える。——ああ、あの気味悪い声——」

「あ、黒河内君、どうしたのだ」

由利先生と三津木俊助が、驚いて両方からその肩をゆすぶったが、晶子は少しも感じないらしい。呆《ぼう》然《ぜん》として前方を見据《みす》えていたが、やがて、何んとも名状することの出来ない、気味悪い声がその唇《くちびる》から洩《も》れて来たのである。

「おい、由利麟太郎、俺《おれ》が誰だか分るかい」

ああ、冥府《めいふ》の底から聞こえてでもくるような、低い、ガラガラとした濁声《だみごえ》、これが果して晶子の唇から洩れる声だろうか。しかも、彼女の眼は死魚のようにドロンと濁《にご》って、何かしら夢の世界をでも彷徨《ほうこう》しているような表情《かおいろ》！

「おい、由利先生、俺は魔術師なのだ。分ったかい、人間を自由自在に操ることの出来る魔法使いなのだ。ふふふ！」

「あっ、催眠術《さいみんじゅつ》だ」

譲少年がいきなり叫んだ。

「しっ、黙っていたまえ。何を言い出すか聞いてみよう」

由利先生の言葉に、一同固唾《かたず》をのんで耳をすましている中《うち》に、晶子の世にも恐ろしい言葉がつづくの

である。

「俺は最初、丹羽百合子を手先に使っていたが、あいつだんだん俺の催眠術が利かなくなったので、ひと思いに殺してしまった。そして今度は黒河内晶子を使う事に極《き》めたのだ。おい、由利先生、聞けよ、柚木子爵の令嬢弥生姫はな、今あるところで恐ろしい危難に陥《おちい》入っているぞ。ふふふ、驚いたか」

そこまでいうと晶子は、さながら泥人形の崩れるように、バッタリ、事務《デ ス》机《ク》の上につっ伏してしまったのであった。

聖《セント》ニコラス教会

ああ、恐ろしい催眠術! 奇々怪々な悪魔の妖《よう》術《じゅつ》! 深夜の魔術師は催眠術によって、他人の意志を自由に操《あやつ》り、知らぬ間に殺人の大罪を犯させるのだ。世にこれほど恐ろしいことがまたとあろうか。

四人の者はあまりの奇怪さに、思わずゾクリと身《み》顫《ぶる》いをしたが、それにしても気になるのは、今、晶子が囁《ささや》いた言葉、柚木子爵の令嬢弥生が、危険に瀕《ひん》しているという言葉だ。


「行こう!」

突然、由利先生がスックと立上《たちあが》がった。

「等々力君、この女は君にまかせておく。それよりも気になるのは弥生さんの身の上だ。三津木君、来たまえ」

叫ぶと共に由利先生、風のように部屋をとび出していったが、俊助とても躊躇《ちゅうちょ》はしない。すぐさま由利先生のあとに続いて、表《おもて》の方へとび出していくあとから、古館譲少年もおずおずとついていった。

それにしても子爵令嬢弥生姫は、その時、どんな危険に直面していたか、それをお話しするためには、是非《ぜひ》とも、時計の針《はり》を少しばかり前に戻さねばならぬ。

父君柚木子爵が非業《ひごう》の最後を遂げて以来、終日、自宅の一室に閉じこもり、泣きの涙で暮していた弥生姫は、その日の夕方、不思議な一通の手紙を受取《うけと》ったのである。


お嬢さま。あなたがお父様の発明なされた、無音航空機の設計図を手に入れたかったら、今夜七時きっかりに、渋谷《しぶや》の聖《セント》ニコラス教会の前までおいでなさい。教会の前の石段に、黒衣の老婆《ろうば》が坐《すわ》っています。その老母に銀貨を一枚おやりになれば、必ずありかを報《し》らしてくれます。しかし、必ず必ず他言無用のこと。

手紙の文面は唯《ただ》それだけである。差出人《さしだしにん》の名前もなければ住所もない。

「まあ！」

弥生姫はしばらく息をつめて、この奇怪な文面を眺《なが》めていたが、と、そこへ入って来たのは、柚木子爵の生前、助手として働いていた青野《あおの》という青年である。

「お嬢さん、どうかなさいましたか、お顔の色がすぐれぬようですが」

「あら、青野さん、いいえ、何《な》んでもありません」

「そうですか、今お手紙をお読みの御様子でしたが、何か変わった事でも書いてあったのではありませんか」

「いいえ、別に、それより青野さん、今何時？」

「いま、ちょうど六時半ですよ」

「あらあら、大変、あたし一寸《ちょっと》出かけなければならないのよ」

「外出するんですって？　これから？　何んなら、僕もお供《とも》しましょうか」

「いいえ、いいの、心配なことはないのよ。あたし一人でいってくるわ」

「心配なことはない？」

青野は何故《なぜ》か顔色を動かしながら、

「変なことを仰有《おっしゃ》いますね。お嬢さん、もしやさっきの手紙のことで、お出かけになるんじゃありませんね。一体どんな手紙なんですか」

「あら、そんなことありませんわ。ほんとに、ほんとに何んでもないのよ」

言いながら、うしろ手にかくした手紙を、手早く本の間に挟んだ弥生姫は、そのまま身支度《みじたく》をすますと、さっさと部屋を出ていったが、あと見送った青野助手も、ニヤリと気味悪い微笑を浮かべ、これまた、いずこともなく出ていった。

それにしても、差出人も分《わか》らぬ奇怪な手紙に誘惑されて、前後の考えもなく出かけていった弥生姫の行動は、軽率といえば軽率だったけれど、これには一つの理由がある。

ほかでもない、手紙にあった聖ニコラス教会というのは、亡くなった柚木子爵とひとかたならぬ深い関係があったのだ。子爵は大のクリスチャンだった。わけても、聖ニコラス教会の大司祭、師父《ファーザー》ニコラという牧師に深く帰依《きえ》して、昨年教会を大修理した時など、ほとんど子爵一人でその費用を受持《うけも》ったくらいである。だから、子爵がひょっとしたら、秘密の設計図を、教会のどこかに隠しておいたかもしれぬというのは、満更根《まんざら》も葉もない空想ではなかったのだ。

それはさておき、弥生姫が教会の正門までやって来ると、果《はた》してそこには一人の老婆が坐っていた。黒いマントでスッポリ体を包み、黒いヴェールで顔をかくしているので、姿かたちは分らなんだが、確かに手紙にあった老婆にちがいない。

弥生姫ははっと胸を轟《とどろ》かせながら、おずおずと老婆の側《そば》に近よると、黙って銀貨を一枚老婆の膝《ひざ》に落《おと》した。と、老婆も無言のままで取り出したのは一枚の紙片《かみきれ》、それを姫に手渡すと、老婆はもそりと立上《たちあが》って、そのまま跛《びっこ》を引くように立去った。

何気《なにげ》なく姫がその紙片に眼《め》を落すと、

十三番目の聖母——胸の文字盤——
八時、四時、一時——

と、唯それだけ。

十三番目の聖母

まるで呪文《じゅもん》のような文句を読んだ時、弥生姫は思わずはっとした。

余人《よじん》にはわからぬこの文句も、弥生姫にはとっさの間に覚《さと》るところがあったのだ。父、柚木子爵は、死ぬ少しまえに、この教会へ十三体の聖母像を寄進《きしん》したことがある。その聖母像は、いまでも祭壇《さいだん》の周囲に安置されている筈《はず》だ。ひょっとすると、その聖母像の一つの中に、問題の設計図がかくされているのではあるまいか。

姫は大急ぎで教会の中へ入っていった。広い礼拝堂はすでにビロードのような闇《やみ》に包まれて、何んとはなしに肌寒さを覚える。姫はその闇の中を手探りで祭壇の方へ歩いていった。と、そこには十三個の聖母マリヤの立像が、まるで幽霊か何かのように、ほのかに闇の中に浮きあがっているのだ。

姫はその像を右から数えて、十三番目の聖母のまえに立ちどまると、マッチを擢《す》ってその胸を照らして見た。

と、あった、あった。それはよくよく調べてみなければ分《わか》らぬような、小さな物であったが、ちょうど時計と同じ目盛りをした、円《まる》い文字盤がそこについているのだ。おまけに二本の針《はり》までついている。

姫はハッと胸を轟《とどろ》かせながら、もう一度さっきの呪文を見る。

八時、四時、一時。――8、4、1
分った、分った。これこそ金庫の中にあった怪文字8、4、1の秘密なのだ。

胸をドキドキさせながら、姫は先《ま》ず、八時のところへ針をやった。次いで、四時、最後に一時。――と、ふいに、どこやらでギリギリと、鎖《くさり》の触れあうような低い音がした。

と、ガタンと音を立てながら、ふいに聖母マリヤ像が後《うしろ》に滑《すべ》り出したから、姫は思わずぎょっとして二三歩うしろにとびすさった。

聖母マリヤはギリギリガタンと音を立てながら、約三呎《フィート》ばかりうしろに退《さが》ったが、と、見ればそのあとには、真暗《まっくら》な地下道の入口があいている。

「あっ！」

姫は思わず大きく喘《あえ》いで唾《つば》をのみこんだ。やっぱりそうなのだ。この地下道のどこかに秘密の設計図がかくしてあるのだ。

姫は暫《しばら》くあたりを見廻《みまわ》していたが、ふと見ると、祭壇の燭台《しょくだい》に、太い蠟燭《ろうそく》が一本つきさしてある。とっさの間に、その蠟燭を取りあげた姫は、マッチをすって灯をつけると、それを片手に、地下道の中へ潜りこむ。

最初、十五段ぐらいの固い石の階段があった。それを下りると、今度は横に、狭いトンネルがつづいている。ソロソロとあたりに気を配りながら、そのトンネルを歩いていくと、手に持った裸蠟燭が風にふかれて、姫の影が伸びたり縮んだりするのだ。

墓場のような静けさ、海底のような冷気。姫は何かしら自分が夢の中の人物になったような、一種恍《こう》惚《こつ》たる夢幻状態に誘われながら、そのトンネルを進んでいったが、やがて、向《むこ》うのほうから一筋の明《あか》りが、糸のように洩《も》れているのが見えて来た。

どうやら、ドアの隙間《すきま》からもれる灯の光らしい。この地下トンネルの中に一つの部屋がある。この部屋がある。——姫はまたもや胸をドキドキさせながら、その部屋の前まで近寄っていくと、そっと、ドアを中に押しひらいたが、そのとたん、思わずあっと叫んで蠟燭を取り落《おと》してしまった。

「はははは、お嬢さん、よく来ましたね」

嘲《あざけ》るように笑ったのは、ああ、何んということだ！　覆面《ふくめん》のあの金蝙蝠《きんこうもり》ではないか。

「あれえ！」

叫んで姫はいきなり元来た道へ駆け出そうとしたが、そのうしろから、矢庭《やにわ》にむんずと躍りかかった金蝙蝠。

「はははは、折角《せっかく》ここまで来たものを、お嬢さん、何も逃げなくてもいいじゃありませんか。まあ、ここへお入りなさい。少し話があるんですよ」

「いいえ、いやです。あたしあなたにお話しすることなんかありませんわ。何んという卑怯《ひきょう》な人でしょう。それではさっきの手紙はみんな出鱈目《でたらめ》だったんですね」

「はははは、まあ、そうです。しかしねえ、お嬢さん、欺《だま》されたのはあなたばかりではありませんよ。この私さえ、子爵にまんまといっぱい喰《く》わされたんです」

「あら、お父さんに」

姫は恐ろしさも打ち忘れ、思わず相手の顔を見直した。その顔には、黒いビロードの覆面をしているので、何人《なんぴと》とも知るよしもなかったが、姫はふと、その声色《こわいろ》に聴きおぼえのあるのを感じたのだ。誰《だれ》だろう、どこで聴いた声だろう？

「そうですよ、子爵に欺されたんです。ほら、お嬢さんも知っているでしょう。金庫の中から出て来た記号、あれは確か8、4、1という数字でしたね。8、4、1即《すなわ》ちヤヨイ、お嬢さんの名前になります。ところで、この三つの数字を合計すると、十三という数になる。そこで私は十三という数字で、柚木子爵と関係のあるものはないかと考えたんです。するとハッと思い出したのが、この教会にある十三体の聖母像、これは子爵が生前寄進したものだから、もしやと思って調べてみると、あの通り、時計の文字盤みたいなものがついている。そこまで発見した時

には、私はてっきり、設計図のありかに突き当《あた》ったものと、雀躍《こおど》りせんばかりに欣《よろこ》んだが、今から考えると馬鹿らしい。お嬢さん、これは子爵があらかじめ考えておいた一つの罠《わな》ですよ。わざとこんなものをこさえておいて、いかにもここに設計図があるように思いこませようという策略なんです。設計図はこんなところにありはしない。きっと他の場所にかくしてあるんだ」

「まあ、そしてほかの場所とは？」

「お嬢さん、それをあなたに聴こうと思うんです」

「まあ、あたしに？」

「そうですよ、ヤヨイと記号にあるからは、きっとあなたに関係した事にちがいない。あなた自身は気づかずとも、何かあなたの身辺に、ヤヨイという記号に関係したものがあるにちがいない」

　金蝙蝠がそこまでいった時、弥生はふいにハッと顔色を動かした。

「はははは、思い出しましたね。さあ、何んですか。何んの中に設計図はかくしてあるのですか」

「知りません。いいえ、あたし知りませんん」

「知らない？　そんなことがあるものですか。あなたの顔にはちゃんと知っていると書いてありますよ。さあ、言いなさい、設計図はどこにかくしてあるのです」

「いいえ、知りません。たとえ知っていても何故《なぜ》あなたに話さなければならないのです」

「何故、話さなければならない？　そうですね、そのわけを今教えてあげましょう」

　金蝙蝠は床の上にあった小さな樽《たる》の上に、さっき弥生の取り落した蠟燭を立てて、それに灯をともした。

「お嬢さん、この樽の中に何が入っているか知っていますか。これはダイナマイトですよ」

「えっ？」

弥生は思わず真蒼《まっさお》になって逃げ出そうとする。とっさの間にうしろからとびかかった金蝙蝠、いきなり彼女の体を雁字《がんじ》搦《がら》めにしばりあげると、棒のように床のうえに転がした。

「さあ、お嬢さん、この蠟燭が根元まで燃えつくせば、ダイナマイトに火が移って、あなたの体は木《こ》っ端《ぱ》微《み》塵《じん》となります。つまり、これが秘密を話さなければならぬわけですよ」

いったかと思うと金蝙蝠、覆面の下からニヤリと凄《すご》い微笑をうかべたのだ。

ニコラ牧師

こちらは由利先生と三津木俊助。

取るものも取りあえずやって来たのは柚木子爵《ししゃく》の邸宅《ていたく》である。婆《ばあ》やにきくと、お嬢さまはつい先程《さきほど》、お出かけになったとばかり、その行先も分《わか》らない。

「しまった、遅かったか。が、ともかく一応お嬢さんの部屋を見せて下さい。何か手がかりがあるかも知れぬ」

姫の部屋を取り調べた由利先生と三津木俊助、さすがは職業柄《がら》だけあって、間もなく本のあいだに挟んであった、あの無名の手紙を見付《みつ》け出したのだ。

「聖《セント》ニコラス教会だ。よし、すぐ行って見よう」

と、こうして二人が教会の表口まで辿《たど》りついたのは、弥生姫におくれること半時間ばかり後のこと。

「あ、先生、御覧《ごらん》なさい、ここに小さい靴痕《くつあと》がついていますよ。確かに弥生さんの靴痕にちがいありません」

「ふむ、どうやら教会の中へ入ったらしいな。よし、我々も入って見よう」

教会の中はさっきと同様、まっくらなのだ。俊助はポケットの中から、懐中電灯を取り出すと、うっすらと残っている靴痕をつたって、やって来たのは祭壇《さいだん》の上。

「おや、足痕《あしあと》はここでなくなっている」

「三津木君、どこかその辺に、秘密の落《おと》し戸《ど》でもあるのではないかね。よく調べてみたまえ」

二人が夢中になって、その辺を調べている時である。ふいにコツコツと軽い靴音と共に、横のほうからこの礼拝堂へ入って来た者がある。はっとした俊助が、いきなりパッと懐中電灯を向けると、その光の中にくっきりと浮《うか》びあがったのは、黒っぽい僧服に身をつつんだ、柔和《にゅうわ》な外国の老牧師、いわずと知れたこの教会の大司祭、ニコラ牧師である。

　ニコラ牧師は、驚いたように眼《め》をパチクリさせながら、

「あ、あなたは誰《だれ》ですか。何故《なぜ》、神の祭壇《さいだん》を汚《けが》すのですか」

　幅の広い声、流暢《りゅうちょう》な日本語、さすがは長年日本に住みなれて、多くの信者を持っているだけあって、その言葉に少しの澱《よど》みもなかった。身の丈《たけ》は六尺《しゃく》あまり、広い肩巾《かたはば》、がっしりとした腕、体つきからいえば、鬼をもひしぐ偉丈夫《いじょうふ》だが、その顔つきの柔和さ、穏《おだ》やかさ、乳児をもなつかせる徳も自《おのずか》ら備わって、年は六十前後か、豊かに浪《なみ》うった白髪が美しい。

「いや、これは失礼いたしました。実はこの教会の中に探《たず》ねる人がありまして」

「教会の中に？　一体誰ですか？」

「柚木子爵の令嬢、弥生姫といわれる方ですが」

「なに、柚木子爵の令嬢？」

　ニコラ牧師はにわかに不安らしく眉《まゆ》をひそめ、

「その令嬢がどうかしたのですか」

「実はこの教会の中から行方《ゆくえ》が分らなくなったらしいのです」

　牧師はそれをきくと、いよいよ驚いたらしく、ふいに両手をあげて二人を制すると、

「お聞きなさい。床に耳を当ててお聴きなさい」

「え？　何《な》んですって？」

「私いま聴きました。地《ち》の底で婦人の啜《すす》り泣く声を聴きました。私不審でならず、ここまで出て来たのです」

　皆まで聞かず由利先生と三津木俊助、床のうえに腹這《はらば》いになって耳をすましたが、ああ、聴《きこ》える、聴える、まるで地虫《じむし》の鳴くように、遠く、かすかに聴えるのは、たしかに女の泣き声だ。

「牧師、この教会には地下室があるのですか」

「いいえ、私存知《ぞんじ》ません。しかし、昨年、柚木子爵の手で、この教会に大修理を加えましたから、――ああ、そこにあるのは何んですか」

　牧師の指さすところを見れば、一つの聖母像の下

から、ひらひらと臙脂色《えんじいろ》の布《きれ》がのぞいているのだ。

「あ、これは女の洋服のきれはしだ。するとここに抜孔《ぬけあな》があるのだな」

いきなり聖母像をのけようとしたが、そんなことではビクともしない。

「まあ、待ちたまえ、何かこれには仕掛けがあるにちがいないぜ」

仔細《しさい》に像の表面を調べていた由利先生は、すぐさま例の秘密を発見した。

「分った、分った、この時計だ。そうだ、8、4、1、——一つやってみよう」

由利先生の指が動くとともに、ガタンと音を立てて聖母像が後退したが、そのとたん、女の泣き声が俄《にわ》かに近くなって来た。

地底の滝

「どうです、お嬢さん、これでもまだ設計図のありかを白状《はくじょう》しませんか」

がらんとした窖蔵《あなぐら》の一室に、悪魔の声がいやに冷《つめた》く反響する。

蠟燭《ろうそく》の灯はあますところ五分《ぶ》ばかり、ポタポタと蠟涙《ろうるい》が樽《たる》の上に落ちる度《たび》に、弥生は身のすくむばかりの恐ろしさ。これぞ生命《いのち》を刻む死の蠟燭時計なのだ。

「いやです、いやです。たとえこのまま殺されても、あたしあなたに話しなんかしません。あなたも一緒にここで死んでおしまい」

「はははは、馬鹿な、私がどうしてここで死ぬものですか。いよいよ、あなたが話さぬと分れば、私はこのままここを出ていきます。そして自分で設計図のありかを探します」

金蝙蝠《きんこうもり》はやおら立上《たちあが》ると、覆面《ふくめん》の下から、ジロリと冷い一瞥《いちべつ》をくれながら、

「さあ、蠟燭はあと三分も持ちますまい。それだけあれば、私はこの教会から出ていけます。お嬢さん、まあ、せいぜい神に祈りでも捧げておきなさい」

言いながら、ドアをひらいて何気《なにげ》なく、一歩外へ踏み出した金蝙蝠、突然、あっと魂消《たまぎ》るような叫びをあげると、もんどりうって床の上へ投げ出されたから、驚いたのは弥生姫。

と、見れば、そこへドヤドヤと入って来たのは、

言うまでもなく由利先生と三津木俊助、それからニコラ牧師も附添《つきそ》っている。

「弥生さんですね。安心なさい。お助けに参りましたよ」

「あ、その蠟燭を消して、早く、早く」

姫の言葉に、何《な》んとは知らず三津木俊助、いきなり蠟燭を揉《も》み消すと、傍《そば》に倒れている金蝙蝠に馬乗りになり、さっとばかりに覆面をもぎとったが、そのとたん、

「あっ、あなたは青野さん」

姫が魂消るばかりの声を立てた。

意外とも意外！

金蝙蝠の覆面とれば、贋《まが》うかたなく、それは柚木子爵の研究助手、青野青年ではないか。

青野助手は、真蒼《まっさお》な顔をして、手足をブルブル顫《ふる》わせていたが、矢庭《やにわ》に揮《ふる》った金剛力《こんごうりき》、下からうんと俊助の体をはねのけると、タタタタと駆け寄ったのは一方の煉瓦《れんが》壁、ピタリとその壁に吸いついたと見るや、あっという間もない。

くるりと壁の一部分が廻転《かいてん》したと思うと、青野助手はそのままスーッと消えてしまった。

「待て！」

叫んだがすでに遅し。

「ははははは！」

嘲《あざけ》るような笑いを残して、青野助手の足音はしだいに煉瓦壁の向うから遠ざかっていく。

「しまった、畜生《ちくしょう》！　畜生！」

地団駄《じだんだ》踏んで口惜《くや》しがる三津木俊助、由利先生はそれをなだめながら、

「まあ、いいさ。正体が分ったのだから、いずれまた捕える機会があるさ。それより、令嬢を一刻も早くここから外へ連れ出さねば」

由利先生は手早く弥生姫のいましめを解くと、何んとなく解《げ》せぬ面持《おもも》ちで、

「お嬢さん、あの男は青野というんですか」

「ええ、そうですの。父の研究助手でした。あの人が金蝙蝠とは、あたし、どうしても信じられませんわ」

「うむ、私にも信じられない。だがまあいい。いずれあの男を捕えてしらべれば分ることだ。それより、さあ、早くここを出ましょう」

一同は連れ立って、もとの抜孔の出口まで来て見

たが、その時、先頭に立っていたニコラ牧師があっと低い叫び声をあげた。

「しまった。出口がしまっている」

「何？　出口がしまっている？」

俊助が懐中電灯で照らして見ると、なるほど厚い鉄板が、ピタリと出口の蓋《ふた》をして、押せど叩《たた》けど開かばこそ、見る見るうちに一同の顔は真蒼《まっさお》になった。袋の鼠《ねずみ》とは全《まった》くこのことだ。彼等《ら》はまんまと地下道の中に閉じこめられてしまったのだ。

「何、心配することはありません」

その時、静かに言ったのはニコラ牧師、

「朝まで辛棒《しんぼう》すれば、掃除《そうじ》人夫《にんぷ》がこの祭壇《さいだん》を清めに来ます。その時、ここから声をかけて、戸口の開け方を知らせてやればよろしい」

だが、その言葉も終《おわ》らぬうちに、ふいに俊助が、

「あ、あの物音は？」

と、叫んだのだ。

「え、何？」

「ほら、あの音です。ざあッという滝のような物音です」

一同はハッと顔色を変える。ああ、聴《きこ》える、聴える、ざあッ！　と地響きを立てて流れ込む水の音。

「僕、ちょっと、調べてきます」

俊助は大急ぎで五六段、石段を下りていったが、

「しまった、先生、水だ！　水だ！　ひどい水です。もう階段の中程《ほど》までつかっている。ああ、恐ろしい勢いでどんどんと殖《ふ》えていきます」

俊助の言葉を待つまでもなく、彼の振りかざした懐中電灯の光で、濁《にご》った水が渦《うず》を巻き、泡を立てながら、見る見るうちに盛りあがって来るのが見えた。

弥生の遺言

ああ、何《な》んという恐ろしさ、何んという物凄《ものすご》さであろう。

まっくらな地下道のなかに、轟々《ごうごう》と泡をたてて渦巻く地底の滝、悪魔の水地獄。人もうやまう聖なる教会堂の裏面にこのように恐ろしい水地獄が用意されていようとは、いったい、誰が想像しえたであろうか。

「しまった、先生！　水だ！　水だ！　ひどい水です。もう階段の中程までつかっている。ああ、恐ろ

しい勢いでどんどん殖えていきます」

狂気《きちがい》のような俊助の声が、があーんと暗い地下道に反響して、水のうえをしだいに遠く消えていくその気味悪さ。

さすがの由利先生も思わず顔色をうしなったくらいだから、いわんや繊弱《かよわ》い弥生姫、しかもさきほどよりの打ちつづく冒険に身も心もつかれはてた弥生姫が、唇《くちびる》の色まで真蒼になって、顫《ふる》えあがったのも無理はない。

「ああ、皆さん、どうしましょう、どうしましょう。あれッ、あんなにひどい勢いで、水がだんだん、こちらのほうへのぼって来ますわ」

さすがにたしなみのいい弥生姫も、思わず泣きごえたてて、由利先生の体に武者《むしゃ》振りついた。

こういう騒ぎのなかにあって、いちばん落着《おちつ》きはらっていたのはニコラ牧師だった。さすがに神につかえる身だけあって、善《よ》きにつけ、悪《あ》しきにつけ、かねて覚悟は出来ているのか、胸にブラ下げた十字架を、しずかにつまぐりながら、厳粛《げんしゅく》な声色《こわいろ》でいうのだ。

「皆さん、いまはいたずらに騒いでいる時ではありません。何もかも神様のおぼしめしです。神様はきっと罪のない僕《しもべ》たちを、見殺しにはなさらないでしょう」

溺《おぼ》れる者は藁《わら》をもつかむという言葉があるが、いわんや相手は、世間の尊敬を一身にあつめる尊い牧師である。この際、ニコラ牧師の一言が、一同にある不思議な力をあたえたのも無理ではなかった。

「ニコラ先生、何か助かる工夫がありましょうか。この地下道から脱出する心当りがおありですか」

「いいや、私にもさしあたり、何んの心当《こころあた》りもありません。しかしここには大の男が三人いるのですから、力を合《あわ》せたらこの壁が打ち破れないものでもないと思うのです」

「よろしい、やって見ましょう!」

叫ぶなり、三津木俊助が階段をかけ登って来た。

「由利先生、あなたも力を貸して下さい。それからニコラ先生、恐れ入りますがあなたもどうぞ。われわれ三人の中では、あなたが一番、腕《うで》っ節《ぶし》が強そうだ」

「そうです。私、力業《ちからわざ》では人にひけをとりません」

三人はそこで、めいめい、力のありったけを出して壁を乱打した。肩をぶっつけた。足で蹴《け》った。はてはあまりの忌々《いまいま》しさに爪《つめ》でひっかいた。しかし、太い鉄骨を塗りこめた壁にむかっては、さながら蟷螂《とうろう》の斧《おの》のたとえのように、こちらがヘトヘトになっても相手はびくともすることではない。

「これはいけない、こんなことをしていちゃいつまで経《た》ってもきりがない。三津木君、ニコラ先生、今度は三人一緒に、うんと体をぶっつけて見ましょう」

由利先生の言葉に、今度は三人、一二三の合図とともに、どしーんと体をぶっつけたが、

「あっ、痛《いた》っ、痛っ、た、た!」

跳《は》ねかえされたのは三つの体、壁のほうではびくともしない。ああ、この様子では、壁を打ち破ろうなど思いもよらぬことである。

そうしているうちにも、水のほうでは容赦《ようしゃ》をしない。刻一刻と闇《やみ》の底から這《は》いあがって、いまではヒタヒタと、一同の靴先を濡《ぬ》らしはじめたのだ。

「ああ、皆さん、もう駄目《だめ》、もう駄目ですわ。水が踝《くるぶし》のところまで来ましたわ。ああ、そろそろ、膝《ひざ》のほうまで這いあがって来ます。いまに――いまにあたしたちみんな、泥溝鼠《どぶねずみ》のように、水に溺《おぼ》れて死んでしまうのです。ああ、何んという恐ろしい!」

弥生姫はかよわい女の身の、狂気《きちがい》のように歔欷《すすりな》くのも無理はない。

壁をうち破ることに失敗した三人は、ぐったりと放心したように水の面《おもて》を眺《なが》めている。まっ黒な水のうえには、俊助の取り直した懐中電灯がまるい輪をえがいて、その輪のなかに、白い泡《あぶく》が凄《すさ》まじい勢いで旋回《せんかい》しているのが見えるのだ。

轟々《ごうごう》と耳を圧する滝の音、ああ、この勢いでは、もう半時間も経たぬうちに、彼等《ら》は水にのまれて死んでしまうだろう。

恐ろしい水は、一段一段と階段をはいのぼり、いまや膝から股《もも》、股から腹のあたりまで押し寄せて来た。

水嵩《みずかさ》がふえるにしたがって、逃げ場のない空気が、しだいに圧縮されていくと見えて、やがて一同は、があーンと激しい耳鳴りを感じはじめる。

眼《め》がくらみそうだ。胸が悪くなって、いまにも嘔吐《はきけ》を催《もよお》しそうだ。ああ、それにこの水の冷たさ! 水に浸《つ》かっている部分だけが、シーンと感覚をうしな

って、自分ながら下半身があるのかないのか分《わか》らない。

「あなた、あなた」

ふいに暗闇《くらやみ》のなかで弥生姫が歔欷くように呟《つぶや》いた。

「あなたは警察のかたでいらっしゃいますわねえ。もしそうなら、あたしあなたに言い遺《のこ》さねばならぬことがありますの」

「言い遺すなんて縁起《えんぎ》でもない。お嬢さん、もっと気をしっかりお持ちにならなければいけませんよ」

水の中でしっかり姫の体を抱き寄せた由利先生が、叱《しか》りつけるように言う。

「いいえ、駄目ですわ。あなた方は男故《ゆえ》、万一、お助かりになることがおありかも分りませんけれど、あたしはとうてい駄目ですわ。でも、でも、あたしこのままでは死にきれない。誰《だれ》かたしかな方に父の発明した無音航空機の設計図の所在《ありか》を打明《うちあ》けておかねば、あたしとても死にきれません。あなた、聞いて下さいまして？」

「よろしい、言い遺すなどと仰有《おっしゃ》ると不吉ですが、万一の場合のために伺《うかが》っておきましょう」

「そして、その設計図を取り出して、国家のお役に立てて下さいます？」

「承知しました。もしも無事にここを出ることが出来たら、必ずそのお約束を果《はた》します」

「ありがとうございます。それでは申しあげます。あたし、その秘密をさっき、青野さんの話を聞いているうちにふいと思いついたのです。父はこの春、向島《むこうじま》のK町に一軒の別荘を新築しましたの。そしてその別荘を、弥生荘と命名いたしました。弥生荘――お分りになりまして、8《ヤ》・4《ヨ》・1《イ》荘です。そして、その別荘の正面には大きな時計台がこしらえてあるんですわ」

「分りました。秘密はその時計台にあるんですね。そしてその秘密を解く鍵《かぎ》が、8時、4時、1時なんですね」

「ええ、たしかにそれに違いないと思います。ああ、もう水が胸まで来ました。あたしはもう駄目ですわ。あなた、いまのこと――お願い――いたします」

歔欷くように呟いたかと思うと、あわれ、弥生姫は、由利先生の腕に抱かれたまま、ぐったりと失神してしまったのである。

ニコラ牧師の危禍《きか》

ああ、遂《つい》に8・4・1の秘密は解けた。弥生姫の父、非業《ひごう》の最期《さいご》を遂げた柚木子爵《ししゃく》が、心血を濺《そそ》いで完成した、無音航空機の設計図のありかはついに判明した。

しかし、それがこの場合、いったい何《な》んの役に立とう。姫から後事《こうじ》を託された由利先生自身、いまや絶体絶命の、恐ろしい死の淵《ふち》をさまよっているのだ。

「お嬢さん、しっかりして、大丈夫《だいじょうぶ》、大丈夫助かります」

と、叫んだものの、由利先生の声にも力はなかった。水は滔々《とうとう》としていよいよ勢いをまし、爪先《つまさき》で立っていても、乳の辺《あたり》まで水浸《みずびた》しだ。押し流されないための努力だけが、この際せいぜいだった。

だが、この時である。

半ば自暴自棄《やけくそ》になって懐中電灯を振り回していた三津木俊助が、ふいに、

「あっ！」

と、嬉《うれ》しそうな叫びをあげた。

「先生、御覧《ごらん》なさい。この地下道の天井《てんじょう》は格子《こうし》になっている！」

その声にはっとした由利先生が、爪先立ったまま上を見れば、なるほど、すぐ頭上の天井は、鉄板で組まれた太い格子になっていて、その格子と格子のあいだには、辛《かろ》うじて人間一人、這《は》いのぼることが出来るほどの隙間《すきま》があいているのだ。

「しめた！　先生、僕ひとつこの格子のうえへ這いあがって見ます」

叫ぶなり俊助は、さっと水からとびあがると、格子のひとつに手をかけたが、すぐするすると上に這いあがった。

「大丈夫です、先生。人間の五人や十人這いあがったところで、折れるような格子ではありません。さあ、早く、早く、弥生さんをこちらへ寄来《よこ》して下さい」

ああ何んという奇蹟《きせき》だろう。救いの手はすぐ頭上にブラ下《さが》っていたのに、今まで彼等《ら》は気がつかなかったのだ。

「よし！」

と、叫ぶなり由利先生、弥生姫の体をさしあげる。

格子のうえより半身のり出した俊助が、その体を抱くよりずるずると、上にひきずりあげる。さあ、これで二人は助かった。あとは、由利先生とニコラ牧師。

「さあ、ニコラ牧師、あなたからお先へ」

「いいや、私はあとでよろしい。私にはいつも神の御加護《ごかご》があるのです。さあ、あなたから先へ」

こんなところで押問答《おしもんどう》をしていてもはじまらない。

「それではお先へ」

叫んで由利先生もパッと水からとびあがると、首尾《しゅび》よく格子につかまったが、あとに残ったのはニコラ牧師。

「ニコラ先生、早く、早く」

の声にうながされ、これまたよろしいとばかりに水からさあーっととびあがったが、ああ、何んということだ、その手は格子までとどかなんだ。

「あっ、しまった！」

と、俊助が叫んだとたん、バチャンと激しい水の音、ニコラ牧師がもんどり打って水中に転落したのだ。

「ああ、大変だ、三津木君、懐中電灯を、懐中電灯を！」

由利先生の声に、俊助はさっと格子のうえより、懐中電灯の光をさしむけたが、そこには黒い水が渦《うず》巻《ま》いているばかり、牧師の姿はどこにも見えぬ。

「先生、僕ちょっと探して来ます」

「三津木君、そんな事して君大丈夫かい」

「大丈夫です、先生。この懐中電灯を照らしていて下さい。帰りみちを間違うといけませんから」

ああ、何んという大胆さ、何んという勇敢さ。俊助は素速《すばや》く上衣《うわぎ》と靴を脱ぎ捨てると、いったん、這いのぼった格子のうえから、再びざんぶと水の中にとびこんだのだ。

格子の上では由利先生、気が気ではない。ニコラ牧師の身の上もさることながら、片腕と頼む俊助の身に万一のことがあってはと思うと、この暗闇《くらやみ》のなかに佇《たたず》んでいる一分間が、まるで一年のような長さに感じられるのだ。しかもその俊助はなかなか帰って来ない。三分と過ぎ、五分と過ぎた。

だが、水に満《み》たされた地下道はシーンと鎮《しず》まりかえっていて、人の気配もない。さっきまで聞《き》こえていた、あの轟々《ごうごう》たる水音も今は全《まった》く消えて、あたりは死の静けさなのだ。

およそ十分間もたってから俊助はやっと帰って来た。

「おお、三津木君か、よく帰って来た。して、ニコラ牧師は？」

「先生、駄目《だめ》です。とうとう牧師の姿は見当《みあた》りませんでした」

俊助は格子のうえに這いあがると身顫《みぶる》いをする。

ああ、あの高徳のニコラ牧師は、あわれ、この水底《みなそこ》の藻屑《もくず》と消えたのであろうか。

「ところが先生、ここに不思議なことがあるのです。御覧《ごらん》なさい、今までふえる一方だった水が、どういうわけか、ぐんぐんと退《ひ》きはじめているんですよ」

俊助の言葉に、あっと驚いた由利先生が、懐中電灯の光で見れば、なるほど、さっきまですぐ足の下に渦巻いていた濁流《だくりゅう》が、いまでは音もなく、しかも恐ろしい勢いでひきはじめているではないか。

「いったい、どうして水がひきはじめたのか分《わか》りませんが、ニコラ牧師は、おそらくこの流れにひきこまれて、どこかへ流されていったにちがいありません。ほら、五寸《すん》、一尺《しゃく》と水は恐ろしい勢いでひいています」

ああ、理由《わけ》は分らなくとも、水がひきはじめたということは、取りも直さず、三人の生命《いのち》の助かったことを意味するのだ。それにしても、気の毒なのはニコラ牧師。

水は一尺、二尺と刻々と減っていって、一旦《いったん》、埋めつくされた階段が、しだいに水面に露出して来る。やがて、下の廊下から三尺ぐらいの高さにまで減水した。

と、この時である。

向《むこ》うのほうから、バチャバチャと水を鳴らして誰《だれ》やらこちらに近附《ちかづ》いて来る様子。

「あ、誰か来る！」

低声《こごえ》で叫んだ由利先生と俊助が、あわてて懐中電灯の光を消した時、

「由利先生！　由利先生はいらっしゃいませんか。三津木さんはまだ生きていらっしゃいますか」

憚《はばか》るようにそう叫びながら、しだいにこちらへ近附いて来る足音。ああ、この地下道で、二人の名前を呼ぶのはいったい何者であろう。

偉《い》なるかな譲少年

「由利先生はいらっしゃいますか。三津木先生はまだ生きていらっしゃいますか」

まっくらな地下道のなかを、殆《ほと》んどいまにも泣き出しそうな声で、そう叫びながら近附いて来る怪しの人物。

漸《よう》やくその声は、三人のひそんでいる格子《こうし》の下までやって来た。

「ああ、ここが地下道のいきづまりだ。ここまで来ても姿が見えないとは、それでは二人とも死んでしまわれたのかしら」

おろおろ声で呟《つぶや》く様子は、どうやら敵ではないらしい。といって、由利先生にも俊助にも、こんな味方があろうとは思い当《あた》らぬ。不審にたえかねた由利先生、

「誰だ、そこへ来たのは誰だ」

思いきって声をかけた。

「あ、由利先生、そういう声は由利先生だ」

「誰だ、君は誰だ!」

叫びながら俊助は、さっと懐中電灯を真下に向けたが、そのとたん、二人は思わずあっとひくい叫び声をあげた。

股《もも》のあたりまで水につかって、ぶるぶる顫《ふる》えながら暗い地下道に立っているのは、意外とも意外、古館譲少年ではないか。

「あ、き、君か!」

二人が唖然《あぜん》としたのも無理はない。黒河内晶子の呟く、あの冥府《めいふ》の声を聞いてとび出した時以来、二人の頭からは完全にこの少年のことは忘れられていたのだ。

「君がどうしてここへ来たのだ」

「お二人のあとをひそかに追って来たのです。そして、お二人が危難に陥入《おちい》っていられるにちがいないと思ったので、一生懸命になって――」

と、あまりにふかい感動に譲少年はいまにも泣き出しそう。

「そ、それじゃあの水が退《ひ》くようにしてくれたのは君だったのか」

「そうです、そうです。でも、そんなことお話ししている場合ではありません。早く、早く」

「よし、いま行く、待っていてくれたまえ」

由利先生と俊助は、すぐさま弥生姫の体を抱いて、格子から階段のうえへ這いおりた。

「譲君、有難《ありがと》う。君はわれわれにとっては生命《いのち》の親だ」

ひしとばかりに左右から手をとられた譲少年は、思わずボーッと顔あからめたが、

「先生、そんなこと言っている場合ではありません。逃げみちは僕が知っています。さあ、早く逃げましょう」

負うた子に教えられるとは全《まった》くこのこと、由利先生と俊助は弥生の体を抱いたまま、水の中を走り出した。

譲少年はふたりの先に立って、長い廊下をあちこちと曲《まが》りながら案内していたが、やがて彼等《ら》の眼《め》のまえには、一本の鉄梯子《てつばしご》が斜《はす》に現れて来た。

「さあ、この梯子を登るのです」

譲少年がその梯子を登る。二人――いや、気を失った弥生をいれて、三人もそのあとから続いたが、やがて、譲少年のひらいた丸い円筒の口から外へ這い出した由利先生と三津木俊助、あたりを見廻《みまわ》して思わずあっと低声《こごえ》で叫んだ。

何《な》んということだ、そこは教会の庭にある、まん丸い池の真中ではないか。それはコンクリートで塗りかためた、円形の巨大な池であったが、その池の中央に、白堊《はくあ》の女神像が佇立《ちょりつ》している。三人が這《は》い出したのは、その女神像の足下《あしもと》だった。

由利先生はあきれたようにあたりを見廻したが、と見れば、池の水はからからに乾上《かわきあが》っているのだ。

「あ、それではさっき流れ込んだのはこの池の水だったのか」

「そうなのです、先生。御覧《ごらん》なさい、この女神像の台座の下に大きな穴があいているでしょう。そこから流れこんだのです」

「しかし、君にはどうしてそんなことが分《わか》ったのだね」

「僕は――僕は悪党が女神の右腕を動かすところを見たんです」

「女神の右腕？　譲君、さあ、話してくれたまえ。君はどうして我々を救ってくれたのだね」

「はい、それは、こ、こういうわけです」

と、譲少年が含羞《はにか》みながら話したところによると、

大体彼のその夜の冒険というのはこうであった。

由利先生と俊助のあとから、麹町の由利先生の宅をとび出した譲少年はそれから、柚木子爵の邸《やしき》へ立《た》寄《よ》って、二人がここへ来るまで、ずっとあとをつけて来たのだ。

ところが二人が教会の中へ入ってしまったので、取り残された譲少年は、仕方なく、そっと教会の裏側へ廻って、この池のふちに佇《たたず》んでいた。

「そうして、およそ十分あまりもここに立っていたでしょうか。すると、ふいに、この女神像がするすると動き出したではありませんか」

あっとばかりに肝《きも》をつぶした譲少年は、あわてて傍《かたわら》の木蔭《こかげ》に身をかくしていると、やがて女神像の足下から、ひょっこり一つの人影が現れた。

人影はきょろきょろあたりを見廻していたが、やがて、女神の右腕に手をかけてぐるぐると廻す。と、驚いたことには、ふいにざあーっと凄《すさ》まじい音を立てて、池の水が減りはじめた。人影はそれを見定めておいて、ざぶざぶと池をわたっていずこともなく姿を消してしまったのだ。

「僕はその後姿《うしろすがた》を見送っておいて、この女神像のそばへ駆けつけて来たのです。そして流れこむ水を止めようと、いろいろ苦心してみたのですが、どうしても止まりません。だが、そのうちに、ふと女神像の左腕が動くことに気がついたのです。それで、いろいろ工夫して、その左腕を廻しているうちに、流れこんだ水がしだいに退《ひ》いていくのが見えました。それで僕、水の退くのを待って、ここから中へ入っていったのです」

ああ、譲少年のこの働きがなかったら、由利先生も三津木先生も危《あやう》く生命《いのち》を落すところだったのだ。それを思えば、どのような感謝の言葉の百万遍《ひゃくまんべん》を述べてもいい筈《はず》だったが、しかし、いま由利先生にはそのいとまがないのだ。先生にはまだ大事な仕事が残っている。

それは弥生荘の、時計台の秘密を探るという、国家的な一大使命なのだ。

時計塔異変

隅田公園から上手《かみて》へのぼること約半里《はんり》あまり、隅田川の流れに沿って、この春頃《ごろ》、不思議な一軒の建物が新築されて、附近《ふきん》の人々や、川を行き交《か》う舟人《ふなびと》の眼《め》を見張らせた。

「いったい、あの建物は何《な》んだね」

「さあ、よくは分《わか》らないが、どこかのお金持ちの別荘だとさ」

「別荘にしちゃ、妙なものを建てたものさね」

行き交う船頭さんたちが、そんな会話に首をかしげたというのも道理、その別荘の裏側、つまり、河に面したすぐ崖《がけ》ぶちに、高い塔が屹立《きつりつ》して、そこに大きな時計が嵌《は》めこんであったが、しかも、この時計というのがいっぷうかわっているのである。

ちょうど鳩《はと》時計みたいに、一時間毎《ごと》に、文字盤のうえにある観音《かんのん》びらきの扉《とびら》がさっと左右にひらくと中から、ぎりぎりと洋装のお姫様人形が現われ、そのお姫様が頭上にブラ下《さが》っている鐘《かね》を叩《たた》くのだ。一時なら一つ、二時なら二つというふうに。そして鐘を叩き終ると、再びぎりぎりと、お姫様人形が中へひっこみ、そして観音びらきの扉はもとの通りぴったり閉まってしまうのである。

「ずいぶん変《かわ》った時計だが、ありゃよっぽどうまく出来ているにちがいないぜ。いままで、ついぞあの時計が狂ったのを見たことがないからね」

筏流《いかだなが》しの船頭が、連れの男に話していたが、その言葉通り、ついぞ、この時計が時間をあやまったことはなかった。雨が降っても風が吹いても、どんな嵐の晩でも、お姫様人形はカーン、カーンと冴《さ》えわたった鐘の音を、水の上にひびかせて、時刻を報ずるのである。

さて、由利先生と三津木俊助が、危《あやう》い生命《いのち》を譲少年に救われてから、凡《およ》そ半時間ばかりの後のこと、ダダダダダとエンジンの響きも軽やかに、この時計台の下へ近附《ちかづ》いてきた一艘《そう》の汽艇《ランチ》がある。

汽艇《ランチ》に乗っているのは、言うまでもなく由利先生と三津木俊助。側には譲少年もつき添っている。

ひと先《ま》ず弥生姫を、最寄《もよ》りの病院へかつぎ込んでおいて、それから直《ただ》ちに、この弥生荘めざしてやって来たのだ。

「あ、先生、向《むこ》うに見えるのがそれにちがいありませんぜ」

「ふむ、そうらしい。なるほど、大きな時計塔が立っている」

汽艇《ランチ》の中から三人は、折《おり》からの月光の中にそそり立っている、この奇怪な時計塔をふり仰《あお》いだが、その時、変なことが起《おこ》ったのだ。

ふいにあの、観音びらきの扉がさっと左右にひらくと、中から現れたお姫様人形が、例によってカーン、カーンと鐘をうち鳴らす。数えて見ると八時である。

「おや」

と、首をかしげた由利先生、

「三津木君、君の時計は何時だね」

「ええと、十時五分まえですよ」

「そうだ、俺《わし》の時計も同じだ。するとあの時計は狂っているのかな。ほら、針《はり》もやっぱり八時をさしているぜ」

と、いいかけて、由利先生はあっと呼吸《いき》をのんだ。

見よ！

その時、あの大時計の針が、まるで気狂《きちが》いのようにぐるぐると廻《まわ》り出したではないか。暫《しばら》く長短二本の針は、まるで戸迷《とまど》いしたように、あちこちと白い文字盤の上を這《は》い廻っていたが、やがて、ピタリと停《とま》ったのは四時。

「八時――四時――、しまった、三津木君！　誰《だれ》か先廻りをしているものがある。そいつが針を廻しているのだ」

由利先生の言葉も終《おわ》らぬうちに、再び、あのお姫様人形が現れてカーン、カーンと四時をうった。

そしてその人形の姿が消えもやらぬうちに、またもや、ぐるぐる針が動き出したと思うと、まさしく示したのは一時である。

と、再び、観音びらきの扉がパッと左右にひらいて、お姫様人形がカーンと一時をうったが、しかし、どうしたものか、今度はそのままじっと停《と》まってしまって、人形は中にひっこもうともせぬ。観音びらきの扉も左右にひらいたままである。

おやと、汽艇《ランチ》の上で三人が、思わず首をかしげた刹那《せつな》、扉の奥から、そろそろと這い出して来た人影があった。

二匹の蜘蛛

河のうえから見れば、この時計はさほど大きいとも思えぬが、事実は直径三間《けん》以上もあるに違いない。その証拠には、いま、観音びらきの奥より這い出した人の姿が、ちょうど、お姫様人形と同じくらいにしか見えないのだ。

怪しの影はじりじりと、お姫様人形の背後に這い寄ると、つと手をのばして、人形の懐中を探っていたが、その時、月光が塔のうえから、その曲者《くせもの》の横顔へすべり落ちた。

「ああ、青野助手だ！」

由利先生が叫んだのと、三津木俊助が汽艇《ランチ》から、ひらりと岸へとび移ったのと殆《ほと》んど同時だ。

「畜生《ちくしょう》！　あいつに奪《と》られて耐《た》まるものか」

俊助は時計塔のふもとに走り寄ると、あたかもよし、生い繁《しげ》った蔦《つた》の蔓《つる》が、塔一面にからみついている。俊助はちょっとその力をためしてみたが、千番に一番のかねあいだ。忽《たちま》ち意を決した如《ごと》く、するすると蔓をつたって登っていくのだ。

驚いたのは塔上の青野助手である。大慌《おおあわ》てに周章《あわ》てた彼は、急いで人形の懐中を探っていたが、やがて、

「あった！　あった！」

と、小さい折鞄《おりかばん》を振りかざしたが、その時だ。あまりの喜びに、われを忘れて躍りあがったのが運のつき、足をふみすべらしたから耐《たま》らない。あっという間に、河の中へ顚落《てんらく》した。

いや、顚落しかけたのだ。

真に危ないその一瞬、夢中でのばした片腕が、一時をさしている時計の短針につかまったから、そこで彼の体はブランと宙にブラ下《さが》ってしまったのである。

「あっ！」

汽艇《ランチ》のうえでは由利先生と譲少年が、思わず手に汗を握った。青野助手は片手に持った折鞄を、ポケットの中に捩《ね》じこむと、必死となって、上へ這いあがろうとする。

しかし、何しろ鏡のようにすべすべとした時計の文字盤のこと、足がかりとては更《さら》にない。ただ、いたずらにじたばたと、両脚《りょうあし》をもがくばかりで、上へ這いあがるすべもないのだ。

と、この時、下からは三津木俊助、蔓をたよりに、しだいしだいに文字盤めざして、這いのぼっていく。青野助手はそれと気がつくといよいよあせった。必死になって縋《すが》りついた時計の針《はり》が、この際彼にとっては、唯一の生命《いのち》の綱だ。

両手にしっかりこの針を握った青野助手は体を海老《えび》のように捩じ曲げて、しだいしだいに足をうえへ持っていく。

二尺《しゃく》、一尺――、もうあと五寸《すん》で、靴の先が針の根元にとどきそうになった。と、ツルリ、すべすべとした文字盤のうえに靴先がすべって、再び彼の体は、ブランと蜘蛛《くも》のようにブラ下る。

蜘蛛――全《まった》くそれは時計塔にブラ下った二匹の蜘蛛だった。しかも、二匹の蜘蛛の距離はしだいしだいに、近附《ちかづ》いていく。俊助は漸《ようや》く文字盤の真下までやって来たのだ。

「三津木君、よしたまえ！　そいつは放《ほう》っておいても、今に下へ落ちて来る。危いから、それ以上、のぼるのを止《よ》したまえ。放っておくがいい」

汽艇《ランチ》の上で、この恐ろしい争闘《そうとう》を眺《なが》めている由利先生は気が気ではない。

由利先生の言葉に、俊助もそこでピタリと登るのを中止した。

「おい、青野――青野とかいったな。いま、人形の懐中から取り出したものをこちらへ寄来《よこ》せ。そうすれば君の生命を助けてやるが、どうだ!!」

俊助の声に、そうっと下を向いた青野の顔は、恐怖のために引きつって、額《ひたい》からは、滝のような汗が流れている。

青野は何か言おうとしたが、舌の根が硬《こわ》ばって、言葉が出ないのだ。それでも彼は、俊助の言葉にしたがう気になったのか、片腕を針からはなすと、そっとポケットのほうへ持っていった。

と、この時である。

さっきから、心配そうに河のあちこちを眺めていた譲少年が、ふいに、

「あ！」

と、叫んで由利先生の腕に縋りついた。

「譲君、ど、どうしたのだ！」

と、由利先生の言葉も終《おわ》らぬうちに、ダダダダと上流のほうより駆け寄って来た一艘《そう》のモーター・ボートが、全速力で塔の下を走りすぎると見るとその瞬間、ボートの中からすっくと頭をもたげたのは、ああ、これぞ覆面《ふくめん》の深夜の魔術師、胸に刺繍《ぬいと》った、あの凶々《まがまが》しい金蝙蝠《きんこうもり》を、陰々《いんいん》と暗闇《くらやみ》に輝かしながら、手に取りあげたのは一挺《ちょう》の銃。

駆けぬけざまにズドンと一発！

「あ！　あ！」

魂消《たまぎ》るような声をあげて、青野助手は時計塔から、真逆様《まっさかさま》に河中へ転落した。

河上の追跡

何《な》んという見事な射撃だったろう。全速力《フル・スピード》で駆けぬけるモーター・ボートの中から、ズドンとばかりに深夜の魔術師のはなった一弾は、あやまたず、塔上の青野助手に命中したのである。

「あーあーあー」

恐ろしい悲鳴だった。

たまぎるような断末魔《だんまつま》のひと声が、長く高く、深夜の空に尾をひいたとみるや、青野助手のからだは、礫《つぶて》のように時計台から落下していった。

ざあーッとあがる丈余《じょうよ》の水煙《すいえん》、ブクブクブクと、暗い水底から湧《わ》きあがって来る白い泡《あぶく》——三津木俊助はそれを見た刹那《せつな》、ゾーッと鳥肌の立つような恐ろしさに打たれる。

深夜の魔術師の、悪魔のような射撃の腕前におびやかされるのは、俊助にとってこれがはじめての経験ではなかった。

いつぞや、青山権田原の暗闇《くらやみ》で、魔術師が丹羽百合子を射殺した時も、場所こそちがえ、やはり全速力で疾走する自動車のなかからであった。百発百中、鬼神《きじん》も三舎《さんしゃ》を避ける腕前とは、全《まった》くこのことにちがいない。

俊助は思わず、時計台にブラ下《さが》ったまま、舌をまいて驚嘆したことだが、それはさておき、こちらは由利先生と譲少年。あまり突然のこととて、さすがの由利先生も手の施《ほどこ》しようがない。唯《ただ》あれよあれよと手に汗握って叫んでいるひまに、深夜の魔術師はふたたび俄破《がば》と、舟底に身をふせると見るや、モーター・ボートはダダダダダと水を蹴《け》って、下流の方へ疾走する。

「しまった！　あいつを取り逃がしては一大事だ！」

由利先生もやっとわれにかえったが、さりとて気になるのは、いま河中に顚落《てんらく》していった青野助手の身のうえ。青野はあの貴重な無音航空機の設計図を身につけているのだ。あれを紛失《ふんしつ》したらそれこそ国家の大損失、といって、この方にかかわっていたら、みすみす、深夜の魔術師を取り逃がさねばならぬ。

心二つに体一つとは全くこの時の由利先生のことであろう。さすがの先生も、すっかり途方に暮れてしまったが、その時、俊助がやっと時計台からおりて来た。

「先生、何を愚図愚図《ぐずぐず》していらっしゃるのです。青野のことは僕が引きうけました。さあ、一刻も早くあのモーター・ボートを追っかけて下さい」

俊助の言葉にやっと万事はきまった。

「おお、三津木君、それでは後を頼んだぞ。それいけ！」

合図とともにダダダダダと、物凄《ものすご》いエンジンの音を立てて、汽艇《ランチ》は河上をすべっていく。

風寒き深夜の隅田川なのだ。

その隅田川の波をけって逃げるのは、これぞ兇悪《きょうあく》無惨《むざん》な深夜の魔術師、追う者はこれ、われらの由利先生と譲少年。逃ぐる者も必死ならば、追う者もこれまた必死の勢い、二艘《そう》の舟はまるで糸でつながれたように、暗い河上を滑《すべ》っていく。

ざあーっ、ざあーっと、冷たい波の飛沫《しぶき》が闇に散って、風をはらんだ空には、星がひとつ、スイと流れた。

間もなくまえのモーター・ボートは吾妻《あづま》橋の下を潜《くぐ》り抜ける。数秒の後には、由利先生を乗せた汽艇《ランチ》も、その下を滑り抜けた。両岸の家も電柱も、走馬《そうま》灯《とう》のようにうしろに吹っとんで、仁丹《じんたん》の広告灯が狂喜の如《ごと》く明滅している。

「おい、運転士君、もっとスピードが出ないのかい。これじゃだんだん引き離されてしまうばかりだぞ」

舷側《げんそく》のレールに取りすがって身を乗り出した由利先生、地団駄《じだんだ》を踏まんばかりに怒鳴り散らす。

「だって、旦那《だんな》、そりゃ無理でさ。モーター・ボートと汽艇《ランチ》じゃ、はなから敵《かな》いっこないのは分《わか》りきってまさあ。これでも汽罐《かま》はいっぱい開けてあるんですぜ。これ以上スピードを出そうとすれば、汽罐が爆発するばかりでさあね」

青筋立てて怒鳴りかえす運転士の言葉に嘘《うそ》はなかった。

いっぱいに開かれたエンジンは、いまにも火を噴かんばかりにブーブー唸《うな》っている。全くはたから見れば狂気の沙汰《さた》としか見えなかったろう。汽艇《ランチ》は大きな図体を、牡牛《おうし》のように揺《ゆさ》ぶりながら、よたよたと危なっかしい歩調《あしどり》で疾走しているのだ。

それに反して、モーター・ボートのほうと来たら、これはまた燕《つばめ》のような軽快さで、スイスイと水を切っていくのだから、由利先生が地団駄を踏んで口惜《くや》しがっても追っつかない。二艘の舟の距離は刻一刻とひらいていったが。——と、この時、天の佑《たす》けか、追跡する者にとって、非常に好都合なことが起こった。

まえのモーター・ボートが、浅野《あさの》セメントのあたりまで来たときである。

ふいに前方から、ダ、ダ、ダ、ダ、ダとゆるやかな音を立てて汽艇《ランチ》がこちらへのぼって来た。しかも、この汽艇《ランチ》たるや一艇《てい》ではなく、うしろに数艘の重い砂利舟《じゃりぶね》を曳航《えいこう》しているのだから、まっすぐには河を登れないのだ。右に、左にと稲妻形《いなずまがた》に河上を縫《ぬ》うて、モーター・ボートの行手《ゆくて》を遮《さえぎ》ったから、ボートは勢い速力をゆるめねばならぬ。

後のほうからこれを見て、雀躍《こおど》りせんばかりに欣《よろこ》んだのは、由利先生。

「そら、うまいぐあいに邪魔者が現れたぞ。今のうちだ!」

勢いこんだ汽艇《ランチ》が、しだいにモーター・ボートに接近していった時である。いままで舟底に身を伏せていた深夜の魔術師が、スックとばかりに起きあがると見るや、ズドン、闇を貫《つらぬ》く銃声とともに、弾丸が舷側をかすめてシューッとうしろの水に落ちた。

笑う人形

「危ない！」

譲少年の肩をかかえた由利先生、いきなりがばと甲板《かんぱん》に身をふせたが、その時またもや、
ズドン！

第二発目なのだ。これは舷側にあたって跳《は》ねかえった。

「わっ、こりゃいけねえ。旦那《だんな》、これじゃうっかり側《そば》へはちか寄れませんぜ」

運転士が亀の子みたいに、首をちぢめて叫んだ時、またもや、ズドン！　第三発目が火を噴いて、汽艇《ランチ》のそばに落下した。

何しろ運転士が怖気《おじけ》ついてしまったのだから、どうにも仕様がない。汽艇《ランチ》はピタリと河芯《かしん》に停止してしまった。

「おい、汽艇《ランチ》をとめちゃいかん。進めろ！　前へやれ！」

「だって旦那、ちかづいていけばズドンでさあ。いかにお上《かみ》の御用《ごよう》だって、やっぱり生命《いのち》は惜しゅうがす。行きたかったら旦那、泳いでおいでなさいよ」

こうなっては始末におえない。甲板に腹這《はらば》いになった由利先生が歯ぎしりをしながら前方を見れば、夜眼《よめ》にもしろく、スックとばかりモーター・ボートに突立《つった》った深夜の魔術師、その胸には陰々《いんいん》として金《きん》蝙蝠《こうもり》の紋章が、闇《やみ》の中にきらめいているのだ。

見《み》す見《み》す、それを眼の前に見ながら、側へよれぬ残念さ、口惜《くや》しさ。

「畜生《ちくしょう》！　畜生！」

譲少年の手を握りしめたまま、由利先生が歯ぎしり嚙《か》んでいるその時、砂利舟《じゃりぶね》はやっとモーター・ボートの側を滑《すべ》り抜けた。と、見るや、深夜の魔術師、再び物凄《ものすご》い勢いで河のうえをとんでいく。

由利先生を乗せた汽艇《ランチ》も、よたよたとその後を追っていった。

こうして二艘《そう》の舟が、隅田川の最後の橋を潜《くぐ》りぬけて、佃島《つくだじま》のあたりまで来た時である。

またもや追跡者にとって幸運が訪れた。モーター・ボートが二股《ふたまた》に別れた河の流れの、左のほうへ、

いまやまっしぐらに駆け込もうとした時である。真暗《まっくら》な河岸《かし》から、ふいにさっと探照灯をひらめかして、一艘の汽艇《ランチ》が躍り出したのだ。

「あっ、水上《すいじょう》警察の汽艇《ランチ》だ」

由利先生が思わず手を拍《う》って叫ぶ。

「ああ、分《わか》りました。先生、これはきっと、三津木さんが電話をかけておいてくれたのに違いありませんよ」

「ふん、そうかも知れない。何にしても有難《ありがた》いぞ、こうなりゃ挟《はさ》み討《う》ちだ」

水上警察の汽艇《ランチ》は、わざと稲妻形《いなずまがた》にあちこちしながら、次第にこちらへ近附《ちかづ》いて来る。モーター・ボートを逃がさぬ用心なのだ。うしろからは、由利先生を乗せた汽艇《ランチ》が、これまた、稲妻形《ジグザグ》と河上を縫《ぬ》いつつ、しだいしだいに進んでいく。

モーター・ボートは今やまったく袋のなかの鼠《ねずみ》も同然、さすがの深夜の魔術師も、これには参ったのか、いつの間にか、だんだん速力をゆるめていた。

「さあ、しめた！　いよいよあいつを捕えることが出来るぞ」

由利先生、雀躍《こおど》りせんばかりに喜んでいる。

やがて、水上署の汽艇《ランチ》がさあーっと白い探照灯の光を、モーター・ボートの上に投げかけた。と、見れば、深夜の魔術師、すでに観念したのか、ハンドルの上に背中を丸くしてかがみこんでいるのだ。その側へ、水上署の汽艇《ランチ》が、ダ、ダ、ダ、ダと、近寄っていった。

「危ない！　気をつけろ、そいつは飛道具《とびどうぐ》を持っているぞ！」

由利先生が大声で叫んだが、折《おり》からの川風に聞《きこ》えなかったのか、向うの汽艇《ランチ》からさっと警官がひとり、モーター・ボートの中にとび移る。警官はいきなり、ぐいと深夜の魔術師の肩に手をかけて抱き起《おこ》したが、その時、世にも変梃《へんてこ》なことが起ったのだ。

何を思ったのか警官は、いきなり、

「ワハハハハ、こいつはどうも！」

叫ぶとともに、軽々と魔術師の体を振り廻《まわ》したから、驚いたのは由利先生。

「ど、どうしたのだ」

叫びながら、ダダダダと水を切って近寄っていくと、

「ああ、あなたが由利先生ですか。これが深夜の魔

術師ですって。いやはや、どうも。ひとつよく御覧《ごらん》なさい」

　言いながら、ひょいとこちらへ投げて寄来《よこ》したものを見て、さすがの由利先生も思わず啞然《あぜん》としてしまった。何《な》んということだ、今のいままで深夜の魔術師だとばかり信じて、夢中になって追っかけていたそのものは、なんと、世にも滑稽《こっけい》なお面をかぶせたひょっとこ人形ではないか。

　ひょっとこ人形はさながら、由利先生を嘲弄《ちょうろう》するかのように、唇《くちびる》をとんがらせて、声のない笑いを笑っているのだった。

　だが、それにしても深夜の魔術師が、いつの間にどうしてこのような人形に変《かわ》ったのであろう。由利先生はかた時も、まえのモーター・ボートから眼《め》を離さなんだはずだのに。

「先生、分りました。さっき砂利舟があいだに割りこんで来た時に、深夜の魔術師は河の中へとび込んだのにちがいありません」

　譲少年が、がっかりしたように呟《つぶや》いたが、なるほどそういえば、あの時、ほんのちょっとだったけれど、由利先生たちはまえのボートを見失ったのだった。

「ああ、しまった。まんまと一杯食わされたか。今となっては後の祭《まつり》だ」

　由利先生もがっかりしたように大きく肩をゆすぶったが、そこへ上流のほうから三津木俊助がモーター・ボートを走らせて駆けつけてきた。

「先生、深夜の魔術師はどうしました」

「残念ながら取り逃がしたよ。それより三津木君、青野の死骸《しがい》は見附《みつ》かったかい」

「それがどうしても分らないのです。夜が明けたらもう一度、警察の手を借りて、河上を大捜索しなければなりますまい」

　しかし、その大捜索の結果もむなしく、ついに青野の死骸はどこからも発見されなかった。深夜の魔術師はともかくとして、あの貴重な設計図を身につけた青野の死体は、いったいどこへ流れていったのだろう。

　それをお話しするためには、時計の針《はり》を少しばかり前に戻さねばならぬ。

河底の密漁者

　由利先生と譲少年が、夢中になって深夜の魔術師を追跡していた、ちょうどその頃《ころ》のことである。

　二人をのせた汽艇《ランチ》が、あの砂利舟に出会った浅野セメントのあたりに、一艘《そう》の小舟を泛《うか》べて、ひそひそと闇《やみ》の中で話をしている三人の男があった。

「おい、磯貝《いそがい》、それじゃボツボツ始めようじゃないか」

「おっと、合点《がってん》だ。今夜は俺《おれ》の潜《もぐ》る番だったなあ。どうでも今夜はひとつ、何か素晴らしい獲物《えもの》にありつきたいものだ」

「そりゃお互い様だ。この頃のような不漁《しけ》じゃ、碌《ろく》にうまいものも喰《く》えねえ。頼むから金目《かねめ》のものを探して来てくれ」

「考えてみると、いままでいつでも、磯貝の奴《やつ》は運がいいから、今夜もひょっとすると、素晴らしいものを探りあてて来るかも知れないぜ」

「兄哥《あにき》、おだてなさんな。ふふふふふ、それじゃひとつ、黄金《きん》の伸棒《のべぼう》でも拾って来るかな。――おや兄哥、ありゃ何んだい」

　磯貝という若者が、ふいに叱《し》っと二人の者を制した。

「誰《だれ》か水にとび込みやがったぜ。身投げかな」

「あっ、あのモーター・ボートからだ。叱っ、黙ってろ、こっちへ泳いで来るぜ」

　三人の者はいっせいに、舟のうえに身を伏せる。と、それとは知らぬ泳ぎ手は、水面下二、三尺《じゃく》のところを潜って、音もなくしだいにこちらへ泳いで来るのだ。

　やがて、ズブ濡《ぬ》れになった頭が、三人の眼《め》と鼻の先へヌーッと突き出したが、そのとたん、相手はあっと低い叫び声をあげると、再び水中へ潜りこんだ。と、思うと、スイスイと水を切って、彼等《ら》から遥かはなれた岸壁に泳ぎつきそのまま、いずこともなく姿をくらましてしまったのである。

　後には三人の者が茫然《ぼうぜん》として顔を見合《みあわ》せる。

「兄哥、いったいあれは何んだろう。こちとらの顔を見て、びっくりして逃げていきやがったぜ」

「何んだか、いやに色の白い男だったなあ」

「それに、ずいぶん大男だ。おや、あれを見ねえ。

いまあいつの跳《と》びこんだモーター・ボートの後を、気狂《きちが》いのように汽艇《ランチ》が追っていくぜ」

「分《わか》った、分った。あいつ誰かに追っかけられているんだ。ほら、さっき砂利舟がここを通ったろう。あの砂利舟で見えなくなった隙《すき》に、水の中へ飛びこみやがったのに違いねえ。ひとつ、あの汽艇《ランチ》に知らせてやろうか」

「よしねえ、よしねえ。こちとらだって、あんまり明るみへ出られる体じゃねえ。こんなところで、何をしているって訊《たず》ねられて見ねえ。答えに困《こ》まらあな。それより、そろそろ仕事に取りかかろうじゃねえか」

「おっと、そのこと、そのこと。それじゃ磯貝、支《し》度《たく》をしねえ」

支度というから、何をするのかと思えば、舟底から取り出したのは、一揃《ひとそろ》いの潜水服なのだ。さっきからの話の様子で察するに、この三人連れというのは、深夜ひそかに、隅田川の川底に潜りこんでそこに転がっているものを、拾いあげるのを仕事としているものらしい。

なるほど、舟の往来の烈《はげ》しいこの川底には、随分《ずいぶん》いろんな物が沈んでいよう。鉄屑《てつくず》などはざらのこと、ひょっとすると、金の指輪ぐらい落ちていないものでもない。それにしても、何んという奇妙な職業だったろう！

「それじゃ兄哥、ポンプのほうはよろしく頼むぜ。何か見附《みつ》かったらすぐ縄を曳《ひ》くからな。この間みたいに居眠りしちゃ困るよ。あの時ゃ、危《あや》うくお陀仏《だぶつ》になるところだった」

防水服に身を固めた磯貝は、やがてスッポリと潜水帽を頭からかぶると、防水カンテラを片手に提《さ》げて、やがてのっしのっしと水の中へ沈んでいく。全《まった》く生命《いのち》がけの仕事なのである。

舟のうえでは二人の男が、ギーコ、ギーコとポンプを漕《こ》いで、空気を送ってやりながらひそひそ話。

「あいつは妙に運がいいから、今夜も何か金目なものを拾いあげるぜ」

「どうかな、そうは問屋が卸《おろ》すめえ。しかし、この職業も、危ねえばっかりで、はなほどボロい儲《もう》けがなくなったな。俺《おり》ゃそろそろいやになって来たぜ」

「兄哥のように、そう飽《あき》っぽくちゃいけねえやな。ほら、いつかのように、タンマリお宝を持ったお客様に突き当らねえものでもねえ」

「そうそう、ありゃ酔っ払って吾妻橋から転げ落ちたという話だが、革の紙入《かみいれ》に三百円、あの時ゃゾッとしたなあ」

「そうよ、屍骸《しがい》はこちらでこっそり片附《かたづ》けて、お宝だけは頂戴《ちょうだい》してしまったんだが、ありゃどこかの医者だと新聞に出ていたぜ」

　なるほど、こんな悪事を働いているから、彼等は明るみに出られないのである。

「それにしても土左衛門《どざえもん》にも三通りあるな。本浮《ほんう》き、中浮《ちゅうう》き、それから底を這《は》って流れて来る奴よ。——おや、綱を曳《ひ》いたぜ」

「よし、あげてやれ。おや、こいつは滅法《めっぽう》重いぜ。しめた、何か素晴らしい獲物があったにちがいないぜ」

　手繰《たぐ》り寄せる綱の先から、ヌーッと浮かびあがって来た磯貝が、片手にしっかと抱いているのは、ああ、まぎれもない、青野助手の屍骸だった！

「あ、お客様か」

　急いでそいつを舟のうえに引きあげた二人の男、青野の懐中探ってみて、

「兄哥、何やら、大きな折鞄《おりかばん》を持っているぜ」

「よし、このまま家へ持って帰ろう。愚図愚図《ぐずぐず》していて人眼《ひとめ》にかかっちゃ面倒だ」

　と、三人の曲者《くせもの》は、青野助手の死体を乗せたまま、いずこともなく漕ぎ去った。

跛の使者

「それじゃ、先生、どうしても青野さんの死体はあがりませんの」

　涙ぐんだ眼で、じっと由利先生の顔を見上げたのは、柚木子爵《ししゃく》の令嬢弥生姫。

　あの河上の大追跡があってから、今日でちょうど三日目。聖《セント》ニコラス教会の水責めから救われた弥生姫は、やっと起きあがれるようになっていた。

「そうです。警察の手で必死となって、隅田川の上下を浚渫《しゅんせつ》してみたのですが、どうしても死体はあがりません。こうなると、あいつはもう海へ流れこんで、鱶《ふか》の餌食《えじき》にでもなったとしか思えません」

「まあ、そうするとお父様の発明はどうなるのでしょう！　あの人と一緒に、水中に没してしまったの

でしょうか。ああ、お父さま、お父さま、あなたがあのように苦心をなすった発明だのに！」

弥生はよよとばかりに咽《むせ》び泣く。

「いや、何《な》んとも申上《もうしあ》げる言葉もありませんが、いまのところ、そうとしか考えられません。国家にとっては実に千載《せんざい》の痛恨事ですがこうなると天佑《てんゆう》を待つより仕方がありません」

「天佑ですって？」

「そうです。青野の死体が、どこかの海岸へでも打ちあげられないかと、それを待つばかりです」

「ああ！」

弥生姫の歎《なげ》きを見るにつけても、由利先生は暗然として眼をしばたたいたが、その時、ふと思い出したように、先生は居《い》ずまいを直した。

「ところで、お嬢さん、俺《わし》はどうも不思議でならんのだが、青野はどうしてあの時計塔の秘密を知ったのだろうな。お嬢さん、あなたがあの男に話したのですか」

「いいえ、滅相《めっそう》もない！」

弥生姫は烈《はげ》しく首を振りながら、

「あたしがどうして、そんなことを話すものですか。あたしが打明《うちあ》けたのは、先生ばかりでございますわ。いえ、先生と三津木先生、ああ、それから、あの時、ニコラ牧師も聞いていらっしゃいましたわね」

「そう、その三人よりほかに、時計塔の秘密を聞いた者はない筈《はず》なのじゃ。それだのに、我々があの地下室から抜け出して、すぐその足で時計塔へかけつけてみたら、ちゃんと青野の奴《やつ》が先廻《さきまわ》りをしていたではないか。いや、青野ばかりじゃない。深夜の魔術師もじゃ。そうすると、どうしてもあの地下道に誰《だれ》かいて、あんたの話を偸《ぬす》み聴《ぎ》きしていた者があるとしか思えん」

「だって、そんなはずはございませんわ。あの時、あたしの側《そば》にいたのは、先生と三津木先生、それから、ニコラ牧師のお三人きりですね。しかも、ニコラ牧師は、その話を聞くと、すぐ水の中に落ちて。

——」

「あっ！」

何を考えたのか、その時ふいに由利先生が、スックとばかり立ちあがったのである。

「あら、先生、どうかなさいまして？」

「いや、何《な》んでもない。だが牧師はあれからどうし

たろう。俺《わし》はすっかりあの人のことを忘れていたが
……」

「あら、牧師のことなら、心配なさることはありませんのよ。あの方、昨日も宅《たく》へお見舞いに来て下さいましたわ」

「何んですって？　するとあの人も無事に助かったのですか」

「ええ、そうなんですって。何でも危《あやう》く溺《おぼ》れるところを、俄《にわ》かに水が退《ひ》いたものだから、やっと助かったんですって。私にはいつも神の加護《かご》があるって、自慢していらっしゃいましたわ。もし、お会いになりたかったら、お待ちになって下さいまし。近いうちに、慈善市《バザー》をお開きになるとかで、その打合《うちあわ》せのために、今日もお見えになる筈でございますの」

「ああ、そうですか。いや」

と、由利先生はちらと懐中時計を出してみて、

「またこの次《つ》ぎにしましょう。今日はほかに約束もありますから」

と、先生は俄かにソワソワと帰っていったが、それと殆《ほと》んど入れちがいに、女中が一枚の紙片を持って来た。

「お嬢さま、こういう人がお眼にかかりたいと申して、玄関へ参っておりますが」

「どなた？」

と、その紙片を手に取ると、拙《つたな》い金釘流《かなくぎりゅう》の女文字で磯貝鈴江《すずえ》としたためてあった。

「磯貝鈴江さん？　さあ、聞いたことのないお名前だが、どんな方？」

「はい、十五六の、見すぼらしいなりをした跛《びっこ》の娘さんですけれど、何かしら、非常に大事なことをお嬢さんにお報《し》らせ申上げねばならぬといって、おお、そうそう、これをお見せしてくれといっていました」

何やら符牒《ふちょう》のようなものを記した紙片を渡されて、弥生姫はちょっと小首をかしげたが、何か思いあたるところがあったか、俄かにはっと顔色をかえたのである。

廃船の惨劇

「あなたが磯貝鈴江さんね。あたしが弥生よ。さあ話して頂戴《ちょうだい》。あなたはどこでこの紙片《かみきれ》を手にお入れ

になったの？」

「お嬢さま、それにお見憶《みおぼ》えがございますか？」

小鳥のようにおどおどと落着《おちつ》きのない眼《め》つきで、弥生の顔を偸視《ぬすみみ》たのは、いかさま、よれよれの着物を着た、見るも哀《あわ》れな跛《びっこ》の少女。

油気《あぶらけ》のない髪の毛は、赤くそそけて、手脚《てあし》も垢《あか》じみて見えたが、しかし、その眼にはどこか天使のような清らかさがあった。

「えええええ、存知《ぞんじ》ておりますわ。この符牒《ふちょう》こそ、お父様が発明にお使いになった記号ですわ。あたし、とてもこれを探していますのよ。このほかにも、もっと沢山《たくさん》書類があったでしょう。さあそれを教えて頂戴」

「お嬢さま、あたし、それをお話しに参りましたの。でも、お嬢さまがはっきりお約束して下さるまでは、何も申上《もうしあ》げることが出来ませんの」

少女は何か仔細《しさい》ありげに、悲しく面《おもて》を伏せる。

「ええ、どんなことでもお約束しますわ。で、どういうことなの」

「先《ま》ず、第一に、誰《だれ》にもあたしの来た用事というのをお話しにならないで、唯《ただ》黙って、あたしについて来て戴《いただ》きたいんですの。それからもう一つは……」

「もう一つは？」

「あの、お金のことなんですけれど」

と、少女は心苦しく言い渋る。

「ああ、お金が要《い》ると仰有《おっしゃ》るのね。えええええ、あの書類さえ手にかえるなら、いくらだって差上《さしあ》げますわ。で、どのくらい欲しいと仰有いますの」

「あの、――五千円持って来て戴きたいと兄が申しますの」

「あら、お兄さま？　それじゃ、お兄さまがいまその書類を持っていらっしゃいますのね」

「ええ」

少女は俄《にわ》かにハラハラと涙を落《あと》した。

「兄はいけない人ですの。お嬢さまの大切な書類を手に入れたというのも、人にはいえない悪い方法で手に入れたんですわ。そして尚《なお》そのうえに、お嬢さまから、五千円ものお金をせびり取ろうとするんですわ。ほんとうをいえば、あたしこんなお使いいやでいやで耐《た》まりませんの、お嬢さまと御一緒に、警察へお届けするのが本当なんですわ。でも、でも、お嬢さま、堪忍《かんにん》して下さいまし、悪い人でもあたしにはたったひとりの兄でございますから」

　少女はわっとばかりに泣き伏した。この見すぼらしい少女こそ誰あろう、あの奇怪な河底の密漁者、磯貝という潜水夫の妹にちがいなかった。

「分《わか》りましたわ」

　弥生姫は胸をつかれたように、

「あたし、何もお訊《たず》ねしやしませんわ。ね、あたしはただ、あの書類さえ返して戴けばいいんですの。だから、決して誰にも喋《しゃべ》りやしませんわ。さあ、お兄様のところへ連れていって頂戴」

「まあ、それじゃ、こんな我《わが》ままをきいて下さいますか。ええ、ええ、お嬢さまの身に決して間違いのあるようなことは致しませんわ。それだけはあたしを信じて下さいまし」

「有難《ありがと》う。だけど五千円といえば大金ですから、いまここにはありませんの。あなた、銀行までついていって下さる?」

「ええ、お供《とも》いたします」

　と、いうような事から弥生姫は、まだ知らぬこの少女とともに、一緒に出かけることになったのだが、二人が連れだって玄関まで出た時、向《むこ》うからバッタリやって来たのはニコラ牧師。

「おや、お嬢さん、お出掛けですか」

　と、怪しむように二人の姿を見較《みくら》べる。

「あら、先生、あたし急に出掛けねばならぬことが出来ましたから、今日はこれで失礼いたします」

　と、挨拶《あいさつ》もそこそこに外へ出ていく二人の姿を、ニコラ牧師はあっけに取られたように見送っていたが、こちらは弥生姫と鈴江だ。

　銀行でうけ取った五千円の金を懐中に、やって来たのは、隅田川の支流、小名木川《おなぎがわ》のかたほとり。その河べりの草っぱらに、一艘《そう》の廃船が雨ざらしになって横たわっている。

「お嬢さま、こちらでございますの」

「まあ」

　弥生姫は思わず眼を見張って、

「これがあなたのお住居《すまい》ですの」

「ええ、そうなんですの」

　と、鈴江は傾いた甲板《デッキ》にあがると、ペンキの剝《は》げたドアをひらいて、

「兄さん、お連れしましたよ」

　と、声をかけた。

と、声に応じておおとばかりにこちらに振りかえったのは、多分、前祝いであろう、テーブルを取り囲んで酒を飲んでいた三人の荒くれ男。弥生姫はそれを見ると、はや足もすくむ思いなのである。

「はははは、お嬢さん、何も怖《こわ》がることはねえ。で、妹の奴《やつ》が話したものは持って来てくれたろうな」

「はい」

「そうかよしよし、それじゃ金とひきかえだ。この折鞄《おりかばん》を持っていきねえ」

　どさりと投げ出されたのは、ああ、まがうべくもない、父上、柚木子爵《ししゃく》の秘蔵の鞄。

「そん中に、おめえの親父の名が書いてあったから、妹の奴を使いにやったんだ。さあ、金をこちらへ貰《もら》おうぜ」

「どうぞ」

　ふるえながら弥生姫が、金を渡して折鞄を取りあげた時である。だしぬけにメリメリと廃船の屋根を踏む音。

「あっ！　何《な》んだ、ありゃ」

　脛《すね》に傷持つ三人は、思わず顔色《がんしょく》変えて立ちあがったが、その間もあらせず、ぬうっと通気孔から覗《のぞ》いた銃口。

　ダン、ダン、ダン！

　続けざまに三発、ざあーっと赤い火を吐いたと見るや、うわっと叫んで三人は、将棋倒しにテーブルのうえにのめってしまった。

「あれ、お嬢さま！」

　跛の鈴江が、弥生のからだに、ひしとばかりに武《む》者《しゃ》ぶりついたその面前へ、窓を蹴《け》破《やぶ》り、さっと躍りこんで来たのは、いわずと知れた髑髏《どくろ》仮面の深夜の魔術師。弥生はジーンと全身の血が凍るような驚きにうたれてしまった。

仮面落つれば

　弥生姫は全身の毛孔《けあな》という毛孔から、一時にどっとねばっこい脂汗《あぶらあせ》が噴き出して来る感じなのだ。

　ああ、何《な》んということだろう、父上柚木子爵《ししゃく》が心血をそそいで完成したまいし、無音航空機の設計図が、いま将《まさ》に手に入らんとするその間際に、又《また》してもあの髑髏仮面なのだ。忌《いま》わしい深夜の魔術師なのだ。

恐ろしいことはむろん恐ろしかった。

しかし、過ぐる日よりの積もる怨《うら》みと怒りが、恐怖をさえも押しのけてしまったのだ。姫はきりりと柳眉《りゅうび》を逆立《さかだ》てたまま、あの折鞄を死んでも離すまじとばかり、しっかり胸に抱きしめている。

「ああ、おまえなのね、おまえなのね。又この折鞄を奪《と》りに来たのね。いいえ、渡しません、渡しません、もし、これが欲しいというのなら、さあそのピストルでひと思いにあたしを殺しておくれ。殺してからこの折鞄を持っていって頂戴《ちょうだい》」

「あれ、お嬢さま、お嬢さま」

跛の鈴江は、必死となって弥生姫に縋《すが》りついた。彼女にはまだ、ほんとうの事情はわからなかったけれど、言いようのない恐ろしい相手の仮面から、何かしら、姫の身に容易ならぬ危険が迫って来たことを、本能的に覚《さと》ったのだ。

姫をここへ誘《おび》き出したのは自分なのだ。そうすると、取りも直さず、自分が姫を、この危険に落《おと》しいれたのではないか。救わねばならない、何んとかして姫を無事に救い出さねばならない。

鈴江は必死の面持《おもも》ちで姫のまえに立ちはだかった。

「おまえは一体誰《だれ》なの。さあ、向《むこ》うへ行っておくれ。お嬢さまの体に指いっぽんでも指すと、そのままにはしておかないよ」

深夜の魔術師はせせら笑うように肩をすくめた。肩をすくめながら、威嚇《いかく》するようにピストルを指先で弄《もてあそ》んでいる。そのピストルの銃口《つつぐち》からは、まだブスブスと、きな臭《くさ》い煙硝《えんしょう》の匂《にお》いが立ちのぼっているのだ。

「あれ、鈴江さん、危ないからお退《ど》きなさいよ。この人は悪魔よ、人を殺すぐらい何んとも思わない大悪人よ。あなたの身に間違いがあってはなりません、さあ、早く逃げて頂戴」

「いいえ、お嬢さま、何を仰有《おっしゃ》るのです。あなたをこのままにしておいて、どうしてあたしが逃げることが出来ましょう。それにこの男は兄の敵《かたき》よ。摑《つか》まえて警察へつき出してやらねばあたしの気がおさまりませんわ」

思い立てば少女といえども、鬼神《きじん》のような勇気が出るのだ。鈴江は素速《すばや》く船内を見廻《みまわ》したが、と、その時、眼《め》についたのは一本の鉄の棒だ。これを取るより早く、いきなり発矢《はっし》と深夜の魔術師めがけて降りおろす。

「危ない！」

弥生は思わず呼吸《いき》をのむ。

と、その途端鈴江の体がきりきりと一本足で独楽《こま》のように回ったかと思うと、どしんと窓際にぶつかった。むろん、鉄棒は魔術師のためにもぎ取られてしまった。えものなくして、かよわい少女の身のどうして大の男に刃向《はむか》うことが出来よう。

鈴江は紙のように色青褪《あおざ》めたまま、血の出るように唇《くちびる》を噛《か》みしめる。

こうして邪魔者がいなくなれば、あとは魔術師対弥生姫の一騎討《いっきう》ちなのだ。

ああ、それにしても何んという恐ろしい一騎討ち！　一方は兇悪無惨《きょうあくむざん》な深夜の魔術師、一方は深窓《しんそう》に育った高貴の姫君。

その魔術師は今や、ピストルをまえにつきつけたまま、じりじりとこちらへ迫って来る。姫は真蒼《まっさお》になりながら、それでも必死となって折鞄を抱いたまま、じりじりと後退する。

ああ、こうしているうちにも、さっきの銃声をきいて、誰か駆けつけて来てくれはしないかしら。――

姫は小鳥のように胸をふるわせながらも、船外の物音に耳をすましていたが、その願いも水の泡《あわ》、生《あい》憎《にく》、この廃船の外は、一方が隅田川に注ぐ小名木川、そしてそのほかはすべて、草蓬々《ぼうぼう》と生いしげった広い野《の》っ原《ぱら》なのだ。

誰ひとり、さっきの物音を怪しんで、駆けつけて来る者はない。

「ああ！」

姫の唇からはついに悲鳴がもれた。情けなやピッタリ背が、船室の壁に吸いついて、これ以上、もう一歩も退《ひ》くことは出来ないのだ。

絶体絶命！

と、見るや、深夜の魔術師、飛鳥《ひちょう》の如《ご》く身おどらせて、姫の体に躍りかかると、無理無体に折鞄を奪《と》ろうとする。

「あれえ、誰か来てえ」

姫も一生懸命なのだ。

生命《いのち》より大事なこの折鞄、取られてならじと、飽《あ》迄《まで》、胸に掻《か》い抱《いだ》いたまま離そうとはしない。大の男とかよわい女の身では、はじめから勝負は分《わか》っていたが、それでも必死というものは恐ろしい。

しばらく揉《も》みあっているうちに大変なことが起《おこ》った。魔術師が顔にかけた、あの恐ろしい髑髏の仮面が、どうしたはずみか、はらりと落ちたのだ。

「あっ！」

魔術師が叫んだが遅かった。

姫も――そして鈴江もその顔を見たのだ。ああ、その顔、魔術師のその正体。

「あれえ、あなたは！」

姫が叫んだのと、ズドンとピストルが火を吐いたのと殆《ほと》んど同時だった。

「あっ！」

と、叫んで倒れたのは、しかし、姫ではなかった。あの可憐《かれん》な鈴江なのだ。鈴江はひと眼、魔術師の顔を見るより、あまりの恐ろしさに、廃船の窓より外に逃げ出そうとしたが、その時魔術師の放った一弾のために、もんどり打って窓外《そうがい》の、川の中へと顚落《てんらく》していったのである。

姫はそれを見るより、ウームと折鞄を抱いたまま、その場に気を失ってしまったのであった。

「しまった！」

と、叫んだ魔術師は、姫の体はそのままに、あわてて仮面をつけ直すと、窓の外へ寄って見たが、下には黒い川水が、どろんと澱《よど》んでいるばかり。やがて、その川底から煙のように赤い血と、白い泡がブクブクと湧《わ》きあがって来るのを見て、魔術師ははじめて、ほっとしたように仮面の下の汗を拭《ぬぐ》うのであった。

ニコラ牧師の説教

それにしても、小名木川の川底に沈んだ鈴江はその後どうなったか、また、廃船のなかに気を失った弥生姫の運命はいかに――。

それ等《ら》は暫《しばら》くさておいて、こちらは柚木子爵《ししゃく》の邸《やしき》では――。

その夜、姫が行方《ゆくえ》不明になったというので、上を下への大騒ぎ。忽《たちま》ち、警察へこのことが知らされる。警視庁からは、お馴《な》染《じ》みの等々力警部が出張して取《と》調《しら》べたが、皆目《かいもく》姫の行方は分らない。

分っていることは、磯貝鈴江と名乗る跛《びっこ》の少女と共に邸を出ていったということ、途中銀行へ立ち寄って、五千円という大金を引き出していったということ、ただそれだけなのだ。それから後の、姫の消息については全然不明なのである。

だが、そうしているうちに、小名木川の側《そば》の廃船のなかで、三人の男がピストルで撃ち殺されているという情報が入った。しかもその中のひとりは磯貝という人物で、彼にはひとり、跛の妹があるということまで判明した。

してみると、姫が出向いたのは、この廃船ではあるまいか。――とそこまでは略々《ほぼ》想像がついたが、さてそれから後、いったい、どんな事が起《おこ》ったのかさっぱり分らないのだ。

「深夜の魔術師だよ。きっと、あいつの仕業《しわざ》にちがいないぜ」

こういう消息を、等々力警部から受取《うけと》った由利先生は、麹町三番町にある自宅の一室で、思わず三津木俊助と顔を見合《みあわ》せた。

「小名木川のほとりで殺されていた三人の男というのは、きっと、青野助手の屍骸《しがい》を見附《みつ》けてあの折鞄《おりかばん》を手に入れたのだ。そして跛の鈴江が使者に立って、そのことを弥生姫に報《し》らせたのだ。そこで弥生姫は、折鞄を買い戻すつもりで、五千円持って、廃船へ出向いていった。ところが、深夜の魔術師が早くもそれと知ったので、乗り込んでいったのだよ」

「しかし、先生、深夜の魔術師はどうしてそのことを知ったのでしょう。姫は誰にもそのことを言わずに出ていったというのに――」

「なに、そりゃ何《な》んでもない。今にその謎《なぞ》はすぐ解けるよ」

由利先生はそういいながら、卓上にあった一枚の鳥の子紙の案内状を、くるくると指先で弄《もてあそ》んでいる。

その案内状というのは、明日、聖《セント》ニコラス教会で催される筈《はず》の、大慈善市《バザー》への招待状なのだ。由利先生が、無意識にその案内状を弄んでいる時、コツコツと扉《ドア》を叩く音。

「誰《だれ》？　おはいり」

由利先生が声をかけると、スーッと扉がひらいて入って来たのはあの片腕の黒河内晶子。

「おや、晶子さん」

俊助はびっくりしたように腰をあげると、

「どうしたのですか、その後体の具合は如何《いかが》ですか」

「有難《ありがと》うございます。おかげ様で」

晶子は淋《さび》しそうな微笑を唇《くちびる》のはじに刻むと、

「先生、きょうはこの間のお話のつづきをしに参りましたの」

「この間の話のつづきですって？」

「ええ、そうですわ」

晶子は大儀《たいぎ》らしく、すすめられた椅子《いす》に腰をおろすと、

「この間、先生は丹羽百合子さんを御存知《ごぞんじ》かと仰有《おっしゃ》いましたわね。そうして、どこであの方と知りあいになったかとお聞きになりましたわね」

「あ、そうだ」

ふいに由利先生が思い出したように叫んだ。

読者諸君もおぼえていられるだろう。いつかの夜、黒河内晶子はいままさに、その事を話そうとしていた瞬間、あの恐ろしい催眠術《さいみんじゅつ》にかかって眠ってしまったのだ。そして彼女の口から、弥生姫の危難を知った由利先生と三津木俊助は、そのまま家を跳出《とびだ》してしまったので、今迄《まで》、ついに肝腎《かんじん》の質問に対する答えを聴く機会がなかったのである。

由利先生は俄《にわ》かに熱心の色を面にうかべ、

「してして、どこで丹羽百合子とお識合《しりあ》いになったのですか」

「聖ニコラス教会ですの」

「え？　聖ニコラス教会！」

俊助は思わず、由利先生の手にある鳥の子の案内状に眼《め》を落《お》とした。

「ええ、そうですわ。百合子さんもあたしもあの教会の信者でした。そして、いつもニコラ牧師のお部屋で、お説教を伺《うかが》いましたの」

「ほほう、すると君もニコラ牧師の信者でしたか」

「ええ、そうですの、ところで、先生、あたしが是《ぜ》非《ひ》お話ししたいと思いますのは――」

と、晶子は俄かに身をふるわせると、

「いつか、百合子さんがあたしに打明《うちあ》けた話なんですの、百合子さんが仰有《おっしゃ》るのに、あの方、ニコラ牧師の尊《とうと》い御説教を聴いていると、いつもこう何んだか頭がぼんやりして、夢のような気持ちになるんですって。ところが先生、百合子さんがお亡くなりになってからというもの、今度はあたしが、どうかすると、ニコラ牧師の御説教のうちに、何んだか夢のような気持ちになることがございました。それは実

に、何んともいいようのない妙な気持ちで、ちょうど、あの催眠術に罹《かか》っているときと、ソックリ同じなんですの」

聴いて由利先生と俊助は、ゾクリとしたように顔を見合せる。

「有難う、晶子さん、よくその話をしてくれましたね。ところで事のついでにもう一つお訊《たず》ねしますが、あなたはもしや、同じく聖ニコラス教会で、柚木子爵の助手の、青野という青年に会ったことはありませんか」

「ええ、度々《たびたび》ございますわ。あの方はニコラ牧師の熱心な信者でいらっしゃいましたわ」

由利先生と俊助は、ここに至って、死人のように顔色蒼褪《あおざ》めたのである。

ああ、ニコラ牧師！　世間の崇拝《すうはい》を一身に受けているニコラ牧師の周囲に、かくして、疑惑の雲がしだいに濃くなっていく。ニコラ牧師とは果《はた》して善か悪か！

薔薇人形の囁き

今日は聖ニコラス教会の大慈善市《バザー》だ。

この慈善市《バザー》というのは、ニコラス教会の修築基金を募集するために開かれたものだが、何がさて、上流社会に多くの信者を持つニコラ牧師のこと、その盛大なことは今更《いまさら》ここに申し述べる迄《まで》もない。

恰《あたか》もよし、今日は朝からの上天気、空には慈善市《バザー》の標識なる軽気球が未明よりあがって、教会の庭いっぱいに蜘蛛手《くもで》に張りめぐらされた五色《ごしき》の万国旗《ばんこくき》、あちこちにしつらえられた模擬売店、それらの売店に立つ売娘《うりこ》というのは、これすべて上流社会の夫人令嬢。

さて、十時頃《ごろ》になると、続々として客が詰めかけて来る。客といっても、慈善のために物を買うお客様だから、すべてお金持ちばかりで、しかも女が多かったから、教会の庭は時ならぬお花畑に一時にパッと花が咲いたよう、その美しいこと、賑《にぎ》やかなことといったらお話にならない。

そういうお客のなかに立ちまじって、ニコラ牧師は、持ちまえの柔和《にゅうわ》な愛嬌《あいきょう》をふり撒《ま》くのに余念がなかった。黒い僧服がピッタリと身に合って、首にかけた銀の十字架も尊《とうと》く、今日はまたひとしお、信者の信仰をそそるかと思われる。

牧師は客の多いのに満足した。また、品物の売行《うれゆ》きがよいのにひとしお喜んだ。一つでも多く品物が売れれば、それだけ浄財《じょうざい》が殖《ふ》え、そして教会が立派に修復出来ると共に、ひとりでも多くの貧しい同胞を救うことが出来るのである。

「先生、きょうはほんとに盛会で結構でございますわね」

信者のひとりなる夫人が、いかにも喜ばしげにそういうと、

「ええ、おかげ様で、――これも皆、神の思召《おぼしめ》しでございます」

流暢《りゅうちょう》な日本語で答えながら、牧師は恭々《うやうや》しげに十字を切った。

「ほんとうでございますわ。神様の思召しと同時に、先生のお徳でもございますわ」

「いえいえ、私など、どう致しまして、みんな信者の方のお骨折りでございますすじゃ」

ニコラ牧師は機嫌《きげん》よく、謙遜《けんそん》していったが、牧師の上機嫌はその時までしか続かなかったのだ。

というのは、ふたりがこういう話をしている時、ふいにどこからか、

「あっ!」

という軽い叫びが洩《も》れたのだ。

「あら、この人だわ!」

牧師はどきりとしたようにあたりを見廻《みまわ》したが、誰《だれ》もいないのである。

「あなた、今、何かいいましたか」

「いいえ、何も――何んだか人の声がしたようでございましたわね」

「あなたもお聴きでしたか」

「ええ、たしかに、あら、この人だわといったようでしたけれど」

夫人は怪訝《けげん》そうにあたりを見廻して、

「先生、もしやこの人形では?」

と、二人のすぐ側《そば》に立っている、大きな花人形を指さした。

その花人形というのは、やはり信者のひとりが寄《き》進《しん》して、今日の慈善市《バザー》の賑《にぎわ》いにとおいていったもの

だが、全身、薔薇《ばら》に覆《おお》われた、そして薔薇色の仮面をつけた等身大のフランス人形なのである。

「はははは、まさか、人形が物をいう筈《はず》はありませんよ」

と、いったが、牧師の顔色は俄《にわ》かにさっと曇《くも》って来た。その時、不思議や人形の体が、秋の木《こ》の葉《は》のようにブルブル顫《ふる》えているのが眼《め》についたからである。

夫人もそれに眼をとめると、

「あら、先生、あの人形動いていますわ。ああ、あれは人形じゃないのね、ほんとうの人なのね。先生、ごらんなさいまし、スカートの下から脚《あし》が見えてますね。あらあら、先生、この人跛《びっこ》なのよ、ほら、松葉《まつば》杖《づえ》をついていますわ」

夫人にはそれが単なる冗談としか思えなかった。人形を飾る代りに、信者の誰かが、自ら人形となってそこに立っているのであろうと思ったのだ。しかし、それを聴いたとたん、ニコラ牧師の顔色はさっと土気色《つちけいろ》になった。

跛の花人形！

牧師はつかつかとその人形の側によると、いきなりむんずと人形の体を横抱きにしたのである。

「あら、先生、その方をどうなさいますの」

「いいえ、奥様、私にはこんなこと出来ません。ほんとの娘さんを人形の代りにするなんて、そんな無慈悲なこと私には出来ません。神の思召しに逆《そむ》きます。私、この娘さんをお部屋へお連れして、よくお礼を言わねばなりません」

いったかと思うと、ニコラ牧師の大きな掌《てのひら》が、いきなり人形の口を塞《ふさ》いだ。そして、人形の娘さんが、バタバタと手脚をもがくのも委細《いさい》構わず、ずんずんと庭を横切って、教会の中へ入っていくとピッタリ後手《うしろで》にドアをしめてしまったのである。

塔上の鬼ごっこ

さて、この聖ニコラス教会には、一つの高い尖塔《せんとう》がついている。

牧師は薔薇の跛人形を抱いたまま、ズンズンと螺《ら》旋《せん》階段を登っていくと、やがて、塔の一番てっぺんにある暗い部屋へ入っていった。

そして、用心ぶかくピッタリと扉《ドア》をしめると、いきなり人形を床のうえに投げ出したのだ。

「おまえは誰《だれ》だ。いったい、何《な》んのために人形になど化《ば》けて、この教会へ忍びこんだのだ」

そういった牧師の声は、すっかり今迄《まで》と違っている。いやいや、違っているのは声ばかりではない。その表情すら、日頃《ひごろ》の柔和《にゅうわ》さとうって変《かわ》り、まるで悪魔のような恐ろしさなのだ。ああ、もし、数多い牧師の信者たちが、この時の、ニコラ牧師の顔色を見たら、いったい何んというだろう。

「あたしが誰だと仰有《おっしゃ》いますの。この贋《にせ》牧師様、あなたにはこの脚が眼に入りませんの」

いいながら、薔薇色の仮面をとってすっくと立上《たちあが》った少女、ああまぎれもない、この少女こそ、小名木川の藻屑《もくず》と消えた筈の鈴江ではないか。

「ふうむ」

ふいに牧師の唇《くちびる》がひくひくと痙攣《けいれん》したかと思うと、眼が吊上《つりあが》って、頬《ほお》が真赤《まっか》になった。

「貴様《きさま》はあの廃船の中にいた娘だな」

「ええ、そうよ、おまえのために兄さんを殺された磯貝鈴江です。あの時、わたしは川へ落ちたけれど、ほんの少し怪我《けが》をしただけで、危《あやう》く生命《いのち》は助かったのです。そして、それ以来、おまえの行方《ゆくえ》を探していたのよ。ああ、何んということだろう、ニコラ牧師が、あの恐ろしい深夜の魔術師だなんて」

「ふふん、驚いたかい。しかし、おまえ、今まで、誰かにその事を話したかい」

「いいえ、あたし誰にも話しはしなかったわ。話すひまがなかったのよ」

「何？　話すひまがなかった？」

「ええ、あの時あたしは、おまえの顔を見て外国人だと知ったものの、どこの誰やら知る由《よし》もなかったのだもの。でも、きっとおまえは柚木子爵《ししゃく》様のお邸《やしき》と懇意《こんい》の間柄にちがいないと思ったので、ひそかに子爵様のお邸を注意していたのよ。そしたらどうだろう、昨日、おまえがのこのこと子爵邸へお嬢様の安否《あんぴ》をききに来たじゃないの。あたし、その時、人にきいて、はじめておまえの名を知ったのよ。しかし、あまり意外ゆえ、もっとよくおまえの顔を見ようと思って、今朝早く、この教会へ忍びこみ、あの人形の身替《みがわ》りになっていたのよ。悪人、悪人！　さあ、おまえはあのお嬢様をどこへやった。早くここへ出して頂戴《ちょうだい》」

「ふふん、するとおまえは、まだ誰にも俺《わし》が深夜の魔術師だということは話してないのだね」

「ええ、まだ――」

と、いいかけて、鈴江ははっと土色になった。彼女はこの時はじめて、相手の質問のほんとの意味を覚《さと》ることが出来たのだ。

「はははは、賢いようでもやっぱり子供だ。うっかりほんとうの事をいってしまったな。はははは、まだ誰にも俺《わし》の正体を喋舌《しゃべ》ってないとは有難《ありがた》い。娘さん、ほら、おとなしくしておいで」

僧服の腕をまくりあげたニコラ牧師、矢庭《やにわ》にさっと鈴江の体におどりかかる。

「あれえ！」

「じたばたしたとてもう駄目《だめ》だ。ほら、ここは地上よりうんと高い塔の上、おまえがどのように叫んだとて、下まで聴《き》こえることじゃない。ふふふ、なあ、娘さん、おまえがあらかじめ誰かに、俺《わし》の正体を話して来なかったのは大失敗だったな。だって、考えて御覧《ごらん》。今ここでお前を殺してしまったら、誰ひとり俺《わし》が深夜の魔術師と知る者はない。また、おまえがこの教会へ忍びこんだことを知っているものもあるまいから、俺《わし》がおまえを殺したことは誰にも分《わか》る筈がない。さあ、娘さん、じたばたせずに俺《わし》の言う通りになっておいで」

ああ、悪人！　悪人！

世に悪人の数も多いが、このような大悪党がほかにあろうか。聖者の仮面に、多くの信者を欺《あざむ》き、そして、その裏面で深夜の魔術師として、聞くも恐ろしい人殺しの数々。しかも自ら手を下《くだ》すばかりか、罪もない丹羽百合子や黒河内晶子、さては青野助手まで、催眠術《さいみんじゅつ》で操《あやつ》って、世にも惨虐《ざんぎゃく》な罪を犯させていたのだ。世にこれほどの大悪人がまたとあろうか。

鈴江は今更《いまさら》のように、はっと自分の危険に気がついた。

絶望的な眼差《まなざ》しで、部屋の中を見廻《みまわ》したが、そこには、隅《すみ》のほうに一脚の大きな安楽椅子《あんらくいす》があるばかり、窓の側へよって見ると、下の方に模擬売店や、人々の姿が、まるで玩具《おもちゃ》のように小さく見える。

と、見れば、窓のすぐ外にはピンと一本の綱が斜《ななめ》に張り切っている。軽気球の繋《つな》ぎ綱なのだ。まさか、跛《びっこ》の身として、その綱に縋《すが》って逃げるわけにもいかぬ。

「どうだね、娘さん、逃げようにも逃げ場のないことが分ったかね。分ったら、おとなしくこちらへおいで」

「いやです、いやです。悪人、大悪人、お嬢さんをどこへやったのです」

「ははははは、弥生か、弥生は天国にいるよ」

「え？　天国？」

「そうだ、天国にブラブラしているのさ。さあおまえも天国にやってやろう」

「あれえ！」

　鈴江は跛をひきながら、夢中になって逃げ廻る。ニコラ牧師はピンと髯《ひげ》を逆立《さかだ》てて、悪魔のごとく大手《おお で》をひろげて追い廻す。恐ろしい鬼ごっこなのだ。塔上の鬼ごっこ、生と死を賭《か》けた鬼ごっこ！

　と、この時、ふいに不思議な声がした。

「ああ、うるさいな。こう騒々《そうぞう》しくては眠りも出来ない」

　言いながら、すっくと安楽椅子の向《むこ》うから立ちあがった男がある。鈴江とニコラ牧師はそれを見るとぎょっとして立上《たちあが》った。

空中の離れ業

　二人が驚いたのも無理はない。

　今迄《まで》、人気《ひとけ》のない部屋から、ふいにスックと一人の男が立上ったばかりか、しかもその男は、顔に髑《ど》髏《ろ》の仮面をつけ、身にはあの、まがまがしい金蝙蝠《きんこうもり》のついた黒衣を着けているではないか。

　鈴江もニコラ牧師も唖然《あぜん》として、この不思議な人物を打見守《うち》っている。

「き、貴様《きさま》は誰だ！」

「ははははは、俺《おれ》か、俺は深夜の魔術師だ」

「何を？」

「つまり、貴様の幽霊だということさ。ニコラ牧師、その娘が喋《しゃべ》らなくても、貴様が深夜の魔術師だということは、すでに警察へ知れている。見ろ、教会の周囲《まわり》を！」

「あっ！」

　と、叫んだニコラ牧師、あわてて窓の側《そば》へ走り寄って外を覗《のぞ》いたが、なるほど、いるいる！　教会の周囲《まわり》といわず庭といわず、客に混《まじ》って、三々五々歩いているのは、まぎれもなく私服の刑事！

「しまった」

と、叫んだ、ニコラ牧師、こうなると絶体絶命、あの長い白髯《はくぜん》が獅子《しし》の鬣《たてがみ》のようにブルブルと逆立《さかだ》った。

「おのれ、き、貴様は何者だ！　名を名乗れ、仮面をとれ」

いいながら、さっと怪人に躍りかかったニコラ牧師、いきなりさっと仮面をとったが、その途端、

「き、貴様は由利！」

いかにも、それは由利先生だった。

先生はにんまりと嘲弄《ちょうろう》するような微笑をうかべながら、

「おい、ニコラ牧師、俺《わし》もずいぶん、今迄にいろんな悪党を相手にして来たが、貴様のように非道《ひどう》な奴《やつ》ははじめてだ。さあ、こうなったら年貢《ねんぐ》のおさめ時だ。はっきり弥生姫と柚木子爵《ししゃく》の設計図とをこちらへ渡してしまえ」

「焼いてしまった」

「なに、設計図を焼いてしまったというのか。嘘《うそ》をつけ、弥生姫はどこにいる」

「天国にいる」

「なに、天国？」

由利先生もさすがにさっと蒼白《そうはく》になる。天国にいるとは、取りも直さず、姫を殺してしまったのではあるまいか。

「おい、三津木君、入って来たまえ」

言下《げんか》に俊助が、ドアを開いて入って来た。

「さあ、こいつの身体検査をしたまえ。何か手がかりになるものを持っているかも知れない」

俊助がつかつ

かとニコラ牧師の側に近附《ちかづ》いていった時である。ふいに、発矢《はっし》とばかり、大きな拳《こぶし》が俊助の顎《あご》にとんだ。

「あっ！」

ふいを打たれた俊助が、思わずたじたじと後退《あとずさ》りをしたその隙《すき》に、ニコラ牧師はさっと窓から飛んだ。飛び出したのだ。

「しまった！」

由利先生と鈴江の二人、あわてて窓際に走り寄ったが、ああ、何《な》んということだ。

ニコラ牧師は下にとびおりたのではない。窓外にピンと張り切っている、あの軽気球の綱にとびついたのだ。

「わっ」

と、下のほうに起《おこ》る喊声《かんせい》。あれよ、あれよと立騒《たちさわ》ぐ慈善市《バザー》の客や警官たちを尻眼《しりめ》にかけ、ニコラ牧師は悠々として、その綱にのぼっていく。

――と、この時、由利先生の頭には、ピンとある考えがらひらめいた。

弥生姫は天国にいる！

そうだ、天国とはあの軽気球ではあるまいか。そして、姫と設計図はあの軽気球の中にあるのではあるまいか。

「しまった！　あいつを捕《つかま》えろ、いや、軽気球をおろせ！」

由利先生は塔の窓から身を乗り出して、躍起《やっき》となって連呼する。その声が耳に入ったのか、ニコラ牧師はふいに懐中から一挺《ちょう》のナイフを取り出すと、足《あし》許《もと》の綱を切る真似《まね》をする。

ああ、綱を切られては軽気球は空に舞いあがる。姫の生命《いのち》が危ないのだ。

由利先生が地団駄《じだんだ》踏んでいるうちに、ニコラ牧師はズンズン上へのぼっていった。おそらく、あの軽気球の籠《かご》に辿《たど》りつくと同時に、綱を切って、姫や設計図と運命を共にするつもりだろう。

「ええい、悪人、悪人！」

由利先生の脇《わき》の下からは、じとじとに脂汗《あぶらあせ》が流れる。今や、牧師は軽気球のすぐ下まで辿りついた。やがて、牧師の腕が籠のふちに触れる。と、その時だ、またしてもわっとあがる喊声。

何事ならんと由利先生が瞳《ひとみ》を定めてよくみれば、ああ、何んということだ。その時、籠の中からひょっこり顔を出したのは、古館譲少年ではないか。譲少年の手にはぎらぎらと光る一挺のピストルが握られている。

「撃て！　構わず撃て！」

由利先生の声と同時に、ズドン！　譲少年の握っているピストルから、パッと白い煙が立ったかと思うと、

「あ――あ！」

恐ろしい悲鳴と共に、ニコラ牧師の体はもんどりうって、礫《つぶて》のように教会の敷石《しきいし》へと落下していったのであった――

姫は救われた。いや、姫ばかりではない。あの貴重な設計図の入った折鞄《おりかばん》も、同じ軽気球の籠のなか

から発見されたのだ。

「僕は——僕はまえから、ニコラ牧師を疑っていたのです」

と、事件が終《おわ》ってから譲少年は、頰《ほお》を紅《あか》らめながら言った。

「だから、昨夜《ゆうべ》あの教会へ忍びこんだんですが、その時、牧師があの軽気球を揚《あ》げようとしていました。僕は見附《みつ》けられてはならぬと牧師の油断している間に、軽気球の中へ忍びこんだのですが、意外にも、そこに弥生姫が猿轡《さるぐつわ》を嵌《は》められているではありませんか。僕はびっくりしましたが、その時、軽気球がスラスラのぼりはじめたので、どうする事も出来ず、ひと晩、空中で様子を見ていたのです」

ああ、古館譲少年の働きこそ、第一の手柄《てがら》というべきであった。

鈴江も今では、弥生姫の側に引きとられ、安楽《あんらく》に暮しているという。

深夜の魔術師（未完作品）

金色《こんじき》の蝙蝠

世の中が、だんだん進んでいくにしたがって、昔のようなバカバカしい、お化《ばけ》や幽霊の話は少《すく》なくなります。いまどきそんな話をしたら、子供にだってバカにされましょう。しかし、それではこの世から、不思議なこと、怪しい話がまったくなくなったかというと、決してそうではありません。

いや、人間の性質から、好奇心だの、恐怖心だのがなくならないかぎり、この世から、怪しい話や、不思議な噂《うわさ》の、種がつきるということはないものです。なるほど、あのバカバカしいお化や、間《ま》の抜けた幽霊などは、いなくなったかも知れないけれど、それにもまして、もっと気味の悪い、なんともえたいの知れぬあやかしが、どうかすると、ヒョイとこの世に起《おこ》ることがあるものです。

例えば、深夜の空をいずこから、いずこへともなく飛び去っていくという、あの奇怪な金色《こんじき》の蝙蝠《こうもり》の噂などがそれでした。それはその年の夏のおわりごろのことでした。誰《だれ》いうとなく、深夜の空に舞いくるう金色をした蝙蝠の噂がもれはじめると、ものにおびえた口から口へと、ひそひそ話でつたえられて、たちまちそれが、東京中にひろがってしまったのでした。

それを見たというひとの、話を聞きあつめてみると、なんでもその蝙蝠というのは、一匹や二匹ではないらしく、五匹六匹、——どうかすると十匹ちかくもむらがって、ヒラヒラ、ハタハタ、深夜の空を舞いくるうというのですが、その翼からは、いつも鬼火《おにび》のように青白い光をはなち、それが羽根うちかわし、音もなく、声もなく、ヒラヒラ、ハタハタ、うるしの闇《やみ》の空のかなたにおどり狂うさまは、なんともいえぬほど、気味の悪い光景であるということです。

しかも、不思議なのは、まだそれだけではありません。この奇怪な金色の蝙蝠がすがたをあらわすところ、必ずその近所で、血なまぐさい事件が起るというのですから、伝えきいたひとびとが、いよいよ、おじ、恐れたのも無理ではありません。

現にこんなことがございました。

それは八月の、とある霧のふかい夜のことでした。隅田川《すみだがわ》をのぼりくだりする、だるま船《せん》の船頭さんが、水にういている若い女の死体を見つけました。水のうえを家としている、船頭さんたちには、こんなことはさのみ珍しいことではありません。こんな場合船頭さんは、どんなに気味が悪かろうとも、死体をそのまま見のがすことは許されません。きっと引きあげ、警察へとどけて出るのが、水のうえに住んでいるひとびとの、ひとつの掟《おきて》となっているのです。

そこで、その夜《よ》も船頭さんは、何気《なにげ》なく死体をひきあげようとしましたが、そのときでした。船頭さんのおかみさんが、だしぬけにキャッと叫んで、船頭さんの腰にしがみついたのです。驚いたのは船頭さんです。

「ど、どうしたんだ、だしぬけに、びっくりするじゃないか」

と、叱《しか》りつけますと、おかみさんはガタガタふるえながら、

「だって、あなた、あれ……あの蝙蝠をごらんなさい」

と、いわれて船頭さんが向《むこ》うをみると、おお、なんということでしょう、一匹の金色蝙蝠が、まるで人魂《ひとだま》のように、フワリフワリと水のうえをとんでいるではありませんか。

さすが度胸のよい船頭さんも、それを見るとゾーッとして、そのまま、死体を流してしまったということです。それですから、その死体が、いずこの誰であったやら、いまもってわかってはおりませんが、船頭さんの話によると、その死体の胸には、たしかに短刀のようなものが突っ立っていたということです。

こういう噂がひとびとの、口から口へとつたえられているころ、またしてここにも、ひとつのあやか

しが持ちあがったのです。

今度あやかしに出会ったのは、ひとりの新聞記者でした。

それはまえのことがあってから、一週間ばかりのちのことですが、夜勤《やきん》がえりの新聞記者が、真夜中の二時ごろ、麻布《あざぶ》狸穴《まみあな》の近所をとおりかかると、ふいにどこかで、キャッという悲鳴がきこえたというのです。

これがふつうのひとならば、ギョッとして逃げ出してしまうところですが、そこはさすがに職業柄《がら》、新聞記者は大急ぎで、声のするほうへ走っていきましたが、するとそのとき、どこから現れたのか二匹の蝙蝠が、ヒラヒラ、ハタハタ、巴《ともえ》になってとんでいったというのです。

「あっ、金色の蝙蝠だ！」

新聞記者がそのあとを、追いかけようとしたときでした。ふいにゾーッとするほどつめたい手が、くらやみの中から足をとらえましたから、驚いたのは新聞記者です。ギョッとしながら、急いでマッチをすってみると、まだうら若い女がひとり、口からタラタラ血を吐きながら、土のうえに倒れていました。

こうなるともう、蝙蝠どころの騒ぎではありません。新聞記者は急いで女を抱きおこしましたが、そのとたん女は、

「金色の蝙蝠――金色の蝙蝠――」

と、叫んだかと思うと、それきり息は絶えてしまったということです。

これらの噂はパッと、尾鰭《おひれ》をつけてひろがりましたが、するとおれも見た、わたしも見たというひとが、つぎからつぎへと現れましたが、そのうちのひとりがいうことには、いつかの夜、明治《めいじ》神宮《じんぐう》の外苑《がいえん》で、金色蝙蝠を見かけたが、そのとき、蝙蝠のすぐしたを、風のように走っていく、ひとりの男のすがたがあった。しかもその男というのは、全身を鳥羽《とば》玉《だま》のような黒装束《くろしょうぞく》でつつんだ、背の高い、大男で、胸にはハッキリ、蝙蝠のしるしがぬいつけてあったというのです。

また、別のひとの話によると、ある晩、隅田川のうえを流星《ながれぼし》のようにすべっていく、あやしの汽艇《ランチ》に出会ったが、その汽艇《ランチ》のなかには、やっぱり胸に金蝙蝠のしるしをつけた、黒装束の男が乗っていた。しかもそのとき、汽艇《ランチ》のうえには、数十匹の金色蝙

蝠が、それこそ、蛍《ほたる》のように群がり飛んでいたというのです。

　こうして、怪しの人物の登場により、金色蝙蝠の怪談は、いやがうえにも、無気味な色彩をくわえていきましたが、いまでは誰ひとりとして、金蝙蝠の妖術《ようじゅつ》を使う、深夜の魔術師の噂について、疑いをいだくものはありません。

　ある学者の説によると、世の中に金色の光をはなつ蝙蝠なんて、あるべき筈《はず》はないから、おそらくそれは、ふつうの蝙蝠のつばさに、夜光塗料でもぬってあるのだろうというのですが、それにしてもこれが単純ないたずらなのか、それとも何かしら、恐ろしいもくろみのあることなのか、さてはまた、ちかごろしきりに持ちあがる、あのなまなましい殺人事件と、果《はた》して関係があるのかないのか、そこまで誰一人として知るものはございませんでした。

　少くとも、それからまもなく、あの大事件が突発するまでは……。

悪魔の神技

新日報《しんにっぽう》の花形記者、三津木俊助《みつぎしゅんすけ》といえば、誰知らぬものもないくらいの敏腕記者です。きっと皆様のなかにも三津木俊助が、あの有名な私立探偵、白髪の由利《ゆり》先生とコンビになって、いくたの難事件、怪事件を解決した、探偵譚《たん》をお読みになったかたがあるでしょう。

　その俊助がある晩おそく、青山権田原《あおやまごんだわら》から信濃町《しなのまち》のほうへ歩いていました。

　それはどんより曇《くも》った晩で、空には星もなければ月もなく、吹く風もなまあたたかく、なんとなく薄気味悪い夜更《よふ》けでした。左に見える神宮外苑のあたり、くろぐろと空にうきあがっている森のなかから、ホーホーときこえる梟《ふくろう》の声も、妙に陰気さえ誘います。

　さすが度胸のすわった俊助もああ、いやだ、なんとなく気味の悪い晩だなと、肩をすくめて歩きながら、ふと思い出したのは、すぐる夜《よ》、自分の友達の新聞記者が、麻布狸穴で出あったという怪事件のこと。……そうだ、こんな晩こそ、金蝙蝠《きんこうもり》があらわれるのではあるまいか。そういえば、いつか神宮外苑にも金蝙蝠があらわれたという。場所といい、時刻といい、なんだか金蝙蝠があらわれそうな気がすると、そんなことを考えながら歩いているとき、うしろからやって来たのは一台の自動車、まるで、俊助をはねとばしそうな勢いで、そばを通りぬけると、そのまま御免《ごめん》ともいわず、かなたの闇《やみ》へ疾走していきました。

あやうくとびのいた俊助はそのうしろ姿を見送りながら、「畜生《ちくしょう》！　失敬《しっけい》なやつだ！」と、いまいましそうに呟《つぶや》きましたが、そのときまたやうしろから、やって来た一台の自動車。

あっ、またか！　ととびのく俊助のそばを、さながら流星《ながれぼし》のように駆けぬけていったかと思うと、まえの自動車のあとを追って、またたくうちに、かなたの闇《やみ》に消えました。

俊助はあっけにとられたように、しばらくそのあとを見送っていましたが、

「はてな、少し変だぞ。あいつらまるで、追っかけごっこをしているようじゃないか」と、首をかしげて考えました。

二台とも、あっという間に俊助のそばをとおりすぎたので、詳《くわ》しいことはわかりませんが、まえの自動車に乗っていたのは、たしかにまだうら若い女でした。それに反してあとからいった自動車の主《ぬし》は、縁広帽子《つばひろ》に顔をかくして、マントのようなもので、フワリとからだを包んだ、黒装束《くろしょうぞく》の男のようでした。

「はてな、黒装束の男――？　黒装束の男――？　はてな？」

ちかごろ噂《うわさ》にたかい深夜の魔術師が、やはり黒装束でからだを包んでいることを思い出した俊助は、思わずあっととびあがりましたが、そのときでした。闇をつらぬいてきこえて来たのが、パンパンという二発の銃声。

「しまった！」何がしまったのか俊助にもわかりません。しかし、何かしら、容易ならぬことが起《おこ》ったような気がするのです。俊助は一目散《いちもくさん》にいま自動車が、走っていった方角へ駆け出しましたが、と、見ると向《むこ》うのほうに自動車一台、道ばたの溝に片っぽうのタイヤを突っ込んだままとまっています。車体の恰好《かっこう》からみると、どうやらさきにいった自動車ら

しいのです。

俊助はすぐその自動車のほうへ駆け出しました。

「もしもし、どうかしましたか」

声をかけながら俊助は、ヒョイと運転台をのぞきましたが、そのとたん、思わずワッとうしろへたじろぎました。

運転台には運転手が、ハンドルを握ったまま、グッタリとうなだれています。見事にコメカミをうちぬかれて、絹糸《きぬいと》のような赤い血の筋が、頬《ほお》から顎《あご》、顎から胸へと細い尾をひいて垂れています。俊助は思わずううんと唸《うな》りながら、つづいて車内をのぞきましたが、そこにも女が、いまにも腰掛けからずり落ちそうなかっこうで、うつ伏せになっているのです。調べてみるまでもなく、女もすでにこと切れているらしいことは、そのかっこうからしてもわかります。

おそらく、あとから追っていった自動車の主が、すれちがいざまに、車内から発砲したものでしょう。

それにしても、さっき俊助が聞いた銃声は、たしかにパンパンと二発でした。二発でふたりをうち殺す。それも、何十哩《マイル》というスピードで、はしっていく自動車のなかから、もうひとつの自動車のなかの人物を！

何《な》んという手練《しゅれん》！　何んという妙技！

あまり人間ばなれのした腕前、というよりはむしろ一種妖怪《ようかい》じみたその神技に俊助はしばらくわれを忘れて、茫然《ぼうぜん》とそこに立ちすくんでいました。

踊る人形

しかし、そこはさすが新聞記者です。すぐ気を取りなおすと、急いでドアをひらきましたが、すると、そのとき、女の膝《ひざ》のあたりで、ハタハタとかるい羽《は》搏《ばた》きの音がきこえたかと思うと、フワリ、俊助の頬《ほ》っぺたを撫《な》でて、ドアの隙《すき》から外へととび出したのは、おおなんということでしょう、あの無気味な光をはなつ金蝙蝠ではありませんか。

俊助も噂には聞いていましたが、眼《ま》のあたり見るのはこれがはじめて、金蝙蝠はまるで俊助を嘲弄《ちょうろう》するように、フワリフワリとあるいは高く、あるいは低く、金色のつばさをひらめかしながら、しばらくそのへんを舞いくるっていましたが、やがて、うるしのような闇《やみ》をぬうて、いずこともなく姿を消してしまったのです。

俊助は思わずぐぐっと、咽喉《のど》を鳴らして、息を吸いこみました。

ああ、金蝙蝠はやっぱり犯罪事件と関係があったのです。いやいや、あのいやらしい小動物こそ、悪魔が犯罪を天下に広告する、無気味な使わしめではありますまいか。

俊助は急いで車内に駆けこむと、ぐったりとしている女のからだを抱きおこしましたが、そのとたん、生温《なまぬる》い血が、ぬらぬらと両手をぬらしました。見ると女は見事に心臓を射抜かれて、そこからあぶくのような血がブクブクと吹き出しているのです。

俊助はうすぐらい室内灯《ルーム・ランプ》のあかりのなかで、女の顔を見直しましたが、そのとたん、ハッと息詰まるような驚きにうたれました。

新聞記者という職業柄《がら》、俊助はたいていの有名なひとを知っています。俊助には、いま心臓を撃ちぬかれて、死んでいる女に見覚えがあったのです。

丹羽百合子《にわゆりこ》。——

いま、東京中の人

気を一身に集めているレヴューの女王、丹羽百合子を知らぬ者があるでしょうか。

　俊助はにわかに心臓のドキドキするほど、強い好奇心をかんじはじめました。金蝙蝠とレヴューの女王、おお、なんという素晴らしい特種《とくだね》でしょう。なんという奇怪な取合《とりあわ》せでしょう。

　それにしても、何か手がかりになるものはないか、——俊助は大急で室内をしらべましたが、そのとき、ふと眼《め》についたのは、座席の下にころがっている、派手《はで》なハンド・バッグでした。取りあげてひらいてみると、コムパクトだの、蟇口《がまぐち》だの、いかにも女の持物《もちもの》らしい品々のなかに、唯《ただ》ひとつ、血にぬられたような真《ま》っ赤《か》な封筒がまがまがしく……。

　何気《なにげ》なく俊助は、その封筒を取りあげましたが、そこには宛名《あてな》もなければ、差出人《さしだしにん》の名もありません。俊助はいよいよ怪しみ、と見《み》こう見《み》、いろいろ封筒を調べていましたが、そのうちにふと気がついたのは隅《すみ》のほうに、何やら透《すか》しが入っております。電気の光でそれをすかして見て、俊助は思わずドキッと息をのみました。

　金の蝙蝠——たしかにそれは金の蝙蝠の紋章でし

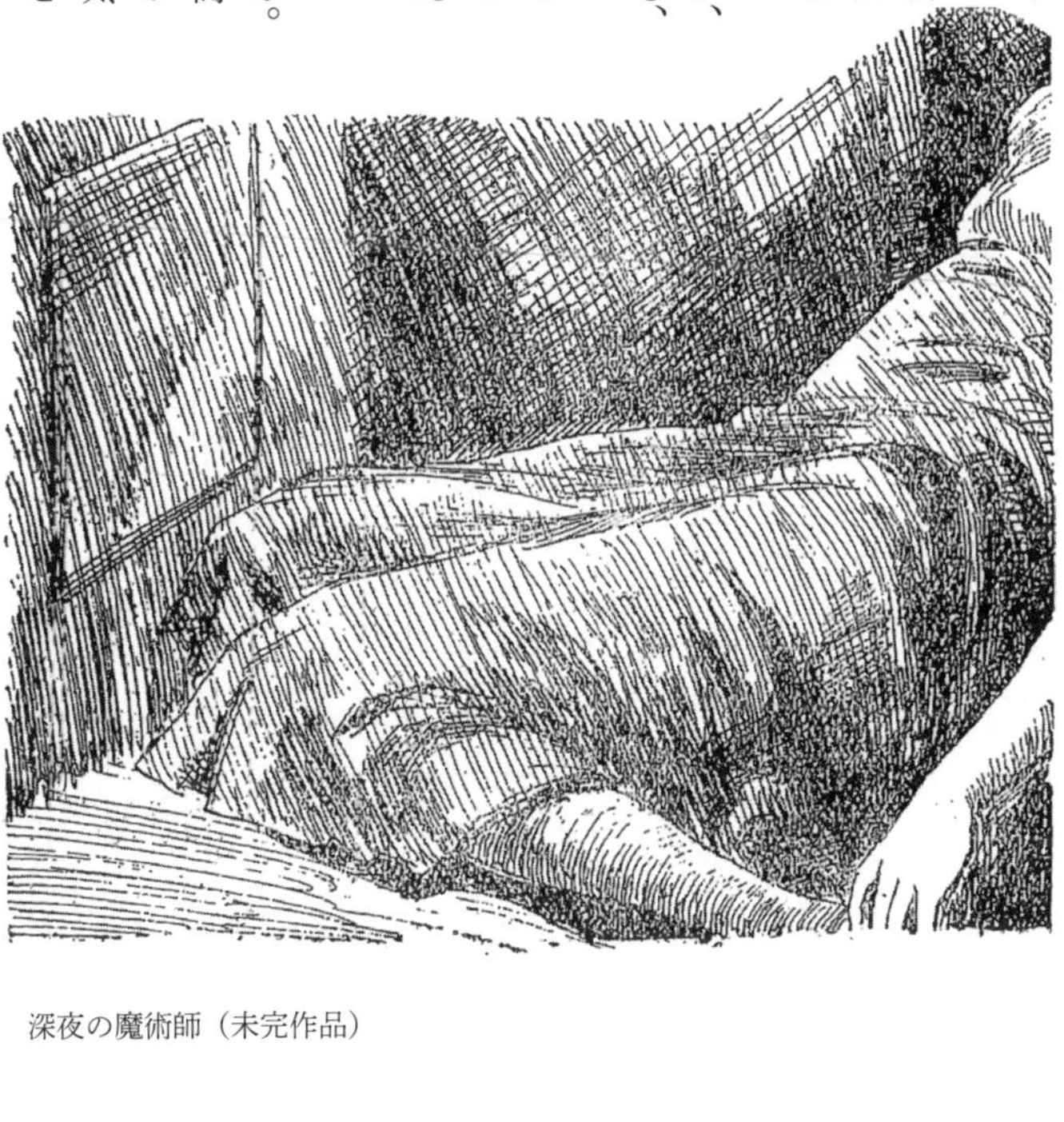

た。

「よし、構うものか、開《ひら》いてみてやれ」

俊助は胸をドキドキさせながら、封を切って逆《さか》さまにはたきましたが、すると、なかから出て来たのは、なんともいえぬほどへんてこなしろものでした。

それは大きさ二寸《すん》ばかりの、紙製の打ち抜き人形なのです。数は十五六もあって、いずれもお河童《かっぱ》あたまの、同じような顔をしておりますが、ただ、そのかっこうが少しずつかわっています。人形はみんな両手に赤と白との旗をもっているのですが、その旗のふり方が、少しずつ変《かわ》っているのでした。

俊助はちょっと意外そうな顔をしました。金蝙蝠のすかしがはいっているところから、てっきり、血なまぐさい証拠の品と思っていたのに、これはまた、あまりにも意外、まるで子供だましのような紙人形なのです。

さすがの俊助も、しばらく呆気《あっけ》にとられたような顔をしていましたが、しかし、いまはそんなことをとやかく考えている場合ではありません。

俊助は封筒のまま、その紙人形をポケットに突込《つっこ》むと、ドアから外へととび出しましたが、そのとき、またしてもきこえて来たのは、けたたましいエンジンのひびきです。見るとさっき怪自動車がはしり去った方角から、流星のように驀進《ばくしん》してくる自動車が見えます。

「さっきの自動車だろうか。まさか――」

と、打消《うちけ》しながらもなんとなく、身に危険をかんじた俊助は、ハッと自動車のかげに身をすくめましたが、そのときでした。風のように通りすぎる自動車のなかから、
パン！　パン！

さっと青白い火花が散ったかと思うと、俊助の耳のそばを、灼《や》けつくように熱い鉄のかたまりが飛びすぎました。

危《あぶな》い、危い！

もう一寸《すん》、いや、もう五分《ぶ》狙《ねら》いが右へそれていたら、俊助のいのちはなかったでしょう。

俊助は思わずあっと、土のうえに顔を伏せましたが、そのせつな、ちらりと眼底にのこったのは、疾《しっ》風《ぷう》のように走りさる自動車のなかから、ピストル片手に半身乗り出した、黒装束《くろしょうぞく》の男です。しかも、ああ、なんという奇怪さでしょう、その男は、顔にゾ

ーッとするような、どくろの仮面をつけているではありませんか。

自動車はふたたび、流星のように闇をぬうて、いずこともなく消えてしまいました。

由利先生

さて、その翌日の晩のこと、三津木俊助があわただしく訪れてきたのは、麹町土手三番町《こうじまちどてさんばんちょう》にある、由利先生のお宅でした。

もし、皆さんが、由利・三津木探偵譚《たん》を、いままでに一度でもお読みになっておられたら、改めてふたりの関係をお話しするまでもありませんが、はじめての読者のために、念のために簡単にお話してお きますと、由利先生というのは、もと警視庁の捜査課長をしていたひとですが、いまでは勤《つと》めをよして、道楽《どうらく》半分に私立探偵を開業している、まあ、いってみれば一種の奇人でした。

年はまだ、五十にだいぶ間があるのに、髪の毛は雪のように真白《まっしろ》で、見るひとにちょっと妙な感じをいだかせます。俊助とは昔からふかいお馴染《なじ》みで、三津木俊助の新聞記者としての成功の、半分以上は由利先生の協力があるからだといわれています。

三津木俊助が訪れたとき、由利先生はフロック・コートの礼装で、どこかへ出かけるところでした。

俊助は驚いたように、

「おや、先生、たいそうおめかしですが、どこへお出掛けですか」

と、訊《たず》ねると、先生はおだやかに笑って、

「おお、これは三津木君。なに、今夜は柚木《ゆのき》元子爵《ししゃく》邸で夜会があって、それに招待されているものだから……」

「ああ、柚木元子爵といえば、宇宙の王冠で名高い……」

「ああ、そうだよ。実は今夜の夜会で、その王冠をお客さまにお見せすることになっているのだ。ところが、なにをいうにも物騒《ぶっそう》な世のなかだから、来客のなかに、どのような悪者がまじっていないものでもない。うっかりしていて、宇宙の王冠をぬすまれちゃたいへんだから、さてこそ、わたしが招かれたというわけだ。なに、表面はわたしも客人のひとりということになっているが、種を明かすと、宇宙の王冠の番人みたいなものだよ。あっはっはっは」

宇宙の王冠のことは、三津木俊助もよく知っていました。

柚木元子爵のげんざいの主人のお父様になるひとが、ずっとまえに洋行されたとき、イタリヤの名家から譲りうけて来られたものとやらで、それはもう、たとえようもないほど、見事なものであると同時に、たとえようもないほど、高価なものでもあるということです。

なるほど、その王冠を今夜の夜会で、ひとびとに見せるとすれば、柚木元子爵も、よほどの用心をしてかからねばならないのでしょう。

三津木俊助はしかし、困ったように顔をしかめて、

「それは、それは……お出掛けになるところを、おじゃまして申訳《もうしわけ》ありませんが、じつはちょっと先生に、御相談申上《もうしあ》げたいことがあってやって来たのですが……」

由利先生はちょっと懐中時計に眼《め》をやると、

「ああ、そう、なに、いいよ。まだ、だいぶ時間があるから、それじゃ君の話というのを聞いてからいくことにしよう。なに、構わないさ。とにかく書斎《しょさい》へいこう」

「先生、どうもすみません」

やがて書斎へ案内された俊助が、昨夜のいきさつを手短かに物語ると、ポケットから取出《とりだ》したのは赤い封筒、その中からあの奇妙な旗振り人形をぶちまけたときには、さすがの由利先生もびっくりして眼をみはりました。

「ほほう、丹羽百合子がこんなものを持っていたのか」

「そうなんです。いかに女とはいえ、百合子も今年二十三です。二十三にもなって、こんな子供だましみたいな紙人形を、おもちゃにするはずはありませんから、これはきっと深い意味があるにちがいありません。先生、ひょっとすると、これは暗号ではありますまいか」

「ふむ、わたしもいま、そう考えていたところだが」

「もし、これが暗号だとすると、大変なことになります。この人形が入っている封筒にはごらんの通り、金蝙蝠《きんこうもり》のすかしが入っています。と、すると、百合子はとりもなおさず、金蝙蝠と暗号通信をしていた

ことになります」

「ふむ、しかし、そんなことは別に驚くべきことじゃないね。世の中にはずいぶん思いがけないことがたくさんあるものだ。あのレヴューの女王が金蝙蝠の一味だったとしても、わたしは別に驚かないね。おおかた百合子は金蝙蝠の命令にそむいたのだろう。そこでズドンと一発やられたにちがいない。それよりもわしの知りたいのは、金蝙蝠とは何者か。そしていったい、何を企《たくら》んでいるのか、わしはその目的を知りたいのだよ」

「先生、ひょっとすると、この暗号を解けば、それがわかるのではありますまいか。あいつが危険を冒《おか》してまで、わざわざ百合子の死体のそばへ引っかえして来たのも、ひょっとすると、この人形を取りかえしにきたのかも知れません。もし、そうだとすると、この人形は、あいつにとって、よほど大切な品にちがいないのです」

「そうだ、三津木君、君のいうとおりにちがいない。よし、それじゃ、ひとつこの暗号を解いてみよう」

由利先生はにわかに熱心のいろを面《おもて》にうかべて、奇妙な紙人形をズラリと事務机のうえにならべました。

人形の数はずいぶんたくさんありますが、なかにはちがった形の人形を、二枚ピンでとめてあるのもあり、また、たったひとつだけでしたが、三枚でひとつになっているのもあり、結局、つごう十六個になっていました。

由利先生はその人形を整理して、同じ形のものは、同じ形のものばかり集めてならべかえ、しばらく、じっと眺《なが》めていましたが、やがて渋い微笑をうかべると、

「三津木君、この暗号を解くのは案外簡単かも知れないぜ。どうやらこれは手旗《てばた》信号らしい。三津木君、そこに百科事典があるからとってくれたまえ」

俊助が部厚《ぶあつ》な百科事典をとってわたすと、由利先生はバラバラと、そのページをくっていましたが、やがて、「あった、あった」と探し出したのは手旗信号の明解図。

その暗号は由利先生の推察どおり手旗信号だったのですが、皆さんよ、皆さんのなかにも手旗信号を御存じのかたがありましょう。もし、御存じならば、由利先生にまけぬよう、ひとつこの暗号を解いてみ

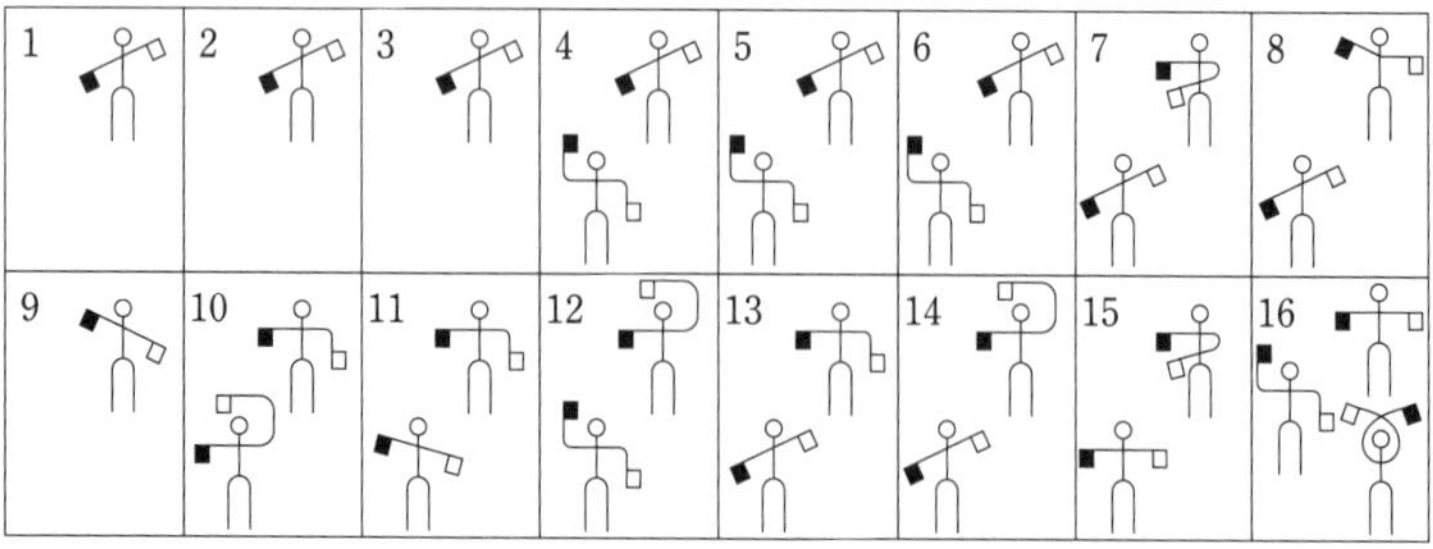

てください。ここに、由利先生がならべたとおりの順に、人形の形を簡単にかいておきますから。なお、二枚張りあわせてあるぶんは二段に、三枚張りあわせてあるぶんは三段にかいておきました。ああ、それにしても、この暗号を解くことによって、由利先生はいったい、どのような事実を発見するのでしょうか。

悪魔の仕業

皆さん。前章のおわりに、手旗信号の暗号を出しておきましたが、皆さんもそれをお解きになったでしょうね。お解きになったとしたら、どんな答えが出ましたか。ひとつ、由利先生の答えとくらべてごらんなさい。

さて、由利先生は百科事典と首っぴきで十六個の旗振《はたふり》人形の示す文字を、ノートのうえに書きつけていきましたが、それはつぎのような十六文字でありました。

1	2	3	4	5	6	7	8	9	10	11	12	13	14	15	16
ノ	ノ	ノ	イ	イ	イ	ア	ケ	ヘ	ヨ	ヤ	キ	カ	テ	ユ	ス

それを見ると俊助は眉《まゆ》をひそめて、

「先生、これじゃ、なんの意味だかさっぱりわかりませんね」

「そう、これはただ、人形のあらわしている文字を、順序もかまわず書きならべただけだから、意味のわからんのも無理はない。これからこの十六文字を、なんとか意味のある言葉に、ならべかえてみなければならん」

由利先生はそういって、ああでもない、こうでもないと根気よく、十六の仮名文字をならべかえてい

ましたが、やがてまず、
ヤカイ（夜会）
と、いう言葉を拾い出し、それからつぎに、
アスノヨ（明日の夜）
と、いう言葉をさがし出すと、思わずギョッと、俊助をふりかえりました。
「三津木君、三津木君、君がこの暗号を手に入れたのは、昨夜だといってたね」
「ええ、そうです、先生」
「するとここにアスノヨとあるのは、今夜ということになる。今夜、夜会の開かれるのは……」
由利先生は眼《め》を皿のようにして、残りの九文字を調べていたが、やがて、わななく指で拾い出したのは、つぎのような五文字。
ユノキテイ（柚木邸）
これで十二文字までさがし出し、あとに残ったのは
ノイケヘ
と、いう四つの文字。しかし、こうなるともうそれほどむずかしいことはありません。
由利先生はしばらく、さがし出した三つの言葉と、あとに残った四つの文字をあれかこれかと組合《くみあわ》せていましたが、やがてそこに出来上《できあが》ったのは、つぎのような言葉です。
明日《アス》ノ夜《ヨ》柚木邸《ユノキテイ》ノ夜会《ヤカイ》へ行《イ》ケ
由利先生と俊助は、思わずギョッと顔見合《みあわ》せました。
「三津木君、これにちがいないね」
「ちがいないでしょう。現に今晩、柚木氏のお屋敷で夜会があるというのでしょう」
「そうだ。そしてその夜会の席へ、宇宙の王冠を持《もち》出《だ》されることになっているんだ」
「先生、それです。深夜の魔術師が、その王冠をねらっているのです。そして部下に、その王冠をうばって来いと命令しているのです」
「ふうむ、そして、その命令をうけた部下というのが、あのレヴューの女王、丹羽百合子だというのだね。なるほど、そういえば丹羽百合子もたしか今夜、夜会に出席することになっていたはずだよ。三津木君」
「はい」
「こりゃこうしてはいられない。丹羽百合子はおそ

らく魔術師の命令をきかなかったので殺されたのだろう。しかし、それで魔術師のやつが諦《あきら》めてしまうとは思えない。ほかの部下を使うか、あるいは自分でやって来るか、きっと宇宙の王冠をうばいに来るにちがいない。三津木君、いこう。柚木邸へいこう」

「だって、先生、ぼくは招待をうけていないし、それにこの服装では……」

　なるほど、由利先生がフロック・コートを着ているのに反して、俊助は背広《せびろ》のふだん着ですか

ら、ためらうのも無理はありません。しかし、由利先生はいさい構わず、

「なに、構うものか。私がなんとか弁解する。ああ迎えの自動車が来たらしい。三津木君、来たまえ」

玄関へ出てみると、果《はた》して一台の自動車がついています。

「柚木君のお宅からだね」

「はい」

と、運転手が口の中でもぐもぐいいました。

「ああ、そう。御苦労、御苦労。それじゃ三津木君、乗りたまえ」

由利先生はみずからさきに立って、自動車へ乗りこみましたが、ああ、由利先生か俊助か、このときもう少し、運転手や助手の様子に注意をはらったら、まさかおめおめあのような不覚をとるようなことはなかったでしょうのに。

その運転手と助手というのは、二人とも黒眼鏡《くろめがね》に大きなマスクで、妙に人眼《ひとめ》をはばかるような素振《そぶ》りです。おまけにダブダブの外套《がいとう》を着ているので、体

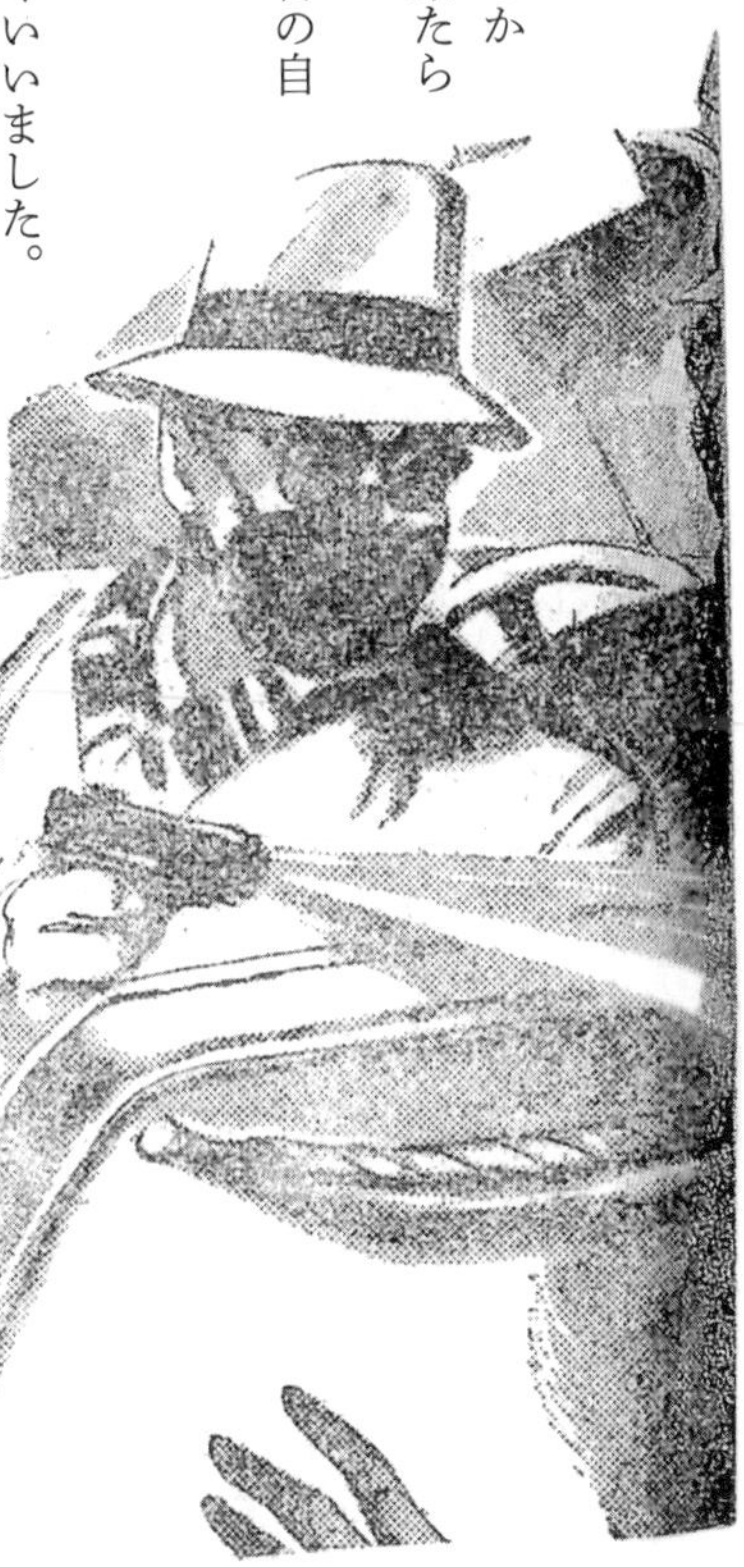

つきさえよくわかりません。しかし、運転手がひどく大男なのにくらべて、助手のほうは女のように、華奢《きゃしゃ》な体つきでした。
それはさておき、由利先生と俊助が何《な》んにも知らずに自動車に乗りこむと助手台に坐《すわ》っていた小男が、くるりとうしろを振りかえると、カチッ！　手にしていたピストルの曳金《ひきがね》をひいたのです。
「あっ！」
由利先生と俊助は、思わず腰掛《こしかけ》から立ちあがろう

としましたが、時すでに遅かった。曳金がひかれた刹那《せつな》、シューッという妙な音がしたと思うと、何やら甘酸《あまず》っぱい匂《にお》いが二人の鼻をついて、由利先生も俊助も、くらくらと気を失ってしまったのです。

ああ、わかった、わかった。賊《ぞく》は催眠《さいみん》ピストルをぶっぱなしたのです。つまり、そのピストルのなかには、弾丸のかわりに、催眠剤が仕掛けてあったのです。

さすがの由利先生も、薬の効目《ききめ》にはかてません。俊助とともに、昏々《こんこん》として深い眠りに落ちてしまいましたが、それを見るとくだんの自動車、しすましたりとばかりに、いずこともなく立去《たちさ》りました。

ああ、それにしても何んという早業《はやわざ》でしょうか。いまだ戦闘も開始されぬうちに、悪魔は早くも先手をうって、由利先生と三津木俊助を、いずこともなく連れ去ってしまったのでした。

弥生姫とニコラ神父

さて、怪自動車に連れていかれた、由利先生と三津木俊助は、その後どうなったでしょう。それらのことはしばらくおあずかりとしておいて、ここでは、その夜《よ》、柚木氏のお邸《やしき》でおこった、なんともいえぬ不思議な事件について、お話をすすめていくことにいたしましょう。

柚木さんのお屋敷は、紀尾井町《きおいちょう》にあります。何しろ、有名なお金持ちだけあって、そのお屋敷の広さ、りっぱさは近所でも評判です。御主人の柚木さんというひとは、カトリック教の熱心な信者で、たいへんな慈善家ということです。奥さんはだいぶんまえに亡くなりましたが、弥生さんというお嬢さんがあって、このひとが、柚木氏にとって、何よりの楽しみとも、慰《なぐさ》めともなっているのです。

弥生さんは当年とって十五才、まだ、ほんの子供ですが、亡くなられたお母さんに似て、その可愛《かわい》らしいことはお人形のようです。ことに今夜は、仮装舞踏会とて、あどけないオランダ人形に扮装《ふんそう》したのが、またとなく愛らしく、美しく、それこそ、ふるいつきたいほどの姿ですが、気になるのは、愛らしい眉間《みけん》にやどる暗い影。

それもその筈《はず》、弥生さんは今夜の舞踏会が心配でたまらないのです。お父さんのお言葉によると、今夜、宇宙の王冠をホールに飾ってお客さまにお見せするとのことですが、今夜のような仮装舞踏会では、どのような人間がまぎれこもうとも知れません。それがまず心配のひとつですが、もうひとつの心配というのは、あの金《きん》の蝙蝠《こうもり》のことです。

実は昨夜、弥生さんははからずも、庭の奥に飛んでいる、あの気味悪い金の蝙蝠を見たのです。ああそのときの恐ろしかったこと、蝙蝠はそのまま、いずこともなく飛び去りましたが、ひょっとすると、あれがなにか、悪い前兆ではあるまいかと思うと、いっそう、今夜の舞踏会が不安になって来ます。と、いって、すでにきまったものを、いまさら取りやめるというわけにも参りません。そこで思いあまった弥生さんが、それとなくお父さんに、胸の不安を打《う》明《あ》けますと、

「嬢や、何も心配することはないのだよ。念のために、警視庁の等々力《とどろき》警部に頼んであるし、それにほかにも頼んであるひとがあるから、何も心配することはないのだよ」

と、おっしゃったが、弥生さんの心配は、それくらいのことではおさまりません。

いまもいまとてお居間《いま》にいて、そろそろお客様のお見えになる時刻だが、何も変《かわ》ったことがなければよいがと、ひとりくよくよ心配しているところへ、コツコツとドアを叩《たた》く音。

「お入り」

弥生さんが声をかけると、ドアをひらいて入ってきたのは思いがけなく、背の高い外国人で、カトリックのお坊さんの服装をしていました。

「おやまあ、神父さまでしたの。よくおいで下さいました」

弥生さんが挨拶《あいさつ》すると、お坊さんはニコニコしながら、

「おお、素敵です。ミス弥生、あなた、実にキレイです。お人形のよう」

と、上手な日本語でほめそやしました。

弥生さんのお父さんが、カトリック教の信者だということはまえにも申しましたが、このひとはその教会の神父さまでたいへん徳の高いお坊さんです。名前はニコラ神父。

「まあ、神父さま、よいところへ来て下さいました。わたし心配で、心配で……」

「ミス弥生、何がそんなに心配ですか」

「だって、今夜……」

と、弥生がお話をしかけたところへ、あわただしく入って来たのは女中のお清《きよ》。お清はちょっと、ニコラ神父におじぎをすると、

「お嬢さま、まあ、いやじゃございませんか」

「清や、どうかしたの？」

「どうかしたかって、お嬢さま、御《ご》前《ぜん》様のことですよ」

「あら、お父さまがどうかあそばして」

「いえね、御前様の仮装のことでございますよ。お嬢さまは御前様の今夜の仮装御存じでございますか」

「いいえ、なんだか、みんなを驚かしてやるんだとおっしゃっていらしたけれど……」

「それでございますわ。ほんとに誰《だれ》だって驚きますわ。金の蝙蝠だなんて」

「え？　清や、金の蝙蝠がどうかしたの？」

「いえね、御前様が、金の蝙蝠の仮装をしていらっしゃるのでございますよ。黒装束《くろしょうぞく》に黒いマント、つばの広い黒帽子、おまけに胸には金の蝙蝠のぬいとりをおつけになるやら、顔には黒いマスクをおかぶりになるやら、ほんとに気味が悪いじゃありませんか」

「まあ！」

弥生さんはそれを聞くと、ニコラ神父と顔を見合《みあわ》せ、呆《あき》れたように眼《め》を見張りましたが、それと同時に、なんともいえぬ不安が、ムラムラと胸の底からこみあげて来るのでした。

三人の金蝙蝠

あの有名な、柚木邸《てい》の仮装舞踏会の幕がきって落《おと》されたのは、それから間もなくのことでした。

眼もあやな五色《ごしき》の造花、虹《にじ》と見まがう紗《しゃ》のテープに、きらびやかに飾り立てられた大ホールのなかには、いましも、種々様々な仮装をしたひとびとが満ちあふれています。

武者《むしゃ》人形がいるかと思うと、西洋の甲冑《かっちゅう》武士がいます。スペードの女王がいるかと思うと、ゆうに優しい田植《たうえ》娘もいるというわけ、それこそ、おもちゃ箱をひっくり返したような賑《にぎ》やかさですが、そのな

かでも、ひと際《きわ》目立つのは弥生さんのオランダ人形。

弥生さんはニコラ神父に手をひかれて、ホールの中へしずしずと入って来ましたが、神父様の黒ずくめの服装にひき立てられて、その美しさは、いっそう照りかがやくばかりでした。

「まあ！　可愛《かわい》い！」

「ほんとに、何《な》んてお可愛いんでしょう。まるでお人形みたいですわ」

と、口々にほめそやさぬものはありません。

弥生さんはいくらか上気した気味で、頬《ほお》を真《ま》っ紅《か》に染めながら、

「神父様、お父様はどこにいらっしゃるのでしょう」

「そうですね」

背の高いニコラ神父は、ひとびとのうえから、ホールの中を見廻《みまわ》していましたが、

「ああ、向《むこ》うにいるのが、ミスター柚木、じゃ、ありませんか。ほら、宇宙の王冠のそばに立っている……」

なるほど、ホールの中央には、大きなテーブルがおいてあって、そのうえにガラスのケースにおさめた宇宙の王冠が、さんぜんとしてきらめいています。そのテーブルのそばに立っているのが、柚木氏にちがいない。黒マントに縁広《つばひろ》帽子、それにマントの胸には金蝙蝠のぬいとりさえ見えます。

まあ、なんていやな仮装だろうと思いながら、弥生さんはニコラ神父のそばをはなれて、つかつかとそばへよると、

「お父様」

と、甘えるような声をかけたが、すぐ、はっとして息をのみました。

ちがっているのです。振りかえったそのひとの顔を見るとお父様とは似ても似つかぬ人でした。顔に大きなマスクをかけているので、よくわからなかったけれど、お父様よりずっと若いひとのようです。

「あら、御免《ごめん》下さい、あたし、困ったわ」

「いや、お嬢さま、私こそ失礼しました。お父様なら、向うにいらっしゃいますよ」

その人が指さすところを見ると、なるほど、向うのほうにも同じ仮装の金の蝙蝠が、お客さまにとりかこまれ、愛想をふりまいています。そのひとこそ、たしかにお父様の柚木氏にちがいありません。

「失礼いたしました。では、御免下さい」

何者とも知れぬ金の蝙蝠にことわって、弥生さんは、お父様のほうへいきかけたが、そこでまた、ハッとして立ちどまりました。そのときまたもホールの入口から、ふらふらと入って来たのは、これまた、金の蝙蝠ではありませんか。

ああ、よりによって、あの忌《いま》わしい深夜の魔術師の仮装が、一人ならず、二人三人まで、一堂に集まるというのは、何ということでしょう。

しかも、いま、ホールの入口から入ってきた、第三の金の蝙蝠というのが、何んともいえぬほど気味悪いのです。体はほかの二人にくらべると、だいぶん小柄《こがら》で、顔は例によって、大きなマスクでかくしていますが、そのマスクの下から覗《のぞ》いているふたつの眼の気味の悪さ。それはまるで、腐った魚の眼のように、ドロンとにごって、生気がないのです。しかも、その足どりというのが、雲を踏むように、ふわりふわりとして、幽霊が歩いているようです。

弥生さんはそれを見ると、なんとなく、ゾーッと鳥肌が立つような気がしましたが、そのうちに、ほかのひとびとも、この異様な光景に気がつきはじめました。

「おや、また、あそこへひとり、金の蝙蝠が入って来ました」

「まあ、いやねえ、柚木さんも少しいたずらが過ぎますわ」

「いや、ひょっとすると、これはいたずらじゃないかも知れないよ。何かほんとに、悪いことが起《おこ》りつつあるのかも知れないよ」

お客様がたも、なんとなく無気味なものを感じたらしく、ジリリ、ジリリとしだいにホールの四隅《よすみ》へ退《しりぞ》いていきます。

弥生さんも、お客様のそういう言葉をきくと、ハッと胸をとどろかせ、思わずそこに立ちすくんだまま、あの気味悪い三人の金蝙蝠を見詰《みつ》めます。

やがて、お客様はスッカリ壁際にのいてしまってあの宇宙の王冠をかざったテーブルのあたりは、ガラ空《あ》きになってしまいました。そして、そのテーブルの左右に立っているのはふたりの金の蝙蝠です。と、そこへ、相変《あいかわ》らず、雲を踏むような足どりで、ふわりふわりとちかづいていったのは、いまし入口から入って来た第三の金蝙蝠。

しばらく三人は、たがいにマスクの底をのぞきあっていましたが、やがてひとりが、

「あなたは誰《だれ》です」

と、叫びましたが、するともうひとりが、

「あなたこそ誰です！」

と、おうむ返しに叫びます。すると、第三の金の蝙蝠も、

「そういうあなたがたこそ誰です」

と、これまた、負けずにやりかえしましたが、ああ、その声の気味悪さ。低くしゃがれて、それでいて、妙にキーキーした声なのです。

「マスクをおとりなさい！」

と、最初のひとりがいいますと、それにつづいて第二の金蝙蝠が、これまた、

「マスクをおとりなさい！」

「マスクをおとりなさい！」

第三の金蝙蝠も、あいかわらず、ひくいキーキー声でいいました。

「畜生《ちくしょう》！」

「畜生！」

「畜生！」


ああ、なんということです。

ひとりがものを言うたびに、ほかのふたりも順繰《じゅんぐ》りに、身振りから、声色《こわいろ》まで、ソックリまねて叫ぶのです。

もし、これが、舞台かなにかで演じられているお芝居《しばい》ならこれほど素晴らしい、これほど面白い場面はありません。見ているひとびとも、きっと腹をかかえて、笑いころげたことでしょう。

しかし、いまは誰ひとり、口を利《き》くものさえありません。

何か変です。

何か無気味なものがあります。いまに、何か、恐ろしいことが起るのではありますまいか。弥生さんをはじめとして、ほかのお客様たち一同も、手に汗握って、この気味悪い三人の金蝙蝠を見くらべていました。


（未完）

未発表原稿①

深夜の魔術師

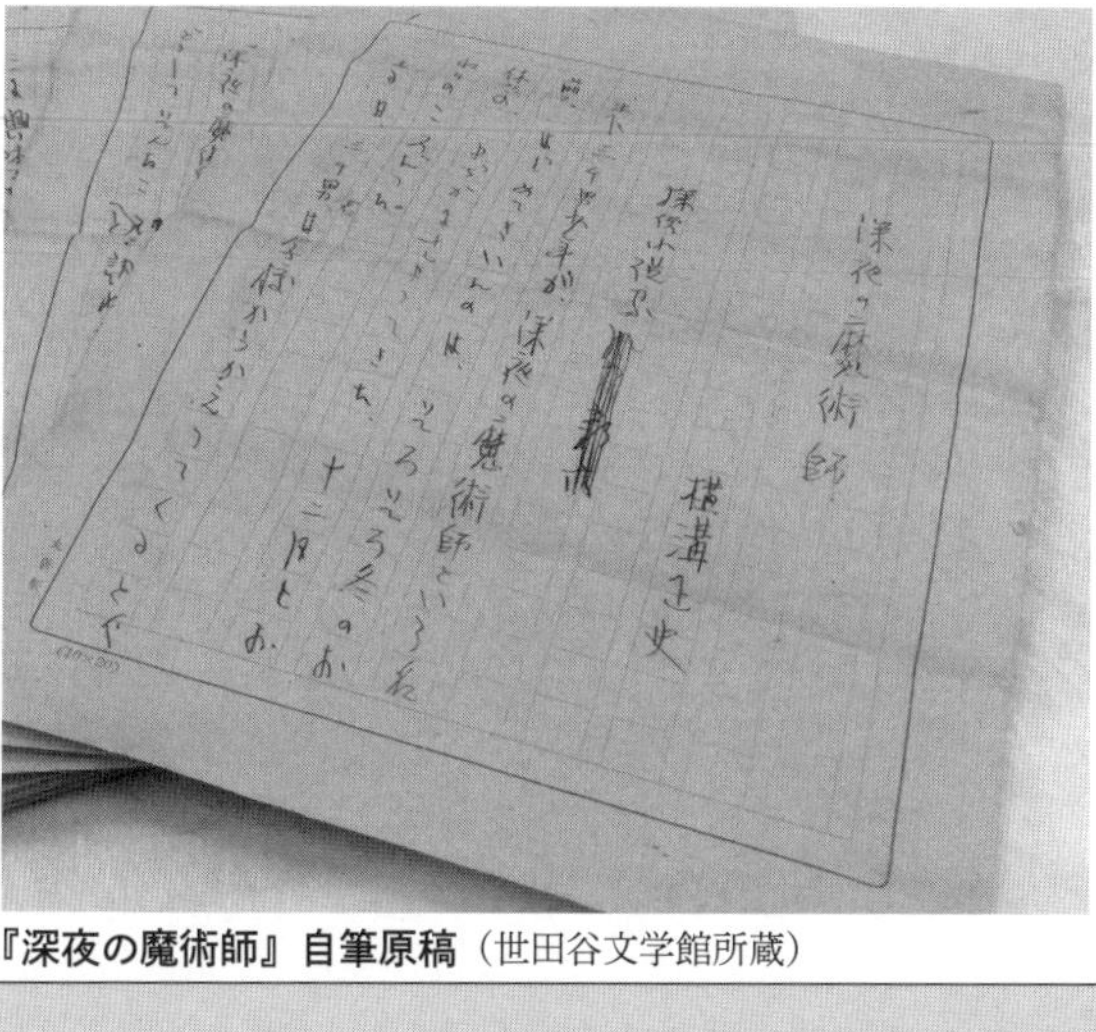

『深夜の魔術師』 自筆原稿（世田谷文学館所蔵）

『深夜の魔術師』を書くにあたって

私は日頃から少年読者に、もっともっと探偵小説を読んでもらいたいと思っている。それはなぜかといえば、探偵小説のなかには、大なり小なり推理というものがふくまれているからである。推理というのは物事を、なっとくのいくように、理詰めに考えていくことである。探偵小説のなかには、むろん多く、悪党が出てくる。しかし、それは探偵に推理をはたらかせるために、作者が持ち出してくる操り人形みたいなものだから、諸君はそういう悪党のまねなどしてはいけない。それよりも、小説の中の探偵といっしょになって、推理をはたらかせる練習をしてもらいたいと思うのである。

深夜の魔術師

探偵小説家

木下三千男少年が、深夜の魔術師という名前を、はじめてきいたのは、そろそろ冬のお休みが、まぢかにせまってきた、十二月もおわりのころだった。

ある日、三千男君は学校からかえってくると、お父さんの木下博士に、いきなり、こんなことを訊ねたのである。

『お父さん、深夜の魔術師っていったいなんのこと？』

木下博士はそのとき、書斎でしらべものをしていられたが、だしぬけに、三千男少年から、妙なことを訊ねられると、びっくりしてふりかえった。

『深夜の魔術師だって？　三千男、おまえはどうしてそんなことを訊ねるのだ。』

『だって、お父さん、ちかごろ学校へいくと、みんな深夜の魔術師、深夜の魔術師って、大騒ぎなんですよ。だから、お父さんにお訊ねするんです。深夜の魔術師って、いったいなんのことですか。』

『ふうむ。』

と、お父さんは三千男君の顔を見つめて、

『学校でそんな話をしているのかい。いけないねえ。おまえたちのような子供が、そんなことに興味をもつものじゃない。』

　三千男君は、新制中学の一年生である。

『だって、お父さん、みんな知っているのに、ぼくだけ知らないのはずかしいんですもの。今日もお友達にたずねたら、あんな名高い名前を知らないのかいと、みんなにからかわれたんです。』

『いや、そんなことは知らないほうがいゝんだ。知ってるほうが悪いんだよ。』

『そんなこといわないで、お父さん、教えてくださいよ。ね、ね、お父さんてば……』

　父と子が、そんな押問答をしているところへ、

『おやおや、三千男君、お父さんに何をおねだりしているんだね。』

と、ひょっこり顔を出したのは、ちかごろお隣へひっこしてきた、風間新六という探偵小説家である。

『あゝ、風間君』

と、木下博士はにこにこして、

『子供ってしかたがないもんだね。深夜の魔術師って何者だかおしえろってきかないんだよ。』

『へへえ、深夜の魔術師。……？』

と、風間新六は眼をまるくして、

『三千男君はなんだって、そんなことに興味を持っているんですね。』

『それがね、学校で大評判なんだそうだ。お友達はみんな知っているのに、自分だけ知らないのは恥だから、おしえてくれってきかないんだよ。』

『あっはっは、そんなこと知らなくても恥じゃないが……』

『そんなこといわないで、教えてくださいよ。風間先生、あなたも知ってるんでしょう。ねえ、風間先生、教えて下さいよ。』

三千男君は、こんどは風間新六にねだり出した。

三千男君は、この風間新六という探偵小説家が大好きだった。お隣へひっこしてきた《ママ》から、まだ、日も浅いのだけれど、陽気で朗かで明るくて、スポーツマンらしい開けっぱなしな性格は、お父さんの木下博士も気にいっていて、よいひとがお隣へ、ひっこして来てくれたとよろこんでいる。

風間新六、としは二十五六だろう、身長五尺八寸五分、体重二十一貫という、堂々たる体軀をしており、スポーツならなんでもござれという運動家だが、まだ、奥さんもなくて、年寄りの婆やさんとふたりぐらし。とても子供ずきで、いつも三千男君に面白いお話をしてくれる。

三千男君が、深夜の魔術師のことについて、風間新六にねだっていると、木下博士はにこにこして、

『これやァいゝ。風間君は探偵小説家だから、こんな話にはうってつけだ。三千男、その話なら、風間先生にきくがいゝ。』

『えっ、お父さん、それじゃ深夜の魔術師って、探偵小説みたいな話なの？』

と、三千男君は眼をまるくした。三千男君も皆さんと同じように、探偵小説が大好きなのである。

風間新六は頭をかきながら、

『ひどいなあ、先生は。――深夜の魔術師とぼくの探偵小説をいっしょにされちゃ困りますよ。しかし、まあ、いゝや。それじゃ三千男君、話してあげるが、君、怖がって眼をまわしちゃいけないぜ。』

『誰が……誰が……眼なんぞまわすもんですか。』

そうはいうものゝ三千男君、どんな話が風間新六の口から出るかと、膝に両手をおいて力みかえっている。

予告の怪盗

『深夜の魔術師というのはね、実は盗賊なんだよ。しかし、これがふつうの盗賊とちがって、ちょっと変っているんだ。』

と、風間新六の話すところによるとこうなのだ。

いまから十年ほどまえのことである。東京に不思議な怪盗があらわれた。

その怪盗は、決して貧乏人を襲わなっ《ママ》た。かれのねらうのは、いずれも大金持ちの成金や貴族ばかり、

しかも、同じ金持ちでも、決して評判のよいひとはねらわなかった。たちの悪い金持ちや、いかゞわしい噂のある貴族ばかりが、その怪盗の槍玉にあがった。

　しかも、この怪盗のかわっているのは、盗みに入るまえに、きっと予告をしてくるのである。いついつか、これこれこういう品を頂戴に参上しますと、盗みに入る日と、盗み出す品物を、あらかじめ報らせてよこすのである。

　はじめのうちは、そういう警告状をもらったひとも、馬鹿にして、鼻のさきでせゝら笑っていたが、すると果してその日になると、予告された品物が、煙のように消えてなくなるのである。いつ、どこから入ってきたのかわからなかった。また、どういう方法で盗み出したのかも知れなかった。

　しかし、予告した日には、きっとやってきて、予告した品物をもっていくのだから、騒ぎはだんだん大きくなった。予告状を受取ったひとびとも、いままでのように、鼻のさきでわらっているわけにはいかなくなった。みんな蒼くなって、警察へかけつけた。

　そこで、警察ではいつも、予告された日になると、予告された邸宅を、十重二十重とお巡りさんによって取りまき、蟻の這いでる隙間もないほど、厳重に見張りをするのだが、それでもやっぱりいけなかった。

　いつどこからかやってくるのか、怪盗は煙のようにやってきて、きっと目差したものを盗んでいった。しかも、怪盗のしのびこんだあとには、いつもきまって《ママ》、変なものがのこしてあった。

　それは眼かくしをするマスクである。怪盗はいつもきまって、仕事をおわったあとには、名刺代りにマスクをおいて立去った。ところが、そのマスクというのが変っているのである。あるときは水玉模様のマスクであった。あるときは碁盤縞のマスクであった。そうかと思うと、真っ白なマスクのときもあり、またあるときは、紫繻子のマスクであった。

　いずれにしても怪盗は、警察の無能をあざわらうように、マスクをのこしていくのである。

　そのやりくちが、まるで魔法使いみたいだし、しかも怪盗の現れるのが、いつもきまって真夜中だったから、いつ、誰がいゝ出すともなく『深夜の魔術師』――これが怪盗の名前になった。

『ところが、この深夜の魔術《ママ》については、ちょっと妙なことがあるんだよ。』

と、風間新六は言葉をついで、

『その怪盗は盗みをすると、きっとそのあとで孤児院へ、たくさんの金を寄附してくるんだよ。つまり、よっぽど子供が好きなんだね。』

『ふうん、子供が好きだなんて、まるで風間先生みたいだね。』

と、三千男君がうっかりそんな感想をもらすと、風間新六はからからと笑って、

『馬鹿をいっちゃいけない。泥棒とおれをいっしょにするやつがあるもんか。』

『御免なさい。先生、それでほんとに、誰もその怪盗を、見たものはなかったんですか。』

『いや、それがね、なんとかいう伯爵夫人が唯一度、怪盗のすがたをみているんだ。ところが、その怪盗のすがたというのが、実に妙なんだよ。』

『妙だって、どんな●(原稿判読不能)をしているの。』

『燕尾服をきて、シルクハットをかぶっているんだって。それから、表がまっくろで、裏が赤と白との横縞の、二重廻しをきているんだってさ。そして、顔は例によって、マスクで半分かくしていたが、色白の、愛嬌のいゝ好男子だったというんだよ。』

『ふうん、それじゃ怖くなんかないや、まるで紳士みたいじゃないか。』

『だから、世間では紳士強盗といってたんだよ。』

『だけど、先生、その話はいまから十年もまえのことなんでしょう。それがどうして、ちかごろ評判になっているの。』

『それだよ、三千男君、その怪盗は一年ばかり、東京中をあらしまわっていたが、そのうちバッタリ噂がきえてしまったのだ。だから、多分、戦争にでもいって、戦死したんだろうといわれていたんだが、九年もたった今年になって、またぞろ、いたずらをはじめたんだよ。』

風間新六がそこまで語ってきたときである。卓上電話のベルが、けたゝましく鳴り出した。木下博士は何気なく、受話器をとってきいていたが、急にはっと顔色がかわった。風間新六と三千男少年は、びっくりして、博士の顔を見つめていたが、やがて博

士は受話器をおくと、緊張した顔色でふたりのほうをふりかえった。

『風間君、三千男、噂をすれば影だよ。さっき高輪の兄のところへ、深夜の魔術師から予告状がきたそうだ。』

『な、な、なんですって！』

風間新六ははじかれたように立ちあがると、

『そ、そして、いったい、なんといってきたんです。』

『来る二十五日、クリスマスの夜の十二時、真珠の首飾をいただきに参上しますといってきたそうだ。』

それをきくと三千男少年、思わずあっと、手に汗を握ったのである。

路上の出来事

木下博士の兄さんというひとは、ちかごろまで伯爵だった。そして、同じ華族のなかでも、有名なお金持ちである。

木下元伯爵には、珠子さんという、今年十九になるお嬢さんがあり、そのお嬢さんの持っている、真珠の首飾は、『海の女王』と、いう名があって、もとはイタリヤのさる名家の家宝であったとやら、それが木下伯爵の手にうつり、伯爵夫人のなくなられたのちは、ひとり娘の珠子さんのものになっている。

珠子さんは毎年ひらくクリスマス・パーティーには、かならず、その首飾をかけて出ることになっており、そのパーティーには、木下博士や三千男少年もまねかれている。

深夜の魔術師がその首飾をねらっている。――従姉の首飾をねらっている。――そう考えると三千男君は、子供ながらも、怒りのために血がふるえた。

木下元伯爵は決して悪いひとではない。いや、世間では珍しいほどの慈善家だという評判である。また、珠子さんはまだ子供である。善人も悪人もあったものではない。

それにもかゝわらず深夜の魔術師が、その首飾をねらうとは何事だろう。世の中にはもっともっと、悪いことをして、お金をもうけているひとが、たくさんあるではないか。

『どうも今度の深夜の魔術師は、昔の深夜の魔術師と、すっかりやりくちがちがいますね。ひょっとすると、今度のやつは、贋物ではありますまいか。』

　風間新六もそういっていたが、贋物にしろ、本物にしろ、三千男君は許しておけぬような気がした。おのれ、深夜の魔術師と、怒りのために胸がふるえた。

　それはさておき、問題の二十五日の二日まえ、即ち二十三日のお昼過ぎのことである。

　三千男君は用事があって、ひとりで日本橋へ出向いていった。用事というのはほかでもない。二十五日のクリスマスに、従姉の珠子さんからお招きをうけているので、何か贈物をしなければならぬと、それを三越まで買いに来たのである。

　ところが日本橋のうえまできたときである。白木屋のほうからきこえてきたのが、ピリピリという呼《よび》笛《こ》の音。

　三千男君は何事かと、はっとその場に立ちどまったが、と、見れば向うのほ《ママ》からあたふたと走ってくるのは真っ赤なもの。

　それはサンタクロースであった。赤い服に赤い帽子、真白なひげをはやして、大きな袋をかついだサンタの爺さん。たぶんクリスマスの売出しをあてこんで、どこかの商店でつかっているマネキンだろうが、そのマネキンのサンタの爺さんが、いきせき切って、こっちのほうへとんでくる。しかもうしろからは野次馬が、わいわいいゝながら追っかけてくるから、三千男少年も何事が起ったのかと眼を見張った。

　橋のうえにはお巡りさんがひとり、さっきの呼笛をきゝつけて、緊張した面持ちで立っている。そこへ、サンタクロースが、ころげるように駆着けてきた。

『こら、こら、どうしたんだ。さっきの呼笛はおまえのことだろう。ちょっと待て。』

　お巡りさんはサンタクロースの腕をとらえたが、するとサンタの爺さんは、にこにこしながら、何やらお巡りさんの耳にさゝやいた。

　お巡りさんはびっくりして眼を見張ったが、

『な、なに、映画の撮影だと？　そして、許可証を持っておるか、許可証を。……』

　サンタの爺さんが、言下に何やら出してみせると、お巡りさんもうなずいて、

『よし、それじゃ、やりたまえ。しかし、できるだ

け早く切上げてくれよ。それでないと交通が混雑してこまる。』

サンタクロースの爺さんは、承知したというようにうなずいたが、そのとき、むらがる野次馬をかきのけて、

『こ、この野郎！』

と、ばかりに、サンタロ《ママ》ースにとびついたのは、寸分ちがわぬみなりをした、これまたサンタクロースであった。

三千男君はいよいよ大きく眼を見張った。

二人サンタクロース

『なんだ、なんだ、サンタクロースの喧嘩かい。』

『なに、喧嘩じゃないんだよ。映画の撮影だよ。』

『えっ、映画の撮影だって？　これは面白い。話の種に見ていこう。』

『それにしても、どこの会社でしょうね。どうも見たことのない役者だが。』

『なに、あんなひげをつけているからわからないんですよ。きっと有名な役者にちがいない。』

『これは喜劇ですね、きっと。ごらんなさい。ひとりのサンタクロースが、ひどくやられているじゃありませんか。』

『これは面白い。映画になったら見にいこう。だけど、機械はどこにあるんでしょう。どこから撮影しているんでしょう。』

『それはね、ほら、あの自動車ですよ。あの自動車のなかゝらうつしているんです。何んだか変なものが窓からのぞいているじゃありませんか。』

『なるほど、おい、映画の撮影だから、みんな邪魔をするな。』

野次馬が面白がって、わいわい見ているそのなかでは、ふたりのサンタクロースが組んずほぐれつ、大格闘である。サンタクロースとサンタクロースが、組みあったまゝ、鞠のように路上にころがって、どちらがどちらか見分けもつかなくなった。ひとりのほうのサンタクロースは、何かしきりに叫んでいるが、いきが切れてよくわからない。

野次馬はまたそれを面白がって、わっとそばからはやし立てる。お巡りさんまで面白そうに、にこにこしながら見物していた。

そのうちに、ひとりのサンタクロースは、ぐったり路上にのびてしまった。もうひとりのほうはよろよろと起きあがると、勝ちほこったように両手をふって、うおッワと、ターザンのような唸り声をあげた。

見物は喜んでわっと拍手喝采。その拍手にこたえるように、サンタクロースはペコリと頭をさげると、待っていた自動車にとびのって、須田町のほうへまっしぐらに立ち去った。

そのあとを見送って、野次馬もだんだん散っていく。三千男君もそれにつれて、ボツボツ歩きかけたが、そのとき、ふっと怪しい胸騒ぎをかんじて、路傍に足をとめたのである。

やっつけられたサンタクロースは、まだ路上にのびている。あのひとはどうして起きないのだろう。なぜ、さっきの自動車にのっていかないのだろう。

三千男君が心配そうに見ていると、お巡りさんがずかずかと、そのほうへちかず《ママ》いていった。

『これこれ、起きないか。いつまでもこんなところに寝てちゃ困る。撮影はもう終ったぜ。』

ゆすり起されてサンタクロースは、眼をこすりながら起きなおると、きょろきょろあたりを見廻していたが、

『や、さっきのやつはどこへいった。さっきのサンタクロースは……』

『あのサンタクロースなら、撮影がすんだので、自動車でさっさとかえっていったよ。』

『撮影……？　き、君はなにを馬鹿なことをいっているんだ。それに、さっきおれがあんなに怒鳴ったのに、君はなぜ応援してあいつをつかまえなかったのだ。』

『あいつをつかまえるんだって？　だってあいつはたゞの役者で……』

『馬鹿！　き、君はなんという馬鹿な男だ。おれは警視庁の等々力警部だぞ！』

お巡りさんはびっくりしてとびあがった。

『な、な、なんですってあなたは警部さんですって？　そ、そしてさっきのやつは……』

『あいつが深夜の魔術師だ！』

それをきいて、あっと両手をにぎりしめたのは三千男少年。それではあれが、音にきく深夜の魔術師であったのか。

お巡りさんも蒼くなって、

『し、しかし、警部さん、ど、ど、どうしてあなたも深夜の魔術師も、サンタクロースなんかに化けているんです。』

『あいつが向うの天運堂へ、紫ダイヤの指輪をいただきに参上すると、例によって予告状をよこしたんだ。そこでおれがマネキンの、サンタクロースに化けて張番していたんだ。ところがおれは、途中で小便がはずんだものだから、何気なく奥の便所へ入っていった。そこをぐわんと殴られて、気をうしなっているうちに、あいつがサンタクロースのなりをして、店へ出ていって、紫ダイヤの指輪を見せろといったんだ。店員はそのサンタクロースを、おれだとばかり信じていたから、つい、何気なくそれをわたした。あいつはそれをポケットにねじこむと、ゆうゆうとして店を出ていった。ちょうどそのとき、おれも気がついて、店へ出ると話のようなしまつだ。そこでおれは驚いて、あいつをこゝまで追っかけて来たんだが……君は、さっきおれの吹いた、呼笛の音をきかなかったのか。』

はたに立ってその話をきいていた三千男少年、思わず、血湧き、肉躍るのをおぼえたのである。

あゝ、深夜の魔術師のなんという大胆さ！　そしてまた、とっさに映画の撮影と、お巡りさんをいゝくるめ、まんまとのがれ去ったその機転。

しかも、その深夜の魔術師は明後日の晩、伯父の邸宅へ出現すると予告しているではないか。

三千男君は思わず拳《こぶし》を握りしめたのである。

（つゞく）


世田谷文学館所蔵の自筆原稿を、新字新かなに改めテキスト化した。振り仮名は著者自身によるもののみとした。

未発表原稿②

死仮面《デス・マスク》された女

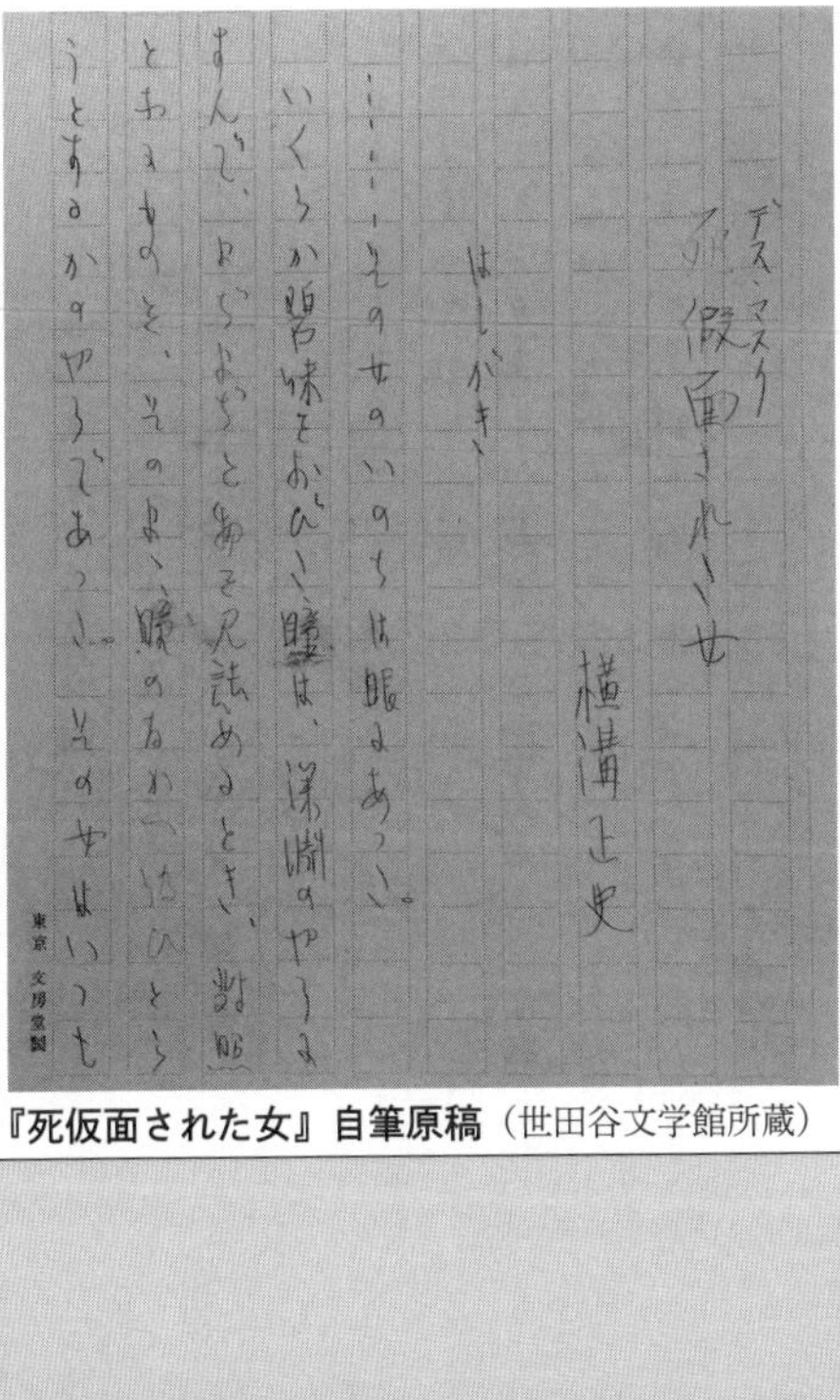
デス・マスク
死假面された女
横溝正史
はしがき
……その女のいのちは眼にあった。
いくらか暗味をおびた瞳は、深淵のやうに
東京 文房堂製

『死仮面された女』自筆原稿（世田谷文学館所蔵）

死仮面《デス・マスク》された女

はしがき

……その女のいのちは眼にあった。

いくらか碧味をおびた瞳は、深淵のようにすんで、まじまじと物を見詰めるとき、対照となるものを、そのまゝ瞳のなかへ吸いとろうとするかのようであった。その女はいつも悲しげであった。三ケ月の同棲生活のあいだ、わたしは一度も彼女が心からわらうのを見たことがない。どうかすると涙ぐんで——そんなときには美しい瞳が、夜霧にぬれた宝石のようにかゞやいた。

……その女のいのちは唇にあった。

彼女のわずろうている病気の常として、いつもぬれぬれと真っ紅にぬれた唇は、健康とはいえないが、それだけにまた、男の心をそゝらずにはおかぬほど蠱惑的だった。その女はなにかしら、過去に尾をひく、くらい罪のかげを背負うているようであった。どうかして、そのくらい影におのゝくとき、彼女のあかい唇は、ひきつるようにわなわなとふるえた。

……その女のいのちは、肌にあった。

青く動脈のういて見える肌は、上簇するまえのかいこのように、陽にてらすと向うがすけてみえそうであった。その女がどういう過去を背負うていたのかわたしは知らない。あの病的な青い静脈のなかには、幾人かの男の血がまじっていたのかも知れない。しかし、わたしは一度だって、そんなことを考えてみたことはないし、また、やきもちをやいたこともない。ともかく三ケ月のあいだ、彼女はわたしの愛撫に満足してくれたのだし、醜いわたしの容貌や、節くれ立ったわたしの指に、いちどだって不平を洩らしたことはなかったのだ。

反対に、いつか感情がたかぶって来たとき、彼女はわたしの首にかじりつき、気ちがいのようにこんなことをつぶやいた。

――慎吾さん、慎吾さん、どうしてあたしはもっとまえに、あなたのような人にめぐりあわなかったのでしょうね。あなたのような、やさしい、潔らかな人にもっと早くあっていたら、あたしはあのように堕落しず《ママ》にすんだのに。……このように罪のかげにおののかないでいられたかも知れないのに。……でも、もう遅いわ。あたしの血はにごっている。あたしの血管のなかには、恐ろしい罪の血がながれているのよ。あたしはきっと、ちかいうちに死んでくわ。でも、いゝの。死んでもいゝの。死んでくまえにあなたのような人にあえたこと、そしてこんなに愛していただいたこと。……あたし、それで満足してるわ。あたしはそんな値打ちもない女だのに。

……

彼女。――姓は山口、名はアケミ。しかし、それがほんとうの名かどうか、わたしの知るところではない。

それは夏のはじめのひどい嵐の夜だった。わたしは彼女がぬかるみのなかに、雨に打たれて、踏みにじられたボロのように倒れているのを発見して、自分の陋屋につれてかえったのだ。

彼女のからだは火のように熱かった。それのみならず口をおさえた彼女のハンケチが、真っ赤にそまっているのにわたしは気がついた。それでいて、わたしが驚いて医者を呼びにはしろうとすると、彼女はあわてゝ呼びとめた。

――誰も呼ばないで！　このまゝそっとしておいて。あたし誰にも見られたくないの。ひとが来たらあたし死んでしまう！

やむなくわたしは、医者を呼びにいくことを思いとゞまらねばならなかった。その代りわたしは、奴隷が主人に仕えるように、彼女の枕頭に奉仕したのである。

幸い一週間ほどの安静で、彼女の容態はだいぶ持直した。いくらか気分のよくなったある日、彼女はさびしい翳を見せながら、こんなことをわたしにいった。

——あなたは顔は醜いけれど、心はきれいな方らしいわね。あたしいまゝでこんなふうに、若い男に気をゆるしたことはなかったわ。あなたがそばにいてくださると、あたし、なんだか心があたたまるような気がするの。

それからまたあるとき——それはわたしたちが、はじめて許しあった直後のことだったが——彼女はこんなふうにささやいた。

——あたし、山口アケミというのよ。でも、それ以上のことはきかないでね。あたしがどういう女だか、どこから来たか、いっさいきかないでね。もし、あなたがそんなことを調べようとしたがさいご、あたし一日もこゝにいないわよ。それから、絶対にあたしのことを、誰にもしゃべらないでね。あたしがこゝにいるということを、決してひとにいわないでね。不思議な縁で、あなたのもとに身をよせている女——たゞ、それだけで満足していて。それ以上のことを知ろうとしたら、それこそあたしたちの仲はそれでおしまいなのよ。ね、ね、わかってくださすって?


わたしはむろん、彼女の言葉にしたがうよりほかにみちはなかった。わたしのように醜い、貧しい彫刻家が、はじめて知った女としては、彼女はたしかに分に過ぎている。彼女がどのような過去を持っていようと、わたしはいっさい気にしないことにしよう。過去を持った女だからこそ、彼女はわたしのようなものに許してくれたのだ。山口アケミという女——わたしはそれだけで満足しなければならなかったのだ。

わたしたちの妖しい同棲生活は三月つゞいた。彼女のこいをいれて、わたしは決して彼女のことをひとにしゃべらなかったし、彼女という女が、わたしの家に住んでいるということを、わたしは極力、ひとに覚られぬように努力した。

いまから思えば、それはまったく不思議な生活であった。つまり二人は浮世はなれた山の奥か、絶海の孤島にでも住んでいるのと同じであった。社会から完全に隔離された二人だけの世界で、わたしたちは誰にも知られず、ただ愛撫しあうことにのみ熱中していたのだ。そして、秘密というものが持つ妖しい魔力が、わたしたちの仲をいっそう味の濃いものにし、しまいには、自制も反省もないたゞれた泥沼のなかに、わたしはおちてしまったのだった。

　むろん、ときどきは、わたしも反省してみることがあった。それというのが、いちじ持直したかに見えた彼女の容態が、また、しだいに悪化しはじめたことに気がついたからだ。彼女は日一日と枯痩し、瞳のいろの深さにも、この世のものとは思われぬ、神秘なものをおびはじめた。彼女の肉はおち、骨はおとろえた。しかも、彼女の骨肉を、こうも無残に削っているのは、ほかならぬわたしなのである。

　しかし、わたしがときどき反省めいた言葉を吐くと、彼女はきまって、火のように熱い腕をわたしの首にまきつけた。そうすることが彼女にとって、すでに非常な努力であったにも拘らず。……

　——いゝのよ、いゝのよ、こゝでいくらか慎しんだところでどうなるというの。どうせ長いいのちじゃない。つまらないこと気にしないで。ね、ね、好きなようにして。……

　彼女にこう出られると、わたしの自制心などすぐけしとんでしまう。わたしはちょうど、子供が気に入ったおもちゃを、つゝきこわしてしまうまで、いじくっていなければ気がすまないように、彼女を愛撫しつづけたのだ。彼女もそれに満足していたと信ずる。

　こうしてとうとう悲しい終末が来た。

　もういけないとわかったとき、彼女は例の吸いとるような眼差しで、まじまじとわたしの顔を見ながら、こんなことをいったのである。

　——慎吾さん、長いこと有難う。おかげで生涯の最後の期間を、楽しく過させていたゞいたことを、あたしどんなに感謝していゝかわからないわ。あなたというひとがいなかったら、あたしどんな暗い思いで、野垂死にをしたかわからないんですもの。

　彼女はそこで、咽喉にからまる痰をくるしげに切ると、こんなふうに言葉をついだのであった。

　——ところで、死んでくまえにたったひとつ、あなたにお願いがあるのよ。あなた、彫刻家だから死《デス》仮面《マスク》のとりかたを御存じでしょう。

　わたしが驚いて顔を見直していると、彼女は謎のような翳を頬にきざんで、

　——ねえ、約束して。……あたしが死んだら、デス・マスクをとって戴きたいの。そして、それをあ

るところへ送って戴きたいの。あなた、約束してくださるでしょう。約束してくださるわね。あゝ、有難う。それじゃちょっと、紙と鉛筆をかして頂戴。……いま、そのところを書いておくから。

　山口アケミはその晩死んだ。思ったよりも苦痛のない、安らかな死にかたで、白蠟のような頰には、靨の跡さえくっきりと残っていた。

　わたしは彼女の眼をつむらせるまえに、約束どおりデス・マスクをとってやった。それはわれながらよく出来たと思う。瞳のいろの深さこそ、再現するのがむつかしかったけれど、すんなりとした鼻、可愛い、そしていくらかいたずらっぽい唇、薄い肌さえ連想されるようで、さながら生きているころの彼女をそのまゝうつし出したように思われた。

　二三日して、石膏づくりのデス・マスクがよく乾いたところで、彼女の書きのこしていった宛名の人に、わたしはそれを送ってやった。

　宛名の人。——それは女で、ところは東京だったが、わたしはデス・マスクを発送すると同時に、それがどういう名前だった忘れてしまったし、また、アケミの書きのこした所書きも紛失してしまった。だから宛名の女が山口アケミと、どういう関係があるのか、またアケミが臨終に際して、なぜ、その女にデス《ママ》マスクを送ることを頼んだのか、わたしは一切知らないのである。

　以上がわたしと山口アケミの短い、不思議な同棲生活の顚末である。

　山口アケミとは何者か、またどこからこの町へやって来たのか、わたしは一切知っていない。言葉つきから考えると、東京のものと思えるが、それもはっきりしたことはいえぬ。たゞ、この町のものでないことだけはたしかだと思う。

　不思議な女、哀れな女、野獣のような女、通り魔のようにわたしの人生をかすめてとおって、そして拭いがたい強烈な印象を、わたしの体臭のすみずみにまで残していった女。……それ以上わたしは、何ひとつとして彼女について知っていないことを、ここに改めて誓うものである。

野口慎吾誌す。

一

『先生、デス・マスクというものは、ほんとうに死んでからでないととれないものでしょうか。』

のっけから客は妙なことをいった。客は女であった。年頃は三十五六、髪をひっつめにして、出来るだけ地味によそおうているけれど、どことなく、あだっぽい年増女の色気の匂うような女であった。女はその色気を気にしているらしく、つとめて切口上な言葉をつかった。

『それやァ……死んでからとるから、デス・マスクというのじゃないですか。』

由利先生はおだやかな微笑を頰にきざみながら、左手の拇指と人指指のあいだにはさんだ客の名刺を、右の人指指で弾いている。右の人指指がうごくたびに、中里妙子という名が由利先生の掌でくるくる躍る。山《ママ》里妙子というのが客の名前である。

『えゝ、それはそうですけれど、……デス・マスクをとられてから、死人がよみがえる。いえ、まだ死んでいないまえから、デス・マスクをとるということは、絶対に出来ないものでしょうか。』

『さあ、それは……そんな場合も、なくはないでしょうがねえ。何か目的があって、やろうとすれば、生きているうちにデス・マスクをとる、いや、デス・マスクに似たものを作るということも不可能じゃないでしょう。しかし、どうしたというんです。デス・マスクについて何か……』

『えゝ、去年、ある人のデス・マスクを送って来たものがあるのです。ところがちかごろになって、デス・マスクの本人が、生きているのではないかと思われる節がございまして……。』

由利先生は女の顔を見直した。面長で中高な顔は、昔の名妓のように整いすぎていさゝか剣があるが、しかし、美人は美人にちがいない。こんな女がどうして、デス・マスクのことなどを気にするのだろう。

『で、なんですか。デス・マスクの本人が生きていては、何か不都合なことでもあるのですか。』

女の眼にはふいと暗いおびえの影がはしった。

『それは……むろんですわ。だって、死んでる筈のものが生きているとあっては、誰しも薄気味悪いじゃございませんか。それも、生きてるものなら、生きてるように、正面から名乗って出られたら、そこは、姉妹のことですもの、喜びこそすれ、決して怖がりゃァしないんですが、妙にこそこそと……生きてるのか、死んでるのかわからないような状態じゃ、こっちでも気味が悪くなるじゃありませんか。』

『なるほど、それじゃ、デス・マスクの御当人というのは、あなたの御姉妹なんですね。』

『え？』

女はいま、ついもらした自分の言葉に気がつかなかったのか、ちょっときょとんとしたふうだったが、すぐ、いそがしくうなずいて、

『ええ、そうですの。あたしどもの妹ですの。』

『そして、その人のデス・マスクをあなたのところへ送って来たのですね。』

『いいえ、さようではございません。妹にはあたしなど眼中にございませんの。』

『じゃ、誰のところへ送って来たんですか。』

『姉のところへですの。御存じじゃございません？川上恒子……あれがあたしの姉でございますの。』

川上恒子……

由利先生は改めて中里妙子の顔を見直した。

川上恒子……むろん、由利先生も知っている。名前を知っているのみならず、何かの会で二三度顔を合せたこともある。

川上恒子は現代日本女性中でも、第一級に属する人物である。有名な川上女子学院の経営者で校長で、執筆に講演に、いわゆる手八丁口八丁という女性である。由利先生の知っている川上恒子は、四十五六の、ずんぐりとした女で、いつも度の強そうな眼鏡をかけている。いま眼のまえにいる中里妙子の、すらりと背の高く、どこかあだっぽい姿とは、およそ両極端のように思えるのだが、それでいて、眼鼻立ちのひとつひとつを仔細に吟味していくと、なるほどどこか似通ったところがないでもない。

『なるほど、それじゃあなたは川上さんの妹さんでしたか。すると、デス・マスクの御当人というのも、川上さんの妹さんなんですね。』

『えゝ、そう、でも、姉妹と申しても、ほんとうの姉妹じゃございませんの。いえ、腹はみな同じなんですけれど、それぞれ父がちがっておりまして……』

『はあ。』

『こんなこと申しあげるのは、あたしども姉妹の恥

をうちあけることになりますし、わけても、姉はあゝいう立場にいるものですから、出来るだけこういうことはかくしておきたいにちがいございませんが、人ひとりのいのちに関することでございますから……』

『人ひとりのいのち？　それはどういうことですか。』

由利先生はしだいに興を催して来たらしい。デスクのうえから身を乗出して、中里妙子の額をくいいるように眺めている。妙子はまぶ（原稿ここまで）

世田谷文学館所蔵の自筆原稿を、新字新かなに改めテキスト化した。振り仮名は著者自身によるもののみとした。

巻末資料

『幽霊鉄仮面』(1952年版)まえがき

角川スニーカー文庫版解説　ひかわ玲子

角川スニーカー文庫版解説　深沢美潮

『幽霊鉄仮面』（一九五二年版）まえがき

はじめに

私は子供のときから、探偵小説を読むのがたいへん好きでした。私のうちは薬屋でしたから夜などお店番をしながら、探偵小説をよみます。おもてにはたくさんのひとが、歩いています。

それでいながら、探偵小説をよんでいると、せなかがぞくぞくと寒くなり、うしろにだれかいるような気がして、おりおりそうっとふりかえります。そのこわさがなんともいえぬほど楽しみなものでした。

子供に恐怖心をあたえすぎるのは、いけないといわれています。だから、むろん、あまりざんこくな探偵小説はいけませんけれど、恐怖心は好奇心につうじ、好奇心はものを研究し、観察するもとなのですから、私はもっともっと、ひろく探偵小説が読まれてもよいと思っています。

そういうつもりで、私はこの小説を書きました。

横溝正史

角川スニーカー文庫版解説

『JETくんと話したこと』

ひかわ玲子《れいこ》

「なんだか、みんな、面白い小説があるってことを知らないよねぇ。どうしてあんなつまんない小説を読んで、面白いって言ってるんだろう?」

そんなことをよく、JETくんと電話で話します。

まぁ、詳しい内容について書くといろいろと差し障《さわ》りがあるし、アマチュアだった時はともかく、プロの作家になってからは、いろいろ偉そうなことを言うと命取りだし、オトナにもなったので、批判がましいことはあまり言わないように心掛けているのですが、この世の中にどうしてこんなにつまんない小説がはびこるようになったのかは、とても謎《なぞ》です。

さらに謎なのは、その、わたしからしたら、どう読んでもつまんない小説を、世の中の大部分の人はとても面白い、と口を揃《そろ》えて言う場合が多い、ということです。

JETくんは、わたしが知る限り、もっとも読書量の多い漫画家さんだと思います。いえ、わたしが知っている漫画家さんには、本をよく読んでいる人が多いのですが(時々、とんでもなく本を読んでいなくて、どうしてこの人が小説家なのだろう、という人がいるし、ヘタすると、小説家より漫画家の方がずっと小説について勉強してる、と感じることすらあります……気のせいでしょうけれど)、JETくんは特にスゴイ。実によく本を読んでいます。特にミステリーについては詳しくて、よく、わたしは彼女から、今、何が面白いかを訊《き》きます。

漫画家になりたかった、という小説家はよくいますが(わたしは、あまりにそういう話ばかりを聞くと、時々、哀《かな》しくなります、わたしは小説を愛しているので)、JETくんから、以前、実は小説家になりたかった、という話を聞いてびっくりしたことがありました。あんな凄《すご》いマンガを描くのに!

でも、絵を描く人は、小説を書く人以上に、小説の良さ、文字の表現力の素晴らしさを知ってくれているかも、と感じることすら、よく、あります。

たとえば、良い小説にはむやみに絵をつけるべきではない、という意見を述べるのは、小説家より、絵を描く人の方が圧倒的に多いんです。

字の行間を読み取り、心を自由にはばたかせれば、それぞれが心の中に無限の想像力を展開させることができる……それこそが、文章の、小説、という魔術の一番の利点です。

だから、ＪＥＴくんは、最初、彼女がとても愛する横溝《よこみぞ》作品に、自分が挿画《さしえ》を入れて良いものだろうか、とずいぶん、迷っていました。それは、漫画化するのとは違うから、と。

わたしは、別の意味でやってもいいんじゃないか、と勧《すす》めました。少なくとも、それで横溝正史《せいし》、という作家に気づいてくれる読者が増えるなら、それはそれでひとつの可能性だから、と。

今、小説を読んでいる人たちが、どうも小説の本当の面白さに鈍感《どんかん》であるように思えるのは、新作ばかりを――それも、その時、その時の話題にあがる本ばかりを読むせいじゃないかな、という話、よく、します。新作が傑作ばかりになる可能性は、とても低いです……だって、天才ばかりがそうそう、その時代に大勢、出てくるはずがないから。

一方、旧作には、天才がたくさん、います。

当り前ですが、その作品が後世に残った、ということは、その人に、その作品にそれだけの力があった、ということですから。

本当は、文化とは、つねに継承の上への、継承でなければならないはずなのです。継承の上への、積み重ね――そこに初めて、良い物は生まれます。

「夢野久作《ゆめのきゅうさく》とか、久生十蘭《ひさおじゅうらん》とか、今、読もうと思って、読める状況にあるのかな?」

わたしが尋《たず》ねると。

「うん……一応ね、ええと――」

ＪＥＴくんは即座に、答えてきました。そこでわたしは、またしてもＪＥＴくんの方がずっとそうしたことについていつも本屋で目を配っているのに気づかされる次第。本当に、彼女はよく本を読んでます。

よく、わたしのもとに、小説はどうやったら書けるようになるのか、という質問が来ます。いろいろな作家のところに、同じ質問が来るようですが、何よりも最初に……小説を読むことです。いろんな小説を。それこそ、図書館の文学全集は、日本のも、外国のも、読み尽くすぐらいに。そこは、小説についてのいろいろなことを学ぶことができる宝庫です。

そして、特にミステリーやホラー、ファンタジーを書きたい人は、偉大なる日本のエンターテイメント作家の先達《せんだつ》、江戸川乱歩《えどがわらんぽ》、横溝正史、山田風太郎《やまだふうたろう》、といった作家は読み尽くすことをお勧めします。どんな手を使っても。

面白いですよ。

さて……挿画《さしえ》を引き受けることについてずいぶん迷ったらしいJETくんは、最終的に引き受けた作品群が、ジュブナイル作品だったから、と決断した、ということも、ちらり、と聞きました。

わたし、ひかわの、早くに亡くなった伯父《おじ》も、ミステリー関係の作品を発表していた人でしたけれど、子供だった頃《ころ》に、その伯父からやはり、子供向けに書かれた短いミステリー小説をよく読ませて貰《もら》った覚えがあります。

たぶん、あまりミステリーが知られていなかった時代、ミステリー作家の先達たちは将来への芽を蒔《ま》くことを考えて、こうした作品群に力を入れたのだと思います。今のミステリー小説全盛の時代は、そうした作品に支えられている、と言えるのかもしれません。

『幽霊鉄仮面』、読んでみて、いかがでしたか？　小説を面白く書く要素は、この作品の中に見事にちゃんと揃っています。もし、この作品で横溝正史、という作家について興味を持ったら、図書館に駆けつけるなり、本屋で探すなりして、是非《ぜひ》ともその作品にもっともっと接してください。

わたしは、自分を育ててくれたのが、素晴らしい日本語を書く、先達の作家たちの作品であることを知っています。多くの翻訳家の方々が苦労して日本に紹介して下さった、素晴らしい世界の作品の数々であったことを知っています。

もちろん、それでも……この程度、であることを考えると、道は険《けわ》しい、ですけれど。うーん、もっと精進《しょうじん》しなければ！

美しい日本語を書きたい、と思う時に、よくわたしを励《はげ》ましてくれるのは、堀口大學《ほりぐちだいがく》が訳したボードレールの詩集です。

先達の先生方は、たとえば、横溝先生などは、どんな本を座右《ざゆう》の書として作品を書かれていたのだろう、と時々、思います。

面白い小説は、たくさん、あります。

リストを作れ、と言われたら、わたしはおそらく、十メートルだって作れますよ。ただ、読者の方々がそのすべてを読んでしまったら、今のわたしの立場はかなりまずくなるかも。

この程度の小説でいいのか、もっともっと面白いものを書け、と突き上げを食らうでしょうから。

でも、本当を言うと、それくらいの方がずっと歓迎出来る状況なんだろう、と時々……そう、思います。

『幽霊鉄仮面』（一九九五年）所収

角川スニーカー文庫版解説

深沢美潮《ふかざわみしお》

春まだ寒い二月の夜。空には細い三日月がうすら寒そうにかかっているだけで、ほぼ闇夜《やみよ》といっていい。

その、墨《すみ》を流したように暗い川を追いつ追われつ疾走する二台のモーターボートがあった。

追われているほうには若い女がひとり。

気も狂わんばかり、恐怖に顔をひきつらせ、モーターボートのハンドルにしがみつき、まっしぐらに川を下っていった。

その状況もそうとうに奇妙だが、それよりなにより奇想天外だったのは、追いかけているほうだった。

つばの広い帽子をかぶり、タブタブのマントを羽《は》織《お》った男が、背を丸めてやはりハンドルを握っているのだが……。

帽子といわずマントといわず、全身から怪しい光がボーッとさしているというのだ。

しかも、つばの広い帽子からのぞいた顔は全《まった》くの無表情で、のっぺりとした能面《のうめん》のよう。

いったい、彼は何のためにそんな奇妙な姿で彼女を追っているのか？


この、いきなりの展開！

およそ現実離れした……まるで夢のような場面で始まるのが、「夜光怪人」である。

現実離れはしているけれど、何だかとてもなつかしい。

だいたい、この女の人の叫び声からしてすごいよ。「あれえッ！」だもの。ほんとに当時の女の人って、これだけ切羽詰《せっぱつ》まった状況だというのに「あれえッ！」なんて言ったんだろうか？

他にも、

「すばらしき哉《かな》、藤子《ふじこ》！

見事なる哉、射撃の腕前！」

だものなぁー。でも、これがまたいいの。読んでくうちに、何とも心地よく、この世界にどっぷりつかりきってしまう。

それにしても、なんてレトロな口調なんだって？


それもそのはず。

この小説が書かれたのは一九四九年。

長い長い太平洋戦争が終ったのが一九四五年。それからまだたったの四年しか経《た》っていない勘定《かんじょう》になる。

当時のことをわたしは知らないけれど、物資も不足し、家や家族を失った人々も多く、戦争の傷跡生々しい頃《ころ》なわけで。

でも、作者横溝正史《よこみぞせいし》にとっては、筆がのりにのった時期だったようだ。というより、戦争中でさえ旺盛《おうせい》な執筆活動を続けていた彼のこと。堰《せき》を切ったように作品アイデアが湧《わ》き、執筆意欲が湧いて湧いて困るほどだったのかも。

七十九歳で亡くなるまで、生涯現役。かつ第一線であり続けた横溝正史。

彼は多作家でも有名な人だが、この「夜光怪人」が出版された年なんていうと、すごいよぉ！

あの有名な「八《や》つ墓村《はかむら》」を筆頭に、短編なども入れて二十作以上も出版、または連載しているんだから。いやはや全く。どう逆立ちしようと、適《かな》わない。一晩で百枚の原稿を書いたこともあるという強者《つわもの》中の強者だものなぁ。

　さて。

　この「夜光怪人」。少年向きに書かれた探偵小説だけれど、一見して、江戸川乱歩《えどがわらんぽ》の怪人二十面相のシリーズを思い出した人も多いかと思う。かくいうわたしもそうだ。小学生の頃、毎日図書館で借りてきては、毎晩親の目を盗んでドキドキハラハラ読んだものだ。生徒たちが寄ってたかって読んだため表紙も中身もボロボロになっていたっけ。

　残念ながら横溝物に、わたしがハマったのはそれから十年ほどたってから。

　だから、今回この「夜光怪人」を読んで、もっと早くに一連の少年物を知っていたらなぁと悔しくてたまらなくなった。

　だって、これだけじゃないの。

「幽霊鉄仮面」「怪獣男爵《かいじゅうだんしゃく》」「黒薔薇荘《くろばらそう》の秘密」「道《どう》化《け》仮面」「孔雀扇《くじゃくおうぎ》の秘密」「悪魔の画像」「青髪鬼《せいはつき》」

……!!

　まだまだまだまだ書ききれないくらいにある。題名を読んだだけで、ゾクゾクしてくるじゃありませんか。ええ？


　そういえば。今回、いろいろと調べ物をするんで図書館に行ってみたんだけど、やっぱりこの手の少年探偵物がボロボロの状態で棚《たな》ひとつを占領していた。そして、その前には半ズボンの男の子たちがしゃがみこんで、一冊一冊を吟味《ぎんみ》していた。まるで、わたしが子供の頃と同じ風景。

　そう！

　レトロでもなんでもなく、まだ現役なんだ。っていうより、これって少年たちにとっては、基本中の基本アイテムなんだよね。

　今回、解説を依頼され、横溝正史の大大大ファンのわたしとしては、涙が出るほどうれしかった反面、畏《おそ》れ多くて、とても引き受けられないと思った。

　しかし、少年物の一連のシリーズが我らがスニーカー文庫に再録され、その解説なので、できればスニーカーの作者の人に……という意向なのだと聞いて納得。やっと少し肩の荷が下りて、今回お引き受けしたわけだけど。

　でも、待てよ!?

　解説っていえば、これ、見てから買うかどうしようか考えるなんていう人もいるわけでしょ!?　わたしも時々そういう買い方することとあるもんなぁ。

うわわ。やっぱりすごい大役じゃないの。だって、もしかしたら、読者の中には、この本が横溝物の初めてになる人もいるかもしれないわけで。うーん。だとしたら、今、そこで買うかどうしようか、本屋で悩んでいるあなた。ぜひ買おう！　後悔はさせませんよ（なんて。あー、これじゃまるでスーパーの客引きだ。もっと格調高く行かなくっちゃ！）。

実をいうと、わたしが今、小説を書いていられるのも、横溝正史の影響大なのだ。

彼の作品は、そのほとんどが非常に映像的である。あのハマりにハマった当時から既に幾年月……。正直言って、何となくの筋書きや設定さえおぼろの作品も多い。まして、トリックのほうとなると、そうとう危《あや》うい。

しかし、あの、夜道を駆けていく少女のみにくくひきつった顔だの、双子の老婆《ろうば》だの、土砂《どしゃぶ》降りの中、山門の前に立った和尚《おしょう》だの、黒々と血糊《ちのり》の散った月《げっ》琴《きん》だの、三本指の男だの。

無限にちりばめた、場面、場面の色鮮《あざ》やかなこと！

それらは、わたしの記憶にしっかりと焼き付いて離れないし、その全てを作った作者に憧《あこが》れてやまないのである。

えーと。

少しは格調を取り戻せたかな？

では、作品のほうの紹介をしましょうね。とはいってもこういう探偵小説の筋書きをアレコレ書くことほど、つまんないことはないので。ほんのさわりだけにします。

最初の「夜光怪人」。冒頭にも書いた通りの奇妙な格好をした神出鬼没《しんしゅつきぼつ》、大胆不敵の怪人。彼はなぜかある女を執拗《しつよう》に追いかけ回している。そのあまりの奇妙さから、噂《うわさ》は瞬《また》く間に広まるが、なぜ当の女が警察に助けを求めないのかもわからぬまま、ついに事件が起きてしまう。

「人魚の涙」と呼ばれる世界的にも貴重な首飾りが盗まれてしまうのだ！

その背後につきまとう夜光怪人の影。

推理にあたったのは、事件の起こるより前、夜光怪人を目撃した御子柴進《みこしばすすむ》少年と新聞記者であり、かつ名探偵でもある三津木俊助《みつぎしゅんすけ》。そして、やはり名探偵と評判の黒木探偵の三人。

しかし、彼らをあざ笑うかのように、事件は意外なほうへと展開していく……。

と、いうまぁストーリーなのだけど。この「人魚の涙」の盗まれ方がまたえらく奇抜《きばつ》なんだよね。ここじゃ言わないけれど。

逆転、逆転の繰り返し。

最後の最後まで、誰《だれ》が本物なのかわからないという仕掛けになっている。もちろん、少年物ということで、ある程度の予測はつくようにもなっているのだが、それでも、これでもかこれでもかと畳《たた》み掛けていく様は迫力満点です。

それから、「謎《なぞ》の五十銭銀貨」と「花びらの秘密」。

この二つの短編は、非常によく似た題材で、これまた同じような趣向を凝《こ》らした楽しい作品である。

しかし、特に前者のほうの題名を見た瞬間、江戸川乱歩の処女作「二銭銅貨」を思い出した人は多いだろう。

そう。コインに関するトリックやら何やらほとんどそっくりなのだ。

わたしは今回、この解説を書くにあたって、もう一度「二銭銅貨」のほうも読み直してみた。それで、その謎は解けた。

なんと、この「謎の五十銭銀貨」という作品。乱歩の「二銭銅貨」のパロディになっているのだ。パロディというか、「二銭銅貨、その後」というか。

「二銭銅貨」に出てくる大泥棒の愛称が紳士泥棒といったのに対し、「謎の五十銭銀貨」のほうでの大泥棒の愛称が紳士譲治《じょうじ》というし、その他にもわたしにはわからなかったが、何か符合するものがあるにちがいない。

つまり作品自体が大きな暗号になっているかもしれないのだ。

横溝正史は、江戸川乱歩と非常に友好の深かった人である。

想像するに、きっとこの「謎の五十銭銀貨」を書き上げ、乱歩に嬉々《きき》として見せたんじゃあないだろうか。そして、乱歩も友人の悪戯《いたずら》をニヤニヤと笑いながら喜んだのではないか。

または、全くそのようなことは告げずにいきなり発表し、それを見た乱歩が「あっ!!」と驚く。それを想像しながらクックク……なんてほくそ笑みつつ書いたのかも。

この二人とも今では帰らぬ人となったわけだけど。きっとあちらの国では、仲良くまたお茶でも飲みながら、探偵小説談義でもしていらっしゃるのだろうな。

なんてことを。徒然《つれづれ》と考えては、わたしもニヤニヤとしてしまった。この機会に「二銭銅貨」のほうも読まれてはいかが?

そして、何より。まだ他の横溝作品をご存じない方、膨大《ぼうだい》な量の横溝作品にハマりましょう!

あぁ、いいなぁ。まだ読んでいないなんて。何がうらやましいって、それが一番うらやましいよ。わたしは。

『夜光怪人』(一九九五年)所収

文中の「謎の五十銭銀貨」「花びらの秘密」は、本選集ではそれぞれ第七巻『南海囚人塔』、第四巻『青髪鬼』に収録。

編者解説

日下三蔵《くさかさんぞう》

横溝正史《よこみぞせいし》の少年少女向けミステリをオリジナルのテキストで集大成する柏書房の《横溝正史少年小説コレクション》、第三巻の本書には、由利《ゆり》先生が活躍する長篇二作と中・短篇二作、中絶作品、未発表作品など関連する三作を収めた。

柏書房の既刊《由利・三津木《みつぎ》探偵小説集成》（全4巻）では少年ものは対象外としたので、この巻は同シリーズの別巻または第五巻と位置付けていただいて差し支えないだろう。

『幽霊鉄仮面』は博文館の児童向け月刊誌「新少年」に一九三七（昭和十二）年四月号から翌年三月号まで、十二回にわたって連載されたが、戦前は単行本化の機会に恵まれず、四九（昭和二十四）年一月に東光出版社から初めて刊行された。少年ものとしては分量が多く、シリーズ探偵の由利先生、三津木俊助《しゅんすけ》だけでなく、探偵小僧・御子柴進《みこしばすすむ》に等々力《とどろき》警部まで登場するだけあって、波瀾万丈《はらんばんじょう》、スケールの大きな探偵活劇となっている。

今回、八方手を尽くしたが、連載開始前後の号を参照することが出来なかったため、予告コメントの類があったかどうかは不明である。最終回が掲載された三七年三月号の後記「編輯室《へんしゅうしつ》だより」には、こう書かれていた。

終りに、長い間大好評を受けた『幽霊鉄仮面』は、本号でめでたく大団円《だいだんえん》となりました。横溝正史先生に厚く御礼申上《もうしあ》げましょう。

では、また次号で——。


戦前の作品であるため、初出では舞台が「東京市」となっており、初刊時に「東京都」に変更されたものの、直し切れずに二つの表記が混在していた。本書では初出に戻して「東京市」に統一した。また、初刊時に東座蓉堂《ひがしざようどう》の部下のアリが「青木」となっている箇所があったが、これも初出に戻した。

なお、末尾の「さて、それから後の出来事を管々《くだくだ》しく述べ立てるのは、恐らく蛇足《だそく》となろう」以降の数行のエピローグは、なぜか初刊時に削られていたが、本書では初出の形を生かして復活させた。

この作品の刊行履歴は、以下の通り。

幽霊鉄仮面　49年1月　東光出版社
幽霊鉄仮面　50年6月　東光出版社
幽霊鉄仮面　52年8月　ポプラ社
幽霊鉄仮面　54年12月　ポプラ社
幽霊鉄仮面　57年7月　ポプラ社（少年探偵小説文庫12）
幽霊鉄仮面　60年12月　ポプラ社（少年探偵小説全集5）
幽霊鉄仮面　67年8月　ポプラ社（名探偵シリーズ14）
幽霊鉄仮面　76年1月　朝日ソノラマ（ソノラマ文庫）
幽霊鉄仮面　81年9月　角川書店（角川文庫）
幽霊鉄仮面　95年12月　角川書店（角川スニーカー文庫）

児童書は重版であっても版数を表記しないケースが多く、書誌的には出るたびに新版扱いとせざるを得ない。ポプラ社版は、確認できただけで五五年版、六八年版、六九年版があることが分かっているが、煩雑《はんざつ》になるのでリストからは省いた。

本書には初刊本から伊藤幾久造《いとうきくぞう》氏によるイラスト八葉を再録した。また、ポプラ社五二年版に付された著者によるまえがき「はじめに」と、角川スニーカー文庫版のひかわ玲子《れいこ》さんによる解説を、巻末資料として再録させていただいた。

幻想ミステリを得意とした探偵作家・氷川瓏《ひかわろう》と評論家・アンソロジストとして活躍した渡辺剣次《わたなべけんじ》の兄

『幽霊鉄仮面』
東光出版社（49年版）表紙

『幽霊鉄仮面』
ポプラ社（54年版）カバー

『幽霊鉄仮面』
東光出版社（50年版）表紙

『幽霊鉄仮面』
ポプラ社（57年版）カバー

『幽霊鉄仮面』
ポプラ社（52年版）カバー

『幽霊鉄仮面』
ポプラ社（60年版）カバー

『幽霊鉄仮面』
ポプラ社（68年版）カバー

『幽霊鉄仮面』
スニーカー文庫版カバー

『幽霊鉄仮面』
ソノラマ文庫版カバー

『幽霊鉄仮面』
角川文庫版カバー

弟は、横溝正史とも深いつながりがあったが、ひかわ玲子さんはこの二人の姪《めい》に当たり、筆名も氷川瓏の姓を継承している。

ひかわさんの解説中に「本当は、文化とは、つねに継承でなければならないはずなのです。継承の上への、積み重ね——そこに初めて、良い物は生まれます」という一節があって、本シリーズのような復刊の仕事をメインに行っている私としては、わが意を得たりの思いである。昨今、古い作品を時代遅れ、用済みなどとして斥《しりぞ》ける風潮が見受けられるが、時代遅れな部分も含めて過去の作品を受け継ぎ、そこに新たな作品を付け加えていくことが、すなわち「文化」であると私は思う。「過去」を切り捨てるジャンルに「未来」はない。特に推理小説は、先人の考えたアイデアやトリックを踏まえ、そこに新たな工夫を凝《こ》らすことで発展してきた小説形式なのだから、古い作品を古さを理由に等閑視《とうかんし》するのは愚《ぐ》の骨頂《こっちょう》としか言いようがないだろう。

『夜光怪人』は文京出版の児童向け月刊誌「少年少女譚海《たんかい》」の四九（昭和二十四）年五月創刊号から翌

年五月号まで十二回にわたって連載（五〇年二月号は休載）され、五〇年四月に偕成社から単行本として刊行された。

連載第一回（「つぶやく怪人」の章まで）の末尾に付された編集部の惹句《じゃっく》。

帝都を騒がしている夜光怪人は、何者だろうか。そして御子柴少年に助けられたふしぎな少女は、いったいだれだろう。いよいよ次号から、問題の大宝庫をめぐって、物語は面白くなってゆきます。どうか次号をお待ちください。

休載となった五〇年二月号巻末の「編集室だより」には、こうある。

「夜光怪人」は、横溝先生のおからだの都合で二月号は休みましたが、三月号から、執筆をつづけて下さいます。どうかご安心ください。

この号には、「夜光怪人」の代わりに同じ由利・三津木ものの短篇「幽霊花火」（本書所収「怪盗どくろ指紋」の原題）が再録されている。掲載ページの惹句は、以下の通り。

おなじみの名探偵由利先生、花形記者の三津木俊助が殺人鬼を敵にして大活躍

「夜光怪人」におとらぬ戦慄《せんりつ》の名作

連載再開の三月号掲載分（「床の血溜り」の章まで）の末尾に付された編集部の惹句。

御病気から恢復《かいふく》なさった横溝先生が、まっさきに本誌のために筆をとられた名作「夜光怪人」は、相かわらずすばらしい面白さです。次号を御期待下さい。

最終回の末尾にも、編集部のコメントがある。「嶺田先生」は連載時に挿絵を描いた嶺田弘《みねだひろし》氏のこと。

創刊以来連載されて、全国の少年少女の愛読者諸君から毎号絶賛を博された「夜光怪人」はめでたく今月を以《も》って終りました。横溝、嶺田両先生に厚くお礼を申し上げましょう。

なお横溝先生は又《また》、素晴らしい長篇小説を編集部にお約束下さいました。どうか御期待下さい。

この言葉通り、ほぼ一年後の五一年六月号から『皇帝の燭台《しょくだい》』（本シリーズ第一巻所収『黄金の指紋』の原題）の連載が始まるのである。

この作品の刊行履歴は、以下の通り。

夜光怪人　50年4月　偕成社
夜光怪人　51年？月　偕成社
真珠塔・夜光怪人・怪獣男爵　55年1月　河出書房（日本少年少女名作全集14）
夜光怪人　58年11月　偕成社
夜光怪人　68年4月　偕成社（ジュニア探偵小説7）
夜光怪人　75年1月　朝日ソノラマ（少年少女名探偵金田一耕助シリーズ6）
夜光怪人　76年10月　朝日ソノラマ（ソノラマ文庫）
夜光怪人　78年12月　角川書店（角川文庫）

夜光怪人　95年12月　角川書店（角川スニーカー文庫）

偕成社からは五二年版、五三年版、五四年版、七二年版も出ている。本書には初刊本から澤田重隆《さわだしげたか》氏によるイラスト十三葉を再録した。また、角川スニーカー文庫版の深沢美潮《ふかざわみしお》さんによる解説を、巻末資料として再録させていただいた。

この作品は、七五年の朝日ソノラマ版で山村正夫《やまむらまさお》氏によって金田《きんだ》一耕助《いちこうすけ》ものにリライトされ、その本文が、そのまま文庫版に引き継がれていた。したがって、オリジナルの形で刊行されるのは、五十数年ぶりということになる。

終盤、由利先生たちが獄門島《ごくもんとう》に向かう、という楽屋落ち的ファンサービスがあるが、由利先生を金田一耕助に変えたために、『獄門島』事件で旧知のはずの清水《しみず》巡査から初対面の挨拶《あいさつ》をされるという、ちぐはぐな内容になってしまっていたのは残念であった。また、こ

『夜光怪人』
偕成社（58年版）カバー

『夜光怪人』
偕成社（68年版）カバー

『夜光怪人』
朝日ソノラマ版カバー

『日本少年少女名作全集14』
河出書房 函

『夜光怪人』
偕成社（50年版）表紙

のリライト版のみ、金田一耕助と三津木俊助のコンビという、オリジナル作品ではあり得ない組み合わせが実現していた。

短篇「怪盗どくろ指紋」は「幽霊花火」のタイトルで博文館の児童向け月刊誌「譚海」の四〇（昭和十五）年一月号に発表された。前述の通り、「少年少女譚海」五〇年二月号に再録。さらに「別冊宝石18号　少年探偵」（52年5月）に再録された際に「怪盗どくろ指紋」と改題され、このタイトルで偕成社『白蠟《びゃくろう》仮面』（54年6月）に初めて収録された。河出書房『日本少年少女名作全集14　真珠塔・夜光怪人・怪獣男爵』（55年1月）、ソノラマ文庫版『仮面城』（76年9月）、角川文庫版『仮面城』（78年12月）にも収録。

本書には初刊本から深尾《ふかお》徹哉《てつや》氏によるイラスト一葉を再録した。

中篇「深夜の魔術師」は『幽霊鉄仮面』の後を承《う》けて「新少年」一九三八（昭和十三）年八月号から翌年一月号まで、六回にわたって連載された。そのため作中で『幽霊鉄仮面』事件についての言及がある。連載に先立つ七月号には、以下のような予告があった。

『夜光怪人』
ソノラマ文庫版カバー

『夜光怪人』
角川文庫版カバー

『夜光怪人』
スニーカー文庫版カバー

八月号より新連載　日本探偵小説界の巨人とっときの材料をもって登場
怪奇探偵　深夜の魔術師　横溝正史

この作品は長らく単行本未収録であったが、二〇〇四年十月に出版芸術社から刊行された『横溝正史探偵小説コレクション２深夜の魔術師』に初めて収録された。本書では出版芸術社版に準拠しつつ、一部の表記を初出誌の通りに戻した。また、初出誌から川瀬《かわせ》成一郎《せいいちろう》氏によるイラスト八葉を再録した。

「深夜の魔術師」は戦後に三津木俊助＆御子柴少年ものの長篇『真珠塔《しんじゅとう》』（54年発表、本シリーズ第四巻に収録予定）に改作されたが、他にも何度かリライトが試みられている。矢貴《やぎ》書店の児童向け月刊誌「少年少女王冠」の五〇年五月創刊号から七・八月合併号まで三回にわたって連載されたものは、掲載誌の休刊のため中絶。このバージョンが単行本化されるのは、今回が初めてである。

本書には初出誌から阿部《あべ》和助《わすけ》氏（第一回、第二回）によるイラスト二葉と伊勢田《いせだ》邦彦《くにひこ》氏（第三回）によるイラスト一葉を再録した。矢貴書店は大衆小説出版の老舗《しにせ》・桃源社の前身である。昭和四十年代に国《くに》枝史《えだし》郎《ろう》『神州纐纈城《しんしゅうこうけつじょう》』、小栗虫太郎《おぐりむしたろう》『人外魔境』などを刊行して大衆小説リバイバルブームに先鞭《せんべん》をつけた版元で、横溝作品も検閲《けんえつ》削除部分を復元した『鬼火《おにび》　完全版』（69年11月）をはじめ、数多く刊行していた。

『深夜の魔術師』
出版芸術社　カバー

世田谷文学館のご厚意で、未発表原稿「深夜の魔術師」と「死仮面《デス・マスク》された女」の二篇を収録させていただいた。「深夜の魔術師」は、まえがきの「「深夜の魔術師」を書くにあたって」が二〇〇字詰め原稿用紙一枚、本文は同じく四十二枚。冒頭部分しか書かれていないためか、シリーズキャラクターは等々力警部しか登場していない。主人公の木下三千男少年の名前は大下宇陀児《おおしたうだる》（木下龍雄《きのしたたつお》）と水谷準《みずたにじゅん》（納谷三千男《なやみちお》）の本名を組み合わせたものであろう。

「死仮面された女」は二〇〇字詰め原稿で三十三枚。十二枚目以降（本書の480ページ下段7行目3文字目以降）は、原稿全体に赤斜線が入っている状態だったから、作者としては自主的に没にしたものなのだろう。四九年に中部日本新聞社の月刊誌「物語」に連載された金田一ものの長篇『死仮面』の冒頭と同一の内容であるから、それ以前に書かれたものと推測される。

この原稿は創元推理倶楽部分科会が二〇〇三年十二月に発行した研究同人誌「定本　金田一耕助の世界《投稿編》」に再録されたことがあるが、商業出版物に収録されるのは、今回が初めてである。少年ものではないから本シリーズの対象外であり、本来であれば《由利・三津木探偵小説集成》に収録しておくべき作品であったが、同シリーズの編集中は未発表原稿のことまでは、頭が回らなかった。読者の方からの指摘を受けて、遅ればせながら、本書に付録として収録する次第である。

本稿の執筆及び本シリーズの編集に当たっては、横溝正史の蔵書が寄贈された世田谷文学館に多大なご協力をいただきました。また、弥生美術館、森英俊氏、黒田明氏に貴重な資料や情報をご提供いただいた他、創元推理倶楽部分科会が発行した研究同人誌「定本　金田一耕助の世界《資料編》」の少年ものの書誌を参考にさせていただきました。記して感謝いたします。

本選集の底本には初刊本を用い、旧字・旧かなのものは新字・新かなに改めました。なお、山村正夫氏編集・構成を経て初刊となった作品および単行本未収録作品については初出誌を底本としました。明らかな誤植と思われるものは改め、ルビは編集部にて適宜振ってあります。今日の人権意識に照らして不当・不適切と思われる語句・表現については、作品の時代的背景と価値とに鑑み、そのままとしました。また、挿画家の澤田重隆・川瀬成一郎・阿部和助、三氏のご消息を突き止めることができませんでした。ご存じの方がいらっしゃれば、ご教示下さい。

横溝正史《よこみぞせいし》少年小説《しょうねんしょうせつ》コレクション3

夜《や》光《こう》怪《かい》人《じん》

二〇二一年九月五日　第一刷発行

著　者　横溝正史《よこみぞせいし》
編　者　日下三蔵《くさかさんぞう》
発行者　富澤凡子
発行所　柏書房株式会社
東京都文京区本郷二-一五-一三（〒一一三-〇〇三三）
電話（〇三）三八三〇-一八九一［営業］
（〇三）三八三〇-一八九四［編集］

装　丁　芦澤泰偉＋五十嵐徹
装　画　深井国
組　版　株式会社キャップス
印　刷　壮光舎印刷株式会社
製　本　株式会社ブックアート

ISBN978-4-7601-5386-2